贵 文学大系

1990—2019

GU XINWENXUEDAXI

短 说卷

第一卷 1990—2001

贵州省作家协会/编

贵州出版集团
贵州人民出版社

图书在版编目（CIP）数据

贵州新文学大系. 1990-2019. 短篇小说卷. 第一卷, 1990-2001 / 贵州省作家协会编. -- 贵阳 : 贵州人民出版社, 2022.12
ISBN 978-7-221-17418-5

Ⅰ. ①贵… Ⅱ. ①贵… Ⅲ. ①中国文学－当代文学－作品综合集－贵州②短篇小说－小说集－中国－当代 Ⅳ. ①I218.73

中国版本图书馆CIP数据核字(2022)第201162号

书　　名　贵州新文学大系1990—2019・短篇小说卷・第一卷（1990—2001）
丛 书 名　贵州新文学大系1990—2019
编　　者　贵州省作家协会

出 版 人　朱文迅
统　　筹　黄　冰
责任编辑　梁　丹
装帧设计　王丹丽
出版发行　贵州出版集团　贵州人民出版社
社　　址　贵州省贵阳市观山湖区中天会展城会展东路SOHO办公区
　　　　　贵州出版集团大楼（邮编：550081）
印　　刷　深圳市新联美术印刷有限公司
开　　本　787 mm × 1092 mm　1/16
字　　数　640千字
印　　张　31.75
版　　次　2022年12月第1版
印　　次　2022年12月第1次印刷
书　　号　ISBN 978-7-221-17418-5
定　　价　68.00元

本书获2019年贵州省出版传媒事业发展专项资金资助

概　述

中国新文学已经走过了百年历程，贵州新文学的脚步亦步亦趋，漫长的一个世纪的确需要回眸和展望。前辈已经编辑出版了《贵州新文学大系1919—1989》，本书是对1990至2019年贵州新文学短篇小说的巡礼，完成贵州新文学短篇小说三十年的回眸。《贵州新文学大系1990—2019·短篇小说卷》选编的基本原则是作品在国内核心刊物上发表或获得省级以上奖项，并且具有较高的质量和一定影响力，能够代表贵州三十年来的短篇小说创作成就。

1990年代以来，随着社会转型和各种文学思潮的兴起，短篇小说创作明显走向多元化，无论是创作题材、手法、语言还是主题意蕴，都与过去有很大变化，呈现出丰富多彩之势。这也同样反映在贵州作家这一时期的短篇小说创作中。

欧阳黔森无疑是这一时期贵州短篇小说创作的佼佼者，他的短篇小说几乎都是在《当代》《人民文学》《中国作家》《花城》《长城》《新华文摘》等国内一线刊物上发表。早在2003年中国文联出版社汇集了当时全国优秀短篇小说家，由著名学者孟繁华主编“短篇王文丛”，欧阳黔森的短篇小说集《味道》列入了第一套六位作家六本专著出版。这些小说继承了从蹇先艾到何士光优秀短篇小说的传统，立足贵州生活，书写贵州形象，艺术上精雕细琢，语言上独树一帜，给我们提供了精致写作和精致阅读的典范文本。1999年，标志着欧阳黔森的创作进入喷发期的小说《十八块地》，讲述的便是“我”

于20世纪60年代在十八块地农场下乡接受再教育的经历，知识青年留下的只是对逝去的青春岁月和美好感情的无限怀念。欧阳黔森的短篇小说不少是以地质队的故事为题材，这与作家年轻时的地质勘探工作经历有关。《丁香》《远方月皎洁》《有人醒在我梦里》都是写地质队的爱情故事，这些故事无不含蓄、温婉和感伤，让人动容。

欧阳黔森的小说题材广泛，作品内容十分丰富，如《心上的眼睛》写娄山关革命圣地和现代军人的崇高，充满了理想主义和英雄主义情怀。欧阳黔森在小说开篇写道："我不止一次站在娄山关的隘口，俯瞰一片巍峨的群山。"这就奠定了小说的豪迈基调，接下来针对娄山关地势险要，发出是否不可逾越的诘问，引出对历史与现实的书写。小说结尾处，眼盲军人摸到刻在娄山关山壁的毛体字时，突出了他的主角形象，生理失明的军人拥有无比明亮的内心世界，并依托"心上的眼睛"遥望连绵起伏的群山。《兰草》书写了对青春爱情的追忆。第五军在知青下乡时期来到武陵山腹地的三个鸡村，认识并爱上了当地女子兰草。他为了兰草不仅参军参战，还励志成为诗人，写了许多关于兰草的诗。多年后的聚会上偶遇兰草，谈话间对她的生活有所了解，昔日纯洁无瑕的兰草，在生活的摧残下已不复当年美好。第五军对年轻时节的美好回忆，终止于一场嬉笑怒骂的聚会。《姐夫》延续了欧阳黔森对爱情主题的表达，书写生活中的真情与假象。"我"与肖一水相爱两年，都已经到了谈婚论嫁的地步，却迎来了未婚妻一水的不辞而别。"我"与一水看似感情亲密，但彼此并非真心相爱，只是表面的假象而已。一水对前男友李成栋旧情难忘，离家出走只为寻找李成栋并与他和好。而"我"在历经一水出走一事之后才发现，"我"真正喜欢的人是一水的妹妹二清，最终四个有情人都终成眷属，这个令人啼笑皆非的结局，也不禁令人思索，爱情才是走向婚姻的基础。《丁香》写了一则还未来得及说出口的爱情故事。文中始终郁结着一股丁香般的忧愁，作者以诗意化的语言表现丁香姑娘香消玉殒的短暂人生。《梨花》中塑造了美如花开、洁白无暇的梨花形象。梨花不同于寻常的农村妇女只会操持家务。她是三个鸡村唯一考起中等师范学校又被分回公鹅乡中学当老师，更增加了人们对她的敬重。从梨花嫂、梨花老师到梨花校长的身份转变，描绘了梨花积极进取、富有事业心的成长过程。《五分硬币》以谐谑的笔调讲述神圣爱情被世俗消解，甚至沦为世俗的替代品。小说主要讲述"我"对感情的珍惜和怀念，表达的是对青春、理想和爱情的向往和追求，主旨颇具象征意味，幻想的破灭更加表现了"我"对感情的珍惜。《有人醒在我梦中》讲述"我"在农场下乡时懵懂而又真挚的初恋，后来"我"又鬼使神差地离开了白菊，以至于白菊在以后的岁月里不断来到"我"的梦里。小说既有对知青下乡辛苦劳作的回忆，又有对青年时代甜蜜初恋的怀念，表达了对青春易逝、爱情难得的感慨。在《远方月皎洁》中，欧阳黔森仍在讲述"我"对青春时代的初恋的怀念，"我"在做地质工作时认识了卢春兰并与她有了朦胧的感情，但由于地质工作需不断迁徙，我们相约在不久的将来在七色谷见面。然而，卢春兰送给"我"的黄狗被同事宰杀，"我"不仅没有保护好黄狗，也没有兑现自己的诺言。小说试图指出，年轻人很容易忘却一生中最美好的东西，但青春易逝、年华不在，美好的事物不可能再次出现，人们只能是无眠地睁开双眼怀念远方皎洁的月光。小说《味道》则讲述三个层面的爱情故事："我"与方冰的恋爱关系、方冰父母动人的爱情传奇、"我"编造的乱七八糟的爱情剧，欧阳黔森讽刺了现实生活和虚构剧本中虚假的爱情故事，而对方冰父母忠贞如一的爱情经历表示崇敬。

2003年，欧阳黔森发表小说《断河》，这部小说是欧阳黔森运用民间传奇的代表性作品。《断河》写尚武的古朴民风，充满了荒蛮和神秘色彩，充分展示了作家极其丰富的想象力，该小说在2004年就入围第三届"鲁迅文学奖"。《断河》虽然主要讲述了麻老九在断河边的人生经历，但在残酷的争斗中却包藏着深切的爱。龙老大闯荡江湖，仇家众多，为了保护同母异父的弟弟麻老九，他不与弟弟相认，而是狠心地让麻老九在断河里打了几十年的鱼，其目的是不让仇家来向麻老九寻仇，这是在乱世中不得已而为之的办法。小说不仅表现了浓厚的亲情，还表现了深厚的爱情，梅朵对老刀和老狼都怀有真挚的爱情，最终却以死殉情；麻老九经常在梦中会见死在断河的女人，他为这个梦境守候了一辈子。在高山深谷、尚武成风的武陵山脉，在残忍的爱中总是蕴藏着浓厚的情感与人性。小说《断河》在短篇小说的篇幅内讲述了百余年的历史，截取时代断面讲述历史变迁和人物命运；小说讲述了传奇式的事件与情节，塑造了传奇式的人物形象。小说写道："老刀说一不二。老刀刀法绝顶，百发百中。老刀以刀为荣，老刀视刀为生命。老刀一头野猪毛似的黑发，一身古铜色的横肉，站在哪儿都是一堆力的肉阵。每当人们出口称赞他时，他眉一扬，横肉一抖，然后从他厚实的唇中咬出：'无他，唯手熟尔。'""老狼也是这一带出名的刀客，刀又快又准，且胆大包天，打地上走的猎物，从不用枪。一次与一头云豹相遇，只用了两刀，一把刺中喉咙，一把刺中心口。老狼浓眉大眼，一堆黑肉凸起来，油亮亮能看见人影。"

老刀与老狼的冲突是因为老狼与老刀的女人偷情，老刀决定与老狼决斗。决斗完全依照江湖规矩，正所谓一言既出驷马难追，英雄惜英雄，即使有夺妻之恨和杀狗之仇，老刀也坚守江湖规矩，老刀坚守自己的枪从不打地下走的，但老风又规定他不能用刀，因此老刀两次有机会杀死老狼，老刀都放弃了。龙老大也是《断河》的主要人物，他纵横江湖、心狠手辣，是乱世中的枭雄。龙老大为了保护弟弟麻老九，让弟弟几十年如一日地在断河里打鱼，在这乱世中他不得不这样做，既表现了他的狠毒之心，又表现了他的兄弟之情。龙老大重兄弟情义，希望麻老九强大起来，他送给麻老九一个女人，后又狠心淹死这个女人，就是想激起麻老九的血气，但麻老九是个软骨头，龙老大不得不继续对他狠下去，因为只有这样，麻老九才能活下去。小说结尾，解放军枪毙了龙老大，小说主人公的命运安排极具象征意义。

何士光曾评说："人们在说到欧阳黔森的短篇小说的时候，常常会说起他的《敲狗》。这固然是一篇精粹的作品，在那仿佛是不动声色的叙述后面，黔森以一种慈悲的胸怀，对人性作了一次深深的审视。但黔森让我乃至都有些惊讶的短篇小说，又还是他的《断河》。文学作品中不是有一种境界，叫作史诗？不妨望文生义的话，这种境界里就有史也有诗，是诗一般的史，史一般的诗。通常史诗都会是长篇巨制，但《断河》却绰绰约约地让人感到，黔森就只用了短短的篇幅，来窥探了这种史和诗的意境。"

《敲狗》所描写的屠狗方式"敲"，比"杀"更加凶残，厨子为了做生意，以这种方式屠杀了无数条狗。因为陷入经济困境，中年汉子才神色黯淡、很不情愿但又无可奈何地把自家的黄狗交给了厨子。经济状况稍有好转，中年汉子首先想到的就是赎狗，原来他是因为父亲得急病要钱救命才卖狗的。但厨子不吃这一套，不认"赎狗"这样的道理，由此与中年汉子产生矛盾而相持不下。最后是徒弟在半夜偷偷把黄狗放了。小说通过厨子、中年汉子、徒弟对待黄狗的不同态度，探讨了人性的温度与深度，中年汉子和徒弟都表现了人性的温暖。何士光认为《敲狗》"是一篇精粹的作品，在那仿佛是不动声色的叙述后面，黔森以一种慈悲的胸怀，对人性作了一次深深地审视"。《敲狗》写人们食狗肉的不人道行径，表达了对狗的同情、怜悯，小说的语言独具特色。《敲狗》2009年获得第二届"蒲松龄短篇小说奖"榜首，其颁奖词写道："小说在无情中写温情，在残酷中写人性之光，是大家手笔和大家气派。大黄狗再次绽开的笑脸，狗主人与大黄狗之间难以割舍的真情，使得徒弟冒险放掉了师傅势在必得的大黄狗。大量生动鲜活的如何敲狗的铺排，只是为了最后放狗的一笔，在狗的眼泪里，我们看见了人的眼泪，有狗性引申出来的是对人性的思考，对提升人的精神品质的呼唤。小说不仅在结构上有中国古典小说的神韵，在道义和人性的刻写上，也见出传统文化的底蕴，小说通过写狗对主人的依恋，厨子对情感的冷漠及徒弟的被感动，折射出人性的光芒，把人性解剖这个文学的宏大主题，用‘敲狗’这个断面展现得曲尽其妙，称得上是短篇小说的典范文本。”《敲狗》这些年一直是全国中考和高考达35分的阅读作文大题，其意义不言而喻。

欧阳黔森在短篇小说《扬起你的笑脸》中讲述乡村教师田大德在梨花寨教书的故事。田大德学问高，为人洁身自好，他甘于清贫，扎根乡村；他心地宽广，宅心仁厚；他特别关爱学生，就像漫漫长夜中的火光照亮了学生的心灵。小说结尾以极具象征意味的语言描绘了田大德对学生心灵的影响，那山谷里夜的火光和斑斓从未熄灭从未消失从未离开他们的心，他们的心从此没有寒冷的感觉，他们的心有了灵魂的温度，扬起笑脸就成了他们的一种人生态度。欧阳黔森在小说中写道：“在我的脑海里，那堆火从来不曾熄灭过，而那张在火光中辉映的笑脸，至今灿烂无比。”“扬起你的笑脸”既可以说是欧阳黔森特别看重的一种处世哲学，也可以说是他重点张扬的人类精神。欧阳黔森试图通过田大德对学生的关爱赞扬乡村教师的奉献精神；欧阳黔森希望以爱的火光温暖心灵，希望以爱的火光照亮人世，他认为田大德老师的心可以用人间最美好的词来赞誉。美好人性一直是欧阳黔森小说创作的重要主题，尤其是生活困难的革命时代，人们最终都得回归日常的物质生活和人际关系，人性美放射出耀眼的光芒照亮人心，温暖时代。

谢挺也是贵州的实力派作家，他善于写小人物和庸常生活，总能把生命之轻与生活之重表现得入木三分，让人不禁唏嘘。《怎样给别人，也给自己一个机会》把一个离婚又再婚的中年男人的处境深刻地勾画出来，故事平淡而富于人情味。《靠近》以一个中学地理教员“我”的视角进行叙述，没有明显的故事情节，只有对小人物庸常生活的真实记录。这个显得有些“无厘头”的作品，却给人一种说不清道不明的感伤，这多半是因为作者以其深厚功力写出了人们在庸常生活中的困顿、挣扎和无可逃脱。《杨花飞》《扶贫札记》《玉米粒的下午》《手心的温度》都写出了小人物的生存困境。谢挺的作品中也有另类风格，如《华山论剑记》是对“华山论剑”故事进行的新编，这篇在《人民文学》上刊载的故事新编充满了机巧。而《普陀》则以先锋派手法叙述了麻风村人寻求自救的故事。谢挺的短篇小说集《有青草环抱的房间》荣获第四届“乌江文学奖”。颁奖词写道：“以诡异的景象，曼妙的意趣，迷惘的记忆，或探寻现代都市人内心矛盾与精神缺失，或言说特定时期人们的内心流向，表现出作者对短篇小说创作的把握。”正是因为谢挺对短篇小说创作的准确把握，才成就了他实力派作家的地位。他的小说《杨花飞》获得《北京文学》杂志文学奖。

如果说欧阳黔森、谢挺还多以现实主义创作为主，偶尔尝试现代主义的手法，那么冉正万、王华、戴冰等则在现代主义的道路上走得更远了。冉正万的短篇小说以新和奇见长，它们往往荒诞不经，但却并非脱离生活，相反地，它们正是以荒诞的表象反映了生活的本质。《飞鼠》写村民汪中文夫妇最初因家中出现一只长翅膀的老鼠而显得恐慌，继而他们发现了飞鼠的商业价值，以卖票的形式向前来看新奇的乡邻们收取费用，最后，村民们竞相仿效汪中文的发财路，各自施展手段企图也能逮获飞鼠。《口叼鲜花》里出现了一只会说话的猫，不过，它不是大自然创造的奇迹，而是人类有意制造出的行骗工具。主人公为了这只会说话的猫耗费了自己的所有积蓄，也葬送了爱情。这样的荒诞故事也许在现实生活中并不多见，冉正万正是把这种人为的荒诞揭示出来给人看。《路神》虽然将文久良对儿子的思念描写得几乎成了神话，但能看出老父亲想念和期盼与儿子见面的那份亲情的可贵与感人。所以这应该是一种回归现实主义的写作。《一只阔嘴鸟》讲述了一位高寿老人的孤独与怅惘。以照片为契子，通过老人的回忆，把现在、过去、未来相串联。在跳跃的时空中感慨世事无常、昔人已逝、光阴不再的苦闷情绪。阔嘴鸟则寄托了老人对伴侣的思念以及对少时的回忆。

王华善于讲故事，同时也善用文学语言，她笔下的故事情节与文学语言是不可分割的，离了其中任何一个，王华的小说世界将会大大逊色。《一只叫耷耳的狗》把狗与人置于相对照的位置上，展现了狗的忠诚、友善以及人的势力和不义。小说结尾处写道，“狗和人不一样，狗只记恩不记仇，人只记仇不记恩”，可谓点明了全文主旨。《曹赛是条狗》同样也表达了“狗和人不一样”的主题，只是，它不再是赞扬狗的忠诚，而是揭示了在趋炎附势的社会中人不如狗的怪象。《白猫黑猫》从两名进城孩童的视角，展现了城市的浮华和底层生活的艰辛。《逃走的萝卜》可以说是一篇把王华的语言天赋发挥到极致的作品。它以儿童的思维和视角进行叙述，充满天真童趣，语言跳荡而清新，有一种不经意间引人会心微笑的魔力。《埃及法老王猫》和《香水》延续了王华短篇小说的主题意蕴和叙事风格。《惩罚》却把底层叙事发挥到了一个更为宽广的层面，夏貌貌寻找遗弃的自闭儿子，不惜离家甚至遭亲人唾弃，与福利院跑出的残疾儿周森森相依为命，流连于城市街头，如痴如醉地按照最笨的方法寻找着，故事感人至深，催人泪下，回归了现实主义叙事。

戴冰的短篇小说创作成果丰硕，其作品风格多样，涉猎面广。《弑》以奇特的想象力讲述了一个关于君王被刺的故事，历代君王以及最新继位的“我”，无论怎样设法祛除暴戾，推行仁政和励精图治，都难逃宿命一般的最终被臣子暗杀。世界万物无不在一个圆圈之内循环，这种循环不是简单的周而复始，万物只是循着既定的轨迹前行，在这种重复中，它们早已发展，由此生生不息。戴冰的小说，建构的是一种富有荒诞意味的艺术世界，揭开荒诞的外壳，却发现荒诞中隐含着生活真实，小说家正是要借不同于我们习以为常了的日常生活形态而把生活的多义性与丰富性展示出来。《杀心》以充满魔幻现实主义的手法讲述“我”多次“杀人”未遂的故事。透过少年的视角回忆往事，揭露在少年内心隐秘的角落，潜藏着极端化的个人想法。作品以小见大，通过家庭生活的杂芜呈现世界的纷繁复杂，以晦暗的童年生活展现人与人之间的隔阂与猜忌，少年的“杀心”之举，实则为抚平个体心灵的创伤。在《拾枪》等小说中，戴冰多次谈到了博尔赫斯，不仅是谈到，而是以博尔赫斯的方式，将博尔赫斯的文本组织进了自己的文本之中，其景仰之心昭然若揭，其匠心无疑深得博氏三昧。戴冰也有现实关怀的小说,《桃花》以一个女疯子的故事为题材，展现了作者对“底层”的关怀。《天籁》以音乐为引线，抒写了对青春岁月的怀念。

作家赵剑平始终把目光投向人们的现实生活，试图以一支笔来反映人们的外部生存状态和内部精神世界。但他又绝不是谨守着现实主义写作方法，对现实生活作白描式的刻画，相反的，更重视作品氛围的营造。赵剑平的短篇小说一般没有引人入胜的故事情节，作者似乎有意淡化故事，甚至有意把主题意蕴埋藏起来。例如在《白羊》中，作者呈现给我们的故事再简单不过了——雨山爷只爱养黑山羊，某天，他的一只黑山羊被别家用白羊调换，耿耿于怀的雨山爷坚持寻找黑山羊，但当他得知黑山羊被腰子伯所养，而且它给腰子伯带去了好运，雨山爷毅然放弃了换回黑山羊。《白羊》不仅表现了雨山爷对腰子伯的宽容与友善，它那种透露着淡淡苍凉的叙述中更映射出一种人世的凄苦与人性的温情。《美丽的恐惧》与《白羊》有异曲同工之妙，它表面上写蛇的故事，实际上是写人事。蛇本是一种令人恐惧的动物，整个小说几乎弥漫着悬疑和恐怖气氛，但正因为对蛇的恐惧，反而让主人公涂康与周丽丽夫妻两人破除嫌隙、重归于好。这种对小说氛围的精到把控，可以说是赵剑平的长项。《事故》中讲述了眯老汉的儿子外出务工，在工地上意外触电身亡，应用工方的要求，乡长长庚带领眯老汉一家以及向家湾的族人，前去深圳谈判这起事故的解决方案。作者通过这起农民工事故，展现了官商勾结的丑恶嘴脸，肇事方试图以金钱收买人心，暗箱操作，防止事态扩大化。在凹眼睛与向家湾人和长庚的交涉过程中，将商人与官僚、平民百姓间的区别对待展现得淋漓尽致。但在小说结尾，乡长长庚打算向上级汇报事故调查报告的行为，体现了对生命的尊重，同时也表达了对人性的呼唤。

赵朝龙的作品似乎都与乌江有关，这条蓝色的大动脉是赵朝龙小说创作取之不尽的源泉。小说《祭江》刻画了一群为生活所迫铤而走险的祭江汉，他们虽然违反法纪偷伐国家林木，但是在面对森林火灾时，他们毫不犹豫地放弃了个人小利，齐心协力扑灭了大火。祭江汉们是血性的，尽管他们在生活的重压下变得彪悍蛮横，但这磨灭不了他们骨子里的深明大义。《蓝色乌江》写青年大学生王孝毕业后被分配至乌江边的绞滩站工作，为此他与恋人分手，忍受江边孤寂清苦的生活，为改造乌江挥洒汗水。但他最终得知，自己之所以会被分配到乌江，是因为自己的上司兼好友赵桥从中操作。王孝感到愤懑，但他无法去恨赵桥，因为他像赵桥一样知道，乌江需要一批有知识有力量的青年来改造和守护。所以，尽管王孝委屈不平，但他除了感慨命运的捉弄之外，依然坚守乌江，为改造乌江天险奉献自己的光和热。赵朝龙笔下的乌江汉们具有许多共性，他们都正直、有血性、重道义，在艰苦的生存环境下奋斗不息，为情和义不惜抛洒热血。

袁政谦是一个现实主义作家，他的作品多朴素、平实，其动人之处往往在于，作者善于从细小的事物中发掘深意，以小见大，让有限的故事生发无限的内涵。在小说《九九》中，作者把人物置于老人九九无意中捡到四万元巨款这样一个戏剧化事件中，以此反映众生百相。捡到巨款并没有给老人带来好运，老人反而为此担惊受怕，忍受良心的煎熬，另外，子女们也因利益之争与老人的关系变得非常微妙。老人在临终前把巨款的藏匿地点告诉了失主，为自己保住了清白，寻得了解脱。《还乡》写“我”带着十六岁的儿子重返当年插队的乡下，缅怀当年的岁月。这个作品没有明确的故事情节，它更像一篇叙事抒情散文，其巧妙之处在于，作者设置了十六岁儿子这个角色。儿子从小在城里长大，不知人间甘苦，对乡下的一切显得漠不关心，他与当时十六岁便下乡插队的“我”形成对照，这样一来，现在的时代与过去的岁月也形成了对比。

杨打铁是一位骨子里带着诗意的小说作家，她的作品不刻意追求故事情节的跌宕，而是注重文字的感觉和作品氛围的营造。可以说，杨打铁是沿着萧红、迟子建等女作家的道路前行的，她们小说作品的内质是相通的，即充满童真和诗意、散文化倾向明显、在平实的叙述中尽现人生世相。《铁皮屋顶》是一篇散文化的小说，它没有明显的故事情节，而像是儿童呓语一般，语言里充满了孩童般的天真，叙述视角也自然而然融会了孩童眼睛里的新奇。读者或许可以从《铁皮屋顶》中读出萧红《呼兰河传》的某些感觉。《碎麦草》也是以孩童为主角，以孩童的口吻进行叙述。《碎麦草》的感人之处在于，它虽然在叙写着一个并非明快的故事，但却举重若轻，让人并不觉得感伤。作者对生活中的苦难抱以宽容之心，正是这样，才更让我们感受到她对生命的热爱。

何文的《老爸贵干》写一个略带叛逆性格的少年与常年不相见的父亲之间的龃龉与和解。作品的语言俏皮、跳跃，略带一些痞气，并且很好地融合了贵州本地方言俚语，因此使整个小说显得有韵味和张力。这篇小说很好地展现了青少年在成长过程中对亲情、友情的渴望，他们虽然叛逆不羁，但其实内心里始终充满善与爱。《人相》的行文风格与《老爸贵干》一样放荡不羁，其故事看似荒诞不经，却折射出人世百相。小说主人公夏米因怜悯贫病交困的叔叔，而毅然放弃财产和爱情，决心回去照顾叔叔。但我们又绝不能以此断定夏米是一个正直、老实的人，他身上表现出来的人格远比这复杂。身无分文的夏米在小吃店蒙混吃喝，他故意刁难店员，与女顾客纠缠，尽现出无赖和野蛮本性。尽管如此，夏米仍不忘在自己吃饱喝足之时，努力争取为叔叔打包一碗面回去，足见其内心善良的一面。最戏剧化的是，叔叔的贫与病全是装出来的，他实际生活光景非常好，还是这家小吃店的老板，他认定夏米的归来是为贪图财产。《人相》把人性的复杂和人生的荒诞刻画得淋漓尽致。《猎狗》也是一篇挖掘人性的小说，文中描写了一个出人意料的结局。在一次旅行中揭露故事真相，撕开了伪装下的双重面孔。一向被视为放荡不羁、生活混乱的叔叔，其实早已失去性功能，他只是习惯了过洒脱自由的生活，而表面上看起来保守规矩的苏尼和晓君才是真正的放浪之人。

杨村以塞罗拉为题材的两个作品——《钟声悠扬》《天高云淡》可谓是姊妹篇，二者的人物形象、故事情节、主题意蕴都相关联。《钟声悠扬》塑造了“韩太师”这样一个多余人形象。“韩太师”曾是年轻有为的大学毕业生，他放弃女友和留在城里工作的机会，毅然奔往塞罗拉这个偏僻中学，试图在这里实现抱负，成就伟大的教育事业。可事实上，他很快就被现实磨平了理想，又因为恋爱的打击，他变得精神失常，从此只能以敲钟为生，逐渐沦落为一个可笑而可悲的多余人。《天高云淡》中的主人公德厚与“韩太师”在精神特质上神似。德厚原是塞罗拉中学的一名语文老师，他有着文人的附庸风雅和迂腐固执，骨子里却又趋炎附势、善于钻营。德厚试图在仕途上出人头地，可实际上他最终止步于乡文化站站长的位子，并最终一败涂地，成为一个人见人厌的酒鬼。“韩太师”和德厚虽然都可笑而可悲，但作者并非完全以戏谑的笔调来调侃他们，而正相反，这是一种带泪的笑，作者以他们的悲剧来展现小人物的命运沉浮。

姚辉的《狗影中的时光》用过去与现实交错叙述的方式，讲述了一个有关光阴流逝的故事，颇具先锋小说的意味；王剑平的《城市形状》以白描手法勾画出了城市的浮华、困顿和荒诞。这些作品的出现，无疑也为贵州20世纪90年代短篇小说创作带来了新的活力。

黄冰小说的主角几乎都是女性，她以极其细腻的笔触，描画了女性内心世界最隐秘的角落。《红楼里的小乔》故事说不上新颖，但那如喃语一般的诉说，它便带上了独特的韵味。小说通过一个年轻女性“我”的视角，描绘了小乔的生活悲剧。小乔年轻时儿子病夭，她随之被丈夫离弃，独居多年的她再度遭遇爱情，却最终以失败和绝望收场。小乔的悲剧其实正显示了女性的脆弱和无助。女性的这种脆弱与其性格、能力、地位等因素都无关，而是由女性的自然角色所命定的。女性身体里的母性和妻性让她们把“情”看得如此重要，一旦这种“情”崩塌，她们便会在生活里变得无所适从。小说独特的视角和构思，极具艺术性。

与上述颇具现代和先锋意味创作风格的作家相比，进入新世纪的第一个十年，郑吉平、韦昌国、孟学祥等人则依然走着传统现实主义之路。郑吉平的《李茶叶》写农村人“李茶叶”通过买苦茶脱贫致富的故事，《你在我的城市，我在你的家》刻画了从滨海城市到贵州山区支教的女教师形象；韦昌国的《城市灯光》写农村人进城务工而改变了生活境遇，《麦子的夜晚》讲述了农村留守妇女的不幸遭遇；孟学祥的《老牛·老人》叙述了老人与老牛之间的深情厚谊，《迎春》描绘了毛南地区老年妇女过迎春节的美好画面。这些作品都极尽朴实，它是农村生活的真实写照。

进入新世纪的第二个十年后，有实力的青年作家肖江虹、肖勤等作家开始跻身贵州短篇小说行列，但发表的数量不多，肖江虹有《天堂口》和《当大事》两篇，肖勤有《丹砂的味道》《艾蒿地》两篇。而更年轻的作家如李晁、曹永等也崭露头角，他们在短篇创作势头上强劲。

肖江虹的小说作品往往充满沧桑之感。《天堂口》刻画了一个火葬场老员工的形象。范成大在火葬场的岗位上兢兢业业，在他的眼里，他的工作是送每一位逝者去往天堂。范成大对死者的尊重，其实也是对生命的敬畏与尊重。《当大事》由农村老人去世而无人手操办丧事这样一个事件引申开来，以小见大，反映了因农村青壮年进城务工，造成农村劳动力流失的危机。

肖勤的小说似乎总与现实生活保持着一定的距离，因而具有一种神秘的美。《丹砂的味道》从仡佬族人去世后以丹砂陪葬这样一个事件为线索，叙述了奶奶一生的故事。“我”被老祖公认为是奶奶的“转世之身”，这当然是迷信之说。“我”这个角色的设置，正好与奶奶是相对照的，奶奶的经历代表了老一辈人的生活，而“我”是代表了新生的一代，“我”是奶奶那个时代终结的见证者。小说故事离奇，又有着“转世”“冲傩”等情节因子，充满了神秘意味，以及一个时代逝去的感伤氛围。《艾蒿地》以虚实结合的手法，设置了房地产开发商与琴师这两组俗与雅相对照的角色，描画了人在现实生活中被欲望钳制的困境，展示了人们接受“雅”的洗涤并最终逃脱世俗物欲的可能。

李晁、曹永、钟华华等八零后作家虽然是后起之秀，其起点却都比较高，他们在近年的贵州文坛乃至全国文坛发出了自己的声音。李晁笔下的故事多与青春有关，充满了对青春岁月的缅怀之情和淡淡感伤。《纪念麦黄》以少年麦黄和“我”为主角，叙写了人在年少成长过程中的青涩、迷惘和执着。《童年朋友》等小说无不是这一题材的继续延伸，它们构筑了李晁文学世界中的独特怀旧情绪。怀旧书写也是文学创作的永恒主题，但八零后的李晁能把怀旧感伤写得如此精致，的确有其过人之处。

曹永是个擅长讲故事的人，他的小说构思巧妙，情节曲折离奇，以故事的出人意料来突显深意。《我们的生命薄如蝉翼》以少年李碗丧父和弑叔一事为线索，展现了困苦环境下生命的轻贱。李碗很早就失去了母亲和哥哥，在父亲坠崖去世后，他便彻底成了孤儿，但这还不是李碗悲剧的全部内容。因为政府赔偿金的问题，李碗一怒之下亲手杀死了叔叔。这无疑是一个深重的悲剧，而这悲剧正好诠释了“我们的生命薄如蝉翼”。《关于怪胎的处理方法》与冉正万的《飞鼠》惊人的相似，只不过曹永笔下的怪胎不是长着翅膀的老鼠，而是一只长两个脑袋的猪。长两个脑袋的猪最初被人们认为是怪胎，被竞相参观，可自从村中降生了一个长三只眼的婴儿之后，怪胎便很快被人们冷落了。《龙潭》写村民曹多奎受全村人推举下龙潭寻找水源，而重利轻义的乡邻们却因不愿兑现对曹多奎许下的利益，有意将他葬身于龙潭之底。传说中的龙潭巨蟒没有吃掉曹多奎，反而是人比蟒歹毒，为了利益不惜制造出人吃人的悲剧。

钟华华是一个始终关注乡土、关注底层生活苦难的作家，他的作品沉郁而感伤，语言充满张力。小说《乌鸦停在黑瓦上》讲述了一个因兴修火电厂而家园被毁的故事，它是为现代文明冲击下失落的家园所唱的一首挽歌。《渡》通过胡屠夫与提调官两家人从友好到敌对再到相安无事的故事，强调了宽容与谅解的可贵，“渡”既是渡人也是渡己。

尹文武的小说风格多样，善于刻画小人物的琐碎生活，长于心理和细节描写，以此展现人生事态，并运用黑色幽默的手法，使得文中处处充满辛辣的讽刺和悲凉的意味。《王熙凤》由一群务工人员的日常生活折射出当代人精神上的空虚。住在幸福小区的王登峰过得并不幸福，从始至终都无人领会他的特立独行。王登峰与用“大红花”票券去迎春楼消费的王辣狗、张东羊等人不同，闲暇之余用来看书学习，票券也是用于兑换生活费，一次偶然的机会让他把对生活的希望寄托在小桃子身上。但透过窗户的缝隙，不仅看到了小桃子的行为举止，也看到了王登峰的宿命。这个被王登峰命名为“王熙凤”的充满情欲与暧昧的窗口，同时也成为终结他生命的命运之窗。《铃声悠扬》通过哑巴的感情线串联起一曲爱情的悲歌。哑巴十年如一日的守候，坚持每日规律性的打铃，铃声也在无形中成为张瞎子和哑巴感情的催化剂。但作者并未朝着这条线索续写二人的感情，而是以意在言外的方式表现了哑巴的一往情深，以及张瞎子默默无闻的爱意。《铃声悠扬》把世俗人生中纯粹的爱刻画得入木三分。

夏立楠的《猫眼》讲述了“我”的打工经历，以及“我”与一个陌生女孩从相知、相识到相爱、相离的情感历程。透过猫眼“我”能看到诡异奇谲的画面，在文中建构起虚实相生的场景，使小说带有实验性色彩。女主角飘忽不定的踪迹，成为男主角心中挥之不去的魅影，又像是他想象的幻影。无疾而终的结局隐喻身处大千世界，在百无聊赖的生活中，存在着许多令人意想不到的事件发生。《春河》的风格与《猫眼》不同，作者将目光聚焦于生活在城市边缘的人群。他们居无定所，四海为家，辗转于城市与乡村之间，在暖春时节出发，寒冬之际返程，不断地为生活奔波，渴望拥有自己的家。文中围绕“我”生病的母亲，讲述了在面对苦难生活时，邻里间相互依存共克时艰的岁月。生活周而复始，只剩下疲于奔波的身影一直在继续着。

丰一畛的《后遗症》讲述了知识分子褚楚和许东陌的庸常人生。小说明显具有后现代和荒诞性质，作者以其冷峻的笔调，不动声色地描摹了知识分子一地鸡毛的生活琐事。炸酥肉、房间布局、烧水、洗澡等看似无足轻重的细枝末节，却有力地烘托了主题。二人作为精英阶层，仍然过着杂乱无序的生活，通过对社会精英——知识分子从物质到精神上的剖析，对这个充满欺和瞒、拜金主义盛行的浮躁时代进行有力地鞭笞。文中所表现的精神症结可谓是当代社会的写真，就如C城是理想，K城是现实，二者之间始终存在不可磨灭的裂隙。

贵州文学传统是以短篇小说而闻名于中国文坛的，从蹇先艾的《水葬》到何士光的《乡场上》《种苞谷的老人》《远行》再到欧阳黔森的《断河》《敲狗》《丁香》等都是耳目能详、脍炙人口的作品。蹇先艾、何士光、欧阳黔森是不同时代贵州文学的领军人物，他们支撑起了贵州文学的高地。纵观近三十年的短篇小说作品，我们可以把它们分成三个时期来考察，即1990年至1999年段、2000年至2009年段、2010年至2019年段。这三十年间，贵州短篇小说创作显现出新与旧交织的景象；到新世纪的第一个十年期间，贵州短篇小说已经进入了相对成熟和稳定的发展期，其风格逐渐形成；迈入21世纪的第二个十年时，贵州短篇小说的现代品质更加彰显。近年来一批青年新锐作家突起，为贵州短篇小说的创作加入了新鲜强劲之力，这是传承贵州文学传统的希望所在。

（执笔人：谢廷秋　颜水生）

目录

刘荣敏

龙塘门客俏

一

龙塘寨联营公司的总经理卜大贵，今天倒有闲心来到经理部跟伙计们扯闲篇喝转转酒。几个土碗盛着酒在屋子里不停地传递着，下酒的菜就是屋中间那簸箕里装得满满的苞谷米花。正是大伏天，屋子里所有的玻璃窗都开着，伙计们一个个还是热得汗淌，一个个上半身都脱得光光的。

在一片热烈的劝酒声中，大贵总经理忽然听到远远地传来了汽车爬上山头的喘息轰鸣声。可是那众多的伙计们都说没听到。过不一会儿，大贵又听到了汽车的轰鸣。

伙计们轰的一声笑了，说总经理今天想汽车想着了迷，分明没有什么汽车，硬要说他听到了汽车声。

其实伙计们并不很清楚总经理的心境，他们哪晓得总经理确实是来这里等候一辆汽车的到来的，来这里扯闲篇并跟伙计们喝转转酒那不过是障眼法罢了。他要等的是区委的陆秘书，希望这位陆秘书早点来……

提到陆秘书，卜大贵总经理就会觉得头痛，半个月前，大贵在王官寨跟陆秘书讨论签一份合同，他们是在一个小小的客栈里谈判的。先是王官寨乡政府办了一桌酒席给大贵总经理接风，陪客的有乡长、书记等一干人。让大贵不解的是在大家酒足饭饱之后便都纷纷走散了，只留下陆秘书一个人与大贵谈判。

“哈哈，他们走他们的，你可别急嘛，我的细狗崽总经理！”陆秘书总是这样直呼大贵的小名，他觉得这样更亲切。“事情是这样的，为把事情办好，王官寨乡的领导委托我跟你商谈，两个人讲话方便些嘛，谈好了我们就签合同……”

签这合同原是为开发大龙山，要在这里就原有的野牛岭古栈道改造成一条新栈道，要经过八个乡和几十个村寨，得要办理土地征拨手续，得要一个寨一个村地估算将来会有多少收益和现今应该出资多少出力多少，等等，还得一个寨一个村地把合同签好。今天大贵到王官寨的目的是签合同，这是第一个合同啊。

“陆秘书，你是代表区委领导帮助我们甲、乙双方签好合同，而不可以作为甲方的代表啊！”

“哎呀，细狗崽总经理，你何必要这么认真呢？实话讲了吧，王乡长他们有些话不好讲，找我来谈好后再请他们出来签合同！”

“哦！原来陆秘书是要先做好我的工作。那可以，谈条件吧！好话丑话尽管讲！”

“其实这也没什么不好说的，你细狗崽如今是大老板了嘛，我们办不到的事你好办，只要你细狗兄弟出面保一次媒就成了！”

保媒？签合同咋个会扯到保媒去了？大贵这个绝顶聪明的人也一时给搞蒙了，搞半天才晓得是王乡长的儿子相中了一门亲，过彩礼得花五千元。

“这五千元在你细狗崽总经理身上只不过是大水牯身上拔根毛罢了。你帮了王乡长这个忙，合同马上就签！当然，这五千元保媒钱是不上账的。”

大贵不敢答应，这五千元虽然不是个大数，但这只是第一个合同，这只是一个寨子，还有那几十个寨子怎么办？这个口子一开，其他的寨子也会提出各种各样的条件来，我咋个招架得住？

大贵只好把王官寨这第一个合同拖延下来。拿他的话说，这叫作冷处理。但内心深处大贵总经理是盼望早一点签这份合同的，虽然确实要拿一些钱丢到水里去。但总的来讲，承建这条栈道工程他是会赚一大笔的，这是一块大肥肉，决不能让这块到嘴边的大肥肉让别的什么人抢了去！冷处理只不过是压价钱罢了。所以，大贵如今是盼望陆秘书找上门来而不是他找到陆秘书的门上去。

轰隆，轰隆，分明是汽车的轰鸣声逐渐地激越和高昂了，慢慢就看见山口上出现了一辆草绿色的老牌北京吉普。

是他，就是他！大贵差不多喊出声来。

果真是陆秘书。但一见面却让大贵暗自诧异：往日里陆秘书总是对他称兄道弟，笑容可掬的，可今天却板着面孔，似乎怄着一肚子气，一点也不像是来催“保媒钱”、有求于人的模样。他头发梳得光光的，穿一件半透明的夏威夷式开领衬衫，配一条烫了两条刀口线的黑料子裤子，两条线压着黑亮黑亮的猪皮皮鞋。与众不同的是他那半透明衬衫上的荷包里揣有一只金灿灿的怀表，怀表的金链露在外面，虽然他手腕上还有一只国产上海表，可也要时不时地伸手掏出怀表来看看时间，高兴的时候就要主动介绍它的来历，那是他的一个海外亲戚送的，准得很，配着日历和全自动。大贵曾装傻问他：“陆秘书，前几年可没见你老人家戴这只怀表？”“嘿嘿！”他神秘地笑了，说：“我的细狗兄弟，看你聪明一世，糊涂一时，前些年，哪个敢沾海外关系的边？有这表也不敢戴出来！明白吗？”

“不过，我看这式样也实在太老牙哩！”

“嗯？哪样？老牙？放你娘的狗臭屁！你晓得这是镶金的吗？镶金！见过不得？哼！真是半瓶子！”这么骂着，心里倒是乐滋滋的。

但今天大贵却不敢请陆秘书看看怀表的时间了，他把铁板着脸的陆秘书接出小汽车，又低头哈腰地在前边领路，扶着陆秘书坐到了软座的沙发上。

抖了好一歇威风后，陆秘书那脸上的气色才慢慢缓和下来，接过大贵递过来的一碗本地产的龙塘窖酒，轻轻地呷了一口。接着才顾盼了一下左右，“唉”地叹了口气，说：“你这细狗崽呀细狗崽，我真想要着实剋你一顿，可剋你又有么子用？都怪我们平时宠坏了你！”说着又细细地品了一口酒，“当然喽，话还得说回来，事实上我陆某人也是一次又一次地提醒过你的，可是你只当耳边风！现在可好，闯出祸事来了！……嗯？……这酒怎么……啧啧，是又加了佐料？”

“嘿嘿，这龙塘香窖我们又做了改进……”大贵趁机又递过烟去，“这是省里出的香烟试制品，人家拿来征求意见的，陆秘书你老人家尝尝看，中意的话等会我叫人给您送几条去。”

“那倒是不必喽，你细狗崽发你的财去，我陆某人是不会眼红的……”陆秘书好容易才有了笑容。紧张了半天的卜大贵和他的伙计们这才算松了口气，你看看我，我看看你，又轰的一声笑起来。

没想那陆秘书马上又垮下脸来，呵斥道：“笑，你们还笑，弄不好我看你们要哭！你细狗崽闯了祸晓得不？你害得梁区长在电话里挨了吴副县长狠狠一顿剋！”

“唔？”大贵吃惊地睁大眼睛。

好一歇陆秘书才讲清原来是吴副县长有一位小幺儿子，高中毕业后连续几年高考落榜，家里还指望他再去报考，可他却偷偷逃走了，传说他是改名换姓投奔到大贵公司里来了。

大贵一听，心里倒放下了，不就是个懒读书的小子罢，他投奔到我这里来倒是件喜事啊，县太爷的公子哥投奔到我卜大贵麾下，给我面上增光呀！哈哈……

这欣喜大贵当然不敢露在脸上，还是装成一副焦急愁苦的神情说：“哎呀，这可怎么了得？这，这县长的公子哥也真是，怎么就放着神仙般的日子不肯过，有福不会享，反倒跑到我这里来吃这份苦？也都怪我粗心，让他隐姓埋名瞒哄过去，害得区里的领导受累！”

“你莫装相！哪个不晓得你大贵大老板爱收破烂？那些懒汉、小偷、窃贼在你眼里都是人才！一来投奔你就收下。我原先说的话你不愿听，要不哪会来今天的祸事？吴副县长今天在电话里发火啦，懂吗？”他模拟县长的口气：“你们那个什么细狗？他专门收留小偷、窃贼、赌徒、不法分子，成了那些家伙的避风港、安乐窝啦！是个藏污纳垢的地方！不清查清查不得了！”实际上陆秘书接到的只不过是吴副县长夫人打来的电话，儿子的出走让妈妈焦急，这很自然，她确实在电话上打了点官腔，责怪大贵的公司。但陆秘书却因刚才品酒猛灌了几口空肚酒，这时却乘着酒兴将吴副县长抬出来，要吓唬吓唬大贵等一干人，那些话完全按他自己的意思信口开河，什么“不法分子”，什么“藏污纳垢”，什么“清查清查”，全不是电话上的言语。

在某种程度上说，大贵的公司确实收留了一些在某些人看来是不三不四的人，当中也真有干过偷摸扒窃勾当的失足青年。但大贵喜欢他们这些人确有自己的一技之长，所以不计前嫌，一来就当客人对待，一些暂时没有适当工作安排的先养起来。这样，有人就开玩笑说：“大贵，你广招贤才，收罗门客，是要学古时候的孟尝君门下三千客，那倒是个了不起的人呀！”“哪样？孟尝君？”开初大贵不清楚孟尝君是什么人，后来才清楚了，倒很乐意这样比喻。当然这也是有前提的，首先是凡是有前科的门客要改恶从善，接受教育和改造，拿他的话说那就是“端我的碗得服我的管”，“只要是依了我的要求，我大贵会拿心对着他而不是拿背对着他”。他总是积极宣传，“这是化消极因素为积极因素，对企业、对国家、对社会都有好处”。

但今天对陆秘书大贵就不敢念他自己的经了，只能顺着竿子抹，拣陆秘书喜欢听的说。他一边吩咐伙计们赶快办酒席，一边亲自给陆秘书敬烟敬酒敬茶，手里还拿着大棕团扇围着陆秘书那圆实的胸背不停地扇扇子。嘴上是不停地自我检讨：悔不该当初不听陆秘书的教诲，招致今日要挨清查，得罪了吴副县长，连累区委领导挨批，望陆秘书你老人家君子不计小人过，凡事还得替我大贵遮盖遮盖……

陆秘书虽然是未上酒席就有些酒意了，但他晓得大贵很滑头，就硬邦邦地说：“我的细狗兄弟，莫跟我来这套！我陆某人不要哪个舔我的屁股肥！限令你三日内把吴副县长的儿子送到县城去！”

二

送走了陆秘书，大贵总经理也坐着马车驶出了龙塘寨。

太阳已经斜过大山梁那面去了，马车在大山的阴影里行驶。大贵愣过一会神儿后便拿出酒葫芦，仰脖子咕嘟嘟一连灌了好几口，顺手就拣竹篓里放的一个一个鲜嫩的青辣椒下酒，放到嘴里一口一大截，脆生生辣乎乎的。接着大贵便睡着了，发出了呼呼的鼾声，两脚搭着二郎腿，脑壳就枕在车斗里的一大捆稻草上。折腾了半日，这时也该是他补补瞌睡的时候了。对大贵这样的大忙人来说，坐马车出来打打瞌睡已经是他习惯的休息方式了。这马车总是那么摇摇晃晃、慢慢吞吞的，那匹完全不用鞭子抽打的老马一步一鞠躬，也似乎进入了半睡眠状态。平常间他喜欢带上他的那台四喇叭的索尼牌收录机，一边放录音，一边打瞌睡，常常播放他亲手录制的侗戏《丁郎龙女》的全本戏文。听着丁郎那款款细语，龙女那甜美的歌，琤琤琮琮的侗族琵琶，伴合着这马颈下的铜铃声，马蹄敲打深山石板路发出的咯嗒咯嗒的脆响，还有那习习的山风，以及那远处飘来的鸡鸣狗吠，鸟叫蝉吟……听着听着便进入了梦乡。但今天总经理根本无法睡着，也根本不想睡着，闭着眼不过是假寐罢了。他那本来是平静如镜的心湖里不停地翻腾着汹涌的波涛：怎么办？对那个吴副县长的儿子！能简单地打发他走吗？不，人家是巴巴地投奔你来的，你大贵总经理不可以这样无情无义啊！不能撵他走！不，不能！——老实讲，他从心眼里高兴县长的儿子留在这里。不过，那样一来他又如何向县长交代？弄不好岂不要得罪了父母官？唉，我那在天上的圣明的老天母（侗族传说中创造人类的神）啊，我大贵要咋个做才能得到个两全其美的结果呢？

大贵眼前忽然闪现出一个跛脚的小伙子来，他叫潘志刚，外号“四杰”。四杰本是侗族传说中的一个机智人物，曾经爬过高墙去偷县太爷的白马，还当面戏弄过巡抚大人让他自己把官帽脱下来，等等。潘志刚十年前是个爬墙偷窃的能手，团伙便送了他“四杰”这个外号。后来团伙被破获，他被送去劳改，刑满释放后才来到大贵的公司。大贵看中了他的精明能干，且熟悉偷盗的门路，就让他搞公司的保卫工作。这小子果然卖力，公司里前几年搁下来的几桩悬案都在他手上破了……

现在大贵想到今天又得用到“四杰”了，是不是让他连夜赶进城去，了解一下吴副县长打电话寻找儿子的情况？最后是要想办法做好吴副县长的工作，让他同意他的儿子留在这里。

大贵又联想到其他的那些“不三不四”的门客们，眼前浮现出他们那各不相同的面孔和曲折的经历。平常间自己忙于各种事务，没有好好地想想他们，今天是陆秘书提醒他，让他特别关注到他们了，是的，大贵他今天是多么想去一个一个地看望他们啊！陆秘书今天的那些言语，无疑是深深刺伤了他们！唉，要让社会上能理解他们是多么难呐！

大贵忽听身后传来了大卡车的轰响，眨眼间大卡车便停在马车的屁股后边了。十几个穿着各异的小伙子从车上跳了下来，把大贵的马车团团围住，这些人正是刚才大贵惦念着的“不三不四”的哥们。今天陆秘书的雷霆震惊了他们，便奔走相约着来见总经理。如果是他们带累了总经理，那他们可以一走了之，各奔前程；如果总经理仍然看重他们，那么今天也是总经理为难的时候，养兵千日，用在一时，如能用得上，当效犬马之劳。

大贵从马车上跳了下来，只见他把鞭子一扬，说："哥们，我大贵正想要见见你们啊！你们受委屈了！说什么'清查'呀，'藏污纳垢'啦，'不法分子'啦，哥们都不要听这些，有我大贵在就有哥们，请相信我大贵执行的是共产党的政策，有党的政策给我撑腰我大贵垮不了！……哥们今天来了，说明我大贵是拿心对着你们而不是拿背对着你们的，今天我有难处，还望大家帮忙出主意想办法哩！先得帮我找到吴副县长的儿子……"

话还未说完，人群中响起一片声音，"总经理，吴县长的儿子吴学军就在这里"！

一个样子很精灵的大个子后生被人们推出来，让他站到总经理面前。这大个子后生马上对大贵鞠了一躬，说："是我带累了总经理，很对不起！"

看这个英俊彪悍的模样，听这说话在理的口气，大贵满心高兴，说："你，你就是吴副县长的儿子？不必客气啊，我大贵很欢迎你到鄙公司来。只不过，为哪样你要隐姓埋名不让人晓得你的身份？"

"听说你这里会用人，不埋没人才，英雄有用武之地，我就慕名而来。至于说隐姓埋名嘛，那是我自己想闯自己的世界，我以为男儿志在四方，不能依靠父母，我不愿让人们知道我是副县长的儿子，不希望以这样的身份得到别人的照顾，我要走自己的路！"

"真是好样的，真是好样的！讲得蛮好，正像我们侗话里的那句谚语说的：'自己的脚自己洗，自己的田自己种，自己的饭自己吃！'只不过，你也有欠思考的地方，你撇下父母不辞而别，害得娘老子到处找你，你成了个'失踪的人'，你不认为这样是给别人添了麻烦吗？你小子再不露面恐怕公安局就要立案侦查了！现在你爸爸已经找到我们公司来了，你哥子意下如何？是回县城去呢，还是想留在这里？要回去的话，我这里马上找车送你，把你交给吴副县长。如果你不想回去，那你也得给爹妈讲清楚，得给娘老子认个错，让爹妈放心，要不然我也不好收留你啊！"

"总经理放心，我马上就打电话给我家里认错，并要求他们同意我留在这里！"

"小伙子这样坚决，我很欢迎，只不过，你到底能为公司做些什么呢？有哪样特长？"

"说不上有哪样特长，只不过，我愿意投入贵公司最难办最艰苦的工作中去！"

大贵心想，本公司眼目下最头痛最棘手的工作不就是那栈道工程吗？最难剃的头不就是陆秘书吗？难道你这小子有这能耐？

大贵沉默了半晌，说："好吧，君子一言，驷马难追！我让你去干一桩很难办的工作，到时可不得怨我大贵不照顾你啊，当然啰，你也尽管放心，我会找适合你干的工作给你，不会让你为难。"

围着大贵的小伙子们忽然发现总经理今天与往日不大相同，往日里坐马车休息总是穿着便装，有时是脱得光光的钻进车斗的稻草窝里。可今天不同了，他那身上的土布侗家衣八九个布扣都严丝合缝地扣着，让他那只镀金的银质项圈金灿灿地袒露在脖颈上，项圈上用银链系着的一只麒麟形保命金锁在胸前不停地抖动着，牵动着锁里装着的银珠也跟着不停地嗡嗡叩响。另外，平常不大看见的那两只藏在袖筒里的银镯这时也亮晃晃地裸露在手腕上。他是有意要这样做的，上马车之前他就想到哥们今天一定会串通起来找他的，他得郑重其事地和他们会见，虽然自己只不过是个小人物，但对于他的这些哥们来说，他的严肃和庄重就是对他们的尊敬和理解，是有分量的。对自己来说呢，老实说，这些哥们也是多么重要啊，自己这个联营公司，大大小小一共几十个经济实体，这些哥们就像大厦的一根一根的支柱，是他缺不了他们啊！大贵和一个一个的哥们都握了握手，都默默地点了点头。哥们很受感动，但又替大贵焦心，他们也细细地看了看总经理，竟看出来他见老了，黑黑瘦瘦的脸上不知是从哪个时候起牵起了满脸的皱纹了，在这太阳的阴影里看他，哪个会想到他只不过是刚满二十八岁才吃上二十九岁的饭的年纪哩，晃眼间看去，他倒活像一个四十开外挨边五十的干瘦老头子了……

三

陆秘书在龙塘寨大贵的公司里喝得醉醺醺的，回到区政府宿舍，倒头和衣瘫在了床上，如一团烂泥动也不动，竟一觉睡到大天光。他是被一阵阵的狗吠声惊醒的。陆秘书对狗叫声很敏感，一听就清楚今天这狗吠声不是那种看家狗阴一声阳一声的叫法，而是猎犬的吠叫，是它们闻到了空气中的某种气味而伸着脖颈对天鸣叫，示意主人赶快来，不要耽误战机。陆秘书顿时心中一喜，当下便一骨碌翻爬起来，穿着木板鞋便走出房间，在木廊上打望并即刻高声喊道："是哪里来的围猎队？不知会一声就赶起狗来了？"

陆秘书是个围猎迷，最喜欢趴在某一个掩体里，由别人将猎物哄闹出来，他只管扣扳机射现成的。这时他心里痒痒的，很想参加出猎，但却做出一副万事不求人的神气走过去说道："不得我们这里的领导同意，就不准进山！"

闹哄哄的围猎队里忽然钻出一个人来，对陆秘书笑嘻嘻地说道："陆秘书，你老人家好啊！"

陆秘书忙定睛一看，噫，原来是大贵："嗯，怎么是你细狗崽？"

"我是来请你老人家参加我们今天的围猎哩，不晓得你老人家肯不肯赏脸哦！"说着，立马给陆秘书递过一支烟去，另一只手咔的一声打亮了打火机。

陆秘书吸了一大口烟，吐出了长长一股白雾后才说："你，你细狗崽还有心思围猎？

昨天我交给你办的事办了吗？嗯？”

“嘿嘿，陆秘书，大贵我正为这事要找你老人家汇报哩！”说着，忽然放低了嗓门，凑到陆秘书耳边诡秘地说道：“昨晚上吴副县长给我打来电话了！”

“啊？哪样？吴副县长……”

“哎呀，陆秘书，莫这样声高！”说着，调过脸对几个猎手说道：“我这里跟陆秘书汇报工作，不该你们听的莫要挨拢来！”看那几个小伙子走远了，大贵才又低声说：“大贵我今天是特意来给你老人家透个信的！唉，实话说吧，吴副县长昨晚上在电话里很生气，主要是对你老人家昨天在我们公司里讲的那些话有意见！”

陆秘书额上顿时冒出了细细密密的汗珠，忙掏出手帕不停地揩拭：“吴……吴县长……他……”竟惊吓得有些语不成句了。

“唉，都怪我大贵管教不严，昨天你老人家讲那些话还没得一个屁久就有人反映到县里去了，吴副县长一听就火冒三丈，特别是对‘要搞清查’那话！”

本来陆秘书就没有接到吴副县长的电话，可昨天偏偏要信口开河，假传圣旨，兴之所至，随意编造，今天这一揭穿，还有什么脸见人啊！后悔不迭，失声叫道：“天呐，我真该死！”实际这是陆秘书惯常的伎俩了，平时走到哪儿都开口闭口“区委的意见”“区里的意图”“区长说的”，仿佛他就是“区委”“区政府”，嘴说滑了，不经意便冒用了吴副县长的名义。

得意的却是大贵，有意拿陆秘书开心，他昨晚上派出去的“四杰”不愧是个干才，几个钟头便把情况摸得一清二楚，还给大贵接通了吴副县长的电话，通话后大贵才清楚陆秘书玩弄的“狐假虎威”“假传圣旨”的把戏，他决定今天来要弄点手脚出出气。

大贵心里好笑，却又假惺惺地拍拍陆秘书的肩背安慰说：“不过，你老人家也不要着急，话不说也说了，悔也悔不转来了，只有硬着头皮挨的份儿，是一团狗屎也得吃下去！”

“唉，挨刀的细狗你就不替我遮盖遮盖？”

“看你老人家说哪里话哩！且上车吧，找个好说话的地方我给你老人家详细汇报！”边说边一把将陆秘书拉进围猎队中的一辆马车里。

围猎队里有三辆马车，几十个猎手前后簇拥着，大队人马呼呼啦啦地拉进了深山。陆秘书和大贵坐在同一辆马车里，大贵不时地站起来咋咋呼呼地指挥着整个猎队，不时喝骂着那些猎手们，而陆秘书却是瘟在车斗里一动不动，一点围猎的兴趣都没有，他担心这样一来他原先所谋算的锦绣前程要砸锅了！这担心倒也是实在的，不要看大贵对陆秘书一口一个“你老人家”，其实陆秘书只比大贵大个一两岁，现年才三十挂点零。眼看区委区政府的领导班子一天天老化，梁区长早已提出来要退，人们在议论纷纷，最理想的接班人就是他，论文凭他是中专生，讲年龄他是区委机关在编人员中最年轻的一个，说才干那实在是百里挑一的，发个言或做个报告，那理论是一套一套的，群众工作那早都做油了的，还有一点就是外貌也是仪表堂堂……如果这回就为那么几句话栽了跟斗，那才真是那句侗家老古话说的：人牵你不走，鬼牵你跑趟趟！撞到鬼啰！

当猎队来到大龙山野牛岭的谷底时，三挂马车便一字儿摆在清溪旁的石板路上。大贵将随车带来的被太阳烤得发烫的啤酒、汽酒、果露酒以及本地酿的“龙塘香窖”通通镇到冰凉的溪水里，然后便拉着陆秘书在猎手们铺下的一张帆布桌旁席地坐下。那帆布桌实际就是揭下来的一辆马车的车篷。哥们七手八脚将那装满了各种腌菜、凉菜的十几个饭盒和几大块榕江西瓜放到桌上，随即哥们便知趣地走开了。

远远传来猎犬们追野货的吠叫，火药枪此起彼伏，不间断鸣响，还有从树丛里蹦出来的岩羊如箭如梭一晃即逝的身影，布置在四面山梁上截堵的猎手们那一阵一阵的吆喝……

喝着溪水镇过的酒，大贵又打开了话匣：“有些话不好在区政府里讲，所以特意把陆秘书你老人家请到这里来了。”

“就为这才安排围猎？”陆秘书心里很不宁静，“拿我开心？”

“哪里哪里，那是哥们要来野牛岭勘查栈道工程的路线，日期是早就定了的，顺便就围猎。我是趁便，请你老人家出来散散心，一边就说我们的事。”

“嗯？你说的栈道工程，指的是从王官寨开始穿过野牛岭的那条栈道？”

“正是！半个月前你我谈判的那条栈道！可惜一开头就没谈成，王乡长要五千元保媒钱才签合同，我们小本经营哪出得起？依我想，这件事该要冷下来才好，工程耗资大不说，麻烦特多，光签合同就是几十个。光一个王官寨就是五千元保媒钱，还有那几十个寨子该要好多？妈呀，我这个总经理连皮带骨头全卖了也贴不起呀！可是，嗨，我不想干，可我们公司那些哥们倒是剃头挑子一头热，口口声声说这个栈道一定要搞，说哪样这是县委领导提出来要修建的，区里重视，吵着一定要承建……唉，我为难哩！……你看，今天定要来勘查路线，说日子是早先就定了的，我拦都拦不住……”

陆秘书听着听着，心里升起一阵愧意，那五千元保媒钱实际是他和王乡长两人合谋提出来的，事成之后各分一半。当时陆秘书还当着王乡长的面拍了拍胸脯说：“王乡长请放心，这事包在我身上，那细狗崽敢不听我的？”但现在听大贵这么样叫苦连天，陆秘书也不禁心中羞愧。不过，我陆秘书吃那细狗崽的钱也该吃，这些年来他大把大把地抓票子哪个不晓得？我就不信他那些钱都是来得干净的！再说，这年头哪个不吃哪个？见财不贪，必是老憨！不吃白不吃！有权不用，过期作废！……陆秘书这样想着，心里又安然了。

“不过，这栈道工程的事等下我再给陆秘书你老人家汇报！”大贵边提着瓶子给陆秘书斟酒，边又继续刚才的话，“现在还是回过来说吴副县长那个电话吧，这电话比那栈道还要紧！唉，好在陆秘书你是老领导，我就实打实地说吧，吴副县长在电话上问：‘你是大贵总经理吗？那个区里的什么陆秘书？我并没有打电话给他，可他倒是在你们那里打我的旗号胡说八道是吗？什么不法分子的安乐窝？什么还要搞清查？放他的狗臭屁！’……我一听，天呐，这不拐了？是哪个挨刀砍的小崽上去反映了！这可咋个办？这一来陆秘书咋个受得了？我心想我和陆秘书朋友一场，我今天冒一回死也得替陆秘书遮盖遮盖啊！当下我就在电话上回说：‘吴副县长你老人家且息怒啊，听我大贵讲吧，要是陆秘书说了那样的话，那真是冤枉他！没有的事情！你老人家快莫听那些嚼烂舌头的乱讲……’好容易吴副县长才消了气说：‘哦哦，这样嘛还差不多！’陆秘书，就这样才替你老人家开脱了。”

陆秘书这才松口气下来，扯手帕又擦了一回脸颊上的汗，这时他才感觉到这山溪旁是这样的凉爽，而在这溪水里冰过的酒也格外有味了。

“另外，吴副县长在电话上问了他那儿子吴学军的表现情况……”

一句话把陆秘书提醒了，忙问：“找到他了？快把他送回去吧！”

“哈，不！吴副县长倒希望他留在这里呢！我给吴副县长汇报说吴学军在这里表现很好，是个有出息的好青年。他老人家很高兴，说年轻人还是先在下头锻炼锻炼才好。最后我让学军在电话上给他爸爸妈妈认了错，父子俩讲通了。”

“那么说，吴副县长没说到你那些劳改劳教过的门客？不怕他的儿子沾上坏习气？”

本来大贵一听这话就要来气的，转念一想陆秘书本来就很俗气，又何必跟他认真呢，要做好他的思想工作，怕是要等到公鸡生蛋马生角的年月！大贵只好“噫”的一声将话题岔开：“那吴学军今天也来围猎了的，他还是勘路的小组负责人哩！是不是叫他来跟陆秘书你老人家见见？”

“哎呀，看你这细狗崽呀，吴学军在这里唧个不早讲？快去叫他来！”

吴学军很快被叫来了，陆秘书立刻哈哈笑着跟这个大块头英俊汉子紧紧握手，说：“崽哟，好一条汉子呀！”

“还是个自学成才的小专家哩！”大贵赶忙补充，“自学了几年的桥梁学，听说我们公司要承建野牛岭栈道工程，就改名换姓投奔到我这里来！”

“啊？你对我们的野牛岭栈道有兴趣？”

大个子眯笑着点点头。

“搞栈道工程苦得很，你吃得苦？”

“我晓得，爸爸也要我好好锻炼！”

“真是好样的，真是好样的！”

“我是初出茅庐啊，还望陆秘书批评指导！”

“出语就不俗，我喜欢！”

等到吴学军提着猎枪带着勘路测量仪又回去围猎后，大贵指着学军那远去的背影说：“陆秘书，原先我是想把栈道工程冷处理，打从昨天见到学军这小子后我就改变了主意！”

“怎么样？”

“我想保举这小子来负责这个工程！”

“他？……他能行？”

“你以为他是个乳臭未干的嘴上无毛的嫩麻雀？不，他才真有能耐哩，我就要借助他是吴副县长的儿子这个名分！前段时间这小子隐姓埋名，要不我早就把他提上来负责了。”

“你的意思是……”

“有了学军这样的人，我的公司就算是有了靠山了！比如说吧，王官寨的那个合同，不是要去给王乡长保媒吗？这件事落在我大贵头上就是个癞疮疤，不好治，但若是落在学军头上，让他去办这件事，莫说是五千块钱，就是五万块他也不费力。他背后有吴副县长嘛，五千块，吴副县长只要吹口气就成啰。哈！”

“不不，不能这么做！”陆秘书那眼眉间又浸出细细密密的汗珠珠了，他想到这是关键时刻啊，如果硬要贪图那笔保媒钱，弄不好就会捅到吴副县长那里去，我恐怕连党籍都要要脱，吃不着羊肉倒要惹一身骚！只有忍痛啊。“唉，我的细狗兄弟啊，这保媒的事我看就不要再提了！”

“那，这个媒不保了？”

“这个媒不保了！”陆秘书的态度忽然坚决起来，竟是愤愤地说，“都是些不正之风，滚他的蛋吧！明天我就带学军去王官寨签合同，有学军在，他王乡长敢咋个？只要王官寨这个合同一签，别的那些寨子就都好办了！”

大贵快活得差点笑出声来，心里说，今天是我龙塘的门客俏啊！哈哈！……

（原载《民族文学》1990年第7期）

1990年

王新华

突然停电

好久好久以来，他就没有放开嗓子唱过歌了。

最后一次引吭高歌是在读初三的时候。有一天上音乐课，全班齐唱。不知什么原因，那天他很高兴，敞开莽喉大嚎起来，以闷雷般的声音盖过了全班同学。音乐老师是个外表文静，脾气却不大好的人。听了，黑下脸，皱起眉，说："这是什么音乐，简直像驴叫！"当时，他仿佛一下子掉进了冰窟窿，全身凉透了，脸却红到了耳朵根子后面。

后来，一直到毕业，到工作，到结婚，到有小孩，又到小孩读书，音乐老师的那句话都一直深深地刻在他的脑子里。

这么多年来，他从来没唱过歌，连说话也是轻言细语的，完完全全一个大姑娘的样子。因为这，他还意外地博得了许多人的赞赏。

可是，在前不久，他又和音乐老师碰在一起了。他们仍然以师生的身份拘谨地谈话。其间，音乐老师多次发问："你刚才在说什么？"他的声音太小了，老师听不见。老师忽然觉察到他满面疲惫，就说："太累了吧？唱唱歌吧。放声唱，尽情地唱，要唱得愉快、高兴，把所有的疲劳和烦恼都让歌声带走。这样，你就会变成另外一个人，一个轻松的人！"

他听了，仿佛得到了赦旨一般感恩不已，诚惶诚恐而又迫不及待地回到家里。

妻和子都出去了，屋里空无一人。他迅速关上门窗，找来一本书，卷成一筒，握在手里，做歌星持麦克风上台表演状。他清了清嗓子，挺胸，踮脚，抬手，做深呼吸。正要吐出第一个长音，忽然，他似乎又想到了什么，走过去，打开那台结婚时就买下的收录机，并把音量放大到极限。顿时，严实的小屋子在强烈的节奏里震荡起来。

他手持书筒，亮开嗓子，要把多年积郁在心中的那些所有道不清说不明的欲望尽情地发泄出来。

门，不知什么时候被推开了，门缝里一上一下挤着一大一小的两只惊恐的眼睛。而歌唱者全然不觉。

正在这时，录音机巨大的轰鸣戛然而止。停电了，演唱者的歌声刹不住，一下子滑出两三拍，陌生的歌喉吓得门缝里一声尖叫。

他闻声而止。书卷的麦克风跌落在光洁的地板上，一下子弹开了。他又喜又愧，走向儿子。但是，当他向儿子伸出一双慈爱热情的大手时，儿子却突然间又是一声惊叫，扑向倚在门框上惊恐得合不拢嘴的妻子："妈妈，我怕！"

（原载《百花园》1990年第10期）

1990年

赵朝龙

祭　江

乌江不寂寞。滔滔的浪涛上，除了船工水手踏浪的号子，还会时不时响起一阵阵祭江汉高亢的吆喝——

"啊——嗬，祭——江——啰！"

这是一支古老的歌，庄镇的几辈子人都会唱。灶房里缺了柴米油盐，盖房时少了大梁，穷得发慌的汉子们便去祭江。踩着木头，踏着江浪，弄回大批的木头，腰包便有了票子。

祭江很苦，很危险，都是些不怕死的汉子干的活儿。

好不容易在湍急的野鸡岭滩边停泊了小船，一伙人便手执雪亮锋利的板斧锯子，爬上江岸，走进了冥冥的深谷。

没有月亮。密密实实的雾，遮漫着山峦和林莽，望不见谷中小道的去向。

不知是谁在闷闷地咳嗽着，前边便传来一声低沉的吼骂。

一股凉风吹来，水妹觉得鼻孔里一股奇痒，真想打个喷嚏，但她不敢，因为五爹就在她的身旁。她强忍着咬住袖口用力憋住。她不能给五爹丢脸。

五爹在庄镇并不是顶尖上的人物，但在山里水上，却是个好把式。走船放排，钻山林伐木，他那双粗糙的大手能把两百斤的野猪拽出窝。五爹是靠祭江长大的。祭江是下力的苦活，如何剁，如何扎，如何放，都是很有学问的，弄得不好，不是踩中守林人的铁夹子，就是摔下山崖或葬身鱼腹。这一切，五爹是权威，是庄镇祭江的汉子们当然的头领。

“想打，就打一个吧。”五爹靠近水妹，低声说。

水妹憋着气，不敢张嘴回话。她不能因为一个小小的喷嚏，把这支祭江人马暴露。

一溜人向着野鸡岭继续爬去。祭江汉们谁也看不见谁，都各自弓着腰，胸膛都贴着快要直立起来的大地，大地和祭江汉们一起在沉闷地喘息。

树林里扑啦啦惊起一只野鹰，发出一阵凄厉的鬼哭般的叫声。

水妹打了个寒战，紧紧地跟在五爹的身后。

五爹已经爬上了山坳，他那瘦长的身影衬在灰色的天幕上显得更高大。祭江汉们都爬上来了，一串黑黝黝的影子。

这儿是祭江汉们的休息地，除了小憩，还要在这儿给肚子补充干粮。一停下，大伙便摸索着寻找高一点的地方落座。五爹似乎没做任何选择，他熟悉野鸡岭上的每一个地方。他把水妹拉到一簇树丛旁边，低声说：“坐下，这儿干，露气上不来。”

祭江汉们带的都是锅盔。锅盔耐嚼，耐饿，吃上一顿能管一天。这些汉子们家里再难熬，女人们也要想方设法倒腾些白面给男人烙上两个锅盔，祭江回来，钱就来了。

水妹没有锅盔，她只是用三个指头一撮一撮往嘴里填炒面。炒面一进口就满嘴里粘，很难往下咽。

“二狗，把烟灭了！”五爹朝黑影里吼了一声。

黑影中，有一道红光在一明一暗地闪着。

“哼，山大王还在窝棚里睡大觉咧！”抽烟的二狗嘀咕着，灭了烟火。

祭江汉把守林人叫作“山大王”。

水妹艰难地嚼着炒面。突然，她跟前窜过来一条黑影，那黑影晃了晃，发出窸窸窣窣的声音。

“二狗，滚到那边去！”

“哎呀，五爹，你管天管地管嘴巴，还管我二狗的鸡巴……”二狗毫无顾忌地端着家伙朝黑黝黝的树丛“刷刷刷”地扫射过来。

“啊呀！”树丛下的水妹惊叫一声。

“哪一个？”祭江汉们呆住了。他们谁也没有想到这队人马里突然钻出个女人的声音。

二狗的尿也惊断了，勾着腰，一手提着裤子，一手朝树丛边摸过来：“五爹，你不要开玩笑，深更半夜，吓人倒怪的……”

五爹在黑影里推了他一把：“不要咋呼，是水妹。”

“水妹！”祭江汉们又是一惊。

“水妹？你五爹把她带来做哪样？”二狗低声吼叫道。

“祭江。”五爹说。

“祭江？她也来祭江！开什么玩笑？”

“女娃子来祭江，只怕不吉利！”黑影中有人抱怨。

“是咧，今个里不碰上山大王和他的铁夹子，也准难闯寡妇滩。”二狗火上浇油地说。

“谁怕，谁就回！”五爹火了。他一发火，大伙都杵下了。

“今黑里她水妹来了，是我带来的。谁不知道祭江不是人干的活！一个女娃子，她高兴来吗？她水妹有了难处，她爹不行了，她硬要来祭江给她爹弄副棺材板……”

五爹嘶哑着嗓子。水妹在黑暗中抽泣着。祭江汉子们都不吭声了。

当太阳从湿漉漉的林海中升起来的时候，江道里升腾起来的大雾又将野鸡岭和祭江汉们一起吞没了。他们来到了野鸡坪。

五爹看了周围的地势，又试了试风向，然后说：“水妹，你站在这儿，看住山窝那边，那儿有个草棚，山大王就住在那里。一有情况，你就跑来告诉我们。记下，我们就在那条沟边放山。”

沟里涨着白雾，他们走进了白雾里。

水妹向那山窝望去，想努力看出草棚的轮廓。可是，看到的只是白雾。

水妹从未见识过山大王，但知道他的厉害。他是个苗族老人。他对祭江汉们摸得很透，常常一动不动地趴在草丛里，趁祭江汉们上气不接下气地赶路时，他就会出其不意地站在他们面前。他有一根牛皮绳子拴着的打狗棒，抡圆了，甩出去，三丈以内指哪儿就打哪儿。就是那根打狗棒曾经打断过五爹的小腿骨。他还有一条猎狗，山虎一般的凶猛。他还有一杆步枪，能在夜间凭声放枪。他曾一枪把五爹的帽子打飞，过了几天，他托人把那顶帽子捎还五爹，帽子前后穿了两个洞，而五爹头上的毛都没掉一根。

五爹恨山大王，恨得牙齿痒痒的。山大王扫了他的威风，抹了他的面子。有天夜里，几个蒙面人闪进草棚，用棕绳把山大王捆在离地几尺高的树干上，悬悬地贴着树干熬了一天一夜，才被两个过路人救了下来。人们都说这件事是五爹干的，但谁也拿不出证据。

晨雾终于淡了。阳光慢慢地透进了蓝幽幽的林梁，群山露出了苍翠庄重的姿容。

水妹终于看见了那草棚。她估摸五爹已经在往回搬运木头了。

草棚孤零零地陷在山窝里。棚前有块草坪，码着一堆堆木头。旁边拴着一条很大的黑狗。棚顶冒着一缕白烟，和没有散尽的雾气缠绕在一起，好像凝固了一般。看来，山大王刚起来，说不定在喝早茶呢。她想。

于是，水妹决定要到沟那边去看看。

“水妹，怎么了？”五爹压低嗓门问。

“我来看看……”水妹在沟底伸长脖子张望。

“你真是，那地方能离人吗？”五爹急了。

“完了……”二狗精着上身，提着斧头窜过来，“我说水妹，这些人今天都要倒霉在你身上了！”

“那……我再上去看看。”水妹红了脸说。

“来不及了。”五爹毫无表情地说着，把两个巴掌卷成圆筒，对着沟岸发出了暗号：“嘎——咕！嘎——咕！”这是在告诉大伙，情况紧急，立即扯帆。

五爹把锯好的几截圆木头藏于树丛里，然后把一根圆木横在背上，木头和人构成了一个灰褐色的十字架。

雾已经散尽，一丝云彩也没有，天像洗过的一样。十字架们相跟着，缓缓地顺着沟梁移动。大地又低回着沉闷的喘息。

“站下！”水妹刚把脚挪出娃娃崖的出口，五爹就把她拽住。他们一停下，后边就动弹不得，于是乎，长长的一串十字架便卡在了娃娃崖上。

娃娃崖是野鸡岭上的险道，半崖上只有一条尺把宽的小路。

“怎么卡住了？”后边有人吼着问。

“山大王……”五爹轻声回答。

果然，山大王爬上了山梁，拿着那支乌黑的枪，只是身边没有那只黑狗。老家伙鬼得很，原来他把黑狗留在那里，把灶火点着，捉弄人哩。

祭江汉过娃娃崖，都是面朝里，背朝外，贴着石壁一步一步横着挪。这样，看不见身下的悬崖和悬崖下的乌江。现在猛一停住，转不开，动不得，放不下，都只能保持住那种固有的体位，十字架们便紧紧地嵌在崖壁里。水妹的脸贴着崖壁，心房怦怦直跳。深褐色岩壁冰凉冰凉的，仿佛在倾斜下来，摇摇欲坠。

“哎哟！老天爷……”有人熬不住了，抖着声音在叫唤。

“水妹你这个挨刀的，今儿个把人害苦啦！”二狗骂了起来。

五爹沉默着。突然，他发现前边的水妹背着木头向着出口吃力地爬去。

“水——妹——”五爹失声呼喊起来。

“水妹怎么了？”后边的人也看不见。

“她走了，背着木头走了……”五爹说。

“走就走了，走了才吉利！”二狗把今天碰到的一切倒霉事全算在水妹身上。

不一会儿，两扇崖间传来了一个女人的脆声吆喝：

“啊——嗬，祭——江——啰！”

那是水妹，她扎了排，闯江了。

“这女子……”二狗惊叹道。

“她……救咱们哩。”五爹哽咽了。

突然，寡妇滩传来一声凄厉的呼叫。祭江的吆喝声消失了。

嵌在娃娃崖中的十字架全都震颤了。

“老五，滚出来！”山道上，站立着一位威武的苗族老人。

老天爷，是他！他没有上水妹的当。

五爹没有回话，只是下意识地把身子往里缩了缩，身后那些十字架也相跟着向后缓缓地移动，伴随着阵阵低沉的喘息。

“老五，你也是一条汉子么？”山大王的声音有些颤抖了。

“山大王，饶我们这一回吧！”终于有人忍受不住了。

“山大王，”五爹终于发话了，“今天的事不干众人，是我老五打得头。你让我们出来，木头给你放下，我跟你去受罚！”

“是哩，木头我们不要了。”二狗认定这是五爹在耍花招，这么多人一出去，就由不得他山大王了。

“统统滚出来！野鸡洞着火了。”山大王却没有再纠缠下去，这样吼叫着急匆匆地走了。

“好像真的着火了！”五爹用鼻子嗅了嗅说。

“烧得好，咱们趁这个空子走！”二狗说。

“走？哪一个走我老五就卸开哪一个！”五爹大吼一声，“见火不救，还算是乌江的汉子？”

野鸡洞前留下了一片黑色的土地，黑色的土地上屹立着一群黑色的祭江汉子。

不远处，一棵烧焦了的树干下蹲着山大王。他和他的敌手都沉默着，在为那绿色的生命默哀。

终于，五爹向着山大王走去，祭江汉们都跟在他后边。他把放山的斧头锯子扔在黑色的焦土上，祭江汉们也跟着把斧头锯子扔在了黑色的焦土上。

五爹又解下腰上的绳子，捧在手上对山大王说：“老哥，老五我今天不回去了，陪你到派出所走一趟。”

山大王缓缓地站了起来，抬起头来望着大家，似乎在搜索着什么，又似乎在思谋着什么，许久他又慢慢地移开目光，凝视着灰色的天空。天空中乌云正在一边聚拢，一边消散，阳光开始从一些裂缝中透下来。他身后是火劫后的林木，还冒着缕缕白烟。

“五爹，这火是我扔下的烟蒂引起的，我跟山大王去派出所……”二狗低垂着头。

“你们走！你们都走！”山大王终于把那粗实的右手一挥。对着大山吼着，“记住，下次，我山大王这枪可就不认人啦！”

祭江汉们正向山下走去，身后突然又传来了山大王的呼喊：“老五，你们把人丢了！”

“水妹！”这时，大伙才想起了水妹。

“我儿子把她救起来啦！”

这时，从后面山坡上走来一个小伙子，背着浑身湿淋淋的水妹。

“水妹！”五爹失声地呼喊。

“水妹！”祭江汉们都在呼唤，全都内疚地望着昏迷中的水妹。

……

当天晚上，水妹爹死了。

埋葬水妹爹的那天夜里，五爹、二狗和水妹离开了庄镇，到山外边去寻找新的世界。

（原载《山花》1990年第12期）

1991年

赵剑平

灰　楼

一

夜黑得不是太浓。

陆长彬摇晃着大块身体，一直恍惚下去，都走得无影无踪了，杨炳全才迈出庙门。两条腿不大听使唤，踉跄两下，才撑住一挂子肉。他回过头去，往庙堂上黢黑的牛王看一眼，疑心牛王菩萨恶作剧从后头杵他一角似的，接着才深一脚浅一脚地在通向家屋去的小路上恍惚起来。

“做一件笨事情。”

他在心里这么咕哝着，便重重地击一掌脑门，觉得是真正地失了体统了。

昨天，二榜刚刚公布，那时候，他杨炳全三个字像天上星星掉下来那样突然，而且那样亮晶晶地闪跳在大红纸上，一下就和陆长彬形成了差额。很快，乡党委书记老何带信来，把他传到乡上，装烟倒茶地热络着，就说：

“这几年委屈你了。”

“经受你们考验嘛！”他苦笑一下，有些酸酸地应着，“反正都成老油条了。”

“能上能下嘛！”老何认真起来，“反过来呢，你不当支书这几年，经过大家重新识别，认为你还是一块金子，这回又把你抬举起来竞选人民代表，就坏事变好事哪！”

“我其实也没有多长一个子耳朵出来。”他感到闷闷的，“只是想到……是一个党员。”

“这就不容易。”老何沉吟着，“这就不容易。”便沉默起来。

喝两口水，抽两口烟。终于仿佛憋不住了，杨炳全站起来，掂着话头说：

“找我来……是不是有事情？”

“哦！你看把正事给忘记了。”书记拍着脑门，好像真有这么回事情，“差点把正事给忘记了……”

杨炳全脸上掠过一丝不易觉察的笑。书记还是从前的书记，遇上棘手的事情，他总那么沉着，一直等到你向他提起来，于是才又继续下去。结果呢，事情成了，对他则显得很轻易；不成呢，于他又似乎是不得已的。可麻烦呢，却永远是你自己找的。

“你和陆长彬搞差额的事情……”

杨炳全重新坐下去，静静地听起来。

“当然啰，这是民意嘛！”

杨炳全木木地点着头。

“我们当初提升陆长彬，主要考虑他是我们水泥厂厂长，一个乡嘛，有个厂子不容易，而且他毕竟有贡献，比如你们官村电灯……”

他又开始给你制造一种气氛，把你笼罩起来，仿佛面对一个抽鸦片上瘾的人，只要释放一点气味，就叫人恍恍惚惚地跟去……

“当然，当然，人不是十全十美的，作为一个农民企业家嘛，难免有这样那样的毛病……”

他眼前一缕一缕烟气缭绕，仿佛一条条大青虫，正弯腰曲背地挺进……

“问题是……在官村那个地方……你们两个都是人物。当然，这只是个人的看法，不代表组织，你和陆长彬未必要脸青面黑地来争不成！”

“我是一个党员……”

“这就对，就应该有点姿态……”

“我赢不过陆长彬，就给党丢脸……”

“这个……”书记似乎没有想到这一层，“我的意思是……你找陆长彬谈谈，你两个协调协调，千把人的村子，还分哪样山头，是他上，还是你上，不必搞得那样深沉，总还要考虑在群众中的影响……”

“我不想和他啰嗦。”

“你琢磨琢磨吧，谈比不谈好呢。”书记显得恳切起来，“就不讲禅让吧，大家沟通沟通，达成谅解，心平气和地坐在台上让群众选择也好嘛！”

杨炳全不吭气。

“你说是不是呢？”

何书记眨巴眼睛等着。他隐约地感觉到，眼前这个人，已经不是几年前的那个村支书了。

“应该说‘是’。”好半天，何书记自己回答说，“你说是不是呢？”

杨炳全无可奈何地点点头。

但没有料到结果会这样……

本来呢，杨炳全从乡上回到村里，傍晚，他坐在阶沿上，抽着叶子烟，看着坝子那边漫起来的夜雾，看着夜雾中透出来的那幢黑魆魆的水泥楼房，它像一只巨大的鹰，一直把它的羽翼张开来，在坝子上留下它那沉重的阴影，那时候，他便完全放弃和陆长彬接触的念头了。可是，今天早晨，他们在门前马路上，那个转弯的地方，却突然相遇。陆长彬像是刚从厂里回家，熬了通宵，正疲乏地走来。不知怎么的，他居然就约了陆长彬。而且，他用“谈判”这样一个有分量的词，显得很认真很严肃的样子。而陆长彬呢，眨着两只充血的眼睛，愣了一阵，也居然答应下来……

最后却是谈僵了。

二

陆长彬在推门的瞬间，听见吰吰两声啸叫，接着腿肚绕几丝冷气，就看见黑狼醒着两只耳朵瞪着两只眼睛蹲在楼口那儿。这畜生每次都是这样的，总在喉咙里咕哝，虽不像发起进攻，却也像发出一种警告。好在陆长彬已经习惯，并不感到害怕。可阴沉而凶险的啸叫，却总把他一下就带进一片阴影……

现在，陆长彬往前走去。他感觉自己正穿过两堵墙，或者两道门，走进一间屋子里。他听着杯盘碗盏响着，便看见一张清瘦的脸转过来。一对幽怨的目光落在他身上，就像两只臭虫扒搔，搅得他烦躁不安，又自己对自己那样厌恶。“我们的厂……”他说不下去。女人一切都明白，软软地坐在地上，号啕大哭起来。“你当我死了埋了吧！”不知什么时候，一只虫子像飞机螺旋桨的叶片那样坚韧地叫着，钻进耳朵里，把整个脑袋都轰起来，叫人恐怖而苦痛万分。他像一根木头一样愣一阵，啪地扇自己一个响亮的耳光，便逃开去。

那以后，陆长彬多半时间住在厂子里。

三

这天夜晚是非常不凑巧。

杨炳全站在两条田埂的交叉口。那里有一棵电桩，牵连着区乡两头的路线。他把一片耳轮贴着那杉木竿子，听着那又神秘又悦耳的啸声，眼前忽而一片骤雨狂风，忽而一片山青水绿……

正感到津津有味，陆长彬来了。

两个人都被对方吓一大跳。张眉惶眼一阵，这才开始接腔搭话。

“撞鬼了。”陆长彬说，“你领了邮电局的钱专门撑电线杆子来了。”

“屋里闷沉沉的，出来新鲜新鲜空气。”杨炳全不示弱，“哪晓得会遇到夜游神。”

接着，两冤家嘿嘿干笑几声，便走开各人的路。陆长彬看不出有一点犹疑，就沿着一条田埂走下去。杨炳全心颤颤地一跳，知道陆长彬走的那条田埂是唯独通向村长陈发元家的。这样想着，他便取“V”拐到田埂的另一端回家了。但他没有睡觉去，而是裹一杆叶子烟，坐在阶沿那儿，慢慢地吧嗒起来。

四下里很静，也很亮堂。厂子那边的机器大约已经歇息，电跑到这边来，夜因此显得美丽。投产那会，杨炳全去看过，那颚式压碎机和球磨机吼起来，把一座山都要咽下去一样。而事实上，那两个家伙正吞吃着那山坡，早晚有一天会把这里的一切都吞吃完。

杨炳全觉得心底里有一汪水泛起来，把他轻轻地托举着，正向一片高地推进着……

它是在灰楼那儿。那儿从来好像就是红红火火的，开始斗地主分财产，后来办食堂舀大锅饭吃，再后来开会看电影，一直在那儿举行。这叫姓陆的那个人看准了，或许那个人请阴阳先生看准了。折价变卖那会儿，大家叽叽喳喳吵着，都看死那仓房那烘棚几多瓦片几多柱头，可他却看上那地方，那是发迹的地方啊！区别往往就在这里，你的眼睛能不能把一件东西看成几件东西，就决定了你能不能成事情。这不是吗？人家都畏畏缩缩的，他却下狠钱买到手了。结果呢，他在那儿盖起灰楼，像一座山，中间高两端矮，像一个人两边肩膀抬一颗头，像一只鸟振动两扇翅膀……

这时候，大家似乎才看出一点眉目，尤其是杨炳全，简直是一下就敏悟过来了。

站在任何一个角落里都能够看见灰楼，或者说都能够感觉灰楼的存在。那个用水泥粘起来的怪物，它居然比那片高地还要高，也比那片高地还要巍峨。那时候，杨炳全只是把那儿当作全村人集体活动的地方，开会学文件什么的，站在高地上，声也高，气也昂，又显赫，又威风，便掌握着整个官村。即便是电影队下来演出，银幕挂在坝子上，他站在放映机前扳着麦克风发完话，也习惯回到高地那儿，兀自点燃一杆叶子烟，贴地坐在一块石头或者别的什么物件上，从银幕后头去看那画面那场景。看银幕的反面，那人物活动起来全是左撇子。如果接连放几天晚上电影，杨炳全使起右手来也感到别扭……

可现在，那个人不但把仓房拆了，把烘棚拆了，而且把那片高地也铲平了。一幢三层灰楼，一个怪物，就在那儿站起来，矗立在人们眼睛皮底下；那威仪，那气势，仿佛那家伙不是建筑在地上，而是建筑在人的心上。会不开了，文件也不学习了，但整个官村并不因此失去统领而散淡。相反，一种从来没有过的统领，既无形又伸手可触，那样潇洒从容，那样刻骨铭心，却把整个官村给抓住了。更何况呢，一年半载的，村长陈发元兴致来了，要把大家集中一回。那工夫，他爬到灰楼顶层上，粗声莽气地往四下里一喊。不知是因为灰楼前面的确存在一个坝子呢，还是由于习惯的缘故，人们自然拥到那儿去。高地没有了，而二层楼的阳台正能够代替高地的作用。村长站在上头，一块白布帕子裹一颗脑袋，明晃晃地探出护栏来，唾沫星儿乱纷纷飞着，气派地讲水泥厂招收工人的事情，或者烤烟的事情，或者肥料的事情……

哪一家鸡叫一声，接接连连的，全村的鸡都凑热闹似的叫起来。杨炳全抬头看看天空，一弯月亮刚刚离开黑黑的山脊，两角银尖刚刚戳进黑黑的穹窿，便暗暗觉得有些好笑。官村虽然有电灯，可遇枯水季节，那边管电的把电断在水泥厂里，就不再送过来。等到紧张缓解过去，人们便通宵达旦地把泡子亮着，又像是出气，又像是日子寂寞而有意地弄得热烈一些。况且，电到乡村里三分贱，是依灯泡座位收费，不是照千瓦小时计价；既然安装起来，就可以亮下去。但这样忽然黑如深渊，又忽然亮如白昼，却扰乱鸡打鸣报时，仿佛这夜与昼并没有什么标准，只要喜欢叫便高兴叫……

又一杆叶子烟燃完，一撮灰烬红火一闪，便掉在地上砸散了，熄灭了。而田埂那边依旧清清静静；那个人去村长陈发元家都好一阵，却还没有往回走。不知怎么的，杨炳全总觉得有些恓惶，仿佛“V”拐田埂那边藏妖藏怪，随时都可能蹦出来兴风作浪。但同时，他又感到有一种力量正在体内逐渐滋长，来抗拒那一切，包括颚式压碎机和球磨机，包括灰楼……

夜深了。

杨炳全回到屋里。他从床头高高的搁架上取下一件笨沉笨沉的东西，仔细地擦拭着，很无聊，也很用心。那是一台已经淘汰的“三用机”。当初，杨炳全当大队支部书记，就是通过这东西喊话。那时候，一家一户一个纸喇叭，虽然听起来沙声沙气，但能够一呼百应。后来，活路分散到各家各户安排去，纸喇叭不再显得那么重要；而且梅雨季节里，那纸片便潮湿，那簧片便锈损，很多人家的纸喇叭都变成哑巴。不知哪一天，也不知哪一个人开头，人们都认为那胶皮的电线又好看又牢实，便拿那东西扣鱼眼做球鞋带，或者串草鞋的边绳。很快，这个呼叫网络就消失得无影无踪。而一台“三用机”呢，长久没有用，也成了哑巴，废弃了。后来，集体财物折价变卖，也许是感情的原因，或许还有别的什么原因，杨炳全就把它买过手来。

“哭的日子还在后头哪！”

冥冥中有张脸悠一下，便有个声音响起来。

杨炳全先是一惊，接着转过头去找，但屋里除他自己的影子在地上晃动外，却再也找不出另一个人来。

“哭的日子还在后头哪！”女人在隔壁屋里唠叨闺女，“老娘过的桥比你走的路还长……”

他禁不住笑了。

四

低矮的楼簏上，一盏电灯泡子蒙满一层烟黑，既看不清从何处牵引而来，又弄不明白系挂在哪里。偶尔几丝风，从牛肋巴木条窗外吹进来，于是那灯泡晃悠，走动活泛的光辉，照得那倒吊在半空里的一缕一缕阳尘也油亮油亮的。

这下面，有两个人对着一张方桌，就一碗炒豆，正慢慢喝起酒来。

“那个人的心……”陈发元稳沉地呷一口酒，“我早就是摸到的……只不过懒得说……”

“你做村长的要做出个公道来……”陆长彬脸色铁青着，“我水泥厂哪一点亏待官村人！嗯！是人都是有眼睛的……”

“人心隔肚皮哟！”陈发元说，“我这个村长做起来都觉得淡泊……”

“厂里招工优先考虑官村的，安装电线也想到把官村的一起安装上，今年过年还一家一家送红包……”陆长彬端着酒杯晃着，“良心都喂狗吃了不成……”

“想开通一些，”陈元发捏住瓶颈儿，缓缓地往杯子里倒酒，“我有时候就装憨包，管你搞哪样名堂哟！”

“我已经够憨包了！”陆长彬一下把酒杯掼在桌上，“哪怕是一堆屎，我从前都忍了吃了，可做人总要抖擞一回，不能总叫人踩倒过日子……”

“哪样不抖擞哟！现今的事情，哪个踩倒哪个哟！”陈元发两支筷子撮几颗炒豆，打摆子一样抖动着，“那个人……他就是选到县的省的，又敢把你怎样……”

“不敢怎样，当然不敢怎样……”陆长彬有些醉意了，“我只证明一下我是对的……我是不该受罚的……在官村，在乡上，在区上，我都比他强……”

“我这个村长，哪个人要干他都可以拿去干，”陈发元嘴里嘎嘣着，“我不如偷工夫多做几烘棚烟……”

“我不想当官……”陆长彬眼睛直直的，望着一杯酒，整个人正慢慢地往里溶化着，“你不晓得我的心……”

“我这辈子还要怎样！一年三百六十五天，没有哪一天离过酒！”村长咧开阔大的嘴巴，露两排错错落落的齿门，得意地响一串酒嗝，“从十六岁起，我就没有离过酒，现今都是五十八岁的人……”

陆长彬愣怔着不再吭声，正有滋有味地听进去似的。

“加之逢年过节走亲串户的，平均下来一天里两斤酒是要喝的。”又一杯酒咕嘟下去，呷一阵啧啧声，“说老实话，而今累计下来呢，我已经干掉了八万斤苞谷子了。”

村长拇指和食指开成一个八字，“哪个人有这样的福气！”顿一顿，又唠叨起来，“过日子嘛，总要思前想后的……有时候不怕窝囊，就怕不会想，会想了，吃苦瓜像嚼糖梗一样……”

陆长彬仿佛看见一块一块石头在磨斗里跳跃，轰轰隆隆跌进磨道，粉身碎骨出来，躺在传输带上，又被带进另一副钢嘴铁牙，去接受更残酷的撕咬。直到一幢高楼耸立起来，这些石头才会获得新生。他真想把自己也研磨成粉尘，然后在另一个时候另一个地方，又把自己重新塑造过。

“醉没有醉？”

村长陈发元看陆长彬发愣发怔的，晃着他肩膀咋呼着。

“醉了。”陆长彬抬起头，醒明地应着，“没有醉。”

陆长彬从村长陈发元家里出来，心头冷灰灰的。走过“V”拐田梗，他下意识地掉过眼睛去，便见到那一头杨炳全家已经熄灯。他心里有什么东西动了一下，随即打住脚步，直愣愣地盯住那儿。整个村子寂静而又明亮，只有那房子黑乎乎的，仿佛一块长满苔藓的巨石。而正是这样，他才感到有些不安，似乎那里有一双眼睛，正滴溜溜地转动着，像钻头一样，要透进人心里去。他站在那儿，冥冥地和那眼睛对峙了一阵，才离开“V”拐田埂，往灰楼走去。

好不容易挨到灰楼跟前，正要推开门，却忽然怔住了。借着阳台廊道上射下来的灯光，他发现两位门神披甲执钺的秦军胡帅被两位硬胳膊硬腿的机器人取代了。这到底是自己干的还是别人干的，他已经想不起来了。不，他根本不认识这两个家伙，它们既不像他的颚式压碎机，也不像他的球磨机，而不管它们从火星来，还是从遥远的银河系来，都只能是两个地地道道的怪物。他一下产生一种陌生的感觉，仿佛误入一片禁区，面对无数险恶。他怆然地叫了一声，便退却了，逃遁了。背着灰楼，他走到马路上。他在那里来回溜达着，望着他的灰楼。灰楼在这时候望去更像一个梦。最后，他才迟迟疑疑地往水泥厂那边走去……

那张三人的沙发今晚又成了他的归宿。

五

其实，说起事情的蹊跷来，杨炳全自己也是颟顸的。他已经是五十多岁的人了，要干呢，自然可以干下去；要不干呢，撒手歇息也是应该的。可人家把他提到红榜上来，人和人相比，就是输脑袋，也不输耳朵。况且，这里边有村民们的信赖呢。

于是不得不认真。

这一大早，杨炳全就出门了。他原来想顺着那些弯那些岗，一家挨一家，家家都坐一下。即便只是喝口茶抽口烟，鸡毛蒜皮地呱嗒呱嗒，也可以和大家热络热络。可走到水井弯罗永书家，一只大黄狗站在阶沿上汪汪地一咬，他不知怎的一来，就装作过路人，径直走过去了。那会儿，罗永书的女人从屋里出来，扯着沙哑的嗓子眼，“耶——杨支书！好久不见你过这边来，走拢门口都不进屋啊！”这样招呼道。“娃儿昨天放羊子，”他支吾着，“放丢一头羊子，我早一点上坡去请回来。”虽然扯谎，却像真的一样，他再没有半点心思去村民们家屋里坐一下，就那么懒洋洋地往坡顶上爬去……

闲时不烧香，急时抱佛脚，这还真有些不是滋味。不，杨炳全哪会是这种人呢。这些年来，他尽管不当村的支书，可树老根深，有些事情一时半会的，还真离不开他呢。比如说那年伏旱天气，秧田撕开黑乎乎的口子，像蛇一样盘来盘去，缠死一蔸一蔸青苗。几台汽油泵安在后山洞嘟嘟地响着，从阴河里往上抽水。一点计划油，只不过几天工夫就用完了。那一会，晴天里太阳不减一点热威，田头干硬的土块上，一盆水泼下去，一阵吱吱的呻吟，便剩下一片湿印儿。有人急出毛病来，竟从裤裆里撸出一截东西，直嗒嗒地往油箱里灌黄尿，妄想让那机器响起来。但结果呢，还是杨炳全抱着两只红公鸡进城去，找到石油公司经理，那经理的儿子从前在官村插队锻炼，是经杨炳全盖章推荐读大学的，这才搞来几百斤汽油救急。仿佛是因为这个缘故，杨炳全想解脱也解脱不了，大家有事无事的，总爱往他那儿凑。而这一来，殿堂的菩萨不灵，陈发元他们反倒显得怕眼怕洞的。那是去年春上，黄沙岗牛牛两兄弟在街上看电影和一帮娃儿争座位，结果被刮去衣裳，赶出场口，鼻青眼肿地跑回来。乡里乡亲的，看见自家的子弟受这等欺辱，都忿忿不平，纷纷要求村长出面办交涉去。而陈发元呢，却愁苦着一张脸，说着“忍得一日之气，免得百日之忧”。这样，大家只有转向杨炳全。那时候，杨炳全集合起全村一百多条汉子来，“我们官村人还要不要上街赶场啊？”这样问。一百多条汉子异口同声答“要”。“我们官村人不是把脸壳给人家撕去夹在胯下走的人！”“我们要把脸壳夺回来！”这样，一百多条汉子向街上开去。而那一帮“恶少”，平日里都是豪强霸占的，在街坊上不得一点人心，刚听到风声，知道不是对手，便悄悄溜掉了。但跑得了和尚跑不了庙，这只有苦了家长出来赔人情、说好话。并且，派出所的人出来招呼，声高气昂地保证把肇事头目抓来法办。于是，杨炳全带着一百多条汉子，才有脸有面地撤了回来。那以后，官村人上街赶场什么的，人家都会另相看待。

而事实上呢，杨炳全这么多年呼风唤雨过来，早已经成精成怪，即便不当支书，却还是有人支书前支书后的恭维。这样，一半是不习惯，一半也是不服气。就拿看报纸来说吧，集体那一份看不成了，他索性自己花钱订一份。而一张报纸一个人看了，便拿去包面条擦屁股什么的，又有些舍不得。于是弄两根木条，夹在家屋山墙那儿，供大家看，好像他还当村支书，正统率大家一样。但支书的职位确实是被下了，而且很多事情也确实是插不上手了。忽然间，他发现那破破烂烂的牛王庙需要修葺一下，便出东家进西家集起资来；而大家热心热肠的，也仍然像从前一样听他张罗。事情进展顺利，牛王庙很快焕然一新。他终于又无所事事起来。那时候，他一根烟杆吧嗒着，两只手在背上反抄着，就在门前马路上踱来踱去，一阵轰轰隆隆的声音响着，一辆吉普车或者别的什么车转出弯来。他听着，看着，立刻精神抖擞地凑近去，并低头直往那挡风玻璃后面瞅着。而无论是相识的，还是不相识的，他也都要笑笑，又熟稔又温厚的，并抬起一只手来，又像叫停又像作别地挥一挥。那情形，看上去既显得无聊，却也挺耐人寻味。况且，偶尔也会有一辆车停住，从车窗里探出半颗脑袋来和他扯上几句，这看起来又似乎几多深沉。

杨炳全爬上坡顶，太阳鼓荡金翅，已飞升到竹竿子高。好多年不到这坡顶来了。他扯开两片衣襟，抹抹汗湿的脸膛，两只眼睛又饿又渴地眨动着，便透过一片一片浓稠的阳光，顺着山坡的脊梁往下落。他先看见灰楼，它在晨晖映照下流光溢彩，显得美丽而安详。他从来没有这样居高临下地打量过灰楼，也从来没有想到它会有如此动人的时刻。灰楼在这一瞬间已不是那么咄咄逼人，它仿佛完全翻转过来，不像一只阴郁的大鸟，或者一只强力的鹰，而像一副躺在旷野上的十字架，一副辉煌的十字架。

杨炳全紧紧目光，在灰楼对面找见自己那一爿屋瓦，它萎缩在山坡脚下，和黑乎乎的土地浑成一色。如果没有那一缕袅袅升腾的烟，他是不可能发现它的。仿佛由于烟的启示，杨炳全顺着山湾，一家挨一家的，他翕动着鼻翼，拼命地吸吮早晨的山风带来的那一股烟，那一股藏在烟中柴火燃烧过后的辛辣的香气。瞬间工夫，他像吸食大量的兴奋剂一样，胸膛里热流激荡，眼前迷离惝恍。山坡脚下那一弯人家，那大半个官村，虽然暗淡，却密实地毗连起来，一下变成一张大弓，正拉得满满的，对准旷野上那只孤零零的鸟，只是绷紧的弦上没有箭杆……

杨炳全转过身去，朝着另一面山坡。他眼睛阴郁地眯缝着，并很快蹲下腿去，整个身体有力地缩成一团，便冥冥中和某种东西对峙起来。山谷里，几爿灰暗的屋瓦，像几块烧荒的火土，那么沉闷地挽在一起；一根深褐色的烟囱，像一截古老的石笋峰，静静戳在天空中，正吐着最后几缕死气；两团灰蒙蒙的雾滞留在山坡脚下，颤抖着，挣扎着，却长久不散去；半坡上，封林的苞谷在那里跳一道坎似的，朝上一片阳光，朝下一片阴晦。突然，杨炳全眼前一亮，一下从地上跳起来，刷刷地拨着苞谷叶子。他往山下跑去，没跑出去几步，感觉脚下有些悠晃；越往下，这种悠晃越明显，仿佛要翻滚起来似的。直到听见一阵轰隆轰隆声，他才在半坡上停住。这时候，整座山坡害痨病一样痛苦地咳嗽着，不停地抽搐，不停地吼叫。杨炳全愣怔片刻，张眉惶眼地看看四周，这才明白自己正站在那道坎上。他伸出手去，往阴晦的苞谷叶子上一抹；心里一片冷凉，就沾满一手黑灰。那一瞬间，脑海里浮起来几张苍白的面孔，那是官村几个在水泥厂做工的子弟，他们今年春上害一种叫矽肺的怪病，被陆长彬送进县城医院去……

“庄稼都得了矽肺了！”

杨炳全这样叫了一声，便抓起一把土，奋力向山坡脚下两团灰蒙蒙的雾扔去。他知道那两个钢铁的怪物就藏在那中间，它们阴险而又残酷地吞噬了人的生命，吞噬了庄稼的生命，制造了这一切悲惨……

最后，杨炳全回到山坡顶上。望着脚下的灰楼，望着脚下的大半个官村，他咬一咬牙，狠狠地嘎嘣道：

“看我做一根箭杆杀死你！”

便快步走下山坡去。

六

会场是乡党委书记老何亲自来主持。

灰楼前面的坝子上黑压压地站满了选民。根据人们的提议，主席台设在阳台上，既看不清楚又逗人嫌疑。事情做到这步田地，就应该做出一副硬实的样子来。结果呢，四张八仙桌拼在坝子上，便临时当作主席台。大家先是把何书记推上去坐在中间，然后是把陆长彬和杨炳全推上去分别坐在两边。而台上刚刚坐定，台下便响起一片掌声来，这叫主持人和候选人都莫名地感觉有些脸红。

现在，何书记从衣包里掏出一个红本子，拿在手上哗哗地翻动着。仿佛是一种习惯，又仿佛是接到某种指令，场子里立刻安静下来。接着，主持人手摸着跟前一只茶缸子，弄到嘴边吹一吹呷一口，再吹一吹呷一口，便清亮清亮喉咙，有条有款地读起来——

依照《中华人民共和国选举法》之规定，结合本村实际情况，特制定本选举办法……

那时候，天高云淡，日丽风轻，山野一下变得广阔而空灵。何书记不紧不慢地读着，既行云走马一样潇洒自如，又谶语一样充满一种神秘的力量。

杨炳全双手扣在二郎腿上，嘴里咬一根烟杆，懒洋洋地吧嗒着，眼睛眯缝着，一副满不在乎的样子。可他心里却灵醒得很，两个耳轮支棱着，生怕漏掉一个小词儿。但是，他多年不开会，更不要说坐主席台；渐渐地，那份精力无形中产生一股拧劲似的，人越要集中，它越要分散；听半天，却像常言说的：这只耳朵进，那只耳朵出。那工夫，杨炳全跟前就有一张蛮实的脸笑眯眯地晃悠着，睁眼见，闭眼也见，想抹也抹不去。那人是土台子的大头猫。最近，他女人害一种傻里傻气的怪病，人们都说闯了鬼了。今天早晨，杨炳全在背弯坟地里碰到他泼水饭，便劝他把女人送城里医去。只平平淡淡几句话，却叫大头猫眼睛圈儿红红的，“是对的，是错的，你总有一个态度。”他抓住他一只手，“现今的领导，哪个管你歹哟！一个事情，不说盐咸，也不说醋酸，整得人就像坡上敞放的牛……”就这样，刚刚开始开会，大头猫就挤到前面，就那么笑眯眯地望着他，望得他心里热乎乎的……

分发选票了。乡党委书记老何这时候站起来，走到了主席台前边，一只手弯弯地叉在腰胯上，一派大将风度地咋呼着村民组长们清点人数。陆长彬从开会到现在一直端坐着。水泥厂今天放假，工人们都来参加选举。他们在主席台前簇拥着，占去坝子一个角，这叫厂长看了心里感到很踏实。“昨天又签准了两百吨五百号水泥，值四万多块哪！”陆长彬盘想着，“货款一到手，这个月就给大家发一笔奖金……”而突然地，他眼帘跳跳，有一身绿衣裳一下切进视线里来。仿佛是下意识的，他脸上掠过一丝阴影，便直直地盯住那绿衣裳，看他走下马路，穿过一片转青的秧田，往灰楼这边奔过来。

绿色表示杨炳全，黄色表示陆长彬。

何书记高高地擎着一张选票，正扯着嗓子向大家解说着——

你赞成绿色杨炳全，就把黄色陆长彬撕下来；你赞成黄色陆长彬，就把绿色杨炳全撕下来；你弃权，谁也不赞成，就两种颜色都保留……

这工夫，陆长彬跳下主席台，分开人群，急匆匆地往外挤去。他的感觉没有欺骗他。他在会场外边截住那绿衣裳，很快把一封快件拿在手上。就像通常人们收到一封信那样，首先关心这信打哪里寄来，而陆长彬不知是怎么瞅见底边那几个字眼的。那一瞬间，他只听见一颗心重重地一跳，把一股冷血举到头顶，压向四肢，整个身体顿然飘忽起来。他好不容易控制住自己，一颤一颤拿起笔，在回单上签收，又苦笑一下，送走绿衣裳。然后瘫软地蹲下去，心慌气短地拆开封皮，掏出一张薄薄的纸片，一张法院的传票……

现在，监票人、总监票人投票。

陆长彬已经回到主席台上。他依然一动不动地端坐着，只是脸显得苍白一些，但因此一来，也显着一种钢铁的冷凝和强毅……

现在选民投票。

村长陈发元和几个村民组长拉直一根长长的绳子。人们挤着搡着，走到主席台跟前，把选票投进票箱，便站在绳子的另一边……

电影公司诉你厂水泥不达标号而导致新建电影院大梁断裂一案，本庭决定于本月31日（阳历）开庭审理……

陆长彬拿着选票，抢在杨炳全前面，先一步向那红红的票箱走去。他越走近，越感到那票箱红得耀眼，及至走到跟前，便觉得如架在火上烤炙一样地难受。他抖缩着，连投几次都没有把选票投进票箱。站在旁边的乡党委书记老何诧异地哼哼鼻子，他才发寒发战地醒悟过来，双手把住选票从投票孔塞进去。然后，他回到主席台上，依然那么一动不动地坐着。但突然间，他啪地一巴掌拍在腿上，痛苦地摆动摆动脑袋，接着跳下主席台，小跑进灰楼去。只有少数几个人感到有些异样，更多的人则毫无觉察，他们依然流水牵线地从绳子的一边走到绳子的另一边……

陆长彬恍惚中投了自己的弃权票。

太阳偏西的时候，选票统计完毕，村长陈发元有些幸灾乐祸地笑着，把选举结果递到主席台上。主持人看着报告单，愣怔了半天，才迟迟疑疑地宣布……

杨炳全和陆长彬均未过半。

乡党委书记老何陷入了深深的困惑，这到底是制定的选举办法不周详呢？还是在哪一个环节上出了问题？

（原载《上海文学》1991年第9期）

1991年

赵剑平

白　羊

天擦黑那阵，雨山爷摇摇晃晃打转回家。耐不住通身酒热熏炙，他散开纽子，飞着两片衣襟，亮着一道油渍渍的胸沟，在晚风中，在山路上，走起来更显得一飘一飘地。

月亮爬上山岗，拢坐在雨山爷半坡上的家屋。走过院坝，那赶山狗亲昵地咝咝着，摇头摆尾迎上来，“走开，乌棒。”他咕哝一句，然后有哪样东西在心坎上轻轻地一顿，稍一愣，便转身往羊圈那边走去。还远远的，他就感觉哪样东西在心坎上翻滚着，正轮过尖锐的角来，戳一下心坎，又戳一下心坎……

原先整整齐齐的黑羊群里，竟然钻出一头白羊来！

“羊儿！到底哪样呐？”

雨山爷斜靠圈栏，哑声哑气吼喊着，便慢慢往地上滑坐下去。

很快，一个嫩小伙子带着满身蒿草气味，阴梭梭地来到老人跟前。

“公啊！山蚊虫凶得很，我正烧苦蒿熏赶哪！”羊儿说着，便要扶起老人来，“赶场又喝酒哪！”

雨山爷甩脱羊儿两只手，兀自站起来，借栏圈顶盖筛下来的几点光辉，颤颤地指着那一团白花花的影子：

“哪来的白羊子？”

羊儿翻进栏圈里，一声不响踩起一股一股臊气来，抓死两只弯弯角，把白羊拖到院坝上。

“太阳落山，它混在黑羊子里，赶也赶不走，一点数，少一头黑羊子。”羊儿弯下腰去，抱住白羊两肋，往起掂一掂，便推到老人跟前，“它不轻，当是那头黑羊子变出来的。”

雨山爷听着，心里控不住有些惶惶起来。

夜空里，灿烂的星辰退隐到一边去。月亮弯弯，勾住深邃的天幕，抛洒一片清冷的光辉。那羊站在院坝上，不动，也不叫，如果不是映在地上一片影子，简直让人疑心那不过一团雾，或者一个梦。

“这回出事情哪！真不该赶场去。”雨山爷叹息着，从乡场上带来的那一点酒意已消逝得无影无踪。而夜要深下去，凉寒正渐渐侵上衣衫来。他离开院坝，拖着长长的阴影，慢慢回到屋里去。羊儿愣一阵，抓住两只弯弯角，又把白羊拖回到圈栏里去。

蒿草那又苦涩又清凉的气味还弥散着，山蚊虫都被赶到屋外，只在檐沟里在粪池边无力地嗡嗡着。今夜晚和昨夜晚原来都一样，那么轻容易地就睡下去，那么轻容易地就近天明……

一头羊被夹在胯下，一只手捏死羊的腮帮，并且高高地抬起来，把一块脖子肉紧紧地绷着，一直咬到嘴上的牛耳尖刀抓在手上，往羊跳动的颈窝扎进去，扎烂棉絮一样的，直到血从牛耳尖刀的血槽里冲出来染红牛耳尖刀的刀柄，那血淋淋的尖刀才退出来，而强劲的腿胯松开，羊便喷着一股浓血霍霍地冲出去，直到流尽最后的血，便倒在阶沿上，只鼓着两只充血的眼睛瞪着天空……

“羊儿！哪个杀跑羊了……”

雨山爷从床上翻起来，愣磕磕地喊叫着。

羊儿在院坝里劈柴，听见声音跑进来。

“公啊！这山坡上只有我们一家人，还会有哪个杀跑羊啊！”羊儿抿嘴笑着，“是做梦。”

雨山爷笑笑，便穿衣裳起来，背一领蓑衣裙，往羊圈走去。赶山狗乌棒从磨架底下钻出来，跟在老人后头往羊圈走去。

那一阵，太阳刚长满实，正抡圆胳臂跑圆腿地往山坡上扑来；它在沟脚摔一个跟头，然后爬起来，带着满身山黄泥，又习习生风地往山坡上扑来。雨山爷打开羊圈，羊拥挤着，抖动满身黑乌乌的毛皮，水一样地往外流。阳光扑到羊群里，绾一个一个黑亮的疙瘩，那么抛来抛去，撞得那些羊直咩咩地叫唤。雨山爷站在圈栏边，看着，听着，咧开嘴巴静静地笑着，像站在一群儿子孙子跟前，亲这个不是，亲那个不是，只有那么静静地笑着……

白羊！

那幸福的笑一下凝滞，很快又结起一层霜来。

那乌棒知道主人的心思一样，阴险地吠叫一声，冲到白羊跟前，便要攻上去。那白羊退两步，犟直两只角，就和赶山狗对峙起来。雨山爷心里怏怏的，赶起黑羊群来，径直往草山上赶去。赶山狗乌棒和白羊僵持一阵，终于疲倦似的散开来，一前一后地跟在老人和整个羊群后头，走走停停地往草山去。

这样，雨山爷眼前又摇荡一片纯粹的黑色，在太阳的照耀下闪动油亮的光泽，滚滚滔滔地向前涌去。刹那工夫，雨山爷容光焕发，神采飞扬，沉浸在一种古老而又鲜亮的氛围中。那流动的黑色，仿佛打通他那僵硬的关节，伸到他那最隐秘的地方，牵引着他走向自然走向高远走向辉煌……

雨山爷差不多都要忘记那头白羊了。

是在儿子那里。那一阵，雨山爷弯腰抓起一把土来，向儿子那里扔去。泥土沙沙响着，落在青葱的坟头上。多少年过去，雨山爷来来去去，总要这样和儿子打一个招呼。而这时候，赶山狗乌棒和白羊赶上来。纯粹的黑色里杂一点白色，就像黑亮的眸子里一点白内障。雨山爷抓住两只弯弯角，蹲在地上，和那白羊面对面地喃喃着——

你从哪里来就回哪里去吧！我不喜欢白羊子。我这辈子从来没有养过一头白羊子。不信你可以到处打听去，这山前山后人家，就连街上那些人家，都晓得半坡的雨山爷养得有一群黑羊子，黑得没有一根杂毛。

老人忽然噤住。那白羊端平头，既不挣扎，也不叫唤，认真听进去似的，两只眼睛一眨不眨，又鼓圆又木钝地盯住前方。他发现那目光像在哪里见过一样，心头颤颤地缩着，两只手松开去。那白羊便扭过头去，后蹄一蹬，肚皮一收，跃动沉甸甸的身体，很快掺进黑羊群里……

这一天，雨山爷始终留心着那白羊。那白羊走到哪里，老人跟到哪里。你就是精怪吧，也有现原形的时候。雨山爷心想。可是，大半天过去，那白羊除毛色和那一群黑羊有区别外，吃草喝水拉屎拉尿都和那一群黑羊没有什么两样。后来，草湾那边有铃铛响起来。

天亮起来月黑头，
檐沟踩在脚里头，
抬头一看有个人咬狗，
搬起狗来打石头。

几个牧童吼着《颠倒歌》，骑在牛背上，晃晃悠悠走过草山来。雨山爷拍拍脑门儿，一下开窍明白什么似的，三步并两步跑过去。沙声沙气地向那骑在牛背上的牧童问着：

“你们看没看见一头黑羊子？”

“你们哪家是不是丢失一头白羊子？”

雨山爷疑心自家的羊和别人家的羊调换了。

牧童摇着乱蓬蓬的头，只顾唱那《颠倒歌》。

天亮起来月黑头，
牵起铧口扛起牛，
娃儿背起大人走，
滚下坡脚翻丫口。

雨山爷一点也不泄气。羊子跟错群，这种事情从前也有过。而第二天，在草山草坡上，会各自还原归群的。但是，太阳落山的时候，雨山爷抓住头羊，吆喝着赶山狗，把羊群归拢来，那白羊仍然夹在黑羊群里。一清点，那黑羊也仍然没有回来。

“黑羊子啊！”

雨山爷转动着衰老的身子，怆然地喊一声。山风吹过，把他那喑哑的嗓音送得远远的。山坡上的草浪起伏地推向远方，把一线残阳带到黄昏里。雨山爷一步三回头，开始赶着羊群下坡。

夜里，月色依然好。羊儿在屋头燃蒿草熏赶山蚊虫。雨山爷闷沉沉地坐在院坝上，一杆烟明明灭灭地绕下去，等到一撮红火抖在地上，便挨不过似的站起身来，往羊圈走去。老人抓住两只弯弯角，把那白羊拖到月亮坝来。那白羊站在月光下，不动，也不叫，像一团雾，像一个梦。

“你到底是要搞哪样名堂啊？”雨山爷低声细气地说着，像商量事情一样的，“你变回去吧！一头黑羊子，那才是你的本身啊！”

白羊尖尖的耳朵晃一晃，听进去似的。于是老人心动一动，莫名地生出一种怜悯来。他凑近白羊，展开有些僵硬的手指，抚摸那肚囊皮，理顺那胡子，那情味，就像对那刚生下来的黑油油的羊羔子……

第二天，雨山爷打开栏圈，正要赶羊群上山，有人到家里来买羊。

“雨山爷，十八村都晓得你有一群漂亮的黑羊子。这回乡公所开会，大家都说来你这里牵一头羊去打牙祭。”

来人讨好地说着，眼睛直往羊群里睃。

“公啊！”羊儿在一边出主意，“把那白羊卖掉吧！”

来人抓出白羊来，前前后后捏几把，说道：

“行啊！白羊子黑羊子都一样吃味，我买白羊子，你成全清一色。”

那瞬间，雨山爷脸黑黑地听着，又看羊儿找绳套、抬秤，而那白羊两只眼睛瞪得圆圆的，死盯住这边，像乞求，像仇恨……

“这羊子……是人家的羊子……”雨山爷颤颤地说着，喉咙里响着痰音，“不能卖……人家的羊子……”

“难怪里头夹杂一头白羊子。”来人半信半疑的。

羊儿听话，抓一头黑羊，让来人牵去。

这一天，雨山爷没有赶羊子上草山。羊儿懂公的心思，带着赶山狗乌棒，替公赶羊子上草山。

“这白羊子来路弄不明白，是一块心病，卖也惶惶，不卖也惶惶。”

老人给羊儿吩咐过，揣上几个生红薯，便翻过山那边去。

“你们哪家是不是丢了一头白羊子？”

雨山爷挨家挨户问起来。

“哪家丢失羊子会自家跑来清问。”

人们都这样怪怨老人。

“你们看没有看见一头黑羊子？”

雨山爷接着问道。

“这方圆几十里地，除雨山爷有一群漂亮的黑羊子，哪家有黑羊子啊！”

人们都这样抬举老人。

雨山爷笑一笑，算是报答人们的美意，又继续找下去。

黄昏，雨山爷走断草鞋鼻子，来到腰子石腰子伯家里。这腰子伯是大饥荒年代跑来的，没有人知道他姓哪样，名哪样，更没有人关心他来自何方，因为那块巨大的腰子石，人们便称他腰子伯。腰子伯从未娶过女人，孤单单过日子，总是很多苦滋味，于是便抱一个闺女养起来。哪知道姑娘十八岁出精怪，一天在山上割草扔下一个背篼一把刀，就从此消失得无影无踪……

雨山爷依然像对别的人家那样，先问腰子伯是不是丢失一头白羊，后问腰子伯看没看见一头黑羊子。而腰子伯就像当初人们询问他那养女的去向那样，只是冲雨山爷木木地摇头。雨山爷整好草鞋鼻子，喝过腰子伯的茶，向腰子伯要一束亮葵杆照路，继续走下去。

“你回去吧！一头羊换一头羊，谁也不亏谁。”腰子伯声音有些异样地说着，“何必吃这份苦！”

雨山爷盯住腰子伯看了半天，看得腰子伯把脸掉开去。

“我也说不明白，兴许是疯了，癫了。”

雨山爷说着，便抬脚赶路。

月亮没有升起来，天地间也不是那么黑暗。雨山爷稳稳实实地划动脚步，心里感到一种莫名的兴奋。即使像河边的水碾那样一刻不停地转下去，也要把事情弄清楚。从那黑羊失踪到白羊出现以来，他还没有像现在这样来劲，像现在这样信心十足。老人似乎已经感觉到，那白羊那黑羊既不是精怪，也不是梦幻，而是像两块实实在在的石头一样，就在前面不远的地方等待着……

“雨山爷……你回来……”

刚刚翻上山崖，背后一个苍老的声音颤抖着喊叫起来。

是腰子伯。

两位老人终于站在一头黑羊跟前。

“这是我的羊子！”

雨山爷鼻子一酸，滚下两颗浑浊的泪来。

那黑羊抖抖黑亮的毛衣，转动两只充血的眼睛，有些无所适从地看着两位老人。

“你老人家大量，不计较。”腰子伯喑哑地说着，“我那天擦黑那阵才上山去找羊子，找到山那边，就发现这头黑羊子。我想那头白羊子肯定被人家羊子裹下山去……我把这头黑羊子牵回来，想第二天再吆上山去换……哪晓得这头黑羊给我带来吉利……那天晚上，有人给我捎信来，说我姑娘在广东那边当工人……我喂那头白羊子，我姑娘跑，我喂这头黑羊子，我姑娘回来……我想这头黑羊子要让我交好运……我晓得这头黑羊子是你的……那天，我悄悄翻过山去，看见那头白羊子在你的黑羊群里，就打定主意调换……我把这头黑羊子藏起来喂，小心侍候它，还拿盐给它吃……你不信你可以问它……我没有想到你放一辈子的羊子，除一头一头羊子外，你还放着别的东西，真没有想到你还放着别的东西……”

雨山爷燃明亮葵秆，连夜赶回家来。

这天夜里，雨山爷睡得很沉，也很香。

早晨，老人懵懵懂懂地听见一阵咩咩的叫声，便披衣裳起来。他刚走到门口，便看见羊儿用绳子套那白羊两只角，正拼命地要把那白羊拉出黑羊群里，而那白羊却硬着颈子，斜撑前腿，坐低尾股，正死命地奔往黑羊群中。两股力量僵持着，羊儿累得气喘吁吁，羊子眼睛鼓得血红……

“我牵它去山那边把那头黑羊子换回来。”

看见老人出来，羊儿歇住手脚。

那阵，雨山爷笑笑，拿过羊儿手里的绳子，从白羊两只弯弯角上解下来，爱抚地理一理一路脊毛，轻轻地一拍，于是那白羊便欢脱地扎进黑羊群里……

“它也害怕孤单。”老人叹一口气，“我已经老了……这群羊子交给你了……放羊子的路上，你不要忘记给你爹撒把土，打个招呼，让他也不要感到太冷清……”

羊儿傻乎乎笑起来。

（原载《人民文学》1991年第3期）

1991年

赵朝龙

野鹰崖

既然要到那儿去，他就不能不去找野猫。那神话是野猫说的。野猫是乡干部，有一张特制的小巧玲珑的网。

“去搞那玩意儿吧。”他说。

“行，但得在那儿过夜。”野猫说。

“不怕野鬼吓人？”

“野鬼有时也挺浪漫。”

他们就跌跌撞撞地走了。

太阳白花花的烈，晃得睁不开眼睛。

走进那石院的时候，一小男孩正在遭雷火烧得焦煳的相思树下织藤包。相思树枝叶在风里摇晃得没有个章法，阳光从叶缝间漏下来斑斑驳驳，犹如万花筒让人眼花缭乱。他揉揉眼看清小男孩额角上那颗痣。小男孩睫毛很长，斜斜地垂在眼睑下边。

“喂，你娘呢？”野猫把鼓囊囊的挎包放在灰白的石墩上。

小男孩认生地望他们一眼没有接茬。

石屋坐落在一堵崖畔下。灰暗的石墙与崖畔那坚硬的红胶泥，在阳光下交相辉映。没有围墙的院里显得空乱，那条古老的小路钻过一片竹林，绕过比小路更古老的小山包，消失在不远处那个断壁绝顶。

“这是什么声音？”他忽然怔住了。

那声音好像在脚下，好像在断壁，又好像在云端，隐隐约约空空蒙蒙若有若无，既浑厚又清晰的声音，不像兽嗥，不像林涛，如泣如诉，使人震颤而心驰神往……

野猫得意地挺自豪地望着他的愣样。

“那是野鹰崖的风。”小男孩说。

“野鹰崖！”

野猫仍得意地看着他。小男孩脸上毫无表情。他瞥了小男孩一眼，心好像被针刺了一下。小男孩的眼神有些哀伤，对他们的到来似乎感到忧虑不安。

夕阳快下山时，小男孩的娘回来了。野猫老远就打招呼。她从肩上卸下一捆柴，拍拍身上的灰土。

“我说嘛，你要来的。”她眼光越过野猫望着他。

“根子嫂，这是区里的刘同志。他是来看望你们的。”野猫说。

“知道，知道，我都等了五年了。”她递过一个瓦盆，泡上毛巾，毛巾是家织土布，留着穗子，抓在手里滑腻腻的。

他望她一眼，那种似乎不应属于她的声音从屋后崖畔上折射回来撞击他。

小男孩猜疑地望着他。他有些不自在。他搓搓手，莫名其妙地嘿嘿傻笑。小男孩失望地转头向他娘嚷道：“娘，你老这样，人家……”

“没错！”根子嫂在石墩上摆下几个粗瓷碗，“他就是我常向你说的那位年轻主任，和气得很，嘿！……”

“是啊是啊！刘主任就是来……调查根子哥的事。”野猫嬉皮笑脸地看着她。

一瞬间尴尬之后，他终于想起来了，噢一声，很沮丧。“怎么会碰上……”他悄声嘀咕。

“根子嫂，这次刘主任一定要给你查清楚的。”野猫满不在乎地拍着大腿。

根子嫂在每个碗里斟上茶水。“山里的苦丁茶，没吃过吧？”她笑笑，坐在板凳上，双手支着膝盖看他们喝。

小男孩不时地看看野猫又瞅瞅他。

“她到区里去过。”他喃喃地说。

“知道。根子哥的事，我们乡里都知道。有说跌崖的，有说谋财的。”野猫说。

根子嫂进厨房给他们做饭。

“简单一点，刘主任不是外人。”野猫大声喊。

天黑了。夜幕似一张黑灰的网，把山野笼得严严的不透一丝气儿。

“去过九龙镇吗？”他把小男孩揽在身边靠着他的腿。小男孩的胳膊又嫩又滑溜，湿乎乎的，给人一种愉悦的感觉。

小男孩不说话，手在腿上轻轻地搓。

“这里的娃娃从不去九龙镇。”

“九龙镇人坏，有拐小孩挖胆的。”小男孩接着野猫的话说。

他和野猫哈哈大笑。

月亮升起来了，弯弯的，星星铺成了银河。月光和星光下，群山显得静谧而又骚动不安。风很凉，他觉得身上麻酥酥的，他握着小男孩的手，讷讷地说："九龙镇人并不那么坏。"

饭菜摆好了，想不到根子嫂竟摆出九个盘子，还掂出一瓶乌江酒。他很不安，惴惴的。野猫大大咧咧抓过筷子："还愣什么，嫌我们山里没菜么？"

"这太费事了。"他说。

根子嫂歉疚地说："为那死鬼让你大老远跑来，端不出什么，实在是……"

野猫解嘲地说："每次到这儿来，根子嫂的腊肉、酸汤鱼可没少吃哩！"

"你常来吗？"

"也就每月三四次，都是为根子哥的事。"野猫瞥了一眼根子嫂，笑了一下。

月色朦朦胧胧，夜雾悠悠荡荡，根子嫂在一只草垫上坐下，把儿子搂在怀里，看着他们吃。一会儿，她轻轻地哼起了山歌，歌声像她那张脸一样苍白。

"没有想到……"他喃喃地说。

"这酸汤鱼开胃，当心撑破肚子。"

野猫笑着。根子嫂不哼歌了，扯起围腰揩眼睛。小男孩瞅瞅他又看看野猫再偷觑一眼娘，起身向厨房走去。根子嫂嘴角的那一丝笑便僵硬地凝固了。

"哥们！"野猫伸出巴掌来。

划拳。静谧的崖畔就响起粗壮的喝叫声。根子嫂在旁边替他们斟酒，时而迸出苍白的笑声。

野猫顿着酒瓶，拍着大腿，醉眼迷蒙地说："根子哥的事，这次一定要查清楚……你放心，根子嫂。"

"我说过，之前刘主任没来，就一定是事情多分不开身。人家不只是给我们一家办事，全区呐，千家万户呀……"根子嫂没沾酒却像有些醉意，啰啰嗦嗦，说个没完。

"材料早就批下了。"也许是喝了主人的酒，总需讨她喜欢，他也控制不住亢奋，煞有介事地嚷："反正……"他突然看见小男孩从厨房出来，一边舐着指头一边看着他，眼光辣辣的。"反正……好吧……"他把筷子拍在桌上。

夏天的山野挺凉，让人心旷神怡。但那些尖嘴蚊虫却也兴奋地飞来飞去，嗡嗡地寻着目标再把尖嘴深深地毫不留情地扎入肌肤吸血，直到肚子胀得红鼓鼓的。根子嫂给他们收拾床铺，她的石屋同每一个山里人的石屋一样，空荡荡的，堂屋的神龛里供着"天地国亲师"位，四面墙壁乌黑，好像随时能掉下烟尘吊吊来。

他们睡在东间里。使他意外的是房间很干净，四壁都是粉刷过的，适当的位置还贴着几幅门神画。一张楠木雕花床，吊着布帐子。盖的被褥挺干净，铺的是印花床单。"窄了点。"她说，"每次下来的同志都这么将就着住。"

山里的夜静得有些不安宁。

他昏晕的大脑老是有一种幻觉，似乎有人在屋前屋后走动，还似乎有低沉绵长而哀怨的吼鸣，不知是野兽还是林涛。“有豹子吗？”他不知为何要这样问根子嫂。

“你说山神爷？”根子嫂站在他们床前，松明子的光影在她苍白的脸上跳动。“现在没有了。从前有，从前……就在屋后崖畔上。有天晚上，我听见房顶哗啦哗啦响，走出来一看，山神爷爬在房顶上，是从崖畔上过来的。我猜它饿了，我说山神爷，你等会儿，我给你拿来。它就等着。我熬了一盆骨头汤，拌上几个冷苕，放在墙头上。第二天早起一看，盆子舐得干干净净。后来，我的大老黄跑了，隔了一夜才回来，屋后地上有很多山神爷的脚印。我知道这是山神爷给我赶回来的。那时候山神爷经常在这崖畔溜达，人不害它，它也不害人……”

松明子黄澄澄蓝幽幽的火焰一跳一闪的，根子嫂苍白的脸亮晶晶湿漉漉的一跳一闪的。

“后来呢？”他也动了情。

野猫默默地抽着烟，一声不吭。

根子嫂为他们点燃自制的土蚊香，拉着小男孩走了。野猫仍坐在床头抽烟。他侧在床上辗转。迷糊间，听见房顶沙啦地响，他看见屋檐上伸下一只豹头，慈眉善目地笑，用爪子逗他，揉他，那两只俏美的毛茸茸的耳朵好看极了……

“刘主任，刘主任！”野猫推着他，用手电照他的脸，“起来。”

他坐起来，看看手表，两点半钟。

“你没睡？”

“该走了。”

野猫答非所问，提起挎包。

走到堂屋门口，他愣住了。那小孩蜷缩在门外的石坎子上，像只小猫。

“我也去看鹰彪子。”小男孩说。

他惊诧地看看小男孩，又看看黑影里站着的野猫。

“你别胡闹，小根子。”从西屋传来根子嫂的声音，她也醒着。“刘主任是去调查。”她的声音有点苍白。

小根子站着，一动不动地挡住他们。

“让他去吧。”他说。

“那地方危险。”野猫沉吟一下，又对小根子说：“那快去穿鞋吧！”

谁也不吭声，磕磕绊绊往石坎下走。野猫晃着手电，他拉着小根子，摸索着。

天上的月亮有些暗。

他们跌跌撞撞来到盘牛崖顶。下了崖，过了一条大沟，才是神奇的野鹰崖。崖上有几道裂缝，嶙峋的石林间长着好多古松古柏粗藤，月光下，崖顶崖壁色墨似的挺阴森，最大的那条裂缝壁上有好多人工凿的窟窿眼。崖顶那块盘牛石上拴着根大绳沿着那窟窿眼一直吊到崖脚，只要抓住大绳踩着窟窿眼就能下到崖脚。不过，只要大绳一断，下去的人永远也就别想上来。那条大沟里的水不宽，却很深，一棵倒树横架在大沟上，成了一个天然的独木桥。他们下到崖底，过了那独木桥，向一堵崖壁奔去。

这就是神奇的野鹰崖。谁也不知道那些羽翼凋零即将老死的残肢断翼再不能自由翱翔的被逐出鹰群的鹰，为什么要在这庄严肃穆的山上自杀。这片山峦的每一座山崖都显得古老憔悴，唯有这座山崖是红色的。每当太阳走出山口，它就像崖群中的一杆红旗，威严而又骄傲地闪着红光。

那红光，是鹰的血染成的！

野猫说他亲眼看见过一只被猎人打断爪子的鹰王在这座山崖上自杀。那鹰王在高空中尽情地翻飞着，不知是想把最后一点力气都贡献给又留念又挚爱的苍穹，还是要在飞翔中激起更大的力量。围在它四周飞翔的鹰冲向它焦急而又哀伤地叫着，像劝阻，像挽留。可它仍激烈地翻飞。最后，它突然冲鹰群发出一声高昂激越的叫声，像一支疾箭直冲那崖壁射去……野猫说他就是这样才发现秘密的。当时，他正在调查了解根子哥的事。

他疾步奔到野鹰崖下，仰头望着。崖壁直直的如刀劈斧削，整个崖壁全呈现暗红色，月光下闪着诡谲耀眼的光。他心里充满了神秘和好奇的激动。

野猫一直不说话，只是忙碌地张罗。

他隐隐看到一只鹰彪子伫立在一块突兀的岩石上，紧夹着翅膀一动不动地凝望着灰暗的天空。他一阵惊骇，把小根子搂在怀里。小根子在他怀里蠕动，时而屏着呼吸低低地咳嗽，像一头温顺的羔羊。

鹰胆是治疗顽固性神经头痛的特效药。近几年，不知怎么地，得这种神经头痛的人真多。鹰胆的价已由去年每颗一千块，增加到了每颗五千块。

野猫收拾停当开始爬崖了。他用牙咬住手电，一步一步地向上爬。一会儿便汗流浃背了，但他精神十足，脚劲很大，二十个指头紧紧地抠着每个可以攀附的岩石缝。他的双眼很亮，像冒着两把火，死死地盯着那岩石上的鹰彪子。鹰眼虽说在白天能看几十里远，但在这时就变成了夜盲，看不远，所以不敢轻易乱飞。

"你看！"小根子突地撞了他一下。

循着小根子的手指，他看见大沟那边有一片星星一样的亮点上下翻飞，衬着黑黝黝的山崖，显得绚丽且灿烂，犹如一颗颗蓝莹莹的宝石。"萤火虫，挑灯笼……"他想起小时候娘教的儿歌，轻轻地念了起来。

"你晓得萤火虫是谁？它是鹰彪子的弟弟。"小根子的头随着萤火虫转动，用一种梦幻般的低音说。

野猫紧咬着手电向上爬着，不顾一切地爬着。从当上乡干部以来，他的身子不再是小时那样灵活轻盈，此时每爬一步都使他不得不大喘一阵。他觉得胸口很紧但却不敢喘出声。他怕惊动了那鹰彪子。他看着它，觉得那突岩上是一堆放射着光芒的金子。

他望望即将坠下西山的月亮，一句话不说，听小根子呢呢喃喃讲故事：

“……鹰彪子死了亲爹，他娘给它找了个后爹。后爹和娘生下萤火虫，鹰彪子天天抱他，背他，哄他玩。他们可亲了。后来他们长大了，一块上山放牛，一块下河捕鱼，一块在沙滩上晒肚脐眼儿。有一天，后爹怕鹰彪子跟弟弟争家产，就把他带进山里丢下了野鹰崖。他死后就变成了鹰彪子，日日夜夜在崖上哭，嘎嘎——嘎儿——”他闭上眼睛，攥紧小根子的手。月亮落山了，流萤，峭壁，大沟里汩汩流淌的溪水，小根子的童话就像那缥缈的梦境。

鹰彪子仍然昂着脑袋望着灰蒙蒙的天空一动不动，像一尊黑色石雕。

“萤火虫想他哥，就赶着羊群进山去找。找啊，找啊，有人说他哥在南山，他就哭到南山。有人说他哥在野鹰崖白日夜晚啼哭哩！他就哭着到野鹰崖。他把羊群杀了祭他哥，求上苍保佑他哥。他又挑着个大灯笼来野鹰崖守着，给他哥唱山歌。他哥终于停止了啼哭。他不吃不喝，天天在崖下，最后就变成了萤火虫。”

野猫仍在不顾一切地爬崖。

小根子讲完那美丽的传说，眼睛凝望着那群飞舞的萤火虫。

不知为什么，他心里有些动荡不安，好像那堵崖壁在微风里泛起的暗红色搅动着他的愁肠。

灰蒙蒙的天幕上那些星星开始隐去，一颗，又一颗。风从大沟那边吹来，湿润润的，给人一丝淡淡的哀愁。

手电光灭了。野猫的两只脚一上一下各踩着一块不足五寸宽的石疙瘩，两只手也一上一下地各抓着一条石缝，像只被弄掉了尾巴的大壁虎。他那双鹰眼紧紧地盯着鹰彪子。

鹰彪子连瞅也没有瞅一眼向它慢慢靠近的野猫，仍然石雕般独立在那块突兀的岩石上，一双圆鼓鼓的眼睛凝望着茫茫天宇，似乎正在进行着自己的重大的思考。

天渐渐地亮了。山顶上空泛起了一抹幽蓝，山野慢慢褪下夜纱，现出墨绿色。

他看见小根子的眼里盈满了泪水，用惊惧的眼光直勾勾地盯着野猫手里的网。那特制的网与野猫好像已经同崖壁熔铸在一起，一动不动，像尊雕像。

他从来没有见过野猫是这样的沉稳健美。他让小根子搂着自己的脖子，双眼一眨不眨地注视着那块突兀的红色岩石和野猫。他的脸贴着小根子的脸，就这样凝然不动，听鹰血染红的野鹰崖在黎明里轻轻地低吟。

大沟那边传来一声鹿子像人拟的哀鸣。他蓦然回首，看见一个女人正站在盘牛石跟前，瞅一眼野鹰崖，左手抓住那根大绳，慢慢地举起了右手。

她的右手握着一把寒光闪闪的刀。

（原载《山花》1991年第8期）

1991年

杨打铁

远望博格达

一

“我这次去木垒采访了一个女医生，三十多年在草原接生，事迹很感人。”

“跟西倩一块去的？”

“又不是去旅游。”

“女医生给牛羊接生？”

“别胡扯。我跟她说你怕生孩子，她就要给你写信。”

“你老婆不是怕生孩子，只是觉得火候不到，还没准备好。”

“你还要准备多久？已经四年了，我怀疑你会不会生。”

“生出个傻瓜别怨我，昨晚你可是喝了酒的。”

“有没有干净的衣服？我起来搞饭。”

伯奇光身下床，到大衣柜找干净的内衣。他身高一米七四，体重不到六十公斤，看上去瘦骨嶙峋。宝莉躺在床上想，我们自己还没发育好，哪有当爹当娘的资格？她同样四肢细长，屁股不大，两只乳房就像两个做馒头的生面团，正等着上笼蒸熟。他们那样在一起时，都充满了奉献牺牲的激情，寻死觅活，胡喊乱叫。

宝莉在嫁给伯奇之前挺绝望的，她怕过了二十五岁真成了没人要的老姑娘，在此举目无亲，不得不强装满不在乎，一心扑在没有多少乐趣的工作上，业余时间搞搞文学，写点发表了脸都红的小东西。伯奇不一定是她打心眼里想要的家伙，她老是幻想另有其人，他指引方向并且推动她前进，耐心攻治她深藏内心的患得患失的毛病。刚和伯奇相遇时，她就来了一股强烈的破坏欲，跟几个写诗的小伙子打得火热，幸灾乐祸地看他铁青着脸，恨不得一拳干掉一个。如果他打消了追她的念头，她就拼命考研究生，然后远走高飞。

伯奇满脸惶恐，轻声说："我让你痛苦了吗，为什么不早说？"那是1985年的夏天，在他宿舍，六层楼，大白天静悄悄的，她二十四岁，从未有过性的体验，一番折腾过后，她双目紧闭，死了一样。他二十七岁，也无经验可言，弄得心慌意乱。他下床拉窗帘，推开窗户，阳光一下子灌进来，有如鲜亮的葡萄酒，洒了宝莉一身。她看见天山的博格达雪峰，既遥远又近在咫尺，明亮晃眼，映得峰顶周遭的蓝天一片发白。

伯奇从厨房进来，边穿大衣边说："你想好，后天去不去成都？你去我就把钱带上找人订票，不去我好重新安排自己的事情。"

"你不是打算好了，跟老搭档采访东疆油田吗？"

"你在家我哪儿也不去。大冷天，搞只羊腿补补身子，读几本书，叫上哥儿们来喝喝酒。"

"可怜的老家伙，你活累了。生活怎么来咱们就怎么过，好吗？"

"别跟我玩高深的，一句话，订不订车票！"

"订你个鬼去！告诉我，从成都到安佳那里有多远？"

"坐火车一昼夜足够。"

"算了吧！跑那么远去看一个女人，我疯了不是！"

"她可不是一般的女人，她在哪儿都不缺少男人。"

"你就这样评价我的好朋友？真不够意思。她再怎么着也比你的大白痴西倩强一百倍。"

大冷天坐火车三天三夜去成都开两天会，不是折腾人吗？宝莉最怕坐火车离开新疆，不管去哪儿都得穿越一大片戈壁滩，想想就发怵，心凉，以至于她的脑子里时常有一片茫茫无际的戈壁滩，布满乱石和荒草。她的生活也在一个不着边际的地方，去哪儿都难以抵达，何况也不知道去哪儿。平均每年一回，出差或探亲，坐上火车一出新疆就不想回来，回来又不想出去。

伯奇拍拍妻子的脸道："你跟领导说，我舍不得家里的大火炉，哪也不去。"宝莉历来血脉不畅，一到冬天浑身冰凉，钻进被窝半天焐不热手脚，身边有个热乎乎的男人确实管用，况且又是个脾气不坏的男人。他八年前从陕西某所师专毕业，不跑到新疆就得回老家的小县城教中学，那样的话就不会遇见有文化有教养、娇柔任性的宝莉。他在乌鲁木齐一家报社干记者，人很勤奋，越干越顺手。夫妻俩尽量把小日子过得简洁明快，避免流于平俗，努力增强幽默感。他在过厅里换鞋，关门后没忘记推一推看锁上没有。他一走她便跃身而起，光脚溜下床，从书柜里翻出一封信，回到床上，边抽烟边看信：

我这里的小山城好像天天过节放假，到处是人，我已经被淹没了。步行上班去。主要是办四大块“板”的宣传栏。我把文章写得非常认真而漂亮。主任改得也非常认真，非常的自以为漂亮。想一想，我在新疆七年，一个人编那么一份“科技通讯”，亲手发了多少有价值的文章！我把主任改过的草稿重新抄过，他签上字，放心满意后交给别人用毛笔抄写到大白纸上，贴在板子上，送进玻璃橱窗。下班回家练习用高压锅烙发面饼，掺进鸡蛋、奶粉和白糖，味道不错，比得上面包和油馕。父亲去了海南岛的哥哥家，剩下我一个人，很清静。看书看报，写写科普小文章，试试看能不能挣几个零花钱。

我在阳台上养花养鸽子。鸽子养不住，隔几天飞走一只。经常有鸽群在楼顶的上空盘旋，发出黄铜音质的哨声，里面肯定有我喂过抱过的白鸽子和灰鸽子。我把鸽子的翅膀都剪过，可它们照样飞走了，现在还剩三只，像鸡一样在地上觅食。楼下的一条老街，房屋古旧衰败，小店小铺一家连一家，挨靠拥挤，异常亲密。除非下大雨，街上整天行人不断。男报贩叫卖晚报，把报纸往买主怀里一塞，接过钱就跑。女报贩也叫卖晚报，同样疾跑如飞。两个报贩都想抢先到达巷口，过滤一遍涌入的人流。有一个瘦小可怜的家伙，背着一只口袋推销鸡毛掸。蓝色的掸把儿露出袋口，像一只箭囊。大概是生手，他手里拿着一只鸡毛掸，路过每家店铺都朝里一捅，晃一晃，马上又抽回来，一只也没卖掉。海关钟楼的黑面白针石英钟，奏过一小段乐曲后，当当报时。城边周围的山，被新起的楼房遮蔽殆尽，看不到更远的地方了。

如今，乌鲁木齐远得如在梦中。阳光充裕，远山覆雪，高大挺拔的白杨树排在宽阔的街旁。市场街弥散着烤羊肉串隐隐的烟气，欢快而神秘的音乐，五彩纷呈的货摊，轻轻攒动的人群……宝莉，你和那些人都太远了，我在那里的时候也太远了。那是很多人在空旷明朗的戈壁滩上赶一个临时的巴扎（集市），我一转身，一切烟消云散……

宝莉掐灭烟头，起床穿衣，在地毯上锻炼身体。鸡蛋饼还没冷透，她把牛奶重新热过，吃完，开始打扫房间。她喜欢穿条绒裤和牛仔裤，套头衫和短外套，轻便的鞋；喜欢把家务活干得神采飞扬，吹口哨，哼歌；还喜欢上班迟到，匆匆忙忙工作。这么做了，仿佛生活变得美妙动人，根本不用动脑筋，没有什么事情值得烦恼。她写些轻松优美的小散文，发表在小报刊上，换几盒烟偷偷抽，心里乐滋滋的。但有时抽完烟就觉得不是味，好比撞见老婆娘使用小女孩的声音撒娇，让人犯恶心。宝莉从来就不是天真活泼的小女孩，现在二十九岁了也不轻松优美。她跑到新疆学会了这套招数，慢慢地感觉吃力。没人知道。她把写作看得比生孩子还要紧。没人鼓励她帮助她，她甚至没有勇气表达这个愿望。她渴望一清早醒来就成了有名气的作家。她想象一举成功带来的好处，那一定是“咔嗒”一声释放了一只困兽的效果，从此便成熟自信，不再焦虑不安。可是怎样下手？写什么呢？她的生活平淡空寂，别人的生活似乎也好不到哪去。

二

1982年秋天，也许连他们自己也不清楚，到底有多少内地的大学毕业生，他们志愿支边来到新疆，大概百十来个吧，自治区政府招待所成了集散地。小伙子多，姑娘少。宝莉跟安佳一见如故，都二十一岁，清清爽爽。宝莉喜欢安佳从不撒谎，但把真话说得过于轻率直露，似乎不大可信；安佳喜欢宝莉文静端庄，感受力强，宽容善良。她俩在一起说说笑笑，时常迸出智慧的小火花，一闪即逝，别人还没反应过来，她俩已经乐得要死。两位姑娘形影不离，无意挑选男朋友。不是上街闲逛搜寻不太花钱的可口小吃，就是在招待所看人进人出。一个小伙子和一个姑娘合抬一只木箱，进了门厅，放下，用俄语交谈几句。小伙子开箱找出一包卫生巾，姑娘接过来赶紧找厕所。有人问：“哈啰！哪儿来的？”小伙子说：“昆明。怎么样？哥儿们，新疆的羊肉好吃不好吃？”大家以为这是一对恋人，男的分在海关，女的分在科技情报所，四年过去了也没成亲。女的脸色蜡黄，考上北京的研究生走了。还有带乡下的老婆孩子一块来的，不讨价还价，分哪去哪，乐呵呵的。有的人不好分，在招待所住了半年。宝莉和安佳住了半个多月，跟北子、伯奇、大鹏、阿坚等二十几个人成了朋友，后来在乌鲁木齐形成了一个小圈子。

安佳带宝莉看男朋友乔新，小伙子是当地民族团结的结晶，黑眼睛如梦似幻，嘴跟樱桃一样小巧红润。他跟安佳在西安上大学时同班，叶落归根，两个月前就有了领工资的地方。乔新擅长插科打诨，挺逗乐，喜欢用一个地方脏词儿表示感叹，相当于“嘿”。有一天在招待所，安佳招呼宝莉从窗台看乔新远去的背影，说：“你看他走路的样子，夹紧小屁股，多么乐观坚定。真攒劲儿，我爱他！”宝莉哈哈大笑，鼓励安佳多给这个漂亮的小家伙一些母爱。不出两年，乔新爱上了单位的打字员。那女孩十八岁，长得甜甜蜜蜜，把他当成幽默大师来崇拜。

安佳二十三岁匆忙结婚。丈夫是广东来的阿坚，婆婆妈妈地对她体贴得无微不至，还老提防她随时跟乔新私会跟别人乱来。安佳心烦意乱，觉得不这么干确实没办法。一年半后阿坚跑到安佳单位闹离婚，绘声绘色地讲故事。其实那些奸情都是捕风捉影，安佳不至于蠢到让他闯入现场。刚离婚安佳就约乔新来相会，他们已经两年没有来往。第二天她专程找宝莉宣布，她谁也不爱了，轻松了，心花怒放。宝莉以为她从没把乔新当回事，对阿坚也不会有多少真情。安佳说：“不爱乔新，我何必从大西南跑到大西北？他把我甩了，我痛苦不堪，赌气嫁给阿坚。阿坚对我好，我也想对得起他。可他当我是风尘女子，烦死人。”宝莉说：“你太野了，瞎撞乱碰。阿坚收拾不住你，他对自己信心不足。”跟乔新过了一夜，安佳才发现，她对他这些年来的爱情，建立在他占有不了征服不了她的亏空上，所以才渴望得那么强烈。她感情丰富，天性激荡，需要被强大的力量攻击摧毁。“宝莉，我再也不要长不大的小家伙。”她说，“有了两次失败，我再也不会犯傻了。”

1984年，有个叫李吉元的上海小伙子骑自行车进疆，大出风头。他先在乌鲁木齐工作，认识了安佳及其小圈子里的人。后来跟三个也是从内地来的大学生去伊犁办乡镇企业，一个针织厂和食品厂，写信叫安佳去当食品厂的副厂长。安佳离婚后一个人住单位筒子楼里的一间宿舍，老式的松木地板涂成暗红色，有几样家具和一台十四英寸的彩电。宝莉和伯奇领了结婚证，还没分上住房，正愁找不到地方同居。安佳办了停薪留职，叫他们过来住，顺便给看家。到了伊犁她才发现食品厂快倒闭了。李吉元他们生产的牛肉罐头达不到任何标准，加上交通不便，根本没销路，摆在乡镇的土路边卖八毛钱一个，铁皮盖子上锈迹斑斑。安佳给宝莉写信，请她帮忙去标准局找点资料。除了通信，宝莉和安佳无法取得联系。正因如此，宝莉出差去伊犁，完事之后一通七拐八绕，好不容易找到那个乡里，想找的人连影子都没见着。安佳几天前去了奎屯、石河子等地，推销牛肉罐头。乡政府附近有座果园，正在收获叫“夏柠檬”的青苹果，汁多肉脆，三毛钱一公斤，大概不适宜做罐头，没听安佳说起过什么水果罐头。宝莉在果园吃了个够。路上碰见一个老汉，甘肃口音，向人哭诉被儿子虐待，胳膊上有青紫伤痕，衣裤上沾染了血迹。宝莉带他找警察。三个警察正跟李吉元和另外两个办厂的姑娘、小伙子一块喝酒，桌上地下到处是青苹果。李吉元是个小白脸，细高个儿，有点神经质。他说安佳过两天就会回来，让宝莉别急着走。他一边捶击桌子一边叫喊：“伊犁特，上伊犁特，咱们新疆人就认伊犁特！”他呼唤的是一种白酒，新疆伊犁特曲。警察对甘肃老汉毫无兴趣，打发他回家，说到时候会去叫人收拾他儿子的。晚上李吉元带宝莉去乡政府招待所，指着一张床说：“你睡安佳的，我另找房间。”说完把另外一张床上的床单、被子和枕头一块卷走了。喝酒的另一个小伙子是南京人，那姑娘是宁波人，他俩大学同班，是一对情侣。两人和宝莉聊天，说他们已经半年没发工资了。他们的针织厂也不景气，设备是大厂淘汰的旧货，工人技术素质差，织出的羊毛衫不是领子歪就是袖子斜，一件也卖不出去。这一对宝贝儿在乡政府招待所同居一室，天天混吃混喝，抽不带过滤嘴的“红山”烟，烟头随地乱丢，对乡镇企业的前景十分悲观。

第二天早晨，宝莉打过招呼，沿一条公路往山里走。细雨迷蒙，养蜂人的帐篷支在路边。蜂箱一溜排开，群蜂拥聚，乱作一团。山谷里的塔松林有如成阵的士兵，冲向山顶。在奔流的雪水河边驻足观望，对岸是一片开阔的草地，有一座守林人的白色毡房。一个哈萨克族少女骑马过河，脸蛋山楂一样红，眼睛明亮。她微笑示意宝莉上马，带她到守林人家。在毡房里吃油炸面食和奶油，喝酸马奶。雨过天晴，宝莉骑在马上，青青的酥油草地上点缀着各色野花。夜晚，马灯挂在毡房前，骑马的客人来了，立即宰羊煮肉。男主人拿出烈酒，倒一些在一只瓷碗里，依次敬递给每一个客人；女主人在一旁烧铜茶壶，为每个人续奶茶。宝莉感觉哈萨克族男人有山一样的雄浑深沉，女人有大地一样的静谧安详。她听不懂他们说的话，但能觉出他们与天地万物达成的某种默契与协调。深夜，十几个男女并排睡在一起。宝莉身上压着老羊皮袄，一整夜听河水轰鸣，男人鼾声起伏。老羊皮膻味弥散在一切声音里，她头一次发觉孤独无比幸福。早晨，河对岸有人走下“巡洋舰”，宝蓝色的车体在太阳下明亮晃眼。宝莉大吃一惊，安佳身边的一个官员长得极像俄罗斯作家伊万·蒲宁！她有一本《阿尔谢尼耶夫的一生》，书里有作者像。宝莉和守林人一家骑马过河，迎接他们。安佳跨上马背，抱紧宝莉说：“这马听不听话？千万别把咱们掀到河里去。宝莉你跟它说，咱们都非常爱它呀！”她俩胆战心惊骑在马上，上了岸才长长呼出一口气。接下来两天，搭这辆州畜牧局的汽车在山里逛，到哈萨克族牧民的毡房里做客。

按安佳的话说，就当是一场游戏，一个玩笑。她从伊犁回来时，宝莉已在单位分上了住房，跟伯奇办过婚礼后方才住在一起。李吉元被安佳甩了后，最终也回到乌鲁木齐，在某行政机关搞政策研究，在报刊上发表文章大谈乡镇企业前景喜人。安佳给自己接连弄了几个情人，过得风生水起。玩够了，就调回老家陪伴鳏居的老父亲。

宝莉陪安佳去医学院打胎，路过一家馕房，有遮篷的门楣上挂一只做广告的油馕。安佳冲它打招呼：“你好，库尔班大叔！”她挺绝望，尽量做出无所谓的姿态。医生说没有消毒包，让明天下午再来。安佳说：“宝莉，我一天也不想拖，咱们去昌吉，才三十多公里，顶多一个小时就到了。”宝莉说：“完了再坐车颠回来，你能受得了吗？”安佳执意要去，说医生把她一刀捅死她都不在乎。两人到客运站坐上一辆长途客车。乌伊公路从乌鲁木齐往昌吉这段最好，平整宽畅，两旁有成片的小麦、油菜和啤酒花。宝莉不好意思问安佳胎儿的父亲是谁，只觉得有些难过，一路无语。安佳幽幽地说：“我不知道我还能不能爱上谁。”从医院出来，安佳脸色惨白，浑身绵软。医生说再耽误几天，手术就不这么简单了。夕阳西下，宝莉建议在昌吉住一晚再走，就向过路人打听哪有旅馆。

这时，安佳指给她看东面的雪峰，说：“你见过玫瑰色的博格达吗？我这些年还头一次碰上。看它多红多大啊，就在眼前！够你写篇大文章了，是不是？”

“我见过几次，但没这么红这么壮观。昌吉在乌市东面，离博格达更近一些。你感觉好些了吧。就住昌吉饭店，这是最好的一家。回去我打发伯奇外出采访，你来住几天，我好好给你做做饭。”

“是你肯定不会把他干掉，我真狠心。现在我才明白天使是怎样诞生的，你不让他降临人世，他就背起一对翅膀，一去不回头，像一支箭！”

“但愿他理解你的苦衷，飞过雪山去了天国。”

“我想回家，回老家去。新疆一天也不能待了，浑身没一点劲儿了。因为他，我愿忍受孤独，忍受凄凉。宝莉，我真受不了啦。”

三

新疆远离海洋，地处欧亚大陆腹地，乌鲁木齐在它偏北的中间地带。宝莉在这里生活了八年多，老是感觉站在这片大地的边缘。她看着一个维吾尔族老汉，身穿黑条绒棕色毛领子的短大衣，使劲儿摇晃路边的一棵树，给几只绵羊吃飘落的干树叶。一只老羊用奇怪的眼神看汽车，似乎心事重重。等了半天，公交车终于过来了，她把白色的长围巾往后一甩，紧赶几步上了车。

北京路上的雪早已铲除干净，堆在街旁白杨树落脚的浅沟里，堆在单行车道之间的隔离带里，蓬松干燥，外表结了发黑的硬壳。隔离带有人行道那么宽，围着低矮的铁栅栏。里面有埋在雪里的枯草坪和枯花，玫瑰和丁香小树露出枝梢，还有高大的松树、白蜡树和电线杆。据说这是一条世界上数得上的又长又直的城市街道。过了早晨上班的时间，行人车辆稀少，两旁的建筑物显得单薄也不紧凑，有的地方是覆雪休闲的菜地。乘车行进时，用不着想城外大片寂寥的田野和荒地、辽远的天山，用不着看天山超绝危耸的高峰——博格达，单单盯着一幢高楼，甚至什么也不看，老也忘不了身在遥远之地。这种感觉很奇妙，夜里，人躺在床上渺渺无着落，越变越小，最后成了一个硬实的小黑点方才入梦。

宝莉在办公室门外就听见电话铃响，她正抱着一摞材料，腾出一只手捅开门锁，奔到桌前。处长的声音从城里传过来。他家的煤气用光了，要去排队换气，下午和明天打算在家起草工作报告，处里的事情由宝莉办一办。

“小李，你去打字室看看，会议材料打出来没有？”

“打出来了，我正要装订。”

“火车票买上没有？”

“已经托人预订了，明天才有准信。”

“抓紧时间，后天走不成就迟了。”

“您放心，我尽力而为。”

北子满头蓬发，穿一双奇特的翻毛大头鞋走进来，拉开面包服，坐在宝莉对面。他刚刚获得自治区青年诗人摇篮奖大赛三等奖，特来报喜。宝莉把打印材料往边上推一推，起身倒茶。北子在附近一家小报当记者，娶了该报资料室的姑娘。他本来谁也不想娶，可是惹了麻烦，推卸不得。妻子正在怀孕，经常赌气往娘家跑。他有个情妇是阿克苏兵团农场的姑娘，只身跑到乌鲁木齐，在舞厅驻唱，租间大西沟农民的房子栖身。北子跟她做爱时，看着满天繁星。这种事他都会对宝莉讲，兴致来时还会向她求爱。他是唯一坚信她才华出众，早晚会写出像样作品的人。对于他的求爱，她从不当真。

“不该结婚，尤其不该要孩子。愿意干这事的傻瓜多得很。咱们改变一下生活，准能成气候。”

“你现在是诗人宝宝，坐地等着也有长大的一天。”

“咱们在乌鲁木齐接近不了新疆的百分之一，况且现在的生活搬到哪儿不能进行，毫无特色，等于白来。再这么过下去，你我都得被掐死在摇篮里。何必为这乏味透顶的生活浪费才华，浪费生命？想一想，一块往哪儿跑？新疆这么大，一生都不一定跑完。你想一想，从哪开始？”

“北子，咱们三十岁了，还能开开轻松地开玩笑，不知过几年是什么样。其实我心里现在就沉甸甸的，我得把这一堆材料订出来，还得找个借口把成都的差事推掉。你回去想好吗？从哪开始我都同意。”

欧斯曼局长整个像一只鼓鼓的皮球，早年留学苏联塔什干，衬衣和外套整洁有序，领带也像样，泛黄稀疏的头发梳理得一丝不乱，一双茶色的鹰眼给人以深刻的印象。他起身握住宝莉的手说：“身体好吗？”“很好，谢谢！”宝莉说，“欧局长，我们处长这两天在家写总结报告。我买不上去成都的卧铺票，您看怎么办？”她说尽管春节还在两个月之后，可成千上万的人已匆匆坐火车赶回老家。“买硬座票可以吗？”他问。他强调这次会议很重要，必须参加。本来安排去两个人，因为副处长回江西老家探亲，哈丽达刚生完孩子，小万正打家具准备结婚，处长要去南疆检查工作，除了她能去，再找不出人。必须想办法走成，辛苦一下，坐硬座吧。

“硬座票也得提前两天预订，即便后天走也迟到了一天。”她把会议日期提前了两天。

“你丈夫在报社工作，请他想办法解决。”

“他不在乌市，不知到哪儿采访去了。”

“开会重要，我批准你坐飞机。”

欧斯曼批准宝莉飞走，但不能飞回来，除非她愿意掏飞机票超出火车硬卧票的那部分钱。从乌鲁木齐飞到成都的时间，大概相当于坐火车去吐鲁番，坐汽车去石河子。宝莉在新疆上空飞过多次，去阿克苏、和田、喀什和伊犁。干啥不飞呢？这么痛快就飞出新疆，机会难得。顺便游逛一趟，散散心，看看老朋友。既然出去了，离哪儿都不算远，回东北再看看家里人。她去财务室，领上一张用于购机票的空白支票和一笔现金差旅费。但一想，不管乘飞机还是火车，都得破费自己的一笔钱，弄不好还得搭上一个月的时间。她家冰箱还得在商店停放一年半载，孩子必须推迟问世。宝莉一直偷偷吃避孕药，一切轻松顺利，撒谎都不眨眼睛。

她往报社打电话，丈夫不在。西倩接的电话，她说伯奇在博格达宾馆采访会议。“买机票我有门路，”她说，“星期二不行就星期五走，一星期就两班。晚上去博格达跳舞吗？伯奇没跟你说？对，是会议包场。你不去？那我也不去。”

宝莉下班后一人在家，无心做饭。敲几个核桃，洗一些杏干，装上盘端到茶几上。她找出纸和笔，坐在沙发上打算写点啥。啥也写不出来，就画了一对搂抱在一起跳舞的男女。男人像竖起的大龙虾，凹陷的部分被女人肥硕的胸脯塞得满满的。画完，看看还算满意，题上“这是伯奇和西倩在博格达”，扔在一边。然后放心地把香烟、火柴、烟灰缸通通摆在面前，一边抽烟一边写起来：

她父亲是个倒霉的书呆子，摘帽右派，在中学教书。她母亲在文化馆工作，看不出多有姿色，却喜欢胡搞。她六岁时他们离婚。哥哥十二岁，姐姐十岁，三个孩子都跟父亲过。冬天的早晨，鱼缸在靠窗的桌上结了冰，“黑玛丽”和“蓝孔雀”全冻在冰坨里。哥哥把鱼缸抱到炕头，捂上枕头，快哭了。姐姐说，这样没用，它们已经死了。母亲重新结婚，那男人是个恶心的家伙，对她姐姐动过邪念，母亲竟然跟他过了好些年才分手。这些事情发生在东北的一座化工城市。哥哥后来当了林场工人，死于意外。姐姐十八岁，如花似玉，上山下乡被坏人引诱失身，草草嫁给当地的农民，少不了被丈夫辱骂，但甚少挨揍，因为他体弱多病，哮喘尤其严重。父亲平反后调到大学教古代汉语，母亲哭哭啼啼登门忏悔。他坚决不要她，并且说她是妓女！他一个人住在系办公室的库房，旧书刊的霉味和老年人的体味混合一起，令人绝望。她母亲孤身一人，喜欢喝点劣质白酒，老是弄丢瓶盖，随手用一团破纸塞上。她，故事的主人公，那个女孩，十七岁考上北京的大学，四年过得时常苦闷烦躁。那些小男生约她看电影、郊游、去小饭馆喝啤酒，海阔天空，但她不想跟谁谈情说爱。老男生老何下过乡当过工人，长得挺帅，接近她勾引她。一天在图书馆背后，她准备好了，随便他怎样在一片碎砖破瓦的空地上弄她。她想完了以后她的苦闷烦躁会被扫荡一空。老何喋喋不休，说西方如何性解放，一个美国女孩为了庆祝十六岁生日，同一天跟一打男孩玩过。她二十岁，心烦得直想哭，什么也没干，扭头就走。毕业后看看没有门路留北京，又不愿被分回老家，就申请去新疆。越远越好，如果不通火车她都情愿一路走过去。在新疆第一个收获是丈夫，第二个是当作家的欲望。但仍然时常苦闷烦躁，尤其是内疚自责：为什么不留在家乡安慰孤独无靠的父母？心里总有童年布下的阴影，挥散不去。苦闷烦躁主要在于生活上面临生孩子的压力，不生说不过去，生又没想明白为什么生。另外，写作毫无进展，总是春天来了小鸟唱歌，冬天来了雪花飘舞，平庸肤浅。婚礼不可漏掉，是这个故事的一个小高潮。她身穿大红色的羊毛连衣裙，胸前钉缀着闪光饰片。女友最后帮她理理头发，推她一把说，去吧，新娘！把她推到一身蓝色毛呢料中山装的新郎面前。他冲她的女友说，不会弄错吧？看看新娘又说，我老婆有这么漂亮吗？一辆“伏尔加”拉他们到一幢楼前，朋友们围上来乱喊乱叫。有人在楼上新房的窗口叫喊：把新娘抱上来。他就把她抱起来，上楼。她说，我的重量不全在这儿，所以你能抱动我。不知他没听清还是没听懂，似乎毫无反应。

宝莉停住笔，一口气把杏干吃光了。

四

西倩二十八岁，看起来还算不错。外祖母是俄罗斯族，遗传给她白皮肤、高大个和丰满怡人的身段。她喜欢跟男人逗着玩，好像轻易不会逗到床上去。她说她还没碰上爱得发昏的男人，所以不嫁。她跟伯奇一块办“边疆儿女风采录”专栏，其实没有多少真才实学，也不想当一名好记者，整天背一只白色的大挎包，进进出出显得时髦又自信。宝莉曾把几个文学青年介绍给她，小伙子们心怀大漠的雄浑，一心打造西部风格，可惜出身于内地寻常百姓人家，在西倩眼里土头土脑，净冒傻气。她父母在自治区政府机关做不大不小的官，四个子女都受过高等教育，全家人都有一股没法说清的优越感和一副自我感觉超凡脱俗的做派。

宝莉把支票递给西倩。“不去不行吗？”西倩说，“大冬天的，成都没什么好玩的。去广州、深圳还差不多。”

宝莉握住茶杯，暖着手说：“重任在肩，不去不行，再说还可以趁机去看看安佳。”

“你常跟安佳通信？”

“我俩谁都不爱写信。”

“前几天我碰见阿坚，他打听安佳的消息。他说安佳头脑容易发热，干蠢事。你看，他还挺关心前妻的。”

“他是会关心体贴女人。”

“安佳这女孩长相一般，但自有一套吸引男人的魅力。有一次她跟个维吾尔族男人开车兜风，路过报社叫我一块去二道桥吃烤羊肉。那男人确实棒，可惜是个车夫。”

西倩跟安佳在西安时同校同系不同届，她低两届，爱炫耀自己活得比大白纸还纯洁，一向瞧不起安佳。宝莉告诉她：“那个维吾尔族男人我也认识，开的是拉达车吧。是自治区有名的优秀企业家，汉语相当精通。”西倩目瞪口呆。她老以为安佳看上的男人除了长相好，别的一钱不值。

伯奇推门进来，搓搓冻僵的手说：“我在门外就听见安佳怎么啦，她又离婚了？”

“没你的事，别胡搅！”宝莉说。

“我们正在说安佳在新疆取得了伟大成绩，为民族团结作出了突出贡献。”

伯奇也反感安佳，实在过分。宝莉提议三人一块去报社附近的清真饭馆吃晚饭。她心想，我这一走，家里的双人床空了一边，不知西倩有没有兴趣填补。假如西倩把我的生活摧毁了，我不知能不能受得了。我一绝望，没准也像安佳一样找几个情人，尝尝放荡到底是什么滋味。所有的规规矩矩不过是一堆玻璃片，谁都能把它们一脚踢碎，就看你有没有那份冲动。他们三人走出报社大门。伯奇搭一只手在宝莉肩上说：“昨晚我在宾馆赶稿子，脱不开身。你没给自己好好搞饭吃？”宝莉说：“别客气，你就当家是旅馆，来去自由好了。”

天已经黑下来，饭馆里炉火正旺，干净明亮。橘色的路灯映在窗上，汽车灯闪射而过。三人各要了一份抓饭包子，边吃边聊。吃饭的人好像个个都有满意的职业和舒心的生活，从容不迫地进食，用彩色塑料杯喝热茶。宝莉望着墙上一幅油画：天池的一泓碧水死气沉沉，作为背景的博格达雪峰逼近了画框。显然，画家才气不足，缺乏悟性。宝莉想，总有一天我会把许多故事写出来，安安静静当个不出风头的作家。我用不着装模作样，凭借任何小技巧讨寻轻松愉快的生活，用不着为西倩嗲声嗲气挑逗伯奇心里犯酸。我还要生个孩子，把自己当作一棵树种下来，让一只小鸟在冰天冻地里有个栖身的小巢儿。

“这家维吾尔族人的饭馆不卖酒。”伯奇说，“咱们换一家汉餐馆，喝一杯，路上好不冷。”

“你情绪特好是吗？回家晚了我爸爸不放心。我妈妈去伊犁了，迎接从（苏联）阿拉木图来的亲戚。在乌市过完圣诞节，他们打算去内地旅游。”西倩说。

“我也想早点回家。伯奇，咱们回家把炉火捅旺，喝点小酒，早早休息。”

“你家暖气不热？干吗生炉子，多脏。”

“是一个干净的大火炉。”

“西倩，别听她胡扯，她爱幻想。”伯奇冲宝莉丢过来一个会心的微笑。

他们躺在床上寻开心。宝莉说：“西倩太迷人了，伯奇你不想试试？”伯奇说他舍不得吃那一只熟透的大桃。“傻瓜，你会有个八分之一俄罗斯血统的孩子，”宝莉说，“还有阿拉木图的亲戚。”

“你想抛弃我吗？老婆。”

“万一飞机不小心撞上天山，机毁人亡，我有什么办法。”

“那好，我要西倩，不要白不要。”

伯奇有点像一棵刚剥了皮的树，身上黏糊糊的。宝莉挨着他被他抱紧，被突如其来莫名其妙的痛苦和绝望刺激着，癫狂起来。她习惯想着一座冰山，一点不冷，山壁陡直光滑如镜，山顶平坦开阔，星星很近，宛若发光的花朵。她被他疯狂的力量推助着，飘举飞升，越来越兴奋紧张。他不知道有冰山，把最后的力量用在半山腰一条幽冥的小路上。她返身迎就他，缓缓坠落……永远没有这么一座冰山。宝莉想，我爬上去干什么？

驱车去机场，赶上了好天气。

积雪悄悄融化，阳光灿烂，照得路面有如长长而明亮的冰河。多日锁闭在云雾中的博格达雪峰，以海拔五千四百米的骄傲顶着蓝天，悠远，宁静，一路掠过白杨树列的顶梢。你在乌鲁木齐不经意就望见东面的博格达峰，它三峰并峙，常年覆盖冰雪，只要有太阳的日子，永远那样明晰，那样突兀地闯入你的视野。他超越了一切卑琐和忧烦，严峻孤傲，跟你遥遥相对。用什么接近他？你有诚实正直的生活、宽容善良的心灵、勇敢不屈的性格、境界高尚的智慧？“是的，”宝莉叹气，“我没有。”请你把这一切都给我吧，你是我愿望里的父亲、丈夫、情人、儿子……

司机买买提正在开始发胖，穿黑皮夹克，戴一副大墨镜，把北京吉普车开得热情而老练。他说他开车跑遍新疆，最远还去过西藏的阿里，但从未坐过火车飞机去口里（内地）。宝莉看他点烟，就要过一支，轻轻吸。她说新疆太大了，许多人一辈子都出不去。他说新疆是最好的地方，新疆人也最好。

到了机场，买买提帮宝莉拎皮箱，一直送到候机厅。宝莉在商店买了一块黑底红绿花的头巾、两瓶吐鲁番的葡萄酒，打算带给安佳。她站在大玻璃窗前看停机坪，不知为什么，哭意盈怀。

五

宝莉问安佳：“你们这儿老是阴沉沉的？”

回答：“哪里，前天还有大太阳。”又问：“从你家阳台上看，这个城市好像一艘正在维修的老渔船。安佳，它能把你带到哪去？”安佳用一把大铁钳往炉子里夹了三块煤，认真地说：“我哪也不去了。”这个小城市确实不容易产生幻想，宝莉想，幽闭、杂乱、吵闹。

宝莉冲过热水淋浴，坐在炉旁。安佳拿出一块新疆的羊剪绒条毯盖在她腿上，又把一只装化妆品的小竹篮放在上面。炉上炖小半锅汤，炉板有阔阔的边儿，备好的新鲜肉和蔬菜等物摆在上面。安佳说这儿的人吃火锅喜欢放猪油和辣椒，她知道宝莉不喜欢就没放。可惜没有羊肉。安佳打开吐鲁番的红葡萄酒，斟了两杯说：“我在新疆时有过一个老情人，四十五岁，擅长烹饪。他给我做酸揪片或拉条子，吃完再来一杯好喝的咖啡，想起来挺幸福的。”

宝莉用吸纸沾沾脸上的润肤油，随口问道：“老情人离婚了？”

“他妻子不辞而别，跟做生意的人跑了，有个儿子在湖南上大学。”

“四十五岁的男人还中用吗？”

“快油干灯尽了。我同时还另外有个中用的。不管中用不中用，我都好心让他们自以为中用。”

宝莉擦擦手，举杯说：“为他们干一杯！”她俩哈哈大笑，对男人容易感受伤害的脆弱的一点充满了怜悯之情。安佳喝了一口，迟疑一下感叹道：“胡达！我喝出了吐鲁番强烈的阳光和干燥的大地味。”

“1984年我去阿图什，头一次尝到新鲜的无花果。安佳你说怪不怪，我也是吃出了阳光的味道，还有沙漠的清香。”

“知道吗？我要是有你的一半端庄纯净，一定不会把日子过得那么糟。我总是骚动不安，跟个坏娘儿们没两样，干了好多蠢事。”

“见鬼，你真这么想？我满脑子怪念头，可是活得缩手缩脚，有时快崩溃了。你不知道，我认为你是咱们那拨儿人里活得最痛快的一个。把你家招待客人的香烟拿出来，开会最难受，老想抽一支。”

“给你，还不改恶习！回去乖乖生孩子，好好过日子，别老想着写什么东西。你应该把写作当成打毛衣，有兴趣织几针，没兴趣放一边。”

“我以为来你这儿能讨点人生真谛呢。”

“我把青春葬在了天山，现在内心宁静。”

“内心宁静？安佳，这是你在新疆七八年提炼出的宝贝？”

“都三十岁的人了，再静不下来就是有意跟生活作对，跟自己过不去。”

“你让我失望得想喝死！”

“我不管你失望不失望，我打算找个不太穷不太蠢的离婚男人，他有孩子更好，没有我就生一个，生不出来也算有了。我想有安定的生活，做个正常的女人。”

“我更想喝死。在新疆折腾一场，就是为了回家干这个，值得吗？”

“在哪儿都一样，变不出花样。”

“那些情人呢，没给你快乐？我可是老记得你有挥霍不完的激情，你爱那些家伙，爱的理由五花八门。”

“我出尽了风头，也吃足了苦头。”

“我不懂，你这叫大彻大悟吗？还记得在昌吉看玫瑰色的博格达吗？现在想起来可能是一个不祥的预兆。你像被火烧过了一样，我认不出你是谁。”

宝莉认为太有必要为安佳的大彻大悟开第二瓶酒了，这一瓶是吐鲁番的白葡萄酒，跟阳光有同样的色泽，喝下去使你觉得相夫教子好好过日子多么让人感动，多么温暖人心。不行，安佳，咱们好好想一想，非得找那个不太穷不太蠢的男人不可吗？他还有孩子，假设有个极棒的家伙，你脑子里有什么念头他都不奇怪，你想怎么活他都不认为过分呀偏颇呀。人活一世不容易，怎么活都有道理。咱为啥不能有个雄心抱负呢？干吗把自己放得那么低，低到尘埃里去了。要找就找这样的男人，他大智大德，淡泊名利，自己不想成功，专门助你成功。他指点你生活，精辟深透，照着办准错不了。别问我成功了又能怎样，你想怎样就怎样。你出了名有了钱，你走遍世界，自由自在。当你垂垂老矣，才华穷尽。怎么办？到哪去弄个小手枪，跟个打火机那么大。你举枪对准胸口——心脏在哪，打左边还是打右边？砰的一下，一切玩完！哈哈，那个男人呢，我没说他早跑了吗？其实他没那么好，他一发觉爱一个有头脑有理想的女人越发吃力，不跑才怪！安佳，不用烧奶茶，你没有湖南伏茶，烧不出正经的味道。这里的牛奶也不一定可靠，不好喝，肯定不好喝。我跟你说，新疆的牛才是真正的牛，那些奶牛都穿着黑白花的衣服……

安佳送宝莉上火车，彼此相望，泪光盈盈。宝莉想，安佳除了远远地想想新疆，找个不难找的男人过日子，再也不会有戏了。不过有没有这种可能，她和你不一样，也许是真的，她曾经有过一大串情人，也许他们带给她的是你难以想象的什么好东西，就凭这一点，她也会在平庸的生活里找到某种信心和快乐吧。我呢，经过北京回东北看看亲人还得回新疆，尽管我是怎样不情愿坐火车穿越戈壁滩，可是那里有我想找而且必须找到的东西。比如博格达雪峰，他肯定有些什么，只是我还没完全找到。宝莉劝安佳回去，不用等火车开动，说着自己首先转过身去。

到了北京跟老同学聚会，大家都说你不见老你也不见老，又都说活得挺累人。他们把孩子拉出来给宝莉背诵唐诗。小家伙们个个精灵，有的学钢琴学小提琴，有的练游泳踢足球，各有所长。宝莉，什么时候把丈夫带来给大家瞧瞧？你俩到底是谁不行，干吗这么些年还生不出孩子？性冷淡，你是不是一个性冷淡？说真格的当时我以为她一辈子当老姑娘无疑，反正我是不想勾引她。谁都有个成长的过程，有早熟晚熟之分，宝莉那时候好像没有性别意识，属于中性，甚至跟个男孩似的。记得教咱们论鲁迅的老先生吗？他把我叫到家里，说我的论文观点有点反动。当时我跟宝莉一样单纯，如果坐到老先生的大腿上，他不立马给我一个优才怪！听不听最近流传的一个笑话？说的是有一对哥俩双胞胎在娘肚子里聊大天。哥哥说咱爸真够意思，天天看咱们一回。弟弟说，说不下去了，太下流了。宝莉，你是有点才气，可咋还没有搞出点名堂？咱班老刘算是废了，在小城市当了个小官，天天打麻将，一个字都不写了。在北京活得都没劲儿，真想不出新疆怎么活人。大家最好都攻攻外语，找门路跑出去算了……宝莉如同局外人、旁观者，看着她像是在听在看在笑，其实是在走神发愣，不知自己在笑什么。

六

宝莉记得小时候和姐姐去看哥哥，下了火车不敢乱动，哥哥老不来，运木头的火车开过来，隆隆响，擦着红太阳的边儿。等他突然站在面前时，宝莉万分惊奇：他咋那么高那么黑，以前没有胡子啊！兄妹三人爬上一辆窄轨的专线小火车，迎风闯进绿浪起伏的大山里。宝莉她哥哥比一棵大树比一大片森林还叫人心醉，二十二岁时竟被一棵大松树拦腰截断，葬在他父亲不肯前往的山坡上……许多年过后，宝莉躺在床上，眼看着一棵没锯透的大松树被人推着慢慢地倾倒，一瞬间她绝望极了，本能地闭上眼睛，头扭向一边——我要死了。但就在这时她看见了窗外的博格达……

下了火车，出站台，手提皮箱四顾茫然。这是一座让她感到陌生的城市，尽管她在这里出生长大，十七岁才离开。从前不亲近它，现在想亲近也做不到了。那些同学、老师和认识的人，因为知道她家的底细，也早被她从心底疏远了，同样没法亲近。街道、商店和电影院都喜欢用松花江命名，许多香烟的牌子都跟人参有关。有一条街道通往松花江边，沿路边排列着生铁铸造的鱼形卫生箱，涂成各种颜色。桥头有铁制的大盆君子兰，绿色的铁皮长叶在风雪中微微颤抖。江畔的老柳树满枝挂霜，形成“雾凇”（也叫“树挂”）的景观。江水似乎有点发黑，水量减少了，水势也减弱了，全没有从前的模样。工厂的大烟囱满具关东大汉的乐观豪爽，仰天喷云吐雾。

大小饭馆都挂着幌子，用红色塑料条捆扎而成，像垂悬的大拖布。最多挂四只，表明这家饭馆向你提供人间的一切美酒佳肴。

宝莉的姐姐开了一家饭馆，挂一只幌子，请一个朝鲜族老头炖狗肉焖米饭，她自己亲手炒几样菜，烫一壶烧酒。一辆满载煤块的大卡车开到门前。司机跳下车，叫几个电子游戏厅里的半大孩子，一人发两块钱，呼啦几个卸下大半车。这个爷儿们分文不向老板娘收取，吃了一大碗连汤狗肉，拍拍胸膛走出饭馆。警察和税官也没少照应这个黑发浓密的大眼睛娘儿们，她干净利落，为人热情，从身材容貌上看根本看不出她有个那么大的女儿。

宝莉的外甥女已经十三岁。从外祖母那里弄来《红楼梦》，看得入迷，港台小说也没少看，挺文静挺害羞的样子。姐姐说：“越长越像你，有时我真把她当成小时候的你了。”宝莉说：“像你才好，你和哥哥长得好。”宝莉发现姐姐颇有几分想象灾厄、恐怖的才能，女儿一出门就心神不宁，生怕遇上坏人出事。“哥哥活着多好，挣多少钱也不踏实。”姐姐说，“没人能帮我经管她。”宝莉说：“我带她去新疆。”姐姐说：“那我更不放心。你赶紧生一个，最好生男孩。少操心。”姐姐的农民丈夫不肯离婚，姐姐就定期给他一些钱，任其在乡下吃喝嫖赌。反正她不经常需要男人，尤其不需要丈夫。带着女儿过虽然辛苦，但她心甘情愿。

母亲说："小宝莉，天暖了回家多好，带我去看看你哥哥。前一阵子我感冒发烧，梦见他没穿棉衣，脸色发青。"她脸上的皱纹网络，好像是被岁月的老手掌摸呀搓呀玩弄出来的，叫人心酸。宝莉一边留心控制母亲的酒量，一边陪着闲聊。

"后来呢，他又回到妻子身边了。我来倒，行啦，不能倒满，满杯不吉利。"

"他是个狗杂种，被老婆拉上一块找我们馆长。胡说八道不算，还写了书面材料，非搞臭我不可。"

"你呀，妈，你不是早就看出他不是真心，何必等臭女人来羞辱你。"

宝莉想起小时候母亲带她去考少年业余舞蹈团。一群孩子正在彩排。被涂抹得过分红的脸蛋和黑眉毛，血红的嘴唇不敢闭拢。宝莉看着就想哭，可他们全都相信人群中的优秀分子才能上升到舞台上，每个动作每个表情都表演得精确可靠，甚至太过于卖劲儿。宝莉说："妈，我不跳舞，我要回家跟哥哥学画画。"教练是个长脖子长腿的瘦姑娘，两条辫子揪结在头顶上，宝莉希望以后也长成她的模样。她含泪跳了一段《我是公社小社员》，没想到考上了。母亲挺高兴，带她下饭馆。刚落座，过来一个男人打招呼。"叫赵叔叔，火车站广场的毛主席大画像就是赵叔叔画的。"母亲介绍说。画家排队开票，买了水煎包、山楂酒和凉菜，山楂酒有股糖水煮山楂的味。母亲眉飞色舞说笑不停，不知为什么嘟起嘴生气了："那个斜眼娘儿们怎么回事？你还没跟她断？"宝莉低下头捡滑落到腿上的筷子，撞见两只大人的手抓在一起……

"小宝莉，我早就看出你比姐姐懂事，不用人教，聪明的姑娘知道该怎么生活。你把孩子生在这儿，我给你带。"

"您生了三个，到老了还不是孤独寂寞。"

"不一样，我想起你们心里就不空了。"

父亲从中学调到大学，评上副教授没多久便告退休。他分得一套住房，水泥地，没一样像样点的家具。一辆破自行车，倒扣在地上，没事他就修一修，这么多年没修好。他变得愤世嫉俗，斤斤计较，说起话来没完没了。他在家译注老庄，在卡片上写小小的字，查阅时用放大镜。赖着不退休的人赶上涨了两级工资，这叫他怒火冲天。宝莉劝说："爸，您在大学总共才干了七八年，副教授也算高级职称了。少涨一两级工资吃亏不到哪去。"他毫无生活能力，不知道善待自己，用温水瓶泡生面条，捞出来加点盐就能打发一顿。

宝莉为父亲打扫房间，洗了一大堆衣物，做饭炒菜，然后留下来过夜。她浑身冰凉、疲倦，心里难过，直想我不要坐火车不要回新疆，即便那里有幸福的生活、成功的诱惑，除非我父母从这个世界消失，否则它就别想打动我吸引我。我永远不会有轻松的生活，心里牵累太多，整个一片乱石和荒草的戈壁滩。可是，越过乱石和荒草就能走近博格达！宝莉在黑暗中擦火柴点烟，看着没挡窗帘的窗棂。她想着他，一位白色的巨人。他最好别站在那儿，他老是有意无意地注视我，我心慌惭愧，我不能面对他是因为我渺小卑微而又不甘渺小卑微，我想要冰清玉洁却又涉入泥潭。我需要我丈夫伯奇，他洗过还没干的茸茸卷卷的头发多像我哥哥。但是，且慢，再等一等，我给你生孩子，等一等，我还没想好。你有一大堆好处，可惜我太困了……

宝莉梦见伯奇在站台上，头往大衣领子里缩，冻得直跺脚。她下了火车，奔将上前。

你怎么还穿单皮鞋，这天多冷！

我爱上西倩了，头一次发现爱情有催人泪下的魅力。

别哭嘛，泪水结成冰条了。西倩也爱你？

她怀孕了，怀上了我的孩子！你不知道我们有多幸福，在一起光想哭。

那我就不哭了。我回去，坐火车回去，这地方不能久留。

你刚过来路就断了，山上常年不化的积雪崩塌，等春天路通了再走。

春天还远着呢，我怎么过？

你找男人鬼混去，安佳就这么过的。

奇怪，安佳也怀孕了。她对身旁的丈夫说，这傻女人是谁？见鬼不见鬼，她丈夫不要她了找我有什么用，我知道新疆在东面还是西面？

安佳你不管我，我去找北子。北子正给一张带围栏的婴儿床刷蓝油漆，头也不抬：“对不起，宝莉，没看我正忙着吗。等一年以后吧，我老婆刚生孩子，法律还不允许我离婚。”

双平还算讲交情，宝莉早就打算写写他。他在农科院研究西瓜，很有性格。

双平做了几个武打动作，吼叫几声说：“我去把伯奇收拾一顿！不过，也只能帮这么一点忙。”

这世界生多少孩子才有个够，它就那么美好？如果不美好，一定是我出了毛病。一片昏暗，只有博格达伫立在远方，雪白明亮！宝莉拔腿便飞跑起来，向着永恒的博格达！白色长围巾滑落了，格子呢外套掀掉了，长发飘飞，比得上一只机敏勇敢的黄羊，许多不知名的树木在她跑过时骤然间花开叶绽……

（原载《山花》1991年第11期；
收入新夜郎文艺丛书《碎麦草》，贵州人民出版社，2004年6月；
《碎麦草》获第八届全国少数民族文学创作骏马奖）

1991年

杨打铁

全家光荣——献给你的姥姥

妈逗我："小宝莉，想知道你的嘴长得什么样吗？"她用左手的食指把自己的上嘴唇往上一推："看，就这样！"我的嘴是向上翻，但没那么厉害。这是没办法的事，我妈长得挺好看，我爸也不赖。我跟妈在市场上卖冻鱼，过来一个男人摸摸我的头说："宝莉都长这么大啦。"妈说："我一分钱也不会借给你，就当咱俩根本不认识。"他走后，妈告诉我这人是我爸。我本来相信他早就让汽车撞死了，她们一直这么跟我说的。我爸个子高，我个子也高，跟我一样大的男孩和女孩还没有一个比我高的。姥姥爱叫他们跟我比个儿，比完了她总是挺高兴。我长得像谁？妈说我的头发又多又黑，体形好，这些像她。大嘴像姥爷，单眼皮像姥姥和二姨。你爸是刑满释放的劳改犯，你一点也不像他！

"当时我咋那么犯傻呢？"我妈说，"差点就把你扔给老赵家了。"她和我爸离婚时，我爸的意思是，孩子你要你就带走，抚养费我一分钱也不给；孩子留我这儿，我不要你一分钱，但孩子你也别想看一眼。我妈一听这话，顿时没了主意。她怕一个人养活不了我，也怕将来我成为她的累赘，再婚没那么容易了。幸亏二姨及时赶到，她说："没人要我要！"

二姨在新疆，我四岁到五岁半是跟她过的。记得她带我坐了好几天的火车，电线杆子和树在窗外快快地跑。火车里挤满了人，都没办法上厕所。二姨说我爸买好了一堆香蕉等我去，我得管她叫妈妈，要不人家会赶我下车。我才四岁，怎么可能不相信。坐火车到了北京，小姨接我们，还没出站我就尿裤子了。小姨根本抱不动我，可她老想抱我。我们住在她的大学宿舍，她的同学都放寒假回家去了。过两天再坐火车去新疆，人少多了，可是路更长了。

我管二姨叫妈妈。早晨她送我上托儿所，晚上接我回家，她总是等小朋友走光才来。我叫爸爸的那个人是报社记者，经常不在家。他在家的时候爱在筒子楼的过道里喊:“宝莉，回家吃饭！”要不就喊:“宝莉，回家吃药！”他喜欢让人知道他非常关心我。妈妈喜欢坐在桌前，一边抽烟一边写东西，让我去找贝贝玩，她好挣稿费给我买好东西。贝贝是男孩，比我小，也上我们托儿所。玩着玩着他就发脾气：“宝莉，我要让你家房子着火，我要把你的小火车砸掉！”我有一辆电动小火车，会在铁轨上转圈，连大人都喜欢玩，更不用说小孩啦。这是在北京买的。我们没有电视机，我得到别人家去看电视。看到最后，人家大人把每个频道都按过，手一放说：“所有的节目都完了。宝莉，你该回家了。”妈妈有很多朋友，经常来家里吃饭喝酒，送给我巧克力和小玩具什么的。卖牛奶的老头来送牛奶，她也让他进屋，给他烟抽，问他家的孩子和奶牛的事情。聊过天后，老头把白塑料壶里的牛奶倒进木勺，再倒进我们的小锅里。爸爸说：“我不明白，你跟这种人也有话说！”他穿得整整齐齐，长得瘦瘦高高，戴眼镜。妈妈拍拍他说：“少操心我的事。还是想法喂肥你的瘪屁股吧。”她干什么都高高兴兴，爱吹口哨、哼歌。

下雨天蚯蚓爬出来，我们用树枝把它们从小水洼里拨出来。妈妈说蚯蚓在凉水里泡久的话，肯定会拉肚子的。她指给我看沙枣花，那些像小米粒的小黄花非常非常香，让我别忘了晚上提醒她偷一把回家。白杨树在路旁排成一列长队，像高高的墙。高山在白杨树背后，其实还好远呢，山顶上的白雪在最热天也不化。她说那是博格达，天山的一座高峰。草地上开满了蒲公英金灿灿的花朵，我们采了好多编辫子，花朵编在外面，两头系上就成了一个花环。等2路公交车时，遇见一个维吾尔族老汉牵着一只老绵羊，妈妈让我把花环送给它。花环挂在老绵羊的脖子上，一会儿就被它吃进肚里了。

后来听姥姥说，小舅看着二姨带我上火车走时哭了，给他买了两大串山楂糖葫芦都没止住他的悲伤。小舅比我大八岁，不知道的人以为他是我哥哥。姥姥肯定也哭了。二姨、大舅和小姨住的地方一个比一个远，他们一回家她的眼圈就红了，等他们走时眼泪就下来了。我心想大家都住在一起，永远不分离多好。我姥爷长得挺怪，眉毛又粗又黑，嘴很大，眼睛往里抠。这是他在照片上的样子，他死时我才两岁，没一点印象。他们说他爱看书，捧一本书什么事情都不管不问。从前他在师专教书，说一口外地话。我们现在还住在他住过的房子里，又旧又破，房顶很高，听说原来打算盖楼的，不知为什么没往上盖。在相册里能看到好多人，有的人已经被忘记，不知道是谁，也不知道是不是仍然活着，住在哪儿。有一张彩照是我坐在新疆的妈妈和爸爸中间，三个人都有一点笑，挺幸福的。

姥姥说：“你不去新疆，他们就不会离婚。”他埋怨二姨不愿意生孩子，如果不把我带去，如果她给他生个孩子，他怎么会跟她离婚。妈妈对姥姥说：“你没见过他，说话娘儿们腔娘儿们调的，没意思。小宝莉不去他们也过不长。幸亏没有孩子，早离早好。”是妈和小舅去新疆接的我，回家后以为二姨不会离婚了，谁知道还是离了。小舅说：“我怎么没把那家伙揍一顿，白去新疆一趟了。”

小舅长得挺帅，个子高，跟我爸差不多，已经揍过我爸一回，不过是叫上他的哥儿们一块干的。那天，他见我爸推着自行车跟一个女人走在街上，就叫来福和老三往上撞。老三抱着膝盖直喊疼，让我爸领他上医院。等动手打时，老三的那条腿比好腿还管用。打得挺厉害，那个女人在一旁急得求饶：“大哥大哥，别打了！”打完回家向我妈报告，要钱请哥儿们喝啤酒。我妈才给了十块钱。我问：“你为什么打他？他不是我爸吗？”小舅说：“你不知道，从前他往死里打你妈，一分钱也不给你。那时候我还小，打不过他。这是头一回，还有第二回，我要自己干，咱们就跟他没仇了。”

“小宝莉，帮小舅买包烟去。”我接过钱就走。妈在一旁说：“我让你干什么你得磨蹭半天，小舅吭一声你就乖乖的！”我见过人参，没啥味。可是掺到烟里，隔着包装纸都能闻到一股奇怪的香味。不掺人参的烟是什么味，我说不上。这里卖的烟好像都掺了人参，有“参女”“参花”“参宝”，有的烟干脆就叫“人参”。小舅初中才上到二年级就退学了，他说念书没用。他的好哥儿们也都退学了，有的不学好进了监狱。他现在还不满十七岁，在造纸厂当搬纸捆的临时工，不用半天活就干完了。妈说小舅一个月的工资，平均每天够买一盒一块钱的烟，看一场录像，玩两三把电子游戏机或者台球。除此之外，姥姥一天给他一块钱。只要小舅不被抓进监狱，姥姥情愿用所有的钱感谢他。

姥姥从造纸厂退休后，拖一只大筐卖姜，一天不挣上二十块钱心里就不好过，她好像是全世界最需要钱的人。大舅在别的城市读研究生，一个月才发一百块钱多一点。他嫌学校食堂的饭不好吃，爱下馆子，还爱买书。姥姥不给他攒钱，将来他就没办法结婚。姥姥打算给他五千块，已经攒了三千。妈打算给大舅一千，不知二姨和小姨会给多少。姥姥站在银行门前卖姜，从这里经过的好多人她都认识，他们跟她打招呼。连工商所的人她也认识，他们不会管她要一块钱的管理费。孙小雨叔叔在储蓄所里装着铁栅栏的柜台后面收钱，有个小机器，一摞十块的钱往上一放，小机器便动起来，唰唰唰，一眨眼钱就数完了。他是小舅的同学，他俩一块退学，因为他爸是当官的，所以他有了这份工作。他对我说：“这些钱都是别人的，我都数烦了。要是我的，我肯定分给你一半！”我才不要那么多的钱，放学后我找姥姥最多要两毛钱，买一支大雪糕就够了。姥姥说：“你去电子游戏厅，看看小舅在不在，不在就去录像厅找，让他别乱跑。”电子游戏厅和录像厅在我家的那条胡同里，还有一家朝鲜狗肉汤馆小舅也爱去。小舅正跟几个小伙子站在胡同口，看大街上的汽车和行人。他们都穿肥裆窄腿的裤子，配同样也是涤纶料子的西装上衣，看起来挺时髦，挺精神的。如果小舅在造纸厂搬完了纸捆，没在胡同里，那就说不定是到哪儿干坏事去了。

他干的坏事可不少，比如说，从江北偷一辆自行车，骑到江南的警察学校找李康，玩完了坐公交车回家。李康把车骑回来说："雷子，你怎么把车忘了？幸亏没有锁，不然你还得跑一趟。"小舅还是骑车跑了一趟，不知把车扔到哪儿啦。比如说，来福到别人家撬门把锁，他给打眼放哨。他俩用偷来的钱请朋友下饭馆，喝酒时说了出来，传到派出所。本来老五不会告诉警察的，只因为他干坏事被派出所叫去挨了拳脚，不但坦白了自己的事，顺便把来福和小舅的事也讲了。派出所把他俩关了一天一夜，怎么问也不承认。姥姥一听说小舅被派出所叫去了，就叫上来福的妈一块去被偷的人家还钱，还的钱比偷的钱多出好几倍。因为当事人前来撤案，警察也没办法，就把他俩放了。小舅当时在派出所当联防队员，亲自抓过小偷，也帮警察审过人，所以学会了对付警察。出了派出所，姥姥连哭带骂，小舅上前搂住她的脖子说："妈，这是头一回，也是最后一回。"不这样，姥姥跟他没完。联防队员当不成了，小舅在市场上卖菜，扯开嗓门乱喊。他卖芹菜我们就得一连几天吃芹菜，卖别的菜也这样，总是剩一大堆。姥姥根本不指望他挣钱，主要是想让他有事可干，不乱跑。去年，姥姥花钱找人搞了一个假户口簿和高中毕业证，把小舅变成了十八岁的高中毕业生，报名参军。没当成兵，妈说姥姥没舍得花钱。"也好，"姥姥说，"当炮兵危险。真走成了，我这心能放下吗？"这是去年的事。今年又开始征兵了，储蓄所的墙上又贴上了大红标语："一人参军，全家光荣。"姥姥就站在那个逗号下卖姜。

工商所新来了一个小伙子，管姥姥收管理费。姥姥说："我站半天了一两姜也没卖出去，哪有钱！"小伙子说："我管你老太太站了多长时间，卖了一两还是二两！麻溜地拿三块钱！"姥姥破口大骂："操你八辈祖宗的，有能耐把我老命拿去！你还没有我小儿子大，瞎咋呼啥？"正好小舅路过，问一声："妈，咋地啦？"小伙子一看，赶紧说："雷子，是你！我不知道是你妈，你看这事儿整的。大娘，对不起。"姥姥说："你看大娘容易吗？风吹日晒的，还不都是为了儿女。你妈多大岁数了？退休没有？"小伙子说："我妈没工作，在家给我哥我姐看孩子。还不如大娘您呢，整天累得够呛，一分钱不挣不说，还得倒贴！"姥姥每天外出卖姜，回家还得做饭、洗衣服。妈说姥姥洗不干净衣服，好衣服都给糟蹋了。但她做的饭很好吃，妈和小舅吃得狼吞虎咽。姥姥穿得窝窝囊囊，像个穷苦的老太婆。晚上坐在炕上数钱，把大票子和小钱分开放，数小钱总出错。本钱数出来，剩下的是挣的钱。挣的钱超过了二十块，她呼出一口长气，双手搭在腿上，身子坐直往后一仰，说："今天没白干！"她爱买法制小报看，有时也爱喝点小酒。这两样使她容易想最坏的事，也容易高兴起来。

那天下午不上学，我用自己攒的零花钱买了一张电影票，是四片连映，看完了才发现天已经黑了。我一进家，妈上来就要揍我，被小舅挡住了。姥姥把我骂够了，洗洗手，淘米做饭，叫小舅去夜市买了几个卤猪蹄，用黄瓜和卷粉拌了一盘凉菜。妈笑着说："老太太真是的，瞎操心！人贩子会拐这么大的女孩吗？再说了，乡下人生了女孩想扔都找不到地方。过十年八年你再操心好了，人贩子会把小宝莉卖给乡下的老光棍当媳妇。"姥姥发火了，饭碗往桌上一撂："有你这样当妈的没有？孩子没了也不急，房前房后转一圈就不找了。"妈说："真出了事，你急得团团转管用吗？你呀，就是操心的命，自找苦吃。"小舅一边啃热乎乎的胖猪蹄一边说："妈，别理我大姐。人贩子不来，咱们把她卖给乡下的老光棍，省得惹你生气！"我妈捶了小舅几拳，大家都笑了。姥姥倒了一小杯酒，眯起小眼睛，小口小口地喝，好像做了错事，有点害羞也有点狡猾地说："一瓶酒不到三块钱，小宝莉，姥姥喝了一个礼拜了吧！"

我妈套上一件蓝布大褂，在市场卖冻鱼。以前的市场只是个有绿塑料顶的大棚，四处透风，冬天很冷，冻得她嘴冒白气，跺脚搓手。现在好了，市场搬进了大厅，有墙，有门有窗，卖什么的都有。卖剩的鱼不想搬回家就锁进白铁皮柜台旁边的冰柜里，由打更的老头儿给看着。我不常去市场找她，她老嫌我的衣服不干净，好像给她丢脸似的。我的衣服都是姥姥给洗，攒一堆扔进洗衣机里搅。妈很忙，早晨蹬三轮车去冷库上货，要在市场上卖一整天，天黑了才回家。她去冷库不穿蓝大褂，穿漂亮的衣服。脸上擦了粉，嘴唇涂了口红，在大衣柜的镜前左照右照地折腾一番，才把三轮车推出院子。到了冷库，搬运工把大鱼坨一个一个往车上搬，冻硬的鱼又大又整齐，很好卖。她掏出二十块钱，悄悄塞给搬运工，说："买盒烟抽，别嫌少。"搬运工有时会多搬一坨鱼，不算钱。妈说搬运工是临时的，能偷就偷，一旦被抓住了罚点款开除了事，反正他已经捞足了。经常有男人帮我妈卖鱼，姥姥开始以为是她处的对象，可过几天换了另外的人，她就不这样想了。姥姥说："我就不信你碰不上合适的。你都三十大几了，还当自己年轻不是？"那些男人帮我妈卖鱼，还帮我家拉煤、钉院门什么的。当然，有时还带她进舞厅和歌厅。妈说："他们是啥人？驴马烂子，吃喝嫖赌无所不干。"姥姥给妈在电视报上登了广告，来了二十几封信，有的还是没结过婚的乡下人。见了八九个，一个也没看中。有的太矮，有的光会说大话，有的一见面就提出由我妈出钱买辆甲壳虫，让他跑出租。有个男人挺帅，上市场看她。那天她没好好打扮，没被相中，气得说哪天打扮得漂漂亮亮晃他几眼去。妈对姥姥说："别再登广告了，好一点的男人他老婆能放手吗？别人不要的我也不要。"

妈挺高兴，早早收摊，带我逛街买衣服，买皮鞋，买了一双红的，又买了一双黑的。我们坐在冷饮店里吃冰淇淋，她把皮鞋摆出来问我最喜欢哪一双。我最喜欢红的，买黑的还不如买蓝的好。她说："那我问你要不要，你说要。"我说："卖黑皮鞋的人很凶，咱们挑来挑去的，我怕他揍你。"她说："看他那熊样，敢揍我！"见我吃完了，妈问我要不要再来一份，或者买别的吃。我想要一块有奶油花的蛋糕，她立刻就叫人端来。她说："告诉你，我谁都不怕。我要挣好多好多钱，将来供你上大学，让你找个好工作。

你有出息就去外国留学，别管我，回不回来都行。不过话又说回来，小宝莉，你是女孩子，要想活得好，你得先上医院把大嘴整一整，变变样。”

小姨大学毕业后留在北京，在某国驻华大使馆工作，眼下正在办去美国留学的手续。她打电话给孙小雨叔叔，让他看看姥姥在不在。姥姥正在储蓄所门口卖姜，放下秤就进去接电话。小姨说晚上的新闻联播有她的镜头，让我们留意，中国和那国的友好活动周。电视台的记者是她的朋友，当时她跟人家说，给我来个“特写”吧，我妈想我了。到了晚上七点，我们死盯着电视，可惜是个黑白电视机，还没来得及仔细看，那个什么活动周几秒钟就闪过去了，连小姨的影子都没看着。姥姥说：“小宝莉，可不能学你小姨，老想往外国跑，跑远了姥姥就见不着你啦。你将来考不上大学也没关系，最好能进市排球队，姥姥好去看你打比赛。”

在新疆时，二姨带我去看人家刚生下的小孩。趁着人家大人不在，她摸摸小脚丫子说：“咋这么乱呀，脚指头！宝莉，你给小弟弟数数。”我数了两遍，有只脚有六个指头，两只加起来一共有十一个。二姨说不要紧，可以上医院动手术。你看，我才四五岁就会加法了，现在上三年级，加减乘除都会。我妈说：“你给我好好学，考双百奖励一百块钱，单百三十。”我从没考过双百，单百就一回。她没给我三十块钱，上街给我买了一只玩具小熊。我们老师要求得很严格，很苛刻，数学考九十四分才算及格，语文得考九十二分。按姥姥的话说，你们老师真能瞎整！管他呢！我心想，反正我都及格了。体育更不用说，我跑得比谁都快，哪怕穿上姥姥给做的大棉裤，穿上二姨寄来的大了两号的雪地鞋。

小舅买了一本《中国擒拿术大全》，摊开放在沙发扶手上，不管抓住谁就练几下。他一边看书上的图，一边把我妈推来搡去。她被弄疼了，骂道：“小死雷子，你玩真的啦！”趁小舅没防备，把他推在沙发上，一顿捶。小舅喊：“小宝莉，快来帮帮小舅！”姥姥从厨房进来，看看是闹着玩，就说：“没大没小的瞎闹啥，不能让我心静一下？”我妈说：“妈，你说你养了一帮孩子有啥用？儿子是赔钱货，女儿帮不上一点忙。”姥姥说：“别管有用没用，我生了五个孩子，都拉扯大了。五个儿女，出了三个大学生，就你和小雷不省心。如果能掐头去尾，我就过清闲日子啦。”小舅说：“三个大学生最没用，一年能跟你照上一面就不错了。妈，你试试看掐头去尾行不行，到时候谁给你养老送终？”我想不出有一天姥姥彻底老了不能动了是什么样。也许那时我们住进了一套好房子，在很高的楼上。姥姥坐在阳台上，看着天上飘来飘去的白云。

有人支起三脚架测量房前房后，已经来过几次。我们天天盼望这一带的破平房被扒掉，盖上高楼。如果搬进楼房，我妈就买彩电、冰箱和全自动洗衣机，还要买地毯，更换家具。我们一人有一间屋，床很好看，垫得又松又软。不像现在这样，只有一间屋，炕占了一半，地上勉强放得下一个大衣柜、一张桌子和一个长沙发。小舅睡在沙发上，腿都没法伸直。姥姥、我和妈睡炕，能闻到炕缝蹿出的煤烟味。姥姥说："住房还不要紧，要紧的是你小舅能当上兵，退伍后好有正式工作。明年是世界和平年，听说不招兵。你小舅再这么混一年，保不准会出啥事。"小舅已经睡着了，他不知道姥姥多想送他当兵。姥姥跟妈商量："这回你得帮妈一把，就剩下这一个小弟弟，拿一千吧，不够也不管你要了。"妈说："你去市场问问，哪个不说我有十万八万的。我说我才攒了两三万，没人相信。辛苦了七八年才剩下这么点，钱都哪去了？还不都是你们这回一千下回一千的，还有完没完！"姥姥没吭声，过一会儿在黑暗中小声说："我这腿呀，站了一天，酸疼酸疼的。"

过几天，妈给了姥姥一千块钱。大舅为小舅当兵的事专门回了一趟家，两天后就走了。他有个同学的姐夫是区武装部的科长，管征兵工作。大舅和姥姥去科长家，送了一千块钱。然后姥姥带小舅去造纸厂的张主任家，我也跟去了。他是个大胖子，长相很愚蠢。他对姥姥说："赵科长给我打过电话。想不到你门儿还挺硬的。明天上午上厂子报名，带户口本和毕业证。儿子当兵，老太太不请一桌？"姥姥递过一个信封说："我老皮老脸的，可别倒人胃口。这点钱，不好意思，张主任，你随便自个儿吃点啥。"张主任拍拍小舅说："报完了名回家等体检通知，别瞎跑，一旦进了派出所，当兵可就没门了！"出了门，我问姥姥刚才给了他多少钱。姥姥说："不算多，五百。不认识武装部的人，给他一千也不一定接呢。"小舅说："真想端起冲锋枪，给他一梭子！"姥姥说："你没听他说咱厂子有一百多个待业青年报名，才招几个。哪个当爹当娘的不拼老命让儿子走成，花点钱算啥？"我问："一百多个才要几个，是不是比谁出的钱多？"姥姥说："不是，主要是看谁的关系更管用。"小舅说："看谁能把他的大肚皮撑爆！我要是当了官，先宰了他。"

我妈在院子里对一个来找小舅的姑娘说："找小雷有事吗？他不在家。"其实，体检完了小舅不再乱跑，不是在院子里练杠铃就是躺在沙发上看武侠小说。姥姥不让他上班，怕纸捆垛塌了压坏胳膊腿儿。他要是出去就打声招呼，很快就回家。他问那个姑娘长得什么样。妈说："眼圈画得像大熊猫，一看就不是好东西。"他说："可能是王兰，个儿不太高是吧？我都明说了不处了，找上门也没用。"妈说："小雷，你连脖子都洗不干净，还有套小妞儿的本事！"小舅说："我的事不用你管！"姥姥正在厨房往筐底垫麻袋，天冷了，姜怕冻。小舅说："妈，我去江南找李康借几本书，马上回来。"姥姥说："别跑那么远，眼瞅着要当兵了，可不能出啥差错。给你钱到书摊上租几本，顺便带上宝莉，给她买本童话。"小舅接过钱，朝我招呼："走，跟屁虫！"

松花江堤岸的老柳树满枝挂霜，白花花的，比平常好看多了。有人在那里拍照，穿鲜艳的面包服，嘴里冒出白气。雾凇宾馆在路边上，对着江水，紫红色的地毯从楼梯铺到三层的楼道。半圆形的木台后坐着一个姑娘，瘦瘦高高，一张口露出两只虎牙："雷子，我以为你当兵走了。”她看看没别人，拿出一串钥匙开了一个房间。进门后她问：“这是你妹妹？”小舅说：“我啥时候跟你说过我有妹妹。外甥女，我大姐的孩子。”两个单人沙发，我和小舅一人坐了一个。房间里铺了绿地毯，两张单人床，一台彩电放在写字台上。小舅打开电视机，看看是讲座就关了。他说：“你忙你的去，我们坐一会儿就走。没啥事，顺道儿。”我觉得小舅变成了大人，腔调也变了。宾馆的姑娘出去一会儿，回来时从衣袋里掏出一包烟和一袋榆皮花生豆。她说：“雷子，多玩一会儿。你当兵走了，咱们还不定啥时见面呢。”她问我叫什么，多大了，说我的头发有点自来卷儿，梳什么发型都好看。我告诉了她我的名字和年龄。她告诉我她叫大雪，她妹妹和我一样大，叫小雪。大雪脱鞋坐在床上，双腿弯曲并拢，双手抱膝，跟小舅有说有笑。小舅划火柴点烟，看着慢慢熄灭的火柴说：“虎子没再找你？”大雪说：“你都把他揍了，他还敢！”小舅说：“我不是不让你交朋友，可你也得看看是啥人。”大雪松开手，张开腿，双手朝后撑着床，开心地说：“我就想跟大兵交朋友，傻大兵！”

小舅当兵走了，家里好像空了一半。我才发现，以前我们提心吊胆生怕他惹是生非，原来是生活的一份乐趣。姥姥如今轻松了一些，同时也寂寞了一些。我帮她数钱，故意没话找话说：“姥姥，你肯定能活到一百岁，因为你热爱劳动，乐观开朗。”她说：“活一百岁能干啥？”我说不上了。这天她没挣够二十块钱，差了一块六，有点郁闷。我妈也数钱，数完了一元以上的票子，剩下的零钱通通往我们这边一推说：“我可没耐心，不要了！”说完开始梳妆打扮，穿上宝蓝色的呢子大衣，说：“我出去一会儿。”我和姥姥已经睡下了，她才回来，钻进早就焐热的被窝，假装冻得直哆嗦，嘴里咝咝作响，对我说：“你想不想要一个后爸？我碰见一个挺不错的人。”我说：“不想要。你跟他结婚走吧，我跟姥姥过。”她说：“姥姥越来越老，万一有一天不在了呢？”我说：“还有小舅。他退伍会回家的。”她说：“那可不一定，如果他觉得当兵的地方挺好的，还看上了一个姑娘，也许就不回来了。”我嘴上说不可能，小舅喜欢雾凇宾馆的大雪，可心里却想，什么事都可能发生，不论是好事还是坏事，我一点办法也没有不让它发生。姥姥翻个身，含混地说：“啥呀，净胡说。”

等来等去，小舅终于来信了。

“妈、大姐和小宝莉，你们好。我现在是在部队给你们写信。现在我们刚吃完午饭，我吃得太饱了，肚子很不舒服。我们早晨六点起床，出操跑一个小时。回来后整理内务，就是叠被叠大衣，都十分整齐，说像豆腐块一点不夸张。然后洗脸刷牙。水还可以，保证不会冻坏手脸，也不会冻掉大牙。吃过饭练队列，练器械。吃午饭，休息。再练队列，练器械。然后跑步，整整五公里，等于五千米。吃完晚饭休息。夜里站一个小时岗。二月份出去站岗，在别的市或者县。现在是差十五分钟到一点，他们正在睡午觉。室内温度是零下四五度，可冷了。看到这里，你们不用叹气。我想你们，很想。你们都好吗？不用惦念我，我很好的，什么也不缺，就是想家。过一段时间会好的，习惯就好了。小宝莉放假了吧，你在家要听姥姥和妈妈的话，做作业，别忘了小舅。另外，三个大学生回不回家过年？写信没有了？……”

大舅回家早，等二姨从新疆到北京叫上小姨一块回来过年。我俩去接站。下了火车，小姨学姥姥的腔调骂道：“操他八辈祖宗的，眼瞅着火车停了，我一伸手都能够着你们，可它又往前跑了一大截！”大舅接过皮箱，对我挤挤眼睛说：“看你小姨，在北京连骂人的机会都没有。等去了美国，那就管够骂了，反正美国人听不懂。”

小姨已经办好了手续，这次回家看看就去美国。她个子不矮，身材也不错，挎起大舅的胳膊说：“哥，咱俩是一个妈生的，你能理解我。”二姨是个小个子，再长三年估计我就能赶上她。她搂着我的脖子往前走，问我：“小宝莉，跟我回新疆上学好吗？”我说：“你问姥姥和妈行不行？”她说：“我养了一只小板凳狗，没人跟它玩，关在家里直闹。我还有一台十四英寸的彩电，随你怎么看。”我问起贝贝的情况，她说他上二年级了，挺喜欢画画的。我说：“他在托儿所天天尿裤子！”

小姨说：“妈，您歇歇，年三十的也该放假了。”姥姥说：“那可不行，今天的生意最好。家家办酒席，炒菜少不了姜。”大舅帮姥姥把姜筐装上三轮车，推到街上。姥姥不会用三轮车，平时把绳子拴在筐上，拖起走。我妈也没休息，在市场大厅卖硬邦邦的胖头鱼。雪下得又忙又乱，到处都卖烟花、鞭炮和大气球。我们在家准备晚饭，刮鱼鳞，拔鸡毛，洗菜，蒸扣肉和香肠……小姨找出姥爷的大照片放在桌上靠墙而立，跟前摆上四只小碟，装上好吃的东西，又插了两支红蜡烛。她对着遗像双手合十，低头沉默了一会。眨眼间，我们盘腿围坐在圆炕桌前。一桌的饭菜，红葡萄酒瓶的脖子上系着蓝绸带。姥姥说：“我就不相信美国有多好，小四，他们也像咱们，一家人乐呵呵过年？”大舅说：“妈，到时候小四出钱，接你去美国看看。”我妈说：“看看美国有没有卖姜的老太太。”姥姥说：“要是在美国当兵呀，估计小雷正在打仗呢。别说自己的儿子打仗，就是别人的儿子，想想都揪心。”小姨说：“妈，您辛辛苦苦挣点钱不容易，都花在儿女身上，一点也不为自己打算。”姥姥说：“我老了，再怎么往前走也是进坟墓。不为你们，我活个什么劲儿！现在计划生育才让生一个孩子，就这老二都不干，真不知咋想的。”二姨说：“没有孩子轻松。”姥姥说：“趁来得及你赶紧结婚，生一个，别到老了后悔。”二姨看看我说：“我把宝莉带走，给我当女儿。”我妈说：“可别折腾了，我又不是养不起，干吗给你？”小姨说：“光顾咱们说话了。小宝莉，你想说点什么？说一个愿望。”我想了想，不知说什么，再想就要哭了。我突然不愿意再往大长了，长大了姥姥就更老了，或者死了。正在这时，外屋的门被推开了，把里屋的门震动了一下。大家互相望望，非常惊讶。大年三十的晚上，不该有人串门，都跟自家的人团圆啊。绝对不可能是圣诞老人，他怎么会背着大口袋到中国来送礼物？来人在厨房又跺脚又拍身，一定是落了一身的雪花。姥姥沉不住气，问道："谁呀，谁来啦？"

小舅穿着厚厚的军大衣，戴着雷锋那样的棉军帽，走进来，没说话，"啪"地立正，举手向我们敬礼。他好像憋了一口长气，昂首挺胸，直视前方。姥姥傻了眼，说："不好了，不是逃兵就是让部队开除了！"小舅笑了，摘帽脱大衣，露出罩在棉衣裤上的单军装，高大英俊。他搓搓手说："太好啦，全家人都在！"姥姥喊道："快说，你是咋回来的？"小舅重新立正敬礼："报告母亲，全营官兵开往五平，路过此地，将换乘十点四十七分的火车。报告完毕。"转身冲姥爷的遗像又敬了个礼，看看墙上的石英钟，补充说："还有俩钟头。"大舅问："老弟没忘记向长官请假？"小舅回答："我跟连长说，路过家门口了，让俺看俺老妈一眼吧。连长说快去快回，代全连弟兄问候她老人家。"说完冲我做个鬼脸，转身翻大衣口袋，掏出几个空弹壳说："小宝莉，一路上所有的商店都关门了，真想把电影院门前的大红灯拽下来一个。可我是军人，不能干坏事。没办法，小舅只好拿这玩意儿送你当礼物。"他洗洗手，上炕挨姥姥坐，搂搂她的脖子说："妈，我可想啃鸡大腿啦！"说完脱外衣和棉袄，扯着衬衣领子伸长脖子给我们看："瞧这领子，瞧这脖子，洗得干不干净？"姥姥说："真见出息了，在部队锻炼三年，我看不比上大学差。"二姨和小姨给他热菜，一盘接一盘。每个人都给他夹菜，在他面前堆得高高的。他猛吃一气，像立功受奖的士兵，也像谁送给我们的一个宝贵礼物，得意极了。

雪还下着，传来鞭炮声，彩色烟花如同信号弹"嗖嗖"射向夜空，随后变成一声声幸福的叹息落在大地上。我们在院门口跟姥姥摆摆手，她流着泪看我们送小舅去火车站。她一个人在家是不是又喝了几口酒才止住了哭泣？我们六个人，走在空荡荡的街上，推推打打，橘色的路灯一直照射着我们。

（原载《山花》1991年第11期；
收入新夜郎文艺丛书《碎麦草》，贵州人民出版社，2004年6月；
《碎麦草》获第八届全国少数民族文学创作骏马奖）

1992年

杨 村

钟声悠扬

我们塞罗拉有一个小小的人物。他实在不打眼，要是沐浴着阳光从街子那儿走过，一心想着如何离开塞罗拉的事情，那么，塞罗拉根本不存在那么一个小人物。直到最繁华的供销社那儿，才猛地听见有人从二楼的窗孔那里伸出头来喊道：韩太师！

迎面走来的一位中年人站住了，个子矮，十分敦实，头发老是长不长似的，永远像一枚初秋的板栗球，眼睛亮亮的如同一只狡黠的狗的模样，嘴巴咧开来憨笑着，一身蓝色的卡已经很旧，衣袖都毛了边，手上提着一只很大的竹篮。他站住了，将脸侧了过去，看见窗孔上的那张脸在嘻嘻嘻地笑着，仿佛逗一只饿狗一般。

你也站住了。那时候，不知道是韩太师这名字太熟悉，还是叫韩太师的声音太悦耳。但是，当你真的要仔细地欣赏那两角咧开来的憨笑的嘴巴时，韩太师却掉转脸来了，嘴角也并得很紧，形成一个笔直的“一”字，神情已经显得十分愤然。

韩太师，上来坐一坐！

窗孔里又送来悦耳的喊叫声，一张桃色的女人的脸贴在窗户那儿，仍笑嘻嘻的，很可人。韩太师鼻孔里响了两下，眼睛亮亮，与你擦身而过。

我到塞罗拉中学去的时候，伍校长已经向我介绍过韩太师老师，但不曾谋过面。后来认识他时，情形正是那样的。据说，韩太师是我们塞罗拉中学四大元老中的第二位，但真正任教的时间不长，所以，就显得十分卑微而可有可无，是一个十足的小人物，不像张主任他们那样显赫。岁月是从崇山峻岭中掠过去的，太阳也每天都要从佛顶山上升起来，又从二指山那边落下去，将美丽的光芒撒在塞罗拉那儿，撒在塞罗拉中学青砖的楼房上。韩太师搬出一把木椅放在楼廊的转角那儿，又在木椅前放一颗小小的板凳，然后坐上去，脱掉褪了色的解放鞋，将两只大脚搁在小板凳上，脚丫们此起彼伏地胡抓着什么。他一边打着响鼻，一边左右顾盼着行色匆匆的师生们，但没有一个搭理他，十分多余的样子。偶然间，他叫去了一位同学或老师，用脚从身边推来一颗小板凳，两人面对面地坐着。韩太师首先哼哼地笑了一下，鼻孔碜碜地吹响，做了一个深呼吸的样子，大口地吐了一下唾沫，然后才说，坐，坐！

他说着又哼哼地笑开来，笑得很久。

被叫去的老师或同学也忍俊不禁，咧着嘴笑开来。刚下了课出来晒太阳的学生们闻得笑声围拢去，笑声才落了下去。韩太师趿着鞋去关了楼廊的门，学生们才轰地散开，校园就荡漾着一阵快乐的笑声。

韩太师的问话很怪很杂，思维没有条理。待得笑声平息下去的时候，他就一连串地问：

读书苦不苦？

人生应该怎样度过？

你读书是为了当官还是什么？

要是有一碗米和一捆猪草，你愿要什么？

……

他一边看着手表，等叫去的人将以上的问题一个一个地回答。可是，猛地，韩太师又趿拉上解放鞋，将人撵出了楼廊，很快地锁上房门，噔噔噔地爬上二楼的廊道，于是，就听见悠扬的钟声在塞罗拉中学的天空敲响。

那钟声正是韩太师敲响的，是韩太师点着那板栗球似的头跟随手表里的秒针数数，待秒针与12的标志重叠的时候，钟声才忽然地响起来。学生蜂拥地挤进教室。祁明照老师他们也鱼贯着从他身边走过，手中拿着三角板、粉笔盒和教本什么的，钟长根老师还提着一只沉重的蓄电池。

那一回，韩太师的钟声已经敲过了一两分钟，我为研究一幅板书设计耽搁了一点儿时间，匆匆地拿着粉笔盒和教本向教室走过去的时候，他忽然憨态可掬地守候在钟下。我将要从他身边一擦而过时，他的嘴巴咧开了。

哼哼……杨老师，上课去啦？他笑哼哼地说。

唔，韩……老师，迟到了。我不知道是否叫他老师。

以后，早一点，哼哼哼……

他说着噔噔噔地走下楼去，将楼廊的门关上，躺在椅子里。太阳从佛顶山上照下来，韩太师木呆呆地坐在楼廊的转角处，没有一丝表情，不知道他在研究那只刚刚敲响的钟，还是回味着一段甜蜜的往事。韩太师敲响的那只钟其实是一截锈迹斑斑的钢管，不知哪一位从什么地方弄来的，在一头钻了一个孔，用铁丝系上，吊在办公室的门前，就成了我们塞罗拉中学的钟。韩太师每天起早摸黑地将钟敲响，让悠扬的钟声漫过来，全校师生的日子就随那钟声有规律地轮转着，仿佛没有钟声，日子就会乱套一般。所以，伍校长在教职工会议上有一句口头禅：钟声就是命令！韩太师便哼哼哼地笑得很开心，受到莫大的鼓舞，极有资格地监督迟到和早退的老师们。

在我们塞罗拉中学的教职工中，韩太师是最安守职分的一位。与其说他在敲钟，不如说他就是一只钟。他没有提前敲过一次下课钟，也没有推迟敲过一次上课钟，要是你的收音机没了电池，听不到广播电台的报时声，你就听我们塞罗拉中学的钟声好了。

冬天，寒风打着呼哨从我们青砖的楼房那儿铲过，树林瑟缩着，清晨冷寂寂的。韩太师已经早早地爬起来了，将钟声敲得十分悠扬，惊动起几只狗在狺狺地狂叫。后来才有罗刚阳老师他们的歌声和学生们哇啦哇啦的读书声，还有即将远行的破客车远远地送来悠扬的汽笛声，塞罗拉崭新的一天才开始了。

不知道什么缘故，有一阵子，韩太师与我亲热起来。他敲响晚自习的钟声之后，趁钟长根老师不在家的空穴儿，悄悄地踅进我们的蜗居。

杨老师，你在大学时学……学中文？韩太师亮着眼睛，两肩由于鼻孔深呼吸过多习惯地耸了几下，那样说的时候又哼哼地笑着。

是的，我学中文。我说。

你们中文系有……有几个教授？他忽地认真起来。

教授？有五六个吧。我说。

杨老师，你……苦不苦？

苦？韩老师，你是指哪一方面呢？

比方说爱情、人生，等等。他等待着我回答。

我看着韩太师那专心致志的模样，煤油灯的暗光将他板栗球状的头在墙那儿放得很大，有一些好笑。但我没有笑，我认真地回答他的问题。我说：

韩老师，我渴望着爱情呢，至于人生，我想是应该有一点追求才好，我嘛，我就想写一点东西来发表。

渴望爱情？哼哼哼……写东西？鲁迅，你知道鲁迅吗？韩太师莫名其妙地笑了一阵，说。

鲁迅先生？我知道。

鲁迅是世界大文豪，世界大文豪呢，他活了多少岁？

五十五岁吧。

鲁迅才活五十五岁，哼哼哼，伍校长的父亲是农民，却活了八十六岁，还可以下象棋。

我知道，他对于我的追求不感兴趣。我不再说什么了。

他说着笑得很开心。我也笑着，看他走出房门时鬼鬼祟祟的样子消失在楼廊那儿。不久就听见韩太师在楼廊的转角处逗狗的声音，汪汪，汪汪汪……

第二次，他到我的蜗居来时，没有提出那些古怪的问题。他只是手脚并用地在地板上爬行，一边汪汪地学着狗叫，一边大声地骂道：做也，做死老母狗！

我几乎要笑出声来了，但心中像吃了一只生柿子一样，有一股又酸又涩的滋味儿。等韩太师又一次消失在楼廊那儿时，我走到楼廊上，望着二指山站了很久。天空依旧高远得出奇，宁静得一丝表情也没有。

要是我们将日子往前追溯十多年，那么，韩太师的情形则是另外一番模样了。据伍校长说，那时候，韩太师年轻得很，眉宇间有一个美丽的川字，深邃的目光中放射出锐利的光芒，穿一身绿色的军装，显得很潇洒。他原有渊博的知识，一上讲堂就把学生们哑住了，后来上过两届的毕业班，成绩都十分显著。

韩太师师范毕业之后，是毅然决然地到塞罗拉来的。他的女友通过父亲的关系千方百计留他在城里，但他执意地绑着行装上了去塞罗拉的破客车。不久，就与那位女友断了前路。伍校长规劝过他，叫他还是回城里去。韩太师却气汹汹地说，天涯何处无芳草？

可是，我们塞罗拉那地方是没有芳草的。你从佛顶山的山梁那儿望过去好了，塞罗拉可怜巴巴地贴在那儿，苍蝇一般的没有一点儿神采，一条弯弯曲曲窄小得不行的黄泥街，与其说是街子，不如说是一条可笑的黄土路。街两边残破不堪的小屋斜斜地向学校那边靠，样子很萧索，几只瘦狗一天到黑在街子上打斗，才显得有一丝活气。姑娘就是那么几个，与美丽已经无关，面色蜡黄寡瘦，永远吃不饱的样子，且没有一个识得几颗字，若是找一个配偶的话，倒是可以的，但要与她发生一点爱情，有一些心与心相撞击迸出的火花，则是不可能的。韩太师很快发现，塞罗拉中学除了伍校长以外，就是一群雄赳赳的单身汉。他一时陷进了孤独寂寞的境地，夜间静下来，难免回味着二指山那边的小城，回味着情也依依、心也依依的女友。

但第二天起来的时候，却要踏着钟声奔向教室，去传道授业解惑，尽一个人类灵魂工程师的职分，雄心勃勃地把学生教好。渐渐地，那颗骚动的青春的心才麻木起来，与学生们一同唱那些蓝蓝的天上白云飘，白云像匹马儿跑，送走那份悠长而单调的日子。

后来，时间又过了三年，有一次，韩太师从街子上匆匆走过，到了供销社那儿的时候，有一个声音突然叫开来：韩老师！

声音很轻柔，又甜又美，让人很快听进了心肺里，乐乐的。韩太师分明十分熟悉，又分明很陌生，他将头抬起来时，一双流溢着火光的眼睛正灼灼地望着他。他心里一热，脸上忽地红过一阵，慌忙低下头来，心里暗自责怪自己没把衣服扣整齐。

那人叫许小芳，是韩太师教的第一届毕业生。在我们塞罗拉，能让人看上去乐眼而又识得一些文字、有一点儿见识的姑娘就只有供销社那两位，但她们分明高高在上，与我们塞罗拉人保持着很大的距离，仿佛她们不是生活在塞罗拉似的。许小芳就是其中的一位。

韩老师，上来坐一坐！

许小芳又在二楼的窗孔上甩了两下长长的柔发，眼睛顾盼自若地闪动着，切切地邀请韩太师。

韩太师凭着年轻人的敏感的神经感觉到，那小姑娘不知道从什么时候开始已在爱恋着他了。他微笑着答应了许小芳。

几只瘦狗还在小街上打斗着。阳光正好，将小街照得很明亮，歪斜的小屋们沐浴在辉煌的阳光下。韩太师扣好衣服，绕过供销社的屋角，爬上一道坦坦的楼梯，又左右顾盼了一会儿，四下里没有什么人。当然，他知道，即使有人看见他到许小芳家里去又何妨呢？单凭他们的师生关系，在一块儿坐一坐不是名正言顺的吗？

韩太师爬到了二楼，沿楼廊走过去。许小芳已打开了房门，微笑着到门口来迎接他。

韩老师，请坐！坐嘛！

许小芳一边请韩太师坐，一边向杯子里倒水。屋里没有别的人。韩太师虽是许小芳的老师，在课堂上可以神态自若地讲解课文，但在许家与许小芳坐在一块，还是免不了有一些紧张。

许小芳的父亲是塞罗拉的供销社主任，神通自然比别人广大了。那时候，许多的人家没有沙发，不，连沙发这个名词都没听说过，可许小芳家有，而且是带有弹簧的那一种。许多人家没有收音机，许小芳家却有两台，一台是落地式的，另一台是提携式的，提携式的那一台事实上是许小芳的私有。韩太师打量了一下许家光亮的屋子，带着绣彩的蚊帐，坐在沙发上不知道将脚搁放在哪儿。许小芳则不然，坐在韩太师对面的椅子上，眼睛眨动着波光，微笑着，嘴的两角略微往上翘，不时小启红唇来吹气，把稀疏的刘海吹得很美。

韩老师，自从我读书以来，你是我最好的老师。许小芳说。

唔……我？

真的，不过，你上课的时候，我听着听着，不知咋搞的就走了神。许小芳说。

你……走神？其实，你的成绩是不错的。

不错？那是韩老师鼓舞我。不过，现在也好了，我从你那里毕了业，在供销社里站了柜台，你呢，本来是堂堂的中学老师。许小芳想了一会儿，说。

好了？好在哪里呢？韩太师想。然而，在那种岁月里，通过父亲的神通谋到一份站柜台的职业，也是许多的人们不可企及的，已经十分不容易。户外的阳光仍在朗照着，有一片已经从门那儿照进了许家的屋子。一只燕子打屋外飞进来，打了一个转儿，哼了一个怪调，又飞了出去，在电话线上与其他燕子站在一起。韩太师慌忙站起来，与许小芳道别。

韩老师，下次，来玩啊！

许小芳说着两眼专注地看着韩太师，仿佛要将韩太师摄进那双明亮的眸子里。

好的，好的，一定！

塞罗拉的阳光本来是无边无际的，那是春天，田里、土里的庄稼都长得很猛，没要多久，苞谷秆子也好，野麻菜也好，都与人一样高。可是，一晃呢，庄稼人就将皛桶洗净，打了桐油，晾在干燥处，于是，秋风秋雨便潇潇地飘飞起来，人的心事沉甸甸的。

后来，有两个身影时常出现在塞罗拉的河堤上，一个是男的，剪着平头，另一个是女的，身材很苗条。再后来呢，有人看见那两个身影是韩太师和许小芳。据说是一天晚上，微风习习地从塞罗拉河谷里吹来，我们学校那位张主任下河去洗澡，看见韩太师和许小芳手牵着手轻轻私语，他装作若无其事的模样直直地下了河。韩太师脸一红，牵着许小芳离开河堤。

韩太师和许小芳恋爱了！

尽管张主任装得若无其事，但这条新闻还是不胫而走，在我们塞罗拉中学的单身汉中，算他最有福气，只有他，才与塞罗拉的佳人有那些美好的姻缘，应该将整个的温情投入到许家那套光亮的房子里。

但是，不久，又有一条消息传开了，韩太师调戏过塞罗拉的寡妇，这条消息是从张主任那里传播出来的。说是一天晚上，张主任家访回学校时，看见一个寡妇家突然灭了灯，之后又听见韩太师与那寡妇说话。

真是祸从天降！韩太师一时在学生的面前大扫威性，上课的时候，居然有学生指着他的平头窃笑着。

韩太师没有办法，直上许家找到了那位我们塞罗拉顶有神通的人物许主任。

许主任，这是……是捏造的呀！韩太师说。

小韩，这与我无关，但是小芳已在城里有了对象，以后不要再来找她了。许主任说话很平静。

许主任，许叔，小芳我们……

许主任不再言语了，他点了一支纸烟，叫坐在里屋的许小芳送韩太师出门。许小芳走出来的时候，一副漠然的神情，仿佛不认识韩太师一般，韩太师一时感到莫大的耻辱。那么，许小芳向韩太师送去火热的目光是虚情假意？不，不是，那是情窦初开的少女们泛滥了青春的热潮时不顾一切地把所有的温情倾注给异性，但对于整个的人生，她们很少去思索，一旦她们发现生活的严峻，她们就退却了。当伍校长把这些人生的道理灌输给塞罗拉中学的单身汉们时，韩太师病了，病得很重。

韩太师病愈的时候，已经不能上课了。他的思维很无条理，说话语无伦次。有人说，韩太师疯了。

太师，你感觉好些了吗？伍校长走过，慰问他。

伍……校长，哼哼哼，我做死也老母狗！

韩太师说着又哼哼哼地大笑，引来一群围观的学生。

太师，这学期你就不上课了，你把我们塞罗拉中学的钟敲响就行了。等你恢复了健康，再给你分课，你看怎么样？伍校长说。

遵命，莫说去敲钟，伍校长叫我去当一条狗都可以，哼哼哼……韩太师就那样敲了塞罗拉中学的钟，直到后来许多漫长的日子。他显得十分孤独，不是单身汉们瞧不起他，而是他对一切事物都疑神疑鬼，没有一点活泼的余地。仿佛塞罗拉那个地方，除他以外，就是那截锈迹斑斑的钢管。

但是，韩太师仍要匆匆地打街子上走过。你能不从街子上走过么？比如，夏天，你要购买一块香皂或肥皂什么的，冬天，你需购买一件衬衫什么的，你不仅要从街子那儿走过，而且要走进许主任统管的那家供销社里，才能购买到你所需要的物品。韩太师就是因为购买那些东西才从街子那儿向供销社走去的。

韩太师，嘻嘻嘻！

他每一次路过供销社那儿的时候，都有人从楼上叫他，抬头看时，是许小芳的妹妹许小云嬉皮笑脸地向他做出一副嘲弄的鬼脸。韩太师一看见那扇明亮的玻璃窗，就猛力地向地下掷几口唾液。

时光流逝着。我们塞罗拉是太遥远了，遥远得让人听起来就疲倦。但那轮美丽的太阳，仍要每天都从佛顶山上升起，又从二指山那面落下去，我们就把那些生命和热血交给漫长的岁月。

有一回，韩太师听罗刚阳老师说，女人是经常考验男人的，所以男人要经得住女人的考验。韩太师不懂其中的含义，忙问：

什么？你说什么？罗。

阿太，我是说，许小芳嫁进城去了，对你是一种考验，要是你经得住这一次考验的话，她的妹妹许小云还会嫁给你呢！罗刚阳正儿八经地说。

真的？做也！韩太师一副憨态。

当然是真的啦，但是，你在穿着上也要讲究一点，对人家也要有一点表示，比如每天买一点猪肉放在他家门口去。

那阵子，韩太师刚好升了一级工资，日子也向前迈进了一大步，购买肉类也好，购买服装也好，都无须上食品站和许主任他们供销社的门。韩太师倾尽一点儿积蓄，托人从城里买了一件黑色长衫，一双黑色大头皮鞋，穿在他的身上显得可笑极了，就像一只老乌鸦，但他却每天穿上它们，从街子上大摇大摆地走过去，又大摇大摆地走过来。

清晨，敲响上课钟之后，韩太师上街了，提着一只大竹篮。他径直地穿过街子，向那家屠户而去，不久，提出来一笼猪肝和一只猪肚，然后绕过供销社的屋角，爬上那道坦坦的楼梯。他探头探脑地沿楼廊走过去，看见许小云家的门严严地关好了，才将那些猪肝和猪肚挂在许家的栏杆上，走回来时蹑手蹑脚的如同一个没有经验的小偷。下午，他又穿上长衫和黑皮鞋向供销社走去，在许小云的窗下站了很久，直到许小云嘻嘻嘻地嘲弄他时，他才哼哼哼地回来，像一只刚被主人打过的黑狗。

一次，韩太师将猪肝在许家的栏杆上挂好之后，阳光暖融融的，狗们的叫声很响，他没有急急忙忙地回学校。他走下了楼梯，钻进了供销社的厕所，他猫着腰从砖缝里观赏许小云拣拾那些东西的模样，然后仔细地欣赏她那微翘的嘴角和如水的眼波。但罗刚阳走过去了，从楼口那儿大咧咧地直向那边廊道而去，到了许小云门口的时候，将猪肝一取就转身而回，嘴里吹着口哨。

韩太师十分气愤，但他没有办法，他一回到学校就脱掉了长衫和皮鞋，又穿上了他那身穿毛了袖口的蓝色的卡、洗白了的解放鞋，走到二楼狠狠地敲响了那截锈迹斑斑的钢管。

阿太，今天——来我这里吃饭，有猪肝哩！等钟声停止的时候，罗刚阳在青砖的楼廊上喊。

韩太师斜着眼睛盯了罗刚阳半天，没有说什么。此后，我们再也没有看见他穿长衫和提着猪肝过街了。

其实，韩太师是不轻易上别人家去吃饭的，也不轻易请一个人去他那儿吃饭，甚至走进他的屋子，顶多在转角的楼廊那儿任凭他安排一颗小板凳给你，然后面对面地坐着，回答他如果有一碗米和一捆猪草你愿要什么之类的问题，之后就放声地大笑和吐唾液。更多的时刻，是韩太师一个人在那儿玩他的大脚丫子，逗那些闲得无聊的狗狺狺地狂吠，有时到深夜一两点钟；或者呢，韩太师抱着钟长根老师帮他安装的海燕牌收音机，将音量调到最大限度，在楼廊上来来回回踱步，收听《红灯记》唱段。

有一回，冬天的冷风飕飕地掠过我们青砖的楼房，将整个校园袭击得十分萧索，远处的浮云也凝固了似的。罗刚阳老师因为与塞罗拉的姑娘发生了关系，逼着他非跟那位姑娘结婚不可，我们那群单身汉一则怜悯他的处境，二则庆贺他的终身大事，商量着凑钱去热闹一下罗刚阳的新房。

我沿楼廊那儿走过去，准备将我那一份交给当总管的祁明照老师时，韩太师把我叫住了：

杨……老师，你过……过来一下！

我走过去，准备接受他的教诲，或回答他那些奇怪的问题。我说：韩老师，什么事？

韩太师关上了楼廊的门，坐在靠栏杆的椅子上，从脚边推来一颗小板凳，让我坐下，很冷。他用鼻孔做了一个深呼吸，抽了两下肩膀，说：

杨老师，你……你去送礼？

不，我上罗老师家一趟。

可是，你……你千万不要送礼啊！

韩太师说着，鼻子扭了一下，哼地响了一声，表示对罗刚阳不屑一顾的样子。

好吧，韩老师，我不送他的礼。我说。

真的不送？哼哼哼……

韩太师兴奋得大跳起来，双手拍着大腿，又抹着嘴脸，显出一副十分狼狈的模样。后来我站起身准备离开楼廊的转角那儿时，韩太师又拉住了我的袖子，他说：杨老师，今天晚上，到我这儿吃饭。

冷风仍呼呼地刮着，已经夹杂着毛毛雨了，远处的山峰被浓雾严严实实地封锁着，塞罗拉朦胧一片，让人感觉到空间那么小，心情十分压抑。

韩太师一边说着，一边打开他的房门，把我连拉带搡地送进他的屋里。

一股暖气带着霉味冲向我的鼻孔。待我在火盆边坐定之后，韩太师已经把房门关上，同时上了小锁。我，不，应该说我作为塞罗拉中学单身汉的代表，第一次光临了韩太师的屋子，所以，我特意地来观察一回那挺怪道的陈设。

从门背那儿牵一根铁丝过去，在内壁的铁钉上绕了一圈，又牵回来，在窗孔上打了一个结。铁丝上晾了一串短裤，都是那种棕红色的布料制作的。那些短裤都显得很宽套，穿上之后，还可以在裆上装下一只小猪也有余，之外，就是一套洗得泛白了的蓝色的卡。短裤之下，是一排按大小次序排列着的土炉子，都用过了，熏得很黑。其次，是那略宽的单人床很滑稽地横在靠墙的那边，长期没有洗过的蚊帐黑黄一片，床下堆放着一些陈炭和干柴，给老鼠提供极佳的造窝场所。

韩太师选了一只中型的土炉，放在楼廊上开始生火了。我被他安排在房里，只能规规矩矩地服从他的指挥，欣赏土炉子的白烟旋转着随风飘舞。

不久，韩太师从楼廊那儿将土炉搬进了屋，灶子上是一锅瘟猪肉，让油毕毕剥剥地炸开。我们便在那间十分古怪的屋子里开始了最后的晚餐。韩太师限定，我们必须将那锅瘟猪肉吃尽。于是，一边骂着老母狗，一边用铁铲向我的碗里添瘟猪肉，嘴里念叨着：杨老师，做死也，吃！

阴天的光线本来就不好，照进小屋来的时候，已经很暗淡了。韩太师慌忙点上了煤油灯，让小屋顿然生辉，那点如豆的灯从我俩面前照过来，将我们的投影印在地板上形成一个规则的“V”字。

后来，我从铁锅里给他舀瘟猪肉时，不知怎么地，他猛地叫了一声，关上房门，转过楼廊噔噔噔地向二楼爬去，接着悠扬的钟声在校园里响了起来。

可是，第二天，韩太师将上课钟敲响之后，我拿着教本从楼廊那儿走回宿舍时，他恶狠狠地看了我两眼，一副十分瞧不起人的样子，是不是祁明照老师告诉他，我也送了罗刚阳的礼？要么是我在上午的最后一节课里没等钟声敲响就提前两分钟下了课？

我们塞罗拉的日子是漫长的，但一掠过去的时候，也是一个学期又一个学期地交替得很快，让人在那些假期中忘记了许多疲劳。

韩太师总是留一个板栗球状的平头，一身蓝色的卡洗毛了边，大脚下趿一双解放鞋，永远是那个模样，仿佛他不曾年轻过，也不会老起来。但是，有一个假期，他却忙碌地砍了许多柴火。

我们不知道韩太师砍那么多柴干什么，每当天一亮，他就挑着撮箕上山，往往返返满头大汗地挑几挑柴火回家，黄昏的时候，才见他在楼廊那儿生他的土炉子。等到假期快要结束时，他的屋子、楼廊和床下都堆满了柴火。

太师，你砍那么多柴干什么？

有一天，伍校长回他。

防老呀！韩太师憨笑着说。

伍校长也笑了，在场的老师和学生都笑了。

韩太师显得愈加孤僻，疑神疑鬼。他很少搭理人家，别人也不会去搭理他，仿佛已经可有可无，对于他的古怪而俗不可耐的问题人家也听得很厌烦。当钟声敲响的时候，人们才想起，塞罗拉还有那样一位安守职分的小人物。他只好在楼廊的转角那儿闷坐，抠脚丫子，兴奋时逗几声狗叫。

大约是第二年的上学期，不知怎么地，韩太师忽然将那些堆在屋里和楼廊上的柴火统统送给了伍校长，伍校长请几位学生搬了三天，才把那些柴火搬进他的厨房里。后来，伍校长把一沓钞票交给韩太师时，韩太师生气了。说他不看中那几文钱。

不久，韩太师死了。

那天，秋风潇潇地在青砖的楼房上打着呼哨，老师和同学们都起来了，等待着钟声悠扬地敲响。可是很久，那截锈迹斑斑的钢管仍纹丝不动地吊在办公室的门前，整个校园闹哄哄地乱成一团。伍校长觉得情形十分异样，叫祁明照和罗刚阳老师到韩太师的小屋去喊他的时候，韩太师已经死了。

韩太师死了！关于他的最后的消息又很快在我们塞罗拉传开了。但是，那又怎么样呢？韩太师如一条狗，对于他们，活着无益，死了也无害。

我们遵照伍校长的指示停了两天课。伍校长说，韩太师是我们塞罗拉中学的四大元老之一，没有功劳，也有苦劳呢，他的葬礼一定不能马虎！我们为韩太师守了两天灵，买来了一口很大的棺材，把他葬在和尚坡，守望着那截锈迹斑斑的钢管……

后来，韩太师的死已经很快被人们淡忘的时候，学校忽然收到一份从省城里寄来的邮件通知单，老师和同学们去邮电所取邮件时，祁明照老师说，可能是上级教委赠送的人体模型。等大伙七手八脚将包装的木箱撬开时，是一尊神采奕奕的半身雕像，那雕像留着一球短短的平头，眉宇间有一个美丽的川字，深邃的目光中放射出锐利的光芒，雕像下面刻有一行深深的文字：韩太师老师千古！伍校长回忆了半天才想起，韩太师有一位学生在省城当雕塑家，那尊雕像一定是那位雕塑家寄来的。

我们又在伍校长的号召之下，将韩太师的雕像立在校园里，让他目光炯炯地俯瞰着我们的塞罗拉中学，然后，我们轮流着将那节钟悠扬地敲起来，在塞罗拉的天空中久久地荡漾下去。

（原载《民族文学》1992年第11期）

1992年

赵剑平

梯子街

一

就像俗话说的：猫不在，耗子钻出来。

那天早晨，九公穿着齐整，隔着门槛，便对着韩幺叔说："我得出去一下。"随后叫韩幺叔的闺女翠容，替他拿上一个包，慢慢姗姗地送他走下梯子街。走到山镇正街上，机器铺的何裁缝端出一根板凳安在门前，请老人家坐下。"我出去走一下。"九公说着，又接着哪里递上手的一杯茶水喝着。不一阵，开来一辆汽车。"刹一脚——"好多个声音几乎同时从街子两旁喊出来。汽车叽嘎地叫一声停住，驾驶员惊骇一张脸子探出窗外。这时候，就有人赔着笑脸，捧着纸烟，把九公送上驾驶室。于是，汽车轰隆着，卷起一股烟尘，把九公带离山镇，捎到河那岸，山那边……

那么，梯子街又闹出一点新鲜来。

一天傍晚，韩幺叔坐在陔沿一团草凳上，几个粗笨的指头老木虫一样蠕动着裹一卷叶子烟。

翠容在屋里洗碗。锅瓢碗盏磕碰着，发出又温柔又清脆的叮当响。冥冥中，整个山镇开始黯淡下去……

骤然间，一团红光滚动着，从正街那边冲过来，又风风火火地沿着梯子街往上升腾。韩幺叔瞪大一双眼睛，"喂！"拿掉嘴上的叶子烟，"两支钢笔！"有些急切地喊道。那红光在街中一愣，便切近跟前。半爿红背心热腾腾地撩开，亮一块肚皮晾着。就戳一块什么在眼皮底下。这时候，那些安在檩条檐口上的小功率的路灯，也一齐开放。韩幺叔抖索着接住那东西。立刻，七八个圆滚滚红艳艳的戳子在眼前立起来，却仿佛七八个太阳挂在天上那样强猛，他禁不住又眯缝眼睛，并恓惶地喃喃道：

“你娃儿……又要搞哪样鬼哟……”

两支钢笔一声不吭着，便转进屋里，咕嘟咕嘟地响着喉咙喝下一瓢水。然后提着一方独凳回到陔沿，这才在韩幺叔对面坐下去，却依旧是撩着半爿红背心，晾着一块肚皮……

的确也有些鬼哟。

那时候，李佳新刚刚读完山镇的小学。“得一支钢笔了，人家不敢哄你了。”村长韩幺叔说着，把李佳新带到那幢四立三间的大房子跟前，“这是你爹留给你的。”指着那些瓦片和那些柱头，就这么说着，“你回来吧！我们还要做土做田呢！先找一头牛放，等长出汉子来，说一个媳妇来当家，把你爹留给你的大房子守住……”李佳新听着，上下嘴唇咬在一起，就默默地挂两行泪水，由着村长韩幺叔怎么说，也不吭一声。直到九公走来，他才哇地叫唤起来：“我要两支钢笔！”这么哭诉着，九公就摇一摇头，望着他那瘦小的身坯子：“混一混材料也行。”这一句，于是李佳新进了中学的门槛。

也许从那时候起，梯子街人就意识到孤儿李佳新到底是要做一点事情的。一支钢笔小学生，是算自家的；两支钢笔中学生，不但算自己，还能够算人家；而三支钢笔大学生，除了算自家、算别人，并且可以算天、算地。早年间，从县上区头的常来工作队，队员人人都穿着一件中山装，而在左边那上衣口袋里，也必定别着钢笔。凭着那衣袋盖片底下金属笔挂闪烁的几束光芒，梯子街人就像认军衔那样，把整个工作队的文化都排定出来。他们也喊李佳新“两支钢笔”，而且也很认真，让人还真不清楚是恭维还是逗着玩的。只有翠容，她和李佳新一起跨入中学，又同在一个班里，既不存在恭维，也没有任何玩笑，断然不会喊出“两支钢笔”来。因此就有一种比较，而孤儿李佳新一颗心够敏感的，也就从中感到一种撩拨。所以初中毕业后，依规定着的，孤儿可以自食其力，而一份供给自然断了。可李佳新却奔死奔活的，也不听九公、韩幺叔怎么劝阻，硬是考上高中，背一个铺盖卷儿，离开梯子街，也离开山镇，进城读书去了。那些年，李佳新也够逍遥的，假期里也懒得回来。

终于这一天，一辆手扶拖拉机蚱蜢一样地蹦着，甩一片浓重的烟尘，从正街那边开过来。一直通到猪市坝上，突突地调转屁股，又一颠一颠往后倒着。倏地和古老的石级碰在一起——咣当！于是蚱蜢车才无可奈何地停下来。人们显然预感到什么了，就都站在陔沿上，斜一爿脸子，直往梯子街下望着。这时候，只见几团黑乎乎的东西，仿佛几只巨大的甲壳虫，正缓慢地沿着梯石爬上来。而懵懵懂懂的人们还没有明白是怎么回事，就忽然笃笃笃的，在半腰那幢四立三间的大房子跟前，一阵闷声闷气扑腾着。然后站起来几个红背心黄背心。大家当然首先认着两支钢笔李佳新，接着又看清楚躺在他脚边地上几只胀鼓鼓沉甸甸的麻袋包子……

也就是第二天，人们还在东一榔头西一榔头地猜测着，都以为高中生是发了财回来的，而一串鞭炮声就炸响了。那一瞬间，梯子街人愣了愣，就像春天里第一声雷动，接着，牵丝网线地涌进半腰那幢四立三间的大房子。哦，哦，这是一个完全陌生而且崭新的世界！梯子街人惊奇着，也喜悦着，甚至有些忐忑着，那岁月摧残折磨而黯淡的板壁无影无踪，一方一方彩色斜斜地拼着一面一面绚丽的墙，一本一本美丽的书刊组接着一个一个迷人的梦……

“取巧的家伙！”

那一会，九公说这么一句囫囵话。

并且，村长韩幺叔也莫名地摇一摇头。

但一拨人又一拨人的，却从正街走来，说看见一张海报，只要花两块钱办一个证儿，便一年四季都有书刊阅读。仿佛赶场日子挤柜台买减价货，正街的人们还从来没有这样光顾过梯子街。甚至九公那年泡生期酒，也没有这样的热闹。

这多少让人感到有些兴奋。尽管这一天大多数的人是来看稀奇的，也办出去不过几十个证儿。而傍晚，公安派出所的把高中生传去，又掀动出来一点波澜。原来有人疑心了，那些书啊杂志啊，加起来好几千块钱呢。而一个孤儿，要犟头犟脑地读两支钢笔；一个读书郎，就是一个消钱罐。虽然前一阵有人说他假期在城里下苦力，甚至还去医院里卖过血的；可无依无靠，一下置这么多东西，几乎是不可能的。那一阵，李佳新苦笑着，却什么也不说，只让接电话到县工人俱乐部，仿佛那里有救星。很快的，电话通过去，说那些书啊杂志啊是从前的，正准备处理给废品贩子，但李佳新跑去，说要开办一个阅读室，考虑支持农村文化建设很必要，便由着高中生挑肥拣瘦几麻袋，然后过磅称秤，折半价买去。

这样，既是稳妥的，又是积极的，就有镇长来光顾，并送一块金字匾，歌颂李佳新“文化尖兵”，挂在门上，连一条梯子街都光辉。而不几天，县的文化官员也来参观，并加封一个梯子街文化站，每月还补助两支钢笔二十块钱……

又有哪一点不如意呢？

那时候，韩幺叔喊翠容拿来眼镜架在鼻梁上，仰着脖子，凑着昏黄的路灯光影，把那些太阳戳子看仔细，才咬不透字眼儿似的说着：

“你要办……录像……”

“小电影，保准你喜欢。”李佳新飞着半边红背心扇着风，“弄个批文，要不是同学帮忙，可不容易呢。”

“既然是有文件……”韩幺叔说，“这几年我这个村长又不管事情……”

“我求你老人家呐！”李佳新禁不住急躁起来，“晓得不晓得？这个小电影和电视不一样，只要搞起来，想看哪样节目就可以放哪样节目。你不是喜欢川戏么，到时候保准你看腻……”

“嗯……”韩幺叔若有所思地点点头，“我好像在哪里也听说过的，是有这么一个新鲜玩意儿。”

“城里人呐，现在都不喜欢看大电影，喜欢看小电影，小电影名堂比大电影名堂多。”高中生正起劲地吹着，“所以这桩事情好找钱，你放心大胆的，人家有规定，一个镇最多批一个放映点。我这一步抢先，别的人家就不能够再办了。我就琢磨着，正街那些吃购粮证的，平时摆摊子做生意，赚的都是我们庄稼人的钱，现在该我们赚他们呐。其他人不说，就是你当村长的脸上也感到光彩，我们梯子街的人并不比正街的矮多少……”

“那么，”韩幺叔说，“你就办啰！”

“事情还不是这样简单。”李佳新说，“信用社人家掌握着，不肯贷款出来买机器，我还得自家筹集……这就要靠你老人家帮我一把呐！”

“我帮你一把？”韩幺叔摘下眼镜，有些吃惊地望着年轻人，“你以为我有一万两万搁着霉烂是不是……”

“是请你出面凑一下。”李佳新说，“梯子街一家凑一百两百的做本钱，以后开张赚进钱来，就按比例分钱……”

“就是入股分红，”韩幺叔又兴致起来，“合作社那时候就搞过的啰！”

“当然首先说清楚，”李佳新一字一顿地，“三个月之内不准退股……”

“只是，这机器的东西不比喂猪喂牛。”韩幺叔斟酌着，“好的时候就是摇钱树，烂的时候就是一坨废铁……”

“这个我会写在纸上的。”高中生说，“我李佳新一个孤儿，吃梯子街百家饭长大，还混两支钢笔，现在能够做一点事情，自然不敢让乡亲们担风险……如果三个月之内机器损坏修不好，就算我这个承头人倒霉，一幢房子和几千本书啊杂志啊折价变卖出去，也要把本金连红利给大家退清楚。县里每个月补助文化站的二十块钱，我也不会要，交给你当村长的安排人搞去，反正到处都可以求生活，老实说，这几年我可是得经验的……”

“哪里好意思让你吃亏哟！”韩幺叔说，“还是大家来克服……”

“如果三个月后机器损坏呢，就不管修好修不好，每个股东都要承担一点。”李佳新尤其认真的，“但哪个股东要退的，我都破例负责比银行高一倍的利息把本金退还清楚……”

“嗯……嗯……”

韩幺叔这么说着，在渐渐深沉下去的夜晚格外显着一种执拗。

“可惜九公不在……”

他最后这么咕哝着。但高中生早已经走开去，也只有这么咕哝着。

二

九公没有回来。

夜里，韩幺叔躺在床上。听着隔壁耗子窸窸窣窣折腾着，心里着急。

早晨，韩幺叔喊翠容去场口郭牛儿家借那只大黑猫。韩幺叔把大黑猫关了整整一天，不喂一点东西。傍晚的时候，他挤着九公那两扇锁着的合页门，泄漏一个三角洞，便把黑猫塞进去关起来。

天刚擦黑，韩幺叔就在隔壁听着，韩幺叔一颗心揪得紧紧的，禁不住咕哝起来。接着，响一片激烈的鼓点，便龟儿子下山般地号叫着，开始殊死的厮杀。喵——猛然一声惨烈的叫唤，韩幺叔一怔，打耗子哟——也吼喊着，并且狠劲地击打起板壁来，咚！咚！咚！战鼓一样的，助大黑猫威风，灭耗子胆气……

如果在平常日子，韩幺叔的鼓点，就会传遍梯子街，让人听着，还以为村长脑子出了毛病。但现在呢，李佳新那边放录像，正稀里哗啦地打着。而且因为招徕观众，大喇叭牵到街面上，把声音扩展出去，岂止梯子街，甚至整个山镇，都仿佛被淹没和吞噬似的。

居然没有料到那铁蘑菇会这么厉害。

尤其韩幺叔，大喇叭往上挂的时候，他牵线搬梯子的，竟忙得满头大汗。那一会，他想这铁蘑菇高高挂起来，喊计划生育啊，喊烤烟啊、粮食啊，却很方便。而且居高临下，不仅梯子街，甚至整个山镇都能够听灵醒，那威风就不是村长的，而是镇长的。因此，他显得那样兴奋，站在高高的梯子上，还脑袋一摇一晃地悠川戏——

（白）

瓦西里我这些天调运粮食太困倦，不知不觉办公室要起瞌睡来，列宁同志好客气，脱下大衣往我身上盖，这，这，这真是——

（唱）

手捧大衣我心欢喜
叫一声费拉基米尔·伊里奇
攻打冬宫你要注意
布哈林不是个好东西

韩幺叔悠的是《列宁在十月》，前些年剧种移植来移植去，川南一个围鼓队来山镇上唱的。不知怎么一来，他把这一节给记住了。

那大喇叭的确给梯子街增添不少颜色。

但不几天，李佳新那里录像生意红火，除夜场，还安排白日场，那铁蘑菇也接着不空闲，整天里吵吵嚷嚷的。录像武功带子，使山镇沉浸在一片战火中。上岁数的人听着好像不大在意。可青春少壮听着，却一腔热血莫名地摇荡，即使不来李佳新文化站观战解渴，也要去别的地方开辟战场，把一腔热血倒出来。而那一天，正街那边有人家娶媳妇，红烛照天地地歌颂着，却忽然录像是悲剧的，大喇叭死亲爹亲娘似的号叫着，一下子冲淡喜庆的气氛，结果主人家铁青着脸子跑上来交涉，才关断那高声大气的哭吼。而韩幺叔呢，在开初还不怎么反感，尽管铁蘑菇就支棱在头上，闹得太阳穴那儿又麻又胀。可接下去，李佳新许的川戏，不说腻，却一次也没有实现，这使做村长的便觉得是受了欺蒙了。心里闹别扭，他就懒得去看别的味道的。但他或是闷在家中，或是牵着牛去田野上犁田翻土，却都听见那大喇叭扩展出来的声音，格外挑衅似的，直叫人感到恨气。这时候，他仿佛才明悟过来：这小电影的事情是有些不大对头呀！

夜里，韩幺叔正睡得迷迷糊糊的，听见门吱吱嘎嘎响着，便醒过来。录像完了，大喇叭也住了声气，梯子街疲累似的停歇下来。韩幺叔知道是闺女回来了。录像要一个帮忙的，不知大家怎么斟酌的，就选中翠容了。

“回来呐！”韩幺叔披着衣裳在床上坐着，便自言自语地说着，“哪样生意不能做呢，怎么就偏偏要放录像……”

“不是你集资凑股弄起来的吗！”翠容在堂屋里窸窸窣窣洗漱着，就和爹隔着屋搭起话来。

“哪晓得是这么一回事哟！”一缕灯光摇曳着，从门缝里透进来。“你也读过两支钢笔的，并且也参加录像呐，倒跟我说说，这天空不是梯子街的吗？我们祖祖辈辈过来，就连鸟儿飞过，也要送梯子街一支歌。现在好呐，天空不是大家的呐！”

“你说个哪样啊，爹！”嗒地一下开关拉线的声音，“不是一切都好好的嘛！”

“是好好的呀，”堂屋透进来的那缕摇曳的光消失了，他好像觉得也该有什么变化变化，便往上抽一抽身子，斜靠在床头，“那娃儿开初说放唱戏的……”

“我跟你说过的，爹！人家没有发川戏带子。”翠容哗地翻个身。停一停，韩幺叔忽然意识到什么似的，就恼火起来：“你好像总是帮那娃儿说话呢！哪时候变成这个样子呐！我跟你说，那铁蘑菇就不对头，成天高声大气地吼着，把一块天空都占了。你们未必就一定要打开那喇叭，不要那喇叭就未必放不成……真是这样啊，我们真是太不划算呐，投资入股不说，还把天空也搭进去呐！”

“人家……爹——”床架子沉重地叫着，翠容嗔怪地转过身，“李佳新说这是宣传艺术，一边放映，一边做广告，人家只看张贴不来，听大喇叭送出去的声音才肯来……这一举两得的事情，你自家也是股东，总要讲一点效益……”

“我是说不赢你呐！翅膀长硬呐，要飞上天呐！”

他这么说着，鸭子死后嘴壳子硬着，便禁不住有些酸楚，尖细耳朵听一阵，似乎有些不大对头，他又响响地拍着板壁喊着——

“翠容！翠容！你睡死呐！”

终于梦呓一般地嗯了两声。

他知道自己已经开始做梦，醒来已是第二天早晨。

梯子街的早晨又宁静又清凉。喧闹的录像要在午饭后才开始放映。而夜岚刚刚爬过石阶，登上山坡，一切都还使人感觉潮乎乎的。翠容篱米上甑，便去园子里找菜。韩幺叔坐在阶沿一团草凳上，叭滋一阵叶子烟，肚子越空得慌，便起身去灶屋里翻着，终于在火孔中找到一个红薯。又吹又拍除去灰，把皮儿剥在猪食锅里，人吃剩下的那点东西，才安稳地回到原来的地方坐下去。

午饭后的一刻仍然是寂静的。

但这一份寂静却掩饰不住一种焦灼和渴躁。

阳光渐渐地接近阶沿，那焦灼和渴躁也接近临界状态似的积聚着。忽然一阵摇晃，仿佛一片天空被神力无边的手撕裂，也仿佛一条街被滔滔洪水凶猛地抬起来，那熠熠生辉的铁蘑菇一下炸响了。接着，也仿佛由不得人的意志为转移，日子被分割成两瓣了，因此有些忙碌，也因此有些敷衍……

那时候，翠容刚刚放下碗筷，喉咙还鼓鼓地卡着，听见顶上嘶声嘶气尖啸着，便一把扯掉围腰，对着洗脸架一块镜片拢拢头发，就拿着大叠花花绿绿的门票，急慌慌地跑出门去。这里，韩幺叔愣一阵，终于悟着什么似的，从砂罐儿里滗一碗酽茶，包在口中，呼噜呼噜弄着，也一路追着翠容的风往录像走去……

梯子街，也是梯子屋瓦。一家一户顺地势修筑，虽陡斜不平，却在面子上，吊脚楼亮枝亮杆不大中看，便垒一道厚实的坎子，既整平基础，又像城堡一样森严。韩幺叔和九公在同一道坎子上，而录像则在另一道坎子上，所以虽然都是挨邻，却也是有亲有疏。韩幺叔一口酽茶弄着，上到四立三间大房子坎子上，才咕嘟地吞下去。

“你老人家也来呐！”

就有人招呼着。抬眼起来，是两支钢笔李佳新，正笑扯扯地守在门槛那儿。

“进去吧！我请客了。”高中生热络着。

当初有规定，山镇本来小，又都熟人熟事的，因此即便是股东，也一律自己掏钱买票入场，这样好像才硬实，也才兴旺……

“翠容呢？”韩幺叔眼睛翻白着，却不正面和李佳新说，似乎你请与不请是另外一回事情，而他现在却是找闺女来的。

“我教你值机呢。”两支钢笔往里努一努嘴，“正放加映的。”

大房子坐在高坎子上，往侧边开门，从这头到那头，既无正堂偏屋之分，也无长宽之别。韩幺叔走进去，一眼瞅见三间的格式，又抖去一堵隔壁，便尤其觉得古怪。场子里扒着地蹲一些砖头，抬着长长短短的板子，而观众就折叠着坐在板子上。虽然还有几处空位，但前边那方方正正的荧光屏有声有色地烘托着，却也显得很热烈。他看见主席台那儿——通常那个位置作主席台，翠容低矮着腰身，正小心地舞着指头，忙着那豆腐框子大小的机器。几乎不由自主地，他往前走几步，却被一个挽着篮子叫着“香瓜子”的老妈妈挡了一下，便迟疑着转弯儿，找空位坐了。

说来也怪，在外面听那铁蘑菇吵吵嚷嚷的，心头要多烦躁有多烦躁，而这里面噪声却奇异地消失了。甚至那么瞬间，那个背枪的男子和那个骑马的女子忽然不说话了，还让人心头憋得慌呢。山垭上风大，但风却从洼地里吹来，他想，原来是这般的消磨，也难怪是这般的兴隆……

陡地，他仿佛是被虫子狠狠地蜇一下，嘴巴咧向一边，眼睛大大地瞪着；而很快的，他噌地站起来，呼地冲到前面去；不等大家明白怎么的，他就把翠容从机器旁边拉走了。而事情似乎并不大要紧，也没有人出来阻止，荧光屏上那英雄照旧抱着自己的那一轮月亮在草地上热烈地翻滚着……

“你叫我这张脸往哪里搁！”

直到下高坎子进屋，他才又羞又恼地冲闺女吼叫起来。

“录像是这样的……都英雄加美人……”翠容双颊绯红着，“只有这样的……在县上拿的带子……”

“我说嘛……我说嘛……”韩幺叔胡子抖着，“这人哪样变刁了呢？”

“我参加录像……”翠容鼻子酸酸的，就眼睛里汪一泓水，“也是你同意的……”

这么冲过去，便仿佛戳破一个斯芬克斯之谜，韩幺叔一跺脚，脸也青，面也黑，就蔫蔫地坐在地上。翠容吓住了，手忙脚乱地把爹扶到铺上，又抹胸，又捶背。好半天，才听见一声沉重的叹息，从大地深处透上来似的，老人家缓和过来，直直地望着闺女，喘吁吁地说着：

“我要退股……这样的生意……人家会戳脊梁骨的……我们梯子街……不能做……”

翠容只是点着头，机械一样地点着头。

三

梯子街，不，整个山镇是忽然寂静了。而人们却并不比往日轻松，甚至梯子街村长韩幺叔，也莫名地沉重着，好像那录像白天黑夜地闹腾，把魂儿魄儿都岔散了。一朵铁蘑菇，依然高挂在头上，闪烁着银灰色的光芒，却成天里默不作声的，让人觉得几分压抑，也几分阴郁……

只有正街的何裁缝，一边挥舞着剪刀，一边有滋有味地说着："机器一关，镇长把高中生喊到办公室，也不叫坐，就那么站着……"这一切，看上去似乎是剪刀裁出来的，而不是嘴巴道出来的，"桌子一拍，镇长就凶神恶煞地喊交代黄色带子……"其时，却有另外的嘴巴夹杂进来，也挺内幕挺权威的："我看过那些带子，那颜色不是黄的，是黑的。""黑色更不行，晓得不晓得，人家要红色的……"唾沫星子飞着，何裁缝便很潇洒地剔下一块布来，不屑地扔到一边去……

但忽然的，是一天中午，那大喇叭雄鸡一样的，又昂然地叫起来。这时候，水消退了，石头露出来了，大家才把事情弄清楚。这并非无缘无故的哩。

那时候，韩幺叔要退股，但他也想得太简单了。直到三催四请的，村民委员们懒精无肠地走来，又闷声闷气地坐下去，他才觉得有些不大对头哟。"要九公在就好了。"他说着，忽然又意识到什么似的，很快溜过弯来，"他老人家在……我们村委会的成员……也就齐整……""缺一个九公老人家，"哪个生毛子不醒豁，冲撞着，"那就等齐整再开吧。""不用了。"村长扎稳阵脚，"听镇长说，九公还要到北京，他那个老三参加修'亚运村'，前些日子写信来，约他上去看呢。"

也许是敏感，韩幺叔意识到这一班人有些野道起来。可是，不，村长还是村长，就像韩幺叔还是韩幺叔，只转眼工夫，他想起来什么似的醒一掌脑门儿，接着抽身转进里屋去，有些神秘地摸索一阵，便抓着两把叶子烟出来。"我还有几根好烟呢！"一面走着，一面说着。"你吃了，"就排着指头分着，"还要想吃。""还想吃的烟么，不会好到哪里去的。"有人接过烟，凑到嘴巴跟前哈气，"好烟么，吃来过瘾，就不再想吃了。"这么说着，就笑着，都牵开潮软的烟皮去茎，并裹绞起来……

"录像的事情，大家扯一扯，我看那些内容脏人，哪家都有姐姐妹妹的……"

好像是终于瞅着一个成熟的时机，也好像是箭在弦上而不得不发，看起来既随便又严肃，既轻松又紧张……

"我们都是领导，又都是股东，这样的主意，人家会戳脊梁骨的，要拿出一个态度来……"

大家低眉垂眼的，都管着烟杆叭滋叭滋抽着，好像那几根烟还真是不错的。

"都说话呀。"韩幺叔莫名地恓惶着，"都发表发表嘛。"

"要我们说话呀，"果真有人发表起来，"开初，你当村长的不召集我们开会，我们就不会去发动集资，那么他两支钢笔再有天大的本事，也弄不到那些机器……"

"而且来说呢，"又有人接着话头说着，"现在已经不关我们村委会的事情呐，白纸黑字写得清清楚楚，而且来说呢，都按手印呐，成龙上天，成虫钻草，都是人家自己的事情……”

“这样哟，”便有人圆场道，“你当村长的见得少了，其实抱啊，亲啊，就是脱衣裳啊，两个重起来啊，这些名堂电影里有，电视里也有。你电影不看一场，电视机也不买，就觉得奇怪，其实多看看多听听，就发麻发木，觉得没有哪样不得了的……”

“闹半天，我还周身不是……”韩幺叔从嘴里取下烟杆，双唇一嘟一挤，一泡口水砸在疙疙瘩瘩的地上，就颤声颤气地说，“凭天地良心，我也为梯子街好……”

“没有哪个说你韩幺叔哪样嘛，都在议论工作……”老声老气，却又带着几分威慑力量地缓和着，“只是说录像的事情，那是上边管的，文件是上边批准的，带子是上边发放的，真要出问题，总会有人去坐班房的，牵连不着我们村委会一根毫毛。而且来说呢，他李佳新两支钢笔又怎样，考不上三支钢笔捞个饭碗，就是一个废人，又孤孤单单的。我们把录像扯垮了，他还要生活不要呢？老实说呢，那年那件事情，我总觉得有些过火……”

就像一瓢凉水往冰天雪地里一洒，便又冷又硬地凝结起来。刹那工夫，大家烟杆也不叭滋，都悄悄默默的。一颗心呢，也一条小鱼一样跳到冰雪的岸上，只觉得又寒冷又急促……

“我看没有哪样过火的……”

忽然韩幺叔说着，但立刻那一张脸就青乌乌的，竟害大病一样地难堪起来……

还是那个人啊。

都十五年了，而那天黄昏和今天黄昏，却是一样地又疲惫又深刻。从正街那边——好多麻烦事情都是这样的，就像河水从上游流到下游来——那弹花匠走来，沿着青色的石级，又一步一步往上升着。而一张绷子，弯弯地横在腰里，整人情景让人看上去，仿佛只要噔的一声，那弹花匠就会被射向天空。但真正听着弹绷响，一爿场合已经安顿停当了。是在李家大房子里，主人家弹花不收钱，就这么一点便宜，那媳妇便应允了。弹花的手艺也奇哟，破破烂烂的絮，只要翻过来，便魔术一般地变化成新絮。那年月不要说多局促。就是掏牙缝紧裤带能够添新，而一人半斤棉花票，也还是局促。所以弹花的那个忙碌，成天里噔噔噔的，只听着绷子响。绷子响，梯子街人心里也想，李家媳妇是不是鬼，男人去年死了，今年就让那弹花的汉子进屋了，却不怕街坊邻里闲话。但大房子是李家的，女人没有一块瓦片。因为大房子，也因为那忙碌的噔噔声响着，便仿佛一种凭借，让人不那么恓惶。况且呢，哪家弹花，哪家管饭，也管宿，事情因此也不显得那么复杂……

但终于那绷子的噔噔声有些异样起来。大家都似乎感觉到，却又不知道如何手段。而正踌躇着，那报着平安的震颤噔的一下，也就弹断一样地停下来。接着，五大三粗的郭牛儿，他居然躲藏在大房子里，这就把亮枝亮杆的弹花匠摔到陔沿上……

那时候，韩幺叔却古古怪怪的，把捉奸捉双的郭牛儿扇一巴掌。“是九公老人家，”郭牛儿委屈着，“吩咐的。”这么磕绊着，韩幺叔便转到九公家去。而不一会，他就失魂落魄地走出来，去通知人开会。九公是怎样治他的，谁也不知道。但隐隐约约地人们有一种感觉，那韩幺叔或是和那寡妇，或是和那弹花匠，有着很微妙的关系，那么把柄，却被九公操握在手里……

好像并没有大的责备，甚至连当事人都没有在场。弹花匠是丢弃所有行头逃跑的，而李家媳妇则披头散发地躺在床上，只要有人去，就抓铺盖把自己藏起来。大家只是说，弹花匠想做上门男人不行，那大房子是李家的，而女人要嫁呢，也显然不能带走一块瓦片……

那夜晚是又打雷又下雨，小河里涨得满满当当的。天亮起来，人们听见李佳新哭吼，那娃儿那时候五岁，才知道女人失踪了，便四处寻找去。最后，在河湾里发现女人的鞋和女人的衣裳，而直到几天以后，洪水退了，河水清亮了，韩幺叔带着人顺着河岸找了好几天，却也没有找到女人的尸体……

本来呢，录像的事情，韩幺叔虽然提出来，但经大家在村委会上那么一说，他想眼不见心净，就已经懒得整理了。甚至第二天，李佳新那里铁蘑菇刚叫起来，翠容又悄悄地溜去值机，他也睁一只眼闭一只眼了。却忽然地，从正街那边跑来几个少幺爸，很一派打抱不平的气势在门口闹着：“哪个搞垮录像，老子们不认人的，要找他去跳百丈崖……”这就把事情搞得复杂起来。村里玩不动，韩幺叔一气之下，便跑到镇长跟前，牛一样地犟头犟脑着：“你们是要他那个录像，还是要我这个村长，放一些不精神文明的片子，我提几句意见，不理不睬的，这都淡哦，还怂恿起二流子来蹊跷人。哼，老子不是三岁两岁的娃儿，会惧怕这个，何况有人民政府撑腰……”

而镇长手头正有一个文件，是关于扫黄的。他那么一边听着，也那么一边看着，就派派出所的去梯子街把李佳新传来了。

“我有哪样法子呢！”两支钢笔苦阴阴地说，“这些带子都是上头发行下来的……”

“先把机器停下来。”镇长快刀斩乱麻，“等把事情搞清楚再说吧！”

“大家凑的股买的机器，都等到分利钱呢。”虽然嘟嘟囔囔的，但也不敢违抗，“一定要停么？也就停么？”

接着，就有人带着那些磁带进城去，真仿佛要捅出一条大蛇来。

那几天，也果然有短处被人家拿住一样的，高中生反锁上门，便把自己关在屋子里。躺在床上，一只手抓成一个拳头，就阴一下阳一下地捶起板壁来。“害人啰——害人啰——”而且也这么摇曳地叫着，“你又做神——又做鬼——搞哪样名堂哦——”邻居韩幺叔，这时候坐在灶膛前，抽一根谷草芯子，静静地打整着烟杆。声音在坎上透过来，又在楼上穿来穿去，细细地寻找什么一样，然后绕下楼来，一步一颤地踩着梯木，终于钻进一爿耳轮……

韩幺叔听着，就一张脸空荡荡的，也黑乎乎的，好像有无底的陷坑一样将一泓泛滥的春水吞噬得干干净净的，而最后剩着那些深深浅浅的沟壑，荒芜而且高低错落的土坡土岗。他从灶膛前撑起来，走到陔沿上，喑喑地站一阵。那声音虽然矮下去，却也尤其幽灵一样的，又执着，又揪心，更叫人感到恓惶。便恼怒地蹦进屋去，冲着在灶台上忙饭的闺女叫着：

"你不去看看？他骂你爹呐！"

也是无可奈何的。

翠容正厚一刀薄一刀地切着菜，听不过去，便一撂菜刀，一瞪眼睛，赌气一般地跑上坎去。而不一会，她就噘着嘴巴转回来，也无可奈何地说着：

"他好歹……都不开门啊！"

"他安心整烂是不是……"

那时候，韩幺叔气咻咻吼着，就橐橐橐地往楼上跑去。但他踏着梯木，爬到楼口那儿，却不知怎的一来，就一个人在那儿愣住了。

"我不怕你两支钢笔……"

终于冲着隔壁那边这么咕哝着，他便心慌气短地退下来。

"大人不计细娃过……"又站在屋子中央这么咕哝一句，他就走到灶膛前，拿起烟杆来，凑近红红的火眼点着，木木地叭滋一阵，便出门走下梯子街，往正街那边走去。

而翠容懵懵懂懂地斜着门柱，望望那一飘一飘的背影，又望望那昏昏暗暗的楼口，一颗心竟然莫名地堵得慌。听着李佳新还颤颤悠悠地呻唤着，她往地上一跺脚，便一下冲上楼去。也隔着板壁，她就和李佳新高声大气地吼起来：

"你好歹是两支钢笔呢！心中无冷病，哪怕吃秋瓜！停今天，还有明天，停明天，还有后天，总有一天会开放的……"

"一天一百多块钱遭水冲走呐！"

"你只想到你自己，没有想到我爹开初高兴出腿出嘴去一家一户集资凑股，是你说录像搞起来就可以看川戏的……"

"怪哪个哟！"

"他就要怪你，他哪样事情都偏要怪你，这一点都不能够理解，我还以为你在城头又要找生活又要读书的这么多年，已经混成男子汉，原来不如三岁两岁的娃儿……"

李佳新一张嘴斗软似的哑巴起来。而阴一下阳一下的，也依然捶着板壁。但听起来显然已经蔫下去，只仿佛有几声招呼，表明一个人还在……

翠容不解恨，要把先前里输出去的扳回来似的，又挥动两只拳头，以牙还牙地捶起板壁来。而仅仅咚咚的两下，她还没有反应过来，一堵板壁就砸在头上。往后踉跄几步，她终于接在手上，稳稳气，定定神，原来是一块壁板从拉槽里垮下来。两家房子是紧紧地挨傍的，现在真正地一壁之隔。甚至透过壁板之间的缝隙，连一个人的呼吸都能够感觉到。细心的姑娘发现，尽管那边的壁板没有人拉槽里垮下来，而顶端依然可以看出来有些异样，即使那破损的痕迹陈旧而暗淡……

“你哪样呐？”李佳新似乎意识到什么，也不再捶着板壁，诧异地喊道。

这里原来是一个通道！

她听着那又清晰又直戳的喊声，就一下明白过来。那一瞬间，她一颗心怦怦地跳着，接着什么东西在里面翻了翻，又翻了翻，便透不过气来一样，脸颊涨着一片绯红。仿佛本能驱动着，她把壁板还回原样，也不再有声气，就恓恓惶惶地跑下楼去……

而李佳新也好像被治住一样地安静下来。

傍晚时分，高中生揉着肿胀的眼睛，趿拉着鞋片终于开门出来。他在屋檐下神思恍惚地站一阵，就想到一种滋味，于是喉头痒痒的，又磨动着两爿腮帮子，一路往正街走去。整整一天没有吃东西，肚子到这时候直咕咕地叫着。他走进一家店。这店专门经营酸菜猪脚。大油大荤的蹄髈煨得耙耙的，再加上清爽的酸菜。而酸菜又有讲究，不是用大青菜豆花水，而是用高寒山地一种叫“冬不老”的小白菜和毛米汤，这样制成的酸菜一点也不涩口。李佳新要一份酸菜猪脚，但不要糊辣椒，而另外要一碟油辣椒。那时候，他有滋有味地吃着，差不多都忘记录像被停下来的事情。老板娘打开电视机，响起一天一轮的《义勇军进行曲》。不一会，隔着宽敞的门面，便在陔沿那儿聚着一群人，都明睛鼓眼地望着立在店堂里的荧光屏；而此情此景，终于令人黯然起来……

从正街往回走，他看见那些有电视的人家门前，都三三两两地站着人，又莫名地畏缩着，躲避着那一阵一阵的从门洞里透出来的光亮和热闹，仿佛穿行在古老而厄逼的峡谷，有一种凶险架在头上似的，就一口气跑上梯子街，回到大房子里，倒插门把自己关起来。现在，他气喘吁吁地往那台二十寸彩电走去。彩电寂寞而又雄伟地立在堂上。他启动开关，嗒的一声，荧光屏跳了一下，图像好，声音也不错。但他显然没有心思了解新闻联播，直把一排选频键按下去，按琴键一样的，当然不会产生美妙的旋律，只有接连不断的枯燥的嗒嗒嗒……

但的确有一缕歌声飘出来。只是也无意于歌声，便依然嗒嗒嗒下去。而不一会，好像那些亮晶晶的键子火烫一样的，那一个指头停在空中，怎么也落不下去。哪里来的歌声呢？小镇只有一个转播台，而且为买那些设备，还向各家各户集资的。因此也珍贵，除特殊情况，比如现场直播什么会议的，一般都在晚上转播，而且是固定不变的省电视台第一套节目……

他感到一种莫名的兴奋，颤颤地打开调制窗门，小心翼翼地拨动旋钮，果然找到图像，只是纷纷的雪花模糊着，而声音也有些嘈杂刺耳。他站在荧光屏前，梦癫似的发愣发怔了一阵，终于断定这个突如其来的信号是稳定的，而不是飘移的，不过由于大山的阻隔才尤其显得微弱……

这夜晚，李佳新从箱底里找出珍藏的图纸，一份电视机的，一份录像机的，便盘腿坐在床上，仔细琢磨起来。而越琢磨，就越有滋味。直至东方既白，他揣着一把鹰嘴儿弯刀，又抖抖擞擞地往山里去。

大约晌午时候，他扛着一根楠竹竿子走进梯子街。楠竹竿子长长的，也粗粗的，倒拐转身，他都要高吼一声“撞——”，仿佛不这样提醒着，那一条街的房子一条街的人，就会被扫下坡去。而梯子街两边站着人，看着那势头，好像大炮逼近家门口，也紧一声慢一声地吆喝着。那情形，不管是听去，还是看去，都让人觉着有一点事情要发生……

那一天下午沉闷而漫长。

楠竹竿子头朝下，尾朝上，斜斜地躺在梯子街上，仿佛它从街的那头戳到街的这头，终于戳破戳透，而疲倦地倒下去。

但翌日清晨，它就在一轮红日照射下缓缓地站起。辉煌的霞光中，楠竹竿子尖顶支起来一个银亮的架子，如古代帝王矜持而又奢华的头盖，矗立在天空中，也横卧在苍穹里。而一条分叉的带子，仿佛那头盖的尾饰，一直拖下来，钻进那大房子里……

“吼——两支钢笔东盘整西盘整的，把梯子盘整一只梅花鹿子角出来呐！”

“倒有些像坐在屋头放风筝哟！”

“总有一天，梯子街要变成一个怪物的……”

“……”

更多的人则静静地等待着。

果然那录像又重新放映起来。

大喇叭惊炸炸的，让人嗅着有些挑衅的气味儿。不一会，镇长就脸青面黑地赶到梯子街，身后还跟着两个大盖帽，也气势汹汹的。

“事情都没有搞清楚”，镇长说，“哪个叫你开的？”

“我自己开的。”高中生不慌不忙应着。

“你还有胆子啊！”镇长讥讽着，“学习过录像管理条例没有啊？”

“那个不关我的事情。”高中生仍然慢条斯理应着。

“不关你的事情！”

镇长眼睛鼓大着，一只手便狠狠地一拍，这有些像何裁缝曾经形容的，只是没有桌子，也就拍一个空，没有震慑人的那种响声。

“我放的是电视节目……”高中生老实地说。

这时候，镇长才注意到场子里并没有几个观众。而且都是一些老实巴交的庄稼人。正街那边有一党在派出所挂号的少幺爸，却居然一个也不在场子……

“我支天线加信号放大器专门录的电视专题片……”

高中生解释着，竟然不知不觉炫耀起来。

而镇长这时候也才发现那录像既不是武打片枪战片，也不是美国西部片港台生活片，甚至连一个有模有样的人也看不见。只有一男一女两个谈生意打电话一样在画外交替着，用一种例行公务的口吻，既无节奏的轻重缓急，也无情绪的迂回跌宕，就那么干巴巴地絮叨着怎么种烤烟怎么烘烤烟，而几匹烟叶子，也就那么干巴巴地在荧光屏上挪来挪去……

“这个……”

镇长支吾着，而心眼也活泛地走着。

“不是……很好嘛……”

就像大家说的，整个镇的财政，是“烟财政”。

“只是看的人不多……”

高中生咕哝着，轻轻地拖出一声叹息来。

“这个研究研究，”镇长沉吟着，“比方像演电影那样来一个加映，在前面或者中间塞上那么一段，又有宣传又有娱乐……”

“还是镇长高明……”

高中生翘着拇指，脸颊两块肌肉扯一扯，便端上一盘笑来。

“这就叫艺术嘛。”镇长一只手温暖地拍在高中生肩上，“我正式通知你恢复录像，整顿清楚呐，平安无事呐……”

而且，第二天，镇长又送来一块金匾，表扬高中生是“农业生产实用技术宣传推广模范”……

录像放映点一下又红火起来。

真是此一时彼一时啊。

原来的老观众没有少，由于加映新内容，又增加不少新观众。而时不时地，不仅有零售票，还有购团体票的，比如小学校那里，听说加映保护眼睛保护牙齿的，当然正片子也没有大的妨碍，就一班一班地开来，轮流一个星期多才看完。甚至村长韩幺叔，听着录像恢复，又看着镇长送金字匾，浑身里发冷发热的，躲在家里头熏腊肉一样抽了好几斤叶子烟，终于熬不住，趁着翠容守门的工夫，悄悄溜进场子，蜷缩在一个角落里，弄着不太好的眼睛，看一段苞谷育苗带土移栽……

但好景不长。一天夜晚，是翠容值机，加映《人口与计划生育》，接着进行正片子。故事展开来，正一步一步走向高潮，忽然录像机嘟的一声，荧光屏上的信号就消失得无影无踪的。翠容一颗心紧了紧，又重新触动开启键，而指示灯亮了亮，又嘟的一声暗下去……

这时候，李佳新跑到跟前来，这里瞅一瞅，那里摸一摸。随后，他一脸恓恓惶惶的，向着场子里扯动几下，就绝望地宣布——

“退票。”

那一会，观众仿佛不怎么相信自己的耳朵似的愣着，直到李佳新又无可奈何地摇晃着脑袋，这才骂骂咧咧地站起来，一边拍着屁股，一边走到门口，向已经守在那儿的翠容要三角钱……

第二天，李佳新就带着机器进城去。

那两天，梯子街人像热锅上的蚂蚁一样，在韩幺叔那里跑来跑去的，凑股集资办录像，终究是他出来串联的，也因此才能够有所抓拿。

“我也是一个股东啊！”当村长的憋不住，而恼火起来，“说严重一点，机器真成为一坨废铁，你们问我，我问哪个啊！”

“当初……”有人点名道姓着，“我们是……听你一句话……”

“是长的脑壳……不是长的葫芦……”

“你还做哪样村长……”

“大家都在合同上按手印的……”

“听人家说合同没有经过公证，派出所不管……”

“他两支钢笔敢不认账……还有一幢大房子在那里垫底……”

于是越来越横起来。

只有翠容一声不吭。她感到有些纳闷，这机器早不坏迟不坏，为什么三个月期限刚刚过去，也就过去那么几天……

终于等到李佳新回来。

大家立刻围上去。

“修机器的要我们先交一千块钱。”他愁眉苦脸地说着，就空空两只手摊开来，“而且把话说在前面，县里修不好，就送贵阳，贵阳的修不好，就送上海……”

“我们照章程办……”

这里话没有落音，那里就有人举着一张纸头儿高声大气地嚷着……

接着是沉默。但大家对这种僵硬并没有感到不自在，甚至连李佳新本人，都似乎早有着一种准备。最后，根据白纸黑字的条款，李佳新坐在录像室的门槛上，按每一股本金比银行同期存款高一倍的利息退还……

梯子街虽然若有所失，但毕竟又是一刻宁静。况且，也还有因为小利小益的收获而欢喜不尽的。只有韩幺叔感到格外沉重，而这份沉重把他的长辈的派头、村长的架子都压垮了。傍晚的时候，他让翠容去正街端来一份酸菜猪脚，特地请李佳新来家里吃饭。

“可惜九公不在……”两杯酒下肚去，则难受起来，“他老人家在……事情不会这样恶劣……或者就不许大家退股……”

李佳新嘴角上挂着一丝笑，又像挑衅，又像嘲讽，就这么静静地望着坐在跟前的那个人。

“机器修好，你赚，机器修不好，成一坨废铁，你也不损失多少……”

翠容在一旁淡淡地说着。

这倒让李佳新吃一惊。

四

有九公的消息。

信是他儿子写给镇长的，似乎镇长必须知道老人家的行踪。而封皮落款，“于进京390次列车上”，很潇洒的，也很神秘的。镇长看过，便很珍惜地压在玻璃板下面。但哪一位老兄禁不住好奇，让那“于进京390次列车上”撩得痒痒的，终于偷读，并且摆出来。当然，镇长也可能在什么席上给人漏过话。而东一传西一传的，就产生几个版本——

老人家在四川新都宝光寺拜五百罗汉发现了和其中一位圣者很相像，去峨眉山看佛光在回来的路上让猴子抢劫两包饼干，到五台山每一尊菩萨跟前都烧香磕头……

还说镇长要上北京看亚运会就赶紧动身，因为全国的人都开始往那里涌去，推迟时间北京可能准出来不准进去，而且即便进去吃的和住的也会成问题……

但韩幺叔不感兴趣。

这几天，隔壁九公屋里的耗子，就像高挂在梯子街顶上的铁蘑菇，居然也无声无响的。

谁知关于梯子街的木房子，却有一桩棘手的事情发生了。

一天中午，一辆过境车在正街那边叽嘎地一停，又轰隆着往前开去。接着，一个年轻人走上梯子街，很招摇地来到大房子跟前。着一双板鞋，穿一件T恤衫，套一条萝卜裤，佩一副墨镜，韩幺叔觉得打眼睛；又戳一支纸烟在跟前，还说着怪里怪气的腔调，又像广东的，又像河南的……

“你当村长的给我找几个人，”几乎是命令地，“把上面那幢房子拆掉……”

“你是哪个庙上的鬼到我梯子街来指手画脚……”

韩幺叔本能地冲这么一句，却立刻明悟过来。而两片嘴巴惊愕地张着，半天才扣在一起。

“拆房子……”

“老板李佳新先生的字据。”一块密密麻麻的纸头戳在眼前，“他修录像机要花钱的，就把房子卖了，没有人住的房子，卖多少钱都当是捡的……”

那纸头写一些什么，韩幺叔看也不看，只垮着一张脸子，仿佛哪个借他谷子还他糠似的，那么一声不吭地恨着那人。

“别看旧房子，烂船三千钉呐。”两团墨黑真挡着明亮一样，没有发现什么不对头的，还一股劲地叨着，“只是麻烦一点，捅两节车皮往江浙那边运，推刨斧头一起上，三两下旧房子变成新木料，那个赚头可大呐……”

“你把一条街都买去吧！”

韩幺叔猛地一跺脚，就愤愤地叫起来。

“你不拆，我另外找人……”

那人说着，骄傲地转过身去，于是T恤衫萝卜裤在石级上冷飕飕飘着……

“你听明白。”韩幺叔紧追几步，“哪个拆都不行，要叫李佳新那娃儿回来……”

墨镜人轻松地转过来，抿嘴笑一笑，接着带着那个阴郁的影子走下梯子街去。

“完了……完了……”

韩幺叔站在街中间，木木地嗫嚅着。翠容从屋里出来，在他衣襟上扯扯，他才怅然地回到家里。而屁股往草凳上一贴，又长吁短叹着。

“关你哪样事情啊！”翠容一边往潲桶里盛着猪食一边嗔怨着，“有工夫保养精神长命百岁……”

“你不懂啊！”韩幺叔眼睛直直地望着前面，“那娃儿也不懂啊！他爹是修这幢房子累死的，他妈也是为这幢房子……”

“我不听……”

翠容脑海里一阵摇晃，浮出一块木板来，随着起伏的浪涛，忽而高高地站立着，忽而筋疲力尽似的倒塌下来。她背过爹去，这么狠狠地丢一句，就提着潲桶，听着猪的叫唤，消失在后屋那里……

这天晚上，月色很好，街灯也亮。全体梯子街村民坐在古老宁静的石级上。村长韩幺叔站在下面，整个格局就像阶梯教室一样的。一眼望去，人重着人，人挨着人，仿佛一座稳实的山，又仿佛一条沉重的河，而乳白的月光和橘黄的灯光交融着，给那山那河笼罩一层谧穆而悲怆的色彩……

“已经和大家知照过的，不是计划生育的事情，不是肥料的事情种子的事情，是关于李家那幢房子的事情……”

村长莫名地激动着。而这种气氛传染出去，即便一座山一条河也开始有些摇晃。

“大家都晓得他是孤儿，都对他关照过的，但而今他翅膀硬了……我想不通，没有梯子街，哪里来的大房子，甚至可以说没有他爹，也没有他娃儿……但而今，他把大房子卖出去，是一个搞投机倒把的怪物，好端端的大房子要拆散卖木料运到江浙去。这可好，他娃儿甚至都不和我们梯子街打一声招呼，好像这大房子是修在天空中的……"

就有人站起来，一棵树一样长在山上。

"房子卖不卖，那是两支钢笔的权利。"这么说着，"可大房子一拆去，空着那么大的排面那么大的缺口，我们梯子街还像哪样街啊！"

又有一棵树在山上长起来。

"本来和正街那边还生隔生隔的，"接着说着，"总没有哪个在底下猪市坝上修两幢房子，把两半截街连起来，我们梯子街也好赶场，却而今又要少一环断一扣……"

几乎同时又有几棵树冒出来。

但韩幺叔接连比划两下手势，就把几棵树都伐倒呐。

"我把大家的意见绾一个疙瘩。"村长心里踏实了许多，"房子可以卖，但不可以拆……除刚才大家说的，保护我们梯子街的完整和发展，我还要补充一点……孤儿李佳新卖房子是不得已的，差钱修机器，机器修不好，录像放不成……大家是有眼睛的，录像的事情，虽然认识出现波折，但都取得统一……通过录像，我们掌握许多技术，就拿烤烟来说，梯子街今年基本上消灭了青烟，提高了等级，也增加了收入……但机器一出毛病，我们就打退堂鼓，把钱抽回来，包袱给他一个人背着……我想，他要卖房子，就卖给我们梯子街……"

很快有人响应着。

"大家重新把钱拿出来，帮他把机器修好……"

也七嘴八舌的。

"把房子买过手来，再租给他放录像，按月收租金……"

却都普遍地认为找到一个稳妥的办法。

第十天，是翠容自己要求的，跟那怪里怪气的墨镜一道进城找李佳新去。韩幺叔虽然感到诧异，但看她那执拗样子，也还是应允下来。

在汽车站下车，跟着墨镜走出大门，就坐上一辆小客车在城里兜起来。也不过几年工夫，县城变化得都认不出来了。翠容靠着窗子坐着，望着一晃而过的风景，是又辛酸又兴奋。仿佛只是昨天，一切都那么泥泞而猥琐，仅仅过去一个夜晚，一切又都那么晴朗而气派。水泥的街，又平又直地往前伸展，高大的楼房，姿态万千地排列在两边……

很快，仿佛约定似的，就找到李佳新。

既然梯子街已经决定买下房子，而且也需要录像，那么李佳新还有什么话说呢。那时候，他被翠容描述的梯子街那个月也好灯也亮的夜晚打动着，久久地凝视县城高高的电视转播台，想着把自己系在那钢铁的支架上有多好……那一条河和那一座山的力量，还有那些树的力量，已经让一个人不由自主了。他把墨镜喊到一边，两个嘀咕了一阵，于是墨镜就成为多余的人，那么古怪地向翠容笑一笑，又像辞别又像抱歉的，就消失在一条深巷子里……

“他是哪个？”

翠容望着那背影，忽然就觉得那T恤衫那萝卜裤还是挺顺眼的，至少不是那么可恶。

“我的……一个同学……”

李佳新迟疑地应着。

“同学……”

翠容似乎感到有些意外。

而夜降临，这是注定的，只要这个夜晚依然美丽。两个人顺着一道光的长廊走下去，都默不作声的。

直到站在工会俱乐部门前，听着那里一片歌一片曲的翻腾着。

“你想不想进去看看……”

他感觉到姑娘在望着自己，便故意侧起一张脸来，望着大门上边那霓虹灯管绕出来的“舞厅”闪烁着。

“这个地方也要招标承包呐……”

这么说着，两个人就买票走进舞厅去。

整个场子正火爆爆地旋转着，震动着。他们在服务台要两瓶汽水，便拣两处空位子坐下去。热流股股地窜动着，扑上人的脸，侵上人的身，很快都晕晕忽忽的。一支曲子结束，灯光调整一下，不再那么花哨。翠容环顾四周，看见人们都成双成对地挂在壁上，脸颊那儿禁不住辣辣的。

“你觉得城头生活怎样？”

李佳新冷不丁问着。

“当然好……”

姑娘低低地说着。

又一支曲子开始后，李佳新站起来，把手往翠容眼前一伸，邀请道：

“这是‘慢三’的，很轻松。”

仿佛下意识地，姑娘伸出手去，并且站起来。但不过懵懵懂懂地走两步，也把什么东西给踢呐踩呐，就又退回到座位上来。而任由李佳新怎么说，她也只是摇头——

“没有这个……细胞……”

“那么……我们出去走走……”

李佳新无奈地说着。

而等到两个人站起来往外走着，这才发现两只手一直是牵在一起的。那一瞬间，仿佛挨了火烧火烫，都一下缩回手去。稍一愣，姑娘一把夺过李佳新的汽水瓶，汽水还没有喝完，就往服务台一搁，带着一种幸福的震颤——

“退瓶……”

也其实并没有什么教训，就都很一番感受似的，郑重地请镇公所的公证员来公证。而地点选在正街，山镇最有影响的，也是唯一的肖家茶馆。

又有官方法律文书的认可，又有民间力量的监督，所以事情办起来有板有眼的。而一杯茶还没有喝出味来，则梯子街一幢大房子就易了主了。签订租用合同，主客关系对调过来，双方按了手印。

终于，那铁蘑菇经历一阵寂寞后又重新响起来。

而今天的录像和昨天的录像就仿佛不一样。梯子街人都站拢来，完全办自己的事情似的，又是锣鼓又是鞭炮地闹腾着。结果把正街一街人都吸引过来，虽有些不大能够理解，却也兴味浓浓地推波助澜着，竟如盛大的节日一样，挤得梯子街满满当当的，把未来五天里的录像票全部买去……

这尤其使韩幺叔感动。好像事情完全是冲着他梯子街的面子而来的。而梯子街的面子，当然很大程度是他这个村长的面子。韩幺叔熬一大缸清凉的老鹰茶，放置在大门子门前陔沿上，让出来进去看录像的人解渴……

而李佳新则莫名地沉重着，仿佛事情不应该是眼下这个样子，而应该是另外一个样子。那几天，他进进出出，只是不声不响地忙碌着。那情形，不像是录像放映的老板，而倒像是被雇用帮忙的勤勤恳恳的伙计，每天，长途客车很准时地给他送来新磁带，把旧磁带换回。也一周一轮的，给人捎来中央台和地方台的电视报。他依据这些资料，确定时刻和节目内容，那楠竹竿子高挑着天线，又经过信号放大器，就进行接收和录制。天长日久一来，他那里也就有各种各样的带子积累起来，很系统，也很全面。终于发展到镇上无论开什么会，或者举办什么活动，都能够在梯子街录像放映点看到相应的带子，比如烤烟的，计划生育的，养鱼的，种柑橘的……

而扩大影响，还是镇烟叶站招考烤烟收购员。虽然是季节工，却也很讲究技术，所以一点也苟且不得。好些时候，连笔试带口试的，竟然大部分名额都让梯子街给考取了。这一来，别的村就很不服气，一直反映到县里。最后，县烟草公司下来，还有监察局主持公道，重新出题目进行选拔，却依然是梯子街占绝对优势。事情传开去，上上下下都有人知道，无外乎梯子街近水楼台先得月，早就从录像上把那些烤烟知识记熟记死了。那么，录像就不单单是消遣娱乐，而且不知不觉中，还牵连着生计问题……

翠容也考这烤烟收购员。只是这个活路是要时常搬拿重东西的，人家不敢要姑娘，就把她退了回来。李佳新什么也没有说，翠容是已经熟稔的，既然回来，只管接着放录像。

只是依然平静。

“是留是走，”翠容说，“我都会和你说清楚的……”

李佳新有几分诧异，也有几分恓惶。

“我知道你早晚是要走的，不会在梯子街放一辈子录像……我当然也要找一条退路，也不可能在一棵树上吊死……”

李佳新一声不吭，似乎是一种默认。

“你说话呀。”翠容莫名地急促起来，“我难道说的不是事实……如果这在当初还差不多，可是现在你把房子都卖出去呐，完全当客人呐，要说走，无牵无挂的……”

“好么，我还回梯子街来做哪样……”

李佳新冷冷地扳了一句。

“哪个晓得你回来做哪样。”翠容被问住，眼睛闪烁着，回不起腔来。

于是，李佳新笑笑，翠容跟着也笑笑，就告一段落散开去。

录像自然是越来越红火。

一天，县长到山镇视察工作。夜晚，便在镇长陪同下来梯子街看录像。韩幺叔一接着通知，就动个心眼，让翠容把好时候的票全部扣下来，自己一家一家地送去。

“不只是看录像，”韩幺叔挺神秘的，“主要的还是要看县长……”

“多亏你老人家……”主人家走着后门，感激得什么似的，“还记着我们……”

“当村长嘛，总应该有一点本位主义……”

韩幺叔这么说着，忽然地就有一种久违的感觉，眼睛那儿有些发红发涩，鼻子那儿也有些酸酸的……

而人们掏了钱，买了票，还要往他耳朵上夹纸烟，然后说几句悄悄话，招呼着闲空就过来坐一坐，把他仔细地送出门来。

那么，这一场录像的观众则都是梯子街人。

还很早，人们就来到大房子门前。县长晚饭用得是酸菜猪脚，这是打探确实的。铁蘑菇扯着嗓子眼叫一阵，就有人扯着胳膊甩着腿从正街跑来，一直跑上梯子街——已经从馆子出来呐！这么慌里慌张地传达着。于是，哪里喊一声入场，大家就一下收缩成一个疙瘩，开始往场子里挤。

刚刚坐好，县长便出现在门口。也没有什么号令，大家又站起来。忙乱中，抬着座板的砖头垮了，哗哗啦啦的，幸而掌声热烈，把这一切都掩盖了。接着县长往前面走着，他的位置是设在前面的，顺路和那么几个人握握手，实在握不过来，就由跟在后边的镇长弥补着，那么仔细地握一握。县长一直走到场子前面，韩幺叔凑近跟前，请领导给我们村作指示，这么说着，使带头鼓起掌来。哪知道县长摆一摆手，说不耽搁大家看录像了，就在一把椅子上坐下去。但不一会，县长仿佛意识到什么，又站起来，提着椅子，我把大家给遮了，让换一把矮的，并且挪到第二排去。这一来，韩幺叔也不敢坐在县长前排里，而挪到第三排去。蔫耷着脑袋望着县长的后颈窝，一直望到录像结束……

那时候，韩幺叔走到前面，向着大家，亮着四根指头——

"县长是这个……请县长跟我们作指示……"

满场子一片啧啧声，都学着韩幺叔比着四根指头，很长时间才平静下来。

"这个是哪样名堂啊……"

县长也伸着四根指头，只是迷糊地问着。

"四支钢笔。"镇长笑呵呵地解释着，"梯子街的特色啊，一支钢笔小学生，两支钢笔中学生，三支钢笔大学生……"

而四支钢笔呢，终于镇长也迷糊起来。

"听人家说，"韩幺叔认真地说着，"县长读完大学，又读党校……"

县长听着，宽和地笑笑，也不怎么计较，就晃着一只宽大的手掌，仿佛把所有东西都要撇到一边去——

"不作指示，也没有哪样指示可作，只说一点意见，或者只是一点感受……"

百十来人的场子一下寂无声息。

"早听说有这么一个录像放映站，也早就想来看一看的，只是事务缠身身不由己……"

哪里猛浪地咳嗽一声，好像拼命地吸吮什么而被呛住一样的。

"果然名不虚传啊，原来山旮旯还藏着金凤凰啊……"

韩幺叔站在县长旁边靠后一点的地方，两块厚厚的嘴唇努力地抿着，把脸颊绷得紧紧的，也圆圆的，跳荡着一片辉煌的光彩。

大家听着，也莫名地激动着，但依然是静悄悄的，完全被一种神圣的气氛捆绑着……

县长的大手又在空中晃一下，接着瞬间的沉寂，便骤然醒豁过来，爆发一片哗哗啦啦的掌声。于是县长走到李佳新跟前，在他肩上沉实地拍拍，托以重任似的，就和进来的时候一样，握着那些粗粝的手慢慢地往出走着……

人们也慢慢地往外拥着。

一直到空空荡荡的场子里只有李佳新和翠容两个人剩在那里。

开始清理场子。先浇一些水，然后拿起扫帚来从第一排扫到最后一排。两个人从两边往中间扫着，直到交在一起，又转来从下一排扫过去。这晚上真有意思，好几次，两个人都心不在焉，响响地碰着头呐，才醒悟过来。于是都红扑扑一张脸，也笑一笑，又很抱歉又很感动地回到两边去……

不知不觉中，一片场子只有最后的几扫帚。两个人低头扫着，而看见扫帚却都停下来，生怕碰在一起似的。也留着两扫帚没有清除，仿佛又不便立刻走开去，就站在那里等待着……

“我想和你说一说……”

李佳新说，把扫帚提在手里悠着。

“又没有哪个给你嘴巴贴封条……”

翠容又快活又怪怨地应着。

“我想不到……录像会走到这一步……”

李佳新兴奋中又莫名地有些愧疚。

“录像……”这似乎有些出乎意料，姑娘白一眼小伙子，略一沉吟，便慨然地说着，“只是你没有去想它，甚至从来没有去想它……”

李佳新红着脸听着。

“即使是你开头办起来的，但你一直想的就是如何赚钱……”

“我知道你上次去县城的目的……”李佳新若有所思地嘟囔着，“还上初中的时候，我就知道什么都是瞒不过你的……”

“包括先办起来的阅读室……”

“你也要尊重现实，不能够束定经济杠杆的作用，再说呢，经济要发展，也必须顺应社会发展的趋势……”

“我不会有你那样深刻，但我绝对比你诚实，你那是一种欺诈……”

“我只希望你能够原谅。”李佳新说，“我要和你说的，就是希望你原谅……”

“你为哪样要回来呢？”翠容莫名地忧伤起来。

“我没有想到梯子街还会有另外一个样子……”李佳新禁不住有些冲动。

“另外一个样子……”翠容略略吃一惊。

“老实说，我从前并不喜欢回到梯子街来，甚至还有些恨，只是因为大房子……”李佳新把目光从翠容脸上调开去，在空空荡荡的场子里搜索着，仿佛他要说出来的每一句话，以及所有的答案，都在这宽大的屋里某一个地方写着，“‘人生重要的是过程’……我也不知道这是哪个说的，不管怎么开头，也不管怎么结尾，而过程都可能完全是另外的样子……我承认我想找钱，也想摆脱梯子街，摆脱大房子，但在这个过程中，我所从事的录像放映对梯子街，甚至更广大的农村，就像县长说的那样，会有这么重要……而我个人也从来没有想到人家，尤其梯子街……他们会这么需要我……”

“那么……你从县里回来……”翠容颤声颤气地，“就为放录像……”

“不……不仅仅为放录像……”李佳新说，“想跟你在一起……你知道我想跟你在一起……”

“你把你的窝……一幢大房子都卖了出去……”

“我就是要把你带离这个地方……到城里去，我们可以承包工人俱乐部……”

姑娘害羞地低下头去。她既感到一种幸福，同时又陷在一种无法摆脱的困惑中……

五

金秋的一天，李佳新还在睡梦中，就被一阵急促的敲门声惊动起来。他趿拉鞋片开门一看，是镇长，后边还跟着韩幺叔，直嚷着要用铁蘑菇——

各位。听清楚。举世瞩目的北京第十一届亚洲运动会定于今天下午三点钟举行开幕式。中央电视台到时将进行现场直播。根据县人民政府通知精神，我镇电视台将全天开机差转。这不仅是全国人民政治生活中的一件大事。也是我镇人民政治生活中的一件大事。希望各家各户认真收看。

镇长讲完了。

梯子街村民注意。今天的亚运会上，我们感到骄傲而自豪的是，有我们梯子街的代表九公参加。大家仔细一点，说不定在电视上可以看到他老人家的镜头。

……

于是白天里，一向纷纷纭纭的山镇便一下沉稳起来。正街上，男人们不再撑摊子做生意，女人们不再东家长西家短。有电视机的人家，就把荧光屏向着门口那儿。没有电视机的人家，则带着屁肌墩儿，到哪一家门前打堆子看便宜去。一条街这里拥一簇那里挤一群，虽然有些杂乱，却都是一心一意的。而梯子街高声大气的铁蘑菇也不再叫唤。李佳新停了录像，打开二十寸大彩电，不等差转台开机，就已经收看起节目来。梯子街买不起电视机的人家，几乎都集中在大房子里。现场直播还没有来，大家心不在焉的，就半开玩笑半认真地议论着——

“人家一个村就能够开这么大的会……”

“正因为这样才稀奇，才引起中央重视，才轰动全世界……”

“我看梯子街，当然不能召开亚洲的会，便再怎么不值价么，省的县的会，总是可以拿一个来开的……”

“不要乱说好不好？”韩幺叔在一旁站起来，很语重心长的，“沉着的人总是用耳朵眼睛多听多看，人家怎么做的，只把那些经验默在心头，日后再悄悄地做，直到做出成绩来摆起，才用嘴巴说去。再说呢，关于亚运村的这次会议，除在电视上听的看的，还要等到九公回来传达，才能搞清楚一些名堂……”

有人想笑，但还没有笑出声来，荧光屏那儿一阵摇晃，一个彩色的山谷，又像翻转的美丽的天穹，一下跳进眼睛，于是都哽塞似的不出声不出气……

这显然是梯子街不能相比的。

再没有人去寻找九公在哪儿。是忘记寻找还是根本不去寻找?

只有韩幺叔，但他眼力却不大好，即使九公真在哪一个位置上，也是视而不见。勉强地把一轮图像对付过去，他背心里就有些湿润……

“亚运会散了，九公要回来了……”

傍晚，韩幺叔歇在陔沿上，一边吧嗒着叶子烟，一边和过路下正街去的郭牛儿说着。

“还早呐，”郭牛儿收住脚搭白着，“今天开幕式只是开张，还要打好几天的球……”

这时候，翠容从屋里戳出来，忍不住插进来——

“爹！你不要哪样事情都九公九公的，好像离开他，你就哪样事情都干不成，让人把你看扁了，依我看，趁他不在家，你好生露一露，应该干哪样事情，就大起胆子干，干出一个名堂来，像录像那样的……”

“你们年轻人呐。”韩幺叔迟疑着，而很快又严正起来，“晓得哪样呢，只是晓得使性子，九公……还是九公他老人家……”

“我说九公根本不会回来了！真的，他回来做哪样呢？他那几个儿子都在城市头。可梯子街除一幢老房子，他就什么也没有。即使他要回来，他那几个儿子也不放心他回来……”

“你说哪样鬼话哟……难道九公会不回来……他老人家会不回梯子街来……”

虽然犟着，却已经掩饰不住地有些恓惶。

“我说……九公回来不回来，你就不要操心了……”翠容咬一咬嘴唇，几分恨气地说，“把在家的留住……就不错了……”

听着不大对劲，当爹的回转头，愣磕磕地瞅瞅闺女，便似有所悟地低着头，这么阴一阵，才恓恓惶惶地冒出一句来——

“哪样呐？”

“我想在家的……”翠容羞口羞舌的，“就一辈子……跟爹在一起……”

“哪个人呐？”似乎得到一种平衡，心里松活一些，“是不是坎上那两支钢笔啊？”

“嗯……”翠容点一点头。

“我就晓得……”当爹的思忖着，“喊他拿媒人来……”

“我们是自由……”翠容说。

“我就晓得是自由，”一点火亮的烟锅巴磕在地上，又一只脚扣上去踩着，“当初几个村委挤眉弄眼的，硬要推举你出来放录像，我就晓得有名堂……”

这让翠容多少感到有些意外。在她看来，叫她放录像，是因为她在梯子街的姑娘小伙中有文化，又性情温和，而且和李佳新又是同学……

却想不到要把两个人编排成一家人。

“我说……媒人哪时候都可以的……”她是又感动，又有一种上当受骗的感觉，“他们还是算不过李佳新……他要进城……”

“进城！”当爹的吃一惊。

“他把房子都卖给梯子街了，没有哪样包袱牵挂了……”

“卖了就卖了，又不是没有住的，我这幢房子我还会带到坟头去不成……”

“他不愿意在梯子街……”

“梯子街就不活人了！”

“他有他的想法……”

“他要走就不要想打你的主意……”

翠容不吭声了。

翠容能够说什么呢。李佳新的面影在眼前掠过去，就像风在吹拂。如果一切都懵懂和颟顸的，这倒好，反而会显得理直气壮起来。但事情又恰恰不是这样。她在县城两天，终于瞅着那家录像放映站的机子是和梯子街的一模一样的。她向人家问清楚了，又向人家要说明书复印。而后来，李佳新又老实地说出所有的细节来——

利用三个月的保修期慷慨地承担一切风险，取得梯子街人的信任；暗地里把遥控器藏起来，制造录像机损坏的假象，促使股东不算红利而按利息退股金；串通同学设一个卖房子的圈套，把包袱扔给梯子街人……骗局！

但翠容却沉默着。当然，作为个人来说，她已经原谅了他。而最重要的，站在整个梯子街方面，她则对这些事情还不能够完全消化——比如用遥控器进行欺骗，也比把钱存在银行里多得到一倍的利息；再比如大房子的出售，也是货真价实的，并且收租金比分红利，让梯子街人觉得牢实可靠；而根本的一点，是录像本身进入梯子街，以主人家自己创造的又娱乐又宣传的方式站稳脚跟，给人们带来更多的东西……

而不管翠容怎么看，李佳新都决定离开梯子街了。

白天，从一个遥远的山村来几个年轻人，把那些书刊从板壁上取下来。这些本本在这儿已经竭尽职责，显得寂寞而又陈旧。但在几个年轻人手中掸去灰尘，又立刻光彩照人。于是装进几只麻袋，过秤，付款，如获至宝一样地背走了。那时候，李佳新一直把他们送出场口。而夜里，录像散去，也不清理场子，翠容倚在门扇后边，就那么望着李佳新——

“推后一些日子行不行……”

“我甚至想留下来……但不行，我试过自己的，不行，真的不行……”

“想不到编排我来拴你……留你在梯子街……你好大的气力，连我一起要拖走呐……”

“我也没有办法……”

“你要走……我爹不同意我们……”

“我只要你同意……”

“他是我爹，他不同意，我心里恓惶……”

“我本来就不属于梯子街的。”李佳新沉吟着，“虽然我吃梯子街百家饭长大，但哪个让我成为孤儿，我本来可以不是孤儿的……”

“你不要说……”翠容在脑子里又打开那条黑乎乎的通道，“你不要说……”

“不，我要说，”李佳新变得执拗起来，“当初，高中毕业，我回到这个地方，本来就没有什么崇高的目的，甚至还有一种复仇的心理，尽管后来我恨我自己……现在，我离开这个地方，心里并不怎么好受……我甚至想，我的目的达到了，应该轻轻松松地走了……可越这样想，却越沉重……”

“你不要说……”

“我又恨又爱的梯子街啊……”

“求求你不要说……”

翠容喃喃着，嘴唇嘟起来，又热烈又冰凉地吻在李佳新面颊上。李佳新犹疑一下，便小心地搂起来，也又热烈又冰凉地吻在翠容面颊上。但不一会，姑娘就像泥鳅一样地滑出去，头也不回地跑出场子去……

留着李佳新在那儿发愣发怔地待着。

接连几天，翠容仿佛变一个人似的，一下寡言少语起来。她售票从来不出差错的，如今也开始出现短缺。每场票售完以后清点，她总要掏一点腰包，才能够平起账来。李佳新大概有一些察觉，便让她守门验票。人多的时候，她似乎还像一回事儿。但等到录像开映，有那么几个姗姗来迟的，就见着她眼睛直直地愣怔在那儿，直炸喇喇地叫喊，才能够把她那飘忽的神思从很远的地方唤回来。最后，李佳新又让她值机，这其实是心疼她，机子是自动的，一盘带子上去，便无论是倒带还是退带都不用管……

而始终人也消瘦，脸色苍白，使人见着就觉揪心。一天夜里，她躺在床上，无聊地翻了翻一本什么杂志，依旧脑子里一片空白地扔在一边。于是吧嗒一声电灯开关拉线弹回去，人就被抛到黑暗中。有什么东西压迫上来，紧紧地顶在胸口那儿，仿佛只要动一动，就会戳破一瓣心……

是通道。风黑黑的。灵魂与肉体吊起来。锯齿形的月亮。又是通道。一片泥淖。刺藜花又野又疯地开放。一声尖啸刺破一面镜子。还是通道。一只手残破着打开来。一只脚瘸着跛着跨进去。一层一层灰色的雾。雷接连不断地轰击着。

她大汗淋漓地醒来。

当爹的在隔壁拍着壁板，唉声叹气地唱着——

“你是不是发烧了……说大半天糊涂话，都想一些哪样鬼哟……留得了你的身，留不了你的心……而今不是我要为难你，细娃长得再高，始终是一根小菜……我大小是梯子街村长呢，你和那个人都是我手下的村民，要办哪样事情，还必须要我出手续盖戳子……”

都好像懵懂地说一番话。

翠容听着，也隐隐约约地，觉得好古怪。

第二天，翠容在扫地的时候，只是刚拿起扫帚来，就发现爹的那一小串钥匙。它静静地躺在地上，闪动着神秘的光泽。看起来，它仿佛不是无意地遗落的，而是用心地安放的，或者是从那儿生长出来的。姑娘紧紧地攥着钥匙，仿佛一扇辉煌的命运之门即将打开，一瓣孱弱的心剧烈地跳动着……

其实只是交流和领悟的过程。

她知道那一枚梯子街村村民委员会又红又圆的戳子在这钥匙的后面躺着。对梯子街人来说，这东西的确有一种统摄的力量，上镇公所办结婚证，去计划生育工作站领准生证，或者出远门买肥料换种子，都首先要它盖一下。但她没有拿这钥匙去打开任何锁，那枚戳子在脑子里晃一下，就把一切都证实似的，让人感到充实而豪迈……

午场录像开映后，翠容就塞给李佳新一张字条，让他到楼下去。李佳新看一眼姑娘，那神情毅然而又有些凄愁，便迷迷怔怔地从场子尽头的楼洞里走下去。而这里，翠容看着爹进场子，又在位子上坐下去，便走出大门来。街场上好几个人看着，她走下坎来，回到家中，好像偷闲干一点什么活。两个放录像的人都不在，但没有人感觉诧异，因为录像在正常进行，人又仿佛各自一方……

也当然不是每一个人都那么心不在焉。

翠容径直登上楼梯，恍兮惚兮，却又无疑无惑，很快找着那个位置，和历史对应，也和现实对应，就像阿里巴巴喊“芝麻开门”不用费多大的工夫，一块壁板无声地从榫缝里脱出来，又一块壁板无声地从榫缝里脱出来……

她看见李佳新那张脸恓恓惶惶的，莫名地感到一种满足，便走过通道去。通道短促而又逼窄，却在她跨上去的瞬间，冲起来一股神奇的力量，既拉得长长的，又拓得宽宽的。她走在上面，感到无比的深邃和广阔。时不时地，她耳边响几声絮语，而回头四顾，又一片茫然。她知道这是一种历史的通道，走在上面，总有过去的精灵的纠缠，而摆脱的方法，就是坚定地走到尽头，去参加会晤，熟悉那些精灵，掌握那些生活，把历史和现实、飘浮的精灵与坚固的本性糅在一起，从而消灭它们的存在，永远只有现在和将来……

按照自己的理解，她把一个叫翠容的姑娘捧起来，而且从容不迫的，就送给一个叫李佳新的小伙子。虽不隆重，却也十分神圣。所有的景象和声响都在世界上消失，只有一个女人和一个男人，还有一个姑娘。直到她确信已经把那个人留在李佳新那儿，转身踅回通道，而这时候，她倚着自己的那一面壁板，望着通道那边的李佳新，才听见头顶铁蘑菇一声比一声高地叫着……

“我爹同意我们……”

刚一开口，就一片脸羞得红。

“但我不想跟你走……”

李佳新眼睛睁得大大的，惊愣得不知说什么好，迟疑一会，才低声细气地喃喃着——

“你已经是……我的人……”

姑娘仿佛没有听见似的，静静地望着李佳新，“你进城承包那个俱乐部，又放录像又跳舞的，”也静静地说着，“见得多，接触得多，心就花了，麻了，会把我搞忘了。”

“不……”李佳新摇着头。

“哪一天我也像你一样在梯子街没有哪样牵挂了，还带出几个人来把录像放映站开下去了，”姑娘眼睛里跳着憧憬的光芒，“你没有忘记我，就来接我，还跟你放录像……”

翠容这么说着，忽然发现李佳新半边脸古怪地扯动着，稍稍愣一愣，就悟着什么似的转过身来。于是她看见爹站在楼口那儿，两行清冷的泪水正顺着褶皱的脸往下流着……

好一瞬间，李佳新似乎要抽身走的，却整个身体簸了簸，终于站稳一样地留下来。也只是刹那工夫，他甚至又一步迈过通道去，站在那父女中间，很显着几分豪气——

“我不是孤儿，韩幺叔！你不晓得，所有梯子街的人都不晓得。我母亲还活着，是在城里上高中的时候，她和那个弹棉花的到学校来看我，说当时又舍不下房子又舍不下我，就没有想真正去跳河……”

这么说着，声音渐渐地低下去，仿佛一个皮球正缓缓地释放着，直到游丝一般的似有若无。那么，也就在通道那儿有一股风吼起来，李佳新轻飘飘的，仿佛很不情愿的，被那强劲的风卷了过去……

忽然不再有风吼着，都仔细看去，便见着一条通道的那一头已经关闭起来。于是父也唏嘘女也唏嘘，把一块壁板归还原来的位置。而且好像落下帷幕就决心不再演出一样，找来几颗三寸钉加固榫缝，从这一头把一条通道封得死死的……

黎明的时候，李佳新动身往县城去。翠容送他走下梯子街。月亮挂在西天一角，把两个的影子糅在一起，并拖得长长的。除一只鼓鼓囊囊的挂包，李佳新没有带行李。他把所有的东西留在大房子里，包括那一套录像放映设备，都交给了翠容。默默地走到梯子街脚，李佳新忽然站下来，仿佛挨不下去似的局促着，便从挂包里掏出一包东西递给翠容——

“说明书和遥控器……就这两件东西，我一直想交给你，又一直没有勇气交给你……现在，你去公开它和使用它，梯子街总是要进步的……”

然后，他转过身去，面对着梯子街。月华淡淡的，照着一挂石级缥缈如梦幻。又水一样柔柔的，从层层阶石寂无声息地淌下来。他倏地感到心热热地翻绞一下，而鼻子一酸，眼前立刻布上一片迷蒙。接着哪里来一股力量在他背上推一把似的，他咚的一声就跪扑下去—— “我的梯子街啊！”

他在心中长长地号叫着。

只有翠容听清楚了这样的号叫。她抑制不住地战栗着把李佳新从地上扶起来。

“我等着你。”

李佳新这么哽咽一句，就割断一切地往正街那边跑起来。脚步踏踏地响，又沉重又急切，立刻引一条狗叫起来，一街的狗叫起来，整个山镇的狗都叫起来……

他知道夜里来一辆装满猪八戒的车，就停在酸菜猪脚那爿店门前。也许驾驶室的两个座位师傅已经答应别人了，他想，车厢是根本不能坐的……

“你就是把我捆绑在铁栅栏上也要把我带到县城去。”

不得已，他决心这么要求开车的师傅。

狗越叫越凶。

便惊醒好多人，很迷信地想着这个遭狗吠的人将来是要做大事情的。

（原载《人民文学》1992年第9期）

1992年

杨打铁

无人落水

猛一看他挺像北子，穿红色游泳裤，靠在栏杆上，看着人从铁栅门进来。宝莉迟疑一下，就见他抬手告诉她更衣室在东面，往里，3号池过去。她已经看见了，那是座像厕所一样标明男女的红砖房。这时一阵风从后面吹过来，吹得她的红花绸裙子直往他身上撩。他比北子年轻，比北子还显壮实，无牵无挂，双臂抱在胸前，一只脚从拖鞋里退出，搭在另一只脚上。

满街都是阳光，老北子躲进阴暗发臭的医院，两脚悬空坐在铁架床上。他一边吃宝莉带去的草莓，一边跟她胡扯，你知道肾对男人多重要吗？

1号池浑浊如泥汤，孩子们扑腾乱跳，压住气鼓鼓的救生圈，玩水球，打水仗。

一切声音纷纷腾起，轰地一下又跌回水中，喧闹异常。相邻的3号池没灌水，干巴巴的水泥大坑，残留着沙土和铁锈似的污渍。宝莉进更衣室换上游泳衣，拎一只大草编包往2号池走去。她又碰上他，以为他是这里的工作人员，可能是救生员吧，没人落水，闲得发慌。

你有深水合格证吗？

没有。不让游？

你考一考，踩水一分钟，游个来回。

我考不上，还得练一练。

宝莉在北京读书时练过一个夏天，花五分钱进学校的游泳池，不怎么当真，泡一泡爬上岸喝汽水。她对艺术系的一个男生产生了爱慕之情，总能遇见他，感觉挺奇妙的。校庆日那天，他用贝多芬的第五交响曲《命运》跳独舞，她才发觉他太恶心了。他在大礼堂的台上跳着跳着，突然展开一张八开大的白纸，上面触目惊心地写着“癌症”两个大黑字。他跳得真够投入，黑色紧身连衣裤把那个地方箍得尤其叫宝莉受不了。不等他把癌症战胜，她就溜了。第二年春天，游泳池上动工建造一幢宿舍楼，后来住进了清一色的男生。她跟同学去过运河，水不行，癞蛤蟆挺多，躲在沾着淤泥的草丛里乱叫。

2号池围在囚笼似的铁栅栏里，往里进的人向看门老妇出示深水合格证。宝莉来新疆五年了，头一次来游泳池。她以为花五角钱买张门票就可以畅游无阻，没想到进个正规的干净池子还要一个小红本本。这池水是新换的，蓝汪汪的十分明净，大墙外的钻天杨在上面投下一些阴影。救生员带她进去，对老妇说她是他家邻居。老妇看似吃足了苦头，面目狰狞，已经良知泯灭，口口声声说不行不行，淹死了算谁的。门边条凳上坐着个老点的小伙子，有一张极端痛苦的脸，光身围一块浴巾，对长在肚脐附近的一簇黑毛挺自信的，故意露出来给人观赏。宝莉心想，黑毛怎么不往上长，长到胸膛那儿才是地方。他对老妇说，你操啥心，就算我不英勇献身，这么多男人会眼睁睁看着她淹死？你放心，他对宝莉说，进吧，我把你当成重点保护对象。老妇坚持说，不行就是不行，游泳池又不是你家开的，我守在这儿干晒太阳吗！救生员挥了一下手，招呼宝莉往里冲。他气势汹汹地说，你等着，她进去考试，马上就拿一个证给你看。进去时，他还生着气，骂了几句。宝莉随他在消毒池涮了脚，下到游泳池的浅水区。

救生员游一会儿爬上岸，戴上草帽，将浴巾随便搭在肩上。他指点宝莉，胳膊别划得太开，脚要用力，两腿收拢再往前一蹬。说着示范了几个空动作。宝莉没指望马上学会，她不过是来看看，散散心而已。她站在水里，手在水面上划动，冲他笑笑说，我不行，得慢慢找感觉。

那天晚上，北子带来一瓶伊犁特曲，不说话，也不脱他那双奇特的翻毛大皮鞋，盘腿坐在地毯上。宝莉烧了一壶砖茶，装一盘干果，开了一个水果罐头。她拿来一块硬纸板，把东西一一摆好，坐下来斟酒倒茶。怎么啦？她问，你是不是要当父亲了？深沉得很呢！北子一头蓬乱浓密的黑发，小眼睛挺忧郁，在昏暗的灯光下看起来像一只狮子狗。我要完蛋了，他说，浑身不舒服。宝莉试试他额头，拍拍说，没发烧。要当父亲了，可不能耍赖。北子不是那种心血来潮便放纵一下，喝个痛快的家伙。他掀不起大波大澜，时常有些小冲动。她习惯了，他在她面前总想表现一种成熟男人的风格。这些年他老是追求她，不紧不慢，当他老婆临产期逼近方才感觉吃力。他恨恨地说等吧，等法律一许可就办离婚。他要跟她在一起，跟宝莉在一起，似乎他就能焕然一新，活得轻松积极，宁折不弯。这是幻想。当宝莉对自己充满信心，不去深究爱情或者婚姻的利害得失时，准备好了承担重任，带给北子理想的生活。

她搔弄他的头发，拍拍他面颊。小伙子，回家去吧，先把父亲做了再说。她喝过酒，轻飘飘地心里没底，想不起北子是怎么出去的。屋门紧闭，窗子敞开，星星冲她眨眼睛。当他突然站在面前时，她吃惊地问他是不是又飞回来了。她喜欢他，以她的方式爱他，更多的还是习惯，从中获得踏实的慰藉。北子掏出刚买的香烟，点燃一支说，你不能再喝了。后来他把她搬上床，为她宽衣解带。她说北子我才不相信你会完蛋，你是世界上最棒的家伙。她认为她没喝多，指尖发麻，恰到好处，还没忘记鼓励他。

湿淋淋的宝莉爬上岸，跟他坐在两个水泥墩跳台中间。游几天你就会晒黑的，他说，像我这样，都能做皮鞋啦。他从六月初游泳池开放起，天天游。对比之下，她简直苍白得要命，尤其是大腿那儿，毫无生气。她觉得挺惬意，跟一个黑家伙坐在水边晒太阳，闲聊，看着池子里的人，看着远处的博格达雪峰。北子已经微不足道，不管医生给他查出什么毛病，不管他出院后发生什么变化，宝莉决定天天练游泳。似乎是一种象征，你想摆脱一种生活，对另外的生活还没有把握，就像泡在水里一样。

北子实在没地方去，只好通过熟人住进医院，好歹弄出一点胆囊炎。三天后他妻子被娘家人送进同一家医院，不太顺利地生下一个男孩。北子打来电话，说他只觉得心里沉甸甸的，特想跟她喝一杯。喝一杯，听我说，从前的北子已不复存在，你得重新认识我。宝莉放下电话，心想他到底成熟了，叫她喝一杯，完了就各走各的路。

那天夜里他窝囊透了，无辜受挫一般，看着她说他彻底完蛋啦。他那即将出世的孩子，可能也会有这么一双小眼睛，躲在神秘而保险的黑暗中睡着了。那双小眼睛有充分的理由鄙视他们，可怜的一对大傻瓜，盲目地折腾，如同陷在烂泥里，既寻不到豁然解脱的途径，又不能就此沉沦，永远获得安宁。把你父亲带走吧，他迷了路……

满街都是阳光，宝莉走在白杨树荫下，遇见有人推车卖草莓。她买上一公斤，尝了几颗带去看北子。看他两脚悬空坐在铁架床上，轻松诙谐，显然已渡过难关。

你有个鬼病，乖乖地回家算啦。

你知道肾对男人多重要吗？我怀疑有问题，得好好查一查。

你浑身没有一个器官跟我有关系。

别这样说，我还请你帮一下忙。你看谁家小孩长大了，婴儿床用不上了，弄一个。那种带围栏的，不要太破了就行。

北子老有麻烦，老是需要她关怀和鼓励，好像他一生都得过承受不起的生活。

宝莉失望，受了愚弄，根本不想跟他喝什么一杯，一杯也不用，她打算不再翻来覆去地看他玩小把戏。

宝莉问救生员，干这活是不是挺轻松的？难得有人出危险，漫不经心地守着就行了。他愣住了，谁是救生员？他是附近云母厂的工人，工厂不景气，没活干，只发一小部分工资。他天天泡游泳池，算是志愿救生员吧，谁落水他都愿意拉一把。

北子是宝莉的志愿救生员。其实他一边抱怨人家把他推下水，一边又在水里扑腾撒欢，没准儿还暗自庆幸，眼下反正没有比这更好的去处。

肚子长黑毛的家伙溜达过来，跟人对上火，坐在跳台上抽烟。他才是救生员，那小伙子告诉宝莉，不过他游泳的本事臭极了。黑毛说谁臭？我干了好几个夏天，还没淹死一个。说着话，来了一拨学生模样的维吾尔族小伙子，扑通扑通跳下水，有的还穿着袜子和凉鞋，喧哗嬉闹，好像一下子增加了许多人。黑毛大声喊叫，赶紧上来脱鞋脱袜子。他们没人上来，但把那些东西从水里甩了上来。这些牲口，黑毛骂道，胡整！那个小伙子站起身说，咱们去那边深水区。宝莉没带拖鞋，正想光脚走，他就把自己的拖鞋让给她穿。水泥地面晒得发烫，他走在前面，通体棕黑发亮，草帽后面绽线了，刚好扎出半圈头发像条黑饰带。他跟北子同样是小个子，双腿略微内弯，身板端挺，坚定地弄出几分精神上的高度。他登上最高的跳台往下跳，游得老练而漂亮，带着几分表演兴致。

她做什么事都浅尝辄止，进入不了所谓“穷至事物之理”的境界，而且把握不定原则和标准，总是一脚踢开难题，自顾自往前走，到头来所获甚微。这就是生活，她的生活。别人在池子里游若龙鱼，她唯有回到浅水区，手忙脚乱地扑腾几下，蹿出几米后停下，抹抹脸，朝后捋捋湿发。她打算好好练，摸清水性，有朝一日舒张双臂，即便是大海也敢往上扑。他游过来，递给她一只塑料球，花纹挺像一只小西瓜。你随便扔，越远越好，我去捡回来。她不会不解风情，拂人好意，接过球用力朝远处扔，他追踪而去。

宝莉陪北子坐在医院走廊的长椅上，等那个姑娘做人工流产手术。北子初尝禁果就惹了麻烦，正襟危坐，直视前方，前方是白墙下面俗气的绿漆墙裙。宝莉侧身冲他说，别硬邦邦的充大男人，说真心话，我特想掩护你逃跑。逃跑个球！往哪跑？北子松了一口气，身子软塌下来说，是你使我背上了沉重的十字架。

这么说不够意思，纯属诬赖！

宝莉接过那只小西瓜球，再次朝远处扔去。这个小游戏实在没啥意思，玩一次就够啦。她抓住水中的铁扶梯，攀缘而上。

事情不这么简单，她李宝莉没有认真对待北子的爱情，他就一气之下干了荒唐事。

那是个最终追得北子无处躲藏的女猎人，当初宝莉低估了她的本领，只顾在一旁看热闹。北子一双笑眯眯的小眼睛，又得意又狡黠，奔跑不停，跑到宝莉面前，报告那姑娘又说了哪些蠢话，以此坚定一下他决不被捕获的信心。宝莉提醒他，那姑娘姿色平庸，缺乏灵性，头脑简单得就想抓住你，好加入小市民的生活秩序。北子说不会，他是诗人，大老远跑来新疆，难道是为了干这个？他才二十岁，谁也别想往他身上套绳子。不过，这家伙确实挺快活，来新疆没多久，新疆就张开一个姑娘的热情双臂，对他照单全收。她跟你不一样，北子说，感觉不一样，你能照亮我的人生。宝莉觉得他太年轻，见了大漠就觉得自己雄浑，一片落叶也能伤怀，在她眼里不够分量。但她愿意照亮他，反正也不费事，只为看着他玩。

甩了她，还来得及。宝莉提议这事了结后，一块去阿勒泰玩一趟。那儿有美丽的大湖叫喀纳斯，人迹杳然，成群结队的白天鹅，到了冬季便倏忽而去。北子不同意，说要去就去巴音布鲁克，闯荡一番。他骑马进山放牧一群牛羊，她在草原小学校教几个红脸蛋的孩子，他们拉上一车皮货赶巴扎（集市），换回烈酒和女人的头巾。北子盘算跟宝莉生养几个孩子，长大了不想念书的当牧民，念书好的送出去留学，送到美国去。这时，那姑娘办完事，娇弱无力地靠在北子身上。他的目光越过她肩头，做了个鬼脸示意宝莉，他表面上正在做男人此刻不得不做的事。宝莉微微一笑，似乎同意他把眼下的麻烦事妥善地料理完。北子应该找另一种姑娘，那种单纯柔弱，能激发出他男子汉意识的姑娘。这个姑娘有点牛高马大，老成持重，能把北子活吞了。不是担心遇见熟人吗？宝莉说，咱们可以就近去邮电招待所，在门厅的沙发上休息一下。

宝莉到挂在栅栏上的提包那儿，掏出钱打算去大门口买东西。看门老妇瞪着眼，充满敌意。宝莉说，这地方正当日晒，应该支一顶遮阳伞。老妇说，我还想盖个凉亭呢，风吹日晒全解决了。宝莉不在意，又说，你们可以分场次嘛，铃声一响关门上锁，不让进也不让出，你就不用老盯着。她故作真诚，胡说八道，感觉自己挺无聊。老妇说你这姑娘会说话，讨人喜欢。她说她小儿子能接上班，好歹有了工作，她就退休回家，啥也不操心了。她俩聊上了，越扯越远。宝莉有了把握，在考取深水合格证之前，她可以自由进出这个2号池。

她站在池边，一手拿一瓶酸牛奶，招呼志愿救生员上来，递给他一瓶。她突然冒出个鬼念头，想她能不能收买他，派他去把北子揍一顿。凭他浑身滴水，只穿一件三角小红裤头，虎虎生威，随便把老北子揍得晕头转向。北子编一张畜牧小报的第二版，专门刊登治疗母鸡脱肛，给牲畜进行人工授精之类的科技小文章，业余写写狗屁诗，一心想当中国西部的牛仔诗人。他不想结婚，结了婚不好好爱他的老婆；他口口声声说爱宝莉，却使他老婆怀了孕。他害怕当父亲，措手不及地躲进医院……揍他一顿，完了看他往哪窜！

北子在科委门口等2路车，宝莉悄悄而上，伸出拇指和食指作手枪状，抵住他腰部。别动，先生，您破坏了民族团结，把维吾尔族妇女的大腿看得直发抖。走，跟我去警察局！北子反身捉住她，别开玩笑，跑哪去了，我刚找过你。宝莉说你松手我说实话，有人请我吃了一顿地道的羊肉抓饭。男人吗，北子忙问，我认识不认识？

原来他甩了一年多，也没甩掉那姑娘。她家人一起上阵围攻他，他一冲动就跟她领了结婚证，明确声称，他一天也不会跟她过，当她家所代表的恶俗势力的牺牲品。接着那家人紧锣密鼓催办婚事，请木匠打组合家具，请裁缝做纯羊毛料西装。北子溜出来，找宝莉诉诉苦，顺便借点钱，敷衍一下再作他想。当然，他说，北子算什么，已经无权过问你跟谁搞在一起。不过在你看清之前，千万别陷进婚姻里。又过来一辆车，宝莉答应明天把钱送去。她劝导北子，事到如今，打起精神——挤上去吧！有三个门的大通道式公共汽车，塞满了人，摇摇晃晃地向城里开去。

好像是昨天发生的事，发过工资，宝莉和北子结伴逛大街。先逛书店，挑选各自喜欢的书；后逛商场，直奔儿童玩具柜台。北子老不忘小时候没好好玩过，只有一只小铁轮子，拉着它在雨天陕西乡村的泥泞地上奔跑。他摆弄够了玩具还给售货员，抱歉地说他正在向身边这位姑娘求婚，还不忙买，等生出孩子吧。宝莉说等你长大，北子，我头一个做你老婆。她要去服装部看看，他嘲笑她，到底是女人，超脱不了虚荣。他对街上打扮得花枝招展的女人一向不信任，一副小男孩心态，怀疑她们到底有没有真情。他幻想爱上一个天池风景区一带放羊的哈萨克族姑娘，红脸蛋，大眼睛，美丽而淳朴。

宝莉说，你看她过来了，率领一队小绵羊，吃完青草，来到湖边找水喝，还要来净化你的生活。那边过来一队幼儿园的孩子，五六岁光景，看见一辆冰棍车，蜂拥而上，急得小阿姨在后面追赶。宝莉的个头跟北子相差无几，她戏弄他，说他还在成长发育，断不可早婚早恋。她说她打算找个老点的家伙，懂得关心体贴她，允许她干些不太出格的坏事。北子大步流星往前走，表示愤怒，骂她像老太婆一样，老跟他作对，瞎唠叨个没完。

宝莉喝了半瓶酸奶，放下瓶子，站在池边跃跃欲试。她渴望痛快淋漓地游一场，渴望舒展身心漂浮于碧水之上。我想跳下去，她说，没事吧？他说跳，没事！坐在那里双臂朝上一举，身子一拱，像大猩猩一样，鼓动她往水里扎。她不敢试，犹豫不决。他建议她干脆来个“冰棍”，直直地掉下去，一点也不难。救生员走过来，说你跳不跳，不跳我要推啦。他肚子上的黑毛仿佛正在蹭她，害得她浑身发痒，闭上眼睛，纵身而跳。跳坏了，水把她拍得生痛。她挣扎着站定下来，抹抹脸上的水和湿发，游一游，根本浮不起来。嘿，给我拿个救生圈来！黑毛拿来花花绿绿的一个，故意扔到池中央。宝莉喊一个维吾尔族小伙子扔过来，套在身上，顿时放松了。

北子坐在办公室里喝茶。窗外是个水泥坪篮球场，空寂无人，一个篮筐板有些歪斜。宝莉到昆明开会去了，走的时候，北子送她上火车。最后握手告别时，他用了劲，她夸张地尖叫一声，就听见他低声说他爱她，等她回来。宝莉开完会出来，走走停停，逛了好多地方，最后拐到东北老家，迟迟不归。北子往她家写信，她姐姐拆了看，问这算不算情书？这家伙好像是在美国发情——

我坐在阳光下，喝着杜松子酒，想着你在巴黎、维也纳、米兰、那不勒斯等地旅行。我背后是博格达雪峰，有点像乞力马扎罗。如果你乘飞机返回，可以看见它那方尖形的山巅。我面前的草地上，有个小男孩正在踢足球，他带球又快又美，两棵相邻的松树是他的球门。眼下他正一手夹球，一手掏出那个小东西，帮助自己往草地上撒尿……

宝莉眼睛潮湿。新疆那么遥远，年轻的老北子潜力无穷，召唤她回去过自由、安闲的生活。她乘火车回去，在北京转车时为他挑选了一把吉他。她去报社找他，碰见他在宿舍为那个姑娘辅导功课，她要参加成人教育高考。她比宝莉小一岁，比北子大一岁，戴一副蓝色袖套，在报社做通联工作。她指派北子去食堂打饭，动手洗菜，准备在电炉上搞些花样出来。无疑，北子跟她伙在一块儿啦。他放下吉他，恶狠狠地说，谁也不用忙乎，下馆子去！宝莉说她什么也不想吃，回去还有事。北子送她到公共汽车站，打破僵局说，没什么，性饥渴，一时冲动。

他枕靠在跳台上，斜扣那顶破草帽，懒洋洋地咬着一支喝酸奶用的蜡纸吸管。嘿，睡着了？宝莉抓住池壁上的沟槽说，拉我上来。她上了岸，擦擦头发和身子，披上浴巾坐下来，喝剩下的半瓶酸奶。现在人少了，太阳偏西，水特别舒服。宝莉双腿浸在水里，问他怎么不游了。他说女人比男人能泡，男人在水里游一会儿就想上来。听他那口气，装腔作势，似乎是很有经验的男人。他身子骨结结实实，皮肤光洁细腻，整个年轻得叫她心惊。她担心自己是不是开始老了，跟他坐在一起，生出几分惆怅。她抬起两条腿，绷直，看出还算没松劲，苗条而坚韧，重新放下去。

她刚认识伯奇不久，跟他坐在临街的饭馆里喝散啤酒。星期天，赶上过古尔邦节，天气燥热，街心花坛盛开着火红、金黄的大美人蕉。街上人很多，车辆禁行，净是穿戴体面漂亮的穆斯林，走亲访友。北子挎着报社的照相机，到处转悠着练习摄影。宝莉高兴得惊叫一声，跑出去招呼他。北子，我有一百年没见你啦！先喝我的，等会儿再买一升。他叫刘伯奇，江苏人，比咱们高一届，在新大读完了硕士，现在一边当老师，一边读博士。今天的阳光多痛快，北子，能不能给我们拍两张，登在你报的“农家乐”上？北子沉默寡言，猛灌啤酒，宝莉说他结婚后变深沉了，一脸愤世嫉俗相。伯奇拿起喝空的啤酒升，排队去了。饭馆里坐满了人，电扇在头顶上疯转，遍地是食物垃圾。北子说，你有多神气，终于找上了一个老家伙！伯奇怎么是老家伙？宝莉争辩道，他比咱们大不了几岁。他可是个钱锺书式的人物，学问大着呢，我崇拜他。说完，笑意盈盈地看着北子发青的脸，凶恶的小眼睛。

如果她开始变老了，那是因为北子的儿子出世了。你没法抓住本质，生命的本质，没法避重就轻，靠感觉和感情驱动，达到深邃的境界。

护士小姐推出一车婴儿，一排七八个都闭着眼睛。北子上前说，请稍等一下，她是我儿子的姑妈，就瞧一眼，马上就乘飞机回北京。这些没长毛的小鸟儿，粉红的肉团，宝莉无法确认哪个是北子的儿子。他指给她看，这个大家伙，生下来足有四公斤重。又对护士小姐开玩笑说，请安排我儿子挨着女孩睡，他生下来就该有爱情。看完了走在楼道里，北子发问，别发愣，想什么呢？想什么，好像一不留神，北子就做了父亲。北子说在咱们中国，每年有一千五百万左右的孩子出生，相当于一个上海市的人口。可唯有他的儿子，使宝莉隐隐感受着刺痛，她想哭一场，然后做天下孩子的母亲。她想这样才能有勇气，充足的信念，谁也别想拿可笑的小把戏招惹她，她拒绝为一切虚妄的苦恼和欢乐浪费光阴。北子往她肩上搭过来一条胳膊，瞧你这劲儿，难道咱们活到头了吗？我跟你说，他们这代人将来准错不了，会比咱们活得好。他们想爱就爱，想恨就恨，不会跟自己过不去。

一个胖女人，浓妆艳抹，由黑毛护驾，挺起饱满的大胸脯走过来。她香气四溢，往头上戴塑料防水帽时，露出腋窝的黑毛茬。我背上都晒起皮了，她说，一沾水火辣辣地疼。冲黑毛说，你们就不能改革一下，昼夜开放？我好等太阳落山了再来，省得受罪。长得像北子的小伙子说，你想晚上游，翻墙进来就行了。她说，你是不是这么干过？黑毛说，他是翻墙头老手，不信你试试，看他的功夫如何。都笑了，往下开了更加露骨的下流玩笑。宝莉站起身，对那个小伙子说，走，游一会儿去！他挺为难地说，等一下，急什么。胖女人说，人家真想试一试，你就不行啦。宝莉在哄笑声中腾地跳入池中，慌慌张张地怎么也够不到底。她奋力扑腾，恐惧地喊叫一声，救救我！狗男狗女开怀大笑，笑得手脚乱晃。她想她完了，我要死了，真真地感到悲凉。她平静下来，不知不觉踩到了池底，平滑温暖。水聚拢过来，在她脖子周围涌动……

宝莉，你那儿绿了没有？

莫名其妙，什么绿了没有？

树啊，树绿了没有？你在城南，地势低，春天走到我这儿得一星期。

我才不管春天的事！我当牛做马，有干不完的活。不过等一等，北子你先别放电话，我还是帮你看看。玻璃有点脏，看不清楚，树枝好像长出了芽苞，隐隐约约地发红，就差来一阵风吹开啦。

这我就放心了。咱们还是朋友，对吗？

当然，我过得好着呢，跟仇敌都想做朋友。

见鬼去，李宝莉！我诅咒一切没有爱情的婚姻，诅咒没有艺术理想的生活。

宝莉上了岸，黑毛模仿她说“救救我”，大家就笑。胖女人说，你也不看看，你是往最浅的地方跳，顶多一米五深。那个小伙子说，走吧，跟我们去最深的地方，保证你不出危险。胖女人打头，其实她胖得挺迷人，凹凸有致，有一连队的弟兄簇拥才气派，两个实在不够。她有一股招摇劲儿，离了婚，至少应该有个上小学的孩子，没准在1号池里扑腾呢。她说笑不停，风情万种，游泳池里已经没有多少人。宝莉赶上前，大大方方地把她推入水中。那两个家伙，见状噌噌往里跳，三个人在水中又叫又笑，掀起欢乐的水花。宝莉捡起那顶破草帽，戴在头上，真像和他们是一伙的，站在池边挥手致意。

宝莉是个放荡的姑娘，北子说，喜欢搞恶作剧，用情不专，你最好放弃她。他的胳膊越过写字台，递过去一支烟。面对这个戴眼镜的瘦家伙，他极力做出男人跟男人对话的姿态。伯奇耐心听完他讲的一堆废话，说他不管，宝莉从前做过什么他不在乎，他已经决定娶她为妻。眼下宝莉正跟他同居，比翼齐飞，搬来一大堆书准备考研究生。她听说这事后一点也不气愤，相反心平气和地说，北子是我的好朋友，他这么做我能理解。那你们真的有过那种事？他问，还有，你跟其他男人的事？什么事也没有，宝莉矢口否认，北子是诗人，是个老也长不大的家伙。

那一年她二十一岁，毕业后没留成北京，到西安玩了几天后，继续坐火车，车上认识了北子，才十九岁，师专毕业，样子很像逃学的中学生。宝莉不跑出来就得跟离婚的父母生活在同一座城市，她早就厌倦那里了。北子若回家乡，唯一的选择就是去县里的一所中学教书，而他正是从那里出来的。那阵子改革开放还不热闹，机会不多。想想挺没劲的，有点同病相怜，两个人提起行李在酒泉溜下车，逛了敦煌，然后又乘火车，一路朝西挺进新疆。穿过茫茫的戈壁滩，到了乌鲁木齐，目瞪口呆。这是一座多好的城市，阳光灿烂，明亮爽朗，高大挺拔的白杨，白雪皑皑的远山，烤羊肉串的烟雾和香味，西域之风情所属正在一点点呈现……真的一点也没叫人失望。从此，他们互相关心、扯皮——

北子，我啥时候爱上了你？

咱俩一见钟情，心心相印，就差捅破那层窗户纸了。

你真够恶心的！我跟你做过那种恶心事没有？

没有。我想跟你做的都是美好的事。

那你对他胡说什么？

没胡说什么，我就想告诉他，你俩不合适，他配不上你。

跟你合适？你要是心里有我，不会那么早就结婚吧。

别为咱们清清白白得意，你我是一对白痴，瞎浪费青春。

黑毛一声声吆喝着清场啦，游泳池的水位慢慢往下降。宝莉在消毒池冲了冷水浴，到更衣室换衣服。胖女人身上被游泳衣勒出几道红印子，请她帮忙系胸罩的后背搭扣。我一辈子也不会长这么多肥肉。宝莉心想，我要保持警惕，一定要让自己轻松利落。不痛吗？这玩意儿太紧了。习惯了，她说，不紧不行，太难看了不说，自己也不舒服。她绑上又紧又硬的腹带，像球鞋一样系着细绳。星期天我打算叫几个朋友，她说，开车去红雁池水库游泳。问宝莉去不去，他们带轮胎和气垫，好好玩一天。宝莉说不去。她怕黑毛之流俗不可耐的家伙，她还没糟糕到破罐子破摔、往泥坑里跳的地步。

那个小伙子穿戴齐整，清爽怡人地等在大门口。宝莉愣住了，看不出他哪点像北子。她冲他微笑，绚烂的红花绸裙子在晚风中轻轻拂动，对逝去的时光发出无望的吟唤。如果在街上，她会认不出他。换成北子，从前的北子，或许她要对他一见钟情，但也不见得那就是爱情。北子坚信，不管什么时候，只要他俩相遇，不说一见钟情，也总能互生好感。她从存车棚里取出自行车，傍着他走到驶过毛驴车的非机动车道上。她突然感到头痛，刚才被冷水激的，肚子也饿了。谢谢！她撒了个谎，拒绝了他一起吃晚饭的邀请。我得回家了，她一只脚踩住车镫子说，家里有人等我做饭呢。

北子阻止妻子下楼，让她进屋收拾饭后残局。大冷天，他身上穿着肘部磨穿的羊毛套衫，执意把宝莉送到公共汽车站。下了车她才发现，他从另一扇车门上了车。她说你赶紧回去，少惹麻烦，对你对我都没好处。她可不愿意半夜三更带个男人回家，何况是北子，恐怕有口难辩。北子坚持送她到家门口，一路上冻得不屈不挠，昂首阔步。到了楼门前，可怜巴巴地乞求上楼喝杯热茶。他说，如果那老兄真心爱你，会连你房顶上的乌鸦一块爱的。宝莉抬头看看，她家那两扇窗子都没有灯光。有课上的头天晚上，伯奇多半会住校，免得清早挤车，赶很远的路。好你个瑟瑟发抖的大乌鸦，她说，我算服了你！

她骑车来到一条市场，进清真饭馆吃了一碗清汤牛肉面。回到家一通热水淋身，仔细洗过头，头痛得更厉害。她想睡一觉就会好起来，于是上床，闭上眼睛，恍若还在水里。水挤她、摇她，弄得她几乎呕吐。昏蒙蒙的水中站立一棵大树，飘来一条白色的带子，自动往树干上缠。缠着缠着，碰上了树杈，白带子松脱了，在水上漂浮。是一棵受伤的树？白色的绷带哪来的一股执着劲儿，谁在操纵它，对水中之树进行施救？好吧，一切从头再来，不，请等一等，你得让水散开，从树的根部开始，一道一道，环绕而上，匀称而缜密，缠得她快要睡着了，可就在此时，树又分杈了，前功尽弃。她默念黑山羊白山羊……眼前蹦出一连串电报密码似的小东西，快速地跳进黑暗中。

伯奇一本一本地从书架上挑出属于他的书，往大网袋里塞。北子看一眼宝莉，意思是说，真滑稽，这就是你爱上的钱锺书式的人物？宝莉恨他一眼，傻呆呆地坐在一旁。她跟着伯奇进了卧室。他收拾衣服，摊在床上，小心叠好，包上报纸。宝莉找出一只皮箱，棕色的老式牛皮箱，沧桑古旧，是父亲送给她上大学用的，跟着她从东北辗转北京再到新疆，相伴十年了。伯奇用脚把皮箱拨到一边：你是个又酸又臭的三流戏子！他手提重物走到门前，转身又骂，寡廉鲜耻，不学无术！说着呸呸朝地上吐了几口。北子上前几步说，作为真正的男人，咱们应该先坐下来，把事情搞清楚。伯奇说，你算个什么东西！我不会为这个下流女人跟你啰嗦的。随后，咔嗒一声门锁撞上了。宝莉发疯地奔过去。北子拉住她，拉到面前，小眼睛坚定不移地盯住她。不许出去，出去我就打断你的腿！宝莉拼命挣扎，挣脱不了。你个无聊的家伙，无赖！都是你瞎搅，全让你搅乱了！冷静点，喊什么喊，有必要吗？她一冷静下来就哭了。他不会跟我结婚了，北子都怪你。你把他给我找回来，找不回来我就跳楼。你松开我，我现在就跳！

北子主动送上门，诚恳地请求被揍一顿，保证不还手，完了请让他从头道来，解释清楚。伯奇端坐在写字台前，两个拇指横伸并对，其余八个手指一齐扇动。出去，出去，你给我出去！你这个盲流，流窜到新疆胡作非为。滚！不要在我面前演戏，我没有兴趣揍你，也没有兴趣听你讲故事。后来，他把错拿的一本书寄还给宝莉，夹带一张字条，批评她不讲原则，爱憎不分。但她使他难忘，他心力交瘁，需要振作起来。

北子说，在自己的祖国随便走走，怎么是盲流呢？

是啊，宝莉说，别把这么恶心的词安在别人的头上！

咱们属于志愿支边，文化移民。北子笑着说，我浑身充满了文化！

正是那天，他们好上了。下着雨，树叶发亮，雨也发亮，在窗前不绝如缕。他们感觉来到了遥远之地，就两个人，有如潮湿的木头，持久地燃烧。跟北子在一起，宝莉闻到一股气味，落花之下馥郁的泥土味。

北子的妻子每年都参加成人教育高考。他劝她放弃，不如练练写作，日后写本《巴纳耶娃回忆录》那样的书。他们的儿子已经五岁。照片上的北子还是老样子，满头蓬发，牛仔裤，花格子衬衣，外套一件肘部有破洞的羊毛开衫，脚上还是那双奇特的翻毛大皮鞋。他换了一家大点的报社，干采编，还在写诗，三人合伙自费出版了一本诗集。他给宝莉写信，一句一行，不用标点。眼下他正跟一个女画家相爱，他说，我们都很珍惜对方。宝莉呢，考上研究生，去了山东，以中国古典文学为研究方向。她把北子的信拿给热恋中的男友，一位留校任教的学长，他老兄看完信啧啧称奇：不愧是一位诗人，不同凡响。

（原载《山花》1992年第10期；
收入新夜郎文艺丛书《碎麦草》，贵州人民出版社，2004年6月；
《碎麦草》获第八届全国少数民族文学创作骏马奖）

1992年

谢超恒

真正英雄

一

你走进客车站售票厅。

5号售票口堆贴着许多人，后面蜿蜒出一条长长的尾巴。整个看上去，就像一个巨大的蝌蚪。

你走近蝌蚪的尾巴梢儿，站定。

嘤嘤嗡嗡的杂然声以及阴霾般弥漫了大厅的烟雾，使你急切的归心掠过一丝不快。但不快猝然而过，你的心境恢复美好。

二

最后一次英模报告会结束了，是在你现在买票的这个城市结束的。

结束了，你牵肠挂肚了几百上千个日夜的欲念也该化为现实了。

戎马倥偬三年，不，严格说是四年。四年长么？长！在那遥远的小山村，小山村西头的一间小屋里，有一个孤寂的老母亲。母亲佝偻的身影，在你的心底把四年拉得长长的，拉成了四十年。

“毛皱皱、胆虚虚的，让他去，去队伍里练就练就。”这是母亲四年前说的话。四年前那个晚上，征兵的领导到你家里，最后一次征求你和母亲的意见，说你是独生子，你一走，家里便少手缺力的了。虽挂着母亲，但你十二分的激动，十二分的想去；而母亲半个疙吞儿都没打说了这话。你懂得母亲的心，她担心你是独生子而不能应征，你的名还是那天母亲陪着你到乡里报的哩。

“毛皱皱”是不恰当的，这是母亲的谦虚话儿。十八岁的大后生，两颊黝黑泛红，棱角分明，嘴唇上下胡须茸茸茂密无比，力气过人浑身肌肉笃实。而“胆虚虚”倒有七分的准确。你还记得入伍前的一个傍晚，母亲要你到背后村子去请帮你家犁地的几个人吃饭，路途须经一片荒野坟地。天黑尽下来时，有灰蒙蒙的月亮，山树怪石朦胧可见。你走进那片坟地时，脚涩了，头发根儿立了，哼了首山歌不但没把胆壮起来，反而使空谷幽惨，使你的发根儿立至发梢。幸亏那端来了人，你就趁势过了坟地。相遇时，你认出正巧是你要请的人来了。你边揩着额上的虚汗边同他们一道回家。

母亲坚决要你当兵的真正目的，据说是你爹的遗言。你爹是名烈士，贵州剿残匪时牺牲的。

出发那天，母亲胸前戴着花同你坐在乡政府门口的千人丛中时，在震耳欲聋的鞭炮声中，老人抹了泪。你从母亲的泪光中，读出了不可名状的担忧，读出了愁肠的别绪和邃远的翘盼。“在部队里我会成人的，妈妈！我会回来的，妈妈！”你当时在心底这样说。

一年前，你曾获得了一次探亲假，可就在你将踏上归途的前一天，有了军情。一声军令，探亲化为泡影。是啊，这是军令，军令如山，军令高于一切，军人以服从军令为最高职责。而且，党和人民需要你的时刻，怎么能走？不能走！

你咬了牙，义无反顾地走向战场。

英模报告会结束了，你将实现夙愿，去看望久别——当然是久别，甚至是阔别的——母亲。母亲可好？妈妈！

三

蝌蚪状的买票队伍依然。

你已向蝌蚪的头部挪近了几步。你已不是蝌蚪的尾巴了。

蝌蚪的尾巴部分不时爆出一两句诘责的话，诘责蝌蚪的头部的臃肿、混乱、不讲秩序。无济于事。

的确无济于事。买了一个，退出，蝌蚪头部就涌动一回，开裂一回，而后又拢上去，合起，归为先前相对的平静。这有点像刚沸腾的锅里又掺进一瓢冷水，但过一会又沸腾起来，如此往复。

好些人手捏钱，踮起脚跟往那窗口伸——够着的够不着的都伸。

有好几个，你站在尾巴梢儿的时候就看到他们买票的，但他们一直未买到。他们总是伸着用两指夹了钱的手，不退不进。你觉得有些蹊跷。蹊跷之余，你好像悟到了什么。

果然，你的警觉使你从一个缝隙里猛然发现了隐蔽的世界。这个世界触目惊心，是一个残酷无情的战场。你作报告时描述的你所经历的那个战场，难说会有这个战场触目惊心。

四

那战场也够触目惊心的了。

……全排就剩下你一个排长和一个新兵了。然而，那个地堡还没被消除，煞眼的火舌突突突不断从那地堡喷出。大部队在下面哗啦啦像竹竿成排成片倒下，绿色的山冈变得红乎乎的。你同那新兵匍匐在一个土坎下，你的嘴唇被你自己咬出了血。作为一个处在最有可能消除那非正义的绝命因素的人，不冲上去，不去竭尽全力消除它，那才真的不是人养的哩！你同新兵争执了一下，你独自一人上了。你把所有关于生的欲念一股脑儿抛了，双眼红红，不知道有蓝天、绿地、亲人……你连你自己也不知道了……

五六分钟下来，那个非正义的绝命因素被你正义的绝命因素消除了。

你的勇武，若当场录下来，重现给你看，你定会惊讶、摇头的。

五

这个战场的确更触目惊心，虽然不见枪火喷突、硝烟弥漫、血肉横飞。

几个手指头正往一个人的衣袋里探，轻轻地，轻轻地。你顺藤摸瓜似的把目光往那手的上部移：是个青年，年龄同你相仿，蓄的平头短发，体魄没你魁梧。他左手拿着一张钱，作买票状。将要倒霉的是个农村老头。老头正努力把钱伸向窗口，尚未够着。

“注意……前面排好队。”你说。你本要说“注意钱包被偷”，可一瞬间变了口，声不由嘴，心在异常地跳。

你这话也管用——那指头缩了。

有人买得了票，退出。蝌蚪头儿涌动、开合了一回。那老头依然尚未够着窗口，平头青年依然贴着他。那缝隙好像谁故意给你的眼睛留下的，还在。那指头又探进了老头的衣袋，轻轻地，轻轻地。

“注意……排好，排好队，不要乱。”你又说。你还是说不出要说的那半句话来。心在猛烈地跳。几个指头大约认为你没发现什么，或者是量你发觉了也不敢咋样。于是，一沓钱轻轻地从那衣袋里吊出来，像吊车吊了一大垛水泥预制板般沉重、缓慢。

急速退出了五六个人。蝌蚪头儿松了，不再那么臃肿、混乱。蝌蚪头儿不成了蝌蚪头儿。巨大的蝌蚪变成了长龙。

你明明白白知道发生了什么事。你想立刻截住散去的小偷。你几次欲冲上去，几次又拉住了脚。你的脚被一根无形的松紧带捆住了。你冲上去的力量小于无形松紧带的拉力。

你的心在拍簸箕似的跳，跳得你难忍无比。你眼睁睁地看着小偷消失在大厅的门口。

老头买好票后，感觉到有啥不对头，摸摸衣袋，目光惊慌地在售票厅内搜寻着什么，可什么也没搜寻到，空荡荡一个大厅。突然，老头绝望地瘫坐在地上："我的一千块钱着偷了啊……我儿子打仗死了啊，呜……是部队给的抚恤金啊，呜……你们帮我啊……呜……"

苍老、沉闷、凄怆的哭喊声在售票厅里纠扯着人心，更纠扯着你的心，"儿子打仗死……抚恤金……"，这话像一把尖刀在绞你的心，你的心在扭痛，你的心在滴血。

你低着头，不敢看那老头，眼眶开始涩涩的。你伸向窗口买票的手颤抖着，双腿也颤抖着，似将跪下去了。

你买了票，低着头向老头走去。你的身上有一百二十元钱。你想给老人一百块。可快近老人时，你犹豫了——你怕招来误解。况且，这一百块钱是什么意思你还不能明确，是忏悔？是歉意？是解囊相助？为什么不拔刀相助？为什么？你问你。你问得你的泪水又一次涌了出来。你急忙折回身，去看墙壁上的"客车时刻表"，却一个字也看不见。你的心在绞痛，你的心在滴血。你真想给自己一枪算了，如果此时带着枪的话。

你还是转身向老人走去，抛掉所有的一切顾虑，蹲下安慰老人几句，然后硬塞给老人一百块钱，突头突脑地说："我是你儿子。"说罢，起身奔出售票厅，听不见老人在那儿说什么。

围观的人们向你投去赞赏的目光。当然也不排除猜疑，虽然你穿的是军装。

你爬上立刻就要启程的长途客车，就像进了一间炉火正旺不可久留的锅炉房，全身灼热难忍。

"狗屁英雄，还特等功呢。"你在心里咒骂自己。

六

你是立了特等功的。受之无愧。

那次战斗下来，你的左耳被弹片或者石块什么的撕破，手术后也没愈合，留下个小缺口。你的右手食指和中指也不见了，不知是怎么掉的。

那个地堡是部队前进的障碍，由于你的勇武，由于你把它消除为部队开了路，部队因此授予你"模范战斗英雄"称号，并记了特等功。人们要你做准备，准备作报告，报告你的英雄事迹。那些个日子里，你好想念那些战死在南疆的战友啊！你觉得一切荣誉，一切的一切都应由他们来享受，报告应由他们来作。可他们已化作那里的一草一木、一山一土。你独自一人时，你作报告时，你无数次为他们涔涔流泪。

整整一年。

这一年，你纵横南北，往返东西，被邀请到许许多多、大大小小的城市作报告，这整个一年的掌声，汇集、凝固成一个密度质量极大的球，滚动在你大脑的沟壑处，似不停息的雷动。这雷动的掌声，你是受之无愧的。

这一年，你用血同黑压压的万万千千的人们说话，你觉得是件有意义的事儿。

这一年，你曾三次途经这个离你家不是很远的省城，却都没法回家探望母亲一次，还真有点大禹治水的味道。

七

客车在通往你故乡的公路上扭来拐去地奔驰着。四月的芳香弥漫荡漾在翠绿的山野里，一股股灌进车窗内。

你偶尔也看看窗外，但更多的时候是魂不守舍地表面冷漠地闭目而坐。你的心境应该是激动、美好的，却一直蒙上一层揪心的怅然若失，就像远处原本清朗的山峦，罩上了一层黛青色的雾岚。中午售票厅里的那一幕，还在缭缠着你。你越想挣脱就越被缭缠。于是，你的思绪被缭缠得天上地下乱舞狂飞——

冲上去了，扭住那个家伙，揍了几拳，把一千块钱还给了老人。扭不扭送公安局？算了，教训几句……咹？那是他儿子身死南疆后，部队给的抚恤金，你忍心？不是抚恤金也不能偷，懂吗？以后规矩点，听懂了吗？下次再犯老子揍死你……突然十来个人围上来。好吧，看你们来，不怕死的来，握起枪，一脚一个，一枪托一个，一刺刀一个……血……绿色的山冈红乎乎的……看你个狗崽子跑……地堡……冲，上，塞进一个炸药包，塞……

你的手猛地触碰了一下座位前的扶手，是刚才塞炸药包的姿势所致。同座抬起头来看你一下，又重新伏下去打盹儿。你揉揉碰痛的手有些不好意思。

你环视一下四周，乘客们大多仰或俯或侧地打盹儿。

陡然，你的目光被前面约两米处的一只手拉住。你眨了眨眼，又揉了揉，你以为还是刚才那种无用的猜想。不，不是，你看清了，又是那么一幕。你胸腔里炸着一个声音：用这一幕雪耻中午那一幕！你浑然不知道自己，你变成了你胸腔里的那个声音，冲了上去……

八

客车猛劲儿翻过一座山后，沿着缓缓而下的路面，轻快地继续奔驰着。

（原载《民族文学》1992年第12期）

1993年

杨　村

天高云淡

德厚兄只不过是一个下等文官罢了，但在我们遥远的塞罗拉那儿，他就像国家文化部长一样，又高贵又稀罕。不过，那种高贵和稀罕也只是他个人的感觉而已，别人并不那样以为。如果你在塞罗拉街子那儿看见他戴着一顶鸭舌帽迈动悠闲的步子目中无人一般地走过来，那么你务必在他那张眼皮底下亲切地叫他德厚部长而不能叫他德厚站长，且装出一副肃然尊敬的模样，否则他就用鼻孔来回答你，如同一头重感冒的小公牛。要是反过来呢，你埋头做着自己的事儿不理睬他，以为他可有可无，他就从你身旁傲然而过。但到了年关的时候，你要买一张好看的年画或者一副钟意的春联，要么闲时去买一张甲等的电影票，你就得求上他文化站的门儿了，你才感到，德厚兄才真正地让你彻底地可有可无了。

其实，那是因为你太卑微，在我们塞罗拉那儿没有一点身份的缘故，在他的面前不值一提。只有翁书记和许主任，或者县里下来的文化局长什么的，德厚兄才远远地就在那儿笑成了一朵残败的花儿等待着他们了，之后又毕恭毕敬地从右手边的上荷包里掏出香烟来递给他们，然后一副谄媚样凝然一座木雕似的在脸上定格。那时候，只要他们其中有一个拍着他的肩膀说：德厚部长，好好干啊！他便将头低低地埋下去了，良久之后才说：领导，别，别开玩笑！

德厚兄我们共事过五年，就是在塞罗拉中学的时候我们都是语文教师，但德厚兄心中仿佛没有过我，因为一次我们为争论一首古诗的平仄问题时我认输了，他就以为我对音韵一窍不通，根本不够格当塞罗拉中学的语文教师，我便在他心目中也可有可无了。于是，他逢人便说：现在的大学生哪，哎，当不得五六十年代的高中生！

但后来德厚兄又仿佛一天之间对我肃然起敬了，就是我初任塞罗拉乡长的那一天。秋日，天空高高地浮在佛顶山上，几丝白云很淡，无动于衷地贴在远远的一角，塞罗拉街子横陈在天空之下，让那几个悠闲的人们走过来走过去。我正在办公室里构想着我们塞罗拉的前景的时候，一个人突然推开了办公室的门：杨乡长，恭喜恭喜！我将头抬起来一看，是德厚兄，他仍戴着一顶鸭舌帽，凸起的颧骨上方嵌一双无神的眼睛，笑嘻嘻的在两腮那留下几条深深的沟纹。他显得有些拘谨，尽可能地做出一副恭敬的模样，声音仍是他惯常那种公鸭似的声音。

嗨，德厚兄！我说着站起来，向他伸过手去，是你老先生呀！

他迟疑了一会儿，两腮颤动了几下，才伸出了双手来。他的手掌很薄，指节细长而枯黄，就像一把干枯的嫩毛竹。

他没有说什么，脸上只是久久地堆着谄媚的笑纹。

坐，德厚兄，请坐！

德厚兄就在我安排的椅子上坐下来了，规矩得像一个听话的中学生。他等我坐下之后，一边向我递烟，一边笑嘻嘻地恭维我：杨乡长，我早就看准了，你迟早是我们塞罗拉的头面人物！

那一次，他的香烟是从右手边的上荷包里抽出来的，是我们塞罗拉那种高档的遵义牌香烟，然后两只手恭恭敬敬地递到我的跟前。我知道，德厚兄左手边的上荷包里还揣着另一包香烟，是劣等的比合作牌略好的乌江牌香烟。要是往常，他充其量给我甩过来一支乌江罢了，并且做出一副鄙夷不屑的神态，就像他给众多塞罗拉的平头百姓们甩去一支乌江一样，让你既有一种享用嗟来之食的感受，而又在心里铭记着他这样一位下等文官的恩情。只有翁书记他们几个才能有资格享受他右荷包上的香烟。但是，你也许受宠若惊了，在遥远的塞罗拉那儿，还有一位掂量得起斤两的人物看你不薄呢，那么，你还是活得有滋有味的，于是劣等的香烟便在你的两指之间自得地夹着，在众多没有接到德厚兄香烟的人面前美美地炫耀了一次，青色的烟圈在当街的天空中升腾，你的心里头已经乐不可支了。

我接过德厚兄的遵义牌香烟，在桌面上敲了两下，正要在腰间搜索火柴，一颗踊跃的火苗已经送到我的眼前来了，是德厚兄的那个汽油打火机。我本来想说：德厚兄，我要抽左边荷包那一种香烟。但不知道什么缘故，我没有说出来，就接上了他的火，然后抬起头，四目对视了一会儿，便各自笑开了。

良久，德厚兄仍在那儿媚笑着，两眼在我的脸上游移，仿佛等待着我说什么，于是我说：你过奖了，我本来不是当官的料，我只不过是滥竽充数罢了。

他说：不，杨乡长，你这等有才学的人当乡长都委屈了呢！

我说：德厚兄，我还是当一个语文老师的好，也许当一个语文老师还不够格呢。

他说：你本来就是一个很出色的中学语文教师，只是塘小鱼大，你始终要到大海里去。

我说：哪里哪里，有很多东西，我永生永世都要向你学习呢，比如音韵学什么的。

他的脸一时红到了脖根那儿，一向含笑的脸扭曲成一幅变形夸张的漫画作品。我就不断地吐烟圈，有意地不去看他的脸色。

良久，他才说：杨乡长，不，不，那时候，我是有眼不识泰山。

我感觉我一时将话说得有些失了分寸，与自己的身份不相宜，于是又说：德厚兄，今后还请各位多支持呢！

一定的，一定的，杨乡长，只要有用得上的地方。

德厚兄当上我们塞罗拉的文化站站长其实也很不容易了。他原先不过就是一个初中毕业生，之后当了很长时间民办老师，但他一心并不在教书上，而是想如何在塞罗拉中学弄到一个转正的指标，再利用那儿作为跳板，千方百计谋到一官半职。德厚兄虽然如此而已，但在遥远的塞罗拉那个地方，他却是一个秀才，工于楹联古韵，什么声律启蒙、增广贤文之类背得烂熟如流，出口便是一些雪对风云对雨晚照对晴空、聪明有种富贵有根之类，他虽然没有许主任他们那么神通广大，但比我们一般的人门路宽广得多，就是许主任家接儿媳妇的时候，还得请德厚兄去撰写喜联呢，于是一副红联上两行耀目的大字拖着大刀一般的尾巴熠熠生耀：两个黄鹂鸣翠柳，一行白鹭上青天。之后，德厚兄便在许家光亮的门楣前背手踱步，单薄的身影套上一件青布衫，鸭舌帽下瘦黄的脸色漫溢出几丝得意的神情。嘴上吟哦着一串平平仄仄平平仄，摇晃着那颗小脑袋。不久，德厚兄便被许多人围住了，之后就听见一连串的恭维话：现在的读书人算啥，有本事就要像德厚先生那样！

德厚兄年轻时没娶过老婆。但是，德厚兄不是不惹女人，不，对于女人，他比我们塞罗拉中学的任何一个单身汉都懂得多，连许主任家的千金许小芳如何与韩太师老师恋爱又如何告吹，他也比其他人清楚，而且为许小芳爱上韩太师的事情颇为愤然，像夺走了他的情人似的。他只是瞧不起带着泥土味的农村姑娘，想找一个腿脚颀长腰如蜂面色白皙的非农村姑娘，然后建立一个双职工家庭，彻底地跳出农门。但是，别说德厚兄了，就是我们塞罗拉中学那些大学毕业生如祁明照老师他们都不敢这样想，德厚兄连自己都还带着半身的泥土味，只不过是个小小的民办教师罢了。

然而，德厚兄就是比大家有门路。他凭着那几句平平仄仄平平仄和那笔带刀形的大字，硬是在塞罗拉那儿劈出一块地盘来。不久，县教育局就发现才子德厚兄了，给塞罗拉中学一名民转公的指标，而塞罗拉中学的民办教师唯德厚兄一人，竞争对手等于零，自然就落在他的头上了。与其说是给塞罗拉中学一个指标，毋宁说是专为德厚兄解决转正问题。后来，听说主要是德厚兄背着许多土特产上局里去了好几次，与局长关系非同一般。当然，这只是传说，你看见他扛着货包上局长家去了？

就在德厚兄转正后不久，他就和我争论那个关于古诗的平仄问题了，结果我沉默，他就断定我不配当中学语文教师。

这一回德厚兄可以专心致志地找一个称心如意的非农村姑娘来谈情说爱了。但是不行，德厚兄有一个致命的弱点，就是好酒贪杯，永远也改变不了农家子弟那种慷慨激昂的习惯，只要有人请他去写春联什么的，他必烂醉如泥，不省人事，然后又平平仄仄地吟咏着什么。而那些娇贵的非农村姑娘又最看不起好酒贪杯的男人，于是，德厚兄想要建立双职工家庭一直就成了一个梦。

有一回，罗敏老师不知道怎么回事斜视了德厚兄几眼，德厚兄就以为罗老师在向他暗送秋波。这个微妙的神态让蒋兴业老师看见了。晚上，蒋兴业老师踅进了德厚兄的小屋，神秘兮兮地聊了一席知心话。

蒋兴业老师说：德厚兄，你看，罗敏老师，如何？

德厚兄震动了一下，即刻又沉静下来，说：罗敏老师？我看不错的，你看中她了？

蒋兴业老师说：不，她会看上我？但是，我要告诉你一个好消息。

德厚兄说：好消息？什么好消息？

蒋兴业老师若无其事又认认真真地说：我看，罗敏老师八成看上你啦，她已经两次向我打听你的情况。

德厚兄有些抑制不住内心的激动，颤动起来，说：真的？你都说了些什么？

蒋兴业老师说：我没说什么，我只说你的语文课上得很不错，是我们塞罗拉的秀才。

二人不说话了。德厚兄联想起几天前发生的一件事情。那天，阳光很好，洒在我们塞罗拉那儿无边无际，罗敏老师在水井边洗菜，德厚兄也去了，德厚兄看见罗敏老师稀疏的刘海很好看，眼睛让阳光照下来笑成一朵花，很可人，德厚兄就向她拂去了一点儿水，罗老师抬头一看，是德厚兄，她将脸盆一股脑儿就给德厚兄泼去一盆水，然后扯开腿就跑，留下一串脆脆的笑声，德厚兄淋得一身如同落汤鸡。他想着想着的时候越发有那么一点儿意思。

蒋兴业老师看德厚兄不说话，就做了一副起身告辞的模样。德厚兄慌忙拉住了蒋兴业老师。

他说：蒋老师，坐一下。

蒋兴业老师说：德厚兄，是不是需要我做一点工作？

他说：哈哈，要是蒋老师方便的话……哈哈！

蒋兴业老师说：其实，是不复杂的，你找个机会让单身汉们聚一聚，大家来撮一撮，不就顺理成章了吗？

他说：也是也是，蒋老师对于女人——还是很懂的。

不久，德厚兄就买来了三只鸭子。那时候，三只鸭子，对于我们收入不高的单身汉来说，是一项不小的支出了，德厚兄那样舍得花销，已经是一次壮举。鸭子煮好了，就在罗敏和王玉琼老师的屋子里，除了德厚兄和两位女老师以外，就是我们那群单身汉老师。蒋兴业老师是主持人，他示意罗敏老师向德厚兄拈鸭肉，德厚兄就客气得不行，连声说：谢谢，谢谢罗老师！后来，王玉琼老师出来了，单身汉们也陆陆续续地走出来，给德厚兄安排一个有利的机会。他们躲在钟长根我们的小屋里，等待德厚兄的浪漫的故事。

罗老师好勤奋哟，看那一堆书！

是德厚兄公鸭似的声音。

罗老师到塞罗拉来习惯么？

也是德厚兄公鸭似的声音。

良久，又听见德厚兄说：罗老师，其实，乡下也有乡下的乐趣。当然啰，要是有机会的话，我们都进城去。

……

不知怎么地，祁明照和蒋兴业老师扑哧地笑起来了，大家也不约而同地大笑起来。于是，在笑声中听见德厚兄踏着楼廊的重重的脚步声离开了罗敏和王玉琼老师的小宿舍。我想，那时候他的嘴巴一定翘得很高。

以后，德厚兄就不理睬我们那群单身汉了，仿佛他不是我们塞罗拉中学的语文老师一般。其实，不外乎为了三只鸭子罢了，有什么了不起的！德厚兄，你不是要找一个称心如意的吃商品粮的姑娘吗？

他没有跟我们往来，但不能说他在塞罗拉也失掉了才子的美称，就没有与他往来的人，正如缺少了我或你，地球照样转动一样。有人看见，他与翁书记亲热起来了，每隔一段时间就要送去一条遵义牌香烟，或者一瓶老窖，然后二人吃得醉醺醺地很知己。过去，从没听说德厚兄与翁书记沾亲带故，几经酒逢知己饮之后，不知从什么地方清理出他们原本是转角亲。于是，德厚兄对我们显出一副不屑一顾的神情，他看不起我们教书的，也看不起教书的职业了。

有一天，我准备上街去买一盒牙膏，快到供销社的门市部那儿的时候，看见德厚兄走过来了，鸭舌帽和青布衫都换了新的。我走过去，将要喊他时，有人已经喊住他了：哈，德厚部长，上街来？留一张好票啊！只见德厚兄笑嘻嘻地不说行也不说不行，就仰面而去。

怪哉！德厚兄当什么部长来着了？我不好打听这件事情。回到学校的时候才听蒋兴业老师说，德厚兄通过翁书记的关系改行了，就在我们塞罗拉文化站当站长，领导着两个年轻人，一个放电影，另一个管理图书并负责上下联络，德厚兄事实上无事可干。不知为什么，塞罗拉的人喜欢叫他德厚部长，可能是从国家文化部长那儿类推下来的？不，不是，是德厚兄不喜欢称文化单位叫文化站，他说：什么站长站长的，到底是烟草站、农推站还是防疫站、水利站？文化部门本来就不应该与它们相提并论。你没看见国家文化单位文化部吗？我看基层的文化单位也应该叫文化部！德厚兄向人们那样慷慨陈词着，仿佛也很有理由，于是人们便称他德厚部长。

你别看我们德厚兄这个小小的文官，平时仿佛可有可无，但到了年关或什么节气的时候，他可神气了。我们塞罗拉无论开展什么活动，都要请德厚兄定夺，然后指挥他手下两个青年跑腿，他便坐在带扩音器的话筒前边发表关于文化工作的重要性讲话，夹杂着一些增广贤文，显得渊博极了。

德厚兄每一次讲话都涉及一项内容，就是省委书记接见过他们，那也许是他一生中最辉煌最灿烂最值得夸耀的一件事情吧！说是接见德厚兄他们，其实是接见省里的一批专家学者，德厚兄只不过是夹在其中让省委书记握过一次手而已。那一年，省里有一家民间文学刊物拟发一篇文章涉及我们塞罗拉一位民族英雄，有位知名学者给文化站来了一封信，请文化站的同志将有关那个英雄人物的传说和文献史料送到编辑部去，德厚兄就号召手下两个青年忙了一个月，将材料整理好后，德厚兄亲自送到省里。那天，学者刚好到省委开会去了，德厚兄在编辑部找不到他就直奔省委，在省城各界名流当中德厚兄找到了那位学者，德厚兄就夹在那群社会名流当中让省委书记握了一次手。人们不知道又年轻又瘦弱戴着鸭舌帽的德厚兄代表哪一方面名流，不断向学者探问，弄得学者不知从何介绍，德厚兄也很尴尬。但后来德厚兄向人说起这事的时候，省略了许多细节，就成了省委书记接见他们，仿佛他也是一位社会名流一般。

两位青年已经看不惯德厚兄的领导作风和工作方法，因为德厚兄思想保守，观念陈旧，主张很不合时宜，比如五四青年节，两个青年主张办一次舞会，他却主张开一次座谈会，然后办一餐伙食，豪饮一次。比如春节期间两个青年主张开展一次篮球比赛活动，他却主张举办一次对联比赛，结果两样都搞。德厚兄既好面子，又不善理财，文化站本来不多的业务经费经他几次请客送礼，就所剩无几了。两个青年建议，去新华书店弄一点书籍来卖，筹集一些钱，再发动塞罗拉青年捐一点儿资，开办一个录像放映厅，向县局申请一点儿资助，既丰富人们的文化生活，又有一些资金来源的渠道。德厚兄说：文化部门就是文化部门，文人怎么还有经商挣钱的？局里有文件这样做吗？

上面是有以文补文的精神的。两位青年说。

什么以文补文？我没有听说过！德厚兄说。

两位青年从桌上将上面关于以文补文的文件递给了德厚兄，请他过目。德厚兄看了很久，说：这个文件的句子都不通顺，要办，你们两个办吧，我不知道！

录像放映厅自然办不成，两位青年也只好作罢。但文化站三人的小集体里已经酝酿着一场小小的风波，时时发生着这样那样的口角。终于，有一次，德厚兄揪着他手下一位青年气势汹汹地直奔我的办公室来了，那青年笑嘻嘻地走在德厚兄的前边。

我慌忙扔下手中的文件，说：德厚兄，什么事？先把人放开！

德厚兄瘦黄的脸又一次变了形，气汹汹地说：杨乡长，不得了啦，不得了啦！你看！

德厚兄说着递一本杂志给我，然后帮我翻开杂志的目录。我逐条地看下去，在中篇小说栏目里有一篇《逆反者德华兄》，不知怎么的，有一位读者在那个题目下面写了一行《迂腐者德厚兄》，那位青年读到那个题目之后，他拉了德厚兄一把，说：德厚兄部长，你看，你的大名上杂志了！德厚兄一看，赫然写着带有嘲讽他的话，他就咬定是手下那青年干的。

那青年说：杨乡长，不是我写的，我只不过是读到了那个题目后让德厚站长看了一下，没想到，德厚站长对那句话那样生气。

我看了青年一眼，示意他先出去，留下德厚兄和我。

我说：算了，德厚兄，不过是一句玩笑话罢了，你的为人大家都看到的！

他说：我就是看不起那些小青年，什么开放喽，搞活喽，狗屁不如！

我说：德厚兄，你回去吧，工作还是好好干，我们塞罗拉的精神文明建设情况好坏，与你这个文官分不开啊。以后，对年轻人还是多加关心，多加教育，他们合理的建议和意见也应该采纳，才能调动他们的积极性。

德厚兄给我递了一支香烟，点上火，笑了一笑，连连地说：是，是是，乡长怎样说我就怎么办。出去了。

德厚兄挑剔着带泥味的农村姑娘，又向往着如意的吃商品粮的女人，勾画着一家双职工的蓝图。多少岁月过去了，就有多少姑娘从德厚兄的眼皮底下掠过去了，没有一个属于德厚兄，不知道是人家看不上德厚兄嗜酒贪杯，还是攀不上那个部长夫人的尊位。德厚兄一任时光流逝着，额上和两腮慢慢地爬上了许多皱纹，寂寞时分便吟哦着“酒逢知己饮，诗向会人吟”“对酒当歌，人生几何”之类诗句，小小的脑袋顶着鸭舌帽从我们塞罗拉的街子上晃悠悠而过，充分地表现他那个小文官非凡的气质和风度来。

德厚部长！

德厚兄双脚突然立定了，念念有词的嘴巴立即定格成一个规则的“O”，两肩略微耸了一下。良久，他才转过身去，一只有力的手已拍在他的肩上，是许主任。

嘿嘿，许，许主任，是你，老领导。德厚兄憨笑着。

许主任说：嗨，今天晚上，到我那儿去，千杯少，怎样？

德厚兄说：嘿嘿，老领导面前，嘿嘿，不敢，不敢。

许主任说：德厚老弟，现在挨上翁书记——就把我老许忘了？

德厚兄慌忙献上一脸谄笑，说：不，不，哪里呢，许主任误会了，要是许主任不嫌弃，我去，我去，嘿嘿。

就是那天晚上，德厚兄和许主任又知己了一回。之后许主任就将一个寡妇扔给了德厚兄，当然是一个吃商品粮的，身后还有两个非农村人口的小孩。那寡妇是许主任手下一个死了丈夫的职工，在门市部那儿销售土特产。

德厚兄结婚了。德厚兄一结婚，女人就给他带来了一个完整的家庭。这一喜讯很快在我们塞罗拉传开，许多人遇见他的时候都说：德厚部长，两个黄鹂鸣翠柳，一行白鹭上青天啦！德厚兄就嘿嘿地笑着，但心里却骂道：老子像你那样随便乱拣，年轻时候都有一打！德厚兄仍嗜酒如命，女人骂他是狗改不了吃屎，他却说：你懂个屁，李白酒醉诗百篇，你懂吗？接着就吟咏起“君不见，黄河之水天上来”“君不见，高堂明镜悲白发”来了。女人没有法子，就默默地任德厚兄去摇晃那颗小脑袋。

第二年，县乡换届了，文化站也要换届。不久，县文化局来人了，考核我们塞罗拉乡文化站的干部。德厚兄请了两桌客，请了乡里的领导、县文化局下来的人，还有许主任他们。但是不知道什么缘故，德厚兄还是被换下去了。

德厚兄被换下之后，他很想不通。他说：杨乡长，我没犯什么错误呀！

我说：德厚兄，这是局里的意思，局里的同志说，你为我们塞罗拉的文化工作做出了一些成绩，但考虑到你的年龄和精力问题，还是让年轻人来搞，你不是可以协助年轻人做好工作吗？这也是我们的责任呢，你说是不是，德厚兄？

德厚兄没有说什么，出去了。那一次，德厚兄没有笑，也没有向我递烟，出去的时候头都不回，径直地从院子那儿过去，把单薄的身影融进了街子。那时候，我不知道为什么想到了秋天凋残的落叶那种悲凉的景象。天也高远，云也淡淡，一抹无力的太阳光斜斜地照下来，到了街子那儿的时候，已经失去了那种温馨的暖意了。

之后，德厚兄就以酒为乐，许主任不理睬他了，翁书记不认他为转角亲了。德厚兄自个儿有钱就吃就喝，没有就借，借了就不还，如是多回，便没有借给他的人了，人们再也没看见他提着香烟或美酒上哪一位领导的家门。喝醉了就打女人，骂儿子。因为德厚兄喝酒无度，叫他上门写春联的人也渐渐少了。日子就落落寞寞，一天到晚没有一个人与他说心里话。身上的青布衫和头上的鸭舌帽也常年没有洗过似的，邋遢得不成样子。

一天晚上，德厚兄又醉酒了。那位给他带去一个完整家庭的女人说：你是太不像人了！德厚兄不知道怎么地一气，又一次将女人打出了门，女人也一气，就带着两个小孩走了，一去就不见再回来。

我已经好久没看见文官德厚兄了。记得我最后一次看见德厚兄的时候，是文化站庆祝建站十周年的那一天，两个年轻人把德厚兄作为元老请来，让德厚兄提出一些宝贵的意见和建议，但德厚兄没有说什么。我本来想找他说几句什么话，但庆祝会没散，他就走了，此后一直没见他回来。是不是会议没办伙食的缘故？

后来，很久以后的一天，我坐在办公室里观看着萧瑟的秋风将落叶从乡政府院子那儿哗哗吹过去。几个年轻人说说笑笑地从街头上走过来，我仔细一听，一个青年说，他在县城里遇见了我们塞罗拉的文官德厚兄。那时候，德厚兄已经醉得不成样子，睡在郊外的一处马路边不省人事，满地的呕吐物在他的头边和脸上散发着怪味。嘴里念念有词：不，不喝了——醉了。茅台酒？茅台酒也不……不要了，省委书……书记——哇！——接……接见我们的时候喝……喝过了！哇！——

我的眼前一阵晕眩，不知什么时候坐在椅子上。良久，我睁开模糊的双眼，看见秋风已过，天空深邃而高远得可望而不可即。

（原载《民族文学》1993年第9期）

赵朝龙

坟

太阳渐渐暗淡，渐渐地坠向两边的山坳。乌江两岸的山峦灰蒙蒙的，山顶的树梢和竹梢正沐浴着最后一抹霞光。江面上没有船和排行走，山崖的倒影映在碧澄澄的江水里，凝聚着恬静得甚至有些绝望的寂寞。

山的深处，有小小的两个黑点，在渐渐地变大，慢慢地走近前来。

是一个小男孩和一头老黄牛。那黄牛老得让人都看不出它的岁数。小男孩七八岁，穿着粗布衣服，腰上系着一根葛藤，还有一条尺来长的红绸子。那两条红绸子在夕阳的光里显得十分刺眼。“嘿，快些走呀！钻井队的电视都开演了！”小男孩吆喝着，在老黄牛屁股上抽了两鞭。小男孩脚上套着一双女鞋，由于鞋大脚小，使他走起路来有些吃力，发出奇怪的吧唧吧唧的响声，有几次还差点摔倒在山路上。

下了坡，老黄牛习惯地走到沟里去喝水。沟里的水很清。小男孩站在沟边，朝对面山梁上那块野草丛生的坟地望去，那双很大很大的眼球似乎就要跌落出来。他似在搜寻着什么，而眼前只有荒凉的坟地和他自己跟老黄牛的拉得很长很长的影子。长长的影子很快消失了，天色真正地暗淡了下来。

朦胧的炊烟在江岸的山脚下徐徐升腾，一只鸟儿在什么地方凄婉地叫着。小男孩觉得背心一阵发凉，觉得有许多鬼正在坟地里跳舞，跳得全都是些断臂舞。

“我是山大王，鬼怪见我把路让。”小男孩唱着，这么一唱就有胆量了。

就在这时，他看见了他的姐姐。姐姐穿着白衬衣青裤子，在那篷苦竹下跳舞。姐姐的秧歌舞扭得很好，摇钱杆打得也很响。小男孩紧张得几乎连呼吸都停止了。他想：这不可能，这怎么可能……

他很害怕自己被姐姐的鬼魂摄住了。爹娘说，爷爷六十岁那年，有一天去竹家沟，结果却走到了月亮崖，那就是被鬼引到半崖的……他这回什么也没看见。他眨眨眼，仍然什么也没看见。只有那篷苦竹上的乌鸦阴一声阳一声地叫着。老黄牛跑到坟地的草坡去了。他大声吆喝道："嘿，你龟儿回来！"

爹和娘说，人死前，都有预兆。

爹和娘说，爷爷死前就有预兆。那年他还没有出世。那天早晨，他们全家一起吃早饭，爷爷老讲他熟悉的人的死。傍晚，爷爷便撑了船，去黑湾峡打鱼，他刚到峡口，弯腰整理渔网，忽然船一侧，人就栽到江里去了。当时峡口有许多人，眼睁睁看他栽下去。乌江从没那样平静过，说不出的平静。水也不深，爷爷两只手时时伸出水面乱抓。有人跳下去救，可是拖上来人已经死了。

爹和娘说，姐姐死前，也有预兆。那天早上天刚亮，姐姐就起床，在屋里翻箱倒柜，就在镜子前试衣服，有自己的模样。一件一件地试，一遍一遍地看。而后她就那么站着，对着镜子唱歌，唱呀唱呀，一直唱到日上三竿，才背起背篓出门去打猪草。下午，人们就发现她吊死在了山嘴那棵风水树上……

那天下午，姐姐被人从风水树上放下来的时候，身上穿的是一件白衬衣。她的脸上没有血色，却在笑，舌头吊得老长，裤子被尿水湿透了。那时，天上的太阳没有轮廓，燃烧成灿烂的一片，辉煌耀目，晃得让人睁不开眼。爹蹲在风水树下，他的脸上没有血色。他反复说："比活着好，比活着好。"姐姐后来被人们用一张破竹席裹到这山上，像她那样死去的人，是不能用木板或棺木的。裹尸时，爹在姐姐身上踢了一脚说："该死！没让你背石磨沉江，算是便宜了你！"姐姐上山后，人们便都拿来木桶和盆子，去井边舀来水一捧一捧往树上浇。他们说姐姐玷污了风水，得把她留下的污秽洗掉。而后，便在树下烧纸烧香，并齐刷刷地向风水树跪倒谢罪。

夜里，小男孩躺在木板床上，翻来覆去睡不着。他就坐起来，问爹："我姐干了什么事？"

他知道他爹也没有睡着。他爹没有应声，但他感到他爹的心恨得流血……

他娘在床的另一头迷迷糊糊地说："是鬼附了你姐的身，你姐才做了那种丢人的丑事。十天之内鬼就把她勾走了。"

他爹暴躁地踹了一下被子，大声说："睡！"

小男孩晓得，村里的老人们死后，坟前要点七七四十九天的长明灯。老辈人说，在点长明灯的日子里，死去的人还能看到活着的亲人，过后就永远看不到了，长明灯熄灭的时刻，也就是死去的人走进天堂大门的时刻。姐姐是不能走进天堂的，她找不着路，她的坟前没有照亮道路的长明灯，永远只能做孤魂野鬼。

小男孩感到有一只手扭他的脖子，硬把他的头扳向坟地那一面。他看见一团白雾，一个白影子在雾里飘荡。那丛苦竹上的乌鸦仍在阴一声阳一声地叫。他一边跑一边想，姐姐……那会是姐姐的阴魂吗？

小男孩把牛赶回家，看见爹坐在院坝边那丛苦竹下搓着苞谷棒。苞谷粒跳动着，发出粗糙而奇怪的响声。爹抬头看了眼老黄牛，又看了眼小男孩，说："钻井队的电视开了。"他说这话时，神态上看不出有什么激动或悲伤，毫无味道的平静，只是仍旧不快不慢地搓着苞谷棒。

娘在里屋划火柴点灯，说："灶头上有糖果。"

"谁给的？"小男孩问。

"钻井队的洋女人。"

娘又说："她来我们家借搓衣板，给你的。"

小男孩把糖果拿在手里看看，倒腾着，使糖纸弄出声音来，又放到鼻子底下闻闻，然后装进荷包里。

"锅里有苞谷汤粑。"

"我不吃。"

小男孩出门，向着驻扎在村外山羊嘴的钻井队走去。

钻井队的大电视安放在帐篷外的枫树下，正在播放武功片《雪山飞狐》。

小男孩看电视看得心神不宁，他在想坟地。

村里的人们说那坟地大白天也闹鬼。"血脸红头发，一丈二尺长的脚指甲。"人们这样描述那些鬼。谁要路过时，手里都拿一条红绸子或一把红伞。鬼最怕红颜色的东西。自从姐姐在坟地里做了丑事第十天就吊死之后，坟地就更可怕了。村里的那些胆小的娃崽砍柴、割猪食、放牛都改了道。小男孩没有改道，他每天放牛都得经过那坟地，他的爹娘便在他的裤腰带上拴了块红绸子，并教给了他那句咒语，"我是山大王，鬼怪见我把路让"，说这能避邪镇鬼。爹娘再三叮咛小男孩，教他经过坟地时，走快些，并且不要回头。可是小男孩每天放牛回家时，总要朝坟地看一看，好像有人扭着他的脖子一样。姐姐到底出了什么事，小男孩并不太清楚，他只记得姐姐是用一根麻绳在风水树上把自己吊死的，裤子湿漉漉的……

月亮从大梁山背后出来了。小男孩觉得电视没什么意思，他觉得这夜闷热极了，他甚至预感到要发生什么事。蚊子叮得他手上脚上又痒又疼。他斜了眼山梁上的月亮，慢慢离开了钻井队驻地，像被人推着似的走向坟地。月光下的山野和坟地朦朦胧胧，就连白天里再清晰不过的乌江上也弥漫着一片迷茫的雾气，只有那流动的江水声还是那样的清晰。小男孩看着地上自己的影子心想：姐姐给我显身哩。他没有感到害怕，他裤腰带上拴着红绸子。小男孩在坟边的那丛苦竹下蹲下来，敛息屏气，等待姐姐的出现。小男孩说："姐，别吓我，我来跟你会面，别吓我。"

苦竹的枝叶在月夜里散发着一股清新的气息。

小男孩听见一阵窸窸窣窣声和咂舌声。这声音很近，仿佛从地底下发出来的。小男孩紧张得缩成一团，瑟瑟发抖。他赶紧解下裤腰带上的红绸子，捏在手里。可是一点儿也不济事，那声音照样从地底下浮上来。他知道，这种时候大声唱“我是山大王，鬼怪见我把路让”也不顶用，只有弄出些血来，才能管用。野鬼最怕血，一沾上血就把它定住了。小男孩记得爹讲过的那个故事：那是在他老祖公的老祖公的时候，有一天一个野鬼钻到院子里来，碰上老人家杀猪，没跑开，身上溅了血，就走不脱了，结果老人家用杀猪刀把那个野鬼杀了。小男孩一边拧着自己的鼻梁，一边想象着自己的鼻梁凹变成了一片血红，心里就踏实了许多。

“来吧。”

地底下发出一个声音。小男孩说：“姐，你在叫我吗？”小男孩蹲着没有动。他又听见了另一个声音。两个声音都很怪，一个喘气，一个呻吟，像两个人扭在一起打架。小男孩听着听着便没有声音了，坟地静极了。小男孩觉得自己和山，和坟堆，和月亮一起睡过去了。

“嗤——”

眼前亮起一团火。有人划火柴点烟，小男孩看见，竹丛边那片柔软的草坪上，躺着一个男人和一个女人。“你不是我姐。”小男孩说，“姐，你咋不跟我会面呢？”

小男孩悄悄地离开了坟地，回到山羊嘴钻井队的驻地。电视还没有结束。小男孩就站在边上有一眼没一眼地看着。一会儿，打竹林那边走来两个人，进了钻井队搭的两个帆布棚子。小男孩看得清楚，白影子原来是被村里人叫作“洋女人”的女人。

小男孩把这个秘密藏在心里，焦急地等待着。他想，那个被叫作“洋女人”的女人三天之内就要死了。他明白，“洋女人”在坟地做的事就是他姐姐在坟地做过的事，他姐第三天就被鬼魂勾引去了。

电视没完小男孩就回家了。院门虚掩着，小男孩的娘跪在当院里烧纸，他爹在一旁点灯。院中央摆着一张八仙桌，桌上放着好些食品和糖果。小男孩猫着腰，悄悄进了院门。他把脚步放得很轻。一种莫可名状的激动，使他的心口咚咚地跳得很厉害。他藏进厢房边那篷苦竹下的阴影里，怔怔地望着爹和娘。

小男孩的娘一边往火堆上一张一张地扔纸钱，一边说：“我娃走了二十天了，今天是你的三七，娘在这里给我娃钱哩！昨天夜里我娃回来咧，娘梦里看见我娃哩！……”那声音听起来好凄凉。

小男孩的爹把两支松油浇的烛插入切成两瓣的洋芋里，竖在八仙桌上，划火柴点燃，说：“我娃死得凄惨。我娃坟前没有长明灯，我娃去不了天堂。爹知我娃苦，爹这厢给你点长明灯，我娃就拿上这盏灯去吧……”小男孩的爹说着说着，就泣不成声了。

小男孩呆呆地望着院中央的爹和娘。他想起姐姐死的那天，爹和娘对姐竟那么凶，那么诅咒她。爹还当着人们的面，狠狠地在姐姐身上踢了一脚。小男孩望着眼前的一切，不解地打量着爹和娘。这时院里洒满了月光，很亮，也很白。小男孩觉得站在院中央的爹和娘也有点儿白，就像月光一样发白。

小男孩站了一阵子，看着那纸快要烧光，就走出阴影，贴着墙根溜到了屋子里。

他躺在木板床上，两眼睁得大大的。

月亮一夜比一夜圆，一夜比一夜惨白。小男孩好几次踩着月光去山羊嘴钻井队的驻地，他想对“洋女人”说：“快想办法吧，你就要死了，我姐姐已经死了。”可是，几次他都没有碰上“洋女人”。

小男孩扳着手指头掐算时间。一天，两天，三天……第十天早晨，天刚麻麻亮，小男孩就把老黄牛赶出了栏。他没有沿着放牛的老路把老黄牛往山里赶。他心想：“洋女人”已经死了吧！他赶着牛，沿着江畔，走到钻井队，他看见“洋女人”穿着雪白的连衣裙，端着一只白缸子，在棚边刷牙。她看看乌江，看看山梁上的云霞，又看看老黄牛和小男孩，“唉”地叫了一声。

小男孩撇下老黄牛，扭头就跑。他跑进自家的院子：“爹，爹！我姐，我姐，洋女人……”

小男孩的爹披着土布汗衫从屋里出来，虎着脸咳嗽一声，站在大门边的石阶上。小男孩看着爹，突然忘记了自己要说的话。

小男孩就那么怔怔地站着，望着远处乌江边上那道灰沉沉的山梁。村寨里传来了狗叫、鸡啼和赶牛进山的吆喝声。他深深地吸了一口早晨的新鲜空气，望着黛青的天空慢慢地染上了橙红的颜色。

（原载《山花》1993年第2期）

1993年

姚晓英

漏雨的小屋

一

滴从梦中醒来，满眼朦胧，花非花雾非雾。这时周围一片黑夜，静悄悄的，只有风铃在窗帘中间叮当碰响。丈夫皮子和儿子以及所有家什也都静静的。全凭风铃才惊醒了滴越做越深入的噩梦：

一片红红的大火在皮子刚说完玩火自焚这话时蔓延过来，火势极端汹涌，像一片红色的大海洋。这时老友却拉了想往后退的滴说：不要怕，跨过去你将因此而纯净和光明。滴记起这是张洁写在《方舟》里的话。火势在迅速逼近，那灼人的火舌让滴感觉恐惧和痛苦，不顾老友绳索般围紧的手臂，她往后退着，退着。在火的那一端，皮子仍在执着高喊：玩火者自焚……

滴在黑暗中躺着让自己慢慢平静下来，如同一个挣扎着走到岸上的溺水者。滴被自己的梦吓了一大跳。入睡前，皮子对马波和李青的婚外恋故事非常感慨：这些全是玩火自焚的人呐！我才不会像马波那样被围城困惑和烦恼呢，一会儿挤了进去，一会儿又逃了出来。游戏人生也不是玩命呀。

马波整个晚上靠近皮子捅得旺旺的火炉坐着，非常激动地对皮子倾诉了他的故事，这类故事在皮子这儿引不起共鸣。皮子对人生对家庭对婚姻始终是乐观又自信的，他对林语堂的人生哲学佩服得可以大段大段顺口道出。滴只觉得应该重新认识李青的丈夫，在这样的事情上能表现那样的理智和宽容实在是不容易的；将李青的丈夫换成别人，李青的忏悔就极有可能变成笑料和丈夫抬高身价的资本，家当然也就此走向破裂。男人嘛，谁争的又不是那口气？

皮子和马波大学同一架床上下铺睡了整整四年，他讨厌马波整天蜜蜂采花般总是围着女孩转悠，皮子认为这是胸无大志的表现，可皮子也瞧不起李青的丈夫。这种事情谁能容忍？而且一对男女婚外恋有了精神碰撞又有了身体接触，那卧床上随时躺着的就不是两个人而是三个人了……

皮子总是非常健谈，说话时语调铿锵，皮子对他拥有的家、拥有的滴，甚至夫妻生活都无比自信。送走前来倾诉的马波，皮子很干脆利落地对滴发表了自己的见解，然后按常规把床头的灯灭了将滴拥着长驱直入，从从容容享受了做丈夫的权利。滴在黑暗中像一只猫。皮子说她是只温顺的猫，滴自己在心底说是只被动的猫。事后皮子很快翻身睡去。滴想到那乖巧的李青，想到冲动的马波，想到自己，也想到老友。

老友是个单身大男，老友活得很疲惫。老友在校时，被滴们称为枯藤老树昏鸦。但滴与他相逢在雨夜街头的时候，老友却让滴想起长兄，想起慈父。老友很温柔，老友和在校做学生时一样对滴很照顾，这种照顾让滴体会了茫茫人世间自己的弱小，体会了源自心底的一种依恋。

皮子一夜睡得很香甜。滴想皮子和老友想得很苦很累，想得很累很累时滴便靠在了老友的肩上。老友的肩很柔和，这种柔和让滴的理智无法拒绝。可是皮子不容置疑地断言了婚外恋是玩火自焚，于是滴靠在老友肩上走入那片火海直到被惊醒。

婚外恋是堕落的字眼，那片红海洋让滴觉得可怕。滴很痛苦。

二

皮子说，滴，你最好少跟李青这种跳跃的人在一起，你经不起她的风尘诱惑。

李青和滴确实是不一样的，李青跟马波在酒吧坐着可以随时起来歌舞也可以随时号啕。单位抽她到郊区的艺校培训少年活动中心当辅导员时，她随时可以缺课，只要一天马波没有站在江岸大堤迎候她，她就可以马上转身回家而不去学校。马波原本欣赏李青的如此种种，可长达三个月的教训弄得马波很疲惫：我还得工作呀！

我不管，反正你每天得让我看你一眼。你站在大堤让我心里有一种支撑，只为了看你，我也得撑着去艺校。

去学校到底是为了我还是为了你呢？

为你！

李青很干脆，所以当李青与丈夫绕过马波如同绕过暗礁张开风帆直向前方时，马波才如此痛苦和不解。天，那时她的样儿简直是没有我她就活不下去的！

李青能歌善舞，家境也富裕，退给她爷爷的那半爿街足以将李青的儿子们供养到老去。所以单位也不追究她的工作怎样，不来更好。李青经常大悲也经常大喜，为了一天马波的临时爽约，她可以在寻梦园弄得酩酊大醉，让马波云里雾里又感伤一场。皮子说对了，滴和李青原本是不一样的。而且，文静柔弱、修养极佳的滴压根是不会有婚外恋的。

滴的人生欲望和李青是根本不一样的。滴学的是中文，和李青相比，滴觉得自己像英国小说中多处写到的那些女人，只满足于膝盖处搭上一方毯子，在昏昏黄黄的灯光下细读一本已读过多次的书。腿边拢着温暖的小火堆。滴崇尚的爱情也跟李青不一样。有次同学在马波那儿聚会时，李青这样朗诵诗：

今夜旋律这样忧伤
走吧，我们去流浪
流浪的生活是自由的生活
流浪者的法律是自由万岁
我们被释放
是想四下逃散
没有繁文缛节
纸币当成卫生纸
所有的道路我们随意选择
在任何一块地方
让我们同行同宿
最好碰到洪水大发
或者暴徒成群
让我们的四肢发达如初
反抗的力量天翻地覆
……

一个走入癫狂状态的女人将所有爱的呐喊注入长长的诗里。李青在现代人的沙龙里做了最最现代的人，面对瞠目结舌的众人，李青又说，难道在最最压抑时你们没有想过这自然的一切吗？

马波对李青的赏识就是从这样的诗句开始。滴崇尚的爱情不是劲歌中所唱的要爱得痛痛快快，要爱得死去活来，滴喜欢静物画一般的爱情：

当你老了
头发白了
睡意昏沉，炉火旁打盹儿
请取下这部诗歌
慢慢地读，回想你过去眼神的柔和
回想它们昔日浓重的阴影
多少人爱着你青春欢畅的时辰
爱慕你的美丽、假意或真心
只有一个人爱你那朝圣者的灵魂
爱你衰老了的脸上痛苦的皱纹
……

滴其实很古典，滴对于爱情没有非分之想。可是滴在那样一个秋天的夜却碰上多年未遇的老友。

三

如果没有那个雨夜，如果那个雨夜滴没有读那本《飘》，没有看那个非常温柔的细节：某一个清晨，骄横自私剽悍的白瑞德船长是怎样替思嘉丽梳理她黑油油的长发，侍候她进甜美的早餐……

这个细节悄悄触动了少妇滴的魂灵。屋子里的小火炉烧得很旺，屋子很温暖。儿子在绣着小红帽童话的睡袋里已经熟睡，小脸通红。皮子在读围棋出奇制胜之作，读围棋名家经验之谈；滴斜躺在床上，靠着儿子读白瑞德与思嘉丽、思嘉丽与卫希礼。家的画面极其温馨，挂在墙上的石英钟这时轻轻飘出几个音符。皮子将出奇制胜之作放下走进了卧室，照常规，那天皮子不会与滴温存，可皮子进卧室受了那画面的感染，接着石英钟飘出了音乐尾巴——亲爱的请听我诉说，快快投入我的怀抱。

皮子一时非常冲动，将儿子挪向床的一边便向滴靠拢去，接着非常用力地拥抱滴。这些是夫妇生活的常规，这种按部就班的且非常从容平淡的由皮子一手操纵的常规在那个瞬间让滴觉得受了伤害。皮子原本是读了许多书的现代人，他的许多举止比如斜倚在书柜旁查阅资料什么的，常让滴着迷。斜倚着的皮子那时看上去总是散漫又结实，无论怎样，这种形式和内容的结合看上去非常协调。但在滴还继续遐想着书中情爱细节时，皮子太自信和随便的举止却让滴感觉自己成了书柜里一本随时供皮子翻阅的书。于是，在这个秋夜，滴拒绝了丈夫皮子。

秋雨在外面从从容容、平平淡淡地下着，坐在电视机前消磨时光的许多人那时也正准备将自己安放在床上去等待另一个天明。包括听美国乡村音乐已成为生活中不可缺少的一项，那位单身邻居那时也逃离了乡村音乐准备休息去了。只有滴在本来应该很温馨的秋夜抽泣起来，滴觉得自己实在太委屈。皮子被滴的热泪弄得茫然起来，他不解地中止了自己的欲望和动作，僵僵地说：

莫名其妙！

然后皮子便将儿子挪回原来的位置自己翻身睡去了。结婚几年，滴都是顺从的，皮子可不喜欢家里有一个神经质的女人。

酣睡的儿子和很快便有了鼾声的皮子，让滴一下泪如泉涌。闹了半天自己在这个世界上居然是个一无所有的人，居然只是书柜上一本随时供皮子翻阅的书！滴觉得自己让思嘉丽彻底比下去了。思嘉丽活得多有价值，那么多那么多的男人都宠她、依顺她，包括白瑞德船长。自己呢？

滴委屈得想号啕大哭，为人妇为人母，每天都是忙忙碌碌，滴从来没有将自己反思到这样的程度，从来没有发现自己原来活得很惨。皮子不屑于读文艺书，皮子没有读过受宠的活得又如意又坎坷的思嘉丽，所以皮子很快入睡了。滴是现代家庭主妇中已不多见的那一类。滴很能摆布家，跨进她家的人都会这样说：这是很有艺术气息的家。随意挂在墙上的几只小手套和照样是非常随意插入手套中的各种小玩意儿都体现了滴的情趣和灵性。皮子一直很欣赏滴对家的摆弄。可在秋天有雨的夜晚，滴的情绪让《飘》弄乱了，弄得焦躁了。滴对皮子，对自己，对家一下有了全新的体会和感受；滴很憋闷，于是她套上衣裤轻轻地走出了家门，走到了秋雨中。

滴就这样走到了飘洒秋雨的夜幕里，街上没有行人。有车从路面碾过时车灯扫射出的前方便具有了梦幻特征，这使滴的心平静了一些。滴对秋天一直偏爱，做学生时滴就喜爱在秋天的空气中伸展呼吸。秋日里，滴的思绪能在碧云天上飞。后来滴结了婚，滴结婚后一直很满足。她对李青的生活是排斥的。只是在天空飘扬了无数细小雨点的夜晚她被思嘉丽那小小的一个细节骚扰得很迷茫，她从来没有像思嘉丽那样领略做女人受宠的快乐，她根本就没有受宠过。皮子总是自信有力的，而滴总是顺从又满足的。滴看李青的婚外恋总像是看一本与自己不相关的小说书，滴始终是局外人。滴对前来诉苦的马波说：到了这样的年龄还有如此热烈的碰撞就应该好好珍惜。

滴对爱情的处理一直很冷静，很客观，直到秋天这个飘着细雨的深夜。

……

从暖融融的小屋出来，滴因为受了伤害眼泪始终是挂着，这种来得非常强烈的情绪让她追忆一个仿佛已经非常遥远的校园晚会，那个晚会最活跃的人是学生会主席专程请来的一位诗人。诗人来自雪域之地，看上去非常神秘。而且坚信那个晚会他是因为思绪高深而分外孤独的人，每个在场的栋梁之材都没有与他进行对话的悟性。不能否认那个晚会上专程请来的诗人带来了一种新的见地或新的思潮，诗人坚信人的多种能力，坚信直觉是超人的，坚信灵魂无形的力量更是超人的，魔鬼附身之类的事件是可信的且是经常发生的……

那时神秘主义在校园还没有盛行，学校里人们谈得最多的是弗洛伊德。所以，诗人较新鲜的提法让诗人在很排外的晚会上有了市场，接着就有同学非常能体现悟性地当场朗诵了神秘主义的即兴杰作：

一个神秘的鸡没有啼鸣的早晨 / 外婆你神秘地走了 / 后来一个暮色黄昏 / 我们将去远行 / 外婆你就用了枯藤般的手 / 摸摸我的发尖 / 说 / 孩子，这可以避邪 / 于是 / 转身又走了 / 走进山脚下那没有窗也没有门的小屋……

诗人听后非常激动，拉住了那位同学说：

太棒了！太棒了！

那位同学整个晚上都非常得意自己超人的悟性。但是神秘诗人对悟性、对神秘并不如后来者那样执着。既然没有对话基础那么可以不对话。于是诗人用易经原理当场占卜。凭着手相指点大众人生，或许诗人是真诚的，可将手伸过去的许多同学包括李青在内都觉得游戏而已。诗人首先从上到下又从下到上观摩了李青一遍，然后让李青随意走几步，然后对李青说，跳曲舞可以吗？当时响起的舞曲名为《爱的围绕》，跳舞时诗人和李青贴得很紧，旁边的好多同学都忍不住笑了，李青却很能沉住气，她看会算命的诗人像看一位导师。一曲舞毕，诗人当众宣布了李青的命：

一个跳来跳去的人儿。

这算法太简单太让人失望，神秘诗人一下也不再神秘，开始转为被取笑的愚人。滴也将手向诗人递了过去，诗人看滴的命比李青的更简单，甚至没有要求走几步看看或跳曲舞。诗人看看滴，然后说：

你的眼睛很沉静。诗人又说：你能笑笑吗？

滴微微笑了，诗人接着说：你很能做一个称职的小妇人。

滴心里对小妇人的命运非常反感，可那个晚上全班男同学却因为滴被算出来的命对滴万般好。天，现在还有什么地方可以寻一个称职的小妇人！

称职的小妇人？滴独自在心里笑了，而且当时也只是感觉玩玩而已，可日子走到后面，好笑的又哪里只是那个晚会，那个晚会上的诗人？

雨夜很美。雨帘把宽阔的大街填补得很充实。滴不由得对命，对算命，对手上写着的命有了新的认同。自己确实做了很多人公认的贤妻；李青也始终没有安静，始终没有成熟，始终跳来跳去。让李青或是销魂或是束手无策的爱情滴从来不曾体验过。真像那位诗人所言，滴觉得自己的确就像一只让命运操纵的帆船，不知不觉便被遥控着驰进了一个点着信号灯的港湾，滴在皮子面前也从来没有像李青对马波所说的那样：

如果你不在江堤那儿让我看一眼，那我就不到单位上班去！

任性和撒娇对女人原来也是一种享受。滴的思绪无痕无迹地就偏离了原先的轨迹，甚至一下就偏离了命运的轨迹。滴出门时很迷茫，一下推开了“黑天鹅”那厚重的门在滴看来也是一种偶然，滴根本没有想过要进“黑天鹅”。独自游荡看见“黑天鹅”几个大字在闪光，滴忆起李青多次说过这个地方，这个让李青发展故事的地方。门被推开了，李青居然不在里面，在一幅大大的海滨图案下面，滴看见了正用眼睛招呼自己的老友……

四

本来滴已经让秋雨抚弄平静，已经让秋雨将泪珠抹去，走进“黑天鹅”只是想看看李青，看看命上所说的一切是不是真能印证。滴没想到会遇见老友。滴的记忆深处老友的印象是非常模糊的。

坐在酒吧里的老友比读书时不知风度了多少。他用眼睛呼唤滴，这让滴很为难。

小妇人。他轻轻说道。

这是滴在校时获得的由全体男同学授予的最高荣誉，引得班上不少女同学都羡慕不已。小妇人的日子滴已经体验了，可这样的呼唤却一下将陌生和遥远都化解了。老友接着自报家门：

枯藤老树昏鸦。

像是打一个什么暗语，老友叫出自己的美称接通了所有电源，滴的大脑一片亮堂。老友在校时以沉默出名。李青便把老师刚注解过的这几个字安在老友头上，同学们觉得再恰当不过，而且班上很快风行古诗词的活学活用。说话节奏太慢的同学被称为声声慢，长得太过富态的一位女同学被叫菩萨蛮，李青莫名其妙便被人回赠了一个凉州词……

枯藤老树昏鸦的老友虽然与滴与李青似坐在同一个教室，可在滴和老友们的中间却隔了长长一大段路，老友说是隔了长长一代人。滴反正是很平静，为人妇又为人母一天一天过日子，她可没想到在“黑天鹅”竟然会碰到老友。

那么你在这儿是等哪一位啰？

滴一双大大的眼睛还有些发红，有些朦胧，可见了同学她还是希望能体面地寒暄然后抽身。

不，独坐听歌。

或许是过去老友说话太少，滴不知老友的嗓音居然是带着魅力的沙与厚重。这种嗓音多半是可以赚钱的。

好雅兴。

滴这时才捕捉到酒吧里飘出的曲子是包娜娜的《三百六十五里长路》。

你点的？

是的。

因为是滴喜欢的歌，因为独坐在酒吧，滴一下觉出老友在昏暗的七彩灯下非常愁苦，依然表现了枯藤老树昏鸦。在老友对面坐定后，一位小姐给滴送了一杯雀巢过来，并甜甜地对滴说：

在这儿，你是第一位陪他的女士。

滴觉得这是非常明显的误会，她开口想解释什么，老友却冲她摆摆手：

这是真的，我从来都独坐。

滴一下很恐慌。多年不见老友，只从李青那儿知道老友毕业后混得很发达，但却从不知道他有愁苦独坐的怪癖。老友的话仍是不多，他的眼睛一直在滴身上探索，滴看见他往自己的咖啡杯里随意放进两块方糖时，觉得老友的动作很温柔，滴一晚上在秋雨中抽泣的心有几丝异样。过了好一会儿，滴听见老友低沉地问：

告诉我，为什么独自在黑夜里游荡？

这种发问在滴看来是保护人的呵护，滴觉得自己活得太渺小，她需要宠爱，需要呵护。于是，顺着老友的话尾，滴的热泪再一次夺眶奔出。滴从小到大一直被认为是稳重的，让人放心的，皮子是她唯一的恋人，发展成了爱人，滴从来没想过在“黑天鹅”酒吧里她居然也会有故事。她进“黑天鹅”只为了看看李青，结果在这个有雨的晚上，因为心里疲倦，因为游荡很累，因为老友加的方糖和老友低低的沉沉的嗓音，她就随老友拉着坐了下来……

“黑天鹅”外在的装潢很高贵，很气派，排斥平凡的芸芸众生。“黑天鹅”氛围很诱人，坐着，看那些流畅的喷泉、悬挂的繁花绿叶、朦胧的柔和的各种光色，围绕着，滴不由地，的确是不由地把头倚在老友肩上继续委屈抽泣。滴像很累很疲乏的旅人。

老友仍然是温柔的，他没有更多的语言可以劝慰滴，因为人生度日的方式和态度每每都是合理的存在。白瑞德也不是时时都好，时时都温柔的。若迁就女人的寻父心理，每个男人都该让自己持长兄风范，女人就是要撒娇的，男人就该让女人撒娇。老友在校时就是欣赏小妇人的男人之一。但老友没有对滴谈他的感受，他只是非常得体静静听滴泣诉那些没有条理甚至没有道理的怨气，然后他将自己洗得干干净净叠得也方方正正的手绢递给滴，那手绢上还散发着力士香……

应该说整整一晚上“黑天鹅”没有更多的故事。滴在眼泪流干时才想起独身的老友和已婚的自己，这种相依倾诉的资格滴是再没有了，老友还有一片辽阔自由的天空，滴拥有丈夫皮子和儿子。其实，说拥有皮子是错的，滴只是拥有一个很繁杂的家。抬起头应该说再见。滴非常不好意思，很羞涩。老友说：

我总是在这儿等你。

五

那个秋天让家里多了某种气息的夜不足以让皮子分心，他甚至深有感触地说，女人啊，真是莫名其妙。

是的，是有些莫名其妙。

滴在心里回答皮子。老友的等待让滴有种依靠，让滴时常六神无主。理智早已告诫过滴，这是危险的游戏，应该及时拯救自己，可滴不由自主便跨出家门。在老友那空阔的屋顶下，滴实实在在体会了一种新生活、一种外国有钱阶层女人的生活。悠闲又风度且魅力，不会让油烟熏染。老友让滴充实，让滴坚强，让滴勇敢。和老友相偎在一起，滴是什么都无所谓，什么都不会害怕的。连老友都不由地感慨：

原来你是座沉默的火山啊。

可是回到家，回到由滴一点一点美化成形的屋子，滴觉得自己是被毁灭了，被自己在一个瞬间的迷茫毁灭了。儿子常让滴觉得心惊，跟老友一起的快乐和充实在面向儿子时就会瓦解，滴觉得自己不配做母亲。有时她会抬起企望的眼睛看皮子。她想对皮子说她想依偎皮子，静静的。皮子总是忙碌又充实，皮子上班是正规的，下班后的业余爱好是多样的，夫妻的温存皮子往往将它放在将灯拉灭的那个时刻……

滴很痛苦也很失望。滴在皮子翻身睡去的那个时刻总会想起老友，想起老友的温柔、老友的细致，也想起自己和李青，想起李青对马波的背叛和李青竟然得到宽恕，想起看过的一本书上说：

想做坏女人的其实比想做好女人的要多得多。

而且，从好女人变成坏女人是多么容易和简单，老友在“黑天鹅”那儿轻轻说了：我总会在这儿等你。滴听见了也记住了，让滴深刻记住的还有老友那散发着香味的手绢，有老友低低的厚厚的嗓音。有时滴在心里反省自己行为时会对皮子生出一种恨来：皮子，你为什么不能温柔些对我？滴很委屈，而皮子从来不曾察觉滴心里有如此简单的渴望，滴一直是让皮子满意和骄傲的。真不愧在校时就被公认是称职小妇人啊。是马波带皮子认识了滴，是马波向皮子介绍了滴的情况。皮子和大学的许多男同学一样欣赏滴，他不可能想象得出，在滴越来越风韵的体内竟然已有了决堤的火山口。一本陈旧小说书里的细节就可以从此改变一直由皮子操纵的小家。皮子有时也是无知的。

滴很迷茫。皮子向来的所作所为早已表明他对婚外恋的态度，他不可能宽恕谁也不可能饶恕谁，既然不想好好过日子那就可以彻底不过。然而滴不可能超然放弃已投入了多年的家，不可能放弃也不忍心折磨那么乖巧那么可爱的儿子。

你非常古典。

第一次走进老友的屋子，滴试图拒绝老友时老友盯着滴的眼睛这么说：你非常古典。事实上老友是滴无法拒绝的，老友的所作所为让滴觉得是在月光下读“枯藤老树昏鸦，小桥流水人家”。老友和滴完全不同，滴只是在看和领悟世界，那老友却是穿透了世界。老友说他走过古典穿越了古典。读费尔巴哈哲学时，读手抄的《基督山伯爵》时，在那紧靠了麻风病院的屠宰场度日时，老友们走过了古典，唱着三套车，三套车的旋律在寒冷的季节越过了一颗颗寒冷的心。在口琴低低的呜咽中有成行的泪从老友们的脸上流过，这样的氛围浸泡了老友们，使老友们在冷静待人待已的今日让滴看见了另一种深沉，看见了比许多同龄人的温柔更容易接受得多的温柔。

哦，一阵风那是走过的四月。

秋季，滴这样宽解老友，虽是风马牛不相及，可老友能心领滴的聪颖。老友的经历让滴觉得找到了自己的白瑞德船长。

快乐之余，皮子和儿子会从滴的心中走过，这时滴的心里总是很闷，滴觉得已走过的路是幅无法挥开也无法抹去的画面。老友让滴体会了比得不到皮子珍爱更沉重的一种情绪，这时滴会哭，会埋怨老友：你为什么会来骚扰我？可老友的表达非常朴素。老友说人生长长的路我走了很长，我不敢奢求你重新组合一个家，家不是拼凑积木。我的要求很简单，我只是希望能时常见到你……

对。家不是拼凑积木，家是混凝土结构的堡垒！

滴冲老友喊着，她的心又疼痛起来。坐一坐的内容已经是那么丰富还说时常见面，这要求简单？而且，家既然是混凝土结构的城堡，老友你为什么又让秋夜的雨滴渗透了它……

滴想得很苦。滴很迷茫。滴在静静的黑夜做熊熊大火的噩梦，火势不可阻挡地凶猛蔓延让滴无比惊慌。

六

滴在秋夜之后一直渴望向李青倾诉烦闷。好多好多的事情让滴的情绪一直很颓废，很茫然，滴想请教李青，想问问李青，你那时也是这样的吗？

但李青一直没有出现。自从与马波在“黑天鹅”挥泪说了再见后，李青便没有再踏进与马波常来常往的地方。

过去的就让它过去吧。

李青对马波说得非常平静和潇洒，能这么说着结束过去就可见李青的丈夫确实改造了也征服了李青。只是马波的日子越弄越无法维持。他的妻子后来为了对付李青，对马波一直是宽松的、友好的；现在对手李青不战自退了，他的妻子也就腾出那一部分精力来了：

外面的世界那么精彩你怎么不去跑呢？怎么不去发展什么自我而要回家呢？家是牢笼，笼中有虎，你又回来干什么？

马波的倾诉往往是皮子的笑料：当初你为什么要去找母老虎不去找一个滴这样的女孩呢？皮子很得意自己的选择。

我最大的错误其实是认识错误。所有过失都容易更改，可婚姻不行；所有外遇都是补偿，可找李青不行！

马波说得非常激动和绝望。滴认为这时的马波已没有了男士风度。李青不行？当初马波和李青在一起时那许许多多的快乐都那么真诚和难忘，都那么忘我，甚至让滴都不由站在了外界和社会都不容忍的一边。一天，马波的妻子请滴带口信给李青：你去告诉那骚货，如果有胆量再跟马波在一起，我不把她的脸抓烂也得把她的那两条腿折断！

滴没有捎这样的鸡毛信。滴认为是你自己不好才让马波的灵魂如此干渴才让马波碰撞了李青，马波一直说是李青拯救了他，否则他会孤独压抑得去犯罪。李青的心胸在马波看来是母亲的心胸，而那些任性甚至专横的举止又全然是精灵式的，她让马波平静又新奇，这就是吸引力和魅力。所以，滴在街上想对马波的妻子说，离开他给他自由吧。可看见对方满脸不顾行人注视的泪，滴又不知该说什么才对，才能让每个人活着都不受伤害。

滴的心也随马波和李青经受了多重折磨。日子是过去了，事态的发展也变了，那时李青家里闹离婚闹得只能用生和死二字做选择。离婚是活，不离婚就是死，这是小巧的李青瞪着眼站在钢琴旁对丈夫说的；而李青的丈夫，一位典型的北方汉子也粗着嗓门说了：

离婚是死，不离婚就是活！

双方对峙的日子里马波陪李青多次到滴的家寻个安静和倾诉的地方，多次陪李青在黑黑的静静的空空的街道游荡。

反正我是非离婚不可的。

每次和马波分手李青都会对马波这么说，她那非常非常坚决的神情会逼得马波在心里自觉惭愧。马波没有李青的这份信心，马波看准了自己的老婆不会轻易放他一条生路的。马波畏惧家庭持久战，可马波没有看准李青的丈夫，也没有看准李青：她的男人也是有动人之处的，我马波对她来说也不是非有不可的！

自然，以前李青的种种依恋也是让马波今日里恼火无比的。她居然那么狠心就把我抛在岸上不管了。女人啊，害人精！

滴这时真正觉得马波在理智混乱之际说话已没有原则。闹离婚都是痛苦的，可马波一个男人承受的压力有李青那么大吗？真正难得的其实是李青的丈夫。

李青，无论离或是不离对我们可能是新开始。做个男人我肯定有好多疏忽的地方，让你不安宁也不安分在屋里坐着，让你没有依傍才出去寻求。跟你为了离婚大闹也是不理智的。为什么要闹呢？为什么不能让你不再提离婚呢？为什么没有想到可爱的孩子而互相宽慰和给予而只要求索取呢？

他是在演说。可他的演说征服了我。当他自责是他让我没有依傍的感觉才出去寻求时我哭了，我又委屈又感动地哭了……

这是李青最后一次向滴倾诉婚姻和家庭。她那来自漠河边的大丈夫用大心胸将她呼唤回去了。今日的她肯定活得幸福又安宁，滴在心里这样想着。那么当初的李青又有没有自己今日的这许多彷徨，这许多苦恼？相比，滴觉得自己比李青多了许多怯弱，她敢要求马波去离婚然后两人结婚，敢对自己的丈夫说这个家没有什么牵挂我的心，我应该走出去！

这些滴都没有。她不敢想象如果皮子知道他的王国有这样的事情，日子会是什么样？天空会不会再没有了白云？而且，老友从来没有要求滴：

你去离婚然后我们结婚！

对滴，老友从来都没有这样要求。他看上去总是很平淡，总是如小桥流水人家。这让滴日益激烈跳动的心多少有些失落。马波对李青那是何等的狂热！书上的白瑞德船长也是又温柔又热烈的……

七

终于让皮子抬起他精明过人的双眼审视家里看不见的那种味道是在他的生日，他的异常冷清的生日。学理工的皮子原本对生日之类看得极轻淡，后来娶了滴，滴努力按着书上写过的那些成功女人模式，对丈夫的生日总有些别出心裁的表示。比如在卧室的门帘上面挂个红气球让“生日快乐”几个字不停飞舞，或是在夜晚儿子已经睡眼惺忪时悄悄让他对着皮子的耳朵说：爸爸，生日快乐。或者是皮子自己不知不觉下班回家时会看见家里已坐了满满一屋颇受欢迎的客人齐声吼唱：生日快乐，祝你生日快乐，祝你永远快乐……

此类种种的生日仪式会让皮子深刻体验一种异样的快乐，体验一种活在别人心里的快乐，他甚至有些受宠若惊地感激温柔的滴在他意料不到的地方替他安排了这些美妙的享受。生活是走长路，在长长的大道旁不时有些温馨的小花开放当然是赏心悦目的事情。滴真是让皮子无限满意。可是当皮子已经有意无意记住了自己的生日，并且也自作主张请了几个朋友要一起替自己“庆寿”时，他才对自己的家生起异样感来，才想起滴已经很长时间没有在家里制造情调了，才发现他记住的生日只是他自己记住了而已！

将几个朋友随便用方便面打发走了之后，皮子开始重新审视他的家。最醒目的发现是儿子近来脏得像个流浪儿，滴下班总是很晚，家的里里外外很零乱……

醒目的发现比比皆是，皮子心里很烫。他非常冷静又非常激动地等着滴。他得和滴好好谈谈，这个世界是有秩序的，每个人都得按规矩本分生活，接着皮子居然无意间翻到滴抄写在本子上的句子：

这一天我中了巫术
你伸出手，我就跟了你去
跨过惊慌的灯光
……
在世上我只活在一个人的心里

皮子向来是精明的，皮子对马波和李青的感情纠葛耳闻太多，但都不足以让自信的皮子敏感到自己满意之至的妻子那一向安分的滴居然也违约了……

滴写在本子上的那些情爱格言起初让皮子想起大学毕业了要谈恋爱，要找些爱情格言表达自己内心的日子。那时皮子们都有一个精致的笔记本。

当人到中年引得上上下下人们都感慨不已时，皮子们的笔记本上还抄了“我愿意是激流……我愿意是荒林……我愿意是废墟……”这样的诗句——这一类句子那时广受皮子们的欢迎，每个人都可以顺口滑出两句格言互相使用和借鉴。接下来格言又逐步退回原来摘录的地方去了，结婚过日子总之比任何格言都实在，那滴如今还捣弄这些不合年龄身份的句子干嘛？

皮子开始想到了他原先不去想眼下又有些不敢深想的事情。难道滴也会和李青一样跳来跳去？翻看滴不知是有意还是无意放在桌面的本子，让皮子在生日的这一天被激怒了，皮子的心越来越滚烫。在滴笔记的中间，皮子读打了着重号的这种诗：

当你老了
头发白了
睡意昏沉，炉火旁打盹儿
请取下这部诗歌
慢慢地读，回想你过去眼神的柔和
回想它们昔日浓重的阴影
……

皮子和滴交流过，皮子知道滴以前就喜欢读这样的诗。可是现在滴还读，着重地读这些诗句是什么意思？滴为什么会忘了皮子的过去从来不曾忘过的生日。

皮子脑海中一阵乱糟糟的轰响，那种还没有得到证实的预感居然让他非常动感情，跑到儿子身边拿着自己的照片细细地和儿子对照着，比较着。皮子这时甚至想到他和滴一次不经意的对话：

真是在替他人做嫁衣，每个人站出来都说儿子特别像你。

这是滴说的。

这有什么，我的儿子不像我难道要去像别人？

说完他们两人都笑了。滴很幸福，那时皮子很骄傲。

坐在儿子身旁，皮子忙乱的心绪多少平静了些，但家里有事的感觉却更加强烈了。滴不对劲，滴是不对劲。挂在墙上的钟摆在不停地晃荡，时间已是十一点整，滴还没有从工人俱乐部的健身房回家。

天，滴怎么突然想起了要去健身房的？

皮子的生日过得非常沉闷，他坐在沙发上大口吸烟，许多不可理解的细节让皮子懊恼自己太多太多的疏忽。

皮子开始重温马波和李青早已结束的故事。窗外已是寒冬。

八

再见李青时，滴觉得李青变得很陌生了。最明显的变化是李青小巧瓜子脸配着的那副大耳环。耳环造型非常别致，一片枫叶上铺满了许多发光的小星星。戴着这副耳环再配着长到脚踝处的长裙，滴常会有种幻觉，李青是来自异域的那些又邪又诱人的精灵。过去的李青走在街上总让人有不真实的感觉，现在不同了，现在的李青非常端庄。她把自己浓密的头发高高绾上，把那枫叶的耳环放进小箱里，那专门穿着去跳踢踏舞的裙子也放进了人生的博物馆。滴这时看见的李青活得非常真实，也非常可爱。她编导的一个儿童剧目居然还获得了优秀创作奖，那些孩子们在舞台上展现的其实是李青的才华。当那些天使般的孩子在金光银光闪烁不停的舞台舒展手脚时，李青体会了一种从来没有过的幸福。

找到一份自己还做得下去的事情是多么充实又多么幸福。

这就是今日的李青。她和丈夫都重新塑造了自己，让家庭获得新生。相反，倒是滴的变化让李青察觉出异样来：

滴，你的眼神是多么凌乱啊。

滴向来是贤惠女性的性格和形象。滴一直是李青信赖和尊敬的，滴让李青时常感觉是在读拉斐尔的《座椅中的圣母》，坐在椅上的圣母是那样高贵和亲切。李青多次向她的亲友们介绍滴，后来一位亲友纠正李青说，圣母是西洋人，菩萨才是我们土生土长的，你那位滴为什么不叫滴菩萨呢？

滴菩萨？

大家都笑了起来。滴在校时被神秘诗人封为小妇人，在李青眼中是圣母似的女人，因为性情和面相又被称作滴菩萨。凡此种种，让滴如何倾诉自己如今迷乱又无奈的日子？滴一直在找李青，一直想问李青，这类事情应该怎样才能了结。可李青却说滴眼神凌乱，滴渴望扑向李青痛哭一次都被不由地压住了，她们的关系已日长久远了。李青从来都是跳来跳去的，她不可能为滴提供这样的机会。命中注定她们的交往中滴是沙滩，李青是潮水，而沙滩是不可能向潮水倾诉的。

李青让滴压住了心底的那份倾诉，滴觉得日子是越来越不如意，而跳出个人情感纠葛的李青却活得越发滋润和自在，她向滴介绍她现在的生活、工作，她活得前所未有的开心实在。而且，她还鼓励儿子参加全国性的漫画大赛，她的丈夫也表示同意，因为每一个小孩从小都需要接受心理承受能力的训练。

看来李青夫妇是越来越一致，越来越志同道合了。滴心里无比酸楚，想起了自己流浪儿一般的孩子。“覆巢之下岂有完卵”这样的联想夸张了些，可在大人心里极不安宁和平衡的时刻，需要照顾的小孩能有几分温暖却是可以想象的。李青的孩子那时是全权交给了他奶奶照管的。以前滴从来没想过一个母亲竟会没有心境照看自己的孩子。怎么可能呢！那时滴还是一个安分守己的小妇人。

李青快言快语倒了几筒子话，让滴自己去回味之后赶着走了，说要去参加什么理事会。滴闷闷坐着，她突然很厌倦原先阳光明媚的生活。而且她察觉了皮子和自己之间的冷战，对夫妻生活非常有激情的皮子已很久很久没有碰过滴，这原来对滴是另一种意义的解脱。滴不愿也不想让两个男人都拥有或是拥有两个男人，可皮子注视滴的眼睛让滴觉得寒冷、可怕。这时滴就想缩得小小的偎在老友厚实又温暖的怀里。

可老友……

老友却让滴深刻体会另一种含义的内容，在滴充满了献身柔情走近老友时，滴是全身心而无所畏惧的，滴那时视老友为唯一的依托。可老友不同，走在人来人往的大街上，老友是陌路，与滴相逢时老友全凭中间人的介绍才想起滴原来和他是同学，才恍然忆起原来滴就是班上那个小妇人……

老友，你让我觉得自己下作！

滴走进老友的屋子冲老友喊叫时，热泪禁不住夺眶而出，滴那时非常委屈。老友这个时候便会沉默，便会用那双深沉的眼看着滴，打量滴，便会在那先锋组合音响中选能打动滴的曲子：我踏着不变的步伐，是为了配合你的到来……

滴仍然在委屈，仍然在想老友众人面前的畏缩和逃避，仍然在想原来老友的情感也是不真实、不可靠的。老友就坐在滴的身旁，就看着滴哭，就非常倾心听歌手的倾诉。这样的吟唱让滴无法拒绝，在那个秋雨的晚上之后，滴就中了邪……

滴那泪珠浸泡得晶亮的双眼永远让老友动心，永远让老友产生第一次在“黑天鹅”看见滴的那种冲动。

我自己也不知为什么和你会有这样的交往，我知道家是责任，做一个男人我畏惧这样的责任，我觉得我已经活得很累很累。

这时的老友又成了“枯藤老树昏鸦”，他的语调和表情都是那么苍老和荒凉。

滴，原谅我，是我对不起你，是我不好，当时我不该那样情不自禁……

老友源自心底的呜咽和无奈让滴成了海洋上的一块浮冰，现在滴只有被动等待在蓝色海面融化为水直至消失。皮子不会救她，老友救不了她，她自己当然更救不了自己。

水面的浮冰！

玩火自焚！

哈哈哈，滴疯狂笑着走出老友的家，老友只是静静目送她离去。滴的心里一片空空荡荡，她像从云端往下滑行一般往来处去，往有皮子和儿子的地方去。

九

和滴的惊慌不安相比，和滴的狂暴烦躁相比，皮子是位沉着的战略大师。皮子是位井然有序的私家侦探。滴的背叛没有使他一触即发跳起来扭转一切。皮子先从滴的笔记日期着手，然后寻找各种富有说服力的证据，比如“黑天鹅”的女招待，老友住宅旁的邻居，工人俱乐部从未有过的健身房，等等，皮子非常有耐心等待滴的自我发泄和暴露，皮子不想打草惊蛇。而且，皮子思前想后一段时间之后决定离婚，他不想模仿李青的爱人，他认为就是李青爱人的那种软蛋才诱惑得滴也想如法炮制。

不，皮子绝不做那样的人，既然已经把家原有的氛围破坏又何必在乎它的破裂和完整。皮子非常冷静。冷静到一个无比寒冷的夜晚滴焦躁不安打破了几个碗之后，皮子问滴：

怎么啦，划破手没有？

滴咬着牙摇摇头便任泪水流泄出来，她对皮子的关切受宠若惊，把所有家务收拾停当之后，滴对着皮子坐的地方走了几步，开口细细对皮子说：

皮子，我……

不想皮子打断了滴的话头，他没有发火，也没有站起来，他只是非常利落地告诉滴：我们应该离婚。财产平分。儿子你如果不要我就接手。

皮子，我……

不提了，现在提什么都多余。

说这话时皮子用牙使劲咬着自己的腮帮。

皮子，如果你那个晚上温柔一点……

老友温柔，你去找他。

皮子说完这句话之后居然扭头看起电视来，屏幕上那场事关出线的足球赛正奔跑得难解难分。

这时滴反而无比冷静了，比皮子原先想象的不知冷静了多少。她也开始将眼睛转向屏幕，转向那滚动的球。停顿了好一阵之后滴对皮子说：离吧，我同意，儿子你先带着，财产我只要一千块的那个存折。

这时滴哪里又有小妇人的影子，皮子居然可以做一流侦探对付自己的妻子。皮子的果断让滴变得坚强，她已不再追忆过去建家园的美好和初恋伊始那种纯正无比的氛围，滴在倒塌的小屋里体会了一句古朴的话语：从来就没有什么救世主，也不靠神仙皇帝……

十

萧萧落叶之下秋季是早已过去了，寒冷的冬天也来了，又在春光春色中一分分隐退了。冬天到过春天自然也就向人们一步一步微笑着走来。滴和皮子原来共同拥有的家却悄无声息地瓦解了。皮子在单位里更加忘我地工作和拼搏，很让那些同事们感慨和同情：哎，想不到滴那样好的女人居然也……世风不古啊。皮子不语，只以沉默对答。

走出崩溃的家门，滴将腰挺得笔直。她在最后离开家门的那个瞬间抛弃了许多原有的负疚感。滴将昂着头重新制造一种生活。她甚至没有和任何人告别，只在车站的小邮亭给李青在明信片上画了几个字：

去南方，南方有一片辽阔的天！

（原载《十月》1993年第6期）

1994年

龙志毅

四十年来家国

一

一架中国民航747型客机从伦敦起飞，先后在瑞士的苏黎世和阿联酋的沙加两次起落，经过二十多个小时跨越两大洲，进入了我国西北边境地区。机上的旅客多为华人，他们中有的是长期居住国外回来的，有的则是短期出差归来。经过长途飞行已经疲倦不堪，突见旭日临窗又听说已经进入国境，便都兴奋起来。那些不坐在窗边的也想方设法移向窗口俯视两眼。虽然眼下依旧白茫茫一片，什么也看不见，却也满足了回归的欣慰之情。熟悉时间差的人精确推算，现在是北京时间十点多钟，大约三个钟头之后飞机便可降落于首都机场。虽然离降落的时间还长，经过了长途飞行的旅客却觉得是熬出了头，便有些迫不及待起来，有人甚至开始收拾零星杂物。

在普通客舱左侧十五排靠窗的位子上，坐有一位仪表不凡的女人。她着浅蓝色高档毛料西式衣裙，脚蹬黑色高跟皮鞋，套一双尼龙长筒丝袜。她脸色红润，肤色白皙，乌黑的鬈发，不画自弯的秀眉下闪烁着一双明亮、温存的眸子。周围的人不时地拿眼光瞄她，甚至暗中猜测着她的年龄。四十？五十？很难判断，却没有人往六十岁上去猜想。她静静地坐着，很少和别人说话，有时半闭着眼睛像在想心事，偶尔回答问题时一口标准的普通话。她没有卷入周围的兴奋骚动之中，有时还歪过身子甚至主动让开位子。让那些挤过来的同行者尽情地朝机舱外俯视。

从那平静的表情来看，她似乎对旁人的兴致无动于衷。其实不然，也许，在这机上的四百多名旅客之中，此时此刻内心最为激动者莫过于她了。去国离乡整整十年，几经波折终于踏上了归途，对个人来说，终于踏上归途也许是她一生之中最后的重大决策了。从二十世纪七十年代末期起，她那个小小的家庭发生了极不寻常的变化。丈夫马驰全面平反，恢复了五十年代评定的教授职称，还担任了一个民主党派的中央常委。独子筑生在老友的帮助下赴美留学，经过几年努力，已经找到了一份如意的工作，儿媳也赴美伴读去了。唯独她自己为命运所捉弄，“文化大革命”中一气之下提前退了休，现在自然一切都没有份了，心理的不平衡，促使她远涉重洋赴美探亲。谁知一住便是十年。十年来曾多次萌生回国和丈夫团聚的念头，都未能成行，每想到独居北京的丈夫，便不觉潸然泪下。人非草木，焉能无情？将那患难与共的丈夫一个人丢在国内于心何忍？何况，他已是老人了。“望乡关兮千里，时转侧兮五更！”最初的那几年，每当夜幕降临，她伫立窗前，遥望大洋彼岸，便似乎看到了北京城西郊的某大学宿舍，看到了那宿舍楼二层的灯光。在那若明若暗的灯光下，一个头发花白、架着高度近视眼镜的人，正埋头夜读或者奋笔疾书。要是在过去，她会给他送去一杯热茶或咖啡，夜深了天凉了，她会轻脚轻手地给他披上一件衣服，现在他却孤零零一个人住在那单元房里，有谁去照拂他呢？他比自己大十二岁，中国历法的“一轮”啊！已经是上了年纪的人了，成天吃食堂吃方便面，怎能叫人不心酸？她不止一次萌发了不如归去的念头，但心里却又索然。回去做什么？在人生的道路上走了几十个春秋，猛然回首，好像那走过的道路已无踪影，只留得白茫茫一片，便又将那不如归去的念头打消。就这样年复一年，生活在归去与否的矛盾之中，因此和儿子顶撞的事也时有发生。儿子的话很难听：

“你热爱祖国，祖国未必就热爱你呀，妈妈，何必这样死心眼呢？”

儿媳也往往插进来帮腔：

“是呀，我妈也是的，你当了一辈子编辑，什么地方不如人，到头来连个高级职称都没捞到！”

她气得直发抖。儿子儿媳说的是事实也不是事实，就说这编审一类职称吧，她不是不能得，而是提前退了休，失去了得的资格。这又怪谁呢？还有其他方面，她确也说不清楚，便自个儿生闷气或闹着要走。每当这时便全靠那个不寻常的老友何所之出来打圆场，宽慰一番。凭着他和她这一家人的特殊关系，他成了化解矛盾的权威。

在那几年当中，她最大的希望就是收到他的来信，最大的兴趣便是展读他的来信和给他写信。都是上年纪的人了，不像青年们写情书那样，缠缠绵绵洋洋洒洒不可收拾。而是纯属事务性的书信往来，无非也就是歌词里所说的“天晴了别忘戴草帽，下雪了别忘穿棉袄”一类生活上的关注。但它却带来无限的温馨，激发起一层层情感的涟漪。

就这样地过了两年、三年，她的心情终于慢慢地平静下来了。凭着她一口熟练的英语和有教养的素质，在那不寻常的老友何所之的帮助下，她干起了一些临时工：替人照顾孩子呀，为孤独而又富有的老人做伴呀，等等。后来老友何所之特别关照，要她为他的两个在小学念书的孙子孙女教中文，每周也不过两三次，待遇却很优厚。何所之对她说，这样做的目的是让他的第三代不忘本。记住自己的血缘在中国，并尽可能掌握中国的文字语言，了解中国的历史。但他之所以选她来担当此任，还有一层未说出口却又心照不宣的原因。她体会到了老友内心的苦衷，便很乐意地接受下来了。庆幸的是何所之并不同儿孙住在一起，这样对她来说来往也就更方便了。人的感情是复杂的，她的儿子筑生能赴美留学，全凭何所之的帮助。她自己之所以到美国来而且长期滞留不归，除了心理上的不平衡，隐隐约约似乎也有何所之的因素在内。说隐隐约约，是因为这种意识是潜在的，连自己也说不清道不明。人既然来了而且相距咫尺，自然便希望经常在一起，天天在一起，也无非是在一起聊聊往事，回忆那遥远而又遥远的青年时代，那些如烟似梦般的滇池岸边的往事。然而在行动上，她却又下意识地尽可能少和他接触，这就出现了一种若即若离的难堪局面。每次与何所之见面后带来的喜悦、舒畅和感慨之情中，又往往掺杂着不安和内疚，像是做了什么不光彩的事，连她自己也觉得可笑。这是怎么啦？为了摆脱这种尴尬局面，更为了一家人的团聚，她写信动员老伴马驰来美定居，他在这里的学术界有一定影响，还有许多朋友，是会受到欢迎的。儿子儿媳和她的想法一致，加入了她的动员行列，为接纳新移民的到来效力。然而，母子三人的心机是白费了，老头子油盐不进，他回信说自己的根基在中国，虽然人已老，自认根还深叶还茂。要他去美国讲学可以，事实上他也来过两次，要他来定居则无异于老树移植，只能是迅速枯萎死亡。她理解他的心情，放弃了动员的打算，便又使自己重新生活在归去与否的矛盾之中。

归去与否，近两年成了她和老伴马驰来往书信的主题。说来也有趣，如果仅仅就这么一个主题做文章，是没有好多内容可写的，只会变得越来越淡而无味。不知从什么时候起，夫妻二人开始借古诗以寄情，借写诗以抒怀，成了独具风格的“两地书”，彼此从这“两地书”中获取暂时的安慰和乐趣。

一晃眼十年过去了。十年一觉美国梦，留得了什么？空虚、寂寞，这个国家本来就不属于她。也许是传统意识太强吧，在漫长的十年里，她并没有被异国他乡所融化，始终摆脱不了身在异乡为异客的感觉，于是她决定无论如何要回去了。回到那生她育她的国度里去，回到孤寂的老伴身边去。什么心理不平衡，什么难堪的寂寞之感，通通都抛之于九霄云外去吧。

回归的决心定了，方法呢？怎么脱身？她竟然想到了李四光、钱学森等回国时曾经遇到过的周折。自己又怎能和他们相比？没有哪一级政府或情报局什么的机构会出来阻止她回国的。儿子儿媳也好说，只要自己执意要走，他们也绝不会强留的。唯一的难题便是那位不寻常的老友何所之，想到他那再三表明了的态度和祈求的眼神，便觉得陷入了一个难以自拔的境地。最好的良策是横下一条心，不让他们特别是何所之明白自己的意图，来个迂回战术，于是便想出了旅游英法的脱身计，这其实也是她的夙愿，可谓一举两得了。好在这几年存了一些钱，足够这次回归旅游之用，这次不去那旅游英法的夙愿便再也不能实现了。儿子儿媳对她的英法之行并没有过多的关注，更没有阻拦。又是那位不寻常的老友何所之，表现出了不寻常的关心和热情，认为她孤身一人前往英法实在不妥，他愿陪同前往，只是眼下事务缠身走不了，希望她缓行两三个月。她说飞机票都已订了，不能再缓了，一个人旅游她有经验，不碍事的；等到她从英法回来，他们再结伴去别的地方玩，比如瑞士呀，罗马呀，如此等等，他听了也无可奈何，只好同意并再三叮嘱她要好好照顾自己。

她想悄悄地走，不让何所之知道，只叫儿子开车送她到机场。谁知一踏进机场大厅，迎面朝她走过来的竟然是他：何所之！

她握住他的手淡淡一笑：

“你怎么也来了？”

他也淡淡一笑，那笑中却带着明显的苦涩味，也许只有她才能观察出来。他说：

“洁如，我们都不是小孩了，捉迷藏的游戏不适合我们这样的年龄啊！”

说这话时他的表情变得凝重起来。

她不由得暗自吃惊。这个狡猾的家伙，他知道了我的秘密！是谁告诉他的？儿子筑生？不，他根本不知道。昨天晚上他还说，回来时别忘了发电报，他好到机场去接。那么，就是他猜出来的，唉，所之呀所之！

她不能否认他的猜想，凝视着他想说几句告别话，又一时难以开口。她又注意到了他那依旧英俊、潇洒的面孔，只是两鬓的白发更多了。他也凝视着她，表情沉重，欲言无语，她全看在眼里了，便说：

“你很忙，不想耽误你的时间，便没有告诉你行期，对不起。反正……”

她还想继续撒谎，说反正是短期旅行，很快就回来的，却又突然意识到他已猜到自己的秘密，不能再“捉迷藏”了，便把话打住没有再往下说。他又苦笑了一下，默默地点点头，表示理解。

两人便都沉默起来，千言万语尽在无言中，对他们来说，沉默也许是最好的表达心情的方式了。恰在这时，筑生办好了登机手续走过来，将机票和登机牌给她，提起地上的手提箱，说：“我们走吧，到时间啦。”他又叮嘱她回来时别忘了发电报，只有他还蒙在鼓里。做母亲的却并不作说明。何所之也依旧沉默无语。

走到登机口，趁筑生不注意，何所之紧紧握住她的手悄声细语：

“洁如，再见，代问马先生好，今年底最迟明年初我要回昆明一趟，也要去北京的。到时请你吃全聚德，游八达岭！”

她用紧紧地握住他的手作为回答，只说了一声“再见”，又朝筑生打了个招呼，便提着手提箱头也不回地朝登机口走去。

二

飞机起飞了。她将座位调低一些，半躺着身子闭上双眼，便恍恍惚惚似乎依然留在地上，面前也依然伫立着那个两鬓斑白、英俊潇洒不减当年的何所之。

“怎么，你还没回去？”

“我能离开你吗？洁如。”

他一伸手拉住了她，两人便长了翅膀，平地一跃而上高空，飘飘然，飘飘然，飘向远方，飘向那如烟似梦般的青年时代。

抗日战争末期的昆明，位于北城的某大学女生宿舍。星期日一大早，何所之来了。他将她从宿舍带走，上了停在校园里的一台黑色福特轿车。这样的车她家里也有一台，她知道它和“林肯”等其他型号的豪华轿车一起，同是当时达官贵人们的专用车。当然她也知道，就何所之家来说，这类豪华轿车绝不止一台两台呐。她不清楚何所之是什么时候学会开车的，他们俩开始有往来时，他已经是一个熟练的业余驾驶员了。

他的西方礼节很到家：打开车门请她先上了车，然后从车头前绕过去坐进驾驶室发动车子。她这时才注意到了他的打扮：一身米色高档毛料西服，玫瑰色领带，雪白的内衣，衣冠楚楚像是要去赴宴。她便好奇地问：

“我们上哪里去？”

“一个有趣的地方，到时你就知道了。”

他侧过脸对她神秘地一笑。

她正在猜想这有趣的地方是什么去处值得如此保密，车子已经出了小西门，向左拐进了篆圹新村，在一道黑色大门前停下了。还是西方礼仪，他先跳下车绕过来给她开车门，同时从后座上取出一本厚厚的书拿在手中，便领着她进了那半掩半开的黑色大门。房子并不打眼，是这个新村里的标准模式，她起初还以为是他的什么朋友家，进得门来才发现那正屋当中的客厅布置得像一间大教室，已经坐满了一屋子男男女女，他们毫无例外地都捧着一册厚厚的书，像是等待上课的学生。前面靠墙壁的地方设有一个讲台，讲台左侧斜放着一架钢琴，一个戴眼镜的西方中年妇女站在讲台旁边，身着黑色衣裙，体态丰满，举止大方，像是一位教师，也同样地拿着一本厚厚的书。钢琴旁边的凳子上坐着一位西方鬈发青年。他两手抚摸着琴键，随时准备开始弹奏。

见他俩进去，那西方中年妇女微笑点头。招手让他们到前面就座，第一排恰好还有两个空位子。何所之一面坐下，一面用英语和那位主持的西方妇女打招呼，对自己来晚了表示歉意。那妇女笑容可掬地说，没什么，没什么，还没开始哩，你们来得正是时候。他们的对话洁如全听懂了，她虽不是外语系的，但从中学起英语便学得很好，功底很深的。

他们落座后仪式便开始了。中年妇女向钢琴旁边的青年点点头，屋子里便响起了钢琴声，那妇女伴随着琴声歌唱，曲调悠扬，歌声婉转，是一种特殊的曲调。安洁如立即明白了，这是做“礼拜”，她唱的是“圣诗”，她在小说和电影上见过的。

唱完一曲，那妇女便翻开厚厚的书开始讲经。原来，何所之带来的也正是《圣经》。他将它翻开来摊在他们两人面前，向她指指段落，便随着大伙用英语朗读起来。她觉得挺有味道，便也跟着似懂非懂地读了起来。

连读带讲了一段之后，那女人便停下来唱一曲，唱完又讲，如此反复多次，最后给每人发了拇指大一片面包作“圣餐”，整个仪式便结束了，前前后后也不过个把钟头。

出得门来，她好奇地望着何所之问道：

“看不出来，你竟然是上帝的信徒哩！”

何所之哈哈地笑了：

“什么信徒，扯淡，我是来练英语会话的！”

她故意问：

“你说她的发音很标准吗？她是英国人还是美国人？”

“柯莱夫人，英国人，牧师。”何所之回答说，“你还没听出她讲的是标准英语？”

原来如此，她早就听说何所之一心想去美国留学。他虽然读外语系，却因在中学时贪玩，英文的底子不牢靠，现在正想方设法寻找一切机会“亡羊补牢”。特别是会话，他曾对她说过既要掌握标准英语又要掌握美国英语，正雄心勃勃哩。

从那家庭“教堂”出来，何所之并未征得她的同意便把车子开到了滇池之滨的海埂。这里是昆明的游泳“圣地”，每至夏天游人如织。那年头还谈不上什么硬件软件设施，令人羡慕的是那又长又宽的沙滩，沙粒柔和细腻，湖水清澈平静；沙滩右侧有一片柳林杂树丛，在浓荫下掩藏着一些从滇池中渗透过来形成的水洼。这里便成了天然的更衣室。

他们到达时不过十点钟，只稀稀拉拉地有一些男女青年在水中嬉戏。她一听说是来游泳的，便连声叫嚷：

“不行，不行，事先又不告诉别人一声，连游泳衣也没带来，叫我丢人现眼呀！”

何所之笑道：

“看你急的！”

他说着便不慌不忙地从汽车行李箱内拿出一个提包来递给她，神秘地一笑：

“都给你准备好啦！”

她接过来打开，是一套崭新的上等女游泳衣裤，不觉喜出望外，也没说一声“谢谢”之类的话，便走入那杂树丛中更衣去了，并再三叮嘱何所之离她远一些，不许偷看，他照办了。换好游泳衣，两人便向水边走去。她自由自在地由浅到深，几分钟便游了十多米远，回头一看，何所之还在沙滩上弓着腰为带来的汽车内胎打气哩。她游回来喊道：

“哎，旱鸭子，下来我托着你，要拿那个干什么！”

何所之求之不得，果然抛开那汽车内胎下了水，在她的帮助下吃力而有兴趣地在浅水区游了起来。他将头依托在她那柔软的手掌中，觉得无比舒适。“你真行呀，什么时候学会这一手的？”

她并不回答，却笑道：

“不要说话，小心呛水，还是个大男子哩，连游泳都不会！”

何所之一面用手脚在水中扑打，一面笑道：

“幸好我不会哩！”

她明白了他的意思，骂道：

“你坏！再胡说我就放手啦！”

他连忙笑着求饶。

水性好对她来说不是偶然的。她出生在金沙江畔的彝族家庭，父亲是滇军中的将领，而且资格很老，蔡锷、唐继尧讨袁时他便是一个中级军官了，后来归属龙云部下，又同是彝族，深得龙云的敬重和信任。

她从小跟随父母在外飘荡，抗战军兴，父亲随滇军出省打仗。母亲带着他们兄妹三人回到金沙江边的家乡住了两三年时间。时至今日，她偶尔回忆那段短暂的生活，依然觉得十分有趣。她家居住在深山峡谷之中，江对面是大小凉山分界线的“黄茅埂”，夏天常见顶峰乌云密布，雷电交加，闪出一道彩虹直贯长空；秋天未过却又见它最早披上银装，像一个身着白色披毡（擦瓦尔）的牧羊老人。金沙江像一条愤怒的黄龙，冲破崇山峡道向东奔去。山高谷低每到夏天高温如焚，幸好有一条不大不小的溪流，从她家房后的云雾山直泻而下，向金沙江流去。溪水流经她家附近时又恰好有一个缓冲地带，形成了一个平稳的河潭。夏天一到，他们兄妹三人随着周围的彝家小伙伴们成天在水中嬉戏，便这样学会了游泳。

那天，她同何所之在海埂游了个把钟头，上得岸来，只见红日当空，游人渐多，看看表已是十一点过了。何所之说：

“我们吃午餐吧！”

说着他便又走回到车旁，取出带来的面包、奶油、饼干一类食品，还有已经调好装在温瓶里的咖啡。此外，还有一块铺地用的油布。一切都是事先准备好了的。但她心里明白，这一切细致周到的准备工作并不需要这位少爷亲自动手，只需要他一句话别人就会效劳的，不过她还是佩服他想得很细。何所之和她一样，同是金沙江畔人，也同是彝族。但他父亲的官做得很大，在这个省份里提到他的名字，几乎无人不知无人不晓，是个举足轻重的实力人物。论资历她父亲比何所之父亲老，论现实严格说却是他的下属。加上彝族社会那网似的亲联亲关系，两家来往密切，倒把那上下级关系淡化了。她叫他父亲一声“表叔”，却又不知道是哪一门子的表叔，反正大人这么吩咐就这么叫就是了。

何所之和她选好地点铺下油布，便坐下来午餐，餐后又下水托了何所之一阵，该是回家的时候了。两人上了岸拿起衣服到杂树丛中更衣，才发现来时更衣的那个地方，一对青年男女正在树丛后面拥抱着卿卿我我哩。何所之只好东寻西找，为她另选了一处所在，眼看她抱起衣服走到树丛后面，他便自己去寻找别的更衣之处。他刚走出三五步远，忽听她“啊”的一声惊叫，他以为遇到了流氓捣乱，连忙跑回来，却原来是她身边的树叶上一条又肥又大的毛虫在慢慢地爬行哩。他笑着连枝带叶将它摘下来，丢在地上用石子砸了，说：

“我来看看还有没有。”

他立在她身旁上下打量，定睛细看没发现毛虫，却注意到了她那苗条柔嫩的少女之身，以及那被吓白又转红的迷人脸蛋。他猛然一阵冲动，便故弄玄虚地叫了一声：

“哎呀，你看！”

她连忙弯腰观看，他就势猛地一下子将她揽入怀中，强行将双唇贴在她的嘴唇上，狂吻起来。她起初拼命挣扎，用手推他，她感到他的双臂像铁钳般坚硬，反抗毫无用处。慢慢地她觉得像是一股电流通过，整个身心都酥软了，便将两手搭在他的肩上，将整个身子软绵绵地依在他的怀里，隐隐约约地只听到身后五百里滇池的浪声拍岸，哗啦啦，哗啦啦，舒缓缠绵。

作为一个十八岁的少女，这是她有生以来的第一次。当她坐在他身旁驱车回市区的时候，心里说不出是一种什么滋味，只觉得很有趣，便忽然想起在小说和生活中流行的一句话：“我已经是你的人了。”是吗？她自己忍不住暗自好笑，还差得远哩！这样一个小动作在西方的生活方式里算得了什么？不，什么也不能，她下意识地侧过头去瞄了一眼正聚精会神地开车的何所之，越发觉得他潇洒英俊，就是觉得他身上缺少一点什么。她想不清说不明，也就不想了。

周末的黄昏，何所之又来宿舍将她叫走，他来得正是时候，否则她就回家了。

依旧是那台“福特”，载着他俩由北城到东城，穿过繁华的正义路、金碧路，再向东来到一幢大厦门前停下。在当年，这大楼堪称省城的第一流现代化建筑了，美国第十四航空队陈纳德将军的部下们在这大楼里进进出出。她弄不清楚这是美国佬的宿舍还是俱乐部，既然已经来了，便只好勉强跟着何所之进了大门。经过美军门岗时，何所之掏出一张卡片亮了亮便顺利通过。她没有看清楚是证件还是请柬。

他们进了过道，只见一楼的大厅里灯火辉煌，乐声激越，美国大兵们三三两两携带着浓妆艳抹的“吉普女郎”进进出出。她停住了，生气地问：

“怎么把我引到这种鬼地方来了？”

说着便要往回走，何所之一把拉住她：

“你莫急嘛。”他指指楼上，“我们上去，你去看看就明白啦！”

他引着她来到二楼的一个大客厅里，这里果然又是另外一个世界，客厅里灯光柔和，正在播送一首西班牙小夜曲，旋律悠扬，节奏轻快，与楼下那噪耳之声形成鲜明对比。随着那音乐声有几对中外男女正翩翩起舞，其余的人散坐在墙裙周围的沙发上，喝着饮料自由交谈，顶多也不到二十个人。靠墙的一张长条桌上，摆满了香槟、马提尼等洋酒和蛋糕、蛋卷冰淇淋等类食品。

何所之和她的到来在客厅里引起了小小的波动，好几个人围过来和他们打招呼，却把眼光停在她的身上。

“哟，我们的白马王子光临啦！”

这是一个浓妆艳抹的中年妇女，打量她一眼，用揶揄的口气对何所之说：

“怪不得迟到了哩！”

一个中国少校插上来凑趣：

“情有可原，情有可原，带来这么一位天仙，迟到了才显出气派哩！”

一个中校走上来和她打招呼：

“二小姐来啦！”

他显然已经听到那位少校刚才的话语，便轻轻地扯扯他的衣袖，凑过去说了句悄悄话，少校大为震惊，连忙对她赔不是：

“二小姐，不知者不为过，请原谅刚才的冒失！”

何所之此时正忙着和两个美国校官握手说话，根本没有注意到那两个军人对她说了些什么。

她觉得很别扭，似笑非笑地向他们点点头，便向沙发走去，恰在这时一支曲子终了，新的一曲刚刚开始，一个美军上校走到她面前，对她一点头，用英语说：

“美丽尊贵的小姐，我能有幸和您跳一曲吗？”

她和上校跳着慢四步，擦肩而过的人，无论男女都用惊奇的眼光打量着她，使她觉得有如芒刺在背，很不自在。这时她忽听后面传来一声呼唤：

“小安，你也来了？”

她回头一看，是一个上了年纪的少将，一口江浙话，到她家去过几次，父亲要她叫唐伯，自然不是滇军将领而是重庆方面的嫡系人物了。她不喜欢他那目空一切的架势，只冲着他点了点头，便随着曲子的旋律擦肩而过了。

后来又有几个美军校官来请她跳舞，但她却发现何所之周旋于美国人之间，不停地用英语交谈，似乎把她忘记了。她觉得受了不礼貌的待遇，等到一曲终结，便过去对他说了声："我先走啦。"就径直向门外走去。

何所之连忙跟了出来，不无遗憾地说：

"不多玩一会儿，我正要陪你好好地跳几曲哩。"

"够了，"她生气地说，"以后要我去什么地方请你先打一声招呼，别搞突然袭击，强迫接受！"

见她生了气，他连忙解释：

"我主要是找机会练习会话的，你看这么多美国人，很难得的，课堂上教的都是标准英语，将来去美国还得重新适应哩。"

"哦，原来是要我来陪你学美式英语？"

她边上车边说，心里还在生着气。

"你也需要找机会练练嘛，难道将来不想去美国？"他说，"当然，也顺便娱乐娱乐嘛，这种典雅的娱乐场所省城还不多哩。"

她没再说什么，默默地坐在他身边，当汽车驶经晓东街、南屏街一带闹市时，她看到了霓虹灯的闪烁，听到了舞厅里传出来的爵士音乐，夜生活的情趣正浓。

"这就是抗战的气氛？"

她脑子里突然冒出这么一个问题，接下来她忽又联想到了学校里的生活，想到了西北郊那一片最高学府的油毛毡棚和低矮昏暗的教室，还想到了她自己家里乃至何所之家里的生活，脑子乱极了。

在年轻的生命史上还从来没有过这种乱糟糟的感觉。在这一团乱麻式的感觉中又冒出了一个问题：在这个畸形繁华的省城里，应当追求怎样的人生世界呢？

日子就这么一天天过去。她同何所之的往来依然继续着，却没有更新的发展，或者说重大的突破。她的生活情趣广泛，绝不像玻璃缸里的金鱼，有可口的食物和一块小天地便心安理得地供人欣赏了。作为一个中文系的女学生，她喜爱文学，熟读古今中外文学名著。她也喜欢观察和研究社会问题，甚至还和同学们一起去听一些名教授——闻一多、李公朴、吴晗、罗隆基等的演讲。那或慷慨激昂，或幽默泼辣的语言，同样赢得她热烈的掌声，激起她心灵的浪潮，使她在不知不觉中步入了另一种人生世界，这是与拓东路那大楼中西班牙小夜曲伴奏下的生活截然不同的人生世界。

教授、名人们的演讲她并不完全都懂，也还谈不上衷心拥护，但她觉得很有兴趣，能够激起思想的旋涡。她甚至蛮有兴趣地参加学校里雨后春笋般涌现的社团活动和歌咏、研究活动，这类活动同何所之领她去家庭式礼拜、美军俱乐部相距十万八千里，却又都是这个并不太大的城市社会生活的组成部分，真是五花八门呀，有时她想，这就叫大千世界吧？

就在这类活动中，突然间有一个人闯进了她的生活。这个人叫马驰，大学讲师，戴着一副深度近视眼镜，瘦瘦的中等个子，谈不上一表人才，只能说是一副书生相，但是她却逐渐被他吸引了。接触多了，她慢慢感到他像一册《诗经》《楚辞》或者《论语》《孟子》什么的，看起来很单薄，读起来却十分厚实。

他们的相遇很偶然，却又似乎是必然的，偶然中的必然吧。现在她在归途中回忆当年的情景，人人事事历历在目，宛如昨日。然而他们都老了，当然，他更老。这几年他一张照片也没寄给她，正在北京等待她归来的，是一个变成了什么模样的老人呢？

三

他确实是老了。头发已经花白，脸上皱纹纵横，然而依旧气宇轩昂，一副学者模样，特别是行走自如，从背后看上去不知者还会认为是个中年人哩。

此时此刻，当他那去国离乡十年归来的妻子在飞机上思念着他，想象着他会变成了什么模样的时候，他也正在想念着她，等待着她，而且处于极度兴奋之中。日复一日、年复一年的等待，足足等了十年，确切地说是八年，头两年他两次应邀去美国讲学，他们见过面的。十年也好，八年也好，终于盼来了“即时启程回国”并注明了启程日期和航班号的电报。虽然那启程的地点不是在美国而是在英国的伦敦，使他觉得有些奇怪，但毕竟是回来了，他这套空空洞洞、冷冷清清的四室一厅里又将要生机盎然了。

为了迎接她的归来，他特意雇人用新式涂料将屋子里里外外重新粉刷了一遍，他自己又花了两天时间精心布置。其实，工夫主要花在翻箱倒柜上，真正布置出来的东西也不多，不过是在客厅里挂了一幅徐悲鸿亲赠的《奔马图》，客厅正中摆了一张小圆桌，铺上雪白的桌布，放上她的爱物——紫铜花瓶并插上一束鲜花，如此而已。

只是徐悲鸿的《奔马图》十分宝贵，那还是抗日战争刚结束时，一个偶然的机会他在闻一多处见到徐悲鸿，便厚起脸向他讨画。徐听说他名叫马驰，使笑道“那正好”，挥笔为他画了这幅画。“文化大革命”中这幅画自然是被抄走了，时隔十年，几经周折才终于寻找回来。

在卧室里，他新购置了一个梳妆台，悬挂着一幅自己书写的横幅，上书苏东坡名句：“但愿人长久，千里共婵娟。”

一想到她即将在眼前出现，他那兴奋之情有如一个初恋的青年人。真有些坐立不安，不知所措了。等到一切布置完毕，只待从伦敦起航的班机到达时，他特别觉得日子难熬，忽然想起一件东西，便从抽屉里取来翻阅。

这是一本他当年初识洁如时的日记，几十年来一直保存着。“文化大革命”中自然难以免劫，抄家时被抄了去，当作资产阶级思想和资产阶级生活方式的铁证，批得体无完肤，还在一些段落打上红杠杠，进了“封资修”实物展览室。也许正因为如此，它才

“有幸”免于火焚，几经周折终于物归原主。自从他和洁如分居两国之后，这日记便成了他的精神伙伴。于不眠之夜的灯光下，将他带回那难忘的年月里去，使他那孤寂的心得到暂时的安慰。

现在，当他焦急难熬地等待她归来的时候，他自然又想起了它。当他将它摊在桌上一页页地翻阅时，那如烟的往事便一幕幕展现在眼前。

1945年7月×日

文学研究会今天举行小型讨论会。到会不过三十来人，讨论的题目是：文学与时代。

万芳将一位美人儿带入会场，说真的，她太美了。体态容颜都像是从画中走出来的着了时装的东方美人。我从来没见过这么漂亮的女性，更难得的是她不仅外表美，气质也不凡，文静、典雅，一对能令人手足无措的眼睛。她成了会场上最引人注目的新人。

在讨论进入高潮之后，因为她是唯一的新来者，大家便欢迎她发言。好几个人包括我在内还鼓了掌。她的脸红了，羞答答地把头低了下去。显然，这样的场合她还是第一次，有些不适应。在大家的再三欢迎下，她终于抬起头来，将那满头的乌发一甩，仿佛甩去不必要的羞涩，甩来了理直气壮的言辞。看来她还真学过不少东西，虽然话不多也还不够深刻，却是言之有理。她发言的中心意思是，文学要与时代相结合，要拥抱时代。她还引用了闻一多《红烛》中的诗句：“请将你的脂膏，不息地流向人间，培出慰藉的花儿，结成快乐的果子！”难得，当今那些有点姿色的女子，往往把姿色当资本，成天在学校在社会鬼混，最后找一个有钱有势的男人了事。认真念书者又有几人？

散会之后，万芳竟引她过来给我介绍，并向我借书。我当然喜出望外，热情欢迎，便将她俩领进我那间又小又窄的宿舍。屋里只有一张硬木靠背椅，我只好招呼她们坐在床上，和所有来访者一视同仁，也只能一视同仁了。不知为什么在她面前我竟然有些手足无措，像一个小青年初次接触他倾心的姑娘。“一见钟情”这个词，似乎含有深刻的哲理。

好在她们是来借书的，我让她们从那简陋的书架上自由挑选。自己则坐在那唯一的硬木靠背椅上，观赏着她们特别是她那苗条的身子在书架前移动。

万芳很快便选了《被开垦的处女地》，她说她喜欢肖洛霍夫的书，《静静的顿河》早已读完了，过几天送来。我们两人都坐下来，我让她坐在那唯一的靠背硬木椅上，自己则坐在床上等待安洁如挑书。万芳悄悄地告诉我安的父亲是谁。我不禁暗自吃惊：“门第很高呀！”还是彝族，在当今云南社会上，从龙云、卢汉起都是彝族，了得！

作为一个社会研究者，我曾在川滇边境金沙江畔的大小凉山待过半年多，自认为对彝族颇有研究。就脸型来看，高鼻梁，面部棱角分明，都是彝族的特征。可她的皮肤为什么这么白皙？莫非有外族血统或者是从小生长在城市的缘故？

我正自遐想，她终于选好了书回过身来。她选的是法国罗迭的《冰岛渔夫》。她说听人介绍过这本书，写的是一个多情的少女和渔夫的爱情故事，是悲剧，很有吸引力的。

她和万芳拿着书走了，那倩影却留在我的斗室之中。

1945年7月×日

她的偶然出现，使我的心漾起了微波。虽说还不到茶不思饭不想的地步，却也有些心神不定。幸好这几天事情多，否则日子将是很难打发的。

上午民盟召开了一个小会，我去列席了。刚从重庆来昆明的罗隆基还有闻一多等人，发言分析了当前的形势，认为随着希特勒、墨索里尼的倾覆，日本军国主义的日子已不长了。从现在起，我们要把眼光放在抗战之后，全国人民最关心的问题是能不能避免内战，成立联合政府。要把握这个方向多做宣传。他们还介绍了国共双方对战后局势的基本态度，确认民盟和中共是站在一个立场上的，对此绝不能有所动摇。

下午为即将付排的《民主周刊》写了一篇短评，宣传了上午会议的基调。搁笔看表，不过五点半钟，抄老路由大西门之旁的豁口入城，在一家北方人开的小馆子吃了一碗原汤牛肉和三个馒头，填饱了肚子便踏着夕阳漫步，不知不觉便来到翠湖。湖里飘来一阵阵荷香，长堤上柳荫下一对对情侣或挽臂而行，或相依而坐，这里本来就是情人的世界，何况又正是人约黄昏之时。孤身一人漫步长堤，顿觉来得不是时候，却又恍恍惚惚飘来了她的倩影，和我并肩而坐挽手而行。自然是幻觉。不，是追求，是目标！

1945年7月×日

真是“冤家路窄”，我去云南大学讲课，当我正沿着会泽院前那高高的石阶拾级而上的时候，猛一抬头，但见光彩照人，她来了。她从那高高的石阶顶端缓步而下，有如从云端飘然下凡的仙女，然而，她身边却陪伴着一位衣冠楚楚的男士。两人边走边谈，显得十分亲密。他是谁？和她是什么关系？一种说不出来的滋味涌上心头，我甚至想假装没看见，和他们擦肩而过，但是她却发现了我，主动同我打招呼了：

“马老师，你早。”

她停在我面前用那双动人的眼睛瞄我。我被她那具有磁力的眼光瞄得神魂颠倒，身不由己地停了下来。

她便指着旁边那位向我介绍：

“马老师，这是我的同学何所之。”

“哦，哦！”

我机械地向他伸出手去。

他显然并没有发现我的窘态，而且在“马老师”的称呼下，他大概也不会怀疑我心存“非分之想”吧？他大大方方地伸手和我握了握，也叫了声：

“马老师，再见。”

于是，我们便背道而驰了。

说句公平话，这个何所之是多古怪的名字啊，但他长得还是英俊的。这个何所之，他到底是何许人物？同安洁如是什么关系？我一定要打听清楚。

1945年7月×日

终于从万芳处打听到了何所之的情况。原来如此，一个将门之子一个将门之女，门当户对，符合我们这个国家的传统礼教。这类传统早该抛进垃圾堆了，它却超时空地存在下来，左右着一些人的命运。然而也不尽然，在当今的社会，这类传统已不可能对任何人都起支配作用。据了解，安、何的关系至今仍处于初级阶段，也可以说建立在沙滩之上，谈不上法律保护和道德行为一类的事。

对这位何去何从的何所之，我忽然产生了一个念头：彼可取而代之！

凡是想要得到的，就一定要得到。这是什么人的名言？管它呢，我信奉它。

一定要寻机会和她接触，增进彼此的了解。

1945年7月×日

想找机会，机会却主动送上门来了。吃罢晚饭正准备出门办事，万芳领着她来了。也许是万芳猜中了我的心思主动安排的吧？真是那样就太感谢她啦。

她们说是来还书又借书的。她想借的书却是万芳手中的《被开垦的处女地》，而万芳要借的又是她手中的《冰岛渔夫》，真有意思啊！我说：“你们私下交换一下不就得了？”

洁如却说：

“所有权是你的呀，当然要来办理转借手续啦！”

我们三人都笑了。笑声中我悟到了一点什么。万芳啊万芳，你真鬼！

我于是给她们每人沏了一杯茶准备长谈。我问她看了《冰岛渔夫》有什么感想。她迷人地一笑，用那能融化人的眼神瞅着我，说：

“太动情了，我简直忘记了吃饭、睡觉，差不多是一口气读完的。我完全‘进入了角色’，就好像自己和那可怜的女主人公一道，每天坐在海边望着无边无际的大海，等待丈夫的归来。我仿佛听到了海浪拍岸的声音：哗，哗……撕心裂肺，望断天涯海角，也见不到帆影归来。”

太精彩了。她真是“进入了角色”的出色演员。但是，当我正聚精会神地欣赏她那动人的表情和演说时，她却忽然话锋一转：

“不过……”

她欲言又止。

“不过什么？说呀。”

我迫不及待地鼓励着她。

她思索了一下，说：

“我觉得它动情，但不深刻。”

我和万芳几乎是同时叫出了一声“哦”并鼓励她往下说。我意识到了她要说的是什么。果然，她虽然表现得对自己的看法还不是那么有把握，但是将它说出来了。

“我认为文学中的爱情只是一种题材，无论是喜剧悲剧，在表现爱情时都要体现出社会意识，将两者融为一体，也就是说通过爱情故事来体现某种社会意识。比如千古绝唱的梁祝悲剧，读者和观众除了对他们洒尽同情之泪，还会深切痛斥那造成这种悲剧的社会根源：封建的父母之命的婚姻制度和门当户对的婚姻观念。至于像《红楼梦》博大精深的描写就更不用说了，西方的文学名著也无不如此。《安娜·卡列尼娜》的悲剧，反映了当时俄国上层社会的腐朽、虚伪和压抑。”

她说完后便把那迷人的眼光投向我，表情有些捉摸不定，似乎在征求意见，也似乎在寻求支持。

高见！要不是有万芳在场，我会情不自禁地握住她的双手甚至拥抱她。当然我只能像一般老师对学生那样肯定、夸奖和鼓励。我完全没有料到像她这样出身并与贵族公子在交朋友的小姐，竟然不是通常见到的那种浅薄之辈。

我送她们出门时已经很晚了。小巷里的灯光若明若暗。我有些不放心，便一直送她们到大街上又继续往前走，不知不觉便来到了翠湖边上。万芳仰视夜空，惊叹道：

“呀，多好的月亮。干脆，我们走湖中吧，马老师。”

我当然同意，三人便上了那十字长堤。月光如水，月下的翠湖更加明媚动人，依旧是一对对情侣拥抱于浓荫深处，携手于长堤之上。但今晚我的心情变了，我似乎已加入到他们的行列之中，再不感到孤独和寂寞了。

1945年8月×日

文学研究会在庆祝抗战胜利的喜悦中举行例会。会议快开始时洁如来了。只她一个人，万芳没来。我倒了一杯水给她，她接过杯子说声“谢谢”并朝我一笑，笑得很妩媚。

在抗日战争胜利的情况下举行研讨会，内容自然不可能是文学而是不折不扣的时事政治了。流亡了八年的师生一个个都兴奋得到了“漫卷诗书喜欲狂”的地步。高谈阔论的主题是何日复员，何日回到沙滩和清华园。有的甚至高声朗读杜甫的诗句：“白日放歌须纵酒，青春作伴好还乡。即从巴峡穿巫峡，便下襄阳向洛阳。”

更多的人却并不这么乐观，认为复员自然是要复的，但何日能复？内战一触即发，国家前途堪忧，一切的一切，还须拭目以待。

洁如今天一言不发，却是在认真地听，从表情可以看出，她对这类问题是有兴趣的。

散了会她没有立刻就走，却有意地到我身边来问道：

“马老师，怎么万芳没来呀？她昨天还约我的，我早上去叫她，不在宿舍，还以为她先来了哩。”

我说：“也许她有什么事吧，你一个人来也一样嘛。”她微笑着点点头，看了看腕上的手表，叫道：

“呀，都快一点钟啦，马老师你去食堂还能吃得上饭吗？”

我笑笑说：“肯定是吃不上了，你呢，回家去吃？”

“我不要紧的，”她说，“回家很近的。”

我兴致突发，便开了个玩笑说：

“干脆，你请客，我们上小饭馆。”

她笑了，依然笑得那么动人，说：

“哪有学生请老师的，要请应该是你请嘛。”

竟然答应得如此爽快，完全出乎我的预料。喜出望外之余，我连忙说：

“行呀，只要你去，我请就我请吧，其实都可以做东的，学生请老师叫尊师，老师请学生叫爱生嘛。”

我们都高兴得笑了起来，便一同出了学校来到大西门一带。她说要我请吃“过桥米线”。这一带小街却没有那种“奢侈品”，只有北方人的大饼加牛肉汤面馆、江南人开的炒菜馆，还有就是本地人开的小锅米线铺。她选择了后一种。我们找了几个地方才找到一家比较卫生的，每人要了一碗串肉米线和一碗焖鸡饵块。当那年轻的堂倌拉长声音向灶上传递着“米线，米线，米线两碗串肉，饵块两碗，两碗饵块吃卤”的时候，她非常欣赏那小伙子的声音，说如果他进了音乐学院，很可能成为出色的男高音。她似乎对任何事情都感兴趣，这是一种进取型的性格，可塑性很大。

我正默默地对她的性格作“学术性”探讨，忽然听她甩出一句：

“马老师，我拜读过你的大作啦，好厉害哩！”

我听了又惊又喜，忙问她读了我的什么文章。她说出了那篇文章的题目，原来是登在最近一期《民主周刊》上的署名时评。我很高兴，问她是不是经常阅读这类文章，她坦率地回答说并不经常阅读，是那天在万芳处看到《民主周刊》上登有我的文章，便拿过来读了一遍。我问她对文章有何评论，她想了一想，便坦然地回答说：

“我不懂得政治，只觉得你骂得痛快，也该骂一骂啦！”

她停了停突然问道：

“马老师，你写这种文章不害怕呀？”

怎么回答呢？恰好堂倌端上米线来了，我打了个哈哈埋头吃起米线来。

……

他也许是因为累了，也许是因为用看日记来回忆往事节奏太慢，“文化大革命”之前他都记日记的，那要看到什么时候呢？于是他合上那纸页已经发黄的日记本子，沏了一杯茶，退到沙发上坐下，又点燃了一支烟。在那香烟缭绕中，几十年前的风风雨雨便又涌现在他眼前。

最先涌现的自然是那抗战胜利之初的岁月。那是多么不平凡的岁月呀！欢庆抗战胜利的鞭炮声尚未结束，华北华中大地上又响起了震耳的内战炮声；和北方的炮声遥相呼应，蒋介石以迅雷不及掩耳之势，改组了统治云南达十八年之久的龙云地方政府。洁如的父亲也随之下台，但他发现洁如对此事的态度是两个字：平静。自己就是自己，不同家庭荣辱与共，这也许是许多有志青年的特征，至少洁如便是如此的。他欣赏这种态度。

何所之家却是一帆风顺，他那中将父亲并未被五百里滇池骤然而起的风浪所吞噬，而是踌躇满志地率领滇军到越南接受日本投降去了。有消息传来，赴越受降的滇军要一锅端到东北打内战，这是内战内行的蒋介石玩弄的调虎离山策略。不过那不是马驰要回忆的往事了。他记得的是他所倾心的洁如在时代大潮前的姿态。她竟然参加了震惊全国的“一二·一”学生运动，街头宣传、“四烈士”入殓和“出殡大游行”都有她在内，自然是和万芳在一起的，但他和她也常有接触。又有消息说何所之马上要去美国留学，他约她一起去。他问洁如是否真有其事。她笑笑回答说：“马老师，如果我真要走，一定会告诉你的。”这句话使他得到了满足和安慰，可以说至今难忘。

这样一晃就到了第二年的春天，国家忙着召开政治协商会，学校忙着复员北迁，据说何所之正忙着动员洁如和他一道出国。

何所之终于走了，和两个朋友一起远渡重洋而去，不过里面没有洁如。洁如依然留在省城，留在中国大地上，留在西南边陲的这个省份里。学校复课后她照样去上课，照样和万芳一起进进出出，来往于两个大学之间。还有一个很大的变化：她和他的来往更加密切了。

对他们两人来说，这是一个多么难忘的春天啊！

四

对马驰和安洁如来说，1946年的确是一个不平凡的春天。当他半躺在沙发上，让那段往事涌上心头之时，真可谓“心有灵犀一点通”，还在千里之外万米高空之上航行的她，对往事无穷的追忆也正好到了那难忘的岁月，1946年的春天。

事情已经过去了四十多个年头，她现在想起来却好像是昨天才发生的。

她记得那是一个春光明媚的上午，何所之来约她出去走走。他一反常态没有开车来。

她知道最后摊牌的时刻到了。何所之一片真情约她同去美国留学，她的态度却总是犹犹豫豫，含含糊糊，没有一个明确的答复。大家都不明白她的真心实意是什么，时隔多年之后在搞“思想建设”时，她的坦然解剖才算揭开了谜底。她说：

“其实从内心来讲还是愿意去美国的。在当时那是一种令人羡慕的事。但是那几年无形中对美国这样的国家产生了一种心理上的隔膜，觉得到那里去不是个滋味。更重要的是有种无形的力量在拉住我，不让我离开，什么力量？说不清楚。是多种因素形成的一种综合因素吧！其中说得清楚的是马驰这个因素，我们接触越多，他对我的吸引力越强。虽然他从来没有明确表示反对我去美国，只是在谈起这事时，淡淡地表示一点遗憾。但这淡淡的遗憾却胜过了何所之的狂热要求，像吸铁石把我吸住。”

虽然她的这番坦然自白后来给她带来了极大的麻烦，甚至成了她一生坎坷的一个原因，但她从来没有因为坦然而后悔过。

就是在那个春光明媚的早上，她随同何所之出了学校朝附近的“圆通山”走去。这“圆通山”是省城有名的公园，里面有民国初年称霸西南的唐继尧将军墓，还有许多“护国”战争时期的文物古迹，以及古刹“圆通寺”，是游人如织的地方。

他们之所以选择这里，是因为虽然游人很多但公园范围很宽，有相对安静的地方。

他们进了公园便径直朝位置比较偏僻的樱花林区走去。仲春的昆明，遍布各个角落的茶花开了又谢了。在圆通山的这一隅之地，几百株樱花、海棠正处于花事的晚期，远远望去花团锦簇，红白相映，像是凝结在低空的一片彩云，但见落花似雪，纷纷扬扬落在行人的身上，铺满了林中的土地。

他们走在花飞花落的境界之中，却无心去欣赏那绝妙的景色，各人都在想着心事，考虑着如何向对方表白自己的心情。他们就是这样并肩而行，在花林中默默地走了一段路程。他终于先开了口：

“洁如，你考虑好没有？”

她当然知道他问的是什么，便漫不经心地回答了一句：

“我已经说过多次了嘛。”

他转过头来盯住她，带着祈求和期待的目光：

“没有改变？”

她摇摇头算作回答。

又开始了不愉快的沉默。这天不是星期日，游客很少，他们因此有了更为广阔的活动领域。又默默地走了一段路，还是他先开的口：

“我可是不能再等啦，洁如，手续已经办妥，去香港的飞机票已预订了。”

他语气坚决，似乎想用这几句话将她逼上梁山，却没有发生效用。她以软对硬，淡淡地说：

“那你就走吧！”

他立刻软下来了，说：

“不过如果你下了决心，还来得及的，一切手续都包在我身上。”

她依旧无动于衷，还是那么淡淡的口气：

“不必了，你快准备自己的事吧。”

又是难以忍耐的沉默，在沉默中他们来到了林边的土坎旁，而且不约而同地停下了，就好像命运安排好了，这里是诀别之地。

他们面对面地站着，他伸手轻轻地为她拭去落在身上和头上的花瓣，见她并不回避，便猛地一下子将她抱住说：

“洁如，我们一起走吧，我不能没有你呀！有什么困难，我负责，只要我们在一起，我去帮人端盘子洗碗都干。”

她被感动了，没有推开他，却笑笑说：

“你能吃得了那样的苦？我的何公子！”

他以为她改变了主意，急切地说：

“我发誓，我发誓！什么苦都是人吃的！”

说着，他扳过她的头就要狂吻，忽然一对男女青年出现在不远的地方朝他们走来，她轻轻地叫了声“有人”并就势推开了他。这一推使得她冷静下来了，等那两个青年男女擦身而过之后，她便对他说：

“谢谢你的好意，实在对不起，我不能和你走，请你也不要问为什么。”

他绝望了，脸上显出难以抑制的痛苦，退到了最后一道防线，祈求地说：

“那你就晚去一步，我先走也好做些准备等候你！”

这也确是他的肺腑之言，但她并没有因此而被软化，干脆咬咬牙，说：

“所之，希望你忘掉我！”

他忽然由绝望、祈求而变为愤怒，觉得是受了莫大的侮辱。他，何所之，长到今天还没受过这样的冷待哩，有什么了不起的！于是，他也改变了腔调，变成了质问的腔调：

“忘掉你，这是真心话？”

既已成了过河卒子，哪还有后退之路哩。她点点头：

“嗯！”

他也毫不示弱：

“那好吧。以后见！”

说着便一回头走了。她觉得自己太过分了，怎么不能好说好散呢？便禁不住朝他的背影喊道：

“哎，你……”

他只装没听见，或者真的没听见，头也不回地走了。她却呆呆地立在那里，不知所措。

“那好吧，以后见！”以后再见于何时？他们大概都没有想到这“以后”竟是这么漫长，天涯海角，风风雨雨三十多个年头啊！

他头也不回地走了，她却一个人伫立了很久。她觉得若有所失，内心深感歉疚，但却又因为放下了一件大心事，解决了一个大难题而轻松。就在这矛盾的心情之中她走出了公园。上哪儿去呢？她有些茫然，下意识地便想到了马驰，只有他能使她进一步得到解脱和安慰。这样做行吗？她忽然觉得两颊发烧，虽然她对刚刚扭头而去的何所之并不存在任何道义上的责任，但心中却又隐忍不安，久久不能平静。

她放弃了去找马驰的念头，毫无目的地在街上踟蹰，恍恍惚惚来到北门街口。奇迹发生了，在那熙熙攘攘的人流中有一个熟悉的人影走来，隐隐约约像是马驰！怎么可能？“天方夜谭”！她定定神仔细一看。嗨，人家已经微笑着朝自己走来了。

互相紧紧地握着手，他问，去什么地方？她顺口回答去学校。他问，上午有课？她说没有。他便一把攥住她，说：

“走，同我去看一个朋友。”

她问是谁。他神秘地一笑：

“见面就知道，你认识的。”

她竟然像是接受了一道不可抗拒的命令，便顺从地随之而去。

走了没有多远，来到有名的“北门书屋”。里面的店员都认识马驰，一齐向他打招呼。他问：

“先生在吧？”

一个店员回答：

“在，楼上。”

洁如知道是要去找谁了，便停下说：

“我不去，他不认识我。”

马驰笑道：

“不要紧的，他很随和。”

又似无形的命令，她顺从地跟在他后面上了楼，来到李公朴那十分简朴的房间见到了李先生。果然一副亲切的长者风度。他招呼他们坐下并叫马驰自己沏茶，便也坐下来抚摸着那飘逸的美髯和他们谈话。当他听马驰介绍过洁如的家世和父亲的名字后，便关切地问：

“那就是说令尊在云南事件中下野了，不难过吗？”

她羞涩地摇摇头算作回答。李公朴笑道：

“这就对了，年轻人要独立自主，不要随着家庭的兴衰而浮沉，这才是有志气。”

她听了觉得很亲切，很受用，真不愧是有名的“七君子”呀。几句朴实的话打动了她的心，甚至成了后来左右她的生活行为的准则，这是她自己也始料不及的。

后来，他们便谈起重庆“校场口”事件，问起李先生受伤的情况，马驰说他昨天听说先生回昆明了，今天特意来看看。

她在一旁静听没有插话。她经常读报，知道重庆各界在“校场口”集会庆祝政治协商会胜利召开，有人大打出手，发生了流血事件，郭沫若、李公朴等多人受伤。李公朴不屑一提地笑道：

“小事一桩，刘野樵那一伙人，除了充当打手便再没别的本事了，只是他们的后台执政者竟然采取这种手段，可见堕落到了什么程度。”

他们的话题在这件事上停留的时间并不长，接着便谈到了《民主周刊》的编辑发行问题，谈到学校复员北返问题等。要谈的事似乎都已谈完，李先生忽然眯起眼睛打量他们，开心地问道：

“二位该不是在谈恋爱吧？”这一突然的发问把毫无思想准备的他们两人都问呆了。她满脸通红，不知所措。到底是马驰老练，善于抓住机遇顺水推舟。他略一沉思，便嘿嘿地笑道：

“门不当户不对，年纪又大，哪敢造次！”

李公朴豪爽地笑了，说：

“你这种观念就陈旧了。自古以来佳人爱才子。后花园内私定终身的多得很，何况当今世界！提到年龄更不成问题，郭沫若大于立群多少？你说对不对，安小姐？”

竟然这么直截了当，弄得洁如窘迫不堪，红着脸下意识地点了点头，本意是对李先生的高论作一般性回答，谁知李公朴也来了个顺水推舟，回头对马驰笑道：

“你看，你看，人家安小姐都点头了，还犹豫什么？我就当月下老人吧。再加一个也行，闻一多、费孝通、潘光旦？你们挑。可要抓紧嘞，迟了就复员喽！”

从“北门书屋”出来，两人都觉得有些尴尬。默默地走了一段路程后，他跟上来紧挨着她，低声细语道：

“洁如，刚才我在李先生处过于激动，说了不该说的话，请原谅！”

她瞅了他一眼，动情地对他说：

“话已经出口，还收得回去吗，老师？”

一切全明白了，他难以抑制地一把攥住她的手。她将手一甩，想挣脱开来，嗔道：

“疯了，在大街上哩！”

他没有松开，却将她那纤细柔嫩的手攥得更紧了。

隔着的那一层纸一经戳破，剩下的事也就好办了。

……

她接过空中小姐送来的饮料，调整了一下座位使身体更舒展一些，便又继续那没完没了的回忆。

在马驰和几位教授的帮助下，她办理了转学手续，告别父母，跟随着复员北上的队伍，乘上破烂不堪的木炭卡车，浩浩荡荡却是艰难曲折地向北平进发。一路上他们观赏了贵州的黄果树瀑布，游览了“含远山，吞长江，浩浩荡荡，横无际涯”的洞庭湖和“黄鹤一去不复返，白云千载空悠悠”的黄鹤楼等名胜古迹，特别是和大家一起得知李公朴、闻一多二先生被暗杀的消息后，抱头痛哭，悲愤满腔。洁如想到几个月之前和马驰去李先生家拜访的情景，哭得特别伤心。总之，一路之上，除了疲劳、困苦，有欢乐也有悲伤，经过长途跋涉，终于抵达百孔千疮却依然具有吸引力的古都北平。

再往后呢，一眨眼三年过去，在寒冷的冬天，迎来了“识大体，傅作义起义；奏凯歌，林彪入燕京”的时代。那又是一段多么难忘的岁月啊！

五

飞机离北京越来越近了，她依然躺在座位上微闭双眼，让往事继续在眼前飘浮、流淌。

此时此刻，马驰正乘坐一辆“尼桑”的士向首都机场驶去。

像是互相约好了的，的士上的马驰对往事和回忆不仅没有终止，而是正像那不尽长江滚滚来，同飞机上的她不谋而合，流到了40年代末和50年代的初期。那是“天翻地覆慨而慷”的年代，他们年轻一代的知识分子，脱去长衫、西服和旗袍，换上列宁装，也跟在百万大军的后面，高唱着“向前、向前、向前，我们的队伍向太阳”的进行曲，穿过弥漫的硝烟，下江南，走华南，进军大西南。马驰和她最后落脚在贫穷的贵州山区。到了大西南而没叫他们回云南，这是组织上采用的回避政策。他们也乐于接受，不仅如此，在当时只要一声令下，叫他们进军西藏，把红旗插在珠穆朗玛峰之巅，他们也会毫不犹豫地去干的。这就是那个年月里青年一代的精神风貌。他至今回忆起来还觉得心情激动自豪！反正是走过了那一段难以忘怀的路程。非梦非烟，历历在目。

人生几十年，经历的事成千上万，能珍藏于记忆之中抹不去、忘不了的也并不很多。在贵州苗岭山区那两年的日子，对他马驰和安洁如来说，都属于一段难忘的历史。

他们几十个人是以工作队的名义进驻这个山区的，从开辟工作直至土地改革。他们的感受是紧张、复杂、艰苦而又兴奋。自然，对他们知识分子来说，还有深一层次的意思：走与工农相结合的道路。这是他们自觉的信条，绝没有半点勉强，故而能品尝到虽苦犹乐的滋味。直到三十多年之后，一些有相同经历的人偶尔聚在一起，回忆这段往事，有人认为对知识分子来说那是浪费青春，有人不同意这样的看法，认为至少对了解中国的社会、了解中国的农民是有好处的。不管怎么看，反正这一段路程是走过来了，自觉自愿地走过来了。作为一个社会学研究者，他感到收获不小，年华无悔。

那时他住在区公所，也就是队部，帮助队长收集情况、整理文字报告一类事情。队长是老区来的工农干部，他担任的角色却类似行政秘书。洁如呢，货真价实地同农民结合去了。她住在离区公所将近二十华里的苗家山寨。虽然他们的关系早已明确只差办个手续，但由于环境的限制，他俩来往很少。除了一个月一次的工作队员大会或者临时有紧急任务要传达，她是不会到这里来的。他一直想找机会，比如到点上收集情况等，到她那里去看看，但拖了半年多才实现愿望。

那是一个春光明媚的上午，金色的阳光洒满了苗岭山脉的山山岭岭，空气中弥漫着松树、野花的清香。他在区里吃过早饭出发，一路上爬山下坡，穿深林，涉山溪，过独木桥，直弄得汗流浃背，才到达她住的久仰寨。这是一个有好几十户人家的苗寨，密密麻麻的吊脚楼从清水江边向坡上伸展开去，全是木材结构，草顶中间夹杂着几间瓦房，一看便知道是一个穷寨子。

一个会讲汉话的苗族青年，看样子是个学生，引着他来到洁如居住的地方。房东一家人也包括洁如在内，已经吃过早饭，正准备下田去。他的到来打乱了主人家的日程，一家六七口人围上来，把他当作贵宾和亲人接待，还要支起鼎锅给他做早饭。他连忙解释区里是吃三顿，早饭吃得早，他已吃过了。经过再三解释，好客的主人才相信了，一再叮嘱留下吃晚饭再走才出工去了。洁如本来是要同他们一起下田的，现在只好留下了。

等到屋里只剩下他们两人和一位房东老太太，他才有了时间和她交谈。她今天穿一身灰色列宁服——统一发的供给制服装。什么样的衣服只要上了她的身都好看：胸部鼓鼓的，腰部依然显出了曲线，乌黑的长发盘在头顶压在干部帽下面，帽檐儿往后仰，显得很有风度。再往下看，使他大为吃惊的是，她竟赤脚穿了一双草鞋，草鞋大概是鞋类中最低档次的了，一旦上了她的脚却又变了样，她那修长、丰满、白嫩的脚掌，像是套上了一双设计简朴的精美的高档凉鞋。总之，从头到脚别有一番风度，美极了。他很想伸开双臂去拥抱她，苦于有房东老太太在场，便说：

“到你房里去看看。”

她的居室在这所房子的右后侧，是一间临江的小屋，位于吊脚楼的吊脚部位。进了屋子，他顺手将门关上，又从头到脚地打量她。他忽然想起那年从昆明去北平，他告诉她要做好一路吃苦的准备，她哼着鼻音叫他别小看人，她的根基在大深山里金沙江边，本来就有吃得苦的遗传基因，还真有点道理哩。他便忍不住笑了。她瞅着他，问他看什么？笑什么？他不再回答，却一伸手将她抱入怀中，狂热地吻她，喃喃地说：

“我，我好想你！”

她顺从地依偎在他的怀中，也喃喃地说：

“我也是！”

很久很久，他们才终于松开了双手。他走到那小小的窗口边向外眺望，只见深蓝色的清水江悠悠地向东流去，江对面是郁郁葱葱的林海，可惜窗口太小，视线展不开。回过头来，他才发现这十来平方米的小屋被她收拾得清清爽爽，靠窗的墙壁上贴有那张《开国大典》宣传画，窗下小小的木桌上放有几本书——土改手册和几份文件，单人床上的被单洗得干干净净，叠得整整齐齐，床头横挂着一支汉阳式步枪，整个小屋里弥漫着一股温馨的家庭气氛。毕竟是女人居住的地方啊，他真想就此躺在床上将她揽入怀中，唔，不行，一男一女关起门在屋里，房东老太太会怎么想？

于是，他提议出去走走。房东老太太还以为他要离开了，连忙拦住用苗语说了些什么，显得很着急。她便用学得的苗语作了解释，老太太才安心地笑了，要他们早点回来，她做好晚饭等他们。

他俩下到江边，沿着江岸走了几百米，在一块半截浸入水中的大石头上坐了下来。脚下是悠悠流淌的江水，江两岸除了松杉杂木，便是争相吐艳的各色杜鹃，更远一些的山谷里，层层梯田由谷底一直伸到山顶，这是一幅标准的苗岭农村风情画。马驰全然被迷住了，便情不自禁地说：

“要是我们两人都能住在这个寨子上，该有多好！”

她将那双美丽的脚连同脚上的草鞋一同伸到水里，轻轻地拍打着水面，对他嫣然一笑，说：

“你猜，我想过什么？”

不等他回答，她便自己将话题接了下去：

“我不止一次想过，等这场土改结束后，我们干脆在这个地方定居下来算啦！这地方的人民多热情，环境又清静。研究民族问题不也是你的一门课题吗？”她笑笑，略带羞涩，“至于我呢，也还有点野心，积累点生活，说不定还能搞点创作哩！”

他立刻对她的提议作了肯定的回答：

“想到一块儿去啦，你猜我现在的业余课题是什么？”

也是不等她回答，他便自己接了下去：

“我在工作之余正暗自收集材料，想研究苗族的社会发展历史和社会形态。你们彝族的社会形态我研究过，与苗族的差别很大。我给自己提出一个需要寻求答案的问题：苗族的发展经过奴隶社会这一阶段吗？”

至于她那“定居”的设想，也许他更现实一些，他说：“我们至少可以请求上级批准留一段时间搞研究。”

当天傍晚，他在房东家里受到了隆重的招待。主人家杀了一只鸡，用鸡汤煮糯米饭，这是当地苗家过年和贵宾光临时才有的美味佳肴。男主人还端出两碗香甜可口的米酒，款待他，你来我往地喝了个痛快。大人小孩都把他当成至亲密友，使他深受感动。

吃罢晚饭，洁如要到另外一个村去出席工作组的碰头会。这个片区工作组管五个自然村，每个自然村有一个干部，她是唯一的女性，工作组长是江西干校出来的学生。马驰在江西干校当过几天教员，和这位工作组长也算有点师生关系。他决定陪她一起去，顺便收集材料，就在那里过夜，第二天一早回区公所。

从房东家出来已是月上树梢的时候了。洁如肩挂步枪，手握电筒走在前面。他们要去的那个寨子离她所住的久仰寨大约有四华里路，沿途松杉满坡，灌木夹道，阴森可怕。马驰走在洁如身后，想到她经常一个人夜里来往于这条路上，便为她捏了一把冷汗，问她平时一个人走害不害怕。她一听乐了，说：

“能不怕吗？特别是最初的那段时间，心头一紧张便觉得背后有响动，就返身用电筒照射。有一回被出门‘游方’的小伙子发现了，他们取笑我，我心头一横，再也不干那向后照射的事了。”

她说着爽朗地笑了起来，他没有笑却暗自为她担心，没有坏人也有野兽呀。他说：

“大意不得的，还是提防一点好。”

她笑笑，说：

“不相干，我有这个嘛。”她拍拍那支步枪，“再说，如果开会开得太晚，我就去和那个寨上的一个老太太睡，不回去了。”

她说那位老太太对她很热情，只要看见工作组开会便来跟她打招呼：“来我家睡，我等你。”有时不去还觉得过意不去哩。

说到这里，她又提起了那“定居”的话头：

“我们在清水江边盖几间房子，这里的木料多，老百姓也肯帮忙，不费事的。在房子周围建一圈木栅，栽上竹子花卉，栅后有森林，栅内是翠竹，窗外是碧绿的江流，多美！”

他笑了，反问道：

“吃什么？穿什么？”

“吃国家呀，”她毫不犹豫地回答，“不是供给制吗？再说我们也不是白吃嘛，你正式申请搞研究，我可以申请留下当区乡干部，还可以为报纸当特约记者。”

她说得那么认真，那么动情，使他深受感染，便也暗自随着她的设计幻想起来：一个科研工作者和一个近乎绝代的美人隐居在这幽静的苗岭深山之中，那该有多浪漫呀。但现实吗？他忍不住笑了。

“笑什么？”她回过头来问他，“难道你不乐意？”

“当然乐意！”他笑着回答。

其实他心里明白，这是不可能的。

果然如此，他们没有实现洁如对生活的浪漫设想。土地改革一结束，他们便接到了调令：马驰到省城的大学任教，洁如到省报当编辑。

那时已到春节的时间。这一年的春节对马驰和安洁如来说是终生难忘的。在工作队朋友们的鼓励下，他们于除夕之夜在区公所举行了婚礼。

马驰至今还记得那年的冬天很冷，当地群众说是几十年难有一次的严寒之冬。檐下挂满了冰棍，地上结了“桐油凌”，冷风细雨飘打在窗上、门上，顿时冻结成冰，人们都蜷缩在火塘边，没有紧要的事，不轻易外出走动。

那时，几乎所有的工作队员都还是独身的青年男女。他们两人的婚礼在这山区小镇上起了轰动效应。区公所的伙房准备了足够分量的回锅肉、红烧肉，还煮了一大锅猪蹄炖萝卜，一举三得：春节聚餐，马、安婚宴，为即将调走的包括马、安在内的工作队员送行。真可谓喜事连喜事，人人笑盈盈。

夜幕降临之际，在那作为会议室的大厅里，全体工作队员和区公所的人员围坐在几炉熊熊燃烧的煤火周围，当中的长条桌上堆放着炒花生、炒葵花籽和红通通的橘子。春节座谈、婚礼仪式和欢送会一并举行。镇上的干部们也不请自到，一些青年和小孩挤在门边伸头缩脑看热闹。

马驰记得在婚礼仪式上除了朋友们的嬉闹，主要是那位老区南下的工作队长兼区委书记讲了话。他除了祝贺婚礼、欢送五个同志走上新的工作岗位之外，还特别讲到当年红军长征从这一带地方经过时也是冬天，可以想象那时的艰苦，我们现在虽然条件也不好，但有火烤，有肉吃，比他们强多了，等等，要大家不能忘记先辈的艰苦斗争、流血牺牲。他讲得很动情，赢得一阵阵掌声。行礼如仪之后，一些和新郎新娘私交较深的男女队员又拥着他俩来到不足十平方米的新房之中，嬉闹了一阵才陆续散去。

客人散去之后，她掩上门动情地瞅了瞅正站在床边等候她的马驰，说：

“你先睡吧，我收拾一下屋子。”

他轻轻地把她拉过去：

“明天再收拾吧。”

她指指地上的糖纸、果皮：

“多脏！”

他轻声细语：

“就让它脏吧！”

说着他将她拦腰抱起放在床上。床上没有通常结婚用的新被褥，而是将他们两人南下时领的军用被单洗干净合在一起，洁如的那床棉被铺在下面，马驰的盖在上面。作为一个上层社会出身的“小姐”，新婚的床上设备如此简单，不是太寒碜太落寞了？她没有想到这些，只觉得沉浸在无比温馨的氛围之中。她迅速脱去衣服钻进被窝，投入了他的怀抱。他紧紧地将她搂在怀中，热烈地吻着：

“亲爱的，我们终于有了这一天。”

“嗯。”她觉得浑身酥软，什么也不想说了。

此时屋外不远的地方，传来了第一声雄鸡的报晓声。

之后呢？以后的那段岁月隐隐约约是生活在温暖的小家庭中，生活平静得像一湖没有风浪的水面。也许正因为如此，记忆反而模糊了。他至今能记得的是，他们的小家设在报社，每天他去郊外的大学授课，傍晚或没有课程的下午，便搭公共汽车或马车回家。星期六下午，她去他那里度周末，作为教授虽然家在城里，学校依然分给他一个单人房间。星期日他们便畅游学校所在地花溪，这里的自然景观是那么美，一个星期又一个星期总是看不够。游得尽兴，便上小街上吃肠旺面、宫保鸡丁……然后是儿子筑生的出生，再后来是他奉调北京。她留在贵阳继续工作了一段时间，也转入北京一家报社。

马驰正沉浸在往事之中，的士戛然停住，首都机场到了。他连忙下了车，向国际航班的出口处走去，准备接站。他看看表，洁如的班机大约半个钟头后可以到达。

六

正当马驰到达首都机场准备接站的时候，洁如的班机已经进入华北上空，开始降低高度。她俯视窗外，再也不是茫茫无边的云海了，透过薄薄的云层，隐隐约约见到了山川、田畴、村庄，她不由得舒了一口气：哦，终于回来了！虽然身子还在空中飘荡，她却感到双脚已经站立在大地之上，亲切而踏实。

从这里出发又回到了这里，本来说的是少则三月多则半载，却整整用了十年的工夫！十年一觉美洲梦，留得了什么？空虚、茫然。既然如此，当初为什么出去，又为什么滞留如此长的时间？一言难尽啊。她记得清楚的是，那时心境不平静，想找一个回避的去处，又正好有这个机会。

“文化大革命”中，她比法定年龄提前十年退了休，办的是“病退”，病是有一点，也还不至于就到了退的地步，主要是觉得精神上受不了，当然，也是“咎由自取”吧。谁叫你当初要向组织坦然交代和自我批判？现在人家“深挖细找”，从档案上查出来了。一个关系非同一般的男子，是朋友吗？去了美国。为什么留下来不跟着去？还到过美军俱乐部跳过舞，到英国女牧师家做过礼拜，不简单啊！是蛇是鬼查清楚再说。这自然就少不了精神上的乃至肉体上的折磨。加上丈夫马驰远在湖北的干校进了“牛棚”，孩子寄托在北京一个朋友的家中，一心三挂，她确实觉得实在太累了。看样子人家也不会再让你回报社重操旧业，与其被动不如主动，提前退休回北京，抛弃一切希望和烦恼，和孩子相依为命，等待远去的丈夫归来。当然，要办病退也不是那么容易，弄不好落个“逃避运动”的罪名。医务界的朋友帮了大忙，证明：椎间盘突出，不能坚持体力劳动，神经极度衰弱，需要长期静养。得了，也许到底不是清查重点吧，竟然真被批准提前病退了。

可以想象，那退休后的日子也并不惬意，却也无可奈何，就认命吧。

“山重水复疑无路，柳暗花明又一村。”20世纪70年代末，她那小小的三口之家竟奇迹般的和十亿人口的大国一起有了新的转机。丈夫恢复名誉到大学任教去了，儿子上了大学，虽然晚了一点，毕竟上了大学。唯独她自己，怎么说呢？已经提前退休了，整整十年，人生能有几个十年？但这步毕竟是走出去了，有什么话说呢？这就带来了心理上的又一次不平衡，也就自然地又一次寻求回避和解脱。正当这时，一个人忽然出现在她面前，决定了她这十年的人生旅程。这人便是何所之。

那是80年代的初期，她接到一封寄自本市北京饭店的信，只有几行字：

洁如：

我已来北京，不敢贸然登门拜访，但又非常渴望能见一面。也许这是我们一生最后的见面机会了，请你裁定，立待回音。

代问马先生好。

故友何所之

×月×日

无影无踪三十多年又突然出现在身边，人世间的事谁能预料？想到滇池之滨遥远的往事，她产生了一种恍如隔世的感觉。思之再三，她决定去看他。三十多年呐，就是一般的老同学也该见一面呀。人的感情是复杂的，何所之的影子似乎早已从她记忆中消逝，其实不然，他像刻在石板上的字，上了水一磨却又清晰可见，原形毕露了。

马驰不在家，她叫儿子筑生和她一起去北京饭店。当她站在信上所说的房号前伸手去按门铃时，她感到手和心都在微微颤抖。随着一声“请进”，门开了，出现在她眼前的是一个十足的陌生面孔：两鬓斑白，胖而发光的脸上架着时髦的眼镜，一副上了年纪的绅士模样，她正想说“对不起，我们找错门了”，对方却已经伸出双手紧紧地将她的右手握住。

“洁如，不认识了吗？我是所之呀！”

她尴尬地笑了：

“对不起，你变多啦！”

她和筑生进了屋，在沙发上落座。这是一个豪华套间，他们坐在会客室里。她首先介绍了自己的儿子：

“他是我的孩子，叫筑生。”

何所之握住筑生的手：“竹生？竹子的竹？”

她抢先替筑生回答了。何所之听了并不惊奇，却恍然大悟地“哦哦”着说：

“对，对，在贵州贵阳出生的。”

这倒反而使洁如吃惊了，她惊奇地望着何所之：

“怎么，你知道？”

“唉，一言难尽呀。”何所之说着要为她们母子沏茶，却被筑生抢先代劳了。他于是坐到洁如对面的沙发上，表情变得凝重起来。语气低沉地说道：

“三十多年了，第一次有机会回来看看，在昆明差不多待了两个星期，想见的人差不多都见了，就是找不到你的踪影，最后总算找到了你的堂妹。”

他说得既慢又沉重，每句话都敲击着她的心。她过去恨过他，怎么阴错阳差就遇到了这个家伙，使我吃尽了苦头。现在当这个“家伙”出现在眼前时，她不再恨他了，而且觉得过去的“恨”未免幼稚可笑，只是又一次产生了恍若隔世的感觉。

接下来他向她简要地介绍了出国的情况：上学，开中国餐馆。凭借当年他父亲的一位老厨师的烹调技术，餐馆兴盛了很长一段时间，现在呢，是一家电脑公司的董事长。他说能有今天这个局面，一靠父辈留下的余荫，二靠朋友帮忙，否则我们这些“八旗子弟”能干什么？他还感慨地念起了李后主的词：

四十年来家国，三千里地山河。凤阁龙楼连霄汉，玉树琼枝作烟萝，几曾识干戈……

念完这亡国之君的千古绝唱，他忽地变得激昂起来。

“不过，人嘛，到了什么环境他都要适应，要生存。几十年的摔打，‘八旗子弟’也会变的，现在我那电脑公司完全是自己经营了！”

他一口气对她说了这些，停下来喝了一口茶，那表情似乎在等待她做出相应的反应，介绍自己这几十年的经历，这是理所当然的事。不过他什么也没问，只是感慨地笑笑，说：“真是千曲百折人生路啊，洁如！”便打住了。

她一直在认真地听，不断地做出关注的表情。她也清楚应当轮到自己来介绍情况了，但在故友面前她油然地产生了一种落寞的感觉，不愿将自己三十多年的经历全部道出，却忽然灵机一动，说道：

“你从昆明来，对我的情况大概很清楚了。”

他点点头知趣地不再多问，接下来便和筑生攀谈。她惊奇地发现儿子不仅健谈，而且知识面广，谈吐也很有风趣。

第一次见面在愉快的气氛中结束，他请洁如和筑生在饭店吃西餐，临别时他才淡淡地问了一句：

“马先生在家吗？”

“哦，真不凑巧，他去巴黎参加一个学术讨论会，刚走几天哩。”洁如回答后，作为礼貌，便问，“太太没有一道回来？”

他的表情又变得凝重起来：

“她去世五年了，没赶上回来看看。”

经过再三考虑，她决定请何所之来家里晚餐。她打算做几样家乡菜招待他。一切都准备好了，她正在厨房里做最后配料，何所之却已提前到来，她只好将厨房的事交代给儿媳妇，便手忙脚乱地到会客室里来接待他。

何所之看看表，笑道：

“对不起，我来得太早了。”

她完全没有料到他会来得这么早，但内心深处却又希望他早来一些，是一种潜在的不谋而合吧，于是便情不自禁地说：

“不早，不早，来得正是时候。”

她忽然为自己的这种坦率感到脸上发烧，幸好她正忙于沏茶，对方并没有发现什么，为了转移心态，摆脱窘境，她便问：

“这两天去了哪些地方？”

“都去了，故宫、颐和园、八达岭。”他兴致勃勃地说，“北京我是第一次来，玩一个地方就是上一堂历史课，自然景观也十分美。”

“时令还是早了一些。”她说，“到了仲春之后更迷人哩。”

这话正好引来了他的借题发挥。他说，北方的季节就是比南方晚，他在昆明时那里已是“春色满园关不住”了。带着浓烈的感情，他特别提到海埂和圆通山，说海埂全变了，但那滇池的浪声依然如故，给他带来许多往事的回忆。谈到圆通山时，他特别感慨，他说圆通山的樱花正开，他一个人在那花飞花落的林中漫步，走了一圈又一圈，情不自禁地哼着当年的一支流行曲子：“太阳刚下山，月上柳梢头，黄昏时节，旧地又重游。”就想到过去的许多事，好像一场遥远的梦。

他没有再说下去，她也没有接话，但出现在他们眼前的情景却是相同的：那里是他们的诀别之处啊。会客室里便出现了沉默，恰在这时，筑生从外面回来了，结束了这难堪的局面。

筑生的出现带来了新的话题。何所之忽然郑重其事地宣布，经过考虑，他决定帮助筑生去美国留学。事情来得突然，屋里自然出现了暂时的沉静。

其实，这事早就是她一家人待解的课题，只是美国那方面的担保人还没有着落。现在突然出现了一个愿作担保和帮助的何所之，岂非天赐良机？筑生兴奋、激动，洁如自然也高兴，却很慎重，不形于色。那漂亮的媳妇一定是在厨房中听到了他们的话题，迫不及待地以续茶为借口，出来探听动静。

洁如考虑后对何所之的关心表示感谢，但请他给点时间等马驰回来后再定。何所之表示完全理解，希望定了之后就通知他，以便张罗有关事宜。

谈完这件事又闲扯了一阵，他们便开始晚餐。晚餐之后何所之并没有告辞的意思，他们便又回到客厅品茗长谈。他说，他一到昆明便打听她的下落，结果是她家里的人一个也找不到，他便忽然想到了万芳，不是她领着洁如到西南联大去认识马先生的吗？她一定知道洁如的下落，谁知一打听，她早已作古了。在感叹人世沧桑的绝望时刻，皇天不负苦心人，总算找到了洁如的堂妹。

提到万芳，洁如感叹不已。她说，她后来才知道万芳早已是中共地下党员，后来下乡打游击，50年代初期调回昆明当领导干部，接着便在那个特殊的年代里，遭遇不少人生的起起伏伏。“比起她来我还算是幸运的了，可心头还老揣着一个不平衡！”

她忽然觉得自己似乎说出了格，便连忙打住。等到不得不起身告辞时，何所之忽然从西服的上衣口袋里取出一张纸片来递给她，解释说这是他在昆明寻觅她的踪影近乎绝望时写下的一点感受。她接过来一看，是从记事簿上撕下的纸页，上面写了一首词。她正待要往下看，他却将她拦住了，说：

“等会儿再看吧！”

一家三口送走了何所之，她回到自己的卧室，扭开台灯，迫不及待地将那张纸片展开，眼前出现的是：

鹧鸪天·访故未遇

欣逢盛世又返滇，夙愿未了新愿①还。
大洋有岸结新易，人海无涯觅故难。
多少忆，总缠绵。影随音消卅五年。
聚友过桥②寻旧梦，西山云飞梦已残。

下面还有两条注：①“新愿”指的是和云南签了一个合作项目；②“过桥”，约了几个老同学去一家老店吃“过桥米线”。

她反复体味着那字里行间的意思，在灯下沉默了很久很久。

她正自回味得入神，机舱里忽然传来播音小姐清脆的声音：

各位旅客，本次航班已经到达北京上空。飞机正在下降，请系好安全带……

她有如大梦方醒，遵命系上安全带，便将头伸向窗口，眼底出现的是碧绿的京郊大地，一片片居民点，一条条马路，甲壳虫似的汽车在马路上奔驰。但是在她的感觉上，她看到的不止这些。她似乎看到了红墙黄瓦的故宫，看到了静静的北海、中南海和高高耸立的白塔，看到了风景如画的万寿山和昆明湖。它们一齐散发着浓烈的温馨，迎接她这个去国离乡整整十载的游子归来。她的眼眶有些润湿了，泪光中她忽然看见首都机场的大楼从眼前一晃而过，飞机便开始对准跑道徐徐降落。虽然还什么也看不见，她却似乎看见在那拥挤的接客者中有一位两鬓斑白的长者，正伸开双臂迎接她的归来。她再次感到激情难抑，那眼泪便毫无保留地夺眶而出了。

（原载《山花》1994年第4期）

1994年

杨 村

我归复我去

黄昏，天空阴沉沉的，像要下雨。丈夫又重演了故技，向我抡了几巴掌。我感到火辣辣的，两手慌忙去捂腮，去擦眼泪。丈夫不解气，鼓着牛大的眼，像要吃掉我似的，又将我的手反擒起来，然后用男人的蛮劲把我向灶台送去，听见轰的一声。我顿时感到眼冒金星，接着有温热的液体从脸颊上流下来。我用手一抹，是殷红的血。我气愤呀，痛心呀，我说：你要我去死呀？丈夫说：你去死！我就是要你去死！

我就沿着黄昏的小路向村外走去。

我不知道去哪儿，脑袋晕乎乎的。天空比刚才更加阴沉，好像还有雷声在天边闷响。不知道怎么地，我手上就有了一根草绳，用脚踩好一端，两手使劲地拉另一端，很绵，我就在一棵树丫上系了草绳，另一头留一个脑袋般大的活套。我又去搬石头，搬一块很大的石头，安放在活套底下，让我踩上石头的时候，脖颈刚好套在草绳那儿。

做完这些事情的时候，我用衣角擦掉了灶台在我头上扎出的鲜血，又坐在石头上观赏那棵大树。大树不知我心。大树在阴沉的黄昏里纹丝不动，连向我挥手告别的心情都没有。过去，我在大树下纳凉歇气的时候，大树还笑盈盈的，发出爽朗的笑声，左右摇摆着呢，现在我要从它身边消失的时候，却一点儿同情心都没有了。想着这些，我就害怕起来。我害怕有人走过来，尤其害怕我的丈夫走过来。我四下察看了一下，没有人。我就踏上石头，套上了草绳，又将石头踢开了，剩下我悬挂在大树丫那儿踢着空气，像一只吊在空中的狗，将树丫摇得沙沙响。

后来，我就从树上跳下来了。我从树上跳下来的时候，我看见我的舌头伸得好长，一绺口水从舌头那儿往下淌，两只脚硬硬地沉沉地垂下来，像一个怪物。我有些害怕，就逃跑了。

雨终于没有下。阴沉了一会儿后，天边又亮起来，看见云团在飘游。我不知道去哪儿，就在树边游荡，看见我的丈夫他们去收拾我的尸体，把尸体放在地下，像一节枫木，又死又沉，我就在一边笑。我好像疯了。我一会儿走进这家，一会儿走进那家，看见媳妇们烧火做饭的时候，我趁她们去舞弄锅台，就将灶里的火弄熄。媳妇们骂骂咧咧地又去烧火，我就故意弄出一股烟子吹向她们那些好看的鼻眼，呛得她们喘不过气来，一连串地咳嗽，我暗中感到好笑。晚上，我在树上与那些鹰鸟同宿。我睡不着，我总是挂念着我的丈夫和我的两个儿子。那阵村里很穷，许多人家已经揭不开锅灶，我挂念丈夫和儿子没有法子过日子。我就弄醒那些鹰鸟，让它们在那里胡乱地鸣叫，像梦呓一般。当初，村上人不在意，我只是让它们鸣叫着好玩；后来，村里人听见了，几个上了年纪的老人说：怪了，这鹰鸟夜里怪叫，世道变了，不得了了！

我害怕，怕他们用土枪打我。我就寻找机会逃离那个村子。

一天，有个挑山人挑着两只箩筐路过村口，我不知道他去哪儿，但我不管他去哪儿。我趁他不备，就跳进了他的箩筐。挑山人挑着我向远处走，太阳落山的时候，我们来到了另一个村庄。挑山人不知道怎么了很高兴，是有什么收获？还是遇上好人？他知道我在箩筐的话，他会怎样呢？

挑山人挑着我走进了他的家门，我们一齐听见里屋的一阵呻吟。我们走进睡房的时候，他的老婆正在生孩子，我就走进他老婆的生命之门，不一会儿，我就哭哭啼啼地出来了。我变成了一个小伙了，胖胖的，肉红的脸上蠕动着一张小嘴。挑山人很高兴，挑山人的老婆也很高兴。后来，我就很娇嫩地喊挑山人爹，喊他老婆娘。

我的丈夫叫张百家。

我的丈夫其实也是不容易的。我丈夫的名字不是他父母取的，是村里人乱呼乱叫而得的。张百家幼小的时候，父母亲将全家人的最后两个糠粑递给他和他姐姐，说：你姐弟俩去吃百家饭吧！姐姐就牵着弟弟的手一把鼻涕一把泪地告别了他们爹娘。姐弟俩不知走了多少日多少夜，到了张百家他们那个村的时候，姐姐突发急病死了，张百家就被一个张姓人家收养起来。

那人问：你家住哪儿？叫啥名儿？

张百家摇头。

那人问：你爹叫啥名儿？

张百家仍摇头。

那人说：就姓张吧，叫张百家。

张百家点了点头，就叫张百家了。那时候，丈夫根本就不知道，他成了全国最大家族的成员之一，他只是为了活下一条小命，姓甚名谁是无关紧要的。

张百家有了一个新的家，有了一个新爹。他就天天去放牛，放那头大黑牯牛。那时候，张家也好不到哪里去，只有一头黑牯牛和几担小块的田，种一年下来只能糊半年的口，剩下的日子要靠山上的野果来填充。张百家牵着黑牯噼嗒噼嗒地翻过山坳，撵进一匹大山里吃青草，就回到那棵与我生死有缘的大树下一边吹着山风守牛，一边思念姐姐和不知远在何方的家人和家乡。日落的时候，又收着黑牯牛钻进那个新家里去。

那阵，经常有一些军队到村里来。军队一进村，就到处嚷嚷，不是捉猪牵牛，就是捉女人抢粮食。一听说军队要来了，全村的人、牛等都躲到千人洞里，待军队骚扰了一阵撤回的时候，人们才归拢来，看自家被砸烂了的屋子。有的军队还要放火，一放火全村就被烧光，回来时一片哭声，像一条河流。

那个时候，我家也穷。我家被一支军队烧光了，在那儿没法过下去，我就跟着大人逃荒。那时候我十六岁，大人怕惹出什么麻烦，让我装扮男孩。我就装扮男孩子跟着大人四处要饭。一天，我们来到了张百家家。张家的人不知发何善心，留我们住了两天；也不知道怎么地，张家的人一看就知道我是姑娘而不是男孩，张家人跟我家大人耳语了一通，用一吊钱打发他们走了，留下我做张百家的媳妇。我想，活下去就好了，嫁哪个男人不是一样？就做了张百家的老婆。大人揣着一吊小钱离开张家的时候，我泪水都没掉一滴。

他们说：你好好过日子哦，日后我们来看你。

我没有说话，像一根直立的枫木，他们就走了。他们走了，我就天天盼望着他们到张家来看我，但他们一直没来，不知道他们回到家了？还是去哪儿了？

当初，张百家对我也好。白天，在张家里干活，只要不偷懒，日子也就平静。晚上，张百家拥着我，给我说起张家的事情，说起他姐姐和两个糠粑，我就掉泪。我一掉泪，张百家就用手掌来揩，好粗好粗的手。揩过之后，就把我拥得更紧，说：莫哭，莫哭噢。我就不哭了，偎在张百家怀里，直到天亮，才起来干活。张百家不再放牛了，张百家成了全家的大劳力，里里外外的事情都等他去做。

后来，我就开始有一种感觉了。日子好过的时候，一家人没有什么话。但日子一紧巴，大家就互相抱怨。张百家天天累，又吃不饱，心里有气不好向张家人发，就向我发。我便夜夜用眼泪伴枕。可张百家不让我哭啊，我一哭，他就用拳头堵我的嘴，我渐渐有些受不了了，但又不知道去哪儿，就让眼泪在心里流，把自己当作一匹马，任张百家骑。

有一年，听说又有军队来了。张百家带我们全家人躲进了千人洞。到第九天的时候，人们没有吃的了，就派人回村看看军队走了没有。一看，村上打扫得干干净净的，许多壁板上写着一串串洁白的大字，每家的屋里还留了一袋白米。村人说：怪了，这是啥军队呢？那一天，张百家很高兴，又紧紧地拥了我一夜，我感到做女人好幸福。

正当人们议论着那是一支什么军队的时候，就有人传闻说：世道变了，时下是共产党的天下，共产党是解救穷人的，我们得救啦！

不久，张百家就领我进了城，去看共产党庆功的热闹场面。那座城我很熟悉，我家大人带我四处要饭的时候，我们在那座城住过一个月。那时候，城里稀稀拉拉的，只有几个大富人家的公子少爷天天早上骑着大马从一条花街上呱嗒呱嗒而过，摇响一串好听的马铃。我就天天看他们骑马，然后在各家铺子里伸出两只瘦瘦的小手向别人抖抖索索地乞讨。我想，要是那几个骑马的少爷知道我是大姑娘就好了，我随便嫁给他们一个做小都行啊，只要能吃一顿饱饭，想着想着就窝在那只火窑边睡着了。

我说：张百家，这城我挺熟悉呢。

张百家说：我好像也挺熟的呢，可能姐姐带我来过。

我说：你看，那就是清水江呢。张百家无语。

我没有忧伤。我看张百家也没有忧伤，好兴奋好激动的样子。

城里好多人哦，拥着一群一群走过去，又拥着一群一群走过来，个个脸上都挂着笑。有的背着腰鼓，咚咚咚地敲着。我们也汇在人流里，像两滴水珠，滚动着随江河流淌。走久了，累了，我有些口渴。我说：张百家，我想喝水。张百家就领我到一个临时搭就的铺子前，有几个小兵在摆一张桌子，桌子上摆着水杯。张百家说：长官，这水咋卖呀？几个小兵说：老乡，不要钱，喝吧。我看了他们一眼，他们笑眯眯的，我就喝了两杯，力气又大起来了。

我们回到村上时，家家都有田种了，个个都很高兴。我们除了过去的一头老黑牯和几担小块的田以外，还分到了一个衣柜、一只粑槽和十五担田。张百家笑的时候多起来了，我就有些好日子过了。张百家拥着我入梦，我为他生了两个儿。

不知怎么的，这人实在是一个怪物。没吃没穿的时候，我想有一口吃有一件穿，干什么都行。有了吃有了穿的时候，心就花就野了。

我生了两个儿之后，张百家就嫌我老了。我说什么他都爱理不理的，我做事情他也看不惯，动不动就来了气，说：你看人家银三媳妇，像不像你？银三媳妇真是一个大美人，在村上水灵灵地走过来走过去，又能做事，又会说话，不仅让男人喜欢，我们女人也羡慕得很。我知道我比不上人家银三媳妇，张百家一说我就不再作声，感觉自己真不如人，任张百家数落。

那年秋天，我割谷子去了。我顶着烈日在田里割倒金黄的谷穗，如同割倒一季青春。张百家说他肚子疼，我就不让他下田割谷子，还找个草医弄了服草药熬汤送他服。中午，我担着谷子回家的时候，张百家和银三媳妇在我的床上睡觉。我气啊，一气就砸锅砸板凳。银三媳妇扭着两扇磨子般的臀去了。张百家看我砸坏了锅子，他也气，他一气就向我使拳头。那一次，我被张百家打掉了一颗牙齿。

那个秋天，我没和张百家说话。天渐渐冷了，两个儿就哭闹说：我要娘，我冷！张百家没法子，就来和我和好。我不理睬他，他一边求我一边抱着儿来挤我的床。到了冬天，我们才开始说话。那年冬天，雪很大，我在屋里守儿子、舂米、煮饭、喂猪喂牛。张百家上山烧炭，到了春节才回家。

不知道银三知不知道他媳妇的事情，我没向他说。春天一到的时候，天气就好起来了，各种野物都在寻欢，枝头上百鸟啁啾，呼朋引伴飞过去飞过来，追逐嬉戏。银三对我亲热起来。

一天，我在山上割秧青，布谷鸟鸣啭着。我割着割着，一把把秧青在我割谷的大镰下割倒。银三也在割秧青，银三走过来，看了看四周，说：嫂子，这样热的天，你还穿那样多衣服呀？说着就伸手抓我的胸。我心里紧了一阵，动手推银三。银三顺势扑了过来，将我摁倒在地上，猛烈地啃我的嘴唇。我没有挣扎。我想，银三媳妇那样漂亮，他咋会对我有这份心情呢？

起来的时候，日头在天边送来温暖的光。春天的日头很害羞。银三睡着了，在一捆秧青上，让山风撩着头发，发出微微的鼾声。

我说：银三，银三，太阳落山了！

银三没听见。

我推了他一下，说：银三，银三，太阳落山了！

银三醒了。银三望着我，有些害羞。银三说：嫂子，你还在这儿？

我点了一下头。他又在我脸上亲了好一阵。

后来，我出工到哪儿，银三也出工到哪儿，好像我们有约在先似的。一天，张百家把我们告到村上去了，银三媳妇知道张百家告状，也在一边帮衬。村领导召集我们两家去的时候，我认了，我还说：张百家和银三媳妇也乱搞，那天我割谷回家时亲眼看见的！

银三说：是张百家先搞我老婆！

张百家说：你也搞我老婆！

我和银三媳妇在一边不说话，静静地听着。不知道怎么的，那天我一点也不害羞。现在想起来的时候，脸上还红一阵呢。

村领导听不下去了，站了起来叹着气，连说：村丑啊，村丑啊，村丑不可外扬哦！

结果张百家和银三各打五十大板。

我另被张百家打了五十大板。

秋收又来临的时候，我们又忙着割自家的谷，忙着带自家的儿，我就没有见银三了。

到了冬天，我也没看见银三，只看见银三媳妇捶着脑门在哭：银三呀，你好狠心哦，你丢下我们娘崽去哪儿了啊？

不久，人们就吃大锅饭了。吃了大锅饭，张百家没有力气干活，却有力气打我。我实在苦啊。我不知道去哪儿，就在那个像要下雨的黄昏向村外走去，走向一棵大树。

我跑到挑山人家以后，变成了男孩。挑山人和他的老婆很喜欢我，也就是说我爹和我娘很喜欢我。挑山人抱过去哐了一下，在我脸上到处亲，他老婆又抱过去亲。那时候挑山人家并不富裕，挑山人老婆坐月子的时候只吃了三只鸡。挑山人家没有奶瓶，老婆又少奶，挑山人就用一只土碗盛了米汤慢慢地喂养我。我知道他们穷，实在没有办法，就很争气，从不给他们增添什么乱子，像一棵枫树一般一天天地长起来了。

两岁的时候，我会说话了。挑山人和他老婆很高兴。

一天，我忽然想起了我的丈夫和儿子来，我说：爹，娘，我前世是某村的，我丈夫叫张百家，还有两个儿子呢！

挑山人和他老婆很惊讶，都瞪着两只大眼看我，我不知道他们有什么感想。良久，挑山人才说：小孩子家，胡扯！以后不要乱说！

后来我就不向他们诉说我的前世了。我知道我变成了男孩子，我一定做一个好男人，绝不像张百家那样乱搞女人，毒打自己的老婆。

我渐渐长大了，爹去挑山的时候，我跟着爹，看爹累得喘不过气的时候，我就帮爹拎一点儿什么。到山坳上歇息下来时，爹摸着我的头，笑眯眯地说：我儿大了，能帮爹忙了呢！爹高兴，我也高兴。

娘在家做饭等我们。一进屋，娘就将刚煮好的苞谷棒子递给我，说是特意为我煮的。我捧过来，掰一半给爹，爹又摸了我的头。

日子在山里仿佛格外绵长一些。一年一年过去的时候，人还是那些人，山村还是那个山村。我渐渐长大了，长成一个小伙子的模样，很多事情爹娘都让我自己去做，比如去田间把牛，上山放牧，我几乎顶了一个大劳力。

有一次，村里来了一个弹匠。村里穷，没有活儿给弹匠做，弹匠就四处找借口歇脚，村里人都不认识他，他一家一家去问，都没有留下他，他就走到我家来了。

我一看见弹匠，就认出他来了。我说：银三，你怎么到这儿？

银三老了许多。他很惊讶地说：小兄弟，你认识我呀？

我说：我是张百家的老婆！

银三有些害怕，他哆嗦了一下，想溜走。我一把将他的行头抓住了。我说：你莫怕，我慢慢跟你说。

挑山人和他老婆在一边不知道是怎么回事，呆呆地站着，像两棵树桩。待我把事情说清楚之后，挑山人和他老婆才把弹匠让进了屋。

我说：银三，你不是跑出去了吗？怎么又回来了？

银三说：外面的日子也不好过呀！

我说：你媳妇好吗？

银三说：媳妇死了，我回来的时候已经死了。

我说：你媳妇可是个大美人呢。

银三不说话。

我又说：张百家呢？我的两个儿呢？

银三说：还好，他们都还好。

银三离开挑山人的家时，我嘱咐他说：叫张百家来看我。银三握着我的手，掉下了几滴泪。他握住我的手时，我感到一阵温热，像割秧青那天一样温热。

银三走后，挑山人才相信我两岁时说的话是真的。我才告诉挑山人，那天他挑着空箩筐路过那村时，我正在村边荡悠，看见他箩筐里空着，我就跳了进去，回到家的时候，他老婆刚好生孩子，我就走进了那扇生命之门，成了他们的宝贝儿子。挑山人就笑了，他老婆也笑了。挑山人笑的时候爱抚摸我的头。

几天之后，张百家来了。

张百家老了，胡子长了好长，两只牛大的黑眼深深地凹了进去，但我还是一眼就认出了他。那时候，我正在关牛栏，老牛乖顺地偏了一下头，仿佛告诉我有客来了。我顺着牛头望去，张百家撑着一根拐棍，站在我家门口，疑惑地看着挑山人的屋，看屋上好看的瓦檐。

我说：张百家，你来啦？

不知道怎么的，我一点也不激动。

张百家后退了一步。半晌，他才说：你是？

我说：我是你老婆呀，你不认得了？

张百家有些尴尬，不知道怎样才好。我就把他让进了屋。那时候天色还早，傍山的小树林飒飒地在我们家门前迎风摇曳着。我和我娘刚好在家，我就向他们介绍了张百家。

挑山人说：你是百家呀，坐，坐！

我娘就用毛巾揩净了一根凳子，摆放在张百家面前。

张百家说：多谢……谢！却不知道怎样称呼我爹和我娘。

张百家在我家住了两天。第三天，他邀我去他那儿看看我们的儿子，我就去了。清晨山岚如带，在山中凝固一般。有野鸟在山间鸣叫，很好听，我们边说着话，边向山腰上爬行。到了那棵大树的时候，我们都不说话了。那棵大树像原来一样，没有老，也不见年轻起来，那根草绳不在了，可能张百家他们收拾我的尸体的时候捡走了。有一只山雀站在那棵枝头上，叽叽地叫着，像叫一个亡灵似的。

良久，张百家才说：那时候，我对不起你。

张百家老了。我只好安慰他说：我也有不对呢。

张百家又沉默了。

我说：这些年，你们过得好不？

张百家说：还好的。两个儿子大了，都添了两房媳妇。

我感到有一丝安慰。我的儿子都长大成人了，我咋不高兴呢？

路边有一个很大的土包，长了一层浅浅的茅草。有一棵小树从土包中间生长起来。我说：张百家，那是我的坟，你咋不带我去看看？张百家忙说：你知道是你的坟呀？

我说：我知道呢，我看着你们将我埋进了土的，连一副棺材都没割呢。

张百家说：那阵穷呢，后来补了，儿们年年都来上坟呢。不知道咋的，张百家那时候老泪纵横。

我说：张百家，以后不要叫他们上坟了，我已回到家了。

张百家就不说话了。我也不说话，跟着他慢悠悠一起回了家。

就是那一年，挑山人为我讲了一门亲。我没有反对，媳妇就接过来了。我的媳妇是那一带山村有名的美人，据说说媒的人踩断了她家的门槛，她就是不如意。不知咋的，我爹托媒人去一讲，她就答应了。我感觉我的媳妇像一个人，就像银三媳妇。

我已经说过，我要做一个好男人。我的媳妇接过来的时候，我爱她如爱我心。那夜，红烛在烛台那儿燃烧，隐隐约约地将新房照得很有色彩。媳妇羞赧地坐在梳妆柜前，两张眼帘耷拉着，嘴角微翘。她的这个面部表情我是通过那面大镜子里看到的。

我说：睡吧，你睡哪边？

我们的新床是一张高低床，很宽，可在两面放鞋，从两面上床，很方便。我那样问的时候，我才知道我很傻。媳妇在梳妆柜那儿抬了一下头，向我娇嗔地斜了一眼。我又说：睡吧，天不早了。

媳妇仍不动，弯着颈去抚弄她的头，让背影撩拨着我。我走过去，将她抱起来，放在床上，她没有挣扎。我才觉得，我早就应该那样。我实在太傻。

媳妇睡下了，薄薄的衬衣描画出她分明的线条，散发出一股诱人的体香。我的心颤抖起来，慌忙脱了衣裤，向媳妇移近。媳妇微微的气息让胸脯起伏着，我欣赏了一会儿，就动手去摸，然后徐徐而下直到两腿，再用嘴唇去吮，她的衣裤也在这个过程里徐徐地解下了。这些程序我是从一部录像里学来的。媳妇的胸脯愈加起伏得快，喘息也急促而大声了，甚至听见微微的呻吟声。她已经忍耐不住了，猛地伸出双臂抱住了我，像一只石鸡。那一夜，我第一次做了男人，且显得非常老练，后来连我自己也不知道咋会那样老练的。我想，挑山人和他的老婆知道这事的时候一定很高兴，或许在那一夜里，他们纯粹就睡不着，纯粹就贴在隔壁的板墙上听我们做戏呢。

第二日，我媳妇面色红红的，两眼有一些肿，妩媚得像一只仙桃，显得美丽无比。她说：你真行啊。我指了指正下厨的娘，向媳妇做了一个鬼脸，媳妇就不作声了，两只眼睛偷偷地向我笑。

吃饭的时候，爹和娘借故出去了。我给媳妇拈了一块鸡肉。我说：我爱你吗？媳妇说：现在爱！我说：爱你到死！媳妇不说话，不知道她是害羞还是怎么的。

就在我和媳妇度蜜月的时候，张百家死了。那天，我正与媳妇在院子里绾毛线，我伸开两手将毛线打开，媳妇将毛线牵动着在我两手之间跳动，不一会儿，就在她纤巧的手上变成一个好看的线球。那时候，有一个人跑过来了，气喘吁吁的。我一看，就认识了那人，是我的大儿。

我说：咋啦？你跑得这样急。

大儿说：我爹……死了。

我吃了一惊。我说：咋会呢，那天，他还好好的呢。

大儿说：昨儿夜里他还好好的，口里还念着你呢，不知咋的早上一起来就不行了。

我把大儿喊到一边，我才告诉我媳妇，张百家死了，我还是去看看，一日夫妻百日恩哦！

我就跟着大儿去了。大儿大我十二岁，走起路来跟不上我，我就把脚步放慢下来，让他走上前。到家的时候，许多人已围成一团了，有的叹着气，有的唏嘘着。儿孙们都守在张百家身边接气。张百家躺在火炕边的那张竹椅里，双脚踩一颗小凳子，已经忘了人世间的纷扰，纹丝不动地躺着，只有一双眼睛总是闭不下去。我走入人群，看见张百家苍老的脸上打着扭，好像临走时很痛苦的模样。我用手将他的眼皮抹了下来，我说：张百家，你去吧，你去那边一定很幸福的。我还说我娶媳妇了，我的媳妇很俊呢。张百家的眼睛就再也张不开来，永远地闭上了。

两个儿都不懂得送终的规矩，我也不懂得。我死的时候他们怎样为我做法事我都忘了，只记得他们将我埋进了土，咚的一声放下一口新掘的井，就有人七手八脚地撮泥土盖起来。两个儿和我只好在众多乡亲的主意下请来了阴阳师，让阴阳师为张百家做法事。

阴阳师指挥我大儿和一个亲戚为张百家剃光了头发，净了身，穿好寿衣，然后抱他睡到事先安置在堂屋的梦床里。张百家的梦床是用三张他在世时睡过的木板铺组的，梦床下架着高凳子，放置一只盆，盆内点着一盏茶油灯，闪烁的灯苗如同一个幽魂，抑或一星鬼火在跳跃着；一边还放上一只土碗，碗里盛满火灰，三炷香火插在碗灰上，腾腾的烟雾弥漫着，浸入梦床，浸进张百家的鼻孔里。张百家双手捏着纸钱显得十分富有，在享受着扑鼻的烟香。

入棺那天，大儿他们用铁锅将许多油菜籽、稻谷和棉花籽混炒在一起，分送所有的家族爷崽。之后从井里打来一桶新水为张百家洗口，还将朱砂、银屑塞入张百家口里。据说，那样做是让张百家长出金口玉牙，凡事闭口封言，不随便过问活人。还有人将一个大竹筛摆在堂屋中央，筛内放一只盛有谷糠的竹斗、一个半熟的猪头和半熟的鸡鸭各一只，谷糠上插九炷燃烧的香火，九个蚌片盛着米酒散放于筛内，那是张百家的酒杯。

这时候，一位长老把着大犁从炕间做一副犁田状犁出来，犁到梦床跟前，长老说：张百家，五谷六畜你都有了，你生时有吃有用，死去阴间也如此；生前，你与家人同住，死后，你就与家人无关了，是好是歹，你不要过问家人的事了，客来你也莫问，客去你也莫管，若你要过问，除非炒熟的五谷重新发芽，杀死的六畜能够复生！接着，就看见安排好的人将张百家抬出了堂屋，装入一口黑洞洞的棺材。长者仍把着大犁向户外犁去，犁向张百家那些房族家而去。一会儿，又见长老把着犁回来，放在张百家的大门边。围看的人们就一哄而拥地将筛中食品搬到路口分光食尽。剩下的竹筛和食具被洗得干干净净，各自带回家去了。

张百家躺进了黑洞洞的棺材去了。张百家的棺材上罩着一张蜡染黑布，棺盖翻开来放在地上，摆有好多亲友挑来的酒饭。张百家就要被人们送进墓穴了，大儿他们也弄些酒饭摆在棺盖上，让主客围着棺盖一边饮酒一边吃饭，亲戚中有人以酒敬我大儿，祝大儿苦尽甘来。正当这时，一人从棺盖上抓起糯米饭捏成团，掷向我大儿背脊而去，其他围饮的人都互用饭团投掷，掷完饭后，人们各自拣拾起酒具食具，众乡亲才将棺盖盖上棺材，将张百家徐徐地抬上山，埋在我的坟边，让我们守望着一座高高的山峰。我一边欣赏着阴阳师做法事的过程和张百家的亲友们送葬的情境，一边在心里感到有些滑稽可笑，不知道他们那些琐碎而荒唐的规矩要向张百家表达什么意思。我想，张百家也够有福气了，葬礼还隆重得很呢！

第二天，起来的时候，张家很冷清。张家大门外撒上的那层火灰有一只很大的马脚印。有人说，张百家下辈子要变成马给人骑了，那是因为他生前干坏事太多。我莫名其妙地有些畅快起来。

客人们都散了，各自回了自己的家。我陪大儿他们住了两天，帮他将家里重新收拾了一次，然后安慰我大儿说：人老了都会走那条路的，眼看又到春天了，你们好好地干活，别再记挂你爹！大儿一边流眼泪一边送我出了张家的门。天气很好，大儿送我爬上屋后坡，又一次来到那棵大树下，大儿说：娘，你走好，我不送你了！我就回到媳妇身边来了。

不久，我就去广东打工了。那时候，家里没缺粮吃没缺钱花，我只觉得守着媳妇在家没有出息，就跟着村上两个青年去广东打工。我跟媳妇说：你在家看好屋，照看好爹和娘，我去挣一笔大钱，为你修一栋洋房，噢。我就去了。媳妇送我到路口的时候，眼泪像断了线的珍珠，但我不依她，径直地去了。

第二年，我从广东回来的时候，挑山人和他的老婆死了，据说死得很不明白。我媳妇也不知道他们怎么死的。像张百家一样，夜里还好好的，大伙说着话，第二日就不见两个老人起来了。媳妇流着泪告诉我，她又不知道我的地址，就没法给我发电报。我心里悲伤，但我安慰媳妇说：人死不能复生，不要哭了。这句话我是从《霍东阁》里学来的。我的媳妇就不哭了。

媳妇说：我好想你噢！

我说：我也是。

可是，到晚上的时候，我媳妇在梦里念着一个人的名字，我细听时，才知道那人是我们村里一个傻小子。我说：喂，你做梦呀？

媳妇慌忙醒了过来，她说：没，没有呢。我已经知道是怎么一回事儿了，但我没有说。

有一天，我对媳妇说：我去城里一趟，赶明儿一定回来哦！其实，我没去城里，我在山上转了一圈，看秋天的山色渐渐深沉起来，像在酝酿一缸酒，一缸浓浓的苦酒。我拾起一片秋叶，如拾一颗泪珠，在手上玩赏了半天，我就想到草木一春人生一世来，那一片秋叶不就是一颗生命吗？一颗漂泊的饱经风霜的生命吗？

傍黑的时候，我回到了家。我家灶房里已经没了烟火，但我那间睡房却亮着灯，并有人在轻声地说话。等灯火骤然间熄灭的时候，我一脚踹破了门，看见我媳妇和村上那傻小子慌忙从床上起来，我二话没说，抡起行头向媳妇打去。

媳妇说：你莫打了，我对不起你。

不知怎地，我忽然放声大笑起来。我的笑声仿佛一枚炸弹似的，划破了亮丽的窗帘，扬向窗外的夜空，惊得寨上的狗一阵乱吠。就在狗们纷纷吠叫的时候，我的手掌像镀了铁，叭的一声落在媳妇腮上，留下一个暗红色的掌印，随即又一阵狗的狂吠声疯起，整个村子如同来了一支侵略军。傻小子在床沿那儿一边套衣裤，一边抖缩成一团，那贪生怕死的模样像一只被主人擒住的鸡。我双眼鼓起来大大地恶了他很久，我说：你给我滚出去！他看了看我媳妇，溜走了。小子真聪明，会来事，否则他就挨我的拳头了。我的媳妇捂着印有手掌的腮，哭了。她说：你好意思打我？你在广东乱搞女人，人家都跟我说了，你们男人真不是东西！

我一时崩溃了，像倒了一堵坚实的土墙。我忽然想到了张百家，想到我要做一个好男人。我不知道怎么地又顿时放声大哭起来了。

后来，我的媳妇跟我们村上那个俊小子跑了。我不知道他们去了哪儿。家里留下一个孤零零的我，像一棵老枫树，默守着挑山人留给我的那栋老屋。我的两个儿子来接我去他们那儿住，我不答应他们。他们有了媳妇，有了儿女，我不知道怎样和他们相处。我就守望着那栋老屋。

一天夜里，我梦见我出走了，在一个像要下雨的黄昏里。我不知道我要去哪儿。

（原载《民族文学》1994年第5期）

1994年

赵剑平

杀跑羊

一

宴会是很轻松的。“雷都不打吃饭人”，我们的文化就这么规定着。况且，正月初七初八的日子，大家都知道，一年一度的，播州地区要把各县市的头头脑脑们召集起来，总结总结啊，安排安排啊。而其实都很虚，目的还是要慰劳大家，一年辛苦到头，又要接着辛苦下去，让大家来吃一点，喝一点，放松放松，正正经经过个年……

这是播州地区的规矩。当然，也许别的地区没有这样的规矩。甚至完全可能是反的，比如在春节这样的传统而且隆重的日子里，领导们首先不是考虑享受，而是特别深入到基层去，冒着飘飘扬扬的雪花给大家拜年。但这又有什么奇怪的呢？杀猪杀屁股，各有各的刀法。播州地区的经济，在黔省，甚至在西南这一块，这些年像驴打滚一样，总是很显著地往前翻，一好百好嘛。

轻松是可以的。但轻松过了头，产生出“负压”来，也就醉了。幸好这样的宴会从来不曾有人醉，充其量不过有人兴奋一点。

“王八有一种很好的做法。”一只酒杯见了底，“首先是一盆清亮水，滴那么几滴菜油，用不着其他饲料，也就是那么几滴菜油，放进去喂几天然后，实际上呢，这王八肠肠肚肚都被洗了一遍……冷水下锅，活鲜鲜的，用细火煨……当然了，锅盖捂着，但锅盖上要有一个洞，这一点很关键，因为那王八憋不住，会把脑袋从那洞探出来，而且大张着一张嘴巴，就那么喘啊喘啊……这时候，这一点又很重要，你必须把原先预备的佐料，拿一只小瓢舀了，往王八嘴里灌……它自然禁不住呛，会缩回去，但不一会，它又会探出来……”

这是陈寅生。有人给陈寅生斟上酒来，他一仰脖便杯底朝天，于是斟酒的人还没有转身又不得不给陈寅生把杯子满起来。一桌子的县委书记，显得都很文气，似乎只有陈寅生才有些汉子气。这也难怪，播州十六个县市，小如蚱蜢大如牛，唯有各项指数在全国都叫得响的顺安县，是叫陈寅生给扛了。听起来，大家都是县委书记，谁也不比谁短；但只要遇上地区或是省里通知开会，各县的轱辘堆在一起，寒酸的有老式北京吉普，气派的有豪华奔驰大轿车，那个差异呀，才让人知道哪是儿子哪是老子……

但陈寅生的豪壮却是另有原因的。依陈寅生自己的话说：麻袋装不住锥子。陈寅生的确有本事，大学毕业，他被分配到赤水河一个林场工作。林场里百十来号人，都各有各的名堂，陈寅生跟他们真正打成一片。天长日久，他不仅能够拉大锯，放筏子，而且把胆子练得很猫，敢提着枪追杀野猪。他喝酒在全林场也有名气，据说放筏子那会儿，一楠竹筒子酒，少说也有十来斤，他背在身上，只三五天工夫，大家就会看见他把楠竹筒扔进水中，像放筏子一样漂起来。但陈寅生真正让人佩服的，还是那回省里一位副省长来林场视察，突然害了急病，林场卫生所束手无策，而陈寅生只在路边抓了一把草，煎水给副省长喝下去，就把那病给治了。当然，陈寅生那时候已经是副场长了，不然，副省长不会认他那一把草。

陈寅生在这种环境中变得很丰富，但也养成一种野气。直到当上顺安这个大县的县委书记，省委党校和中央党校都去过，他这种野气，还是没有被完全磨掉。老实说，有本事，而没有惧怕，这是很危险的。播州地区的县委书记们，愿意和陈寅生坐在一起，并且喝一点酒，主要还是取他丰富的一面。的确，听陈寅生摆龙门阵，有一种开眼界的感觉；尽管有时言语间，陈寅生有那么一种咄咄逼人的味儿，但这似乎正是听众们要付出的代价。

只有一个人，顺安市的市委书记徐文虎，他对陈寅生的龙门阵很不以为然。“吹牛皮壳子”，他是这么概括的。顺安市是地直机关所在地，但只是一个县级市。论实力，顺安市地盘上有很多国营大中型企业，一点也不亚于顺安县。“我本本上注册的地师级干部都上百人。”这是徐文虎值得骄傲的。他不谈经济基础，尽管这也没有哪一个县市敢和他比；但上层建筑这一点，却是绝无仅有的。真的，除了告老还乡，哪一个地师级会闭起眼睛跑到那些小地方的户口簿上去呢。所以，徐文虎就拿住自己的特色。但陈寅生也有治徐文虎的招数，不然就果真不是那个曾经在森林里滚过的陈寅生了。“农村包围城市”，这是中国革命之所以成功的重要法则；而陈寅生只要这么淡淡的重复一下，徐文虎便常常无言以对了。就像孙悟空逃不出如来佛的掌心，徐文虎那个强大的顺安市，也不过是在陈寅生那个巨大的顺安县的包裹之中。别看一县一市，他们代表的却是两种文明。所以，陈寅生和徐文虎在那里对垒的时候，往往陈寅生这边能集结起一大堆人来，而徐文虎那边则只有两三个人，显得尤其单薄。播州十六个县市中，到底还是以搞农业经济为主的县居多啊。这一点，徐文虎嘴上不说，可心里却在犯劲。有一回，他在市地方志办公室那边偶然听着一件事情，说“文化大革命”以前顺安市的市委书记由省里派遣。这使他很兴奋，就想到顺安市升格为省辖市的事情。自然了，全顺安市的决策层在这件事情上表现得很齐心，有的找依据，有的写报告，甚至在省人民代表大会和省政治协商会议上都有人发言。后来呢，据说升格的报告总算送到国务院，但结果没有被批准……

“要公羊，母羊跑不远，没有多大的刺激，公羊雄赳赳的，那才来劲头……两条腿跨到背上，不是骑，而是松松地夹着……即使是公羊，其实也很温驯……抬起下巴，力量和两条腿形成一个三角形……看见脖子那儿一跳一跳的，就是血管，大动脉，血都集中在那儿，就往那儿扎下去……”

陈寅生正说着，冷不防一杯酒戳到跟前。他回过头去，才看见徐文虎站在旁边。徐文虎先前在另外一桌，这会儿专门过来给大家敬酒。陈寅生不讲价钱，一仰脖子又杯底朝天。接着，在座的各位都过来表示。谁知徐文虎不走，他挪过一张凳子，就在陈寅生旁边坐下来。

“你在摆杀跑羊……”

徐文虎对陈寅生道，很亲热很感兴趣的样子。

“莫非你还懂不成……”

陈寅生笑了一下，又想奚落奚落对方。

“你这是从人家那里批发来的，”徐文虎说，“又在这里零售给大家。”

“你过那边去。”陈寅生推了推徐文虎，笑道，“你是搞城市经济的，我不摆给你听。”

“这一伙子人，就数你的牛皮壳子吹得圆。”徐文虎不急不恼。

陈寅生眼睛鼓了鼓，说：“老子是经过实践有感而发，不像你小子空对空，秘书写好稿子，主席台上端起架子，念老半天，台下的人都东歪西倒打起瞌睡来……”

仿佛要烘一点气氛，一桌的县委书记都笑起来。“听说徐书记眼睛有一点近视，一回在台上读报告，台下的人都走光了，你也不晓得，是不是这样的哟？”大家又一阵笑。但显然，这是故意编排出来挖苦徐文虎的。

“老子的眼睛是考空军的眼睛。”徐文虎红了一下脸，勉强地反驳着。

“你不要以为在你的地盘上，”陈寅生道，“就可以吹牛皮不上税。”

“吹不吹牛皮，”徐文虎反弹回来，狠狠地咬住先前的话题，“你杀一回跑羊给大家看，我就信服你。”

气氛一下变硬了，一桌的县委书记都盯住陈寅生。

事情突然就微妙了。

那阵，陈寅生稍稍一愣，琢磨琢磨形势，便一杯酒倒下肚去。于是，他撩起两只衣袖，一拳砸在桌上，震得那杯儿碟儿的跳起来。

“我才不相信乌梢蛇会翻黄呢！”他很豪气地吼着，“拿羊子来，拿公羊子来。”

徐文虎似乎就等着这句话。他把一截食指蜷着，戳到陈寅生跟前，“我们拉个钩，免得你过一会儿反悔。”笑扯扯地道。

陈寅生看一眼徐文虎，推开他那富有挑衅意味的手，“我不搞这一套。”有些阴郁地说，“大丈夫说话……我听就去找羊子，不听就当摆龙门阵，反正不留哪样痕迹的……”

一桌人听着，仿佛从来不曾有过的刺激，都哗哗哗鼓起掌来。

而徐文虎也不再说什么，起身往餐厅外面走去。

陈寅生这里却很镇静，照样吃菜，也照样喝酒，只是话比先前少一些罢了。

二

第二天，吃中饭还有些时候，各县市的头头脑脑们从地委会议室出来，依旧是五花八门地玩笑着。机关上很清静，人们还没有从过年的气氛中解脱出来，部门里值班的，也很松散，提前下班走了。没有人提那杀跑羊的事情，都忘记了似的。招待所和地委一墙之隔，出地委大院的门就可以进招待所的大门。大家正兴冲冲地往招待所走去，却突然听到“咩——”的一声叫唤，就都醒豁地站下来。这时候，大家才发现在招待所白色的围墙下面，有位老人牵着一只羊蹲在那里。羊是白羊，和招待所的白围墙融合在一起，不那么引人注目。“咩——”那羊又叫唤了一声，陈寅生听着，有些心慌气短。他想拔腿走进招待所去，却一转身，和徐文虎碰了个正着。而徐文虎那双眼睛里有一种说不出的可怜。

“我成全你……”仿佛是下意识地，陈寅生这么咕哝一句。

而徐文虎还是什么也没有说，好像那 只白羊和他并没有多大的关系。

“拿刀来……”陈寅生说。

这时候，有人挤过人群，递一把刀给陈寅生。陈寅生接着刀，感觉木木的，转身往那白羊走去。忽然间，他又顿住脚步，回过身来，那么陌生地望着大家。

“陈书记！这是我们招待所的羊子。”有个声音在空中飘忽着，“准备给大家办蒸碗呢。”

陈寅生觉得耳熟，便眼睛在人群里搜索起来，找那位和他说话的人。他找见了，是招待所的汪所长。汪所长正好在徐文虎的旁边站着。那一瞬间，他感觉到那只提着刀的手有些抖。他想控制着，却越使劲而抖动得越厉害。最后，他干脆把刀举起来。但他不是向那白羊走去，而是往徐文虎那边走去。那工夫，徐文虎一张脸漫上一层死灰色来。如果不是汪所长很紧实地靠在旁边，他真的会转身逃跑的。这时候大家也都感到有一种恐惧，可陈寅生在距离徐文虎一步之遥的地方站了下来。

“这把刀不行。”陈寅生说，“没有血槽。”

徐文虎没有吭气，而惨白的脸上渐渐上来一些血色，开始恢复过来。

“这把刀是从羊肉馆里借来的。”汪所长在一边道，“他们平常杀羊子也用的……”

嘻嘻嘻，人群里有人笑。笑声钻进陈寅生耳朵里，像虫子一样搅着，搅得一颗脑袋又麻又胀。有那么几秒钟，他真是感到天也旋地也转。但他还是掌握住了自己，有一些适应似的，扫一眼周围那些熟悉而又陌生的面孔。

“我不会让大家失望的……”

他带着一丝苦意说着。

而他头脑已经很清醒。真的，他又不是不会杀跑羊。在林场的时候，只要杀羊子，几乎都由他操刀。林场里生活枯燥，杀跑羊也是一个文娱节目。而且，羊挨刀以后，带着血奔跑着，会把血流得很干净，那肉做出来也很香。可这是怎么哪？是担心手艺生疏表演不精彩，以致丢人现眼；还是当上县委书记后，人变善良变温驯哪？不，这种变化是复杂的，也是说不清楚的……

现在，他只需要把这只羊杀好，让它跑起来，跑一个高潮出来，然后再倒下去。这似乎是唯一的选择。即使这种选择是不明智的，而为了证明那一段过去，他还是要做这种选择。没有退路，历史怎么能够退回去呢？有些事情，在现实看来，的确是错误的，或者至少是不妥当的；可奇怪的是人们却执意要去做，就为那一点可怜巴巴的忠实，人们还是要去做，即便是毫无意义的重复……

“别杀哪。”

这时候，徐文虎却出人意料地说了一句。

陈寅生怔怔地看着徐文虎，仿佛不大相信自己的耳朵。

“我说别杀哪。”

徐文虎又重复一遍，而且声音很大，也很清晰，所有的人都听明白了。

“我说过要杀给大家看的。”徐文虎用意何在，陈寅生来不及也不愿意细想下去，就这么本能一样地抗拒道。

“那刀不好嘛。”

徐文虎又说一句。

“这把刀的确不好。”陈寅生感到一种莫名的恼怒，“我杀不死，我用手掐，我也要把它掐死。”

他狠狠地说着，便向那白羊走去。的确，是应该结果那白羊的时候了，再这么拖下去，只会使人感到更加难堪……

陈寅生从老人手中接过牵绳，把羊子抓到跟前。这是一只公羊，他早看清楚的。个儿不算大，正好杀跑羊耍；个儿太大的公羊，放血后反而跑不起来。陈寅生上下摸摸，觉得膘也适中。这年头，瘦的显得枯燥，而肥的又腻人。很内行的，陈寅生把牵绳往两只羊角上绕着。生命在灭亡以前应该很利索，这也是一种讲究。而一截牵绳只剩下绳头捏在手中，这工夫，那一直蹲在墙角的老人却跑过来，终于醒悟似的，好歹要把那一截绳子拿去。于是，趁老人解绳子的一刻空闲，陈寅生能够直起腰来，显得漫不经心地看看周围……

这是在背街上，而且虽然春节了，也还是冷飕飕的。又差不多到了吃饭的时候，看不见几个人在街上晃。而眼前各路神仙也不像先前那样躁动了，他们簇拥在他的周围，都笑盈盈的，显得既安静又温和，甚至包括徐文虎，还有那位汪所长，似乎，也突然地诚实起来。天空依然是阴沉沉的，偶尔有一支土火箭之类的东西啸叫着冲上去，神秘地闪一道光亮，便轰的一声炸响，纷纷扬扬地掉下那些纸花来。这让人多少有些畏怯，似乎随时都有一些意料之外的事情要发生。

“这是不是太过分啊……毕竟是一个县委书记呢，而且是在地委机关旁边，不是在那个蛮荒而又无拘无束的林场啊……”

他产生了这样的念头。但只是瞬间工夫，他已经骑跨在羊背上，并且被刚刚从身体内部爆发出来的一种原始的野性死死抓住，很快沉浸在一种征服和杀戮的亢奋中……

他不知道是怎么收紧两腿，把那动物卡在了胯下，也不知道是怎么抬起那动物毛乎乎的下巴，亮出那突突地跳动的喉头。这一切仿佛都是程式化的，只管往前走。但他看见了那一管血，黑红黑红的，有一股令人难闻的腥膻之气。于是举起尖刀，狠狠地砸下去。冥冥中，他听见一种器皿的破碎声，眼前便洇开一片红……

那白羊是在刀还没有拔出来的时候窜出去的。陈寅生被那垂死挣扎的羊拖着，趔趄两步，才把刀握在手中。人群闪开一条路，让那公羊冲出去，扯着一根血线，往前跑起来。大家愣怔着，都奇怪地没有任何欢呼，甚至连那种本能的咆哮也没有。陈寅生靠在宾馆白色的围墙上，手提着那把血淋淋的刀，嘴巴张得大大的，正呼哧呼哧地喘着粗气。那羊带着血跑过招待所大门，往地委大院那边跑去。没有人追赶，都睁大眼睛看着，生怕错过那白羊在一片血光中倒在地上的悲壮情景。但那该死的羊却没有倒下，凭着它那雄性的伟力一直往前窜，并且窜到地委大院门前。这工夫，只有天知道是怎么搞的，这倒霉的畜生竟然闯进机关去……

而宾馆门前这一拨人呢，则是听见地委大院门口老张在那边长声武气地咋呼着，才如梦初醒，急急慌慌地去追那可怕的怪物……

陈寅生傻眼了。他知道的，散会以后，地委几个书记和行署几个专员都进了会客室，似乎上边有哪一位要人来了。他感到两腿乏力，便贴着墙根蹲在地上。那情形，仿佛在杀跑羊的同时，他自己也挨了一刀。

那牵羊来的老人已经走了。但那截从羊角上解下来的牵绳，老人却忘了把它带走。那绳子在墙根那儿蛇一样盘着。

三

过了大年初一，省委副书记吴雪林就从省城出来，一直在下面给大家拜年。各地区的头头脑脑们都听着风声，等到新一轮换届选举，吴副书记要到政协担任主席去。老人家在省委分管党务多年，提拔调动的，主要做干部的工作，所以和大家有感情。因此他这一回出来，自然人们就有些猜测，对老人家来说，给大家拜年是一方面，但和大家告别也是一方面，虽然这是不可以明白地说的。而作为省委分管干部的书记，除以上两方面，老人家还顺便对全省的干部情况再了解了解，以能够在任期内最后弥补弥补，让一个句号画得更圆，这也是大家自然会想到的。事实上，播州地区地级班子里，专员的职数还有名缺额，这的确也很令人观望啊。

徐文虎是最先知道吴副书记要来的人。有人从省里直接把消息捅给了他，事情本身就特别令人寻味。而吴副书记从别的地区转到播州，已经是傍晚时分。那时候，他还特地让人通知徐文虎，请他来一起用晚餐，高高兴兴过个年。可翌日清晨，徐文虎匆忙地赶到老人家下榻的地方，准备和他一起用早餐，吴副书记却已经离开宾馆，到顺安县去了。老人家去顺安县干什么呢？县委书记县长都集中到地区来了。徐文虎觉得很蹊跷……

接着就发生了杀跑羊的事情。

这会儿，吴副书记正是在地委会客室里。他昨天去顺安县，在那里转了几个乡镇；今天早晨赶回来，各县市头头脑脑们临散会前几分钟，他才走进地委办公室。地委书记何宇考虑他路途劳顿，就没有让他立刻与大家见面。而是小范围通知各位书记专员，到会客室来和他坐一坐……

“大家都过年去了，也没有哪个陪我，我想去哪家就去哪家，这才真实地感觉到我们的农村的确变化大。”吴副书记感慨地说着，“大多数人是杀两头猪，能够杀三头猪的只是少数人家，当然，也有个别农户杀不起猪过不起年……”

“我们失职呐。”何宇有些歉疚道，“不是我们要安排一个场面给领导汇报……作为省委领导下基层给群众拜年，我们无论如何也应该陪同，而且也应该让舆论部门派两名记者跟随下去，在电视和报纸上报道一下，推动我们地区干部作风转变……”

“这一点嘛，我是有意避开大家的，请同志们原谅。”吴副书记说，“这么多年来，我因为分管工作性质不同，坐机关多，下农村少，这次出来……只想用最短的时间，得到最真实的情况……”

没有人会想到一只羊血淋淋地跑进来。

那工夫，门是开着的。那该死的畜生颠颠踬踬，一直走到吴副书记跟前，才扑通一声倒下去，两只眼睛白着，就那么瞪着老人家。

“这是……搞哪样名堂……”好半天工夫，大家终于梦醒一样地咋呼起来。

吴副书记望着躺在脚边的死羊，青黑着一张脸，不知道说什么好。

靠门边有两个人站起来，顺着地上的血迹跑出去查看究竟……

毕竟只是一只羊，而且不过是一只死羊，会客室里一阵混乱后，又渐渐平静下来。但省委副书记吴雪林再没有说什么，仿佛这一点意外给他把思路冲乱了。何宇到底是地委书记，他挨着老人家坐着，感觉气氛显然有些僵。于是站起来，用脚踹踹那只死羊，调侃地说道：

“羊啊羊！你到底是来道喜的还是来告状的哟！”

“我看是来道喜的。”有人立刻接上道，“它给省领导送红来，大红大喜嘛，我们地区明年的工作要上新的台阶哟！”

吴副书记笑了一下，似乎事情虽然显得突兀，但也不否认冥冥中有某种东西在支配着。

“过去的一年是羊年嘛，到现在已经是猴年，羊当然成为死羊了……”

“古代隆重神圣的礼仪都讲究献全羊，这是在欢迎省领导呢……”

大家都热烈的展开着想象。

最后，吴副书记青黑的脸上居然一片灿烂阳光，而整个会客室也居然一片接连不断的笑声……

“管他哪里来的羊。”地委书记何宇豪气上来，“把它拖到招待所去，就作为省的领导对基层同志的犒赏，今天给那些芝麻官们拜年……”

吴副书记高兴地点着头。

而这时候，一拨人急急慌慌地赶来。

“我看见这畜生闯进去，”门卫老张一迭连声地叫着苦，“挡都挡不住，就晓得糟了……看我这衣裳上都糊着血……”

会客室里，仿佛一锅烧开的水掺进一瓢冷水去，又都默不作声。

“是顺安县委书记陈寅生，”查看回来的人报告道，“招待所买来一只羊，他说他能够杀跑羊，就在招待所门前杀给大家看，怕是刀不大好，没有杀着要害，羊就窜到这里……”

没料到这纰漏是一位七品官员捅出来的。气氛无形中就严肃起来。

“他是不是喝酒喝多了？”何宇问道。

“杀跑羊的事情倒是昨天在酒桌上提起的，但他没有醉。”追着羊进来的一位县委书记道，“他今天只是实践他昨天的诺言。”

“嗯……”何宇若有所思着，“请大家来过一个年，轻松轻松，还是应该有一个‘度’的嘛。”

“大小是一个县委书记，”有人接上道，“怎么能把自己混同于一个普通的老百姓。”

“先调查调查，”又有人接下去道，“如果影响恶劣，必须进行处理。”

这么说去说来，就有人来把羊拖出去，把淌在地上的血污擦干净。

而省委副书记吴雪林却一直沉默着。对于他来说，这种不露声色似乎已经成为一种习惯。等到大家都说得差不多，他才挥了挥手，而且显着几分烦躁。

“新年大节啊，我看没有什么不吉利的。”吴副书记道，“大家刚才也是这个观点嘛。”

没有人吱声，都默认似的。

“再说，杀一只羊嘛，无非是杀不好，也不犯党纪国法。”吴副书记接着说，“我这一回下来，有一个明显的感受，我们的各级领导人，他们身上老百姓的东西少了……我倒觉得，尤其现在，混同于一个普通的老百姓，不一定是坏事情……你身上没有老百姓的东西，老百姓就觉得你不是他们的人，就不会相信你，也不会跟你走，那么你作为一个共产党人的力量就没有了……所以我认为只要思想境界比普通老百姓高，我们从老百姓中来的嘛，生活上还应该是老百姓……”

这显然是作指示。

大家都认真听着，并且都掏本本儿来认真记着……

这天夜里，吴副书记让人把陈寅生叫去。就在宾馆他的住房里，两个人很投契地谈着。半夜，陈寅生才回到招待所他的宿舍里。但那只羊怎么会没有杀好，以致跑那么远才倒下去，这觉他后半夜一直没有睡好。

四

提拔陈寅生任播州地区行署副专员的文件很快就下来了。

那会儿，正赶上各县市的头头们来地区开一个减轻农民负担的会议，于是地委书记何宇便在会上宣布了省委的这个决定。

大家接着坐到招待所准备的宴席跟前。招待所已经不是汪所长当家。据说汪所长在那一次陈寅生杀跑羊没几天便辞职，出去开了一个酒吧，自己让自己干起经理来；那酒吧在顺安市繁华地段上，生意尤其兴隆，他如今可是发大财了。新任所长是一个年轻人。但似乎作为传统，年轻人是无法改变的，那个羊肉蒸碗照例要端到桌面上来。

所以这免不了让人还想着杀跑羊的事情，也想着徐文虎、汪所长……

陈寅生喝酒依然慷慨。这使人感到欣慰，觉得他尽管高升了，却本色不变，是值得信赖的。那么，就有很多人来祝贺他，套上几句话，然后干一杯酒。陈寅生不拒绝，只是一杯接一杯地喝；但很明显的，他说话少了，也没有以往的那股狂劲了。陈寅生在等一个人，而且用一种防备的心理在等着……

但那个人已经很萎缩。他坐在一个角落里，可以说滴酒不沾，只默默地动着筷子，拈着那蒸得很软和的羊肉块放嘴里，既像狠气，又仿佛滋味无穷。但不时地，他也抬起头来，出于一种难以纠正的习惯，要往别的桌上瞅一瞅。而当他看见陈寅生那边不断有人去敬酒，就忍不住一笑，很轻蔑的样子。然后，他又埋头吃着自己的羊肉蒸碗。

直到陈寅生走来，站在他旁边。“徐书记！”陈寅生说，“我来敬你一杯酒。”这时徐文虎才站起来。但他端着一杯酒，却不忙着喝下去，“我晓得嘛，其实是要我敬你的酒，你升官了。”只是这么说着，而陈寅生则很恳切的，“我在那边等半天，你也不过来和我喝一杯。”话一转，“现在我过来，却是真心诚意要敬你的。”

徐文虎似乎被打动了，眼睛怔怔地望着陈寅生。

“我没有想到我会提拔，”陈寅生说，“这其实要感谢你。”

徐文虎笑一笑，他对这番话有自己的理解，便也很见着锋芒地道：“只是你杀跑羊，杀得很不体面……”

陈寅生听着，脸立刻泛一片青光。但他还是镇住自己，和缓而又有些自嘲的意味，“我两个……都是属虎的……”这么道。

“既然虎，”徐文虎放下酒杯，拿起筷子，冲陈寅生道，“我们就不喝酒了。”

于是夹一筷子羊肉大嚼起来。

陈寅生愣了愣，苦苦地笑了笑，便独自喝干一杯酒，重新回到原来的桌上去。

两个人不再说一句话。

没有几天，陈寅生走马上任。一天，有人报告说，顺安市的市委书记徐文虎“下海”，到海南一个经济开发区去了。陈寅生听着，好几天脸上露着一种恓惶。他知道徐文虎早晚有一天是要回来的，但他没有想到徐文虎会用那么一种方式回来！

那时候，地委行署都搬进了新修的大楼上班。而作为分管财贸工作的副专员，陈寅生被给农民打白条子的问题，以及国营大中型企业流动资金的问题，整天搅得焦头烂额。听说东北哪一家省委办公楼都公开进行拍卖了，陈寅生便想着把地委大院也拍卖出去。在一次书记专员参加的特别会议上，陈寅生认真地汇报了这个想法。秋收即将开始，很多事情都要钱来了结。反对拍卖的理由有千条万条，而一条钱的理由，就不得不把大家统一起来，齐心合力去拍卖……

哪里料到大院最后落到了徐文虎手里。

徐文虎而今有好几千万元的资产。他在大院里建了一个罐头厂，设备很先进，据说只要把各种各样的动物杀了，分类推进车间去，就出来一箱一箱的罐头。他邀请播州地区大大小小的领导去参观，可就是不邀请陈寅生去参观。

一天早晨，陈寅生坐在自己的办公室里，无意间从窗户往远处一瞥，就看见罐头厂大院白花花的一片。羊！陈寅生一下撑起来，无限酸楚地望着那边。那会儿，他看见徐文虎提一把快刀，那刀在朝阳照射下熠熠闪光；旁边站着几个人，只管把羊往徐文虎跟前赶去；徐文虎在羊群里跳来跳去，显的矫健和敏捷；只见一把刀在他手中提着，忽而白如寒冰，忽而红如夕阳；于是一群羊便骚动起来，奔跑起来，它们拖着一股一股血冲到大院门前，但门关得死死的，又掉头往回窜……

瞬间工夫，大院一地死白。

陈寅生看得发呆。他坐在椅子上，大半天站起来，带着一种梦的恍惚，就往组织部那边走去。在组织部，陈寅生打听到徐文虎最早的职业就是一个屠夫，和他陈寅生一样，大学毕业后分配到基层锻炼的……

陈寅生脸上火辣辣的，感到一种班门弄斧的羞愧。

（原载《上海文学》1994年第1期；

《杀跑羊》获首届贵州省人民政府创作二等奖）

1995年

姚　辉

狗影中的时光

那时，我家也养狗。养一种土狗。颜色不好说，啥都有，要说差，大约就差一点绿色吧——附带说一句，我活了几十大岁还没见过一只绿色的狗。瞧这日子，过得多浮肿啊。两三岁时，家里的狗比我稍大点，所以敢抢我碗里的饭菜。这不反了吗？但看着那两镰狗牙，我也只好谦虚谨慎地哭哭。再小一点，狗就只好舔舔布片儿之类了。我相信那时我曾对狗笑过，且笑得也潮了些，要不，瘦腿怎会被狗安上一弯青紫的齿痕呢？

六岁刚过，我便读书了。到了学校，回眸一看，家里的狗却摇头摆尾而至，也一副要读书的样子。我很感动，于是携狗入室，把它按在裆下。上课了，老师进来，齐刷刷的几十根人竿子便参差立起，看满脸瘦笑的老师。教室很静。风把老师的书本弄得响了，是一种炸耳的响，狗遂蹿将起来，说了几句。老师有些木，也吃了一惊，说：谁的狗？我说：我的。“撵它出去！”于是就撵，你撵我撵的，总算出去了。老师擤擤鼻子，说，上课。不料那狗却又踱到门外，坐下，舌条儿红红的看我们，一看一吠。老师皱皱眉，又撵。可撵得团团转，仍撵不断那狠吠。老师都气出汗来了。我说：老师，让它进来上课吧。老师叹口气，没说什么，我招招手，狗进了教室，朝人们笑笑，便在讲台边坐下——硬挑了个上好的位置。

那狗一直陪我上了四年课，直到它带着大半肚皮小学文化被一枚炸弹炸死。

老鸨似的G给我拉上了个女朋友。

G把披头散发的袅儿弄来时，正是黄昏。那个黄昏可以说黄得很，黄得人尿痛。

G说：哥们，日子好荒芜哟！

G说：带朵花给你香香生活。

G说完，匆匆离去，那门嘎吱一声，紧关了一屋危险。

我叫袅儿。那妞说。

我叫什么呢？我很想慌乱慌乱，便连忙俯下身去满字典查找自己的名字。

读到四年级时，我已经比较聪明了，狗也聪明，坐在讲台前，二目有神盯着老师，好好学习。

三天不打两个屁的爹看见狗每天跟着我成双去上课，也乐。当然该乐，只缴一份学费，我爹，却为社会培养着一个儿子一条狗呢。妈的嘴巴要闲杂得多，常冲我们道：人狗一路，像什么话！

但我的确也不知该像什么话。

常常，老师提问，狗就要拿一双眼睛瞟我。我知道它的意思是要瞟给我一点机警与勇气。记得开始时，老师说：请举手回答。满教室竟举起十余双黑手来，张王李赵的，老师正要选择，不提防狗龇了尖牙，耸起腰身，绕着一双双举着的手紧走起来。走来走去，那些手被走落下去，只剩下了我的。我于是拖腔拖调地回答起来。从此，凡老师提问，那答案都必定要从我唇齿间抢出，即使那答案有时也离谱得出奇。

狗不能回答而已，否则，它会得全对的，这我知道。

不信？——每当我答错题时，狗总对我爱理不理。

袅儿的确是个很好听的名字。

一般说来，二十八岁的人谈起恋爱来还是颇有些城府可言的。我正想城府一下，不料袅儿撩撩头发，全面地露出那张脸儿，就把我弄懵了。那脸绝对是张好脸，嫩嫩的亮亮的，使人一下子不敢随便形容。后来我曾开玩笑说袅儿是国优产品，并胡诌些“她爹妈准是百分之百的国家一级企业”之类的屁话。其时袅儿已习惯了我的油滑，所以只吹了我一口暖气，然后又在我那些不该掐的地方简单掐了掐。

但那个黄昏我的确是由衷地懵了。袅儿终于笑出声说：怎么了？吓住你了么？

吓住了。

美丽这玩意儿原来也可以吓人！我有些愤愤，继而又充满了感激：老鸨似的G毕竟是G呀。

那个黄昏我们说了许多精彩绝伦的废话。

客观地说，袅儿绝不是一般的妞。袅儿是诗意的妞。她说：喂，别总拿眼睛剥人家的衣服！

我收回眼睛时，天已经擦黑了。

破旧的城市里走着些很新的雾……

我的乡下生活总是充满了斑驳混杂的狗影。

龙大爷是个“打山匠”，弄网，也弄炸弹。龙大爷的确是个角色。黄毛满脸，两只眼胆儿，很贼。龙大爷喜吃狗肉，说那东西大补呢——补天补地补血补气。要紧的，龙大爷说是补上床后的那几两气力。龙大爷说话时，大娘就在灶边黑了脸窃笑，一笑一脸皱儿。

龙大爷也喂狗，喂胖一个杀吃一个。所以房后的山林里常乱扔着几堆狗骨。每每看着这些骨头，婆就要呻唤两声，说：好你个龙大爷，死了也不会安身呢。

龙大爷有个独子，叫狗儿，与我同岁，长得也像狗。龙大爷很喜欢吼狗儿，炫耀似的。狗儿呢，也不笑，也不哭，只盯着他爹贼亮的脑门子，发木。

有一天，龙大爷喂的狗从外边兴冲冲回来，嘴里叼了件物什儿。狗儿见了，大惊。原来是叼着个炸弹，龙大爷弄的：一节竹筒里，装了上好的炸药与玻璃屑铁沙子之类，外罩一层猪肠子。这哄狗的玩意儿，一咬一个响。狗儿抢步上前，欲夺那物什，狗偏不让，蹿上跳下的。后来，也不知怎地，炸弹响了，那狗毁了半边嘴筒子死去了，狗儿呢，血淋淋的，被崩飞了半只手掌，瘫在地上。

原以为龙大爷从此不会再弄炸弹了，可追狐赶兔的龙大爷却依然如故，仍旧在弄着。偶尔，看着狗儿的半只残手，龙大爷也抽抽鼻子，默上一回。而就在这样的沉默里，那炸弹们却仍一如既往地响着。

狗儿崩落的半只手掌被埋在屋侧的花楸树下。

花楸很高，树干上皱着许多疙瘩。

对于双脚来说，这座城市的确是显得太大了点。

记得刚来时，正是冬天。枯枯的天光显得很涩。我绕过一段废弃的老墙，撞进城来，便很是吃惊了。到处都是乱糟糟的街巷。人们在高高晾着的女人衣裤下匆匆行走。偶尔，谁家的窗台上坐几盆花草，灰溜溜的，也没什么活气。翁妪的唠叨显得很乡土而杂碎……我问问路，知道要去的单位不远，就安心地穿街走巷起来，鱼虾一般，去寻找那一份属于我的鱼虾一般的生活。

我就是在这样的寻找里遇上G的。

我与G是同学。高中毕业后，G先上了大学。等我大学毕业分配时，G已在我将去的城市混了两年官饭吃了。我写了封信给G，大致就说了我将去某处上班这个意思。不想G很兴奋，已跑到我的单位去恭候多日了，所以一见我就说，怎么才来？一脸吃多了狗肉的样子。

如果说我对这座城市还算有点了解的话，G当然是很有些功劳的。或者，干脆这样说吧，正是G，用他那肤浅与深刻杂陈的繁言琐语，为我修筑起了这么一座雅俗交融的城市：尘沙般撒满四处的各种机构、政府牌匾上的错别字、倾颓的居民旧宅、为一个无名者建立的纪念碑、上个世纪遗留下的状元楼、酒吧、出卖廉价卫生纸的断腿女人、学院、古怪的街巷名称及雕花的老井、贞节牌坊、娼妓的檐荫、肉市、部长大人的暗疾、证券交易所、每天让禽兽排队交媾的禽兽遗传科研中心、邮电大厦、名片承印处、沙龙……

等到我对这城市已比较熟悉时，G便不常来了——他已经找不到更多的新鲜话可说。G偶尔来来，简单坐坐，问几句近况，骂一下天气，然后匆匆离开。仿佛谁欠着谁什么似的。往细处一想，就不由人不作些感慨了：原来，这样的城市，这样的生活，要把几张面孔弄旧，或者把某份感情弄皱，竟然也是十二分的容易！而我呢，则已过惯了这类单调日子。一个人坐坐，或者一个人逛逛。再不济，不是也还有诸如科长之类的人可供拜访么？我的科长，见人一脸笑，且好当人的面捏自己老婆的大臀。老婆呢，也惊惊乍乍的。

我不到科长家已很久了。那天，是周末吧，闲着没事，想了想，我便径直朝科长家走去。

在我宿舍的窗外，有一棵槐树。

槐树很老。

虬枝抱握的地方，有一鸦巢，估计也有些年头了。但每年都有新鸦栖居其间。从我被搁置在这城市以来，鸦民们已换过了好几拨。旧巢呢，修修补补间，似乎也结实整齐了不少。

我其实是比较喜欢鸦的。白天，它们到远远的地方去打发生活，黄昏归来，偶尔呱上两声，旋即敛翅不动了。我曾无数次在浑浊的夕光中观察过这些神异的子民，它们梳理毛羽的样子，总让我怦然心动。

而匆匆离去的G也许并不知道，那天，在袅儿与我的最初诗意里，竟蹲着，一只来自远方的乌鸦。

“细说起来，人应该感谢狗才是。”婆看着读书归来的我和狗，说。

婆于是大致就讲了下面这样一个故事——

不知道那是什么时候的事了，反正吧，是很久很久以前。人作恶太多，犯了天条，惹得天老祖公也动了怒。天老祖公要惩罚人，先放一把天火，把地上的五谷草木全烧了个精光，饿死烧死的人成堆堆；天老祖公再放一把蛊虫，那蛊虫是个精怪呢，见肉就钻，见血封喉，痛死骇死的人又成堆堆。天老祖公看人已被惩罚得差不多了，就对人说，我本想把你们灭绝，但细想又于心不忍。这样吧，我要让两个没作过恶的人活下来，让他们把能带走的东西带走，去过另外一种生活。天老祖公说话时，许多人又死去了。死到后来，天地间就只剩了一对童男童女。这时，起风了，落雨了，风吹了七七四十九天，雨落了七七四十九夜，到处都是洪水。童男童女没命地跑呀跑呀，最后跑到了最高的山尖上。天老祖公看见了，就降下一块神木，说，这是你们的船，坐上去，能带走什么就带走什么吧。要记住你们是人的新祖宗，不要再去作恶。天老祖公说完，神木果然就变成了一只船，但船太小，只容得下两个人身，什么也放不下。童男只带了一抔泥土；童女呢，也只带了一片树叶。

船顺着水漂了九九八十一天，有个东西浮了过来，童男说，你是谁呀？那东西说，我是狗。童女说，你来做啥呢？狗使劲挺着举出水面的尾巴，说，你们没看见么？我带着粮食呢。

童男童女仔细看看，那狗尾尖的毛上，果然沾着几粒黄灿灿的稻谷。

后来，童男扔出手里的泥土，水便平息了，大地又露了出来；童女把叶片插在地上，万物苏生，一片碧绿。童男童女结了婚，生儿育女，他们用狗尾上的种子，种出了五谷。

故事讲完了，侧脸看，那狗，听得也挺专心的。我有些不信，婆就火了，说，猪凫三滩狗凫四海呢，这狗儿的水性，你该是晓得的。

的确，狗是颇能凫水的，但在此之前，我却压根儿没有想到狗们卓越的凫水技术还有着这么悠久的来历。

而就在婆的故事声中，龙大爷一家正在山那边呜嘘呐喊着，毛色很杂的狗被炸瘫于地，狗儿呢，则捧着半只伤手，人事不省地躺在大娘怀里。

G肯定已暗地把我通俗小说般给袅儿读过多遍了。就在我对袅儿还一无所知时，她却已能口口声声地说出许多与我有关的趣事傻事，说得嬉皮笑脸的。我不由得暗暗佩服老鸨似的G——这家伙，还真把我掂斤量两的卖了个精光。

我忽然想，我根本就不愿自己只是本通俗小说。

袅儿似乎也在注意这一点。所以，只是片刻之后，袅儿便玩起了深沉，什么艺术的人生呀之类，她话音里透着荒芜。我陪着深刻地有些烦了，就说：艺术？艺术是个鸟，只想剥了你呢。

袅儿笑笑：是呀，干吗老是只说大话而没行动呢？

伟大的时刻就要来了，我于是浑身燥热地伸开了嗤嗤嘶叫的双手。

窗外传来一阵犬吠。

别胡来！袅儿打了我仓皇的手一下，说。

从我颤抖的手边望出去，两只野狗，正在老槐树下，裆连裆干着撩人的游戏。

而目光硬硬的袅儿，漫不经意里，已目睹了这一切。

我终于明白那伟大时刻尚未出现就已消失的缘由了——生命的多少深沉，竟完全暴露在了两个龌龊的狗影间，烙在了袅儿短暂而坚硬的一瞥里。

狗日的狗呀——

我，已不敢随便地通俗。

走到楼下，刚想转头离去，不想却碰上了G。

G明显有些慌张。才十数日不见面，瞧他，倒真是变了不少。整个看起来，G的气色虽还算得上周正，但表情却欠自然，穿戴也透出点古怪。按说，我曾带G到科长家玩过几次，这地段他是不该如此慌乱的，所以我便想取笑他一回。还没开口，G倒先说上了。G说："过几天我带个妞来给你，记住了。"随即匆匆而去。

看着G远去的背影，我不禁暗暗笑了笑。夕阳将坠，满天的云都抹了微黄，闲闲地漾。有人慌慌地回家。有人则从家里蹴将出来，堆砌一脸酒足饭饱后的陶醉。当然还有其他的人：打太极拳的老翁，练气功的肥婆，柳腰少女缠在长发的牛仔肩上，等等。

我在楼下转了转，渐觉无聊，忽一想，何不上科长家坐坐呢！

科长老婆开门，见是我，便把半嘴歌儿吞回肚里，将我让进屋去。然后，泡茶，上烟，再然后，科长老婆也坐下来，望着我，默默地。我问："科长呢？"科长老婆说："出差啦，你不知道？"我顿觉尴尬，有了告辞的意思。科长老婆却从沙发边跨过来，将一大幅胸襟搁在我肩上道："你猜刚才谁来过？"我摇摇头，科长老婆就说："是G。"我一下明白了G在楼下的那份慌乱。科长老婆说："G真好玩，硬要喊我妈呢。"我酸笑道："这有啥好玩，你辈儿老，G想尊敬你呢。""尊敬？"科长老婆然后发出一串笑……

我没敢详问，我只是暗暗说：G，好你个G呀，怎么把我也涮进这汤锅里来了呢？

四年级的一天，老师要我们用"时光"和"漫长"两个词合在一起造句。

我在狗的瞩目下，抠了半天脑壳。先抠出两个母虱，最后，才算抠出了这样一个句子：

狗日的时光呀，时光一样漫长。

交上去，老师给了我一把大叉。

狗不知道。

发作业时，那两条交叉的红线，让我激动得周身发麻。

袅儿起伏在夜色里——我独自对付着这一切。城市蔫蔫的，让人总也说不出那些无时不在的大概变化。风吹过来，风又吹过去。这期间，我见G的次数也愈发的少了。

日子很无聊。办公室的茶汁偶尔溅在衣襟上，结一些暗斑，然后又褪去。科长红眉红眼的，活得依旧出色。这就很是不容易了。

春天来的时候，我开始做一种很古奥的梦：天空被拴在狗尾上，一晃一晃的。狗呢，磕磕碰碰在路上奔跑。那路也不能算作路，只是一线噼啪燃烧的焰火。我好像就被嵌在那三角形的天空里，嵌得骨肉生痛。但我被嵌着，狗边跑边沿途啃着一朵一朵上好的花：玫瑰、梅、菊花、紫云英……狗眼里血丝遍布。一些绚丽的石头，在狗爪下坍塌下去……

这个梦我做了整整一个春天。每天上班时，我都被夜晚的诡异折腾得两眼僵直，所以常寡了脸，对着办公室里不明不白的烟雾发怵。某日，科长好像突然窥见了我的暗处，就说：到我家坐坐吧。于是就去坐坐。

当然，科长家也有了些变化。这从科长老婆的腰围上看得出来。科长呢？对着老婆咝咝嘘口气，便把我按坐在那些熟悉的沙发上。

“这日子，难呐。”科长感慨了。“难啥？难，嫂夫人的肚皮怎能鼓得圆圆满满呢？”我顺便开了句玩笑。

科长却陡地默了，默得有些不合时宜。仔细一想，也不对，科长不是已有一子了吗？这肚皮问题——

女人窝在里屋，弄出一点窸窣。

断断续续里，科长拉开了黄连般的家常：女人怀上了，然后又抱怨自己到底是哪一夜为什么硬是丧失党性违反了党的计划生育政策。

这也不算个问题呀，我说，去医院做掉算了。可科长说：老婆不同意，硬要生。已吵过多少回了，现在，差不了几天就该生了。

我知道女人对此的确是可以固执一番的，所以就说了大堆安慰的话。说着说着，科长就出去买菜，要我留下来，陪他喝两口，混上几秒浑浑浊浊的舒服。

科长刚出门，女人便踅了过来。我说：嗬，看不出，硬要对着政策干呢！女人猛一下将手里的东西照准我狠砸过来，酸了脸，说：你……我还不是为了你那朋友。

为G？

砸过来的东西撞在我肩胛上，落下去，摊开。原来是块布贴：艳艳的，一朵藕花翻着。布沿上乱缀了几痕水纹。两只缩头缩脑的鸟，藏在阔叶里。

对了，我猛然想起，那条梦中的狗，在路上也啃噬过这种叫作藕的玩意儿……

鸦站在槐丫上。

这是孤立无援的鸦。

偌大的黄昏悬于头顶，仿佛某种随时都可以垮塌的压力与警告。而鸦无动于衷。鸦真的能无动于衷呢。瞧，那颗黑亮的头频频转动，锐利的目光，直逼苍茫。

我凭窗肃立。

零乱的城市很坦然地零乱着。有人在街巷中行走，交谈，有人憎恶。许多页张王李赵的窗户，闪亮在尘埃中，有人，俯身修改起白纸上那些潦潦草草的往昔……

我肃立窗前，目睹着鸦和鸦周遭的这一切。我想，我是可以感动的——许多日子匆匆逝了，厌倦，歉疚，爱，憎恶，浩叹……对我，都是一份雾沉沉的笼罩。难道我又不曾抱怨过么？可鸦却独自撑持着。在它的沉默里，有我们难以忍受的所有艰难，有我们拒绝过千遍的种种奇迹。

而鸦站在槐丫上。

我瞩目的市街，长烟袅动。

一炷黄昏，被星光拂去。

再一次看见G时，G已被耀眼地印在街头一张张泛黄的通缉令上了。

G在那张纸上的模样显得有些稚气。那一定是G很久以前的照片吧。也许，那时的G还没有学会对一个个肥瘦不一的女人喊妈。G坐在他自己的单位里，想着明天和眼前的城市。他的血里翻卷着一大堆明天。

我倚在黄昏的某根电线杆上细读着与G有关的一切：一个女人死了，而G那把曾被我形容为“没落者的最后政权”的刀子，正插在女人冰冷地闪烁着的阴部……

和我一起拜读G的“伟大事业”的，当然还有一些另外的人。一个花枝招展的少女小心地读着。她用茶色的玻璃遮掩着自己的凝望。我不由得暗暗笑了。

一座城市或一个人的毁灭，难道只能以这样一种快捷的方式么？

黄昏压在众多的头颅上，G在苍黄的纸上，静着——我不知道，此时此刻，他正蜷缩何处。他还能忆起那柄刀子上锋利过且依旧锋利着的一切么？而G走过的四季，其他的人也正在走着……

就像我正在走着。

在空旷之夜，我突然想起了十年后我注定要写出的一首诗中的一部分句子——

去年的花朵是尖锐的，
我向谁说起过风雨的暗处？
荆棘上火焰像一幅漫画，
谁忘却了微笑的最后勇气？
……

龙大爷正越过众多的田埂匆匆跑来。他在喊着什么？婆用手遮了阳光，看着飞叉叉的龙大爷说：被蜂子追的。

但龙大爷说出了狗的事。

我家的狗，终于，死了……这乡村里最为博学的畜生，这装着大半肚皮小学文化却无法施展的野种，这时常在我们教室内外踱步的长者，这凫水的祖宗，这穿梭不息的一部分黑暗或者阳光——死了。

龙大爷的炸弹还在响着。

婆把最恶毒的诅咒堆在龙大爷四周。而我无话可说，正与我一起刻苦攻读四年级课程的狗已经死了，我还有什么话好说的呢？

龙大爷弯在田埂上，缩着晶亮的头，一任婆的诅咒和我的沉默，在无奈的天光里，散去……

枭儿将一瓶古怪的香水留在了我临窗的书桌上。

现在是秋天。门外有哭泣的雨。一只灰暗的六角形甲虫在肮脏的窗帘上爬着。这是一只丑陋得异常美丽的甲虫，有两条纤长的触须，六只脚。它六角形的甲壳上布满了暗纹。在后背部分，甚至隐约让人看到两组对称的齿痕，各四个，把细圆的尾根逼到尽头。

我向它喷出一口烟雾。

甲虫的触须扬了扬，它倒退了一步。

当着婆和我的面，龙大爷把我家的死狗埋在了河边的坡地上。

龙大爷的喉结动了动。

第二天，放学回来，我到河边转了转。闲着没事，我开始刨那浮土，狗渐渐露出来，却赤裸着——那块狗身上的皮早已不知去向了。

我吃惊得像吞下了半块月亮。

这裸体的狗，斜着，宛若一把苍白的火焰。

我发觉我已经比较苍老了。

科长老婆已在偷偷生下第二个儿子之后不久匆匆死去。狗日的科长——两个儿子的父亲——为什么总要说他家老二已开始不像他了呢？

科长的老婆死在另一个遥远的城市。那里的秋天比这里更冷更长。科长老婆死了。我身子骨中的一节黑夜死了。但G的儿子却活着。在那座遥远城市的某个角落里，在科长一个远房的表亲家中，一块混沌之初的肉，活着。

科长啊科长——

槐叶打在十月的脸孔上。

从乡野到城市，你已辨不清狗影中翻翻涌涌的天色。枭儿倚于窗畔，看着逐渐苍茫的天空。突然枭儿说，你看看，那槐丫上的，是不是还是过去那只乌鸦？

就在我抬起沉重的头颅时，一串呼叫的泪水从袅儿眼中淌下，呵，袅儿，你到底看到了什么？你到底还想看到什么啊！

而我只能枯坐着，面对一张张白纸，虚构我或者与我们有关的一切——

过去，现在，未来……多少光阴不再翻动，火焰生锈，一只乌鸦，在槐丫上，站着，整座城市，还将忍受，多少种乌鸦一般的天气？

袅儿——
我认识那只啼叫前的鸟儿
在树上它用羽毛
代替部分阳光

我认识树枝间那片摇动的空隙
一只鸟儿占据的天色渐渐变厚
它收敛的羽翼仿佛
人们共守的遗忘

从黄昏望出去你将触及夜晚的深度
你将懂得一些另外的歌唱
雕花的灯盏照亮木屋
我随手写下的文字
正带走异样的空旷

（原载《青年文学》1995年第12期）

1995年

赵剑平

美丽的恐惧

一

午夜两点钟光景，仿佛一座城市都晃了晃，便传来一声闷响，接上一阵轰轰隆隆的坍塌——

黄楼完了。

那些上一点年纪而又还能够在麻将桌上熬下去的人都清楚地意识到了这一点。

“和了。”这之间，有人呻吟似的咕哝着，便把一副牌倒下去。而大家一检视，那牌竟然还没有听。没有听的牌倒下来叫“诈和”，是要受罚的。但大家默了默，也居然理解似的让了过去。

黄楼可不是一幢普通的楼啊。

这座20世纪50年代的建筑，当年由于在檐翘上描了点红，在抹灰上刷了点漆，门窗变了变花样，装饰搞了搞墙裙，便被上面下来了解经济形势的一个调查组发现了。那时候，这座城市也和全国许多地方一样，饥饿正威胁着许多人的生命。那么，相形之下，黄楼显然奢侈了一点，于是，连市长也被撤职处分……

当然，老房子应该拆除，这是无可厚非的。白天里，居民委员会已打过招呼，说夜里就要对黄楼进行爆破，大家只管睡自己的觉，不要听风见雨的，抓住一点响动，便以为闹地震哪，或者打起仗来哪，自己画猫猫来吓自己，其实很保险，有科学家在现场指挥着呢，砖头瓦片都不会飞一块，一幢楼往中间一箍，就矮下去，四下里三几米的地方没有一点磕碰……

但事情好像不仅仅是安全问题。

人的第六感官啊，有时候还真神。

早晨，高原的太阳刚刚把这座城市唤醒，人们就走进现场，开始对废墟进行清理。一只巨大的机铲落在废墟上，隆隆地叫了叫，便啃进废墟深处，又隆隆地吼了吼，钢铁的手臂一颤，机铲便抱了满铲斗的断砖残瓦高高地举起来……

那一瞬间，明丽的阳光在废墟的上空缩了缩，放一股冷冷的杀气，便有一道彩虹荡荡悠悠掉下来……有人惊惧地叫了一声，仿佛一道斩令，把那么多机具隆隆的引擎声都给砍了。

工地上一片死寂。

人们凑近去，看清楚那是一根蟒。大蛇比碗口粗，一丈多长，黑红相间的环斑和黄的底子连成一片，已显着垂老年暮。而令人感到惊异的，是那头上似冠非冠似盖非盖地长着一块赘肉。它静静地躺在那儿，北斗七星一样弯曲着……

“它好像……”有人怯声怯语的，“还没有死……”

“看七寸那儿，”又有人指着，“心脏好像还有跳动……”

这一来，人群又涟漪一样动荡着，往后退了退。但远远地愣一阵，那蟒依旧一动不动，于是迟迟疑疑的，人们又凑近去。一番折腾后，终于有人颤颤地说：

“这楼里……怎么会藏着这么一根怪模怪样的老蛇呢？”

这声音在废墟上空有一种莫名其妙的回荡。

人们听着，脸黑黑的站在那儿，不知所以，也不知所终。

二

黄楼里藏着一条蟒蛇。

这消息很快被人捅到了报社。

涂康一上班，记者部一位朋友就闯了进来，又神秘又兴奋地对他说：

“按理这不关你们群工部的事情。但你在黄楼住那么多年，说不定这根老蛇就在你的床脚，或者你的隔壁，一直陪伴着你呢。所以，这篇东西最好你亲自去写……”

涂康听着，背心那儿直悠着一股寒凉。

“这个……”他正了正眼镜，吁一口气，自言自语似的，“不大可能吧。”

“这是事实，老兄！”朋友说，“以前修的那些房子，结构是相当复杂的，哪一个夹层藏不住一条蛇呢。”

朋友走了。涂康坐在那里，好一阵愣，才无可奈何地抓起一个本子，也出门去。

大约因为顺道的缘故，涂康决定在半道上下车，拐进厂子去看看。厂子是涂康自己的。报社同人，大家嘴里不说心里有，差不多都兼着一份第二职业，经营着一份“小自留地”。

说是厂子，其实只有一间房子两个人，以及一些刀啊剪啊之类的原始工具。说实在话，像涂康这样小时候打弹弓都打不成，反拿着弹弓把自家鼻子给打伤的人，能够发明出“鼻虫”这种东西，并办一个厂子来生产，也真不简单。

涂康来到厂子，两个工人在磨石上哗哗地磨着什么，见他进来，便都放下活路，说已经有人来打过招呼，这一片“厨屎棚”要开发出来修高楼，厂子限期在十天内迁移。

涂康站在门口那儿愣一阵，又拿着“鼻虫”塞在鼻子里悉悉乎乎弄一阵，这才掏出一包烟卷来，给两个工人一人发一支，振作振作精神说：

“我们会搬出去的……但我们还会搬回来，那时候，可不是今天这个格局啰……不是修高楼吗？好，我就要它一层楼两层楼……可以说，我们的‘鼻虫’是跨世纪的产品，市场前景看好，这一点，你们也有所闻，仅仅我们单位就差不多一个人买了一个。眼下，我正着手两方面的工作，一方面向国家专利局申请专利，以防备他人侵权，这事很快就会批下来的……而另一方面，我要寻求投资，关于这一点，我可以给你们透露，已经有了一点谱。只要有了资金，‘鼻虫’就可以投入批量生产……”

涂康友好地拍拍两位工人的肩膀，便离开了厂子。一路上，他满脑子的“鼻虫”，这么一个优秀的东西应该有人接受才合乎情理，你想一想，用指甲挖鼻子，既容易弄伤毛细血管，又不文雅，可要有一个“鼻虫”，情形就大不一样哪，连做人的档次也会高一格，现在做人不就是讲档次……

涂康来到黄楼废墟那儿。那时候，现场又动起工来，机声人声混在一起，已经一派忙碌景象。涂康站在工地边上，正有些纳闷，就有一只安全帽过来。他亮了亮记者证，安全帽于是很热情地递上一支烟来，点着火，便清了清嗓，开始介绍情况——

蛇嘛，是有那么一条蛇，样子倒有一些怪，可毕竟还是一条蛇，而且我们已经查明，这是有根有底的，几年前，公园的蛇笼里失踪过一条蟒，这儿离公园很近……

涂康听着，手里虽然拿着一个采访本，却一个字也没有往上记，眼睛越过废墟，望着凤凰山公园那边。

你要下午有空，来我们这里深入生活，已经派人买乌骨鸡去，做龙凤汤吃……

涂康没有提出看那条蛇。不知怎么的，他还有点怕看见那条蛇。

涂康离开废墟，脑子里蛇还在游动着，“鼻虫”便爬了进去。他没有回报社，而是直接回到家去。隔着废墟不远的地方，有一幢灰白的楼。在阳光的照射下，那楼闪动着一种神秘的光彩。涂康知道，那光彩是粘在表面的那些细碎的石子形成的。也不知从哪时候开始，城市的建筑用这种粘石而不用抹灰。涂康家在顶楼上，要一直往上爬啊爬啊。老实说，这不过临时周转周转，黄楼那地方修起来，他还要搬回去。一辈子在这半天云里盘上盘下，他可不愿意。

涂康一进家门便窝到沙发上。沙发是黑色的，又尤其庞大。瘦小的涂康几乎要被沙发吞噬了似的，显得很可怜，也透着一种惊险。他掏“鼻虫”打整打整鼻子，觉得轻松了许多，这才起身去厨房。窸窸窣窣一阵，泡了两袋方便面。趁着焐方便面的工夫，他拨通了妻子的电话，急迫而又细声细气地说起来：

“‘发发’公司吗？我找‘发发’，公司公关部的周丽丽……是丽丽吗？我说我们原来住的黄楼还藏着一条蛇……你已经看了，哦，我上班的时候怎么就没有注意到那里……这楼啊，引资金的事情，你给老总说过没有啊？厂子那边限十天内搬迁……合股也行，买断专利独家生产也行……”

涂康放下电话，感到一种莫名的鼓舞，又掏出“鼻虫”来瞅了瞅，这才心实实地吃着一大碗方便面。一个人的一生是很难预料的，涂康想，小时候要不去乡下外婆家玩弹弓把鼻子伤了，他或许还琢磨不出“鼻虫”这个宝贝，还真有点祸兮福所倚啊。为了“鼻虫”，他不得不让妻子停薪留职，从幼儿园到了“发发”。“发发”本来是一家有限公司，可它的业务却无论是贸易还是实业，都像螃蟹一样摆得很宽。涂康是通过一个“现款收购五倍子”的广告和“发发”的老总认识的。现在结交一个人其实也不难，一见面两个人就觉得挺投缘，并相互交换名片。接下去，“发发”方面就有一些“豆腐干”时常在报纸三版或四版登出来，实际上也是涂康帮忙为“发发”方面做的免费广告……

下午的光景过得很快。涂康去上班的路上顺道到厂子拿了一些“鼻虫”，分别送往几家药店。按照市场管理的规定，“鼻虫”只有一个“健”字批准文号，是不能上药店柜台的。可“鼻虫”好卖，利润也可观，所以偷偷摸摸的，老板们也愿意代销。涂康送完“鼻虫”，就走进报社大门，想到还有一篇关于蟒蛇的稿子，他便坐下来，认真地敛一敛气，把“鼻虫”从脑子里赶出去，趴在桌前写起来。大约画一些“怪蛇不怪”“破除迷信”之类的符号，他便拿去总编室交差。回到办公室，他看一看时间，离下班还早着呢，于是又坐下来，慢慢地拆着一堆信件。拆着，拆着，突然几个字跳在眼前——

当心小命。

这是一封恐吓信。他一下站起来，拿着信就要找总编去。但还没有出门，他又收住脚步。这事儿敞出去，领导对他涂康会怎么想。他克制着又坐到桌前，接着拆那些信件。拆着，拆着，忽然间又有几个字跳在眼前——

当心小命。

这一回他没有冲动。他扶了扶架在鼻梁上的眼镜，仔细地比较两封信，都一样署名“叫花子”，也一样是打印的，可日期却不一样。于是，他嘴角往里一撇，很不屑地笑了笑。这种把戏，以为吓得了谁呢，不过想折腾一下，让人提心吊胆过日子罢了。但为了稳妥起见，他还是在笔记本上作了记录，某年某月某日收到匿名恐吓信一式两件。

按照上午和妻子在电话上约定的，涂康提前来到“亨得利”酒家。他在一位小姐的引导下找到桌位坐下来，又喝着另一位小姐沏上来的茶，还磕着另一位小姐端上来的瓜子，那两封恐吓信的事儿便无影无踪起来。他正心宽宽地坐在那儿，眼前突然一亮，妻子和“发发”的那位老总便双双走进来。那一瞬间，他心里被什么东西莫名地蜇了一下，才本能地站起来，迎着那两个人走过去。他握着“发发”那位老总的手，看着对方那有些荒凉的额头和那有些松垂的眼袋，心里其实是很看不起的。只是他还要这个人投资项目呢，既然事情已经开头，就应该接着做下去。这样想着，他便把来前准备好的“大中华”的卷烟递上去，又格外殷勤地笑着把对方往里让……

晚餐很轻松。酒过三巡后，大家没有打官司，也没有猜拳，都要求吃饭。这时候，上来一道“龙凤汤”，用蛇和鸡做成的，是这座城市的一绝。蛇是普通的蛇，没有什么特别的，而鸡却是这里的特产——乌骨鸡，这在别的地方很难找到。乌骨鸡不仅味道鲜美，而且也是很好的补药。就像北京的“涮羊肉”和成都的“麻婆豆腐”，这座城市所有的酒家都能够做“龙凤汤”，只是由于环境保护的干预，蛇不一定能够保证，这时候，那“龙”就用鳝龟或者鳗鱼代替。“龙凤汤”，不，准确地说是乌骨鸡，几乎成为这座城市的象征。据说搞城市园林化那会儿，有人还搞了一个规划，想在这座城市最繁华的十字大街塑一只巨大的乌骨鸡。但这无疑遭到大多数人的反对，认为乌骨鸡毕竟是鸡，而不是凤凰。“发发”的老总喜欢这道菜，吃得有滋有味的，不一阵亮亮的额心便浸出来一粒一粒汗珠。可涂康不知怎么的，望着一盆“龙凤汤”，脑子里老扭动着一条怪模怪样的蟒蛇，一双筷子动了动，却什么也没有拈，只拿汤匙少少地尝了一点汤。

两个人大半天才谈到“鼻虫”的事情上来。老总拿“鼻虫”在鼻子里弄一弄，便忍不住背过身去，响响地打了一个喷嚏，于是一边用一块纸巾在嘴巴上抹着，一边显着很愉快地说：

“这玩意儿倒不错……只是嘛，我不太主张你们文化人办企业……你缺钱花，只要给我打个招呼……把我们‘发发’宣传好……”

“这个……不是钱不钱的问题……”涂康一下局促起来，“主要……是一个价值体现的问题……”

“哪样价值呢？”“发发”的老总手一挥，大大咧咧道，“发明‘小烟杆’的人有没有价值呢？有。”停顿一下，“但‘小烟杆’还不是被淘汰了。”

“你不能拿我的‘鼻虫’来和‘小烟杆’相比，‘鼻虫’是‘鼻虫’，‘小烟杆’是

‘小烟杆’。”

涂康正一正眼镜，倔倔地应着。

这时候，周丽丽插了进来。女人本来在丈夫和老总之间坐着；往这边一掉脸，涂康看见一双柔情如水的眼睛，心气一下平静了许多，往那边转过去，涂康看见一个后脑勺……

但“发发”的老总却缓和了。他隔着周丽丽伸过手来，显着大度地和涂康握了握，便有些慷慨起来，说：

“其实这也没有什么，真投资，也不过二三十万块钱……小菜一碟……小菜一碟……只是你要给一个回旋，我召集董事会研究研究……必要的时候，还要请专家们论证论证……大家感兴趣，搞一个‘鼻虫’集团也没有什么问题……”

事情柳暗花明的，又让涂康见着一些希望。但一时半会，显然也不会有任何结果。涂康站起来，和“发发”的老总点一点头，说先走一步接女儿去，便离席往厅堂大门那边走去。周丽丽追上来，说再坐一会，她和他一道去。涂康听着，却莫名地晃一晃脑袋，什么也没有说，兀自撇下妻子走出去。他在“亨得利”门前要了一辆的士，到岳父岳母家接着女儿，又坐着那的士回到“亨得利”。那时候，城市华灯齐放，酒家在一片光晕中一阵幸福的震颤，便把“亨得利”三个闪闪发光的金字推到夜空中。涂康从汽车玻璃望出去，酒家那儿如一只巨大的熔炉一般通红，“亨得利”的幌子下面，妻子和“发发”的老总站在那儿，也披一身红，仿佛从炉膛里化出来的铁水正渐渐地冷凝下去，这让涂康看了很美，也很残酷。

“‘发发’的老总好像特别看重你……”

一家人坐着车往回走，涂康有意无意这么说一句，悄悄地拿眼睛瞟了瞟妻子。

“你不是要我引资金生产‘鼻虫’吗……”

妻子抱着三岁的女儿随着汽车微微晃动，早有准备似的，把话软软地碰过来。

两个人不再说一句话。

直到黄楼废墟那儿下车，涂康把女儿接过来抱着，这时候，才仿佛是一种需要，妻子挽住丈夫的胳膊，“那条蛇呢？”这么怯怯地问一句。“还不是做‘龙凤汤’吃到肚子里了。”涂康有些不耐烦地应着。“那么大的蛇，吃得吃不得哟。”妻子说，很疑惑一样的。涂康听着，打一个冷噤，便不再吭气。

两个人一前一后地开始爬着楼梯。妻子手中甩着一个蛇皮包儿，咯咯地响着高跟儿，不一会便跑到前面去。涂康抱着女儿，气喘吁吁地跟在后面。妻子上到顶楼，涂康还能够听见她拿钥匙开门的声音，接着拉动电灯开关的声音……

可等涂康走进家门，妻子已经脸青面黑地瘫在地上。涂康被电击似的哼哼，脑子里一片麻乱，把女儿一放，去扶起妻子来。妻子有气无力地抬了抬手，眼睛死白地翻了翻，嗫嚅地吐着一个字：

“蛇……蛇……蛇……”

顺着那手指的方向，涂康看见客厅中央的地板上盘着一条蛇……

他只觉得耳朵里呜呜地响，头发根儿都打立起来。

三

是报社总编喊着公安派出所的人来的。

“这是蓄意谋杀……”涂康在电话里又凄厉又感人地叫着，“我属于因公受害……”

作为领导的总编没有别的选择。

那时候，蛇被剁成几大截，现场被弄得血淋淋的。总编和警官进来，也着实被吓了一跳。涂康拿着一块用作茶几台面的钢化玻璃板站在屋子中央，看上去很有一点造型的味儿。他当时找不到别的武器，就用这茶几台板把那长虫砍杀了。妻子周丽丽挨着丈夫在一把靠背的椅子上坐着，三岁的女儿在怀中睡着，睡梦中还不时地哼哼着。于是，周丽丽把女儿抱得更紧，也把丈夫更紧实地依偎着。

“这是一条无毒蛇。”警官看了看那断截的蛇头和蛇尾，便肯定地说，“而且是蛇中最温和的‘菜花蛇’。”

总编听着，倒吸一口冷气。可涂康却倔倔的，死死地咬着字眼，“我白天已经收到两封署名‘叫花子’的恐吓信……这可以说是精心策划的谋杀……‘当心小命’，信就这么写的……”

“你当时应该向我报告……”总编说着，觉得事情确实有些严重。

“我以为……只是写写……只是吓唬吓唬……”涂康像一个做错事情的孩子一样的嘟囔着。

“你平时得罪过什么人没有呢？”警官皱眉皱眼地问着，也感到事情复杂起来。

“写一点小文章……”涂康扶了扶眼镜，“有一点群众来信性质的……给版面补白……”

“揭露社会的阴暗面是记者的职责。”总编打岔进来，明显地带着一种义愤，“任何一个有良知的报人都会对社会丑恶现象进行抨击……”

“我不是说这个意思……”警官有些尴尬地笑了笑，“我是说舆论监督嘛，是完全必要的，国家也提倡，群众也欢迎……只是能不能更好地保护自己呢，保护自己也是为了更好地打击敌人，比如化名发表文章……”

“我认为作家可能这样，像鲁迅先生就有几十个化名。”总编说，慷当以慨的，“但作为一个新闻工作者，我不主张这样，又不是搞文学创作，况且，现在又不是鲁迅先生那个白色恐怖的年代……新闻的生命就是真实，真实的，也就是勇敢的，用不着藏头露尾神秘兮兮的。”

涂康听着，心里感到一阵热热的冲撞。他推一推依偎在身边的妻子。妻子抬起头来，看他很镇定，也很大义凛然的样子，便拢拢头发，也安静地坐在椅子上。涂康走到茶几那儿，把一块血糊糊的台板放上去，那坚硬的玻璃镗镗地响着，仿佛给人一种慰藉。

“也不过就是一条蛇……”

涂康低低地说着，又去打来水找来扫帚抹布，开始清理这个血腥的场面。

“如果真有一个三长两短，”总编意犹未尽地发挥着，“可以说，作为一名新闻工作者，为真实献身就是为真理献身，而我们是绝对不会沉默的……”

“总编！事情到那一步，”警官提醒似的补充着，“我们还能够袖手旁观吗？”

这让涂康很受感动。“振作起来吧！”他鼓动着推一把妻子，“坐到沙发上去。”可是丽丽一动不动，只一双眼睛盯着黑乎乎的沙发脚下。涂康理解似的笑了笑，又弯下身子用拖把在沙发下面捅了捅。“振作起来吧！”这声音听起来像“让暴风雨来得更猛烈些吧！”涂康又鼓动着。妻子稍稍放松放松，战战兢兢的，也终于坐到沙发上去。

“可这毕竟是一条无毒蛇呀！”警官站在阳台那儿，眺望着城市的灯火，百思不得其解地自言自语着，“难道也只是吓唬吓唬……”

“今天这个日子很怪的啊！”总编靠在沙发那儿，也陷入一种困惑，“黄楼昨晚爆破，早晨清理废墟的时候，工人们就发现有一条怪模怪样的蟒蛇……”

“会不会是把哪一窝蛇惊动了？”坐在总编身边的周丽丽这会儿也显着一些活气插进话来，“早上我看过那蛇，头上还长出冠子来……说不定那是蛇王……群龙无首，就都乱跑起来……”

“不，不，”涂康看妻子渐渐地恢复常态，一面又受到鼓舞，一面又不得不执意地摇着头，“这是一幢九层楼房的顶层，蛇又不会飞，没有人的帮助上不来……”

警官正感到一筹莫展，听夫妻俩这么说着，又来了灵感似的，打一个招呼，便出门走下楼去。

这里，涂康收拾完一地血污，也在总编旁边的沙发上坐下。

“那两封恐吓信是一条线索。”总编抚着涂康的肩膀，关切地说着，“你负责组织批评这方面的稿件，稿子见诸报端，人家自然恨你……那么你是不是注意了，这些批评的对象中有没有情绪比较偏激的……”

“你说为什么署名‘叫花子’呢？”涂康没有正面回答主编的问题，沉浸在一种思索中自问自答着，“‘叫花子’和一碗饭有关系，这是传统的对‘叫花子’的看法……我想这‘叫花子’的署名可不是仅仅为了隐蔽而取的化名，至少还包括潜意识……”

总编听着，默默地点着头，目光信赖地望着涂康，鼓励他说下去。

“如果是这样……那么，大约半个月以前，我在一家面馆吃面，和老板发生冲突……”

“什么原因呢？”

“面条里有一只死苍蝇……”

“怎么处理的呢？”

“我用群众来信的形式弄一条稿子，其实站的角度还比较高，说卫生城市的建设应该有一种全民意识的参与……稿子在周末版上发出来……”

“对，对，”总编有些激动地站起来，仿佛罪犯就在眼前，“说不定就是这个人搞的鬼……面馆老板……一个面馆老板……对，对，这是一条重大线索……”

这时候，警官从楼下回到屋里来。

“我找门卫了解了，”警官沮丧地说，“整个白天没有陌生人上楼来过。”

事情好像又走进死胡同里。

“这还是不大像一个案子啊。”警官揣摩着，“只有看下一步事态的发展……”

这么着，总编也无可奈何地叹息着，便和警官往外走着。涂康也跟着送出来。在楼梯口那儿，总编回过头来对涂康说：

“这几天，你可以不去上班了，在家料理料理，休整休整，也陪一陪你爱人……”

警官听着，却打住脚步，回头岔进来说：“我认为你还是照常上班，装作若无其事的样子，只是自己多留心……千万不要向人说这件事情，更不要向人说公安方面已经介入这件事情，以免打草惊……蛇……”

于是，两个人一前一后走下楼去。

这晚上，涂康和妻子一直折腾到半夜，怕屋里还隐藏着没有发现的蛇，几乎把所有的家具都搬动了一遍。有一阵，周丽丽看见床脚一道曲曲折折的影子，吓得妈呀一声叫起来。涂康紧紧张张拿了一把铁锹往死里砸，而等到弄出来，竟然是一截纤维包装带子。好不容易上床，两个人也是木木的，心里挂着一条花花的带子，迷迷糊糊地睡过去。

快天亮的时候，妻子迷迷糊糊的，一巴掌扑在丈夫脸上。涂康惊醒过来，听着周丽丽咕咕哝哝梦呓着，却反复地叫着另外一个人的名字，那心里又多出一份冰凉来。他拉亮灯，恨恨地打量打量妻子，想着实地还她一巴掌。但不知怎么一来，他又改变主意，啪地拉下床头开关，在黑暗中合上眼皮。

第二天，涂康还是决定要上班去。周丽丽说，总编准许你在家的。可涂康正了正眼镜，有些阴阳怪气地说：“人家对你好，你也要对得起人家嘛！”就赌气似的走了。

但涂康多了一个心眼。他在楼下门卫室里躲着。他好几次钥匙忘记带在身上，就这样在门卫室里等周丽丽回来。门卫不见怪，还把夜里的事情和他叨着：

“我年轻那会儿在村里是民兵排长，公安那点规矩还能够不知道……干哪一行都要有责任心，我整天坐在这里，一幢楼哪个人不认得，就连那些小保姆哪会儿哭哪会儿笑的，也逃不过我的眼睛……我可以担保没有主人家出来打招呼，任何一个陌生人都不可能上楼去……”

涂康什么也没有说，悄悄地看周丽丽抱着女儿下楼来，便从后面跟上去。涂康这么远远地吊着，一直到黄楼废墟那儿上车，看母女俩钻进早停在那里的一辆黑色轿车风一样消失在车流中，才无可奈何地停下来。

那会儿，他蹲在地上，两只手无力地抓着一头蓬乱的头发，眼睛直直地瞪着地上一只黑色的蚂蚁。“你怎么了？”那蚂蚁走走停停的，仿佛被一只无形的手随心所欲地拨弄着，“你叫什么名字？是男？是女？是老？是少？家在何方？都有些什么亲戚和朋友？”他不知道是他在给蚂蚁说，还是蚂蚁在给他说。突然间，他发现那黑色的蚂蚁很像他的“鼻虫”，这发现让他很难受，仿佛有一种虚飘飘的东西正在身上某个地方膨胀着，又浑浊又潮湿的雾一样粘在敏感的神经上。他踩死了那只蚂蚁。

涂康这天没有去厂子。他想，去也没有多大作用，无非又拿一些“鼻虫”往沿途的几个药店送一送，然后再收一点钱回来。他直接来到报社，走进办公室里，就把那两封署名“叫花子”的恐吓信找出来，似乎还想分析一点什么，愣愣地看了半天，却最后不得不枯燥地摇着头，送到总编那边去。

总编对这事儿也很沮丧，愣愣地出一阵神，便把两封恐吓信扬一扬，拨通一个电话，和公安局那边办起交涉来……

涂康中午没有回家。他在报社对面的馆子里囫囵地吃一碗大排面，回到报社办公室，就一头倒在沙发上，一直睡到下午上班时间才起来。下午的光景，涂康处理完两封群众来信，又帮着财会计算好稿酬，填写清楚汇款单，便到下班时间。

按照和妻子往常的约定，他往岳父岳母家走去。自妻子应聘到“发发”公关部后，他和她就很少在一起吃饭。公关部的事情，大多是在酒桌子上做成的。妻子在外面吃饭，那是她的工作。可涂康却每天下午下班必须到岳父岳母那儿去，去那儿吃饭，然后和两位老人家坐一坐，等着妻子从酒家或者别的什么地方来，再带上已经在那里一天的女儿回家。

但今天周丽丽却比涂康先一步来了。她一脸淡妆，头发很简洁地束在脑后，不到三十岁的女人，就这么轻描淡写的，也显得风姿绰约。只是和往常比起来，她脸色白了一些，眼眶也大了一些。涂康心动了动，打量她一番，却什么也没有说。倒是周丽丽，知道涂康想什么似的，“我昨晚没有休息好，想早一点回家去，就向老总请了假。”兀自这么说着。涂康在喉咙里支吾一声，也点点头，便一家人坐下来吃饭。

还没有吃完饭，老岳母就念叨起那蛇的事情来。“这怎么得了哟！都说成龙上天，成蛇钻草，如今这蛇怎么爬到九层楼上了呢！我说啊，这几天你们都别回去哪，就住这里，真有哪个歹心歹意要害人，惹不起还躲不起么！等公安局的把坏人查出来千刀万剐了，你们那时候再回去也不迟……”老人家说着，还不时地抹着泪。

但涂康执意要回去。他把眼镜摘下来默默地擦拭着，很有一点慷慨赴难的味道。老岳父一直坐在旁边用涂康送给他的“鼻虫”收拾着鼻子，这会儿也理解涂康似的插进来，“男子汉大丈夫嘛！”很豪气地说着，“一辈子在世上奔波为了什么？不就是一个家吗！现在家有一点惧怕，就不管呐，当逃兵呐，这还像男子汉大丈夫么！所以，我支持你们回到自己的家去。”

最后，涂康把三岁的女儿留下来，便和妻子周丽丽坐一辆的士往家走去。

周丽丽似乎很疲倦，一上车就靠着涂康的肩膀想睡过去。涂康搡她一把，有些阴郁地笑一声，说：“你昨晚上做好梦，能不能摆出来听听？”周丽丽听着，头从涂康肩膀那儿端起来，稍稍有些惊讶地望望丈夫，便把目光转向车窗外面，“不。”盯着大街上明亮而杂乱的车流说，“噩梦。”

依旧是在黄楼废墟那儿下车，依旧是走一段路，然后在那幢灰白的楼下面开始往上爬……谁也不能说这种重复和昨天是相同的。

那时候，涂康走在前面，好像有意要把妻子拉得远一点，直戳戳地跑到顶上。可他站在家门前，刚刚喘过气来，妻子也就跟上来。夫妻俩交换一下眼神，都有预感似的，涂康便把钥匙插进锁孔，慢慢地转动起来……

啪地拉线开关一响，起动器扭一扭红红的屁股，炽白的日光管一闪，便照得屋子里一片明亮——

地板中央一条黑花的带子盘着。

涂康心里木木的，呼一口冷气，回头看妻子。妻子眼睛瞪得圆圆的，上下嘴唇紧紧地咬在一起，脸颊上已经湿漉漉的一片。

虽然那黑花的带子没有打开来，让人看一个明明白白，但涂康从那三角形的脑袋上已经清楚地意识到，这是一条毒蛇。

“天啊！”涂康那一瓣木木的心终于这么叫一声。

四

又是总编，又是警察，都急匆匆地赶来。

“毒蛇来啦！毒蛇来啦！”

涂康一腔哭哀哀的声调，已经被蛇咬了一样的，就这么在电话里叫着。

总编的家离涂康的家最近，又正好总编住的那楼下面有公安派出所。而且，总编从开始就关注着这件事情。总编不可能不来。

还是那块用作茶几台板的钢化玻璃，涂康拿它当武器把那蛇砍杀了。

“我说是谋杀，你说无毒之蛇，还是最温和的蛇……”涂康手中还抓着那血糊糊的玻璃板，冲着警官，“现在好了，看一看吧，毒蛇来啦，毒蛇来啦……”

涂康说着，便用血腥的玻璃板把那三角形的蛇头往警官跟前送过去。

警官表示理解地看一眼涂康，然后掏出对讲机，拉长天线杆，调好频率，听着嘟嘟的信号，便呼叫起来，“洞洞钩！洞洞钩！”很严峻的，“对二号目标实施监控。”

涂康听着，不解地望了望总编。总编走过来，拍拍他的肩膀，有些神秘地说：“已经采取行动。”

涂康仍然迷迷糊糊的，“你说是……”呆呆地望着总编，“面馆的那个老板……”

总编郑重地给他点一点头。

这工夫，警官收拾了机器，也走过来，对还没有完全醒神的涂康说：“冷静一点，冷静一点，我们有我们的规矩，比如说在没有搜集到充分的证据前，对任何人都只能怀疑，而怀疑不等于事实，况且这个案子确实有它的特殊性……”

“一幢楼都没有哪一家闹过蛇，为什么我们家闹蛇呢？”涂康显然冷静不下来，“这的确也是一条毒蛇嘛！”

“我知道这是什么蛇。”警官瞥一眼那三角形的蛇头，有些为涂康的一股拧劲儿恼火起来，“俗名‘岩豆斑’，学名‘五步蛇’，咬一口是要死人的……”

“关键问题不在于它是什么蛇，”总编插进来，入木三分地点拨着，“关键问题在于它是怎么来的。”

“这还用说，哪家没有几个窟窿哟！”紧挨着涂康的周丽丽这会儿也抹着泪痕插进来，“从阳台上，从下水道里，从风窗、厕所……”

“你们怎么不把阳台封一下呢？”警官说，“装一道铝合金窗屏要安全得多……”

“我不想在这里长期住，”涂康说，“就懒得收拾……”无从说，也无话说，就都望着地上几段破碎的蛇头、蛇身、蛇尾，迷茫地怔在那里。

涂康找来水找来扫帚抹布，又准备对这血腥的场面进行清理。

这工夫，警官突然眼睛一亮，“慢着！”他拦着涂康，又有新发现似的，“你砍杀这条蛇的时候，它的表情……不，也就是说，它没有进攻你吗？”

涂康愣了愣，摇摇头，“你以为是一条死蛇不是？”说着，又顿了顿，“倒也是，好像并不凶狠，它七寸那儿被斩断了，才拼命地挣扎起来……”

“既然这幢楼有门卫守着，陌生人不可能上来，”警官沉思地在屋里踱着，很有些大侦探波洛的派头，“那么，这蛇就可能是从楼下爬上来的，从一楼爬到九楼，很艰难的事猜，所以它连进攻你的力量都没有……只是，它为什么会冲这屋子来呢，楼下好几处阳台也是敞开的。这简直不可思议呀！这一来，只有一种可能，罪犯住在这幢楼里，至少是通过住在这楼里的人把蛇带进来，然后再从楼顶那儿把蛇扔到阳台上……”

“这楼里……”涂康一脸青黑，本能似的抗拒着，“我可没有得罪什么人……”

“罪犯可能就在你身边……”警官说着，目光坚定地盯着涂康。

“你吓唬人……”涂康有些恐慌地说着，“我们这楼里的人家差不多……都从黄楼那边搬来……是有身份的体面人……”

警官听着，嘴角上挂着一丝很有深意的笑。他接着把总编喊到一边，两个人背过身去叽咕叽咕着。隐隐约约的，涂康尖着耳朵抓着几个字眼，大约是说他们夫妻关系的。刹那间，涂康一下明白过来，原来警官已经怀疑到了他们家庭成员。仿佛一种反作用力的驱动，涂康一股血气冲起来，把周丽丽拉到身边，涨红着脸，冲警官气呼呼地说：

“你推理居然推到我们夫妻身上呐。告诉你吧，我们可是患难夫妻。我们不会自己弄蛇到自己家里来吓自己。现在的夫妻……那种同床异梦的夫妻……是有的，可我们还有好多事情干哪，老实说，如果不为我们共同的‘鼻虫’，‘鼻虫’要扩大生产规模……”

“‘虫’？”警官问站在身边的总编，“哪样‘虫’？”

“‘鼻虫’。”总编说，“一种保护鼻子的保健用品。”

“你如果破不了这个案子，就早些回去吧！别最后案子破不了，我们夫妻都被你推理推散了！”

“涂康！人家不是这个意思。”总编口吻有些严厉地制止道，“应该允许警官了解一切。”

“各种各样的情况……我们都要估计充分……”警官不紧不慢地说着，“真金不怕火炼……怀疑和事实……是有很大距离的……我说过这案子有它的特殊性，比如用蛇这种动物来进行伤害，这在我们这座城市比较罕见……”

“你这种推理方法也太可怕……”涂康说。

“我不是故弄玄虚，”警官很慎重地说，“如果可能，你这几天最好躲一下……以恐吓信为线索，我们排了排队，对怀疑目标都进行了监控……可实在地说，我始终有一个感觉，罪犯就在你们身边……”

“这一幢楼三个单元，不过五六十户人家。”涂康有些嘲弄地说，“你怎么不查一查呢？”

“我会调查的，只是……这期间，”警官说着，也带着一点反讽味儿，“你们要好自为之，一天二十四小时，我会随叫随到……既然立案，就一定会弄个水落石出……时间早晚而已，时间早晚而已。”

事情显然又僵在那里。

警官和总编走了。总编临走的时候，紧紧地拽拽涂康的手，又实实地拍拍涂康的肩膀，什么话也没有说，仿佛一切尽在不言中，格外给人一种很近很亲的感觉。涂康苦笑着，算把他们送出门去。

回过头来。涂康望着妻子，有些怪怪地笑着，就闪闪烁烁地说：

“刚才我给警官说我们是患难夫妻……”

周丽丽怔怔地望着丈夫，脸颊上莫名地泛着红晕。

“你说，”涂康依旧怪怪的，“我们是不是患难夫妻呢？……为一个‘鼻虫’，你从幼儿园到‘发发’那边，结果我们都经受煎熬……灵魂的煎熬……”

周丽丽鼻子里“嗯”一声，也似有所悟地点一点头。

涂康于是收拾一地血腥。

“无外乎一条蛇嘛！古书里有把蛇叫长虫的，把老虎叫大虫的，其实都是凶残毒辣的东西，却都成了渺小的‘虫’。”涂康说着，“这真的算不了什么。”还莫名地有一种满足，他像老师上完课后收拾教案教具一样，收拾着五步蛇那残碎的尸体……

只是再折腾着把那些家具又搬动一遍，夫妻俩稍稍安稳地躺上床去，这时候，涂康才圈两只手枕着后脑勺，眼望着天花板，沉重地叹出一口气来。

周丽丽这晚显得特别温柔。恐惧会让人麻木，但周丽丽的温柔显然不是因为对恐惧的麻木，倒像有着一种信念一样的东西在那里生长起来，这让涂康多少感到有些意外，觉得陌生而又遥远，是恋爱那会儿，是蜜月那会儿，都一样的渺茫……

“我没有看见你这样过……”

周丽丽悄声悄语说着，小猫一样在丈夫胸膛上娇嗔地拱动着。

涂康心里一股热流涌动起来，也响应似的抱着妻子，并急促地压逼上去。但一阵较劲，又静静地躺着，涂康却陷入一种更加虚空的迷茫中。他看着枕着他的手已经睡着的妻子，想着妻子或许正做一个梦，便有些后怕地打一个冷噤……

早晨起来，涂康打电话向总编请假。周丽丽躺在床上，惬意地打一个哈欠，然后告诉丈夫一个电话号码，也让他给她向“发发”的老总请假。涂康迟迟疑疑的，号码还没有完全拨过去，便把话筒扣死了。周丽丽瞪着眼睛，有些惑然地望着丈夫。涂康摇着头踱到床前，又阴郁又认真地对妻子说：

“不，你还是去上班，那个‘鼻虫’的事情不能半途而废……‘发发’的老总不是要开一个董事会研究么！”

周丽丽愣一愣，也就下床来，对着镜子梳妆梳妆，便蹬着一双高跟皮鞋，下楼上班去。

涂康在家里坐了一会，略略地理一理思路，便来到楼下门卫室。“不能坐以待毙，要主动出击。”他想，“警官的推理虽然过分一点，但不能说一点道理都没有。”老门卫坐在门前，正悠悠地吸着一杆叶子烟。涂康和他笑笑，挨着在那旁边蹲下去。涂康还没有开口，老门卫就知道他要说什么似的兀自叨着：

“我也不知道这一幢楼到底咋了，大家不都是好好的么……公安的夜里又来了，我哪里晓得那么仔细呢，又不是管户口的，哪家根底哪个晓得哟……要说记一记相貌，是不是这楼里住的人，我可不含糊……陌生人是混不进去的……”

涂康听着，给老门卫递上一支烟去。老门卫也不客气，接过烟瞅瞅那标牌，便熟稔地担在耳轮上。

“我想问一下……”涂康手往楼顶那儿指一指，细细悄悄地说，“当然，如果你知道，就是那几家邻居的情况……”

老门卫抬着头眨巴眨巴眼睛，又低着头滋叭滋叭烟杆，才晃晃悠悠地说：

“你那对门吧，那家人已经搬走十几天了，你看那窗帘都没有了。”

“我还一点没有察觉呢！”涂康惊异地自言自语着。

“那边那个单元，也就是你隔壁的那一家呢，他们家有一个瘸子，我就想瘸子坐到九层楼上，那真够难的……”老门卫说着又滋叭两口烟，吐出丝丝缕缕来，在褶皱的眉额上绕缠着，“你楼下那一家人呢，原先有老两口，那男的一年四季都戴着帽子，进进出出的，总是拎着一只黑提包，我当民兵排长那会儿，就会抓他的特务……不知为什么，那女的后来就不住这里了，据说到外省去跟闺女过日子去了……那男的是一个大学教授，家里请一个小保姆，只是那小保姆好像也不快活……”

“你最近发现这家人有没有什么特别的地方？”涂康有些急不可待地追下去。

“有啊，就是有情况呢！”老门卫说，“那男的大约十天前去北京开会，临出门还嘱咐我多给他留神点儿……只是那小保姆，我都有好几天没有见了……”

涂康尖尖的耳朵萎下去，感到很失望，也很沮丧。

涂康溜达着来到大街上。天空是一片铅灰，太阳被一块白亮的云紧紧地捂着，没有风，只有车流在黑的柏油路上沉重地来去。涂康又忧郁又烦躁地走了好几家药店，才买到纪德胜蛇药。这是最被动，也是最可靠的办法，他想，准备好这一切，就可以在家里待着，只要罪犯敢又一次作案，保证当场抓获。他揣着那些救命的药袋儿，决定在采取行动前，踅到厂子里去看看。

已经是正午光景，两个工人还一个人守着一块磨石磨着“鼻虫”。涂康很感动。肚子咕咕地叫着，他于是得到提示似的，便请两个工人下馆子吃饭。

“等到我们‘鼻虫’发达了，我们一定上星级酒店……”

涂康说着，带两个工人走进一家小酒馆里。

店堂里三五张桌子，已经有两张桌子被人占着。三个人随便找一个空位子坐下来。桌椅碗筷也还干净，只是地方显得紧一点，厨房那一块被客人看得清清楚楚的。炒菜的油烟漫出来，也有些呛人。涂康拿着菜单要几个菜，便喝着茶等在那里。这工夫，他无意地往厨房那边一瞟，就看见一种花花的扭动，蛇！他一惊，很快凑近去。一只毛乎乎的手拿着那长虫的七寸，一只毛乎乎的手抓着一只亮铮铮的钉，猛地一戳，将那蛇头扎在墙上，又一把快刀怎么地在那颈项上一晃起出一道口来，几节钢钩铁爪般的指头一抓，听着“嘶”的一声长长的叫唤，那长虫一身花衣服从头到尾被剐一个精光，接着开膛破肚……

看着那长虫血红赤裸地扭动，涂康感到一种揪心的快意。

“这一条值多少钱？”他带着一种狠气问着。

毛乎乎的手听着，“几十块，又不是毒蛇。”一只眼睛瞟一瞟，“越毒的蛇越值钱，有上千块的。”也这么狠气地应着。

“世界上哪一种蛇是最毒的呢？”涂康来灵感似的追问。

“再怎么毒的蛇也毒不过人。”毛乎乎的手答非所问地一句碰过来。

但涂康似乎更满意这种答案。他回到桌子前，要一瓶酒，就着刚刚切上来的卤牛肉，和两个工人很有兴致地饮起来。

“对‘鼻虫’要有信心，这是一个立场问题……创业之初嘛，总艰难一点，大元帅贺龙也是一把菜刀闹革命嘛！”

涂康从酒馆出来，已经有一些醉意，一股劲儿地说着“鼻虫”的事情。

“你们作为创业者，和我一起打天下，我是不会忘记你们的，有功之臣嘛……面包会有的，一切都会有的……哪一天‘鼻虫’打入国际市场，我一定要重奖你们……”

两个工人听着，又惶恐又感激地笑一笑，就要送他回家，他推开两个工人的搀扶，居然也很稳实地走起来。

“我去等着那条蛇……”

他说着，就跨上一辆开到跟前的中巴车。

两个工人听着，相互望一眼，也终于迷迷糊糊地，就回到厂子去。

涂康在爬楼梯的时候，才觉得自己有点儿晃悠。他好不容易上到九层顶楼，哆哆嗦嗦地打开门，条件反射地扫一眼地板中央，便重重地陷进黑色的沙发里。但他还没有忘记给妻子拨一个电话。听着电话那一端那熟悉而又温柔甜美的声音回过来，他便留下最后遗言似的悲壮叫起来：

“我已经回到家中坚守阵地。我决定等候那条毒蛇。我会撕碎那条闯入我家中的毒蛇。人在阵地在。我涂康在家在，你夜里回来要有一个人陪你回来。我要有什么三长两短，你累一点把娃儿拉扯成人。‘鼻虫’的事情找不到资金发展就把专利卖了。我不欠任何人的账，但我留给你们的财产也就只有‘鼻虫’，看见‘鼻虫’就看见我。”

电话那一端响着妻子伤心的哭泣。

涂康放下听筒，如释重负地叹口气。然后，他努力地睁着沉重的眼皮，支棱着软塌塌的耳郭，寂静而又警惕地等待着。不一会儿，他眼前开始出现幻觉。意识到就要睡过去，他狠狠地在腿上掐一把，并很快站起来，在客厅里慢慢地踱着。有一瞬间，他确乎听见一点什么了，醒豁地轮一轮眼睛，就一下拉开门来，朝着通向楼顶的梯横冲上去。

他在楼顶上怔住了。大约两块篮球场见方的顶盖在午后的天光下，只是寂寞地用黑色的柏油划着数不清的格子。那些格子的路线正好是预制板的衔接，他一下就明白那是防止渗漏的。除此之外，别的什么也没有了。仿佛不相信自己的眼睛，他开始大声地喊着：

“出来！你这个刽子手！我已经看见你了！我一个报社的小职员，老天有眼，从来没有做过什么亏心事，你居然用这种手段来害我！”

他站在那儿，一只手擎开五指高高地举向天空，好像从那儿对上苍真有一种触摸，又祈祷又控诉地喊叫着：

“出来！我已经看见你了！你这个坏蛋！作为一名新闻工作者，我除了我的‘鼻虫’手续差一点，也偷一点税，我的本职工作我问心无愧。我就是要揭露阴暗面，我就是要伸张正义！你有胆量就出来，到这光天化日之下来！”

他突然停住。不知不觉地，他已经站在楼顶的边缘，再往前走一步，就会掉下去。城市在脚下无限地展开着，高的楼，矮的屋，波峰浪谷般地往前推动着，倏地横一条街，又峡谷般地切出一个断层来；五花八门的汽车蚁群一样奔流着，到立交桥那儿跌进一个巨大的漩涡似的，就转着转着，很快消失得无影无踪……

“你这个刽子手！出来！我已经看见你了！”

他对着脚下的城市这么喊着，又拽着拳头冲着脚下又诱人又凶险的城市挥动着，只是渐渐地都显得孱弱无力。

背后响着脚步声，他回转身来，看见老门卫脸青面黑地站在楼口。那工夫，他一惊，接着冷冷地一笑，就端着一派格斗架势走过去。

“老狐狸！”他咬牙切齿地说，“你终于出现了！”

“你才会开玩笑呢！”老门卫眯缝眼睛，憨憨地笑着，“我在楼下看见你站在楼顶边上，又晓得你是喝酒的，吓得我哟！”

“你不是那个拿蛇害我的人？”涂康迷迷顿顿地问道。

“蛇？你咋晓得我会拿蛇呢？”老门卫依旧迟钝地笑着，“那都是乡下的事情，拿着一条蛇，可以卖几十块，为这事儿，政府还罚我的款……”

涂康笑了笑，跟着老门卫走下楼顶，回到屋里。

“喝酒过量，要多休息，不要到那些危险的地方去。”老门卫把涂康安顿在沙发上坐下，这么说着，就带上门，走下楼去。

涂康果然听话，静静地陷在沙发里。只是敌不过酒力，他再怎么支撑，也一边抵抗，一边退却，很快就打起呼噜来……

有人上楼，有人开门，涂康迷迷糊糊地就一下站起来。啪地，日光灯管闪一闪，便照得屋里一片明亮。是妻子，妻子后面是“发发”的那位老总。那瞬间，涂康正一正架在鼻梁上的眼镜，笑一笑，对妻子说：

“你看，只要我在家，”也像对“发发”的那位老总说，“那个家伙就不敢来了！”

“老总知道我们家闹蛇，”周丽丽脸上泛着淡淡的红云，又调和又解释着，“就很关心……坚持要送一送……”

涂康笑一笑，扶一扶眼镜架子，就和老总点一点头，递上一支烟去。

但在客人就要在那黑色的沙发上坐下去的时候，大家都怔住了。

一条乌梢蛇，和皮沙发一样的黑色，就在“发发”的老总要坐下去的屁股下面，微微地扭动着；又一条乌梢蛇则在旁边黑亮亮地盘着；还有一条乌梢蛇也躺在另一张沙发上和那黑色混淆在一起……

“发发”的老总惊恐地跳到一边，筛糠一样地抖动着，就慌慌地逃出门去。

周丽丽没有逃，毕竟经历过，一惊，一愣，便一下扑到丈夫怀里，压抑地哭起来。

涂康抱着妻子那圆圆的抽动的肩膀，看着沙发上油亮亮的精怪，想着自己刚才就在那旁边睡着，便浑身禁不住阵阵地发紧，仿佛喘不过气来……

五

是老门卫收拾的局面。

涂康操着家伙，投鼠忌器地看着一套皮沙发，怎么也下不去手。情急生智，他想到老门卫，便叫妻子风一样地跑下楼去；也很快，老门卫一脸亢奋，拿着一条麻布袋子跑上楼来。那会儿，那些长虫中了魔似的，被老门卫掐在手中一动也不动，很轻易地都归在袋子里。

“这是两百多块钱呢，老天爷舔你的肥，给你送财来了。”

老门卫说着，把一只口袋直往涂康跟前荡着。涂康缩着手，又感激又后怕地说：

“送你……你抓的……”

“我不可以要……”老门卫眯缝眼睛神秘地说，“你应该要……”

涂康苦涩地摇着头，还是不肯收那袋子。

“你如果觉得我给你抓蛇帮你的忙，”老门卫说，“就听我的……”

涂康还是糊涂着，不肯碰一下那袋子。

“打一个比方吧，”老门卫狠一狠劲儿，“这楼里哪家人丢失东西，我拾到，这是要还人家的，因为我照看这楼，我一个月的工资还要依靠大家出呢。可你就不同，这东西是出现在你家里，还把你们一家人吓得……”

“慢着……你说这蛇不是哪个人拿来害人的……”

“发发”的老总不知哪时候又回到屋里来，这会儿插进话去。

“哪个做这种缺德事情哟！”老门卫斜一眼“发发”的老总，“这种乌梢蛇不咬人的……”

“昨天是一条毒蛇……”涂康木木地说。

“哦……”老门卫低着头沉吟着，“昨天，前天，公安局的是不是为这蛇的事……”

涂康点了点头。

“唉……”老门卫长长地叹一口气，“早说给我听，这案子早破……所以说群众的力量啊，我在乡下当民兵排长……”

“你知道是哪一家的？”一直在旁边仔细听着的周丽丽急切地断过话去问着。

老门卫点一点头，“八九不离十吧！”又畏缩着，“我不敢肯定……不乱说……”

“差一点出人命呢！”周丽丽哀求着，“你说出来听听……”

“我不是不说……我还要在这里看门……”

老门卫咕咕哝哝的，意识到已经陷入一场难以摆脱的纠纷中，迟疑半天，才慢吞吞地打开那只装着蛇的麻布口袋……

“不要拿出来……”“发发”的老总忙战战兢兢地制止道。

“怕就不拿出来了。”老门卫说着，收紧袋子，却依旧是畏畏缩缩的，“我就说蛇，不牵涉哪家哪户啊，我还要给大家看门呢……这蛇的脚呢，是很特别的，它像倒钩一样，其实就是肚皮上的那些‘甲’……蛇进洞里，你抓着它的尾巴把尾巴拉扯断了也拉扯不出来，就因为那些‘甲’打开都斜斜地抓在了地上……现在呢，墙外面都用这种细碎的粘石，蛇很容易爬上来，要在一块光滑的玻璃上，它就爬不动……只是蛇的这种脚的缘故，它能够抓着粘石爬上墙来，可要爬下墙去，那些‘甲’就不起作用……横着爬也不行，斜着爬也够艰难的……”

几个人似有所悟地点着头。

这时候，听着一阵急促的脚步声，就有一个人跑上楼来。不约而同地，大家的目光都转过去，也正迎接着那人跌跌撞撞地闯进来。

是住在楼下的教授，大热天都捂着一顶帽子，风尘仆仆的，出远差回来，刚刚走进家门，就一脸哭丧地跑上来……

“我可什么也没有说啊！”老门卫眯缝眼睛笑一笑，就和大家告辞，“我还要看门……出了事情，我可担当不起……”

老门卫没有要那麻布口袋，那些精怪还在袋子里躺着。那麻袋被撂在地板上，还以为装着什么陈谷子烂芝麻呢。

"哪个看见我的蛇没有啊？"

教授哭哀哀地望着大家，这么石破天惊地问着。

大家听着，仿佛不相信自己的耳朵似的，都一下怔住了。

"是不是……"涂康梦呓一般地问道，"你的小狗儿小猫儿跑不见了！"

"蛇，是我的蛇跑不见了。"教授急了，"我去北京开会，家里的保姆不负责任，她家里带信说她爹死了，就给我留一张条子回了乡下，我的蛇没有人喂，挨不住饿，就上你这儿来找一点吃的……"

这工夫，都总算回过神来。周丽丽一听，就要蹦过去，要把人撕了吃了似的。涂康死死地抓着她的手，总算控制下来。

"怎么就一定是上我这儿呢？"

涂康这会儿却不知怎么的，反而显得很平静。他瞥一眼地上的麻布口袋，紧着反过一句去。

"蛇嘛，"教授肯定地说，"我在学校是上生物课的，它那点走路的本领，在这种墙上只能竖着上，不可能去别的地方……"

"你养那么多蛇干哪样呢？"涂康依然不动声色地盯着对方问。

"不瞒大家说，"教授压低了声音，"我上课有时候用一下……主要还是我搞一个第二职业，在外头开了一个蛇餐馆……我那些蛇配乌骨鸡做'龙凤汤'，要卖一千多块钱……"

"都被砍杀了。"涂康倔倔地戳着。

教授先一愣，接着眼睛一眨，就滚落着两滴浊泪，喃喃地说：

"你要赔偿我……"

"你差一点闹出人命来……"一直站在旁边的"发发"的老总愤愤不平地插进来。

那会儿，涂康听着，涨红一张脸，振聋发聩的力量一样的，终于拨动那一片扣得紧紧的弹簧。但他却首先奇怪地瞅一瞅"发发"的老总，仿佛要给对方醒示一点什么，接着才不顾一切地向教授冲过去……

"啪"的一个巴掌，他把那本来是蛇餐馆老板的教授帽子给打掉了。蛇餐馆老板秃着头，忙着去抓帽子。这之间，涂康不知怎么的把眼镜给弄掉了，只是瞎摸摸地和对方抓在一起。教授直到重新戴了帽子，才腾出手来和涂康扭打着……

"蛇敢进老子家门，老子就让它不得好死。"涂康一边抓扯着，一边脏乎乎地吼着，"你差点害得老子妻离子散，看老子饶不饶你……"

"发发"的老总一旁听着，竟莫名地脸也青面也黑，小学生一样地愣在那儿。

两个人从屋里抓扯到屋外，都没有什么高招，就那么推来搡去。突然，涂康一脚踏空，摔下楼梯，蛇餐馆老板也跟着翻转，两个人就在梯坎上抱成一团往下滚……

“我的蛇在那袋子里……你想赖……”

教授哼哼唧唧的，回到自己家里。

涂康却流着鼻血，脑袋也昏昏沉沉的，当天夜里就住进医院。

周丽丽陪着涂康，两口子在医院里睡了一觉。早晨起来，涂康感觉很好，而报社总编和朋友们这会儿听着风声来探望，他又受到一种鼓舞，于是跳下地来，就要回家去。

但这工夫，警官有些阴郁地走了进来。

“有一点麻烦啊！”警官不得不公事公办地说，“你的案子破了，可和你的案子有关系的另一个案子又出来了，这种案中案麻烦啊！”

大家都怔住了。

“还是蛇的事情。”警官慢吞吞地说着，“有人报案，是拨的110，说你拾了他的蛇不归还……”

“你以为拾了一只狗儿一只猫儿么？”

“可事实上，这也是我们感到棘手的，那些蛇并没有伤你，这又和狗儿猫儿来串串门儿，来耍一耍有什么区别呢……”

“那种恐怖带来的精神损失……”

“我们法律好像还没有这一条……蛇和狗狗猫猫都一样是动物，而且也有人把蛇当宠物……”

“他实际上是开蛇餐馆的老板，这应该受到处罚……”

“可他上课的学校证明他是上生物课用的……”

“你知道我把它们砍杀了。”

“问题就在这里，”警官说，“他要求赔偿，尤其那条贵重的五步蛇，还是一条母蛇，就要下蛇蛋，蛇蛋还会产小蛇，小蛇也会长大……”

整个病房的人都忍不住笑了起来。

警官自己也终于忍不住笑了起来。

从医院里出来，涂康挽着妻子往家走。路上，周丽丽很温柔也很激情地对丈夫说，她已经辞去“发发”那边的职务，准备回到幼儿园去，认真地过一种平常而清静的生活。涂康本来想给妻子说一说“鼻虫”的事情的，觉得“鼻虫”改造一下，也许更完美。但听周丽丽这么说，他终于什么也没有说，只是笑一笑，把妻子挽得更紧……

“你知道吗？我其实并不讨厌那些蛇……”

“我也是……”

他们说着，就穿街而过。汽车嘎的一声刹下来，立刻堵一长串；他们穿街而过，什么也没有听见，什么也没有看见……

经过黄楼废墟那儿，涂康才想到自己前两天写的那条关于蟒蛇的消息，好像没有见报。

“不发出来也好。”涂康想，“这世界少一点稀奇古怪，多一点平常事、平常人，还要实在一些。”

（原载《青年文学》1995年第12期）

1995年

袁政谦

九　九

一

九九荷锄出门。

那时太阳刚刚出来，山地上漾漫着一层淡紫色的雾气，阳光透过雾罩映在光溜溜的石板路上，妩媚得耀眼。这个房舍疏落的村庄那时十分安静。

在那个初夏的早晨，九九眼前的一切，跟以往同一季节里所有晴好的早晨别无二致。当时，九九觉得神清气爽，夜里睡在床上时那种胸闷气胀的感觉已经消失殆尽。他脚步轻快，甚至没有觉察肩上锄头的分量。就是那时，他遇见了出门后的第一个人。那个迎面走来的老妪，村庄里人称四奶。她停住脚跟九九打招呼，叫他九哥，说看上去他精神很好，这么早不知要去哪里。九九回答说要去薅苞谷，然后便走了过去。九九遇到的第二个人是从他身后赶上来的木匠财旺，那个壮实的中年汉子边走边叫他，称呼他九伯。九九问财旺去何处，财旺说去乡里办些事情。他的步子大而急迫，走出去很远都能听见他踩在石板路上笃笃的响声，当九九走过种满苞谷的小土山时，就看见了远处灰白色的公路。那是一条刚建成不久的高等级公路，路边的铁制护栏此时正在旭日下熠熠闪光。接着便走到路道分岔的地方。当时九九心中生出些许犹豫，是走公路底下的涵洞去自家的苞谷地呢？还是从公路上穿过去？不过，这种迟疑只是片刻，这时公路上无车，九九决定横穿公路，这是近道。刚走上岔路，对面便窜来一个后生，九九认出那是狗三。狗三走近时叫了他一声九公。九九没有搭理他。他看见狗三头发散乱眼睛发红，知道他又是赌钱去了。狗三好赌，远近闻名，赌得妻离子散也不回头。狗三是这天早晨九九遇见的第三个人。那时，九九根本不可能想到他遇上的这三个人将会在后来发生的事情中起到某种作用。

九九顺小路下坡。在九九漫长的一生中，这条曲曲弯弯的小路已经走过不知多少回。这条小路连接着村庄和远处的田地，如今被那条宽大的公路所切断。建筑这条公路的时候，这里曾经热闹过一阵，现在却归于一种日复一日的景象：各式各样的车辆疾驰而过，毫不理睬路边的山野和村庄，自然还包括在这些地方生息劳作的居民。然而九九并不在乎这些，自他以九斤九两这一令人羡慕的重量从娘胎来到这个世界，关注的从来都是眼前的这个村庄。他习惯视线之内的山野和田地，如同习惯于他那个叫“九九”的乳名，这个名字让所有认得他的人不会忘记他平淡履历中的最初时刻。

因此，当九九接近公路时，对面路上一辆呼啸而过的摩托车并不在意。这是清晨，公路上车辆稀少，而到了该吃早饭的时候，公路上大车小车便会川流不息。九九走完那条弯来拐去的小路，来到公路边。他有些吃力地爬上石头垒砌的路基，猫起腰钻过那道跟公路一样漫长的铁护栏——公路像一条灰白色的河，静静地流向那些九九只是耳闻过的遥远的地方。九九要斜穿过空无车影与人迹的公路。虽然这个时刻穿越公路绝无危险，九九想起小辈们的告诫，还是让步子变得紧张匆促。

可是，九九的步子刚刚迈开即刻又慢下来，接着就完全停住了。他的脚边躺着一只小小的灰色塑料袋，一件毫不惹眼的弃物。九九弯腰把塑料袋拾起来，它的口子就一下张开了。他先看见的是报纸，手一捏，报纸还包着东西，不软不硬，有轮有廓。然而，当他扯开报纸时，几叠扎得齐齐整整的崭新钞票就映入眼中。那时，九九的脑袋里轰然响起一种声音，浑身也跟着涌起一股热流。他手足无措，呆了片刻又抬头左右看看，跟先前一样，公路上寂无车影。于是，他把那包东西塞进衣襟，匆匆穿过公路，钻出护栏，来到小路上。

在到达自家的那块苞谷地之前，九九一直走得极快。那时他听见公路上又有摩托车驶来，尖利的响声让他心惊肉跳。他没有回头，仿佛那车在追他。车声消失时，他已经在地头站定。他走得太急，胸闷的感觉甚至比夜里更重。他在一块石头上坐下，喘息不已。苞谷已经长得有两尺高了，在清凉的晓风中无声地轻摇叶片。九九坐着，依然能看得很远。满山坡都是苞谷地，远近不见一人。他把衣襟里的那包东西掏出来，打开。这时他看清楚了，那钱是四叠，全是百元一张的大票。九九拿起来数，数到三十张就数糊涂了，但看上去还不到一半。这样，九九就估定那钱是一百张一叠，又算了一阵，那么一叠就是一万元。九九看着那四叠大票，知道那便是四万元。九九惊呆了，他平生从未看见过这样多的钱，更不必说拥有它。

九九半天才回过神来。他把那些钱包好，重新放进衣襟。他站起来时，觉得那里沉甸甸的。他提起锄头开始干活，但锄头似乎不听使唤，总碰着苞谷嫩绿的杆。九九心神不定，于是又坐下。他觉得脑袋里杂乱无章，就像塞满无数破碎的棉花或布团。九九好不容易才把心思集中到那桩事情上来，就是衣襟里揣着的那包东西。九九想，它一定是从一辆过路的车上掉下来的。于是他又一次把它掏出来，用他那只粗大枯老的手紧捏着它。尽管如此，总还是有一种不踏实的感觉，那钱，那青筋毕露布满黑色老人斑的手，甚至包括他的身体，都恍如飘浮于梦中。九九想重新站起来干活，可是手脚却懒懒的不愿动弹。于是他便久久地坐着。太阳升高了，阳光变得温热，但迎面而来的山风依然清凉，它们紧贴他的颜面，似乎想钻进他眯紧的眼睛和无数纵横褶皱的深处去。

九九决定回家。山坡上还是看不见人影。实际上这并未到薅苞谷的时节，九九只是闲不住才来的。他恍兮惚兮地往回走。这时公路上已经不断有车辆驶过。于是他不再横穿公路。他走上那条将从公路下涵洞中穿过的路道。

过了涵洞，路边是座长满灌木的小山，青绿中兀立着嶙峋的山石。那时，九九似乎没有多想就一下把事情决定了。他从小就在这些山上爬，几乎熟知这里的每一块石头。看看前后无人，他就由一丛灌木边上钻过去。灌木的枝丫妨碍着他，但他还是很快爬到一块圆形岩石的跟前。岩石上有处很大的凹陷，隐在灌木的枝叶中，在凹陷的中部，有一道斜长的缝隙。九九曾经在这个偶然被他发现的地方藏过东西。当然，那是在儿时，就是几十年以前的事情。他把那包钱摸出来，将它放进那道夹缝中去。夹缝很深，他把那包东西一直送到它的底部。当他把手从那个冰凉而干燥的地方退出来的时候，一种疲惫的感觉便随之袭了上来。

九九慢吞吞往家走。挨近村庄，就遇上一些过往的人，所有的人都用那种对村寨里辈分和年纪最大的人应有的态度跟他打招呼。那时，九九心中突然生出一种异样的情绪，仿佛他做错了一件要紧的事情。他回过头去，藏东西的地方已经被山坡挡在远处。九九想，是不是要把这件事告诉别人呢？

二

两个陌生人走进九九家院子是三天后的事情。那是下午，阴云低沉，天气有些闷热，九九正在堂屋里剁一堆猪草。他听见有人来了，媳妇抬小凳招呼他们在院子里坐下。九九在堂屋里看不见他们，但能听见他们跟媳妇说话。

两个人说他们是县公安局的，来调查一些事情。这样就使得媳妇有些惊异，她说话的声音一下提高了，并且充满某种警惕。她说，是什么事情？我们这里最近没有听说发生什么事情！那两个人显然不着急，或者是装得不着急。他们嘿嘿笑起来，说，大嫂误会了，我们只是问一些情况，坐下慢慢说。但是媳妇不坐，她说她还要做事情，就站着听他们把话说完。

那两个人首先就问起九九。他们问媳妇，你们家是否有一位老人？媳妇自然是一种肯定的回答。这几乎不是问题，但却更令人生疑。媳妇说，我们家的老人跟你们要问的事情有什么关系？那时，九九已经察觉到外面的两个陌生人跟他那天捡钱是有一种牵连。他放下手中的刀子，侧耳谛听。于是，他听见了那些人的一种叙述：上前天清早，就在这村庄附近的公路上，一辆驶过的摩托车掉了几万元钱。失主报案后，公安局的人经过调查，发现在差不多的时间里，这个村庄里的一位老人从公路上经过，当时路上别无他人；因此，他们想问老人捡到钱没有，或者是否看见了别的什么情况，而这位老人就是九九。

那两个人把一件听起来很玄的事情说得十分肯定，这样九九就想到了那天早上遇见的四奶、财旺和狗三。

媳妇紧接着就朝堂屋来了，还没有到门口就大声说，爹，你赶紧出来。她说话跟她的脚步声一样急促。九九费力地撑起坐得太久而发僵的身体。当他蹒跚着跨过高高的门槛时，那两个人立刻站起来。那是两个中年人，九九一看就知道他们是城里的干部。

媳妇不等九九站定，就飞快把刚才她听见的那些话重复了一遍。九九一边听，一边看那两个公安。他们也看着他，不住点头，还补充几句。

九九垂着两只枯干的沾满植物绿色浆汁的手，就那样呆立着。

爹，你快说。媳妇催他。你捡到什么没有？看见什么没有？

两个公安笑嘻嘻地盯着他。

九九摇摇头，再摇摇头，心里涌起的慌乱使他感到一阵晕眩。他不知道自己做了什么，或都说了什么。他只想离开那两个人。

这时媳妇用不满的口气对那两个人说，你们恐怕是找错人了，我们从没有听见我家老人说过这事。

两个公安仍然笑眯眯地看着九九。其中一个说，老人家，有人看见你那天早上去了公路，还有人说是摩托车开过后上公路的。另一个说，老人家，其实你捡到那钱也没有用，那样大一笔钱，你们也不敢用……

于是媳妇就看着九九。九九眨眨眼睛，呆子似的不说话。他想，要是把钱的事情说出来，那两个人可能会把他当成小偷一样抓去。

媳妇说，我家老人从来不会说假话。这么长的一条路，那钱真的就掉在我们这里了？

一个公安说，骑车的在前面停车解手，那钱是在的，过了这里不远他就发现钱掉了，回头来找却看不见。这期间公路上既无车又无人。

媳妇问，钱放在哪里？怎么会掉？

公安说，他放在挎包里，停车时拿东西忘了拉好拉链。

媳妇说，我家老人那天早晨是过公路去蕣苞谷，他说他没有捡到那钱，也没有看见，总不能硬说是他。

那两个人笑而不答。

媳妇接着说，你们去打听一下，我们家老人活了这一大把年纪了，做过什么哄人害人的事情没有!

那时，媳妇显得很不高兴，那两个人就告辞了。九九看见他们出了院子走上石板路，其中一个掏出烟来。他们点烟时还回头朝他家这边看。

九九回堂屋去。媳妇跟上来，进了堂屋。媳妇问，爹，你真的没有捡得那些钱?九九点点头，转过脸不看媳妇。媳妇看着他，后来一句话不说就走了。

儿子去乡里买化肥，天快黑才回来。回来就被媳妇叫到灶屋去。九九晓得他们在说什么事情。但是吃晚饭的时候，儿子对这件事只字未提，别的话也不说，只闷头闷脑吃饭。九九知道他心中有事。

晚饭后不久，天空隐隐响过一阵雷声，就下起雨来。九九觉得累，早早地上床，很快就睡着了。当他又被那种气闷的感觉憋醒时，雨还在下，儿子那边还有声音，九九起来，斜靠床头，这样要舒服些。等到淅淅沥沥的雨声小去时，九九已经听不见他家和村庄里有任何声音，只有他自己在沉重地喘息。屋里漆黑一团，恍惚之中，窗棂外似有东西无声地飘过去。这近来出现的事情，好几次了，让九九奇怪。这种时候，他不知怎么就会想起他那个在饥荒的年代病死的女人。这已经是一桩因遥远而变得模糊了的事情，不知为何竟又浮上他的脑际。

九九半躺半坐熬了一夜，天蒙蒙亮时才昏昏睡去。他醒来时，已经过了吃早饭的时候。人依然不舒服，以前只有偶尔生病时，他才会这样久睡。于是他知道自己生病了。

他起床坐着，还是感觉胸闷。他打开门想出去，却发现昨天的那两个人又来了，正坐在院子里跟儿子说话。他们说话的声音不大，九九一点也听不见。他不想见那两个人，便又把门关上。

接着他打开后门出去。外面是菜园。九九先撒尿。那时天又晴了，阳光暖烘烘的，九九眯起眼睛看看太阳，然后费力地把尿挤出来。黄浊的尿液落到土里顷刻不见了，只留下一块湿迹。

九九穿过菜园，顺小路往山上走。那时，他感到腿脚沉重，胸膛憋闷得难受，然而还是尽力往上爬。后来实在走不动了，才在山路边一块石头上坐下来。他气喘吁吁，好半天不能平息。这已经到了山坡的高处，整个村庄都在眼中。坡下的田地一片青绿，树木和竹篷掩着房舍灰黑的瓦顶，院落里传来种种耳熟能详的人声和响动。所有这些，仿佛就跟他很多很多年前第一次爬上这个山坡时看到的和听到的一模一样。唯一不同的只是多了远处那条宽阔的公路，这里可以看见它的一段，但它似乎过于光亮，还未与这片山地融为一体，大大小小的汽车此时正在公路上来往，还可以看见飞驰而去的摩托。公路显得忙碌，它通向那些忙碌的地方。九九一动不动地坐在那块石头上看着这些，眼神忧戚而空茫。他紧缩着身体，仿佛被什么沉重的东西压迫着。他那身穿了好些年的蓝布长衫在初夏温暖的阳光下呈现出一种暗淡的灰白，整个人看上去如同已经跟那块石头连在一起……

九九在山坡上坐了很久才下山来，下坡的路更加使他感到力不从心。因此，当他从原路回到他的房间时，竟感到一种从未有过的虚弱。那时院子里的谈话还在进行，他从门缝里看去，发现跟儿子说话的人已经不是那两个公安，而是另一个穿黑夹克的胖子。一辆硕大的红色摩托车停在院子边，车上有些部位正在阳光下刺眼地闪光。那辆流光溢彩的摩托车显然是一种财富的象征，它被安顿在这个年深月久的农家院落里显得很不自在。

那时，九九的眼睛里透出一种警觉的光亮，他把耳朵凑在门缝边，于是便听见那个胖子正在跟儿子谈论“私了”的事情。那个胖子说要是那笔钱能找到，那么他只要三万，另外一万就给找到钱的人，而不管这钱是怎样找到的。他说他可以立下字据。儿子长时间地不吭声，过了好一阵才说，一定设法去找，看看能不能找到。儿子说，他会尽力，因为他并不富裕。

九九没有等到那个人告辞就上床躺下来，他实在站立不住了。那时他觉得全身酸软，胸口似乎有东西堵着，十分难受。他闭上眼睛，刚刚迷糊过去，却被一阵突然震响的声音惊醒。那个胖子和儿子都在大声说话，但他们的声音在那种令人心悸的轰鸣中模糊不清。后来那声音终于离开院子，缓缓而去。九九听着那些撕扯着他的声响渐渐远去，好像自己正从一只紧紧攫住他的巨掌中逃离。当耳边又充满那种惯常的静谧时，松弛下来的九九就疲乏地合上眼皮……

三

九九躺在床上整整两天了。他不吃东西，只喝少许的水。他默不作声地闭着眼睛，粗重的呼吸有如铁匠铺风箱的响声。家里人慌张起来，开始做一些必要的准备，于是这一消息不胫而走，很短时间内便传遍整个村庄。

乡卫生所的医生是黄昏时分到来的。九九的儿子那天清早就派人去请他，那位年纪尚轻的医生姗姗来迟无疑是为了顺便回家。他家住在邻近的那个村庄里。他立刻就开始给九九诊病。众目睽睽之下，他那只亮晶晶的听诊器在九九枯瘦的胸膛上滑动时似乎比平常更加得心应手。随后，他收拾好东西走出房间，毫不犹豫地宣布，老人患了心脏病，加上年事已高，因此危在旦夕。这一结论自然无可置疑，当医生被请去吃饭的时候，九九的儿子就着手安排人连夜去请一些必须尽快赶到的人，其中包括他的两个姐姐和几位近亲。

年过古稀的四奶是村庄里当天晚上专门来看九九的那些人中的一个，她以一个见多识广的长辈的身份，就如何照料病人以及安排后事对九九家的人作了种种指点。临走时她自言自语道，前几天看见时还好好的，怎么就病了？没有人回答她的这一问题，这话仿佛是无意间的一声叹息，却又留下一些让人想开去的余地。

木匠财旺也来了，九九的儿子正准备亲自去请他，因为他想把十多年前就预备下的那副寿材重新改做。这地方木料昂贵，当时因手头拮据，为了省钱，棺木就做得薄而小，现在看上去自然不是很像样。九九的儿子举着灯，领财旺去厢房看那副一直没有派上用场的棺木，财旺看后也认为有必要使之改观。讨论了一番如何进行这项工作后，财旺又进屋去看过九九。临走时，他对九九的儿子说，他明天一早就来做那桩活路。说完又叹道，九伯看上去好像真的不行了，那天遇见他去薅苞谷时还精精神神的。九九的儿子回答说，最近一段时间经常说胸闷，那病肯定早就犯下了。人要走也真快，财旺微微摇头说，接着便告辞了。

狗三是跟着几个年轻人一道来的。村庄里但凡遇到类似的事，人们总是互相帮忙。但大概是因为他的坏名声，加上眼下并不需要很多人帮忙，九九家的人对他很冷淡。可是狗三并不在意，哪里人多就往哪里凑，只要搭得上话，便三番五次地重复那天早上看见九九时的情景。

那时，九九的儿子心中明白，尽管没有任何人提及那件这些天在村庄里被传得沸沸扬扬的事，但谁都不会忘记它。那是桩人们不愿公开谈论的事情。而他自己正为此心急如焚，因为直到如今老爹只字不提，他也束手无策。

第二天一早，九九家人声混杂，人进人出，两个女儿回来了，自然还有女婿，加上远远近近赶来的亲戚，于是那栋被漫长的岁月拉扯得有些歪斜的老屋显得空前拥挤。

九九又熬过去一夜，但情况看来更令人担心，他显得极度虚弱，不知什么时候会突然撒手西去。九九的两个女儿在来到这里之前已经耳闻了一些老爹跟一笔巨款的事情。这事令人不敢相信，但听到的那些话却又确凿可据。现在面对她们的兄弟，她们情绪激动地要他证实这件事情。

九九的儿子对两个姐姐提出的种种问题一时难以回答。他认为她们听来的有些话言不符实，甚至无中生有。一阵苦笑之后，他把事情从开始到如今一一说明，他说什么都可能，什么都难说，因为老爹一直不肯承认。这样，他的两个姐姐就跟他一起，清楚地认识到事情的紧迫性。

问题显然是不知垂死的老爹究竟何时永远地闭上眼皮。这一时刻就是十年前来临也不算太早，但是如今，差不多的人都希望它延迟到那桩悬而未决的事情得到证明。于是，九九的死在某种意义上就与他人不同。三个儿女家几乎总有一名成员留在他身边，而远亲近邻则等在别的房间或院子里。送终的规模由此显得过于隆重，不可避免地流露出别有他意。

四奶这天早上又来过一趟。九九家的两个女儿和远近赶来的亲朋都连忙跟这位精神矍铄又能言善道的老人打招呼，这使她的到来显得有些张扬。四奶看了九九，问过病情，照例又做了一些指点，在充分表现了她的关心和善意之后才匆匆离去。财旺是早饭前就来的，做了些准备后，吃过早饭便着手改做那副棺木。他的工作是把原先的棺木拆开，添加和更换一些材料使它变得宽大厚重。他不慌不忙地干活，显得细心而又技艺老道。时间还有，并不着急，好些闲着无事的人站在一旁观看，说着人尽皆知的慢工出细活的道理。狗三也是其中的一个，虽然没有多少人愿意理他，他却涎皮赖脸地流连不去。

九九对这一切似乎并不在意，外面有别于往常的人声和种种响动好像跟他毫无关系。有时他睁开眼睛，明确地说出一个“水”字。他说话极费力，声音在粗重的呼吸中显得细小，但却显示出他的清醒。每当这时，小辈们就凑拢到床边，问他想吃点什么东西，身上哪里不舒服，等等。九九似乎都听见了，但却不回答，缓缓地又闭上眼睛。这种情形清楚地显示出时间已经不多。因此儿子和两个女儿不失时机地提出那些急不可待的问题：他到底捡到那笔钱没有？或者是那些钱究竟放在哪里？但是九九却不回答，他那张枯槁的脸上甚至看不出任何表情，如同没有听见一样。

这样的情形自然令人焦虑。儿子把两个姐姐叫在一起，商量如何解决这一难题。那是在下午，姐弟三人把自己关在厢房里，阳光把窗棂的影子斜映在跳跃着尘土的泥地上，又一个夜晚不久即将来临。屋外有人走动，还传来不绝于耳的人声。三个人缄默良久之后，为弟的发出一声长长的叹息。儿子年纪不到五十，看上去十分精明，但额上和颊边横斜的几条纹道已经使他初现老相。他辛劳几近半世，希望自家殷实富足，但却发家无门，一如两个姐夫和周围大多数的庄稼人。而他的两个姐姐已头发露白，她们都是日复一日操劳不休的农家主妇，好日子对她们来说还只是一种不甚明晰的企盼，如同村庄里为数不多的那些黑白电视机模糊不清的图像。可是现在，她们的心中却油然生出一种明确希冀。

你们说说咋办？儿子边说边抓耳挠腮，他很着急，并且有些灰心丧气。爹的脾气我晓得，恐怕他不肯说了……

都到这种时候了，他藏起那些钱有什么用？大女儿抱怨道。

二女儿说，爹以前从来没有做过什么对不起人的事，讲出来人家会说他……

那他一捡到钱就该拿去交了。大女儿说。

就是这样叫人不明白。儿子说。如今这件事人人知道，他不说出来，别人还以为是我们把钱吞了。

要不就是爹真的没有捡到那钱？二女儿说。

肯定是捡到了，他就是为这件事病的。儿子说。

我们要设法逼他把这事讲清楚，不然就来不及了。大女儿说。还给那个掉钱的人，人家还给一万块酬劳；不还那人，别人就是疑心，让我们背个什么名声也值得……

三个人说来说去，但如何能使老爹道出那个秘密却不得要领。

后来大女儿说，我有一个主意，我们骇一骇爹，就说他不把事情讲清楚，县里来人了要把我们抓去。

二女儿点头赞成。儿子的眼光却显出他的怀疑。试试看吧。他说。

又一个夜晚随太阳西沉匆匆来临。

九九躺在床上，儿子媳妇、女儿女婿以及几位近亲坐在旁边。油灯摇闪，人影幢幢。房间里很静。不远的一户人家正在放电视，声音很大。那是一部功夫片，紧迫的打斗声显示着场面鲜血淋淋。这个村庄还未通电，为数不多的几部电视机是用电瓶启动的。坐在房里的人沉默不语，仿佛都专注于电视的声音，紧随着情节的推移。

九九闭着眼睛，除了自己沉浊的呼吸，他的耳朵里也充斥着那些声音。嘈杂的声响戳击着他，让他感到心惧。他的心口不时地发堵，上气不接下气。他有时觉得自己迷迷糊糊沉落在一个灰暗而寂静的深处，什么事情都远离自己，有时又觉得异常清醒，只是睁不开涩滞的眼皮。这种时候他清楚旁边坐满人，他们正看着自己。他知道众人等待着什么，因此就更不愿意睁开眼睛。不过，正是这种时候，他感到心中压着石头般沉重的东西。现在他真想没有看见那包钱，那钱是人家的，却被他塞在无人知晓的石缝里。他虽然闭着眼睛，有时却好像看见那个骑摩托车的胖子就挤在房间里盯着自己……

临近午夜的时候，九九觉得焦渴难忍，终于睁开眼睛要水喝。儿子扶起他，让他斜靠自己。那时，九九的眼睛昏花不明，他甚至看不清端水喂他的二女儿的面孔。他很困难地喝下几口水，他觉得他连把水咽下去的力气都正在消失。这时，他听见大女儿在说话，那声音飘浮不定，像是在远处，又像是在近旁。他闭上眼睛喘息，他太累了。

爹，你赶紧把捡钱的事说出来……不然县里来的人要把我们抓去……

那时，九九如同被什么东西撞击了一下，那些话让他意识到某种结局。不过，他还是做出另一种判断，那些话更像是吓唬他的，他不想把那个地方告诉他们……

爹，姐的话是真的，你就把那事说出来……儿子在他耳边说。

九九不回答。他抬抬手示意儿子他想躺下。

九九觉得疲惫不堪，躺下后就再没有睁开眼睛。他感觉有一只看不见的手推着他往一条漆黑的路上去，他转过身往回走，但那只手又把他拉了过去。这样几反几复，他就筋疲力尽。他惊醒过来，看见周围全是人，最前面的是那个胖子，眼睛直直地盯着他。于是，他想起了藏在山坡的那包钱，胸口又一阵发堵。他避开胖子切切的眼光，他说，钱……你的钱，在山坡上……他觉得太累，好不容易才把藏钱的地方说清楚。说完这些他感到一种欣悦，周身变得轻快，由着那只手把他朝黑路上推去……

九九大约是在天快亮时继继断断地说了一些话之后去世的。熬了一夜的儿女们这时正在打瞌睡，他们什么都没有听见，甚至不知道他咽气的准确时刻。接下来的丧事办得循规蹈矩，该哭的哭该忙的忙，凡是要做的都做了。但不论是九九家的人还来帮忙的亲朋邻里，尽管没有明说，都觉得操办这桩丧事没有劲头，只是应付一件需要应付的事情。

那几天，众多关于九九捡钱一事的议论就像夜鸟那样飞来飞去。有人传来木匠财旺背后讲的话，说九伯早就讲出那件事，他的儿女们分了那笔钱。对九九家的人来说，这是一桩不能容忍的事。九九的儿子气愤之下曾去找财旺，要他说清这些话的来由，但是，财旺却在丧事后的第二天外出做工去了，那位掉了钱无疑是个什么老板的胖子又来过一趟，最后是垂头丧气离开的。有关九九的死因似乎没有异议，包括九九家的人，都说是因为那件说不清的事九九的病情才严重的。好赌的狗三说，不是四万块钱吗？那“四”字就是“死”字，本来就不吉利，唯一持不同看法的是四奶，她在不同场合一再反驳道，九九本来就该今年过世，九九八十一，人已经到头了。

九九正是清明后满的八十一岁。不知这是不是巧合。

（原载《花溪》1995年第10期；《小说月报》1996年第1期转载）

1996年

孟学祥

曲折的山路

小河淙淙的流水延伸着讲不完的故事，曲曲弯弯的山路缠绕着几代人的辛酸。路总也走不直，就像那流不完的河水一样，对这片土地一如既往地应付着，该涨水的时候怒震山野，到退了的时候就无可奈何地哼哼着，渴望走出禁锢却又只能无可奈何地在大山的艰难和封闭中挣扎着。

云顶着中午的阳光背着满满的一背篓猪菜从地角边冒了出来。云纤细的身子被背索紧紧地勒住，勾勒出了胸前细小的挺拔，云十四岁了。十四岁的云顶着毒辣的阳光，背负着身上背篓里的沉重一步一步地从地坎边挪到了山路上。

云已经拿到了中学录取通知书，过完这个炎热的夏季，云就要到镇上去上中学。上中学是要住校的，住校就很少有时间回家了。云是个懂事的孩子，除了看书学习的时间，云一直都在努力帮父母做事，在上中学前的这些日子里，云更想趁在家的时候多帮父母做点事情来报答父母对她的厚爱。

云的家境不太好，云的父母都是只会在地里找食的那类人。田土承包到家后通过父母的勤劳苦做，吃穿虽然不愁了，可家里的用钱还是不宽裕。父亲虽然是侍弄庄稼的一把好手，但大字不识一个。这年头在农村里，光会侍弄庄稼，没有一两样手艺，也很难富裕得起来。

云有着通情达理的父母，所以云就感到很高兴。离村子不远的岩上小学是供这方圆几十里的山村孩子上学而建起来的，学校孤零零地立在一个山岔路口。云在七岁时背着书包与其他同龄孩子一道走进岩上小学的大门，成为这所小学的一名学生。给云他们上课的老师全都是一些上过中学的本地人，虽然他们的身份只是民办老师或代课老师，但他们上课很认真，也很负责。

三年后，云就感到了孤单，村子里同云一般大的女孩们都不来上学了，班上的三十多个人中，只有云一个女孩子夹在一大群男孩子中间，心里就有了许多惆怅。云就生出了不再上学的想法，云把这个想法说给父母听后，没有文化的父亲却对云说：

“你还是去读书吧。半大的娃，回家来也做不成什么事。多读点书，多学点东西，以后也少被别人欺负。”

云继续背着书包，继续行走在从村子到学校这两里多长的山路上。村里的男孩子们都不喜欢和云走在一起，一踏上山路他们就都从云的身边跑开了，所以在很多日子里，云都是一个人孤孤单单地来，一个人孤孤单单地去，即使这样，云一天也没有逃过学，就连刮风下雨好多男孩子都不去学校了云也没有旷过课。有时候自己一个人走路，云感到很冷清也很害怕，于是云就再次去求父母，想叫父母不要再让她去上学了，见云来求情，心疼云的母亲也在一边替云说话：

“她爹，我看也不要让云去念了，女孩子家的书念多也无益。让她一个人去走那段山路，我不放心。”

云的父亲说：

“念，为什么不念？不念书今后能有出息？”

云又被父亲逼着走进了学校。每天清晨，父亲早早地背了一把柴刀，把云送过那段小路，望见云走进教室后父亲就进山去砍柴，放学后云走出教室，父亲又早早地站到学校门口的小路边等她了。

有父亲的保驾，云上学就不再害怕，在学校学习也更加用功和卖力。因为班上只有一个女孩子，那些男孩子就常常欺负云，可随着日子的推移，班上很多同学的成绩都比云差一大截时，那些经常欺负云的男孩子内心就感到了一种羞愧，于是渐渐对云也尊重起来，慢慢地对云也就不敢再放肆了。

英羡慕云能继续上学。村子里英和云是最要好的小伙伴，英大云一岁，但性格比云活泼。在岩上小学读到三年级后，英就被父母逼着辍学了。英不愿意回家，吵着要继续上学，英的父亲就阴沉着脸对她说：

“姑娘家的读书有什么用？书读得再多将来也是人家的人。这么大的姑娘家，也该跟你妈学做家务和手工了，不然怎么嫁人。”

“那人家云不是还照样读书？”英企图用云来打动父亲。

但父亲却不为所动，父亲生气地吼着对英说：

“云是云，你是你。我们家也不想学别个的样子，用钱去填无底的水坑。以后你也少往云家去疯，在家就要像个姑娘的样子，好好跟你妈学做家务，不然看我怎么收拾你。”

英和云去山上摘猪菜，英向云讲了父母不再准她上学读书的事。那个日子正是假期快要结束的时候，两个小伙伴背着大人在山中哭了大半天，太阳偏西了，才胡乱地摘些猪菜背回家。

开学后云就很少再见到英。英被父母关在家中，英的母亲从河坎边的竹林里捡来一些被晒干脱落在地上的竹笋壳，教英学纳鞋底做鞋子。一天晚上吃了晚饭后英偷偷来找云，英伸着布满针眼的手对云说：

"你看我的手，被锥出那么多针眼都还没有纳出一双鞋底。我妈还老说我笨手笨脚的，我爹也是动不动就吼我骂我，我真不想活了，真想跳河死了算了。"

听着英的话，云的心里一阵发冷，她想去劝英，可却找不出恰当的语言，于是就只好一个劲地拉住英的手，怕英此刻就会从她的身边失去似的。

"要不我叫我爹妈去跟你爹妈说说，叫他们也让你去读书。"云对英说。

英连忙阻止云：

"你不要去说，我爹妈听到了，他们还以为是我闹着去读书，这样他们不但不会让我去，还会把我打一顿。"

英向云问这问那，问的都是学校的事情。云耐心地回答英的提问，她知道英的心里还念着学校，她希望英能从她的回答中得到一丝安慰。

英走后，躺在床上的云就有了很多思想。她想，同为父母，自己的爹妈对自己那么好，而英的爹妈却对她那么凶，这大人们的心也太难理解了。再看看自己的父亲，不但让自己到学校去念书，还风里来雨里去地接送自己上下学，让自己不再害怕，不再孤单。想到这里云就对自己的父母多了许多感激。

第二天再与父亲一道往学校走的路上，云对父亲说：

"爹，以后您就不要再来接送我了，这短短的路，我一个人走也不会害怕。"

父亲说："你还太小，一个人走我不放心，等你长大一点我就不再接送了。"

山路就是这样，曲折地在一对朴实的父女脚下延伸着，从这头到那头，虽只是短短的一截，可它却牵连着一份感情、一份义务和一份看不见摸不着的希望与追求。

就在云又长了两岁，能独自一人踏上山路走去上学的时候，英来告诉云，她要跟随哥哥到广东去打工了。英高兴地对云说：

"听说到广东能挣很多钱，霞，还有凤她们几个都去。干脆你也不要读书了，跟我们去吧，你去了我们还可多一个伴。"

云在英的劝说下也动了心，她望着自己破旧的家，心里就涌动了几分对钱的渴望。父亲曾好几次说到要翻盖草屋，可每次卖掉圈里的猪和卖山货的钱，父亲都把它们填到自己念书上来了。现在什么东西都贵，特别是每个学期一开学，父亲都要拿出一百多元钱来为自己缴学杂费和书本费。由于钱都用到了自己身上，房子不但没有翻盖成，就连父母亲的身上，这些年来也没有穿过一件像样的衣服。想到这，云就感到心疼，就感到内疚，于是也就坚定了外出打工找钱的念头。

云刚把想去广东打工的念头向父母提出来，立即招来了父亲的一顿训斥，父亲吐出的话语如同他吐出的辛辣烟味一样，深深地刺激着云的心。

父亲吐了一口烟，重重地说：

“云，我们家穷，但我们也不希望你去找钱，我们今天再多苦多累都是为了你今后能有出息。不管寨子里的人怎么说我们都要送你一个女娃家去上学念书，就是希望你今后有出息，有大出息，然后别人才不会小看你，才不会小看我们。”

母亲也劝导云：

“你就不要东想西想了，好好念你的书，我们家再穷也不指望你去帮我们找钱，你把书念好后出来再好好孝敬我和你爹。”

云虽然被父母连吼带劝地训了一顿，但心中并没有感到多少委屈，相反的还从父母的话语中感受到了父母对自己的关爱，心中为自己能摊上这样的父母感到了一种骄傲，对父母更多生出了几分崇敬。

英走了，走时遗憾云没能与她们同行。在出山的路口，云去送她们，分手那刻竟生出了几分依恋，云拉住英的手告诉英，她决定好好念书来报答父母对她的厚爱。

英劝云不要再往前送了，英对云说：

“云，什么时候不想念书了你就来广东找我，我让我哥也帮你找个厂，我们一起做工找钱。”

山路载着英她们的身影，曲曲弯弯地拐向了山外。一阵风吹来，云打了一个冷战。英她们的身影消失在云的视线尽头，云却还一动不动地站在原地，还在看着英她们出山去的那条路，想她们今后的日子能够走得顺畅吗？

自从在一起玩的伙伴们陆陆续续出去打工后，云的假期就多了许多寂寞，寂寞时云就看书，用看书来淡化心中的寂寞和惆怅。有时上山去摘猪菜，云就会爬上村子后边那高高的大山，痴痴地面向远方，一边看着出山的那条山路，一边想象着英她们打工的日子，然后一次又一次地在心中描绘她们打工的场景。

收成越来越好，粮食越来越多。粮食多了，喂猪也就轻松了许多，猪的成活和出栏也比从前好了许多。今年光卖仔猪，云家就收入了一千多元。望着卖猪得的一大把钱，父母的脸上露出了少有的笑容，父亲高兴地对母亲说：

“这日子要照这样过下去，我们家也一定会富起来。”

父亲用卖猪得的钱请人翻盖了草屋，并给全家人都添置了新衣服，还给云也买了一件花衬衣。

学校召开了一次毕业班的学生家长会，云的父亲最后被老师留了下来。在老师简陋的办公室里，班主任对云的父亲说：

“云是个有出息的女孩，在我们班的学生中，她比所有的男生都强，肯定能考上中学，而且一定会有很好的发展前途。我希望你们当父母的要多关心她，并一定要让她去上中学，让她有机会到外面的学校去学习更多新的东西。”

从学校回来，父亲的脚步轻松了许多。这么多年来，他顶住这片土地上闲言碎语的压力把女儿送进学校，让女儿学文化，让女儿读书，就是希望她有一天能为自己争光，看来这一步他是走对了。从学校回到家后，父亲就郑重其事地对云说：

“云，以后你就只管好好念书，家里的事有我和你妈，你就不要再插手了。”

英她们外出打工几个月后狼狈地回到了山中的家。英对云说她们是被清理回来的，她们在广东清远的一家合资企业上了将近一个月的班，在一次检查中她们被查出还不到法定用工年龄，还属于童工，老板马上把她们遣出了厂。后来她们又辗转好几个地方走了好多家厂，因她们都未达到法定的用工年龄，厂家都不敢雇用她们。她们在外边四处流浪，不得厂门而进，最后不得不在她哥哥和一些老乡的资助下，才得以坐车返回家乡。

英在对云讲这些话的时候，云从英的脸上读到了一种憔悴，也从英的话里读到了一种疲惫。英久久地待在云家，直到夜深听到母亲的呼唤后才不情愿地起身归家，临走时英依依地拉着云的手，幽幽地对云说：

“云，我真羡慕你，你的命真好。”

躺在床上，云的大脑里还回荡着英那艰难的诉说，但不管怎样想象，她无论如何都想象不出英她们在广东所过的那些日子。

小学毕业考试，云果然没有辜负老师及父亲的期望，以高出初中录取线五十分的高分考上了镇中学，成了大山里这个小村子里有史以来的第一个女中学生。

望着拿在手上的录取通知书，云哭了，为自己，为英，为凤以及与她同龄的女孩子们。

英在云上中学后不久就嫁人了，十五岁的女孩子，正是含苞待放的年龄，却早早地就做了人妻。英出嫁时没有告诉云，云是在放假回家时才知道的。云翻过几座山到英嫁过去的小村去看英，可英躲着不见云。云在等了好大一会后都不见英露面，只好带着遗憾往回返。在英居住的屋子的阁楼上，一双黯淡的目光紧紧地盯着云，直到她走到视线看不到的地方。

凤在从广东回来后不久就失踪了，听人说她被一个人贩子拐到河北去卖了，凤的父母想到河北去找人，但苦于没钱，所以至今也不知凤在哪里。

想起凤的遭遇，想到英的结局，云就生出了几分痛苦和无奈，于是她就更加珍惜在校读书的每一个日子。

山路弯弯，弯弯山路。尽管山路充满着曲折，充满着无奈和艰险，但云从踏上山路走上学校的那一天起，就坚定了一个信念：要通过努力学习来改变脚下的山路，要用学到的知识来唤醒生养她的这片封闭的土地。

（原载《民族文学》1996年第11期）

1996年

韦文扬

无言的结局

那天王大雄在浪摆坡最顶上的一块田上整田埂，田里长满了盛开着紫瓣白心的紫云英。按理说这种植物不招惹鼠类的，偏偏田埂让耗子们掏得到处是洞眼。眼看就要放水打田了，不填土夯实就会漏水。那天花坡上正唱刹尾歌，王大雄在与之隔了五六重山的浪摆坡这边愤懑地想：雷公咋不劈了今天？他想这样谁也不能唱了，也就扯平了。但他没想到他诅咒的这个日子正悄无声息地改变着他的生活。

开始时王大雄热衷于掏耗子洞，企盼着弄出几只耗子来夯个血肉飞溅，可这灵物仿佛有先知先觉，所掏之洞皆鼠去巢空。于是他只得将满腔的仇恨发泄在嘴上。他妈知道他那张嘴臭，在出门时就警告他不许骂耗子，也不许提耗子的名："去年挞谷子，就因为你爸嘴臭，骂了几句才成这样子的。""连三岁小儿都晓得，我会不晓得？"大雄想他妈真是啰嗦得很。可这时他实在被这些千疮百孔的洞眼激怒得忍不住了："哼，这死耗子！"

要不是这些该死的耗子，这时候王大雄会和王大强他们那一大帮在花坡上纵情歌唱的。唱刹尾歌这天是谁也不会放弃的日子。就是因为这些个死耗子把这块田埂掏得到处是洞眼，又叫他爸发现了，而且早不发现晚不发现偏偏在这个时候发现。王大雄都吃好了饭，匆忙套了一身新装出门来。就是王大强硬扯着他在门口上一番打量，并说他这身西装黄不黄灰不灰的就像懒蛇家那条正脱毛的老黄牛。他回敬说："你晓得个啥，人家城里时兴这种颜色。""时兴这种颜色？"王大强无缘无故地大笑起来，笑得很响而且弯起腰来笑。他真不知道这句话有啥值得王大强这样笑的。结果是把他爸给笑出来了，于是另一种结局从这里向王大雄敞开了阴谋的怀抱。他爸正抬了一挑鸡，手里牵了一串花里胡哨的小狗出门来，正要去王家司赶场。他爸都朝南走了十来米，似乎觉得王大强的笑声有些不正常了才停下来的。他爸乜了一眼他那身西装，立刻将鸡放下把狗拴好，腾出个空身来郑重其事地对付他。他爸大骂一通王大雄，说他一连在坡上泡了五天还不饱，就是鱼蛋也该泡出崽来了！骂完王大雄后就骂耗子，然后将王大雄和耗子混起来骂，说家里家外都是一群只晓得消耗粮食不会做事的耗子。在王大雄垂头耷耳受训的时候王大强早就溜了。

王大雄唯有对寻耗子卖力，其他都做得懒气洋洋的，最后的夯实工序他只夯了十来米，然后就将夯杵扔了，一屁股夯在田埂上，将那双原来就不怎么圆的眼睛扯成了一线，摆着一副懒惰的神态晒太阳。

太阳有些偏了，温度也温暖得恰到了好处。田坝上是一片杂木林，深色的是老叶浅色的是新叶但都绿得瑟瑟的。鸟雀们躲在林中用人听不懂却能意会的谜语打情骂俏。田里的紫云英高低起伏地涌动，仿佛地底下有一股力量四下里寻机突围。半坡下的梯田里油菜花正艳艳地扇动着。王大雄极目四处，除了一对狗在半坡下的油菜田里追逐鬼混外，没得一个活物。他感到了无限的恼怒，运了运气调整了一个姿态朝远处打了一声：“呜——呼——”平日里他最欣赏自己这雄厚又嘹亮的一声，充分地显示了他嗓子的质量。原来在他印象中打呜呼时浪摆坡对面应该有回声的，今天索性也没有了。王大雄愤愤地说：“老子不做了！”

如果王大雄只是单纯的不想再夯田埂了，那么什么事也不可能发生。问题是这时浑黄的油菜花色晕蓦地卷起了漩涡，席卷了王大雄的思绪，他对油菜花的颜色产生了浓厚的兴趣。首先他发现自己家的要比下坝的颜色浅一些。他想怎么会呢？同样的地质，同样的品种，同样的肥料，同一个技术员，又同一天移栽，连锄头都是同一个铁匠打的，人也同样的姓王呢。他一块挨一块地比到河边，终是弄不懂什么原因。河边这块色素最深。他又惊奇地发现这里的蝴蝶和蜜蜂又最多，多色的蝴蝶像彩色纸片一般在他面前飘来舞去，细小的蜜蜂呢，又像电影上慢镜头的子弹在花蝶间穿射。

花蝴蝶和蜜蜂的出现自然是致命的，但如果王大雄继续在这里陶醉到傍黑再回家混饭，那样，唱刹尾歌这天也不会在他的生活中打下那么深的烙印。这时发生了一件同样令人不可思议的事——彩色的蝴蝶们忽然成群结队朝河对岸飞去了，像一架空中的彩桥，一派翩翩又粼粼的阵势将王大雄给震慑住了。王大雄无限地迷惘和神往，蝴蝶们要去一个什么美妙的地方呢？

王大雄尾随着蝴蝶们跨过了那条河。

彩蝴蝶们消失在浪摆坡斜对面的河道拐弯处，当王大雄也拐过那道弯时，就觉得如果他是蝴蝶他也就该来这里的——好大一块方方正正的金黄色天地！气派极了，又灿烂得惊心炫目。王大雄知道这块大田叫油榨田，田角原先有个油榨房，在他很脆弱的记忆里，这一方人还不习惯种油菜的时候这里的油菜花就年年盛开，形成了这一方天地里的独特景观。如今屋基也成了这块田的一部分，只留下了个空名。它是属于对门白家寨的。

这些似乎都不重要，重要的是王大雄不可能像蝴蝶们那样从空中飞过去，他只能绕道河床下。田埂高出河床一丈来高，是用大块鹅卵石砌上去的，有许多搭脚的石缝，因为有无数的人从这里攀缘过，石缝十分亲切光滑。这光滑的石缝又一次诱导了王大雄。当王大雄那颗头从田埂的水平线上探出去的时候，事情就一发而不可收了。

油榨田的得主中有一个妙龄少女这并不稀罕。稀罕的是，这人竟是白如云。

王大雄他们历来是不屑于同白家寨的人对歌的，这种远香近臭的惯例不知从何时起直沿袭至今。但昨天王大雄他们运气十分差，转完了整个花坡居然找不到“对象”，于是就十分无聊地同白如云那群白家寨的姑娘对上了。开始都是些相互嘲讽的歌，后来不知不觉间转了向，并渐渐地认真较量了起来。王大雄觉得远近之间其实没有什么区别，甚至觉得白如云她们脆生生地喊他们的学名或绰号比情哥哥之类的尊称来得更亲切更痛快，令人产生莫名的冲动。对歌王大雄是有许多经验的，这种冲动好像从没有过。

王大雄的头探出田埂后就像触了电，然后就缩了下来，又猫回拐弯处。定了好一阵的神，看见那人坐在田埂上后才悠然地打着口哨又走过去。这时候白如云已经端坐在田埂上织花带了。当王大雄认出了白如云，又听白如云说是出了门后被她妈逮住，逼着来放牛的。王大雄一天的懊丧在瞬间化作了狂喜，而共同的遭遇很容易把人的感情拉近。

油菜田的氛围里充满了活力。他俩说起了村里的完小。王大雄和白如云同班也只是两个学期，那是王大雄第二次读三年级时白如云撵上来的，王大雄再一次读三年级时白如云又高了他一级。这时他爸就骂他：“读哪样卵书你？升一个级要两三年，读你妈七八年书认的字还不如老子一镰刀割的一把草多，塞牛屁眼都不够。莫读了，回家替我做活路，跟我下海挣钱。”王大雄很不服气他爸说的那一把草的数量，但终是不读书了。他说，书还不是你逼我读的，白如云也只读到四年级就回家了。她说班里只有她一个女生，一点意思也没得。虽然做同学的时间有限但彼此了解的人和事却很多，谈兴也就很浓烈。

后来王大雄才得知他爸在同一天里为他埋了个伏笔。他爸抬着鸡牵着狗在学校门口与民办老师如晖遭遇了。民办老师白如晖就是白如云的大哥，他说：“王算盘。”王算盘是王大雄爸的绰号，“‘下海’是人家干部不搞工作去做生意的官话，你个烂农民跑乡场倒腾鸡狗也叫下海？”看来民办教师对王算盘经常挂在口头上的“下海”一词早就反感了。王大雄想那天白如晖一定是那副老样子——手上一大摞教具，他总喜欢将他所授的各科教材和作业本通通端进每一节不同的课程里。王大雄曾无数次面对那摞千叶岩似的物体深怀对知识的恐惧。白如晖是全村唯一能出来工作的文化人，因此全村都尊重他。但那天王算盘正窝了儿子和耗子的一肚子火，似乎忘记了村里的规矩，他说："白老师你培养人才呢还是砍人才？"白如晖没想到在打趣王算盘时自己背在后腰上的砍柴刀这样习以为常的现象叫王算盘给赋予了新鲜的内容。他是习惯于早上先砍一捆柴扛到学校里赶课，放了学又扛着回家的。王算盘的这种比喻使他感到很不自在，于是将本来要跨进教室的脚抽了回来，摆开架势同王算盘理论了一番，议题扯到了王算盘以前的"单干"和"文化大革命"中的"资本主义尾巴""投机倒把"，等等。但嘴上功夫民办教师显然不如王算盘。许多尴尬不断地回掷给民办教师自已。最后王算盘说："管他哪样干部不干部，找钱就是下海，找到钱就成老板。你敢下海吗？"白如晖自然不想下海，他只想转正。为了转正他整整苦干了十八年。王算盘是全村里第一个敢嘲弄他的人了。

事情的开始虽是按两人的意愿发展下去的。王大雄家的媒人第一次去时就带回了白如云妈那句约定俗成的暗示语："去了二回再来坐！"两个寨子一个村，就如隔一道长田埂。王算盘家的富裕自然也被两头的人所羡慕。

媒人第二次回来时盛赞了女方的热情，说被留下来吃了饭，并且锅里的内容十分丰富。显然是有所准备的。又带来了更深层次的暗示："就像我们家门口这坎子，一级一级地上，是不是？"

事情发展到了这一步，自然是令白如云和王大雄兴奋不已的，以至于白如云忘乎所以，做了一些很值得后悔的事。按老规矩，第三次就只是一种过场了。

后来王大雄他爸听到不幸的消息时很是镇定自若，并断言是他哥白如晖的主意。王大雄不敢相信这是事实。夜间与白如云在老地方约会才证实了他爸的先见之明。果然是白如晖不同意，并将一家人都给策反了。整个过程白如云都蒙在鼓里，直到吃晚饭时大哥二哥、大嫂二嫂都突然聚集起来，她妈又变戏法般地端出一桌极其丰盛的酒菜，白如云才感到似乎要发生什么大事。然后一家人在席间唱戏般地应和，都说道王算盘各个历史时期的不太雅观又很滑稽、自私的趣闻。最后才由她大哥作宣判："我们家是有名分的人家，不能跟那种人家打亲家。"

白如云带了些哭腔说："都是你那个爸，找钱就好好地找钱嘛，尽搞些乌七八糟的事坏了名声。你晓得的，我大哥的话村长支书都听，我爸我妈能不听？"王大雄急得在田角边乱蹿，他想他爸做这些事情时恐怕他都没来到人世呢，即便是现在他又能管得了？王大雄还是转出了办法："你去……你去和你妈讲油菜田……""你死去吧你！"白如云先是不同意。但她想也没有别的办法可补救了。

对事件的变故，王算盘显得十分冷静，但他老婆却几乎失去了往日温顺的常态："这一方人都叫你得罪完了，你一辈子跟鸡狗做伴算了还拉扯上我们娘崽！我们要和人做伴呢！"王算盘说："我一天到晚不在家我又咋个得罪白家人了嘛，生柴烧不燃你怪灶膛！"

他老婆又说："你做的事你心里有数，人家教人家的书，你做你的生意，人家背柴刀进教室你也去说，人家放一对粪桶在教室门口又挡你的路了？你到场坝里说老师放粪桶在教室门背角，命令学生交屎尿。要是人家转不了正我看你咋个交代。"王算盘一下子就泄了气，心想到底是哪个传到我老婆耳朵里的呢？嘴里却还有理由："教十多年书还只能教一年级，转不了正他怪我？"

事情发展到这种地步仿佛预示了一个不可挽回的结局。王算盘准备了更多的鸡狗，打算作一次长期的远行。他想我惹不起我总躲得起，躲本身就是一种不是办法的办法。没承想女人这次黏得很，逮着鸡笼硬不放他走，说儿子整天整天不起来，现在地里人和耗子都在抢苞谷，抢了季节再去做生意。王算盘说苞谷熟了鸡价才上涨，你抢季节我不抢季节？正扯得难解难分的时候媒人上门来了，说白家有了新的意思。

事情的转机又令人不敢相信，但媒人的话又千真万确，昨天晚上白如云妈亲自跑到媒人家答应了这门亲事。说只需王家再派人去最后一次就定下了。王算盘商人的精明预测到了某种市场。为了把握准确行情，他将儿子叫到房圈里进行了秘密的审讯。

从房圈里出来王算盘那肚子气又胀了起来："太阳真有西边出来的时候！老子名声不好？现在也有人不怕名声不好了？既然嫁家有意，那就喊她家请媒人来。"王大雄妈说："我看你是高兴得发癫疯了！""现在这社会，哪样事不兴颠倒的？"王算盘一点也不买他娘崽的账，自己挑着鸡狗走了。王大雄非常懊悔，他想他不该把事情的经过告诉他爸。他爸将他当成了鸡狗，买进来又卖了出去。

王算盘赶转转场一去一个来月不归。王大雄曾寻到他的鸡狗摊前守过两三次，每次都挨了一顿臭骂："慌哪样嘛你娘崽？老虎啃你屁股了？白家媒人到了再来喊我。"

后来王大雄寻到半边街场，再次将白家的警告传给他爸，说再不派人去说媒白家就要上告了。他眨了一阵子的眼皮，然后反问儿子："他告哪样？告你老子不派媒人去说亲？"

过后几天，王大雄又寻到猴场，传达了白家的黄牌警告："爸，人家真的要告嘞！"王大雄是带着哭脸的，面对一个大汉子的眼泪，王算盘不得不思考了半天，末了还是很自信地笑了："慌哪样嘛崽？他家是要名分的，哪样都没有白如晖那张脸皮重要。吓三岁娃娃？"

白家真的把王大雄给告了。法庭取了证，并下了传票，王算盘才急匆匆地赶回来："还真的告了！咹？"

上法庭看审判案件时两家都去了，还拉上自己的亲友去助威。王算盘揣了许多钱，还包了一架手扶拖拉机，特意拐了个弯到白家寨示威了一番。那天白家也没丢脸，因为恰好县教育局的日本双排座送国际儿童基金会捐赠的脚踏风琴到学校来，教育局的老杜很义气地说老师的事就是他教育局的事。日本双排座就拉了白如晖和他的亲朋上了路。

不消说很快就撵上了王家的手扶拖拉机，还故意截停了手扶拖拉机，让白如晖将头伸出还击了一下。两家亲友一片嚷嚷。王家的亲友说你们拿这种外国货来等着运钱吧！不管怎么说，外国货就是好，白家的双排座哧溜一声蹿出了很远，王家的手扶拖拉机还在原地突突突地放屁。

案情的发展不得不追溯到一个十分重要的情节，就是王大雄把他那颗头探出田埂的时候，油菜田的沟垅里绿色茎叶正掩映着一段雪白的活泼的肉体。那触目惊心的一幕导致他以后在任何一个时刻里只要心念一动，就会一次次地重演着那瞬间心灵的惊悸。而当他确切真实地挨着那活泼的部位的拥有者白如云坐在田埂上时，他的左侧身体仿佛被一股隐隐的却极富穿透力的火炙烤着。那一段分明裹着衣裙的腰部总在他的余光里魔幻般地赤裸起来。他不得不数次狠劲地眨动眼皮，他想真是撞鬼了。可是那景象总是挥之不去。他不得不将视线专注于油菜花的某一处。

白如云嘴里和他神侃，头却勾下去看膝上的花带，不时地朝南面看几眼——被她放牧的一对母子水牛正在河边的草坝上啃食。她回过头来，见王大雄专注地盯着一处，顺他的目光寻去，就见一双重叠着的蝴蝶悠然地将触须有情韵地划来划去。白如云脸红了，捡起一块泥砸过去。这种此地无银的行为顷刻间将本属于心灵里的隐私捅破了。一时间两人都很尴尬。尴尬把二人的思潮向一个神秘的深渊里涌去。

事实上那时候大自然正在降温，太阳正渐渐地远离他俩和油菜花。人被笼罩在油菜花的黄晕与傍晚的微昏制造出来的迷幻中。王大雄的温度已上升到不可自救的程度。他想只有白如云才能解救他于水火之中了——他把白如云扯进金灿灿的油菜花里，盲人摸象般地将那段幻觉中雪白活泼的部位扯得个真真实实——这就是油菜花案的铁证，被告王大雄供认不讳，他想他确实在对白如云施以暴力，白如云又一直在反抗。真正符合了律师讲的“违背妇女的意志采取暴力、利诱手段实施强奸”。在整个过程中他的脑子既混沌又清晰，他也感觉到后来白如云的反抗动作变得与他的动作渐渐地合拍而和谐，使他感到了他俩与油菜花有机地融为一体。

王算盘怎么也不相信会闹成这种结局。原以为大不了输一点钱，白家丢得起面子他就丢得起钱的。没承想叫他独生崽王大雄去坐牢。“这也叫强奸？”事实上王算盘也有他的理由的。王家的媒人第二次到白家后的那个晚上发生的事成了辩护律师的有力证据。

那个时候农田又怀上了另一种作物叫稻谷。那是个月亮给正悄然打苞的稻秧盖上灰白色纱巾的夜晚。这样柔美的夜晚总把身临其境的人引诱得飘飘欲仙。王大雄和白如云相约来到田坝里，这一夜白如云变得小鸟依人地黏在王大雄身上，这使王大雄也觉得自己像一匹空中的飘带子般浪漫起来。白如云说：“今天我妈留你家的媒人吃饭了。”王大雄说：“那就成了！”白如云说：“只能算成了一半。”王大雄说：“至少是一大半。”白如云说：“大半小半又咋样嘛？反正没全成。”王大雄嘴里说从头算起还是从脚算起？

手里就从她脸上往下摸，摸过她的乳峰，然后滑到她的小腹下。她推他的手，他的手粘在那里坚持不动：“我只要这里，其余的先留给你妈。”她显得没有一丝力：“死猴子！你又想死？”口气充满了某种潜在的诱惑。这样王大雄就得寸进尺地将白如云放倒在田坝上，月光下，白如云闭着眼，十分妩媚又十分撩人。往后的事情就顺理成章了，白如云不仅没有反抗，还积极地配合了王大雄的行动。她还说了一句非常重要的话：“我已经是你的人了，做哪样都由你……”

这一句话和这一次事件双方当事人也都供认不讳。但关键是白家只告头一次不告第二次。并且罪名居然也成立了，还判了他儿子王大雄三年有期徒刑。这就令王算盘万分的惊讶和沮丧。他说没有第一回咋个有第二回？哪个第一回不都是这样的？他又以自身为例子在法庭上反驳说：“……那时候大雄他妈力气大，又讨嫌得很，后来我在房圈里偷偷撒了几大把黄豆，他妈蹲在黄豆上滑了个仰翻叉，我才得第一回的。按理说我也该坐牢啰？”

法庭认为与本案无关，当然也无须调查核实。最后法庭当庭宣判王大雄三年有期徒刑。

王算盘两口子吓晕了。白如云一家也傻眼了，他们只想到要出一口气，没想到会把人送去坐牢。况且还是个独生崽，白家认为结果会使他们一家被乡人指脊梁骨的。

法官最后问服不服时，两家都哑口。

白如云没有上法庭。王大雄只觉得一片昏黄的油菜花在他的感觉和视觉中搅动，茫茫然无际无涯……而此时却是隆冬季节。王大雄在自言自语，法官说，被告你说大声点。王大雄放大音量复述一次：

“我恨死你了，油菜花！”

但这句话毫无意义，只会使两家人更哑然。

（原载《民族文学》1996年第8期）

1996年

袁政谦

还　乡

那时聚集在这里的人密如蚁群。后来哗的一下全都散开了。不久就响起一连串的爆炸声。但最后那一声延迟了很久。当尘烟散尽时，很多人看见乔林蜷缩在崩塌的石块中。于是，惊慌的叫喊声随着爆炸过后滞留在我耳边的余音骤然响起……

我走下公路，向上攀了几步。这个山坡依然陡峭，尽管它跟我记忆中的已经有所不同。我觉得它不像当年那样令人感到哀伤。在灿烂的阳光下，甚至很难想象二十多年前发生在这里的事情。我看见那些被炸药和钢钎掀开的淡红色岩石已经变得灰白，山坡的凹陷之处和平缓一点的地方，长着一丛丛灌木和青草。

那条坑坑洼洼的乡间公路沿着山坡逶迤而去。公路那边是一些高低错落的稻田，两个头戴斗笠的当地人正在田里薅秧。四周非常宁静，阳光似乎比大城市里明亮，微风又十分清凉，蓝天和白云干净得像某些画中的一样。

我儿子在公路上等我。他初中毕业，刚满十六岁。当年我来到这个地方时正好是他这个年纪。我要他等我一下，然后离开公路。现在他站在公路上不解地看着我，但他没有问我要干什么。

我又往上爬了几步。我注意到那两个站在波光闪烁的稻田里的当地人也在看我。我想他们一定觉得奇怪，他们会猜这个陌生的城里人来到这里为什么要爬上山坡。这时我跟儿子打招呼，叫他把照相机拿过来。于是他也爬上山坡。我儿子长得比我还高，但不如我当年结实，他上坡时显得小心翼翼，他穿着短裤，显然不想被灌木的枝条和草叶划破皮肤。他把相机递给我时问道：

“你要在这里留影？”

我注意到他用的是“留影”一词，有种不屑的意思。“不，我只是拍几张这山坡的照片。”我说。

“这山坡有什么好看的？”他问。

我觉得难以解释。

“我在下面等你。”他说，然后回到公路上去。

我早就答应在这个暑假里带儿子到家居岑县的外公家做客。我曾经在这个县的乡下插队劳动过几年。后来读大学时我认识了我的妻子，我想我最终跟她结婚有很大的原因是她是岑县人。我儿子已经来过岑县好几次，但从未去过县城以外的地方。当我告诉他我将带他下乡，到我从前住过的村庄去看看时，他没有表示反对。我告诉他那是个风景秀丽的地方。他问能不能游泳。我说当然可以，那里有一条清亮的河，流到山脚成一潭，是游泳的好去处。我一直想带儿子到乡下去住几天，我认为这对他有好处。我们前天上午离开县城，先坐汽车，然后走了一段路，于下午时分到达那个我离开后再也没有回去过的村庄。村庄里年纪跟我相仿的或比我年长的人都还记得我，我们受到盛情款待。我们住在当年的生产队长家里。队长已经是老人，现在他儿子当了村长。我儿子第一次下乡，在此之前他大概只是在图片上和车窗里见过农村。我发现他用一种忍耐的态度来对待他体验到的城乡差别。但他喜欢吃新鲜的煮苞谷和过年时腌制的留着待客的腊肉。昨天他几乎在河边度过，泡在水里或在河滩上晒太阳。他不知道怎样跟村庄里的人相处，也很少说话，当那些乡下娃娃围着他时，他感到不好意思。两个晚上一定让他感到非常无聊。村庄里没有电，自然也没有电视机。我跟大家聊天时，他只能坐在一边。他抱怨蚊虫太多。至于谈到早年学生们在村庄里度日的那些事情，我想对于他就像他那本《白话聊斋》里的故事一样虚幻而又遥远。

昨天晚上睡觉前，儿子问起当年学生们下乡的事。他说：“你真的十六岁就开始跟这些人一道干活了？”

我笑了，说：“当然是真的，只是开始干不了什么，后来才慢慢会干的。”

“你们为什么不读书要下乡呢？”他问。

这个问题显然几句话说不清楚。我说：“这是当时规定，中学毕业生都要下乡或者到农场劳动。”

“非得去，不去不行？”

“不行，全国都一样。”

“为什么？”

我迟疑了一下，说：“因为那时认为年轻人需要这种锻炼。”

“奇怪。我不懂……”儿子咕哝着，爬上床去。

我知道这样解释他不会明白。

当我把油灯吹熄时，他又问："明天走吗？"

"走吧。"我说。我清楚他待不住了。

今天我们吃过早饭后离开了那个村庄。上路后我走上另一条小道。儿子说这不是我们来时走过的路。我告诉他我们将走公路到集镇上去（我们要从那里搭开往岑县的客车），小路要近些，但公路好走。我没有提到乔林，没有说我要去看看当年乔林出事的地方。

很快我们就走上那条年久失修的小公路，这个地区太偏远了。尽管公路是二十年前修的，但好像至今也没有派上用场。我们走了好久，只有一辆运石料的拖拉机从中央长了草的路上开过。我走在前面，走得很快。我急于到达我想看见的地方。

现在，我觉得这个地方跟我记忆中的总有点不同。当然，乔林是在寒冷的腊月里死的，而现在是盛夏。修渠筑路一类的总是冬天的事情。那时，县里要修筑一条通往邻县的公路，要求沿途的每个生产队承包一段，断断续续干了三年，最终却没有修通，据说是在县界上卡住了，因为公路要翻越一座大山。直到如今，路也没有修过去。

这时，我看见儿子在路边一棵树下坐下来，背对着我往路坎外面扔石头。阳光耀眼，远处的一个大水塘在熠熠闪光。这片山野太安静了，仿佛从未回响过隆隆的爆炸声，以及铁锤钢钎的撞击声和吵吵嚷嚷的人声。山坡和田野被绿色覆盖，在阳光和云影下变换着浓淡与深浅。看不见鸟飞过，却不时听见灌木丛中有啾啾的鸣声。面对这些，我甚至怀疑当年的那些事情是不是真实。但是，我分明又还记得乔林的笑容。那时生产队长教我们给炮眼装药点火，然后就叫我们负责此事。我和乔林都认为干这活路不错，一点也不累，又有些刺激。出事之前曾经有过两次哑炮，队长带我们去检查，是雷管出了毛病，另外换一支就解决问题。那个不知道是什么原因延迟了很久才炸响的炮眼是我装的。当时间过了好半天不见动静时，乔林满不在乎地说了声"是哑炮"，就从那个我们用作掩体的石坑中走出去。我刚起来，队长却掏出烟递一支给我，说一个人去看就行了。不久就传来了沉闷的爆炸声。那令人意外的声音把队长手上的烟震掉了。他不顾碎石纷纷坠落探头张望，后来就爬出石坑跑过去。乔林是送到县城的医院后当晚死去的。他父母接到电报后第二天晚上赶到岑县时，看到的是伤痕累累早已冰凉的儿子。乔林的遗体被送回省城火化，跟他故去的祖父葬在一起。办理后事的整个过程我都在场，乔林是我最好的朋友。坟地在省城郊外的一个山岗上，白色的石碑密密匝匝。我已经很多年没有去那里了。前不久，有一天我在报上看见一则迁坟启事，因为要修建一个住宅小区。启事上说的正是安葬乔林的地方。

我对着山坡拍了几张照片。但我站的位置不能拍摄到它的全貌，我想过一阵从远处再来拍一张。那两个薅秧的当地人一直在看我。后来我听见我儿子从他坐着的地方大声问我弄完没有，什么时候继续赶路。他的口气有些不高兴。

“很快就好了。”我在山坡上对他说。

我仰头看着山坡高处。阳光之下，上面的植物青翠欲滴。乔林出事的时候这里还是一个缓坡，直到这一段公路修好后才变得陡峭——一座小山几乎被削去一半。乔林是在坡顶出事的，那时挖山的工作刚刚开始，人们被告知要立下“愚公志”，与此有关的标语用石灰水写得到处都是。

我把衬衣脱下来，放在一块石头上，照相机也留在那里，开始往高处爬。

“嘿，你要干什么？”我听见儿子在公路上喊。

我没有回答他。我沿着岩石往上攀，越朝上越觉得岩壁比在下面看见的要陡得多，同时感到体力已经大不如前。歇了片刻后我继续向上。后来我在接近岩顶的地方停下来。那里全是参差的石头，我认为当年乔林就是在这个地方出事的。在挖山工作的进程中，这里又被掀下坡去不少石头，跟当时比已经完全是两样，但我确信那要了乔林性命的爆炸就在这个位置。

我找了个地方勉强坐下来。这里似乎比公路上更静，风也更大更清凉。我好像听见一种隆隆的响声隐隐传来，开始我以为是幻觉，后来才发现是我身体里的心跳。这时，我注意到儿子站起来，立在公路中央。他不停地朝我招手。我知道他是在叫我赶快下来。而那两个站在水田里的当地人则仰头呆呆地看我。

我站起来，觉得腿有些发麻。远处绵延的群山呈现着灰绿色，跟二十年前相比丝毫未变。我清楚，那天如果是我去看哑炮的话，死去的就是我而不是乔林。现在我又来到这里，而乔林却早已消失。我很想告诉他我又来到我们一同挖山修路的地方。但实际上我只能站在这山坡上四处张望。

我意识到自己应该下去了。爬坡的时候只顾用力向上，下去才发现困难得多。手脚都变得僵硬，竟感到有些力不从心。我紧贴着岩石向下移动，心悬悬地用手紧抓着树枝或岩缝，多次感到危险就在头顶和脚下。我弄不清刚才自己是如何攀上来的，因为往上看和往下看完全是两回事。我知道儿子和那两个当地人都盯着我。我不去看他们。我清楚在他们的眼睛里我目前的所作所为显得吃力而又笨拙，并且让人疑惑不解。

当我终于下到较为平缓的地方时，看见儿子爬上坡来。他脸上的表情让我知道他在生我的气。

我来到放东西的地方。这时我才发现我的手臂被划破了几处，正在流血，背心弄得很脏，裤子也撕了一个洞。

儿子来到我旁边，气冲冲地问道：“你为什么要爬这破山？”

我没有回答他。

“衣服也成了这个样子，看回去妈妈怎样声讨你！”

我咧嘴一笑。我想这的确是个问题。

“你为什么要爬这山坡？”儿子又一次追问。

我想，我只有告诉他乔林的事情。“我有个同学，我的好朋友……”我说，“从前我们修这条路时，他在这山坡上被炸伤……”

我点点头。

“后来呢？”

“后来他死了。”

我把相机递给儿子，将衬衣穿上，慢慢走到公路上。那两个当地人一边薅秧一边看我。我很想过去跟他们说说话，告诉他们我曾经在这里修过路，或许还说些别的事情。

“我们能赶上班车吗？”儿子在一旁问我。

“走吧，走吧……”我不耐烦地说。

我朝着田间的那两个当地人挥挥手，然后告诉儿子，叫他把刚才我爬的那个山坡整个拍下来。

……集镇还在远处。我和儿子将赶到那里，然后让开往岑县的班车把我们带走。我想如果乔林真的在天有灵，他会看见我带着儿子回到这个地方……

（原载《山花》1996年第2期；《小说月报》1996年第6期转载）

1996年

王剑平

冬　雨

天气很糟，小雨下得毫无节制。雨点敲击地面，把积水砸出许多气泡。光秃秃的黑色树干，似乎带着劫后余生的哀戚。地上的枯叶吸足了水分，风无力将它们掀动，只有间或的雨点使之战栗一下。雨已经下了很多天。

我们围在炉子旁看报。胖子窝在沙发里似睡非睡。娟娟整理着去年的文件资料，那些经过整理装订后的东西被我们称为档案，它们将被锁在一个空荡无聊的房间里，供后来的人阅读研究。娟娟做得很认真，就像我们看报纸，有用无用的都看。她的马尾小辫如同机械座钟的摆锤，摇来晃去。娟娟说，这就是历史，历史就是时间之后留下的这堆布满灰尘的垃圾，让历史变为灰烬比什么都容易。胖子的烤白薯开始在办公室里制造香味。胖子闭着眼睛耸耸鼻子说，活着可真好！接着他喊出了浮士德博士那句著名的独白，你真美呀，请停留一下。胖子上午还给我们倾诉自己失恋的事，甚至抹了几滴让我们同情的眼泪，下午就驾乘烤白薯的气味找到了幸福。姚非翻开报纸的另一个版面说，跟他妈猪似的，只醉心于烤白薯，不失恋才怪呢。哎，瘦子说话可得留神儿，怎么老踩人痛处。山子开始读一条消息的眉题，全国著名口哨吹奏艺术家获高级教授职称。这有什么，姚非接着读手中的晚报。本报讯，从国外引进的一只公鸡最近在我国产下第一枚直径六十一毫米的鸡蛋；一只叫杂种的西洋狗做了四千三百零七道数学题，其中一道是几何。胖子将烤白薯翻了身说，读了四年大学，今天才算弄明白人咬狗是真正的新闻。

邮递员敲我们的门。隔着玻璃门邮递员扬起手中的信件大声说，公函信件。收发公文接待邮差是一项工作，是分派给娟娟的活儿。开门不关我们的事儿，娟娟也没请我们帮忙。我们不想多事，都等着娟娟自己过来开门。

拆开第一个信封。娟娟说，《行业爱情百科全书》征订都印成文件了，每个事业单位要订五十份。娟娟又补充说，胖子该收藏十份，一准儿不会失恋。胖子嗤之以鼻，像猫那样发出一声鼻韵母音。拆开第二个信封。娟娟接着说，老局长的退休文件下了，下一步嘛，肯定要提一个副局长，肯定又是竞聘那一套。竞聘这个东西真是麻烦，结论都定了的事，还弄得大家都不清静。哎，你们认为这回的副局长会是谁？

娟娟多嘴多舌，也许她忘了在单位上有些话题是不能随便说的，但我们都不愿多余地提醒她。工作是大家干出来的，凭什么只有娟娟得到业务骨干和先进个人的荣誉，难道工作都是她干的吗？正如一些自愿捐款以文件的形式强制我们掏钱，我们会愤愤不平，但我们仍会照办。我们不想当先进，但也绝不做后进的典型。提不提拔副局长不关我们的事，让想当的人去争吧。

我手中的省报有一条消息：

近日，在七省一市三区联合“打拐”斗争中，我公安机关解救出一名三四岁的儿童，听口音疑是本省人。由于该童言语不清，无法查找亲人。如有知情者请转告其父母，或直接与河市公安机关联系。电话：4456245。

小孩的头像放得很大，眼睛很黑。我从不曾见过这般黑亮的眼睛，如同我从不考虑这世上还有许多正在发生或即将发生的我不知道的事儿，它们也许就像无孔不入的水银，无时不渗透在这个世界的每个角落。

火车站很小，小得如同一个袖珍岛屿。暮色的天空灰蒙蒙的，像下着雨又像是笼罩了雾，黄昏一直停留在小站上。两条铁轨冰冷的白光从劈开的山坳里来到这里，又伸向另一端的隧洞中。铁轨两旁以及站台栅栏下的乱石丛中，长满了枯黄的艾蒿草和狗尾巴草。栅栏上还遗留着爬山虎藤蔓游历的痕迹。检道工穿着蓝制服在不远的地方用鸭嘴锤敲击铁轨，空中立即回荡起金属清脆的碰撞声。小站唯一的路灯亮了起来，电很足。路灯一亮，天便黑了下去。枕木砌成的售票房，在路灯的照耀下闪着清冷的光，小窗上还布满了斑驳的苔藓。

路灯下的一男一女从下午站到现在，乱纷纷的头发湿淋淋的。男人双手相交插在袖筒里，一直做着原地踏步。他的裤管短了一截，泛白的胶鞋后跟有一块黑布补丁。男人没穿袜子，身上黝黑油腻的短袄没了纽扣，一根草绳拦腰扎住短袄。肩上横挎的旅行包坏了拉链，一根同样的草绳紧紧扎在旅行包的中间。女人穿着褪色的军大衣，左肩上的破洞里露出一团发黑的棉花，破旧的毛领上浮了一层细密的水珠。缩在大衣里的女人显得瘦小不堪。她双手放在大衣里，面色憔悴，眼白泛黄，红肿的眼圈围了一层浅浅的黛黑。

男人停止了踏步运动，说，我去问问敲火车道的人。男人向亮着红灯的小木屋走去。女人看见他和穿蓝制服的人隔着窗户比划。男人回来说，下一趟车就是去河市的。男人说着话，掀开女人的大衣，捏她的小腹。说，钱不会丢吧？女人说，不会。男人又说，头痛好些了吗？女人没有回答。男人侧过头用企盼的目光看检道工的小屋，小屋的窗户被水蒸气熏得雾蒙蒙的。男人伸手在胀鼓鼓的旅行包里小心摸了半天，拿出一张碗口大的薄饼递给女人。吃点吧，那个人说河市的火车要坐好些天哩。女人不说话，也没有接饼。男人看看饼，将它放回包里，说，要不你还是回去吧。女人说，不！我要去接孩子。女人细弱的声音噎住了，接着眼里掉下了泪水。男人不再说话。很长一段时间两个人都无话可说。远处传来火车的汽笛声，铁轨被震得隆隆响。

火车上的人几乎都在睡觉，男人和女人走了两节车厢，被一个穿蓝制服的女人挡在车厢的连接处。蓝制服说，窜什么！窜什么！没座位了，就坐这里，别乱窜！男人解开旅行包上的草绳，从包里拿出一捆稻草，铺在过道里。他们坐了下来。一阵刺骨的寒风从过道里刮过来，几根稻草向车厢里滚去。男人赶紧伸手抓回滚动着的稻草压在屁股下，并将不小心沾了口痰的手在裤腿上来回擦。干什么！干什么！从车厢里回来的蓝制服叉着腰说，跟他妈牛圈似的，扔出去！扔出去！男人有些不情愿，但还是把收拢的稻草从蓝制服专用小间的窗户那里扔下了列车。蓝制服对正要退出来的男人说，买票了吗？男人说，没有。蓝制服说，罚款五十，再补票。男人说，车站上没卖票的，是那个敲火车道的人让我上车再买票的。蓝制服说，快点！别磨蹭！男人小声说，不，不罚款行吗？蓝制服提高嗓门喊了起来，公安！公安！别，别叫，别叫，我认罚吧，男人生气地说。女人解开大衣，掀开罩衫，从贴身内衣特制的口袋里掏出零零碎碎的钱，谨慎地数了起来。

补了票，男人和女人坐在过道里。男人的一只手很随便地搭在女人的肩上，四根手指插进女人大衣肩上的破洞里，露在外边的拇指和手掌却冻成了紫红色。男人和女人都没有说话。火车轰隆轰隆地在黑暗的雨中疾驶着，如同某人兴致勃勃地赶赴一个魅力无穷的约会。

最怕冷的胖子在劈柴，胖子穿一套黑色加厚运动服，就像一只笨拙的熊。胖子劈下一次斧子叫一声，狗天气！狗天气！娟娟把伞挂在墙面的铁钉上，拿起抹布擦自己的办公桌。山子进门时说，娟娟真贤惠，把咱们的办公桌都擦干净了吧？娟娟翻了一下白眼说，别来这一套，自己擦吧。跟着进门的姚非说，胖子勤勤恳恳的不是想争副局长当吧？胖子说，争个狗屁，你别指望我这种有本事的人当了局长能给你们的工资增半个子儿，倒是姚非这种没本事的货当了局长会讨好收买咱们。我说，胖子还行，四年的哲学系总算没白念。

怕冷的生火，怕脏的打扫卫生，什么也不怕的没事干。

处长进来的时候，脸上的表情似乎不太对劲。山子赔着笑脸去接他的伞。山子说，处长您早。处长严肃地说，娟娟打开水了吗？没有，娟娟说。处长这才晃晃伞对山子说，不用了，我还要出门。我们都不吱声。山子站在办公桌前很尴尬。处长不爱来办公室，最近几天却来得很勤，每次都急匆匆拿了东西就走。

处长低着头翻弄自己的抽屉。处长说，娟娟，把去年用的窗帘布挂上，省得过路的看咱们办公室里没事干，影响不好。处长在一本书里找到了什么。处长出去了。娟娟说，谁勤快谁倒霉，就跟该干似的。胖子笑着说，姚非，咱们处座要是升了，这办公室可是缺处长啦。姚非说，真是个鬼精，这都想得到，对处长的位子垂涎三尺了吧！姚非和胖子都笑了起来，笑声有些轻狂。娟娟把废纸篓踢到墙角，指代不明地说，讨厌！山子低着头在自己办公桌的抽屉里乱翻一气，最后摸到一支铅笔一折两段，并鼓了劲说，叫你他妈的扎手。胖子正好伸手在姚非办公桌上的竹筒里抓茶叶。姚非拍了胖子的手一巴掌，胖子的手本能地缩了回去。姚非抓着茶叶说，胖子，你吃屎的想把拉屎的赶跑不成？说完两人同时大笑。

我们都沏了茶，围坐在炉子旁。外边的雨时大时小，从窗户的上半部望去，水泥屋顶、树干、楼房、远处的山都湿淋淋雾蒙蒙的。最近几天，处长们似乎都很繁忙，也似乎忘了召集我们学文件。局长办公室就在我们楼上，我们门外的过道和头顶上时时发出咚咚的脚步声。选不选副局长不关我们的事。胖子提议每人讲一个下流故事，我们都来了劲。可怜的娟娟坚决反对。胖子说，看过薄伽丘的《十日谈》吗？娟娟说，那是一本黄书。胖子乐了，没看过怎么知道它是黄书？那是世界名著，批判的正是你这种伪君子。娟娟正要争辩，处长却把头发稀疏的脑袋伸了进来，他说，吵什么？论知识结构咱们处可是全局最高的，你们的理解能力也全局一流，都是本科以上学历，请各位讲点技术。处长将头缩了回去。门窗都遮上了漂亮的窗帘。我们看不见处长，也看不见走廊上行走的人，只能听到咚咚的脚步声。

我随手拿起一张报纸念道，我国吸毒人口增势迅猛，有关方面指出……胖子说，行，别念了，人民生活一天比一天如意，买彩电、冰箱、房子、金银珠宝、汽车、飞机，再过几年能买大炮、坦克，吃点白粉算什么？姚非说，没贩毒的警察吃什么？别忧国忧民了，警察失业更让人担忧呢。娟娟说，以前市场上没白粉，警察没事干，不是成天都拿着剪子和锤子站在大街上，专剪男人的长头发、大喇叭裤，还敲女人的高跟鞋呢！报纸还鼓劲说，外国人留长头发是人穷没钱剪头，这叫什么嘛？胖子说，外国人穷吗？人家美国佬三口之家一年的收入就能造一艘航空母舰。

雨下得我们心烦意乱。空气中有了淡淡的霉味，它正侵蚀着我们的大脑。上级每年都给我们下达订阅报刊的任务，完不成任务可不是好事情，况且我们也需要报纸。我们的知识面和视野在报纸的帮助下不断扩大，我们要立足于世界民族之林。马克·吐温敢搞竞选州长，我们敢搞竞选副局长。我们希望涨工资，然后刺激消费；我们要购房子、金子、汽车、保镖，然后与暴发户和副局长们搞一次你死我活的斗争。美国佬算什么，俄罗斯还敢动吗……

我们没有任何特点，只是我们知道得太多，几乎无所不知，但却有所不能。如果这世界上还有我们不知道的，那毕竟是微不足道的。

车厢过道里，男人坐在那里吃一张饼。男人弯曲着腿，坏了拉链的旅行包塞在他的腿腹之间。女人的头枕在旅行包上，身体侧卧在地板上，双手和头都放在男人的短袄里。短袄外露出女人乱七八糟的头发，很黄，很干。女人的一条腿缩在军大衣里，另一条腿伸出大衣外，膝盖以下的部分紧贴着过道湿润的钢板。女人脚上穿的是一双手工缝制的粗布鞋，发黑的手织线袜在靠近鞋帮处卷成一团。裸露出的一节小腿皮肤干燥，呈青紫色。女人一动不动，像是睡得很沉，列车均衡的惯性使女人的身体上下晃动着。

男人吃完了手中的饼，侧过头向车厢里望了一眼。男人的眼睛红红的。车厢里的乘客几乎都在睡觉，与白天相比，车厢里显得空荡安静。男人回过头，用衣袖抹鼻涕，又用粗大的手掌在衣袖上磨蹭，再把两只手掌合在一起来回搓着，胶鞋里的脚趾也在不断活动。男人在伸手可及的范围内捡了几个烟头握在手中，从口袋里掏出一张皱巴巴的纸，撕下小半块，放在盖着女人脑袋的短袄上摊平，再掰掉烟头的过滤嘴，把烟丝很小心地抖在纸上，卷成一个喇叭筒。男人做得认真极了。他将喇叭筒叼在嘴上，两只手同时在衣袋里找火柴。找到火柴后，他小心翼翼地点着了喇叭筒，嘴里喷出了浓厚的烟雾。男人眯了眼睛用拇指和食指拿着喇叭筒抽，另一只手则在刚才卷烟的地方，一粒粒将散落的烟丝弄丢在地上。

昨夜罚款的蓝制服，从她的专用小间里睡意蒙眬地走出来。一股烟雾随即侵犯了她的脸。蓝制服眯着眼睛，两手扇着从男人嘴里冒起来的烟雾，低头看了一下坐在地上的男人，皱着眉头低声吼道，灭掉，灭掉！男人恐慌地灭了还剩一小半的喇叭筒。蓝制服发现了男人丢在过道里的烟头纸屑，弄干净，弄干净！蓝制服走向车厢的时候，用自己的皮鞋尖将女人贴在钢板上的腿拨开。女人的肩膀随即抖动一下，似乎梦被搅碎了。男人的一只手在过道里拾掇烟头纸，另一只手抱紧了女人的头。

女人随着肩部那一抖，全身颤栗起来。男人弄完了烟头纸，把女人身上的军大衣整理一番。女人的颤抖越来越厉害。男人双手将女人的肩和头搂抱在怀里，问道，冷吗？女人没有回答。男人腾出一只手从包里拿出半张饼，说，吃点吧，几天都没吃东西了，还有一天的路哩。女人仍然没有回答。男人把饼放回包里。面对女人的颤抖，男人有些无可奈何。他朝车厢里看了看，回过头弓了背对女人说，就要见着儿子了。儿子这个词使瘫软的女人为之一振，仿佛被什么东西给蜇了一下，眼睛突然睁得很大。但女人明亮的眼睛瞬间就黯淡了，泪水跟着涌了出来，又随着身体的颤抖滚出眼角，溢到耳勺里。女人半闭着眼睛无力地说，儿子。男人问，你说什么？女人说，儿子。男人仍然没有听清楚。女人眼球僵滞，眼圈周围的黑度也更加浓厚了。男人觉得女人的头很热，就像一盆火。女人闭了眼睛又含糊地叫了几声，儿子，儿子……就像在念一些法老的咒语。泪水浸到了男人的衣袖和胸襟上。女人的身体抽搐一下，嘴里涌出一股难闻的汁液。男人迅速帮女人翻过身来，并放平一条腿。女人的头随即垂了下去，背却让男人跷起的另一条腿撑得高高的。男人一手托起女人的前额，一手在女人抽搐的背上轻轻拍打。女人呕吐出一摊秽物，顺着男人大腿外侧淌在过道上。

蓝制服从车厢里走回来。男人惊慌地把旅行包压在女人呕吐的秽物上，同时曲就了腿用衣袖擦拭裤子上的秽物。蓝制服皱着眉头嗅了嗅，对着男人和女人看了半天，又折身返回车厢里。

男人的目光四处寻找，但没有找着可以清除呕吐物的东西。男人感到无比沮丧。就在寻求打扫工具的那会儿，男人觉得女人的身体已经不再颤抖，脑袋的热度也在减弱。蓝制服带着列车长和两个乘警从车厢里走来。他们围着男人。列车长问，怎么回事？男人低头看着旅行包没遮住的一小部分呕吐物没有回答，衣袖却在裤腿上来回磨蹭。列车长提高了嗓门又问，怎么回事？男人仍旧低着头，并抱紧了女人的脑袋，就像一个犯错误的小孩，怵怵的。那个没戴帽子的乘警手里拿着对讲机，蹲下去拨弄女人，屁股上还露出半截枪筒子。他先弄弄女人的眼睛，又弄弄手腕。一会儿，没戴帽子的乘警站起来，对列车长轻声说，她死了。男人看了一眼怀里的女人，又抬头看着没戴帽子的乘警，一副很愤怒的样子。然而男人勇敢的目光终于还是被折断了。蓝制服抓紧了戴大盖帽乘警的衣袖。没戴帽子的乘警问男人，有身份证吗？男人怔怔地没有回答。列车长问，要去哪儿？男人呆呆的，眼睛里涌出了泪水。戴大盖帽的乘警说，听见没有！问你呢？去……去河市，接……接儿子。男人木讷地说。男人似乎明白了什么，身子一下子瘫软下去。他无力顾及女人吊在腿边的头，两手垂在地上，张开嘴呜呜咽咽地念叨，咱……儿子被……人拐卖了，咱……要去接……儿子……这时列车正穿越一个很长的隧洞，车厢里的噪音一下子增大了。听不清男人说什么，但可以明显感觉到男人身上存在的恐惧。列车长和乘警还在问着什么，说着什么。男人什么也没听清楚，只是不停地流着眼泪。一些嗡嗡之声在男人的大脑和耳朵里纷飞，间或有一两声叱咤。车厢里开始有人围拢过来。

男人在一个小站被糊里糊涂地拥下了列车。简单的交接后，车站上的另一群蓝制服和几个乘警，在小站的山峁上挖了一个浅浅的坑，掀土将女人盖上。他们对男人又拉又扯，男人始终不愿离开那个小小的土堆。男人固执地坐在小站的山峁上，他不明白究竟发生了什么？任一群人拉扯了半天，依旧那么岿然不动。

天渐渐亮了，四野空旷而沉寂。山峁上只有几根稀稀拉拉、枯黄的野草和小桦树。衰败得毫无规则的野草，如同手掌上的纹路，似乎蕴含了生命的奥秘。那株最高的小桦树上，残留了一只被雨淋坏的蜂巢，蜂巢上的每个细小的孔穴都空空茫茫。地上不多的落叶正在腐烂。棕红色的土壤里，四处暴露出被雨淋洗得发白的岩石。雨下得很细，细如牛毛，细若游丝。男人全身濡湿。蓝制服们早已离去。男人独自痴痴地坐在山峁上，就像一块黑色的岩石。

天快黑的时候，男人用双手刨着压在女人身上的泥土。刨一会儿，男人就用嘴对着冻僵的十个指尖哈几口气。男人又刨，又哈气。男人的手指触到一张草席，他依稀记得他们是给女人裹了一张草席。男人心里一动，随即加快了动作。

处长很高兴。处长说，都别看报了，今天咱们随便聊聊。

上午局长和组织部的人找我们逐个谈话。问我们认为哪一位处长能够胜任局领导工作，这需要问我们吗？我们的回答不谋而合。谈话就这么简单。

处长说，近段时间我的事多，对大家的思想状态了解太少，这个嘛，我检讨。处长哈哈大笑。处长接着说，大家谈谈怎样才能把我们的工作做好。山子说，难道我们的工作做得不好吗？娟娟抢着说，就不好，工作干得越多越受冷嘲热讽，越受孤立，还都受过高等教育，知识分子呢！山子说，娟娟该不是变相说自己能干吧。娟娟回敬道，哪能！现在能干活的不如会拍马屁的。办公室里安静了片刻。胖子一直在笑。姚非突兀地说，总比打冷枪好。胖子停止了笑。我说，就是，有时大家还有说有笑，突然一下就跟有什么深仇大恨似的谁也不言语，狗屁的知识分子，还装得跟没事似的。胖子又在笑。我说，胖子别一副老谋深算的样子。胖子说，挺好玩的，比战争更有意思。姚非说，别提战争，中国人讨厌战争。胖子说，不懂了不是，中国人喜欢的形式是猫抓老鼠那种，从精神上压倒，从心理上制服。山子说，胖子对战争的定义比较模糊，战争是从形式到内容的毁灭行为。还得感谢古老的孔子，给中国人制造了道德这种约束武器。胖子说，又不懂了吧！心理和精神的打击才是战争最根本的实质，这同样得感谢老子的贡献。山子说，首先战争……处长打断了山子的话，都说什么呢？都说什么呢？跟战争贩子似的，还挺专业的呢。处长喝了一口茶说，要客观，凡事都要客观嘛，怎能唯恐天下不乱呢？姚非说，处长说的客观是指什么？处长说，叫胖子解释吧！娟娟抢先说，客观就是麻木加冷酷。胖子说，一般情况是这样，客观就是冷眼看世界。处长又说，都说什么，说什么呢？

电话铃响了。娟娟拿起话筒，说，对，我就是，好吧，今晚八点，不见不散。山子轻声说，女人总有这么一天。娟娟刚放下话筒，铃声又响了。她再次拿起话筒，听了一会说，好。放下电话，娟娟说，处长，局长叫你去他办公室。处长点了一下头，说，明天下午听完孔繁森事迹报告会，都别走，我请客。处长拿着茶杯哼着小调出去了。

胖子似乎又闭上了眼睛。娟娟又开始弄她那堆破烂的历史。另一个处的处长推开我们的门。我们都抬头看着他。他没进办公室，只是拉着门的把手扫一眼室内说，你们处长真狗屁。说完用劲关了门就走。姚非轻蔑地说，连他妈客观都不懂，我们继续看报纸。报上宣布了一条消息：金字塔之谜已被解开。这是我第四十四次看见古埃及金字塔之谜被解开的消息。报上还登着那条寻找小孩家长的消息。

等不了孔繁森事迹报告会，处长提前请我们吃涮羊肉。处长摇着头发稀拉的脑袋说，都是些不错的年轻人，只是看问题要再理智一些，学生气要磨掉，生活的路毕竟还很长嘛！处长哈哈大笑，笑完又拍着山子的肩膀说，谁怎样，我心里有数。处长仍在笑。雨仍在下。我们都埋头吃涮羊肉，娟娟还打了一个响亮的喷嚏。

昏黄的灯光下，小站的空气十分洁净，洁净得有些幽蓝，幽蓝得使人联想起大海。

湿漉漉的男人蹲在小站对面的水沟里，注视着值班室。他全身发抖。穿着军大衣的女人被一条背带捆着，放在男人身边，背带上结了两个活扣。那根捆扎旅行包的草绳，穿过包的两个耳朵状提手，套在男人的脖子上。风在男人的耳边呜呜响。男人用力搓着双手，又捂捂耳朵。他已经在沟里待了很长一段时间。

远处传来了火车在铁轨上行驶发出的声响，但男人无法辨别火车行驶的方向，他不断朝铁轨不着边际的两头张望。信号工穿着雨衣孤独地出现在站台上，手里的红色信号灯晃几晃，没有指明方向便不再动弹。火车减速驶进小站，灯光刺得人睁不开眼睛。男人异常激动。这是一列货车，车头正对着回家的方向。火车驶近的时候，风将男人的头发和胸前空荡的旅行包刮得上下飘飞。男人颤抖着身体，耐心地看着车轮辗在铁轨上冒出的团团火花。火车滑行了很长一段后，终于停了下来。男人采取半蹲的姿势，斜下身子，把手伸进背带的活扣里。这样女人就被轻易地背了起来。女人已经变得很轻了，就像那只旅行包，似乎随时都可以被风刮离地面。女人的脚顶着了地面，男人只得直直地跪下去，反手拉拉女人的脚，似乎捆得很牢固。男人搓着双手说，咱们回家吧！男人低柔的嗓音变得沙哑了。他满意地捂着脸搓了几下。一只手把旅行包压贴在胸前，另一只手靠在沟边的水泥台上，用劲一撑，跪着的双腿离开了潮湿的水沟。站起来的男人，第一步便离开了沟台踏在碎石上，碎石只哗地响了一声，男人的第二步踩在了枕木上。

男人寻到两节开放型车厢的交接处，爬了上去。他双手贴在车厢壁上，先用一只脚蹭了蹭连在两节车厢中间那根稍高的软管，另一只脚牢牢地踏在连接架上。确定那根软管很结实以后，那只试探性的脚没有放下来。他往宽大的手掌里啐了口水，抹匀。抬头看看车厢顶上的一个把手，踏在软管上的脚一用力，另一只脚迅速离开了连接架，一只手同时去抓那个把手。但没有抓稳，把手上结了一层薄冰，很滑。男人的另一只手在空中本能地挥舞，悬空的那只脚准确地落回车厢连接架上。挥舞的手却被捆在车厢上的铁丝划破了。男人没有顾及它。紧接着又加了劲，重复一次刚才的动作。这次男人做得很成功，伸在上边的手顺利抓住了车厢顶部的边缘。用来预备平衡的另一只手也随之伸了上去，而两脚却悬在空中。男人长长的吊在车厢上，做了一次深呼吸，然后双臂用力，两脚踩着凹凸不平的车厢壁向上爬，屁股撅得老高。这时候女人的两只脚长长地伸出了大衣，在男人撅起的股部与他的身体分离开来，摇摇晃晃。男人终于爬上了列车。

列车尾部传来巡检工用鸭嘴锤击打车轮的声音，这声音仿佛是伸向夜空的触须，从孤独空旷的小站扩散开去，又仿佛是祈祷的钟声。男人不希望有人发现他。车厢里盛满了煤末，车厢壁高过煤末许多。男人趴在煤末粉上。压在他背上的女人，脚上丢了一只鞋，裸露的小腿和大衣上沾满了细小湿润的煤末粉。列车开始慢慢驶出小站。男人趴在煤末上吮吸刚才划破的手背，开始的两口是血和煤末的混合物，男人将它吐在车厢上，之后的几口被咽了下去。

列车行了一段后，男人缓了一口气，直跪在车厢的背风面，解下背上的女人平放在车厢里。男人拉下女人的裤管，盖住她白里泛黄的小腿。他把女人剩下的一只鞋放进旅行包里，再扯平女人身上的大衣。女人的一绺头发从包扎着的毛领里伸了出来，男人将它塞进去。那会儿，男人突然停止了动作，他剥开女人头上的毛领，端详着女人的脸。实际上男人什么也看不清，他绝望地举起拳头砸在女人的肩上，又一个劲抽自己的耳光。男人低了头沮丧地揪住自己的头发，靠着车厢壁坐了很长一段时间，这才将女人的头重新包扎起来。做完这一切，男人又扎紧自己腰间的草绳，平躺在女人身边。

男人紧靠车厢壁，头下枕着坏了拉链的旅行包。火车行驶着，雨淋不到男人。男人的脸很脏。深凹的眼窝里，眼白泛红，眼角却积满了黑色的眼屎。额头的污垢堆得很厚。颧骨上是衣袖擦花的印迹。胡茬一根根直立着。头发变成了褐红色，并硬邦邦地粘成一绺绺。通红的嘴唇和鼻孔，像遗留了刚才吮吸伤口的血，更像一道带血的伤口。

雨滴滴答答大起来，像是奔奔忙忙寻归的脚步。四周的山黑乎乎地向后倒退着，风一个劲地舔他的脸，又往脖子里钻。男人伸手在黑暗的空中试试雨，雨里添了稀稀落落的雪花。他侧身看着裹在军大衣里的女人，感觉女人变得小了许多。男人将双腿卷曲起来，用两条腿顶着自己的肚子，两手紧紧夹在腋窝下缩成一个小团，就像自己抱着自己。男人闭了眼睛，似乎睡着了……

（原载《山花》1996年第4期）

1997年

赵剑平

女县长

一

都说公门之中好修行，可你居然走到这一步上。

她总是这样从一个场子到另一个场子。刚刚结束烤烟收购协调会，那些乱糟糟的数字还在脑子里翻搅着，桑塔纳就把她一直送到了这里。场子里已经满满当当坐着旁听的人。唰地，恍惚里听着一声号令，就所有的目光都射了过来。她感觉脸颊那儿被鞭抽似的热辣辣地红着，而一瓣心一激灵，也紧巴巴地缩着。猛然间，又几截似枪似炮的东西戳到跟前；她本能地一闪身，看清楚那不过是新闻记者的一些机器，这才在一顶大盖帽引导下，挺着胸膛往证人席上走去。

“我可没有告县长……”

站在原告席上的张大山，一个莽粗粗的汉子，一脸糊涂，也一脸凄惶，就这么怯怯地说着。

坐在国徽下面一动不动的审判长望了张大山一眼。

“我说冤有头债有主……”张大山依然执拗地咕哝着，“我是告了做我的那个人……”

一直坐在旁边的委托人抓着他的衣襟扯了扯，原告终于也住了声气。

“公民南兰！现在听着。”审判长欠一欠身，便又直又挺地坐着，“就原告城关镇马房村兽医员张大山诉被告城关镇计划生育指导站手术员马天成故意伤害案，现在进行法庭调查。依照《中华人民共和国宪法》规定，每一个中华人民共和国公民，都有协助国家法律机关弄清事实真相的义务……”

证人南兰的脸一直红到耳根儿，咬着嘴唇点了点头。

一只玻璃瓶炸弹一样地在审判长手中小心翼翼地托起来，大半瓶透明的液体里浸着两颗走着血线的卵；随着轻微的晃悠，两颗卵仿佛一对挨得太近的眼睛，在那儿鼓着，转着，冷冷地打量着整个场子……

“法庭是庄严神圣的地方，你必须如实回答以下问题，并且每一句话都将作为证词记录在案，作为罪与非罪的依据……”

她看清楚了，那瓶颈上系着一截亮亮的铁丝和一截黑黑的麻绳。麻绳和铁丝绞在一起，成一只又黑又亮的环，静静地停在空中……

她感到一种莫名的憋闷，仿佛那环套在她脖子上似的，她下意识地晃了晃脑袋，抬起一只手来，松了衣领下面一颗纽扣。

“这是原告张大山的睾丸……”

谁给这个人开绿灯，让他进了县长办公室呢？那工夫，她坐在写字台后面，看着张大山食指扣住那铁丝和麻绳绞成的环套，把一只玻璃瓶两颗血卵在眼前悠着。“你既然来上访，有情况就说情况。”她说着，直想吐，“不要把你那两颗米提来提去的好不好！”“我怕哪样呢！一个人卵子都遭人家做了，我还怕哪样呢！”张大山说着，虽然有些委顿，却一点也不退缩，“何况呢，这是我自家的东西，一不偷，二不抢，夹在胯下，提在手上，还不是一样的嘛。”那时候，她不知怎的一来，一股血往上一冲，“你欺负我是女性不是！”这么吼着，人就噔地站起来，隔着写字台，一巴掌扫过去。那只玻璃瓶绕着张大山的食指转一个圈，便斜斜地飞出去，啵地砸在墙上。

“证人南兰！据被告城关镇计划生育指导站手术员马天成说，他对原告张大山施行睾丸摘除手术是经过你同意的……”

常务副县长罗星贵听着动静从隔壁房间跑了过来。“是哪样不得了的事情啊。”他站在门口，很紧切，也很冷漠地喊着。她那会儿被福尔马林气味熏得难受，眼睛睁不开，还不住地流泪。张大山却是很勇敢地从一些碎玻璃片中捧起他的那两颗宝贝来，“你当县长的这个态度啊。”变脸变色地吼着，“行哪，好得很，你以为我少了两个零件儿，就去不了上头啦，告诉你吧，我要到地区，要到省城，要到北京……”罗星贵这会儿听不下去似的，重重地用指锤在开着的门扇上敲了敲，说：“不要说黄话哟，大山！”

“我没有告县长……”原告耐不住又嘟嘟囔囔插进来，“马天成是从牛场村出去的人，从前和我一样是兽医员，我们结过仇……”

她那时候感觉到常务副县长罗星贵的话有一种莫名其妙的分量。张大山听着，就很猥琐地住了声气，从办公室退了出去。她在那把县长的大转椅上愣一愣，便一下醒豁似的追到走廊上，抹着既不是悲哀也不是高兴的泪水，冲着上访者张大山的背影武赳赳地说：“我不怕你告，作为一个女性，你今天提着那个东西侮辱了我的人格……”张大山回头望她一眼，便悄悄地捧着那两个圆圆的肉下楼去。“你好像和他很熟嘛。”她回过身来，富有意味地和罗星贵说一句，便暗暗地斜着眼睛瞅他。常务副县长却很稳，“这个人是郊区马房村的骟匠，以前城里的人有养猪喂狗的，也是他负责处理。”他不紧不慢地说，“他整天别着刀儿吹着喇叭到处转悠，连畜生都认识他，走一路，那狗就咬一路。”然后，罗星贵就进自己的办公室去。

“证人南兰！你作为一县之长，据被告称，在最近的计划生育突击月里，你接了电话后赶到被告的手术点，被告向你详细汇报过原告张大山的情况……”

而她再也不想走进自己的办公室一步。福尔马林的气味还在弥散着，隐隐约约的，也还夹杂着一丝冷冷的血腥；这让她有一种生理厌恶，似一爿胃吃错药一样地往上翻。她把秘书找来，交代着把地板沙发都洗一洗，去百货大楼买一瓶香水来洒一洒；接着，她就有些不客气地走进罗星贵的办公室。常务副县长正读着一张报，看县长进来，便把她让到沙发上，又给她沏一杯茶，热络地送到她跟前的茶几上。“这种事情，你们男同志应该把它处理好。”她一半气恼，而一半也还是带着笑意，“不应该推到我这里来。”罗星贵在写字台后面那把椅子跟前迟疑一下，却还是离开那里，带着一种微妙在县长对面的沙发上坐下去。“我可没有往你处推啊。”他笑扯扯的，“倒不是说男同志应该怎么样，那两件小玩意儿，你又不是没有见过，还这么保守！都职业革命家呐。”“你还开玩笑。”她说，浅浅地呷了一口茶，“我可是正儿八经的。”常务副县长沉了沉，“这个人横得很，事情不好办哪。”意味深长地说，“法院那边不受理，说这例手术是经过你同意做的，弄不好你就要成为被告，尤其刚刚有一个《中华人民共和国行政诉讼法》出来……”

“我只是说了救人要紧，因为张大山一直高热不退，已经处于昏迷状态……”她有些阴冷地说，“我尽一个县长的职责。”

“证人南兰！就法院所提出的问题，你对你的证言证词是否还有补充？”审判长顿了顿，“如果没有，请退庭。”

她莫名地犹疑了一下，便从证人席上走下来。法庭这会儿显得特别的静，静得连人们的呼吸都能够听到，真正地有了一种庄严和神圣的味儿。她昂首挺胸，在大家的注视下离去。

二

“南”好像是一个少数民族的姓氏。实际上呢，她又不属于少数民族。姓“南”名“兰”，都与一个“男”字同音，也算沾着那么一点男人气；仿佛麻衣相术上的说法，男人女相大富大贵一样的，反过来理解，她也注定要弄一点事业。中华文化博大精深，确也有它神异的一面，像“花木兰”，可以说这个名字给人的感觉就很特别。当然，南县长与花木兰不可同日而语；但是，她毕竟也做了县长。不过，实在地说，她开初从一个边远的县份调到这里来的时候，大家并没有把她看上眼。她五官生得端正，穿着也洋气、大方；只是个子太瘦小，用她自己的话说，冬天里皮的毛的披挂起来也不到九十斤。而但凡有所作为的人，都善于把自己的劣势化为优势。南兰就是这样。就像高和矮各有各的好处，她也心安理得地认为自己属于短小精悍的那一类；而且为了从各方面强调这个主题，她一概地把那些高个子叫“晾衣竿”，把那些胖子叫“大红苕”，都是一些没有多大价值的。在她的这种影响下，办公室里凑了一批秘书，也矮矮小小的。有人担心这会影响人民政府的形象，她却不以为然，还理论小个子的人由于心脏距离大脑近的缘故，比大个子的人精力旺盛，脑子也好用一些，说“金刚钻”一样的。因为这个比喻，大家后来有玩笑她像珠宝商，她听着也只是笑笑。除此之外，她看文章也喜欢看小品文，作报告也喜欢简明扼要……

但秤砣小了，确也压不住秤杆。她当常务副县长，就是现在罗星贵那个角色；罗星贵那时候只是一般的副县长。她分管财贸，在一些要钱的报告上签字；有钱的日子还好说，大家都很和气，笑着来，笑着去，兄弟姊妹一样的；没有钱的日子就很难过，大家的脸都拉得长长的，一副要打雷下雨的样子，只差一点骂娘骂老子。而那一年，正遇上国家税制改革，增值和消费两大税种划中央政府，地方的盘子一下局促起来。当然首先要保证吃饭，可是连吃饭的工资都很困难的时候，那分管财贸的县长便只有过火焰山，把大家都招呼在一起算账。她也这样做了，只是不说哪些钱该发，哪些钱不该发。而只要国家有规定的，像什么交通费呀，菜篮子补贴呀，等等，都要求不能欠大家的账。没有钱，预算内资金数米而炊，她就算预算外资金的账。这个预算外资金啊，说起来也真玄，各行各业都有自己的道道，那窟窿是够深沉的。她那功夫就把职能部门的头头脑脑们算得哭，因为情况熟悉，政策也吃得透，而勒紧裤带过日子，大家共渡难关的精神也都是清楚的。她结果硬剖葫芦掏子的，把预算外资金弄出一千五百多万来，这差不多是全县行政事业单位在编人员半年的工资。因为这个缘故，受益的人是大多数，可知道内情的只有少量的几个人，他们认为她是女能人女强人什么的；而那些通过算账，不得不从自己的小金库往外掏钱的人则是相当一部分。他们挖空心思编排她，说她在市场上买一只母鸡都要用手指去屁股里抠一下，看是不是有蛋，如果有蛋，她可以再往上添五角钱，这样说得她很悭吝。甚至在一段时间里，他们还搞一下联合，搞出许多大同小异的信件来，连续不断地往省和地区寄，想把她从这个县挤出去……

结果是上头下来一些人进行调查，说起来也是对干部负责，有还是没有，好像都要经历这样一个过程，才可以作出一个认定来。她那一会很憋闷，也装不出来，就带一个工作队下乡搞计划生育。因为狠着气，她吃起苦来连男同志都受不了。她用这种折磨自己的方法来发泄和遗忘。但不管怎么说，她的这种行为起了表率的作用。一个月的突击结束后，这个县各项计划生育的指标都完成了。这个县因此被省里评为计划生育先进县，她也因此作为计划生育先进个人受上级表彰。她从乡下回到城里，人虽然更瘦小，也更黑；而调查她的那些人却已经阴天转晴天，说她是清白无辜的，很鲜明地做了结论。这让她多少感到有些激动，禁不住当着那些人的面掉了几滴酸涩的泪。然后组织上征求她的意见，考虑她毕竟结一些怨，树一些对立面，是不是换一个地方。她想了想，却倔倔地说："我是不会对这种势力屈服的。"组织上看她状态还不错，便应允下来。事情看上去是过去了，而她上班下班地忙着，又回到原来的秩序中，也并不在乎什么的样子。直到纪念抗战胜利五十周年，县机关组织一个合唱团，要参加在体育场举行的歌咏比赛；那时候，她毛遂自荐，担任合唱队的指挥，才有人看出一点她的名堂来。合唱队里都是书记县长主席主任什么的，她在前面安一张椅子作为指挥台站上去，手中拿一根电视机的天线作为指挥棒，亮晶晶地舞着，便把这些有头有脸的人物调动起来。唱《黄河大合唱》，"风在吼，马在啸"，她一下子就把个人的情绪融合进去；至于怎么融合进去的，真是谁也说不清楚。你看她拿着棍儿在空中那么戳啊戳的，就戳出一些窟窿来，在一个无形的世界里穿越着，最后实现一种连通，把过去与未来、阴与阳、虚与实神奇地组织在一起，叫人莫名地兴奋……

她做了县长，这是她在这个县的重大胜利。但别的人似乎也没有什么失败，比如罗星贵就顺利地过渡到了常务副县长的位置上。常务副县长管财贸，这是不成文的规矩；所以，罗星贵那一关，其实也是很险要的。真是膏药一张各有各的敷法。罗星贵管钱，就与他的前任不大一样。他首先搞了一个"一支笔"签字，这在开支紧张的情况下，也是切实可行的。但这"一支笔"，除了财贸县长，还有谁呢；所以，罗星贵这一招自然地把用钱的权力集中到了自己手上。而抓收入方面，尤其预算外资金的管理，他在算账的基础上搞出一个常数来，然后进行承包，只要完成任务，就可以把多余的钱留下来。这样的结果，虽然社会上有些反应，比如各种各样的罚款没收，比原来严厉多了；但各个职能部门也因此找到兴奋点，利益驱动着，工作也更出色。比较起来，南兰一分一厘都收得很干净，也得罪了人；而罗星贵也没有少收钱，却能够调动大家的积极性……

事情突然就微妙起来，这是谁也说不清楚的，南兰时常感觉到有一双眼睛，又陌生又熟悉地嵌在哪一个角落里窥视着自己。但真正意识到一种威胁，却是地区在县里召开的计划生育工作现场会上。地区的领导来了，各兄弟县的头头脑脑们也来了，这自然免不了要弄一点欢迎辞贺词什么的。前两天，南县长就看了稿子，让办公室的秘书小王用大红纸抄正；小王的毛笔字很好，已经是省书法家协会的会员；南县长想让女儿学一手，也请小王写帖。几页欢迎辞，几页帖，都分别卷起来，搁在文件柜上面。开会那天，南县长取下一卷展开来，看清楚有"祝贺胜利，欢迎指导"的字眼，这才拿着往会场去。殊不知在大会上致辞的时候，她把第一页读过去，就在那里卡住；原来，从第二页开始，戏法一样地变成了三千常用字的内容，是给女儿学字的帖。她那会儿真巴不得地上有一个洞钻进去，脸红红的，拿起杯子呷几口茶，才稍稍稳住神。于是理着思路扯着，尽管有一些疙瘩和重复，却也做模做样地对付下来了。但破绽还是被人看了出来，休会的工夫，就有人玩笑她“超级明星”，这让她很尴尬。她只有暗暗地告诫自己，要更加谨慎和小心，也要更加坚强。

现在，一个张大山事件，却又把她套了进去。

三

三月里，春节才过去几天，生命的气息正萌动着。上面把这个月作为“计划生育突击月”。正月是新年，外出打工的都回家团聚，平日里忙碌的都闲了下来，气氛浓浓的，也热热的，吃得潇洒，也穿得漂亮，便免不了要做一些事情来摆起。尤其对婆娘啊，那个渴望，就巴不得能活活地吞了，憋着一年的性子都押在这个时候来狂。结果不要几个回合，可以说跑了初一，跑不了十五，女人的身子就给种上了。其实，很多人家并不想违背计划生育什么的，不过两口子玩耍玩耍，殊不知当了真，送子娘娘也不和谁商量商量，就塞了一个包袱来。“儿女不嫌多嘛！”大家都这么说着；于是一阵尴尬后，又不得不严肃地接受下来……

那正月过了有二月，女人怀孕四十来天工夫，正是做刮宫术的黄金时间。

张大山的手术是他自己要求做的。他已经有三个娃儿了，你就看不清楚他还有什么心思。女人已经被叫过，正上厕所收拾着准备上手术台，张大山这时候就脸色青黑着挤到马天成身边。马天成戴着橡皮手套，正清理着刀啊剪的，看张大山这样，就有些诧异地回过头来，于是两个人凑在了一起。“你晓得的，老马……”张大山怪怪地笑了笑，“马医师！我也搞这行当……”“这和骟猪骟狗是两回事情。”马天成有些愠恼，觉得张大山话中有一种藐视的意味。马天成这样想不是没有道理的。跟张大山一样，他从前也是兽医，在马房村旁边的牛场村；挨邻则近，就像牙齿和舌头一样，两个人在边地上哪里不磕碰一下。只是他们那种斗法很古怪，不吵不闹，也不动手动脚，各自把一天里快刀快手剜来的一大包猪卵子往对方的地盘上扔过去，又各自数一数，谁多啊，谁少啊；而不管输的赢的，都那么轻蔑地撇一撇嘴，便各走各的路。后来，马天成到底高一招，东捅西戳的，居然就考了乡里的计划生育干部。上面或许看他那把手艺，觉得可以触类旁通，就送他到卫校进修。从卫校回来，马天成便从糠箢跳米箢，不当骟匠当医师了……

“畜比人同嘛！”张大山说着，显着并不低矮到哪里去。“也就是找一截绳儿把管管拴了。”“你说得好轻巧哦！”马天成只一愣，就这么戳一句，“你咋不把你那管管拿来拴哪。”“我就是要做我呢！”殊不知张大山很认真地接住话，“何苦拿婆娘来造孽……”马天成显然很惊讶。他有些疑惑地打量打量张大山，才慢慢吞吞地办着交涉，“你两口子要商量好……当然，对我来说，做哪个都一样……”“做男的比做女的简单嘛！”张大山却很执拗，“况且说呢，往后那些娃儿要有个三长两短的，又可以生人哪，我充其量还挨一刀，把结扎解了，不就能够恢复过来……”“行……行哪……”马天成说，“你要做……我就给你做……”一把手术刀在手里晃悠着，却也带着几分狠……

南兰是在县长办公室听秘书说的，有一个手术对象生命垂危，要县长亲自去一趟。南兰沉吟一下，说让分管县长去。秘书便退出去。可不一会，他又踅了回来，说分管县长一时找不到，是不是让常务副县长去。南兰听着，点了点头。不一阵，秘书又倒了回来，说常务副县长也找不到，是不是县长亲自去。南兰叹一口气，放下一沓文件，便站起来，叫上秘书往手术点去。

“这例手术做得真冤枉……”

“冤枉不冤枉，不是现在就能够说清楚的……”

还在阶梯上，南兰就听见屋里闹喧喧吵着。她一下听出来，其中一个声音是县计划生育委员会主任的。

“严格说起来，这不关我什么事情……”

“话不能这么说，毕竟主刀还是你……”

南兰在“手术室”三个字跟前愣了一下，便推开门扇走进屋去。

“我这是工作职责……”

“我也没有说要追究哪个人的责任……”

看见县长来到，大家都住了声气。

南兰扫了大家一眼，便又焦虑又恳切地说：“都什么时候了，还张推李送的吵哪样。”

一个白大褂凑到跟前，哭丧着一张脸，疙疙瘩瘩地说：“我叫马天成……手术是我做的……”他说着，眼睛往一块白色的屏障后面瞟了瞟，“我可以保证地说，张大山他自己做了手脚……”

女县长严峻的神情里透着一丝诧异，紧紧地盯着对方。

“他是马房村的骟匠……我们以前认识的……”马天成眼睛莫名地亮了亮，“他还想生……都三个娃儿了，他还想生人……我可以肯定地说，他那天做手术回去，我已经检查了伤口，他就想把那管管弄通……”

女县长双颊泛一片冷冷的红，转过脸去，静静地望着那白色的围屏。

“他以为像打整猪儿狗儿那样的，结果感染，两只睾丸发炎……”

女县长听着，“还有没有救？”就岔过话去，“这种事情，真还有点稀奇古怪的呢。”虽这么说着，却也是平平静静的，仿佛并不强调什么，也不闪躲什么。

“只有摘除……”马天成在喉咙里浊重地咕哝咕哝。

女县长心里震一下，有什么东西被翻搅起来，从身体里又隐蔽又深渊的地方扯出来，堵在胸口那儿，让人又闷又慌。“我的意见……”透着薄薄的屏障，她看见手术台上那个奄奄一息的男人，“人命关天，救人要紧。”

她接着就离开那里，几乎是落荒而逃。走在青青的田野，春风吹，阳光照，她哇地吐出一团脏污，才渐渐地顺过气来。她拢拢头发，回头看看那一爿青瓦的木屋——那儿从前是村里的保管室什么的，被手术队临时做了手术室——心里这么动着，便暗暗地有些笑，这个生活啊，真是什么事情都可能发生。其实，你男人就是县医院的外科医生，你见得少，却听得不少啊。你今天怎么了？就差一点没有稳住阵脚，那玩意儿有哪样了不起的呢，又不是哪一个男人的专利。况且，你还是县长呢，干革命的人呢，没有一点泼辣劲行吗。哪管它硬的软的，长的短的，大的小的，扁的圆的，粗的细的，你全都认不得，也懂不了，只要这个世界越来越美好……

她就这么笑着走过街市，走进县人民政府大院。

四

哪里知道张大山是一头牛，把这事儿一直捅上去了。

那工夫，计划生育委员会主任拿着一把信件，急匆匆走进县长办公室。罗星贵在南兰那里，两个人为预算的事情正嘀咕着，都进入四月了，财政局还没有把方案编制出来。“正好，两位县长都在呢。”计划生育委员会主任说，“出事情了，这个张大山，他把事情闹大了。”他口气怪怪的，让人感觉那背后有一种莫名的兴奋，“这些是地区的省的，还有北京的，几个部门和一些新闻单位来函，要求把事情查落实……”就把信件放在女县长案头。

南兰靠着大转椅，一动也不动的，眼睛冷冷地望着那些信件。到底是罗星贵，略一愣，便捡起一封来，侧着头看看落款，嘴角撇了撇；又斯斯文文地把那牛皮纸壳捏一条缝，往里吹两口气，才尖着两个指头从洞中掏出一片纸头。而纸头还没有展开，便在那白色的背景上透着一只又圆又红的戳子。他于是有些做作地叫起来：

“吔！还当真的呢！这个骟匠，自家的两个零件都整丢了，连雄性激素也没有的，还这么凶恶……”

“我就是想不通。”南兰欠一欠身，噘着小嘴儿愤愤地说，“他提着他那两样脏东西，这个部门进那个部门出的，别人不感到寒碜，还要搭理他。”

“说不准哟！”罗星贵笑扯扯接着说，“开初，人家以为他那瓶子里装着哪样科研成果要申报，就懵懵懂懂地上了当，等到弄清楚了，不应付一下也不行……”

“都什么时候了！你还有闲心推理。”南兰说着，瞥了一眼罗星贵。

“天要下雨，娘要嫁人，有哪样办法哟！”罗星贵依旧笑扯扯的，“我也是坐在黄连树下弹琴哟！”

“我就是不明白。”南兰说着，又冲起来一股怨气，“上头这些衙门，又强调‘国策’．又强调‘一票否决权’，应该能够理解这之中……有一点闪失也是正常的嘛……像这样搞下去，叫我们基层往后怎么工作……”

“说话归说话哟！”罗星贵转过一个弯子，认真起来，“我们是全省计划生育先进县，张大山这个事情处理不好，恐怕省一年一度的总结评比会，就没有哪个敢去参加……”

“你说怎么处理。”南兰有了一种警觉，“是不是拿一个意见出来……”

“摆明白的嘛！”罗星贵早有准备似的，“作为事故处理，因计划生育是一票否决权，我们计划生育先进县的事情完了不说，其他各项工作也摆不到桌面上来，那么全县几千名干部一年辛苦到头，结果也冤枉哪……当然，如果作为刑事案件处理，那是另外一回事情，可以说对我们的计划生育工作就不会有什么影响……”

南兰眼睛不时地往罗星贵脸上瞅，像窥视什么一样的。罗星贵说完了，事情也好像就完了。女县长在心里掂来掂去，总也把不住斤两，没有表态。最后，她站起来，有些勉强，却也还是恰当地给自己找一级台阶，就和常务副县长说：

“我们在县长办公会上来确定。”

罗星贵和计划生育委员会主任走了。南兰望着他们在门洞那里消失，感觉一种莫名的轻松。她重新在那把大转椅上坐下，翻着那些信件，走走停停地看一阵，就拨通县委书记的电话。县长是父母官，可还有管着父母官的嘛！她想，这事情又突然又重大，没有县委书记撑腰，恐怕很难呢。

“事情我已经知道了。”县委书记在那头说，“了不起就是打一场官司嘛，张大山告马天成也好，马天成告张大山也好，这是他们的权利嘛……当然，我说这个话也不是说不重视，毕竟，事情有它的特殊性，那个骟匠又提着蛋，那是证据呢，那么不要命地告呀告呀……中国人的事情，都讲究以伤为重，所以惊动了上面，这也是正常的嘛……其实，像这种事情，闹到这一步，哪个拿到都是烫手的事情，如果消灭在萌芽状态……我听说张大山开初给你反映被你轰走呐，我们就不能耐心一点细致一点嘛，坐失机遇啊！”

南兰放下电话。那头还没有说完，她就把电话掐断了。心里憋得慌，她抓起那沓信件，狠狠地砸在地上。接着，她就噔地站起来，离开那大转椅，狮子一样地在屋子里踱来踱去。但不一会，她小鼻头儿耸耸，嗅着空气中仿佛还有那么一股腥膻，便忍不住摔下两颗泪来。她抓着袖口抹抹脸，也拢拢头发，就啪地关上门，逃躲着什么似的回家去。

钥匙在锁孔里转着，她就知道爱人还没有回来。爱人回到家里通常是扣着保险的，不知道是心理的因素，还是这个社会的治安状况真的令人担忧。爱人在医院是副院长，又是主治医师，有时候复杂一点的手术，他要做到深更半夜才能回来。女儿也没有回来。女儿是初中三年级的学生，之前成绩一直不错。自从她当了县长，精力转不过来，便很少管女儿的功课，期末考试，成绩滑了一大截。从这学期开始，她就把女儿委托给老师，放学后不忙着回家，先在老师那里做完作业……

今天回来早一点，这仿佛让她有了一种意外的欢悦，竟把刚才的不快忘得干干净净，不自觉地哼起歌来。家真是一个微妙的东西。多少年来，她不管在外面受什么委屈，也不管有多疲惫，只要踏进家门，就沉浸在一种莫名的亢奋中，仿佛有使不完的劲，有做不完的事情。现在，她接通电饭煲，又开动洗衣机。在滚筒洗衣机节奏的呜呜声中，她拉开电冰箱找寻着。有一块鸡肉，还有一些鸡脏碎……她把它们都拿出来，摆到砧板上，想好好地弄一弄。两粒血糊糊的鸡睾子在眼皮底下翻两翻，她一刀把它们剁成一堆糟烂……

五

张大山案件开庭审理，这是县长办公会研究过的。县长办公会也不只是县长参加，像法院、司法局，好几个单位的头头都列席。也不太像研究，因为法院办案强调独立性，大家都很谨慎，看上去更像一种咨询。

“张大山这个事情，”南兰首先把话挑起来，“来自各方面的压力，我们也没有权利阻止人家告嘛，现在要有一个交代哪。”

“这之前，我们也组织力量论证过的。”分管文教卫生的副县长说，“根据手术员马天成的说法，张大山凭着他那骟猪骟羊的本事，自己异想天开要接通输精管，才导致睾丸感染发炎……”

“关键是证据。”司法局长权威地插进来，“马天成的说法只是一种猜测，况且，他作为当事人，以前当兽医员时跟张大山又有过磨擦，这猜测尤其不能相信……”

“只有诉诸法律了。”计划生育委员会主任说，“政府行为毕竟有限……通过法院那么判一下，政府也轻松，社会各界也没有多余的话，当事人不服也得服……”

“不服可以上诉嘛！”法院院长这时候接上来，“问题的关键不在这里，”他把一只烟蒂在烟灰缸里掐灭，晃晃悠悠而又无可争辩地说，“关键牵涉了县长，张大山眼下是发毛的，不知轻不知重，到时候马天成不认账，因为手术是县长表态的，他就可能连着县长连着政府一并告下来。当然，到目前为止，张大山还只是冲着马天成呢。但无论如何，县长即使作为证人，也要出庭。老实说啊，弄父母官上法庭，我们还没有干过呢。”

“能不能不公开审理呢？”南兰盯着法院院长道。

“这件案子啊！”法院院长摇着头，“我们只能按伤害案受理，虽牵涉到隐私内容，可当事人不忌讳，自己把事情敞开了，闹得上上下下都盯着的。如果缺乏透明度，人家还以为我们搞什么名堂，恐怕会产生副作用……”

“其实，这有哪样呢！”司法局局长说，“县长能够出庭作证，说明县长是大气量的嘛！也是法律面前人人平等的嘛！同时也是对我们法制工作最有力的宣传嘛！”

“我说一点担心。”一直在旁边沉着的常务副县长这时候响着喉咙，有些阴郁地插进来，“案子审下来，马天成果真要负刑事责任，恐怕这对我们的计划生育干部队伍是有影响的……”

“事实为依据，法律为准绳。”法院院长说，“应该相信我们是不会办冤案的，尤其这种影响大的案子……”

“再说呢，县长出庭，这无疑是要影响县长的威信嘛！”常务副县长勾着声音，显得很意味深长地说，“县长又是女同志……”

“你是要作为刑事案件处理？”南兰断过罗星贵的话来，“还是要作为事故处理？”

“我这不是在分析嘛！”罗星贵说。

“我怎么听着一会儿倾向用法律武器来解决，一会儿又倾向用行政手段来解决……”南兰说着，怔怔地望着罗星贵。

“我这不是都摆出来嘛！”罗星贵不慌不忙地，“你是班长，你确定嘛！”

这工夫，仿佛有一只无形的手在脑门那儿猛一掌，南兰一下明白什么似的，头高高地扬起来，带着几分悲壮说：

“猪都变成了，还怕挨刀么！我有什么了不起的！既是县长，也是公民嘛！就作为刑事案件处理，我同意出庭去。”

大家面面相觑着。好一阵，听着罗星贵郁郁地宣布散会，才怀揣了什么似的，沉甸甸地离去。

在走廊上，南兰叫住法院院长，将一沓信件塞过去，“这是张大山案件上面各部门的来函。”自信地说，“开庭日期确定后，就给他们发一个邀请，是非公论，大家都来听听，我们没有什么藏着掖着的……”

南兰这么说着，就转身往办公室走去。直到进屋，她才发现法院院长在后面跟着。习惯地在那把大转椅上坐下去，她才用一种征询的目光望着法院院长。

“案子我们要办，只是我们干警有半年的差旅费都没有报销了。”法院院长一下比刚才矮了许多，声音低低地说，“我们那台车也十几年了，早应该报废的……”

女县长愣了愣，“最好写一个报告。”这么稳稳地说着，“有一个文字的东西好说话。”

“早写了，是交给罗县长的……他说我们的预算超了。”

“他应该提出来研究啊。”

法院院长感激地点着头。

“我先问一下，看能不能在调整预算的时候给你们解决。”南兰说，“办案经费还是应该保证的嘛！”

法院院长走了，脸上挂着成功的微笑。

这里，南县长一动不动地坐着。要钱，要车，正是时候啊。她想，法院院长很聪明，还带着几分欣赏。可有些人的聪明却不是用在工作上，他们总在那儿给你制造麻烦，甚至设置陷阱，让你拼死拼活地在过程中往返和挣扎。然后，他们在旁边悄悄地留心着，看你有什么疏漏，你当然不可能是十全十美的，这就让人有机可乘……

法院院长走后不久，计划生育委员会主任推门进来，“县长！不得了啊！”哭丧着一张脸嚷着，“听说要把马天成推上法庭去，她婆娘闹到我办公室来了！”

“你当主任连这点事情都处理不下去是不是？”南兰眼睛瞪着对方说。

“婆娘家……不听招呼啊！”计划生育委员会主任声音收敛着说。

“我不是婆娘？”南兰说，紧逼过去，“你就那么相信我啊！”

“唉！”计划生育委员会主任萎缩地叹着气，“倒是人死了，还要好处理一些。”

“你还嫌不够刺激是不是？”

“人死了，不就是多花几个钱嘛！”

“你想得简单哟！”南兰说，气势缓和一些，“你想想，刚刚开会的事情，为什么马天成的婆娘就知道了？”

计划生育委员会主任愣怔着，“有人捅出去……”这么嘟囔着，却终于也糊糊涂涂地摇着头走了。

南兰长长地吁一口气。刚刚发生的事情，非但没有破坏她的情绪，反而增加了她想进一步看清楚什么的信心。

她要赢了这场较量，对手是一个女县长面对的全部现实。

六

庭审结束的第二天，南兰的电话就打到了法院院长的办公室。

“请政府放心！我们一定会实事求是把案子弄清楚。”听着是女县长，法院院长在那头显得格外热络，“原告被告都缺乏有力的证据，要做出一个令人信服的判决来肯定有相当大的难度……”

“关键是上上下下都比较关注这个案子，社会压力太大……”

“目前，我们只能说‘此案正在进一步审理中’……”

“这是实事求是的态度嘛！”南兰说着，有意地放慢了口吻，“如果可能，往后拖一下或许好一些，让事情冷一冷，对掌握事实的真相更具有客观性……”

“这个案子看来不拖也得拖呢！”

"你知道的，我这个人是不愿意在压力下来解决问题的……"

"就是……"法院院长很领会地重复着，"就是……"

"从全县的大局出发，这个事情如果在年底来了结要好一些。"南兰声音提高起来，"我们毕竟是全省计划生育先进县嘛！红旗永远是要珍惜的……那时候，不管判决是什么结果，都不会影响我们今年的评比呐。再说呢，从心理学的角度，一年到头，人心也散淡，也有利于我们不戴任何有色眼镜来解决这些陈谷子烂芝麻的……"

"我们尽量吧！"法院院长表态着，"当然，在宪法和法律允许的范围内……"

"我声明一下啊，院长！"女县长口吻转出一个圈来，"我可是和你探讨一些技巧性的东西啊！我可没有说让你们消极怠工啊！相反，我认为你们对这个案子还要加强力度，让社会各界都认为你们下了很大的决心……"

"就是……"法院院长重复着，"就是……"

女县长脸上露着满意的微笑，就像看见那边在点头一样，放下电话，轻松地吁了一口气。然后站起来，伸伸胳膊弯弯腰的，就走到窗前，推开窗户，望着整个机关大院。从院墙望出去，是一片绿的山野，太阳落下来，摇摇晃晃着，就渐渐淡了，茫茫的，也空空的，格外地显着一种宁静，一种无奈中透出来的宁静……

有人敲门，听着那声音是办公室主任的。办公室主任敲门的风格细致而绵密，像他的人一样。她在喉咙里应了应，办公室主任推门进来，手里拿着一沓文件，说中共中央的，看了要收回去的。她嘴巴往桌子上那儿努努，办公室主任就把文件搁桌子上。在办公室主任拉开门要走出去的时候，她把他叫住了。她看着他，目光在他那矮小敦实的身坯上扫过，便获得某种信心似的，指示着：

"你准备去做一件好事。"

办公室主任显然没有明白过来，愣愣地站在那里。

"大门口要设两个门卫，一个上白班一个上晚班。眼下矛盾比较多，女人当县长有很多难处，你这个办公室主任应该是一个参谋长的角色，要为我多分忧……"

"请县长放心。"

办公室主任很感动，表态着。

"既解决两个人就业，又解决了矛盾，何乐而不为呢！确定人选后，报告我批准，我们用正式指标来解决……"

办公室主任若有所思地点着头。

"事情未落实以前，不要走漏一点风声，弄不好旧的矛盾没有消化，新的矛盾又出来……"

办公室主任走了。

南兰回到办公桌前，翻翻一沓印着"绝密"字样的文件，囫囵地读过去。看看墙上的挂钟，已经快六点，就要到下班时间，这才想起往医院那边挂电话。省里来了一个什么验收小组，是秘书没有说清楚，还是她搞忘了，总之，一县之长必须亲自去陪一陪，敬几杯酒，热络热络感情，不然哪一点出岔，弄一个不合格不达标的，大家脸面都过不去。昨天的“二五”普法验收，前天的“普九”验收，也都是她亲自出面，不过三杯两盏下肚去，就相当有效率的，天也宽来地也阔，事情变得通通顺顺……

电话里是一个年轻女人的声音。她心里嘀咕一下，就像往常一样，这个女人总守候着这个电话。也如平常一般，对方一下就听出来她的声音。于是，她也平平常常的，让对方转告她的爱人，说她晚饭脱不开身，让他回家自己做面条，葱和辣椒是有的，炒制的肉末在冰箱里，只是醋，要在下班的路上买回去……

从招待所出来，她用手贴贴额心，说喝多了一点。客人们说看不出来。她听着有些兴奋，便叫过接待处主任，说县里条件差，夜里的活动怎么安排的，是不是请大家去卡拉OK厅唱唱歌。接待处主任大约也多喝两杯，比一个手势，说大家要学习136号文件。她笑一笑，知道136号文件指麻将，却装得憨憨的，说同志们辛苦哪，出差在外还要加班，应该注意休息。这么着，她亮着腕子看一看表，说要开一个电话会议，便和大家一一地握过手离去……

她很晚才回到家里。丈夫也刚进家门，说夜里发生一起车祸，让手术给耽搁下来。听着车祸，她立刻感到头皮发麻，刚才结束的从省里开下来的电话会议，就讲的是安全生产问题。丈夫笑一笑，说是一辆蚱蜢车翻了，上面只坐着两个人。她听着是手扶拖拉机出问题，心稍稍宽一些，毕竟不是大客车，毕竟不是重特大交通事故，如果一次车祸死五人以上，那么事情一下就会到国务院，即使不挨板子，自己也会觉得抬不起头来……

“你是不是有一个电话小姐……”

她想到白天打电话的事情，就这么半开玩笑半认真地和丈夫说。

“改革开放嘛，有一个小姐算什么……”

男人也半玩笑半认真地说。

“你不要胆子搞大了啊！”

“在这个县里，哪个人有我的胆子大啊！”

两个人说着就到卧室里。

“你有多大的胆子啊！”女人多少有些蹊跷，怔怔地望着男人道，“我是一县之长都不敢夸这个海口，只有谨慎工作，规矩做人……”

“你说我胆子大不大啊？”男人嘻地一笑，涎着脸子道，“我是吃雷的胆子，连县长的裤儿我都敢脱……”

女人回过味来，无奈地一笑：“二流子……”

这么娇嗔地咕哝着，就睡上床去，重复着过去那个老情节。

七

张大山案件撤诉了。

张大山这工夫已经坐在县人民政府大院里干着门卫啊传达啊这一类的活儿。

女县长南兰从外面走来。和往常一样，南县长走过门前，照例地要侧过头来，向着门卫室这边笑一笑。不知怎么的，张大山看着南县长的笑容，莫名地有些不安。

“南县长啊！”

人已经走到院里，张大山才突兀地叫起来。

女县长一怔，收住脚步，回过头来。张大山从传达室里出来，迟迟疑疑走近跟前，憋一阵，才脸红舌羞地说：

“您宰相肚里能撑船……”

“你有事情说事情。”女县长笑一笑，说，“我还有事情呢。”

“你当父母官的知道的，计划生育把我做了，我原来那活儿……”

“不要怪计划生育，计划生育没有什么错，这是国策，丝毫也不能动摇的国策……”

“就是……我说马天成那个人……我成了一个废人，我原来那活儿，不说没有力气干了，就是有力气干，人家也要笑话我……我们马房村有人说，你自家的东西弄丢了，就拿人家畜生出气……所以政府安顿这个活儿，给我搭梯坎儿下台阶儿……”

“你就好生干啊。”女县长截过话儿，“用实际行动来证明自己呀。”

“请南县长放心。”张大山响响地拍一拍胸膛，“有我张大山守住大门，保证不会有哪个敢闯县长办公室胡闹……”

女县长笑笑，也受感染似的伸出手去拍拍张大山的肩膀，就转身往政府大楼走去。

她心情很好。女人的心情也真是，说坏也容易坏，说好也容易好。中午快下班的时候，省计划生育委员会的主任去别的县检查工作路过这里，听说张大山案件撤诉了，便特地踅进来，说她会办事情，表着态要把省的计划生育工作会议拖到这里来召开，这着实让她感到兴奋，仿佛几个月来一直笼罩在头上的阴霾被一下驱散，正照耀一片浩荡的阳光……

如果不是发生了后来的事情，那么，时至今日，女县长或许还在这个县里，依然是这里的父母官哟。不过，命运始终是一个谜，又到底发生了什么呢？人们所见所闻也就是现象而已，事物的另一面是很难说清楚的。

那是秋天的一个傍晚，南兰和罗星贵下班后坐在招待所的登记室里，正等着从省里下来的一位客人用晚餐。不知道是路上堵车，还是出现别的意外，这位客人已经大大超出电话约定的时间也还没有到达。两个县长既焦急又无聊。这时候，天空又下着细雨，绵绵密密的，直让人忍不住愁烦。终于，罗星贵像满腹心绪无处系挂一样，拿起登记室里一支破烂的笔，在一张废报纸上无所事事地画着。差不多一张报纸龙飞凤舞黑压压去了大半的样子，坐在旁边的南兰无意之间一瞥，那上面其实翻来覆去就只有几个字：后院冒火。也仿佛要弄点趣味来，打发这无聊的时光，她便笑罗星贵说：

“你是高水平的人呐，我从来只听说‘后院失火’和‘后院起火’，可没有听说‘后院冒火’……”

“哪样‘后院失火’‘后院起火’哟！”罗星贵挺不服气似的，这么回一句过去。

南兰依旧笑着，却也有几分莫名的怨气从心底冲上来，便笑中带刺说：

“‘后院失火’‘后院起火’嘛，比如你来说，就戴了一顶‘绿帽子’，女人在家中有问题……”

“那么你男人在家中出了问题算不算‘后院失火’‘后院起火’，算不算戴‘绿帽子’……”罗星贵不急不恼的，低着头一边在报纸上画着，一边这么应着。

事情看上去是一种玩笑，这在县里或者乡里是司空见惯的。可那一瞬间，南兰却僵在那里，既若有所思又无所适从的，好一阵，才喃喃地说：

“你好像话中有话……”

“南县长！大家都是开玩笑啊！”罗星贵放下手中那支破笔，一本正经地说，“你可要输得起……”

南兰嘴唇动一动，还想说什么的样子，却只是叹出一口气来。这时候，门外响起汽车引擎的声音，有人嚷着省里的客人到了，两个人于是都站起来，调整着面孔去迎接……

也就是第二天，赶着礼拜五。下午快下班的时候，南兰让秘书去学校把女儿接到办公室里。然后，她挂一个电话给医院，找着上班的爱人，说有一趟急差要去省城，女儿眼睛近视，趁着双休日，也一起去大医院验一验光……

这么着，她就牵着女儿，走出政府大楼，坐上早就等在那里的桑塔纳，风风火火地上路了。

但是，谁知道她的心思呢。司机是一个年轻人，踩油门抹方向盘的，只懵头懵脑地往前赶路。她靠着座椅，脸上浮着一丝令人捉摸不定的忧郁，眼睛大大地睁着，一声不吭地向着前方。天擦黑那阵，她来到一个小镇上；从这里再往前走下去，就出县界了。她让司机把车拐到镇公所里，在一片空地上停下来。不一会，就有三五个脑袋凑近来，便听“哟——”一声，“是南县长来了！大礼拜，星期五的黄金夜晚，你还下乡啊。”南县长下车来，有些神秘地笑笑，“来看你们秋种搞得怎么样了。”稍一停，“不欢迎是不是啊。”“哪里哪里哟！县长大驾光临，县政府办公室应该通知下来，我们也好准备一下。”“我就是搞突然袭击来的，让你们防不胜防，才能够了解真实情况嘛！……”

说着就来到镇上一家馆子。老板听说县长来了，炒肚子爆腰花的忙不停，还特地抱一坛红彤彤的杨梅酒出来。女县长似乎受着感染，也上来兴致，叫着把那些细小的杯子撤下去，换上一桌子的碗来喝酒。镇里书记镇长的都是男同志，自然死要面子，气氛一下热烈起来。喝着酒，吃着菜，女县长清清醒醒地让大家谈一谈秋种的情况；这一顿饭果然成为地地道道的工作餐。

晚饭出来，大家的脸都很红，但奇怪地没有一个人乱性，就像幼儿园的乖娃娃，只是化了一点妆。南兰抹着腕子看看时间，便和大家告辞，与镇里的干部一一地握过手去。不知怎么的，大家都觉着有一种悲壮的意味。上了车，天已经漆黑一片。她让司机掉过车头，打开雪亮的车灯，便沿着刚刚来的路往回走着。司机仿佛感到一些诧异，侧着头看一看她，却终于什么也没有说，尽管加大油门跑起来。

返回县城，已经是半夜光景。那时候，桑塔纳轿车在水银灯惨白的光亮中阴黢黢地走着，生怕惊扰着一街的宁静似的，直到在县政府宿舍楼前停下来。女县长打开车门，下意识地往楼上家的窗户望望，却不急着下车。她坐在那里，愣怔怔的，好半天工夫，才回过头去看看已经在车后座睡着的女儿，然后脱下穿在外面的春秋装，轻轻地盖在女儿身上。接着，她拢一拢头发，也理一理刚刚露出来的红花衬衫，这就下了车，像一只火狐狸飞快地往楼上家中跑去……

这夜晚，她到底看见了什么，谁也不知道。年轻司机在楼下等着，这是她吩咐过的。不一会，她从楼上跑下来，急急慌慌的，有人在后面追她一样。她上了车，重重地拉过车门，便喘吁吁地冲司机叫着：“快……送我到地区去……”年轻人侧着头看看她，借着从车窗外面透进来的路灯光亮，他看见她眼睛里含着两汪冷凉的泪，便什么也没有说，松开刹车柄，慢慢地把桑塔纳开动起来……

从地区回来不久，她的调令就下来了。接替她的是罗星贵，当然，只能是代理县长，正经八百的县长必须经过县人民代表大会全体会议产生。即便如此，这一上一下的，也要经过县人民代表大会常务委员会来任免。那么，就有很多常委不明白，干得好好的，怎么要调走呢？她只是笑一笑，说组织上安排，工作上需要，有什么办法呢！和她一起调走的，还有她的爱人。搬家那天，很多人来帮忙，尤其县政府办公室那些与她朝夕相处的小个子秘书，在家具已经装上车，汽车起步的那一瞬间，还小孩子似的哭起来了。搬家的汽车在街市上缓缓驶过，在县政府大院门前停下来。她下了车，来到县政府门卫室，找着张大山，很认真地说：

“老张啊！我现在不当县长了，你也不要有戒备，给我说句老实话，你那个事情，到底是马天成的问题，还是你的问题？”

张大山看着她，愣一阵，才喃喃地说：

“说不清楚……”

南兰听着，长长地叹口气，也摇摇头，就上车去，一溜烟地走了。

南兰是地区计划生育委员会的主任。她爱人改行在地区卫生局负责药物检查。两个人的单位都在一层楼上。有人去地区出差看见他们，两个人晴天打阳伞，雨天换靴子的，一起上班，也一起下班……

很潇洒，很轻松，很恩爱。

（原载《上海文学》1997年第11期）

1997年

王剑平

城市形状

我突然想起，要看看城市的天空。我停在那儿脖颈后仰，目光渐渐上举，但我看见的是林立的高楼，以及那些一天天高耸起来的脚手架。城市的天空，像一条狭窄的布带，嵌在建筑物的缝隙中，低矮而沉闷。

阿紫说，只有生活在城市里的人才会孤独。是的，阿紫说得真好。但我知道，在这座城市里找不到阿紫。全世界只有一个生活在沿城的阿紫。尽管城市里有许多不可思议的事情，比如三千块钱能买一件衬衫，三百，甚至三十也能买一件相同牌子的衬衫。然而，城市绝不可能制造出一个阿紫，哪怕一个赝品。

“社会总产品的增长，取决于劳动生产率水平。内涵性的集约化经营必须重视科技投入和依靠生产力要素，经济发展不是片面地追求总量的扩张和速度的增长……”

如果滔滔不绝的博士后知识渊博，他应该给我们谈谈爱情，谈谈米兰·昆德拉、阿兰·罗布－格里耶、约翰·巴斯、豪尔赫·路易斯·博尔赫斯。直至最后一课，博士后仍然只讲解无所不能无所不在的经济，没有讲《万有引力之虹》里，为什么美军发生性行为的地方总是受到德军火箭的袭击，也没有讲《傻瓜吉姆佩尔》里那些拙劣的谎言，直到现在，我们仍然不知道戈多是谁。当然还有城市，那么城市是什么？城市是蓬勃发展的经济，经济是城市风起云涌的高楼，是五光十色的霓虹灯，是漫如潮水的卡拉OK，是发疯的广告牌。在此之前，我们总这样认为。但事实上，城市的背景是正在策划的税制改革和争取最优惠的政策。而博士后的背景却是校舍实验楼，以及由低到高排列的毕业证书与获奖证书。

大大小小的汽车，在宽阔的公路上状如爬行的甲虫。人行横道的斑马线上，移动着许多五颜六色的点状物。林立的脚手架之间，满载负荷的起重机正在缓缓上升。可是，在三十九楼的教室里，我们根本就听不见来自城市的任何声音，如同在观摩一部尚未配音的影片。窄小的天空，在城市的边缘地带亮起一道冰凉的白光，白得发黄。这是一个大雨即将来临的天空。阿紫奶奶的灵魂就寄居在这个天空里。人是有灵魂的。阿紫的奶奶还说，每个人都是一个故事，一旦他讲完自己的故事，灵魂就会离开躯体，被风带到无穷高远的天空里去。但那个地方肯定不属于城市，我睡不着觉，我的失眠症正在日渐加剧。于是，我开始数那些阿拉伯数字，123456789……阿紫曾经告诉我，不要弯曲双腿睡觉。她说那样，做噩梦的时候人是跑不动的。显然我忘了这个忠告，可我并没有做噩梦，也没有梦见阿紫。我总是不能梦见阿紫。

当我醒来的时候，时间已过了中午。雨把城市的大街和建筑物冲洗得干干净净，整个城市都奇怪地变成了灰白空茫的颜色。路经管理员的房间时，那个老混蛋说："学员全都走光了，你打算在培训中心再待多久？"

我吹了声响亮的口哨，并朝他晃晃我的行囊，说："这不就走了吗！"

走在大街上。我看见冬青树的花，被雨水打落在人行道的方格砖上，就像铺了一层细细的冬雪。我尽量小心翼翼，不去踩着那些细软的小白花，可总有一些没有怜悯心的脚步在毁坏它。笔直的大街宽阔绵长。我不用那么急急地赶路，我愿意这样慢慢地，一直走到汽车站。三个小时以后，汽车站将有一趟回沿城的班车。明天清早，我就可以到达沿城，看见阿紫。

实际上从培训中心到汽车站并不远，乘3路电车只有四站路。我在路上消磨掉了多余的时间。因为，我知道等待是世界上最艰难的事情。到车站的时候，我看到售票厅那块花花绿绿的留言栏上写着：

因受特大暴雨袭击，通往沿城方向的公路暂时中断，停开所有的班车。请广大旅客随时注意我们的通告。

汽车站的广场上，已经用塑料瓦搭起了临时候车篷，原有的候车室早已关闭。临时候车篷里堆满了人，或坐或站或行或躺。婴儿的尿布、废纸、塑料袋，把地面弄得混乱不堪，没有窗户的候车篷里人声扰扰，臭气熏天。听说铁路也处于瘫痪状态。

我不愿待在车站里听那些坏消息，还有那些难闻的气味，真让人受不了。我可以沿着大街，沿着黄昏不停地走。直到我疲惫不堪，再找个地方随便躺下。这样可以使我忘掉暂时的焦虑。博士后虽然为我们传授了三个月经济，可谓货真价实，但正如大学里所有清高的老师，他忘了告诉我们，当一个人没钱的时候，应该怎样弄来大把大把的钞票。除非我们学会拉兹探囊取物的本领，或杨香武盗杯的绝技。这是我们从小就知道的常识。抛开路费，我身上的钱已所剩无几。

大雁牌牙膏、英雄牌电动机、犬牌胸罩、牙科美容所、丽特牌假发，做女人“挺”好、做男人“挺”棒。我观赏着沿路艳丽的广告。它们一律都配上了美女毫无生命力的头像，就像厨师例行公事，在每道菜里放了加碘食盐。大街上人迹如潮，车水马龙。我这样走着。一个女人猛地撞了我一下，我回过头，看见一个浓妆艳抹的女人，正张着血红的嘴唇冲我微笑。她穿了一条鲜红的紧身裤，小腹绷得就像一面小鼓。

女人走到一个广告栏的支撑架下，坐了下来。那里坐着好几个同样打扮的女人，一律的紧身背心，乳房都勒得挺挺的，不但挺得人眼花缭乱，而且还使人的手心发痒。现在，她们一律朝我露着黄牙。这些城市的女人，在花花绿绿地打扮自己的同时，顺手也设置了一些生动的陷阱，仿佛城市的存在，就是依靠了她们触目惊心的装扮。《周易·系辞上》里说，慢藏诲盗，冶容诲淫。冶容诲淫事实上已经成为城市女人最大的特征。我没有停留，因为我似乎有点饿了。接下去，我在一个小摊上吃了一碗面条。我只能吃面条，而且不能住旅馆。我敢打赌，这就是博士后阐述的经济危机的一种表现。

天，不知不觉黑了下来。沿街的路灯红里透黄，行人越来越少。黑夜的上空，飘扬着一个女人的歌声，“朋友来了有好酒，若是那豺狼来了，迎接它的有……”卡拉OK的大功率扩音器，把这支老歌传送到黑夜的天空。混响器调试良好的效果，掩盖了女人高得有些发黄的音质。有——有什么？我不知道这样走下去会走到哪里？但我对自己说，走吧，走吧！直到走不动为止。

大街上的广告越来越稀疏，它们高过了路灯，几乎看不清内容。几只蝙蝠在街灯下飞舞。光滑的路面上，防滑的锯齿状纹路清晰可见。每走一段，总会出现一个垃圾桶。于是，我开始数那些垃圾桶。数到第二十五个的时候，有一对情侣，拥抱着靠在电线杆下。走近了才发现，他们其实是一对早熟的小情人，年龄顶多十三四岁。小男人的白衬衫扎在肥大的西裤里，小女人则穿着牛仔短裤，紧身背心，趿了一双小巧的塑料拖鞋。小女人用双手勾住小男人的脖子。小男人一只手搂着她的腰，另一只手伸进她的背心里。这对小情人，他们在昏黄的路灯下接吻。

“你神经病啊，”小男人忽然转过头来愤怒地盯着我，“看什么？”

“讨厌！”小女人说。

我做了什么吗？当然，我是无意的，只是按规律，这对小情人接吻的位置应该有第二十六个垃圾桶，但却没有。

去车站的路上，整个城市已经显得很安静，似乎全世界的人都梦见我在街上行走。街灯把我的影子投在地上，忽长忽短，忽前忽后。我把双手放进裤兜里，我触到了那块小红石头，那是阿紫送给我的。我总把它放在自己的口袋里，没事的时候就摆弄它，它早被我的双手磨得异常光滑。阿紫曾说，只要我随身带着这块小红石，就能平平安安。我确实平平安安，只是那种叫失眠的东西在不断折磨我。不知道阿紫此时是否正在做梦，是否在梦中见到了我。那又是一种不可捉摸的期待。地上有一只变形的易拉罐，我把它当作足球，踢了很长一段。这时，前边突然传过来一双高跟鞋走动的声音，听起来，比易拉罐的声音悠扬纯粹。黑夜里，这个声音就像是书法的一笔飞白。我放弃了易拉罐，快步走上去。那是一个穿黑短裙的女孩，披着长长的头发，走得不快也不慢。我从来都喜欢这种打扮的女孩，并很想和她们说说话。

女孩一定也听见了我的脚步声，她回过头来笑。

“你好！”我没有放弃这个机会。

女孩很认真地看着我，又看了看我的包。这时候我们已经并排在了一块。看起来，她确实很单纯，不是那种浓妆艳丽的女人。尽管她长相一般，但我认为这样更好。也许她更放心的是我肩上的包，它并不显露我的身份。

她说：“睡不着，出来随便走走。”

我说：“我也经常睡不着，但我数那些阿拉伯数字就能睡着。”

她笑着说：“很灵吗？”

我说：“有时候是这样。”

我们站了一会儿，她说：“陪我走走。”

我相信这是城市里才会有的奇迹，与一个陌生的异性随便地散步与闲聊。女孩带我走进一条小巷，小巷里很黑。我打算在黑暗的巷道里告诉女孩，我要回沿城去。我还会告诉她，沿城是一个地图上找不到的小镇，我就生活在那个小镇里。没准，我们会建立一种友谊，比如通信什么的。

我一脚踩在一块下水道凹陷的盖板上，我以为自己会摔在地上。女孩一下子扶住我的手臂，这时，黑暗的巷道里突然窜出几个男人，他们围住了我。为首的那条大汉只三两下，就从我的身上搜走了钱包。他又抓住我的手臂。刚才那个女孩说：“是块破电子表，没用。”

那汉子给我一记耳光。

“他妈的，就这些吗？”他骂道。

我看不清楚他们的脸。只听见那个女孩说：“再见！”

他们没有拿走我的包，但身上仅有的九十多块钱全都没了，我已经一无所有。但我并没有恨他们，尤其是那个女孩，她不过是预备给我制造一个故事，或者给我出一道难题。阿紫说，如果一个人没有奇迹，没有故事多没意思。现在我有了故事的开头，但不知道是否会生长出那种叫奇迹的东西。

下雨了，不远处有个立交桥。别的立交桥下都改做了停车场，或被封闭起来变成一些小房子，要么仍然是供汽车行驶的公路。但这个立交桥下的旷地却被空了出来。走过去，我才发现立交桥下注满了积水，根本派不上用场。

距我不足十米远的正前方，一个大商场的大门顶上，伸出一个平台。上面立了巨幅广告；那个美女颀长的脖子上挂了一根项链，是用冷光灯管制成的。它紫色的光芒照出两行广告词：尊敬的先生，高贵的女士，这是您梦寐以求的世界。

我刚坐在那个世界的屋檐下，哗啦！拉闸门就开了。一个健壮的保安很快立在我跟前，那双锃亮的三接头皮鞋几乎踩到了我的脚背，“干什么？”

我缩回自己的腿说：“不干什么，避避雨。”

“去去去，请离这儿远点。”保安把吊在武装带上的警棍，从屁股后移至前端。那支警棍立即在我眼前哒哒哒，冒了一串绿莹莹的火花。我没有抬头，但完全可以感觉到保安俯视的目光，就像是两枚坚硬的铁钉。我几乎没有思考便跌跌撞撞地下完了平台下的阶梯。

老实说，那串哒哒哒直响的电光，几乎让我尿了裤子。

雨有些大了。城市高大的建筑物平整而光滑，马赛克瓷砖、大理石、玻璃瓦包装起来的高楼大厦，在雨中发出青蓝的光辉，给人坚硬与冰凉的感觉。遗憾的是，那些墙根下没法避雨。地面开始聚起积水，雨点敲打地面时溅起一些细小的水花。偌大的城市，没有地方可以避雨，城市建造者只考虑防范盗贼。不得不承认，这是城市建造者的严重失误，也是城市最大的缺陷。

快到汽车站的时候，我的身上开始滴下一些小水滴。在一根电线杆和冬青树之间的积水里，我踩到一个软乎乎的东西。那是一个侧身躺在地上的妇女，怀里抱着一个很大的提包。妇人的头发泡在积水里，衬衫下摆被掀开着，又被雨淋透后重叠在胸口上。妇人的腰上扎着一根鲜红的裤带，她的脚上穿的是一双解放鞋。靠近脸的地方，有一个吃了一半的盒饭。路灯的光斜射过来，盒饭的阴影正好遮盖了妇人的脸。我不小心踩了她，她竟然没有反应。我正要走开，却看见那只瓦灰色的提包在蠕动。我以为自己看花了眼，可是，包里竟伸出一只很白很小的手，那只白嫩的小手在空中缓慢地划动几下，接着又伸进了妇人的怀里。

一抬头，我看见不远的十字路口有一个岗亭。尽管我一直在寻找，但始终未能找到避雨的场所。那里应该是个好地方。

我爬上了岗亭。雨越下越大，路上的积水差不多快和人行道平行了。岗亭确实不错，就像一把硕大的伞；假如有可能，我似乎该做一个交通警察。我脱下皮鞋，倒掉里边的水。最后我把袜子也脱了下来。抱着我那包并不值钱的东西。回头看看积水中的妇人，一个锈迹斑驳的垃圾箱正好挡住视线，什么也看不见。路灯下的城市，烟雨蒙蒙，冷冷清清。

很快我就进入了朦朦胧胧迷迷糊糊的状态……

几辆卡车把我从失眠和非失眠的状态下弄醒。等我完全清醒的时候，卡车已经走得很远了。除此以外，公路上少了忙忙碌碌的汽车，虽有三三两两的行人，但大街上仍然空空荡荡。很快我就发现自己在闹肚子，那时候雨变得零零星星，天也完全亮了。

因为闹肚子，全身发软，湿润的皮鞋显得非常沉重。不管怎么说，当务之急我必须弄到一些钱。打开我的包，两条内裤，一双袜子，一件衬衫，一条长裤，一个笔记本，一支没有墨水的钢笔，再就是一些学习资料和洗脸用具。除了装在塑料袋里的洗脸毛巾，这些东西无一例外全都弄湿了，而洗脸毛巾本来就是湿的。尽管我知道包里就这些派不上用场的东西，但我仍然以一种期待的心情一心一意把它们折腾了一遍。也许明天就能通车，也许还得等上好些天。重要的是我得想法弄到四十五块钱，这是我回沿城必需的车费。

拉肚子并不是一件很坏的事情，这样完全没有饥饿的感觉，只是四肢很软。我向不远的一个建筑工地走去。迎面又驶来几辆卡车，积水被车轮犁出一些波浪，挤到人行道上，很快又退下去。卡车远去了，在积水里留下一些飘浮的泡沫。

我想，在这个建筑工地上，我可以抬砖头、拌灰浆什么的。总之我得在公路开通前，挣一笔路费和生活费。

工头是个肥胖的家伙。腋下夹着黑色公文包，几乎与他本人一样肥胖。粗俗的手指上戴了好几只金戒指。那样子，就像我们在电影里见过的资本家。

我说："喂！"我尽量把自己表现得粗俗一点，"有活干吗？"

工头古怪一笑，露出了黄牙："这烦人的雨，再下下去我也得找活干了。"

见我没走，工头又说："走吧，走吧。你大腿还没我胳膊粗，能干什么活。"

我说："那可不一定。"

"去，去，去。"工头大声吼道："正烦着呢，别捣乱。滚。"奇怪的工头，竟然仰着头哭出声来。

我能做什么呢？城市里拉屎拉尿也要花钱。我只能躲开工头，绕到未竣工的大楼里，偷偷摸摸地解开裤带。

后来，在张贴广告的引导下，我打算去一家叫斯克纳的经济发展公司碰碰运气。

那是一间用蓝玻璃分隔出的小房间，坐在黑色大班桌后的女士，正用一支小圆锉不停地修理自己的指甲。女士说："时间就是金钱，先生，这个道理你懂吧！"

我回答说："那当然，本人获得过经济学学士学位。"

我当场后悔自己的回答，如果她要看我的学历证书，我不是要回沿城吗？

"那我们直截了当好了。"女士说，"在省里或市里，你都认识些什么重要人物？现在做生意都靠这个。"

“我是在外省读的大学。”我妄图搬出那所还算有点名气的大学。

清洁工从门外进来，她手里拿着吸尘器，说：“先生，可以把您的包放在地毯上吗？”话未说完，我的包已被她放在地毯上了。

“关系是最直接的生产力。”女士说，“相信这是任何一所大学教科书里没说过的。”

确实，我对经济的认识，一下子比任何时候都深刻。

“我们公司愿为任何一个人提供机会。”女士不停地晃动着小圆锉，仿佛她就是救世主，“如果先生非常自信的话，十天以后，可以来参加我们的应试答辩，我们会欢迎您的。”

我没想到那只丢人的包，竟在地毯上留下一片湿润的痕迹。

接下去的一整天，我一直坐在候车篷一个角落里，半闭着眼睛，软软地倚在三合板的墙上。除了这样老老实实地待着，我想不出要干点什么，或该干点什么。我努力地想，怎样才能回到沿城去。除非我像天使那样长出一对翅膀。懵懵懂懂中，我听见候车篷里的人们谈论着这场暴雨。他们说，这是百年不遇的暴雨，这座城市地势较低的地方几乎都被水淹没了。整个城市至少有二十多人死亡，更多的人无家可归。许多单位无法正常上班，但人们似乎更高兴留在家里。

我说不清自己是否睡着了。我竟然没有明显地感觉失眠。我忘掉了经济，忘掉了我曾读过的许多书，忘掉了平时纠缠着我的诸多事情，其中也包括阿紫。晚上，一个小孩蹲在我身边拉了一堆屎。我没法再坐下去，只有背着我那些破烂的东西站起来。那一瞬间，眼前一黑，我差点倒在地上。我扶住角铁架子站了一会儿，脑子晕晕沉沉的，全身无力。一整天没吃东西，肚子似乎也拉空了。我的样子一定糟糕透了。我突然想起，离车站不远的地方，躺着一个妇女，她怀里的手提包里装有一个小孩，她的头边还有半个盒饭。

我趔趔趄趄走到那个地方，就像一个醉汉，路上还休息了好几次。但那个妇女已被一床草席裹了起来，仍然放在积水里，提包和小孩已不知去向。最初那半个盒饭，已经换成了一个没吃过的。周围什么人也没有，可是盒饭里却汪了许多雨水。我靠在冬青树下，看着盒饭里泡胀的米粒发呆……

拿出阿紫送我的那块小红石，它红得就像一块火炭，烙得我心里难受。又像一滴血，使我感觉把握它的恐惧。我产生一个强烈的愿望：我要逃出这座城市。后来，我躺在岗亭下睡着了，这次我梦见了沿城清亮的灯光；梦见了博士后，他开始向我们讲授爱情，讲授欧内斯特·海明威。我还梦见了阿紫……

这次我真的没有失眠，因为我做了许多经典的梦，就像大师们的著作。

天快亮的时候，几辆满载军人的卡车从岗亭前驶过，他们搅碎了我的梦。军人们正唱一支雄壮有力的歌，身上濡湿的迷彩服沾满了泥浆。我的脚边是那只一次性泡沫塑料饭盒。

走到人行道上，再回头。那个被草席包裹的妇人已经不见了，她躺过的地方什么也没有。积水似乎也挥发掉了，地上好像还有几片新鲜的树叶。一切都消失得干干净净。

马路对面的公共汽车站台上，不多的一群人，正在殴打一个从电车上抓获的扒手。站台那里的每个人，都在拳打脚踢。尽管人不算太多，但你根本看不见被人群围困着的小偷。看见的只有一些攒动的身影和人头，或扬起来又落下去的手。打，叫你还偷。打，打死你。噼噼啪啪的捶打和叫骂，并未引来更多行人的围观。行人只是走自己的路，甚至连自行车刹车也不曾碰一下。

我一下子想起了那个商场的保安，还有那支警棍和它发出哒哒哒声响的绿色电光。

这时候我想要一支笔、墨汁和一张纸，但这一切我都没有。经过地下人行通道的楼梯口时，我俯身拾起一张纸板。那会儿，上锁的地下人行通道刚刚打开，地上还有些湿润。走出地下人行通道后，行人渐渐多起来。我坐在人行道上，从随身携带的包里拿出半支用剩的牙膏，在纸板上写了两行字：

交通中断，钱包被偷，
不能回家，可怜可怜我！

然后，我把纸板立在包上，双膝跪在地下。一些脚停留在纸板前。我听见一些声音在说话，但他们根本进入不了我的身体，我不知道他们都在说些什么。

我低着头。眼前一片模糊。头离地面越来越近了，越来越近。我几乎无法承受自己的重量。不知怎地，我眼前出现了那个躺在积水里被草席裹着的妇女。她的灵魂已经飞到天空中去了，如果灵魂也长一对眼睛，它会长久地注视着我。一开始我就犯了一个错误，我不该想阿紫，尽管这算不上多大的错误，但这却是所有失落的根源。小红石仍揣在我的手心里，我轻轻地松开手，它立即顺着我大腿外侧的裤缝掉到地上。

我突然想起，要看看城市的天空，但我没有抬头。太阳刚刚从那条狭窄的缝隙里钻出来，四周立即变得暖洋洋的，到处是晃眼的白光。我的怀里重叠着行人沉甸甸的影子。一个嗓门粗大的女人在说：“假的！这个骗子！”

我知道，我的身后是那双没有干透的皮鞋和我跪在地上浓郁的影子。

（原载《山花》1997年第3期）

1997年

谢 挺

杨花飞

一清早蒋老太太把孙子小杰送到学校门口，回来就把院里唯一的水管给占上了。老太太泡了五六盆衣服被子，洗啊涮啊，谁要用水都要同她打招呼。

“蒋奶奶，洗衣裳啊。”

“接水啊，接，接。”蒋老太太停下来。

“这个天气，洗衣裳。”打水的把水壶挂在龙头上与蒋老太太聊天，“这些毛毛，飞得——”

蒋老太太回过头，刚晾的衣服上有几朵白毛虫一样伏着，下面的湿地上也附上了一层，只有干的地界，那些杨花，兴奋地打着圈，像一群嬉戏的鸡仔。蒋老太太说就是，一朵杨花飞啊飞，停在她濡湿的手上，再被水一浸就没了踪影，“水性杨花，就是，水性杨花。”蒋老太太想起这个经典的比喻。三十年前，总有一个江苏的棉花匠来院子里弹棉花，那时候院子还很大，家家户户都把陈年的旧棉絮搬出来。棉花匠鼻子下罩着一块发乌的白布，他手里的弓一响，棉花就应声嘭嘭而动。那时候蒋老太太还是个俊俏的小媳妇，大伟还是个孩子，娘俩坐在门边的马扎上择香菜，和棉花匠咸一句淡一句地说笑。那些细碎的小棉花就是这样子，在地上团团滚动追逐而舞。有一年，棉花匠带来了他的棉花娘子，又过了一年，棉花娘子没有来，棉花娘子跟别人跑掉了。

蔡小慧被一只水桶落地的声音吵醒后，就没有再睡踏实，总感觉她婆婆会再往地上扔把茶壶什么的，老家伙干得出，没什么比这更让她来乐子的了，知道你夜里睡不好，爱失眠，知道你早上要多睡一会儿，老太太就这么存心。有了这层顾虑，蔡小慧也清醒一阵，糊涂一阵，醒来一睁眼看看表，似乎停了，其实不过眯了两分钟，蒙蒙眬眬的，蔡小慧又回到了牌桌边，庄家清一色报听，偏偏她和的牌从桌上掉了下去，一把没抓住，捡起来却变成白板。

院子里又传来动静了，除了老太婆吭哧吭哧洗衣服，好像还有人提水，听上去像是房客李老太太，也是个爱嚼舌头的家伙。

李老太太说："蒋老太太，洗衣裳啊。"

蒋老太太嗯了一声："接水啊？接，接。"

水壶咣地挂上龙头，壶底被水流冲出轰然声响。

李老太太说："这么多衣裳，怎么不用洗衣机洗啊？"

蒋老太太叹息一声："咱们哪有这么好的福气，洗衣机是人家的——昨儿个还歇得好吧？没吵着你们吧？"

"没有，没有，就是我们家小五的孩子口渴了，晚上闹着起来喝水，没什么的——"

"没有就好……"蔡小慧觉得自己不能再睡下去了，趿了拖鞋到窗子边用力把窗帘一拉，窗帘布唰的一声奔向墙角，很委屈地团成一堆。应该听到了，水池的声音顿了顿，明显地见小，只听见李老太太搭讪似的说："这天，飞这么多毛，飞得人心烦——"老太太提着壶回去了。蒋奶奶还在自言自语："水性杨花嘛，水性杨花……"

蔡小慧坐在那只掉了瓷的高脚痰盂上，一股腻重的气味被溅激起来，和屋里更腻重的霉味搅在一起。蔡小慧觉得眼皮又开始发重，她干脆就这么坐着，又把眼睛闭上了。

吭哧吭哧，吭哧吭哧……

昨天晚上她到朋友家里打牌，开始输得一塌糊涂，最后一捆三，又赢了个一塌糊涂，几乎不能罢手。打牌前就跟她婆婆说好给她留门的，可回来看见黑乎乎的一片，脚底深一脚浅一脚，蔡小慧心里就有些发虚，用钥匙开门果然开不开。她先还心平气和地敲门，声音中带着点胆怯，像一只啄木鸟。后来就大了，逐渐地理直气壮。本来嘛，说好的，老太婆却要她好看，那就看谁好看吧——蔡小慧已经开始敲门了，一下一下像擂鼓，是我——开门！蔡小慧听见她的声音像在一间敞开的礼堂里回荡，回应她的是远处一声凄厉的猫叫，紧接着屋顶黑乎乎地落下一个重物，又敏捷地在一串黑雾里逃出去。蔡小慧吓了一跳，背上的汗也冒出来。这时候她看见院里他们家一户房客屋里的灯亮了，再接着就是她婆婆窸窸窣窣出来开门。老太太故意问了一声才把门打开。

"你看看，你看看，都几点了，你还有理了——我还当闹贼呢。"

"我不是跟您说了，晚上玩牌晚上玩牌，您把门拴上，我还带什么钥匙——再说这屋子好像也没什么值得偷的。"蔡小慧进门拿起桌上一柄茶壶，粗粗地往嘴里灌了几口早已没味的茶水。

"不偷不偷，前院晒的被单不是才叫人摸了去。不是我说你——老这么赌，我看你那俩糟钱早晚得全栽在里头。”

“什么赌啊，不就是几个朋友坐一块聊聊，聊聊又怎么了，再说了，那糟钱也是我的糟钱，又不依谁，不靠谁。”

“还说呢，这电钱，这水钱都是谁按月一交，说话可得有良心。”

“懒得跟你吵了，你要瞧我娘俩不顺眼，明天我就和小杰搬回去住。”

“就会这一套，就会这一套，你要走没人留你，小杰可是这个家的孩子。”

蔡小慧摇摇头，笑着：“这个家，哪个家，我怎么没看见——”

又有几家的灯开了，没办法，他们都是老太婆的房客。

蔡小慧靠着门，冲着院里的灯痴痴地笑：“还是您老有福气，守着这片房，不用为俩糟钱操心，我呢，我男人死了留给我什么？”

“你——是扫帚星，谁家有你谁倒霉，倒大霉。”蒋老太太忍不住朝地上吐口水。吵起来都是高手，又都知道对手的痛处，如果小杰不醒，这架大概还得继续下去，没完没了，三日小吵，五日大吵，开场白一拉开，后面全是精品。但小杰醒了。

小杰从床上坐起来，被卷退到脚下，眼睛直愣愣的，很空洞很陌生地看着他母亲和奶奶，“小杰，醒了？”蔡小慧走到儿子床边，替他盖上脚，又把玩牌时吃剩的一包沙琪玛递到他眼前：“小杰吃块点心吧。”

小杰却拗着脖子，嘴里嘟囔着：“我都刷过牙了。”

“对，对，晚上吃甜食伤牙，那喝水吗？”小杰点点头，蔡小慧忙过去倒水，“小杰，妈妈晚上赢钱了，赢了好多好多钱，明天给你买梦龙吃。”

“有一方吗？”

“什么一方？”

“胡佳佳说一方就是一千元。”

“瞎说，哪有那么多。”

“那你说赢了好多。”

蒋老太太不愿媳妇在孙子面前殷勤，哼了一声，转身回屋去了。

蔡小慧的眼睛落到那包沙琪玛上，真有些饿了，它现在搁在一张方桌上，刚巧一道不知从哪儿折射过来的光落到上面，折射后的光显得有些单薄，也有些白净。

蔡小慧从袋里挑出一块小的，扔进嘴里很费劲地咬着，只过一夜，沙琪玛就硬得像块骨头，屋里没水，蔡小慧也不愿意穿这么点到外面去，只好干嚼，她拉开大衣柜，门后那扇穿衣柜里立即跳出一个睡眼惺忪的女人，头发蓬乱高耸着，两个腮帮子胀得圆鼓，蔡小慧愣了愣，尽管心里不接受，还是冲着自己做了个大鬼脸。

是有什么地方不一样了，蔡小慧扭着身子，左右摇摆，不停地检视。下眼睑的痕迹越来越重了，她妈就是个大眼袋，那是她的将来，早晚得奔那儿去。眼角的细纹也多了一两根，看来这麻将是不能打了，一熬夜，这灰的青的，全打在脸上。蔡小慧离镜子远了点，这样要好一些。有人问她多大，“二十六——七？哟，真看不出保养得还挺好。”但现在人都假了吧唧的谁知道是真是假。

蔡小慧把背心撩起来，这也是她不愿意看的，一看准伤心，怎么就这样呢？小腹那种顺溜平滑的感觉早不知是猴年马月的故事了。她用手压着，往下拉，再把那莫名其妙的起伏抚平，还有道疤痕，是生小杰时留下的，她这么吸气，用着力，但一松手，它们就跳回去，各归其位，赌气一样。渐渐地，升上来的是另一种感觉，像泉眼里冒出的细泡在她掌心下密集着，然后它们追逐她的手，她的手走到哪就跟到哪。镜子里，蔡小慧看到她的头后仰着，嘴也张开了。

蔡小慧的眼睛又落到了那袋沙琪玛上，尽管脑子里还会有刚才镜子里映出的那些可憎的起伏，还是从袋里取出一块，一块小的搁进嘴里。都是吃甜食吃的，可又不能不吃，她知道这时候老太太也不会预备什么给她当早点。

老太太给她做早点也就两回。一回还是她生小杰，另一回是她去一家公司干公关，一下子就给老太太带回一千块钱，冲这一千块钱老太太给她做了一星期的早点。一星期后，经理老白来找她，早点也跟着断了。那个是谁呀，你们经理，眼珠老翻眼白，跟个流氓似的，这是老太太对老白的评价。

老白该有小五十了，一脸褶子，猛看上去就像五十岁。新染黑的头发，也管老太太叫大妈。那天进院子，一问蔡小慧，白经理就被蒋老太太缠住了，盘问了半天。“是你妈啊？婆婆？我还以为你没出阁呢。”“你当我是什么，老姑娘，像吗？”蔡小慧反问道。明知他恭维自己不愿领情，她跟老白干了两个月，到了三次歌厅，吃了两回饭店的自助烧烤，也算见足了世面。老太太或许没看错，这老白是个流氓，又老又财迷，有一次下班路上，忽然想给她买衣服。蔡小慧起先不愿意，可老白说这是业务需要，等一进时装店又是他先反悔的。大概没想到衣裳都那么贵，转了半天左挑右挑没有买的意思，这时候蔡小慧不乐意了，“干吗？是你说要买的，这么转一圈算什么？”老白只好说：“我可没这意思，我是说到别处看看吧，可能还有好的。”“别别处了，就这件吧，我喜欢，别处兴许更贵呢。”那是一件坠感很强的套裙，花了老白八百多。

这天气穿裙子，可能早了点，不过街上穿裙子的人肯定有了，这方面轮不到她带头。蔡小慧到外面漱口，老太太停下来等她接水，眼睛落在她的新鞋上面。

“妈，你怎么不用洗衣机？这么多衣裳。”

老太太宿仇未消，不愿意搭理她。

吭哧吭哧，吭哧吭哧……

“那几度电费省也白省，累着自己才不值呢，再说，您要是病了小杰怎么办，我怎么办……”

吭哧吭哧，吭哧吭哧……

没有风，院子里茫然地舞着一群杨花，起起伏伏，像鹅毛，像大雪。蔡小慧开始刷牙了，她蹲在墙角，捏着一柄牙刷，在嘴里来回用力挖似的，眼睛却盯着一朵杨花，看它飞近自己，以为会在她身上落下来，谁知没等她躲，那杨花却一扭身，不肯就范一样先逃开了。

白天说好去见宝山的，谁知蔡小慧七歪八扭就拐到了广场上，说起来当初她决心嫁给大伟也是在这儿。广场中央有个很旧的主席台，从前群众集会，比如审判大会时才用一用，现在用得少了，更显出简陋。它的对面是市文化宫，文化宫旁有一片树林，树林边又有一排小吃店，是她和大伟原先经常去的地方，她闭着眼睛也能找到。

宝山、大伟那时候都只是她的朋友，是那种没有含义或含义一般的朋友。两个人都铆足了劲，比赛一样追她，给她们家修房、搬煤，当免费义务工。一个屋檐下干活，两人硬是不说话，都很卖力气，很有信心的样子，只等小慧作决定。蔡小慧不偏不倚，从不厚此薄彼，和大伟说笑一句，一定不忘了给宝山递一支烟。大伟长得好，话也多些；宝山黑，却很壮实，现在一想起宝山，还是他当时光着膀子给她家砌炉灶的模样，背上大颗的汗珠晶亮地挂着，像珠玉一样闪着光，使他的皮肤也瓷实得像一种橡胶。蔡小慧记得有一次忍不住拿毛巾替宝山擦了把汗，谁料宝山却一哆嗦，她看见宝山手臂上肌腱砰地跳出一线，带着他的乳头也跟着一跳，很清楚。打破平衡的是那顿饭，他们三个人在文化宫前吃的一顿饭。大伟当时是开关厂工人，一个月能挣到三十七块八毛五，已经算得上很富的富翁了。那顿饭自然是他出的钱，不长的一顿饭，宝山却一直没说话，菜没少吃，酒没少喝，却越来越丧气。他脸本来就黑，再一窝囊简直看不得，再看看大伟几乎不怎么动筷子，手指肚夹一支烟。谈笑风生的，新剪的分头，别提多精神了，要多有气质就多有气质……说起来，现在的人可能都不信了，这么一顿饭，她和大伟好上了。可谁会想到宝山会像发面一样发起来的呢，谁又能想到大伟会被车撞死呢，她自己也变成了个寡妇，寡妇门前是非多，婆婆于是天天跟她吵，天天吵，月月吵，年年吵，一晃就是八年。

蔡小慧在那家饭店前的一张沙滩椅上坐下，又从皮包里摸出一支摩尔烟点上，那也是昨晚上打牌剩下的。真不错，店还是原来那家老店，装饰一新，门口竖了几把遮阳伞。从这里看广场上的风景再合适不过了，没什么遮拦，都很清楚。树林里是一帮遛鸟或下棋的老头，广场上有几个放风筝的孩子，十几只不知来路的鸽子停在主席台的屋檐下，正沿着栏杆来回踱步。除了时不时飘浮过来的几朵杨花，几乎找不到有什么不好。

一个穿白衣的小姑娘走了过来，脸上化了很乡气的浓妆，一开口就知道是外地的："您，吃什么？"一本菜谱递到蔡小慧的面前，声音是喑哑的，很拘谨，像刚从床上起来。

"我——吃什么，谢谢，就坐坐。"蔡小慧咬了下舌头。

"我们这儿不能坐的。"

"不能坐，我不是坐着了吗？"女孩像受惯气的小媳妇，表情随时都在等着不期而遇的打击。"这样吧，我也不为难你，你给我上壶茶吧，要绿茶。"

"我们这儿也不卖茶的。"

这一来蔡小慧有些气了："什么道理啊，坐不行，上壶茶上不了，哪来的规矩——不跟你说了，叫你们老板来。"

女孩站在那儿想了一会儿，大概也猜不出老板来的后果，但还是走了，临走一把将上的菜谱抽了去，菜谱的塑料皮面在桌面上擦出一道尖利的声响，显出不小的脾气，蔡小慧想把她叫住，但又一想犯不着跟一个跑堂的动气，她听着那显然不低的高跟鞋的嗒嗒嗒走远了，干脆把椅子挪了挪，面朝广场很舒服地跷着腿。又有一朵杨花飞过她面前，蔡小慧长长地吐了口烟，把那朵意义不明的杨花吹开来。

离她不远的广场上有两个游客正在拍照，先是男的给女的拍，然后再换过来，他们选的背景是文化宫，这样就很难说会不会把蔡小慧拍进去。不过，蔡小慧想，就是拍进去大概也很模糊。男的戴了副眼镜，挥手让一个背着双肩包的女孩摆姿式。听不见他们在说什么。

有人过来了，是个年轻人，西服笔挺，走过来一双手按住桌面问她怎么回事："大姐，怎么回事儿？"听口音也不是这儿的。

"你是老板？"

"算吧。"

"难怪——"蔡小慧又重复了一遍，她看了一眼跟在后面的那个女孩才说，"我说这几天不来，这儿怎么规矩也变了——她说这儿不能坐，我说那上壶茶，总可以吧，连茶也上不了，这是什么规矩，来广场这么多游客，别人总不能都吃饭才来吧，你搞餐饮，怎么这一点商业头脑也没有……"

年轻人笑了，在蔡小慧对面的一张椅子上坐下来，"大姐别生气别生气——你去沏壶茶来，再带碟瓜子。"女孩听命走了。

"还真让您说中了，大姐，我接这个店也没多长时间……"

"我说呢。"蔡小慧还是朝着广场，那支摩尔烟燃掉了大半支，她扔在地上踩熄了。表情尽管还是那么漠然，可毕竟有什么因为她改变了，心情轻松了不少。

那个男的朝一踢球的小男孩走过去，该照合影了。可为什么这么大又这么多的手势？小男孩端起照相机，戴眼镜的男人跑回来和他的女孩并肩站着，他的一只手悄悄地伸到女孩的腰上，还是一样的背景，如果清楚，照片中会有她，还有这家商店，和这个老板，他们这么坐着，以后别人会怎么猜想他们俩……

“大姐——”

“别大姐，大姐，我有那么大吗？”

“啊，对不起，对不起，”年轻人双手举到额上，“小姐，小姐。”

蔡小慧笑了：“不为难你了，我姓蔡，你叫我蔡姐吧，怎么说我都比你大吧。”

“蔡姐，蔡姐。”

女孩把茶和瓜子端上来，总算懂事，带了两个杯子，但沏完茶离开时还是一甩手。

“来，喝茶——您笑什么？”

“你这儿的小姐……我看脾气架子倒比你大，让她们做老板算了。”

“就是，有时候挺难管，一说就哭，我还说呢，以后找个凶点的人来管她们。”

“那容易，你找个厉害的人做老婆不就行了。”

两人一起哈哈笑起来。

“抽烟吗？”

“不，我抽这个，那烟呛。”是最后一支了，年轻人替她点上。

那两人把相机放进包里，朝那边树林里走过去，边走边聊。男的还在比手势，上下舞动，然后是女的，和他一样。蔡小慧看明白了，她有些伤心，两个哑巴，他们平时和别人也这么说话？还有夜里，在床上，蔡小慧也想到了，他们怎么说呢，我爱你，怎么说？这对蔡小慧很重要。

“您在看什么？”年轻人也觉察了。

“那两个人，不会说话。”

年轻人扭头看，但“看”不出来，现在他们不说话了。

“挺可怜的。”

“是挺可怜，有一回我坐车，赶上高峰期，一个哑巴在车上忽然哇哇大叫，谁也不懂，以为他丢了钱包，后来没办法，找了张纸，写了才知道，他同伴先下车了。”

“蔡姐，”年轻人吐了口烟，把脑袋靠近些，“我想——求您件事，您现在在忙什么？”

“你要我帮你管那帮娇小姐。”

“聪明——”

“你可请不起我，再说了，我自己那一大摊子也够操心的了。实话告诉你吧，我也是搞餐饮的，我的店比你的大，可以摆七张桌子，但位置肯定不如你的好。不过，房子是自己的，房钱倒是省出来了。”

“那我们更应该多合作，多交流，蔡姐，你知道，我这个人其实挺笨的，也想不出什么好招，生意也只是维持——”

“你怎么不弄快餐呢，这个地方其实很合适，游客钱多，也怕宰，明码标价——”

“真的，真的，我其实也挺想搞盒饭的——”

“快餐和盒饭是两回事。像荣华鸡、肯德基那种，干的稀的都来点，成一套，以后就是你的招牌了……”

就在这家店，大伟也和她谈起过“合作”与“交流”，男人对她都是这个样子，低声下气地恳求，太多了，几乎个个都是这么回事，而她总是心软，再加上她也弄不清自己该做什么，或不该做什么。

宝山没在他的饭店里。是来过了，走了，还没来？蔡小慧又问了一句，服务小姐却不再搭理她，到邻座去招呼吃饭的客人。客人是她带进来的，两个哑巴，就是广场看到的那两位。有些奇怪，是不是？宝山的饭店紧挨着一个很有名的公园，蔡小慧在大门口见到他们从公园里出来。

他们正在聊天。男的把相机挂在脖子上，女的还是像在广场，背着那只双肩包，都把两只手腾出来，上下左右来回地比画。蔡小慧又想起她在广场边那张沙滩椅上产生的念头，他们怎么说呢，说我爱你，怎么说？这对她很重要。蔡小慧看到在一片很模糊的灯光下，男的用手说，我爱你，接着是女的，也用手说我爱你。这些话很单纯也很干净。

他们在宝山的饭店前，犹豫着要不要进去，宝山的饭店装饰得的确有些吓人，怎么看也不像可以吃牛肉面的地方。蔡小慧走上去，说不清为什么就想把他们留下来。她说：“吃饭啊，你们。”她还是说了话，说完才在他们疑惑的目光下比了个扒饭的姿势，然后蔡小慧指着饭店竖起她的大拇指。

一个漂亮的服务小姐迎上来：“你们几位？”

“两位。他们不会说话，你好好招待他们。宝山呢？”“老板不在。”小姐看看她，研究她的衣服和她的脸。

她又在看她了，两个哑巴点菜时，她的眼睛就偷空弯过来，飞快地扫过她，蔡小慧有些心烦，没有人理，也没有人给她上茶，如果有烟就好了，小姐拿着点好的菜单朝厨房走，她以为会给她沏茶，但没有，茶壶端到两个哑巴的桌上，然后小姐走到柜台翻盒带，翻完，她就垂手在那儿站着。蔡小慧只好自己要了，她喊：“小姐，有烟吗？摩尔烟。”“没有。”

“有什么？”“万宝路和希尔。”“那来包万宝路。”

万宝路和一只烟灰缸送了过来。小姐等她点燃烟并没有立即走开，大概在等她付钱，但蔡小慧没有，她扭过头朝窗外望着，太阳已经快下山了，阳光开始转成深黄并透出点血红的艳丽，穿过玻璃落到窗前那一块空空的餐桌上。外面起风了，杨花贴着玻璃像一群蝴蝶，又像一团大雪……录音机在放一首歌，怪了，翻来覆去都是那首《牵手》。反复听一首歌，会有一种永远不会天黑的感觉，时间在同一地方打转，但毕竟不同了，光线角度在变，屋里开始转暗。很安静，很安静，因为只有手在说话……宝山干什么去了？他的小姐又换人了，上回来还不是这个……

蔡小慧听到那一串摩托车气门鸣叫，就猜到是宝山回来了，心里一震，跟着便把手里的半截香烟掐灭了，正襟危坐在柜台上的那位小姐看着她。蔡小慧的举动只有女人最了解。很快宝山黑粗的身影就印在玻璃门上。

又胖了。宝山一手抱着他的头盔，另一只手提个食品袋，他朝蔡小慧一点头："来了。"

"什么呀？"

"大虾，刚到南门市场买的，挺便宜。"食品袋让那位笑眯眯的小姐接过去。

"那我可有口福了。"

"什么呀，这是专门给你买的，这么不领情？"

"去，我才不信。"蔡小慧靠在桌上，一只手支在下巴上打量着宝山，接着她拿起烟盒，弹出一支，架在盒盖上递过去。

"噢，抽烟啦——"

"你的烟，借花献佛吧——你可不能跟我要烟钱啊。"

"嗨，一包烟。"宝山坐下来时，服务小姐的茶也端了上来，又殷勤地问他要不要洗一把脸。

"来了多久了——"桌上有一小堆从卫生筷掰下来的木渣。

蔡小慧不搭理他，眼睛跟着服务小姐的背影："你这儿的小姐真势利，我不吃饭就不给我上茶，就像广场那家的乡下姑娘一样。"

"笨死了，换来换去，全笨，这次比哪回都笨——这鬼天，全是灰。你呢，你怎么样？还好吧？"

宝山用手扒了扒头发，然后他开始看她了，是那种有经验的男人的目光，她的手、衣服、胸脯，最后，它们才凝成一线，很温和地落进她眼睛里。蔡小慧又捡起一截木筷捏在手里玩："还说呢，也不去看看人家……老太婆是只认你的，别人去了，谁去她都要闹半天——"

"还吵？"宝山把手放下来。

"吵，怎么不吵。她没事，我也没事，闲着也是闲着——就数你嘴甜，哪回去不让她乐半天，怪了，你从前可是个闷葫芦，现在怎么这么能说？"

宝山抿着嘴笑，他的膝盖就在她旁边，谁要一动弹就会碰到一起。那是条正牌宝石蓝牛仔裤，绷得大腿像一截灌肠，到膝盖那儿忽然一转弯，有些发白。

"那谁——怎么没来？"

"谁？"膝盖动了动。

"老板娘啊，在家看孩子？难得在这儿看到她。"

"她也是闲不住，准在邻居家玩牌呢，一闲就手痒痒，才不会去管孩子，这会儿准把小强一人扔在家里看电视。"脚往回一缩，膝盖更突出了，溜圆。

"常芬手气挺好的吧，那回摸奖不是还摸到条毛毯。"

"什么呀，摸的钱买三条毛毯也足够了，不过，输吧，她那点小输赢我还赔得起。"

还是当年那个乌黑发亮的脊背，汗珠像岩壁上的泉水慢慢地渗下来，爬着爬着，小慧心里一阵阵的发麻，她手里的毛巾，犹豫着要不要落下去……蔡小慧伸了伸腿，碰着了，膝盖没有避的意思，但也没有迎合她，一动不动。

哑巴的菜上齐了。

"你昨天说什么？你要开饭馆？在哪儿开啊？"这是昨天电话里聊的内容。

"就我那屋，我想把北墙推了，可以吧，屋里怎么挤也可以摆八九张桌子，厨房放在院子里……"蔡小慧兴奋地构想。

"那你住哪儿？"

"晚上关门还不是可以睡。"

"你总得请人吧，他们住哪儿？"

蔡小慧显然没有料到，愣了愣，"……实在不行，我回我妈那儿住吧。"

"大伟他妈会答应啊？"

"管她，她还不是图钱嘛，有钱谁不高兴——宝山这回你可得帮帮我。"

"那当然，那当然。"

哑巴在喊人，那个男人，两只手上下比划着，服务小姐走过去，很茫然地盯着他。

"什么？"宝山也走过去含着笑很虚心的样子，那男的还是那个动作，两只手不停地在伸出的舌头旁往外做拉的姿势，不懂。宝山说："拿纸，让他写。"服务小姐拿纸去了。

宝山又笑着回来，说："这哑巴，也不知想要什么。"

蔡小慧喝了口茶，说："他说你的菜咸了。"

"你怎么知道？"

在菜单上留下的字果然是"咸，太咸"。服务小姐预备把菜送回去回锅，宝山说："你跟大毛讲，他再放那么多盐，我让他全吃了。"宝山又说："看不出来什么时候又精通哑语了。"

蔡小慧浅浅地一笑，不知道怎么答，宝山又在看她了，他的眼光一落到她身上，别的就不存在了，他的声音也极低，从《牵手》里穿出来，有些发闷，那个汗淋淋的脊背又浮了出来。

"我上辈子是个哑巴。"蔡小慧开了个玩笑，她顿了顿，心里却一酸，好像是真的。

宝山又笑了笑："那你再看看，他们在说什么，没说我的坏话吧？"

"女的说，叫你别在这儿吃你不听，男的说，难得来一次，也不知有没有下回。我瞎猜的啊——"

但好像也是真的。小慧和宝山都笑了。

“真可怜。”

“不过，哑语也挺好玩的，你想平时我们离得远点说话总得喊才能听得见，还不一定喊得出，但两个哑巴，隔多远，他们都可以聊。”

又有客人来了，进来两拨，饭厅里顿时热闹起来。到了太阳下山前的那段辉煌时刻，阳光反而亮了些，是一种金红色，落到桌面上幻出几道虚浮的重影，灯亮了，两种光源因为不调和，看什么都不真切。外面还在刮风，杨花还在飞，但那是视线之外，在感觉中飞着。又有客人，门开了，暗暗的身影飘进来，是常芬。

常芬虎着脸冲蔡小慧点点头，站到宝山跟前开始嚷：“你是干什么，祁宝山？！”

“怎么啦？”宝山笑着，对老婆同样的好脾气。

“怎么啦？我呼你，你干吗不理我？儿子拉稀你知不知道——一天都在忙什么跑进跑出，有一点正事没有，这日子你要不想过，趁早说……”

宝山低头查看一下腰间的呼机，笑着对常芬说：“我才进门，你呼我正在半道上。”

常芬被丈夫按在椅子上坐下来，先前那位小姐立即沏来壶新茶，后来的两拨客人也敛声屏息地看着，除了那对哑巴，他们在聊自己的事，别的声音也钻不进去。

“还好吧？”蔡小慧勉强笑了笑，问常芬。

“好，不给他气死就好了。”

宝山把手搭在老婆肩上，“气死？真过分，好像我是虐待狂——”他的手却被常芬推开，“去去去，少来，我可跟你说，儿子可是你的，你不管我也懒得管，他要拉——拉死他算了！”

“给他吃药没有？”知道儿子服了药，宝山做出一副坦然的样子，“吃过药不就行了，还能怎样？”

“你少没事人似的，今天当着小慧——小慧也不是外人，你可得说清楚了，别以为我什么都不知道。”

“什么呀？”

“那个姓柴的，柴什么丽的，别以为我不知道，是啊，你现在是抖了，好孬是小快活的经理了——你就长进点行不行，儿子都这么大了，你说这店你要管也行，哪天不是转一圈就跑了。”

两个哑巴吃完了，结完账，旁若无人地站起来，他们穿过被常芬声音覆盖的厅堂，走到门边，男的为女的拉开门。外面的风小点了，在他们开门的一瞬，几朵杨花钻了进来，在屋里轻轻地悬浮着。

“你辩也没用，别当我是傻瓜。现在你是老板了，也不想想当初的熊样，没有我你能有今天……”

女哑巴在风地里打了个喷嚏，可能一时拿不定主意去哪儿，男的说，去夜市转转吧，女的说，算了还是找辆车回去吧，我想回去了。

常芬在叫她。常芬说："小慧，别介意啊，老祁这家伙——你也不是什么外人，在这儿吃了饭再走吧，想吃什么跟他们说。"

蔡小慧笑了笑，说："当然，我到馆子空着肚子回去也说不过去啊。"

他们分手了，男的一辆车，女的一辆车，都站在车尾。离得很远了男的还在说我爱你。

女的，也是同他一样的手势。

蔡小慧向服务员小姐要来菜谱，菜谱是绒面烫金大红色，内页一翻就振作响动。蔡小慧一手捧着菜谱一手回弯点在自己下巴上："我说你写。"她对侍立在身后拿菜单的服务小姐说。她面前左边是常芬，右边是宝山，两个人一般的胖，一般的黑。

"先给上个茄盒吧，好久没吃了，你们这儿的茄盒做得真不错，再来个水煮肉——老麻烦你们，常芬你爱吃——香酥鸭？对了，也来一份。今天我请客，借你们的厨房借你们的灶。宝山，你刚买来的活虾，怎么做才好？"

蔡小慧这么说，然后无比端庄地看着他们。

[原载《北京文学》（精彩阅读）1997年第6期]

1998年

杨打铁

铁皮屋顶

发　现

我们溜进老校长家的院子，扒窗朝屋里看。炕上没有兔子啊！安武说，听你的话光上当。我刚才帮他家送一封信，确实看见炕上有四只小灰兔，急急忙忙地啃着一棵大白菜。把白菜心儿说成大白菜，应该不算撒谎。

老校长早就死了，他的夫人是个白头发的老太太。很多人都喜欢县一中，这所老学校有一座绿顶灰墙的老楼，一株最能打动人心的老榆树——倒不是因为它被人圈进了铁栅栏里。我们家就住在一中校园里，和老校长家同一栋平房，中间隔着好几户人家。从院子里出来，穿过两排大柳树，走几步路就是操场。

老校长有个沉默寡言的儿子，除了吃点东西整天睡大觉。本来他也在一中教书，“文化大革命”刚开始的时候，他被赶到四层楼的铁皮屋顶上劳动改造，摔下来就成了现在的样子。当时我爸也在楼顶上，他俩都是摘帽“右派”，一人拿着一把刷子，合用一小桶墨绿色的油漆，一起从坡面房顶的边缘往上刷。站在楼下往上看，这两个穿蓝衣服的人缩小了好几倍，几乎分不清谁是谁。他俩刷好了一片油漆，然后蹲起来慢慢地向房脊倒退……老校长的儿子出事后，有人来我们家调查，问他是自己跳下去的呢，还是不小心滑下去的。爸说我没看清，有几次我都差点滑下去了。以后老校长的儿子只管昏睡，工资照拿。爸则天天为他取牛奶，有时还帮他家买煤，劈柴。

老校长的夫人头发朝后梳得光溜溜的，拢到后脑勺绾个疙瘩鬏儿。我说她没准儿有一百岁了，眼睛又圆又亮，皮肤多白！看她的小嘴，吃东西还闭那么紧，胖嘟嘟的腮帮子一动一动的，像不像一只大兔子？安武就是安武。他说人怎么会像兔子，你又开始胡扯啦。老太太吃完一块糕点，擦擦手，掀开她儿子的被窝——四只小灰兔急急忙忙地窜出来，扑通扑通往炕下跳。

这下安武可傻了眼。我也没想到，小兔子竟藏在被窝里。

“不许动！”有人在背后喊。

“你是谁？”我一脚踩空，蹭破了膝盖。

“我是谁？我可能是一只蝙蝠。”说话的是个大男孩，长得挺白，笑嘻嘻的，晃悠悠的，好像他不想长那么高，却一点办法也没有。

“我们想学雷锋做好事，可是这家人不给开门。”安武真会撒谎。

“我认识你俩，你叫安武，她叫安文，安老师家的双胞胎。没错，我刚想到一个成语，如虎添翼。老虎长翅膀还了得！”

“老鼠长翅膀呢，厉害不厉害？”

“安文别跟他废话，好像他什么都懂！”

蝙蝠伸出手嘭嘭敲门，回过头问我们进不进去。我看安武那架势，就像已经把人家揍了一顿，准备撤退了，就悻悻地说不进去。

蝙蝠对我们说：“以后想学雷锋尽管来，最好带点青草和菜叶子什么的——喂兔子。”

我　们

我们家的小弟弟不会说话，才四个月，躺在炕上睡着了。安武问妈，能不能把兔子放进被窝跟他一块睡？妈说你这是哪来的馊主意，你跟兔子一块睡行吗？我咋咋呼呼地说老校长的夫人就这么做，四只小兔子哪，全在她儿子的被窝里！妈说兔子有股臊味，爱乱拉屎，太不卫生啦，那老太太真是越老越糊涂。

我们家有四个孩子，两男两女。也许是巧合，我们家总是养四只鸡。屋里的墙上贴着一张年画，画上不多不少也正好有四个小孩。这一年，年画上的四个农村小孩脸蛋通红，鼻子眼睛就像一个模子压出来的。画面上正下着雨，禾苗青青，小河里浪花翻腾，一个女教师撑着黄色的油纸伞护送他们过桥。而我家那四只来亨鸡，都长得白白净净的，每天一大早出门，不用人找，天傍黑自己会回家。如果房门关着，鸡就叨叨叨用尖嘴敲门：我们回来了，我们回来了。回家有半盆掺着碎菜叶的玉米面和一碗清水，不一会儿我就给它们准备好了。天黑下来，爸把鸡扣在一只藤筐里，看看天，担心要下雨，于是找出大洗衣盆扣在筐上。

老校长的夫人拿着手电筒上厕所，经过我们家门口时我爸正站在院子里抽烟。她跟他打招呼：“安老师，还没休息呢？”爸说：“赏月。”老太太从厕所回来又经过我们家门口，朝天上张望一眼说："今天这月亮——"爸紧接着说："朦胧。"

老太太的脑袋银光闪烁，缠过的小脚走路没一点声音。

每个人都会觉得，老校长家的人个个不同凡响。但也许是他家的那几只兔子，弄得我和安武心神不定。

一家六口睡在一铺大炕上，关上灯后，安武让爸帮他做一个兔笼，他打算养兔子。现在是春天，校园里长出了青草，等到放暑假，草就会疯了一样窜到操场上。安武倒没傻到去操场上放牧兔子的地步，他是想说服妈妈，守着一中的"大草场"，养兔子不用花一分钱。同样是吃草的动物，我说还不如养一只母山羊呢，咱们可以天天挤它的奶喝。这个想法固然不坏，但他们认为比不上吃兔子肉来得容易，再说了，他们对别人家没做的事没有一点把握，何况也不知道到哪去找羊。安武许愿，不但有兔肉吃，等到了冬天，我们都将躺在兔皮褥子上睡觉。我也不是等闲之辈，提出替换爸为老校长家取牛奶。妈打开灯，一边给小弟弟换尿布一边说，怎么回事？你们两个突然长大了吗？我说当然，咱们家现在只有两人糊里糊涂地过日子，那就是五岁的妹妹和小不点的弟弟。安武呵呵傻笑说，老校长的儿子相当于咱们的小弟弟，只会整天睡大觉。妈妈说你们别笑话别人，当初要是爸爸从房顶摔下来，这会儿我们还不知多悲惨哪。

一颗牙齿

几乎每天晚上，我刚闭上眼睛就有一队没穿衣服的人影出现了。他们一个接一个地走啊走啊，不知有多少人，也不知要去哪。他们就在我眼前，可又离我很远，除了白蒙蒙的影子，什么也看不清。有时他们好像是慢悠悠地走在高低起伏的山路上，有时又不像是人影，是人坐在火车上看到窗外快快闪过的电线杆子。有一次，我发现一队人影中的几个家伙走过去又回来了，感到非常吃惊，我怎么会认出他们几个呢？本来看上去都一模一样啊！后来还有让我更吃惊的事情发生了，白影子就像是一排牙齿，靠近中间的地方缺了一颗，明显地留下一个空儿。于是，这一排牙齿走过去又走回来，折腾了半天，干脆就站住不动了。他们想干什么？我不敢喘气，说不清自己藏身何处，却生怕被他们发觉。平时我们掉了牙齿，按老规矩应该把失落的牙齿捡起来，上牙扔到房顶上，下牙丢进阴沟里，这样做新生的牙才不会长错地方。假如这些白影子真是人嘴里的牙齿，那就好办了。你们不是丢了一个伙伴吗？我告诉他们，到房顶和阴沟里找去吧，要是找不着，我情愿拔下一颗牙送给你们。但这只是一个想法，我知道我和那些白影子不在一个现实里，根本无法对话。

白影子最初出现的时候，我吓得全身消失，只剩下一颗咚咚跳的心。没人能帮我，我身边的安武死了一样，连梦都不会做。慢慢地习惯了，我闭上眼睛就会想：白影又该来了。我并不喜欢这样，可是没办法。不过那些白影子也没啥害处，一会儿就把我晃得晕乎乎地睡着了。

蝙　蝠

安武挺佩服蝙蝠的，他亲眼所见，这家伙跑得飞快。一帮小流氓提着刀跟在他身后猛追，砖头瓦块嗖嗖地甩过去，可他一眨眼就没了影。后来蝙蝠告诉安武，他把那小流氓头子收拾了一通，这事才算完。

老校长的夫人是蝙蝠的姥姥，那个昏睡者就是他三舅。蝙蝠的爸妈离婚了，他妈是三中的教师，他们母子住在三中。他说他姥姥这样评价我爸："安老师很有学问，但不适合教书。"我爸说话带着挺重的南方口音，蝙蝠说他把门前放两个岗（哨），读成了门前放两个缸。安武听他这么一说才恍然大悟，怪不得邻居的小孩骂过我们：安大缸，安大缸！安武回家对我说起这事，我感觉就像好端端地被人砍了一刀，恨死了蝙蝠。

有一天蝙蝠来了，叫我们去操场拔草。我说不去，可是很快我就带着妹妹找他们去了。

一中操场在黄昏里，空旷得不说像草原，也像一大片庄稼地。草尖闪着金光，树叶簌簌发响。说是拔草，其实是连揪带掐，不要草根。我们专门选那种又扁又宽的草，蝙蝠说这种草兔子最爱吃。真正的蝙蝠绕着圈飞，好多只，飞来飞去天就黑了下来。我们脱下鞋，一只只地投向蝙蝠。以前不知听谁瞎编，说蝙蝠喜欢往鞋里钻，其实根本就不是这么回事。扔出的鞋惊得蝙蝠乱纷纷的，找鞋的时候人就像动物似的在草里爬，非常有意思。玩累了，我一边往脚上套鞋，一边忍不住哧哧笑着问蝙蝠："你为什么说自己可能是一只蝙蝠？"蝙蝠感到莫名其妙，他完全忘记他说过的话了，但他告诉我，他喜欢这种既不是老鼠也不是鸟的怪物，所有乱七八糟的东西他都喜欢。

"你们听说过'诈尸'没有？"他突然问。

"诈尸谁不知道？就是死人扑腾一下站起来，直愣愣地往前走，撞上什么东西就完了。"这是安武的回答。妹妹吓得哭了起来。

我补充一句说："人刚死的时候，小猫小狗或者别的动物闯到他跟前才会诈尸。"

"好极啦！你俩真聪明。现在，我得回家了，请帮忙把这些草送给我姥姥。安武不是要养兔子吗？我已经跟她说过了。"

我望着蝙蝠渐渐融入夜色的身影，灵机一动，对安武说，整天昏睡的人应该比死人更容易"诈"起来。安武想一想，觉得有道理，老校长的夫人把兔子放进她儿子的被窝，肯定有这个意思。太可怕了！我们把草扔在老校长家院子里，撒腿就跑。

白蝴蝶

我们家的院子不大，别人家也这样，都用密密匝匝的小榆树围起来，修剪整齐，不让它们长高。院子里种玉米和豆角，豆角蔓往玉米秆上爬。没人种牵牛花，它们自己长出来，缠住榆树不放，开着紫色、白色和粉红色的喇叭花。瓢虫的俗名叫花大姐，也喜欢榆树，贴在榆树叶上，像黄豆瓣那么大。依我看来，有些花布是照瓢虫身上的花色图案印成的，我妈就有一件黑底红点的衣服。

白蝴蝶多得要命，谁家花多就爱去谁家。白蝴蝶最喜欢韭菜花，只有老校长家有韭菜花，白蝴蝶就成群结队地飞去了。韭菜花和白蝴蝶，白花花的乱成一片，又繁忙又晃眼。我趴在老校长家的榆树墙上，把一根尖梢上拴着一只圆形小纸片的树枝伸进院子里，慢慢地摇晃，小纸片旋转跳跃，不一会儿引来一只又一只的白蝴蝶。我举着树枝，带领一串快乐的蝴蝶往家跑。提前跑回家的安武，等在大敞四开的门边，见我一冲进屋就赶紧关门。安武在外面问："多少只？"我捂着耳朵，生怕蝴蝶翅膀上的粉末使我变成聋子，眼睛巡睃着，数出七只蝴蝶，高兴得大喊大叫："别开门！"

轮到安武时，这家伙心太急，胳膊乱甩，逗不来几只蝴蝶。有时只带回那只疯狂旋转的小纸片，几只白蝴蝶跟着他飞到半路全溜了。我说没关系，你重新来，反正蝴蝶多得逗不完。

老校长家

因为到处找不到一块铁丝筛网，安武真正想要的一只兔笼就成了泡影。他和爸用砖头碎瓦搭了一座小小的房子，安上木栅门，先让四只鸡住了进去。

我每天早晨取三瓶牛奶，自己家一瓶，老校长家两瓶。我走进老校长家的院子，从窗台上取走两只空奶瓶，过一会儿回来放上两瓶牛奶。我来来回回出入老校长家的院子，顺便扒窗朝屋里看一眼。

这次我和安武一块去老校长家，到了门前我又唠叨说："她儿子最好别'诈'起来。"安武蛮有把握地说："那才有意思，咱们不就是想看热闹吗？"

四只大灰兔在屋地上玩，老太太让我们挑，说全拿走也行，她还有四只小的哪。安武说两只就够了，最好是一公一母，好下崽。老太太把两只未被选中的大兔子抱出屋，放进院子里的仓房，回来对我们说，别忙走，把鞋脱了上炕坐一会儿。她家的炕又低又大，占去整个房间的一半。她儿子睡在炕梢，那里有些昏暗，不想看就看不清，不过确实有一股浓浓的兔子臊味。被窝很平静，不可能藏着兔子，挺让人失望。

“你们可以跟他说话。”

“他听得见吗？”

“他的病会好吗？”

“他没病，就是贪睡。嘿，你醒醒，安老师家的双胞胎看你来了。你们跟他说话，他听得见，眼睛还一眨一眨的哪。”

他看上去就是睡着的样子，一点也不让人害怕。我不知道跟处于睡眠中的人怎么说话，何况还不知道他是不是在梦中的天上飞呢。“他做梦会飞！”我很吃惊，老太太说她儿子做梦会飞，好像怕我们不相信，又说：“我做梦也会飞，不过遇到危险才会飞。”我想起小弟弟还没出生的时候，我妈的肚皮上的小包不止一个，一会儿鼓起来一会儿缩回去。妈说那是胎儿的拳头和脚丫子。我不敢摸那小包，有点厌烦，甚至恶心，因为我觉得胎儿还不能算人，是怪物。同样，一个人要是睡着了，就跟进了在荒郊野外的坟墓差不多。这种地方，除了他自己，别人无法进去。即使你能进去，你见到的那个人肯定也不是平时的样子，也许跟人还不一样呢。安武却架不住老太太的鼓动，假惺惺地对他儿子说：“你醒醒，一中快开学了。”

“别让他教书了，”老太太说，“他早就烦了。”

老太太拿出点心盒子，里面只剩下一些点心渣子。她说明明有两块核桃酥的，见鬼了，跑哪去了？我恍恍惚惚地看见她儿子的眼睛动了动，好像还笑了一下。我说肯定是被人偷吃了。老太太找出一块包在手绢里的冰糖，刚要递给安武叫他砸碎，马上就反悔了，说算了吧，这块冰糖有年头了，还是那么甜，不信你们试一试。真恶心，这块冰糖不知让她舔了多少遍，我们可是没一点兴趣。

“你说他做梦会飞，”我问道，“是他告诉你的吗？”

老太太怔了怔：“是我说的吗？我怎么知道他会飞？”

我气蒙了，难道是我的脑筋出了毛病？刚才不是她亲口说的吗？不但她儿子会飞，她也会飞。我问安武，是不是？安武说她好像是说过。

老太太生气了：“唐诗三百首，你说哪一首我背不下来？”

这关唐诗什么事！有的人就是没治，说话不算数，做事糊弄人，都能把人的眼泪气出来。我说安武咱们走吧，回家去！

老太太脑袋一歪，瞪我一眼说：“你这个小姑娘，真会出精使怪。亏你俩是双胞胎，安武可要懂事多了，要我说都不像一个妈生的！”

正在这时，躺在炕梢的昏睡者开口说话了。

“没有人做梦不会飞，他要是以为自己不会飞，那是他记性不好。人类最初的时候，个个都是一只大鸟，在天上飞够了才落地成人。他们开始造房子，种田，做许多事情，忙忙碌碌地过起日子。当然还是鸟比人活得自由，轻松。人反悔也没用，反正是变不回去了。”

“不对吧，人不是猴子变的吗？”安武吃惊地说。

昏睡者也许是说梦话，或者是装睡，当他发觉自己露了馅，再也不吭声了。

“人类进化是个漫长的过程，当过一阵猴子也未尝不可。”老太太在一边帮腔说，“人忘不掉从前长着一对翅膀，所以做梦会飞起来。”

兔　子

我们抱回家的两只大兔子，不久就生下了一窝小兔子。小兔子长大了又生小兔子，以至于兔子多得喂不过来了。饿极了的兔子使劲钻洞，弃窝而逃。没逃走的兔子，有的被我们吃了，有的被别人偷去了。经我喂大的鸡命运也差不多，如果最终没被我们吃掉，那就是跑到别人家的饭桌上去了。有个叫二驴子的家伙，留级生，竟然在胡同口出售安武的兔子。大兔子一元，小兔子五毛，加起来七八只，断断续续卖到最后一只大的，半价处理给一个捡破烂的老太婆。捡破烂的人什么便宜都捡，有时还从人家晾衣绳捡东西。二驴子刚把兔子卖完，安武赶上前来，抡起棍子乱打一气。二驴子嗷嗷直叫，捡破烂的老太婆趁机拎起兔子溜走了。

“行啦，安武，别养兔子了。”我呵呵笑着劝告他，“你把兔子锁在仓房里吃烂土豆、烂白菜，多没意思！”

“傻瓜，又有一只母兔下崽子啦。你要是去看，大兔会把小兔吃掉的。”

“你才是傻瓜！生孩子又不是丢人现眼的事，母兔怎么会吃自己的孩子？它肯定是饿傻了，要不就是食物中毒，发疯了。”

“少跟我来这一套！我的兔子没有一只不比你聪明。”

安武只会说大话，到了冬天，兔子全都没影了，哪还有什么兔皮褥子。天那么冷，手都要冻掉了，我很想有一对刚出生的小兔子，把它们装在棉手套里。

早晨，老校长家的院子白雪覆盖，窗上结满了冰霜。昨天的牛奶还搁在窗台上，早冻住了。没有空奶瓶我怎么取牛奶？我回家对爸讲了，他就过去看。爸回来说老校长的夫人病得很重，发烧，想吃苹果。“冰天雪地的，但愿别出事。”他很担心。

冬天的好处是到处积雪，上学的路上有一段黑亮亮的冰面。我们瞄准目标，乍着胳膊，像燕子一样，紧跑几步，身体一扭——嗖地一下滑过去。那又厚又笨的单指棉手套根本不管用，手总焐不热，我对安武说，要是咱们把小兔子放进手套里，该有多么暖和啊！安武说，那你还不把兔子闷死了？你就是个爱胡思乱想的傻瓜。我们把手伸进棉袄，藏在那块连着棉裤的靶形肚兜里，贴着自己的热肚皮。没了胳膊，走起路来棉袄直往上蹿，怎么也走不快。

爸爸上街一个苹果也没买到，经他通知到来的人也没带来苹果。他们切了一片青萝卜给老太太，老太太舔几口，咂咂嘴，像一只可爱的大兔子，然后就咽气了。蝙蝠也来了。他妈妈长得挺漂亮的，冲那四只窝在他三舅——昏睡者脚边的小灰兔直皱眉头，吩咐他赶快弄走。我和安武跟蝙蝠一块去了仓房，里面又黑又冷，就是大兔子也会冻死。太可怜了，安武说，我把小兔子抱回家去吧。安武把四只小灰兔兜在衣襟里，兴冲冲地走了。

当屋里传来模模糊糊的哭声和说话声时，我发觉蝙蝠又长高了似的。他穿了一件式样老旧的黑呢大衣，松松垮垮，没系扣子，双手斜插在口袋里，往两边那么一抖，像是要张开大翅膀——我有点激动，真想跟他一块飞起来。

"你多大啦？"

"十二岁。"

"那你还不懂死亡是怎么回事。"

我想和他谈点别的事情，可一开口就说了谎，我说我做梦会飞。他说是吗，我不会飞。也许老太太的死让他有些悲伤，根本就没注意到我的存在，而是一个人站在那儿发呆。

老太太死后，那个昏睡者被人带到别处去了，房子空下来好长时间没人住。春天的时候，老校长家的院子里又长出了韭菜，不时有人进去采一把。韭菜开花的时候，白蝴蝶飞回来，可我和安武已经没兴趣逗它们了。我们碰见蝙蝠，他说他要去北大荒，回来找一只旧皮箱。蝙蝠还不到十六岁，他说过他上学比别人早，还跳过级。我问他，北大荒真是一大片荒地吗？当然。他一本正经地说，无边无际，净是野兔子。蝙蝠长得真帅，笑嘻嘻地跟我们胡扯了几句。有一天全城敲锣打鼓地欢送知识青年下乡上山，一辆接一辆的"大解放"拉着他们招摇过市，到了我也没看见蝙蝠。

在屋顶上

有一天听爸说老校长的儿子病情好转，可以出来走动了，只是变得沉默寡言。我开玩笑说，当他一觉醒来发现自己成了孤儿，肯定特别绝望。妈说不是这么回事，从前他就是一个性情孤僻的人。安武没头没脑地说，要不是他妈把兔子放进他的被窝，他早就长眠不醒了。爸妈问怎么回事，我和安武相视一笑，什么也没说。想起来可笑，我们小时候把一些事情弄得神神叨叨，傻乎乎的，讲给别人却一点意思也没有。

我和安武不在一个班，但几乎人人都知道我俩是双胞胎。我们这时才发现，原来一中操场并不大，上午全体师生做广播体操的时候，长长的队列简直要穿过两排大柳树排到我们家门口了。我的女同学，安武的男同学，每次做完操总有几个事儿多的要去我们家喝凉开水。那天，我们家照例涌进两拨同学，有人还没喝上水，忽听得外面有人喊叫：有人要跳楼啦！

一个人爬上了楼顶，穿着白衬衫，孤零零地坐在房脊上。人潮汹涌，校领导和一些教师站在楼下，以他们为最佳视角形成了上千人的观阵。一个领导双手搁在脸上，把嘴括起来，仰头冲楼顶上的人喊话。听不清他在喊什么，什么也听不清。高音喇叭唱着一支革命歌曲，唱到中间戛然而止，一个女人开始急切而严厉地呼喊："同学们，同学们，上课时间到了，上课时间到了。"就这么一句话反复念诵。人命关天，谁还听这一套，搞到最后，据说革委会主任传话叫她住嘴，喇叭也不许出声。现在换上了一只老式话筒，看不清拿在谁手里，声音一响，先把一个人的名字喊了出来。不会有错，楼顶上的那个人正是老校长的儿子。几乎没人见过老校长，听说他到法国留过学，常年穿一件竹布长衫，极其儒雅。他为一中写的校歌，早已失传。为什么不叫人上去接他？不行，别人一上去他一急就会往下跳。上体育课用的海绵垫子都搬出来了，铺在楼前估计他往下降落的地方。还有人抱来一些棉被和军大衣，以为铺上这些东西就保险了，也不想一想，万一他往后面跳呢。快看，人群忽悠一下浪一般地腾起——他站起来啦！他是不是想自杀？干吗偏得回一中自杀？可见他上次自杀未遂，昏睡了两三年，脑子还没转过弯来。关键时刻，解放军来了，围成一圈，扯开一张缀满一撮撮假草的大网。这下可好了，只要他不跳错地方。

他站起来，高瞻远瞩，好像有意漠视楼下的人群。还不到夏天，他穿着白衬衣，显得非常孤独。我想起从前那些模模糊糊的白影子，有一次它们如同一排牙齿少了一颗，这会儿看来是跑到楼顶上去了。在人们乱哄哄的声音里，我变得轻飘飘的，快要不存在了，只有脑子还算管用。我在幻想中产生了助人为乐式的冲动，闭上眼和嘴，纵身一跃，飞到了绿色的铁皮屋顶上。

太阳那么明亮，树芽刚刚吐出来，树好像蒙上了一层绿纱。人们脸庞模糊，黑发浮动，可惜都看不见我在哪。老校长的儿子说，你别管闲事，我才不想自杀呢，我只是没想好怎么活着才合适。可你跑到房顶上来思考这个问题，不觉得可笑吗？他生气地说，谁规定的这个问题不能拿到房顶上思考！我无话可说，感觉自己一开口就冒了傻气。我把数学和物理学得一塌糊涂，脑子好像还有点累坏了，容易飘忽不定，拿不定主意。当我有心用自己的头脑思索点什么时，只会一棵一棵地种下结不出果子的树。我在房顶上感到很压抑，心想还不如挤在人堆里看热闹，被人海淹没了好受些。但我又不想无功而返。我说你这么想下去，不一定有结果，咱们试一试，看看能不能飞起来？这个人仍旧有一股兔子臊味，对我来说就像一道难题。可我还是拉上他的手飞了起来，绕着满场密密匝匝黑头发的上空开始兜圈子。

我忽然感觉两条胳膊发酸，指尖也有点发麻，于是回到了情绪激动的人堆里。

结　束

每当老校长的儿子出现在一中大门口，看门老头儿就冲他破口大骂，不让他进来。有一次他溜了进来，孤鬼游魂一般进入老楼，正在上楼梯时被人截获。我爸下班回到家里说，大惊小怪，让他到楼顶上坐一坐有什么关系！人们不让他进一中，更不让他接近老楼，他倒也不在乎，没事一样默默地走了。

再后来听说蝙蝠死了，不明不白地葬身北大荒。

那时我和安武还有一年才高中毕业，却有点着急了。到时候都得当知青，多半是去本县乡下插队落户。没人愿意去，看看左邻右舍，有的倒霉蛋在乡下待了八年还没返城。想想又得和安武在一起，别说一个集体户，就是在一个公社都受不了，我说让我一个人去北大荒算了。安武越来越烦人，几乎变成了我的仇敌。我在家里心烦意乱，感觉生活就像穿着一件土里土气的老棉袄，一点也不值得让人当回事。每次我回家晚一点，他们就气呼呼地跟我过不去。爸冲我大发雷霆，妈在旁边东一榔头西一棒子地敲打，硬要逼我承认干了什么他们接受不了的事儿。现在几点了？爸把马蹄表举到我眼前叫喊，你好好看看，几点啦！我不但心烦，还觉得他们可怜，什么话也不想说。爸一扬手，马蹄表砰的一声摔到地上，炸开了花。

时间无敌，最终只有乱七八糟的零件撒了一地。

一间屋隔成了两间，我和妹妹睡在闷热的小黑屋里。我不回家她就睡不着，偷偷地哭泣，把枕头都哭湿了，以为我出什么事了。除了死亡和爱情，还有什么能算个事？我无非是和一个男生好上了，生生死死就想在一起。但在那个年代，我们都被洗过脑了，连自己都把这当成一桩耻辱和罪恶，整日担惊受怕，饱尝灵与肉搏杀撕裂之苦。

安武冲进我班教室，从门后操起一把拖把，把那个男生狠狠地抽了一顿。安武扫除了我的头一场爱情。到底是我沉不住气，没话找话似的说，我爱蝙蝠。安武不理我，我说我永远都爱蝙蝠。安武放下手里的《水稻栽培技术》，看看我说，那家伙挺怪，是吗？

老校长家搬进一个从农村下放回来的美术教师，那老光棍回一中无课可上，成了闲杂人员。他从乡下带回一大堆木头，堆在小院原来的韭菜地上。草一样的韭菜苗挤出木头缝，欣欣然生长起来。老光棍有一根心爱的树桩，日日夜夜倚着墙角躲在屋檐下，潮湿晦暗，浑身长满了黑木耳。他经常端着一瓢凉水，喝一口——噗的一声喷出去，喷到面前黑乎乎的一人多高的树桩上。

我真的给逗乐了，笑出了声，但又很不好意思。

我转过身，望向前方，透过两排大柳树的空档，看到操场上野草丛生。

[原载《北京文学》（精彩阅读）1998年第9期；
收入新夜郎文艺丛书《碎麦草》，贵州人民出版社，2004年6月；
《碎麦草》获第八届全国少数民族文学创作骏马奖]

1998年

赵朝龙

蓝色乌江

一

吃过晚饭，赵桥便拉着王孝去江湾里洗“农李民澡”。在绞滩站，人们把光着屁股下河洗澡叫作“农李民澡”。赵桥说穿着短裤背心洗澡不利索，他说江湾里僻静，光着把儿，不会碰上女人。

来到江湾里，赵桥脱了衣裤，光着屁股一头扎入了浑浊的江水。一年四季，乌江难得有几天清澈。时值盛夏，江水便格外的浑浊，让人觉得满江满河都是黄泥。王孝不想跟着赵桥下河泡浑水，便在湾边的一块岩石上坐下来，一边看江，一边欣赏赵桥在江水里时隐时现的肥实脊背。

夕阳在山，失去热力的太阳光在江面上顽强而固执地闪耀着，不愿过早走上对面的悬崖。在夕阳的侍弄下，本来就浑浊的江水显得更加浑黄，而且还罩上了一层蒙蒙的光晕。赵桥踩着浑水回头朝岸上的王孝做了个鬼脸，一个猛子扎入了江水里。望着那一江浑黄，王孝脑海里突然闪出一个恶毒的念头：赵桥，你龟孙子最好一辈子待在江水底下，让水蛇缠住，让暗礁压住，让黑鱼精咬断喉咙管和接种的把儿。

当时王孝被这个歹毒的念头吓坏了，眼睛盯住白沫回旋滚动咆哮着的江水。数年后，王孝明白，当时的他有了这个念头并不是居心险恶，而是预感到泡在江水里的这个肥胖得像头猪的家伙在暗算他，伤害他。那年王孝二十岁。二十八岁时，他明白了一切。只是太晚，一切都无法追悔了。赵桥，这个见了江水跟见了婆娘似的水鬼，光着屁股吊着把儿就一头扎进江水里去并不怕王孝心里诅咒他的“老乌江”，成为他前半身命运里的重要人物，雷公滩绞滩站的头儿，养河段的副头儿，是他一手暗中操纵了王孝的命运。

二

王孝的毕业论文是在雷公滩写的。他是从省航运学校分配来的。其实，那不是分配，他是来实习之后就没有回去。

那天，王孝在航道处报到后，就被安排在乌江养河段下设的雷公滩绞滩站实习。王孝是乘处里的生活船去的雷公滩，足足走了三天。第三天早晨，船进入一个荒无人烟的峡，船长说此峡名叫雷公峡，出了峡，就是雷公滩绞滩站。一进峡，江面就窄了许多。狭窄的江道，江水奔涌、咆哮，一团一团向前挤着，形成了无数的漩涡。船颠簸着，小心翼翼地向前，一步也不敢大意。峡的两岸，奇峰屹立，峭壁狰狞，峭壁和遮天蔽日的古松古柏，全都斜着硕壮的身子俯瞰着江面，像一个个恐惧的惊叹号。特别是观音崖下突兀着的老虎石，怪石嶙峋，更是让人望而生畏，不寒而栗。咆哮的江，幽深的峡，奇秀的峰，苍凉的岩和那些苍翠的古松古柏刺藤荆棘，全都在向一切到此的活物展示它的瑰丽和昭示前途的险恶。汽笛冲向岩壁，惊起几只乌鸦，哇哇怪叫着向直刺云天的峰峦飞去。那些排不上名次的小鸟，则成群结队在峡里漫无目的地瞎飞乱闯。被惊醒的野猪、野狼和岩豹，则发出长声、短声的嚎叫，似乎是和汽笛遥相呼应：这呼应在两岸的崖壁上产生了很大的效应，使整个峡谷都发出一种巨大的声浪，让人惊悸，让人震撼。太阳当顶时才望见一堵红崖下的绞滩站和那吊着红白信号牌的花杆，渺小而苍黄的石屋，隐现在一层薄雾之中，如一件埋了千年万年又经风雨剥蚀出土的文物。

王孝做梦也没有想到以后的几年，他就来往于这苍凉凶险的峡和那个古董般的绞滩站。

走下汽船，王孝的脑海里便变得一片花白，他盲目地跟着船长爬上一堵五六丈高的崖壁，崖壁上有用钻子凿出的脚墩，两边吊有钢丝绳，所以爬起来还不算太吃力。爬上崖壁，便是一条刺藤和枝杈篷成的羊肠小道。看得出，这道是人力砍出来的，地上还残留着不少的刺藤疙瘩，因少人走，那些疙瘩全都长起了一层绿毛，幽幽的，凉心。钻出刺藤篷，船长领着他走进一座红石头围成的院子，对一群忙乱的人喊：“赵桥，快来接人！”

没人回应。几个年轻力壮肤色黢黑的男人按住一头两百来斤重的正嚎叫着的猪。猪不驯服地乱蹬着蹄子。杀猪人端来凉水，一浇猪的脖子，冰冷地一激，猪仿佛清醒死的临近，奋力一搏，蹿出几人的手掌，拔蹄逃命。一个黑乎乎的胖子大骂，猪愤怒地朝他冲击，黑大汉一把揪住了猪的一只耳朵，翻手一拧，猪便摔倒了。

“娘的！人玩不过猪？都去都去，拔根卵毛吊花杆上头！”黑大汉双手一提，猪头担到膝盖上，蹄子弹起尘土。他极快地腾出右手，从屁股上拔出一把尖刀朝猪脖子用力送进去。有人怕他玩不住要来帮一手，刀已出来，紫黑的一股线朝那人射去，胸前绽开一朵大血花。黑大汉双手一提，猪软绵绵地倒向一边，吐出最后一口长气。

黑大汉双手交叉着在腋窝里擦了一把，歪头朝天叫嚷：“快脱毛！除坐槽墩猪头给李民留着外，一顿做光好给李民留下想头！他娘的！女人最会拖后腿，头发长见识短。”

黑大汉一路胡骂着朝王孝走过来，“你嘛，块儿不小！”他眼珠子像黑炭球，死死盯住王孝。

“我来实习。”

“实习？绞滩这活儿上绞台就会干……”

他埋下头看王孝的介绍信，连声说：“好，好。”

黑大汉就是赵桥。赵桥块头大，手像大山压顶一样拍着王孝的肩膀，眼珠发亮，说：“李民要调回古镇老家去，站上正张罗着欢送哩。这是第三个欢送会！李民是站上唯一的读书人，为治理雷公峡，丢了一条腿。正好你来了，欢送欢迎都有了。”

赵桥又拍着王孝的肩，开着玩笑说：“这回来了就不走啦！啊？”

晚上，赵桥摆起酒桌，每人跟前放上一只大土碗，喝酒。虽无什么山珍海味，可也够丰盛了。不知道，在这方圆几十里无人烟的峡谷里，能做到这点就很不简单。王孝望一眼满桌酒菜，颇有些感动。

不大会工夫，站上的人都到齐了，赵桥便逐一介绍：个头不高、相貌憨实的是赵山，胖硕无比的是信号工石帮——外号牛魔王，长着一张娃娃脸的是王占，病恹恹的黄脸汉是陈村，一脸络腮胡子的叫王顺——外号黑壳青，缺了一条腿的叫李民——外号浪里白条。

吃过夜饭，李民没有带上坐槽墩和猪头，他把坐槽墩和猪头留给了站上的弟兄们，只拎上自己那床盖得黑黝黝的棉被，跟着老船长，耷拉着脑袋，离开了绞滩站。

这一夜，也许是铺脏，也许是麦麦虫、蚊子叮咬，王孝一夜没有睡着。他躺在床上，不断地翻身，不断地叹气，他的眼前总是王萍的影子，总是与王萍分手的一幕。

那天晚上，校园笼罩在茉莉花香中，幽幽的清香使校园变得更加温馨。明朗的月光和苍白的路灯，隔着树影照下来，在地上涂了一层斑驳。他和王萍坐在校园边那棵古柏下，足足有十多分钟没说话。他们突然觉得陌生了。

王萍终于打破了沉静，说道：“我爸爸调上海工作了，他来信说他在上海一家轮船公司给我联系了工作，学校已决定把我分回上海了……”

他说：“祝贺你。我告诉你，寒假去乌江考察，我联系了养河段，段长说他发函来校点名要我。前几天，他还来信要我去他们那儿实习。”

他脸上有一种僵硬的感觉。他用诧异的眼光看她：你的愿望实现了，你不是说你做梦都想去上海吗？不过，我的志向你想不到吧？站在你面前的人不是弱者，你害怕去的绞滩站、信号台，他敢去！

王萍抓住他的手，像要撕碎他似的，“那你……为何不和我商量？你眼里没有我！你知道吗？我爸爸联系的是我们两人的工作。因为这样，我才向校长请求，坚决不留校。”她呆呆地望着天空朗朗的星，“我要去上海轮船总公司实习，让我再想想，再想想，好吗？”

望着王萍，他开始为自己的撒谎后悔。他并不知道王萍的父亲在上海给他联系工作，而消息出自王萍之口，一定可靠。想到实习后还要返校，他心里才宽慰了许多……

第二天，王孝在吃午饭时问赵桥站上的有关情况，赵桥告诉他说，绞滩站、信号台的责任说大可大，说小可小，活儿单纯，但就是不能离人。赵桥说，讨厌的是雷公滩、观音滩、和尚滩和雷公峡，各种招数用尽，也没有使它们变得温和。去年下半年，段里实行分段承包，站上负责管理三滩一峡五个信号台。段里要他彻底改造三滩一峡，还画了押，签了责任状，就一锤子买卖，改造好了都高兴，改造不好，那几百万就打了水漂，可就惨了。谁知，就在观音滩的炸滩工程即将开工时，李民的女人来了，生拉活拽把站上唯一的读书人拉走了。赵桥失去了一只得力的手臂。不过话说回来，当初承包时，赵桥是一举中的。要没金刚钻，也不敢揽这瓷器活。

赵桥讲到这里，续了支烟，狠狠吸了一口，噗一声把大团烟雾喷出来，烟雾立即把他胡子拉碴的脸淹没了。

吃罢了午饭，赵桥拍拍王孝的肩膀，说留他、王占和赵山守站，就带着站上的弟兄和民工去了观音滩。

船是很少来的，他们三人闲得无聊，便玩牌，狩猎，捕鱼，有时还站在江边对着奔腾的江声干嚎干吼，以打发日子。

谁知，一个月后，赵桥从观音滩回来，宣布王孝被分配到绞滩站，就任副站长。王孝望着瘦了一圈、两眼网满血丝的赵桥，低下头，接受了这个突然而又蹊跷的事实。

三

观音滩改造工程一结束，赵桥和王孝就来到了和尚滩。段里要他俩制定和尚滩的改造方案。段里决定：两年内，全面完成月亮滩至雷公峡五十里江道的改造计划。

和尚滩又名寡妇滩，是乌江上五大险滩之一，素有“和尚滩，男人难过滩，女人肝肠断”的说法，可见其凶险。那年，桃村的走江老把式田五爷放排，过和尚滩，硬是排散人亡，连尸体也没有捞到。

经过几天的仔细探测，赵桥和王孝做出了炸礁拓宽河床的决定，只有这样，才能让江流路过和尚滩时变得和缓。干完活，王孝神情专注地望着流淌呼啸的江水。夕阳在山，几只白鹭鸶贴着江面盘旋，呷呷聒噪。此时，赵桥从一礁石边冒出来，头发贴在“提兜堡”似的脑袋上，油光水亮，像从水底钻出来的水怪。

“抓好，网上有鱼。今天咱哥俩有口福哩！”

王孝攥紧网纲，白花花的水浪不断涌上岩石，溅湿了裤腿。赵桥单臂划水，尖声指挥王孝收网。这网是赵桥那次去处里开会，专程从思南县城带来的。每逢站上缺菜缺米或外出作业，这网就派上用场。网很重，王孝吃力地拖着。赵桥爬上岸，肥胖的身子朝下滴水，啪唧啪唧跑过来，抓住网一块儿拖。水面翻越着鱼的白肚皮，尾巴搅着水花。

“这鱼在水里劲好大！”赵桥恶狠狠地扣住鱼鳃，翻手甩在身后的水坝上，嘴里像六月的粪坑冒气泡，成串的脏话。

共收了十二条鱼。赵桥把网理开，晒在沙坝上，脱下红裤衩，屁股和那把儿丑陋无比，周身黑不溜秋，他两手从毛茸茸一团中捏住龟缩进去的把儿往外拉，又使劲向前挺小肚子，手掌撑住屁股蛋，憋红脸，终于一道焦黄斜射到沙地上，他两手捧了那焦黄往小肚子上抹。见王孝大笑，说：“笑什么笑？告诉你，这是秘方。唉，不过，要是有个女人来暖暖，那才快活，过瘾！”

赵桥蹲在江边洗了洗手，用刀剖鱼膛。鱼还活着，圆眼满是愤怒，拼命甩尾巴抽打猩猩爪子般的手。赵桥圆睁着眼球，血刀横嘴上，刀身垫起白牙，掏出血红的鱼内脏，看也不看使劲往江面上甩，水鸟一掠就叼走了。

王孝不由想起他杀猪的那一幕。

赵桥蹲在江边洗鱼，水浪涌过脚丫，抚摸两瓣屁股。他偏头对王孝说：“把我上衣口袋里的烟掏出来。会卷吗？”

烟在赵桥外翻的嘴唇间燃烧。他往鱼肚里抹盐和佐料，用水尸丫枝将鱼肚撑开，串到铁丝上，那鱼鳃还张合着。沙坝上支起一个三脚架，蓝烟淡淡上去，不见火苗，鱼身嗞嗞响起来，油珠外冒。王孝口内生津，忘了一天探测的劳累，啧着嘴，滚着喉结咽下去。

两人都在沙坝里，盘好脚。赵桥把烤熟的鱼放在中间。几只水鸟怀着贪婪和野心绕着他们头顶飞，赵桥晃着刀子骂：“找死啊？想死就来吃！”

赵桥大腿边有个大黄帆布包，也有了些年月，帆布包全都泛了白。外出作业，赵桥总是要带上包，他说包大装东西多，可以多备几天粮食，赵桥从包里掏出大壶，拧开盖，江风吹散了酒香。王孝没喝过酒，就是李民走的那天他也没有端过酒碗，这时也馋酒了。赵桥一口朝鱼脊啃去，雪白的肉翻开，王孝也学赵桥的吃法。水壶递给王孝，咽下鱼肉，王孝闭着咕咚了一大口。

赵桥眼儿怔着，说：“可以，蛮可以啊！江道上人不喝酒是孬种！”

太阳像一个燃烧着的火球，从山崖上跌了下去。天空泛起了晚霞，缤纷得像着了火似的，把江道映得一派金黄。

赵桥跟王孝比武似的，吹冲锋号那样仰起脖子，喉结挑起很薄的黑褐色皮肤，上下滑动。嘴角上酒珠子跌下来，落膝盖上，浑圆的眼珠鬼亮，如酒精汇集到那儿，燃烧着。

酒壶又递过来。

王孝抱住酒壶，并不忙着去喝。胃里翻起滚烫的热流，很快热到脖子。和尚滩金黄的晚霞、连绵的浪花和咆哮的涛声忽然令他激动，想哭，想笑，想大呼大叫，想爬起来脱光衣服裤子来点儿什么，心里从来没有这样快活过。绞滩站、信号台、观音滩炸礁数月的生活里，他饮下了一杯五味酒。抬头看江，头顶一线天，鬼哭狼嚎的涛声，干巴巴的纤夫号子，汽船过滩后的长鸣，放浮筒，圈阴阳窝，绞滩，挂通航、停航指示牌，炸礁，喝酒，划拳，对着崖壁骂娘，去江边沙坝敲击鹅卵石，赤身裸体让麦麦虫和蚊子叮咬自己的肌肤……这些生活板着铁似的面孔告诉他：一个男子汉不在伟岸的躯体，不在板一副冰冷的面孔，不在你向女孩子讲几句愤世嫉俗的话，而在内心的坚强。他捂在被窝里哭过，他跑到观音崖去骂老天爷，而后便跑到沙坝敲击鹅卵石，一边敲一边鬼哭狼嚎。不过，尽管心里闷得慌，他也没有学黑壳青和牛魔王他们脱光了衣服裤子对着船上的人拍大腿，拧把儿。黑壳青、牛魔王都说那才过瘾。想起校园边的那片松柏林，他几次拿起笔想给王萍写信，竟把泪水滴到空白的信笺上。想给他的老师和几位在省城工作的同学写信，编了一肚子谎话，说他书读得少，现在工作起来费劲。无非是向他们暗示他这里的恶劣环境和想离开的想法……他终于没有做这些让自己今后想起来就会不安的事。观音滩工程结束时，他们站被处里评为先进集体，他被评为全处先进个人，处长又把和尚滩工程交给赵桥和他，并要他亲自勘探，亲自设计，做出作业方案。

王孝目光追逐着奔腾的江流，随它们去水天相连的地方。他想起一个梦，一片碧绿的草地，有位村姑打扮的少女，眼睛里流动着对他火一般的痴情。他看见梦中的自己，一脸黑须飘飘，手提酒葫芦，背后是苍黄的石屋、峭壁、山林，眼前是花杆、信号牌、浮筒，头顶是一轮硕大的落日，好一副落魄的形象……王孝不禁笑起来。

“笑什么笑？”

赵桥满脸通红，眼窝里和鼻头上布了一层细密的汗珠，嘴唇忙碌地咀嚼，鲜红的舌头进进出出，送出串串鱼骨。他吃鱼的速度惊人，根本不用手，像表演给王孝看，左嘴角进右嘴角出。王孝只得两手并用，出嘴却是一团稀烂。

赵桥说，他为了这套吃鱼的本领，跟老站长学了足足半年。赵桥吃完第七条鱼就停止了，他抽了口烟，开始谝起来。

赵桥说他老家在乌江上游的石头镇，从曾祖父那辈开始，就靠走船放排为生。石头镇边上有棵大枫树，村人称为神树，有好几百岁了。石头镇人每次出道——走船放排，都要到神树下焚香化纸，求神树保佑平安。尽管如此，他的曾祖父、祖父、父亲仍然撞了滩。他是他娘屎一把尿一把拉扯大的。他爹撞滩那年，他十二岁，那天，他跪在爹坟前暗暗发誓，长大以后一定要改造乌江道上那些吃人的滩滩，让那些走船放排的人不再像父辈们那样撞滩。十八岁那年，他当兵去了云南，在者阴山战斗中立了二等功，转业后他被安排在航道处开小车，后来又主动要求去了最险要、最荒芜的雷公滩绞滩站。赵桥讲这段历史时很自豪，一脸孩子气。

“打者阴山那日子挺险，又挺苦，我不怕！我吃惯了苦，冒惯了险。农民怎么啦，一样长着吃饭的家伙，裆里一样吊着把儿，跟谁两样？我就要好好干，入党，提干，穿四个兜，回家讨好看的女人。你甭笑，我那会就这么想，又不是什么坏想头。投弹全连我第一，射击全连我第一，可就是入不了党，提不了干！连长说我这张嘴好胡说。这也算毛病？嘿，人这嘴除了吃饭就不说话么，光说正儿八经话哪有那么多？说些过后就忘的话打什么紧？连长说不行，什么时候改了才能考虑。我这毛病是娘胎里带来的，入党提干这辈子怕是没指望了。一次战斗中，连里居然批准我入了党，还提我当了班长。”

“那股越军人不多，你打，他们就逃进山，钻进洞里，一撤，他们又溜出来。家伙们个人技术好，枪头子准。”

赵桥嘴角堆上白沫，烟头火星不断下落，白的确良衬衣又添了不少新洞洞。

“我们把他们围在山谷里，天下着大雨，他们隐藏得很好。营长让我们连组成十二人巡逻队去走一趟，吸引他们暴露火力。明摆着这十二人是送死。我打头报名。连长认为我个人军事技术好，让我当班长带队，让我们写了简单的遗书。我走排头。那雨淅淅沥沥地下……”

“害怕了？”

“当兵能怕死？我给连长说，我别无所求，死后组织上追认我！连长红着眼圈说，放心去，千方百计回来！活了死了都批准你。我挎着冲锋枪一路趟过去。猛地，发现一双惊恐的眼睛，他们就趴在离我们不远的地方，身上盖着树枝，枪口黑洞洞的，全瞄准我们十二个哩！这时我咬牙对自己说，沉住气，咋说也不能把十二条人命白丢了。咱十二个全是好汉子。目光正对头前方，昂首挺胸啥也没看见一样趟过去。他们也是好样的，全都一动不动。跑出二百米，我们才一起卧倒，用步话机指示越军位置。包围圈缩小，几炮一砸，他们方知上当，乱逃乱窜。咱们轻重火力一齐开火，一家伙连锅端！”

“入了吗？”

赵桥拍着胸膛说：“出生入死啊！还用说？那一仗团里还给我记了个二等功。不久，又提我当了个副排长。”

头蒙蒙的有点沉了，心里却很快活，王孝侧身歪着，手支着头，眼睛斜视着很得意的赵桥，心里想：这龟儿还真让人看不出，在部队居然立了二等功。

赵桥抽了口烟，吐出一串烟圈，说：“你应该入党。王顺、石帮、陈村他们都写了入党申请书。”

王孝微笑着不答。

“像你这样有文化懂技术的家伙应该向组织靠拢。你写申请，我做你的入党介绍人。”

王孝把鱼头甩进江里：“这也强迫命令？”

赵桥鼻子哼了一声：“你怎么这样说话？我知道，你父亲是老船工，老革命，曾帮游击队运过枪支弹药，他支持你来绞滩站，你不向组织靠拢，你对得起他老人家……”

见赵桥提起爹，王孝没有再说话，只是埋着头，一个劲地吃鱼。

四

王孝的家在掌溪镇，与赵桥的老家相隔二百多里，五柱四瓜的木房，石砌的墙和鸦猫刺围着的小院。尽管岁月将老屋、小院、石墙的外壳剥蚀得丑陋，但厚实的青瓦，方正的柱子，一色的杉木装板，造型别致的吊脚楼，雕刻着龙凤的院门，依然让人感到它当年的气派。屋前是清水河，它是乌江的一条干流，河岸是山尖石和钓鱼台，还有水碾。清代一位诗人曾留下“山尖石上论古今，洗衣洗澡乐安然”“白日碾太阳，夜晚枕月亮”的诗句。屋后是一片斑竹林和松树林，青翠而挺拔，地上铺着一层绿毯似的铁线草和地梭罗，软软的，柔柔的，躺在上面，只感到全身心的舒适爽心。小镇上的娃儿们总是从河里爬起来，就光着身子跑到竹林里做家家，睡草地，晾晒肚脐眼。

王孝的童年就是在斑竹林里度过的。

王孝十五岁那年，父亲从县里调回掌溪镇，他两脚严重关节炎，回到掌溪镇当副镇长，老头天天不高兴，一脸瘦皮下坠，脸更长，那双眼睛看什么都不顺眼。镇里分他家两室一厅，他推了。镇里用吉普车送他回家，下了车他又回镇里再步行回来。他把那个副镇长头衔说得一无是处，骂县长搞他名堂。他骨瘦的手指夹着纸烟，说够了，眼光落在王孝身上，终于发现了可抨击的对象，让人不舒服的笑在瘦脸上荡开。他问：“王孝，多高啦？”

“一米六五。”

他点头，吸了口烟，他说：“我十五岁那年从地主屋子里逃出来参加了游击队，扛枪干了革命。为了革命，后来又去当船工。1949年后回家，你爷爷奶奶的坟上长满了荒草……”

他的脸有点黯然，是对岁月流逝的黯然。王孝想父亲头一回把他当大人看，讲一些他的往事，那样夸耀他一生的不平凡。而一瞬息后，冷嘲又回到他脸上。

“十五岁该成个男子汉啦。除了个头跟我那时差不多，你太安逸太舒服，好日子会把人宠坏。天天吃三大碗白米饭，坐竹林里像个大肚子蛐蛐——我真不愿意拿我的十五岁和你的十五岁交换！”

王孝肚子真憋成个大肚子蛐蛐，眼睛直冒火。父亲背着手踱步，竟要他去一个村里落户，包上几十亩荒山干干，或许这一生还有救……

王孝故意歪着嘴，说：“爸爸，你为何不辞了副镇长，去一个村子承包荒山？”

父亲敏捷地赏了王孝一耳光。王孝暗自吃惊，父亲的手竟这么有力。这一耳光，让他的耳朵嗡嗡地鸣响了五个星期!

赵桥不知道这些。他知道的是王孝的父亲哪年革命，历任什么职务。王孝的父亲支持王孝来绞滩站，也是他的推测。奇怪的是他怎么会知道王孝写进档案里的父亲。

“我知道。全知道。还有……”

赵桥自作聪明地不说了，狡猾地闪着小眼睛，一转话题：“入党不入党讲个自由，对吧？不过咱俩是好兄弟，有缘分，在绞滩站，就讲个兄弟缘分。赶明儿个我当处长，你当生产科科长，把咱处调理个金牌来。”

“你是站长，离处长还有两个台阶哩。”

“我说赶明儿嘛。”

“你龟儿子有野心！”

赵桥爬起来：“这不叫野心，这叫追求。人活着总该有个追求对吧？”

赵桥伸手拍王孝的肩膀，王孝一推，不料赵桥脚上缠着水壶带子，跌倒在地。

赵桥慢慢爬起来，一猫脚，狐狸一样溜上来，一个大背包，把王孝从他肩上飞出去，跌在沙滩上。他嘎嘎地大笑，拉王孝起来。

“好久不用，手怪痒痒的，没摔疼吧？”

王孝和赵桥从和尚滩回来，就忙于起草改造方案报告，接着，他俩又忙于购置物资。就绪后，留下王占和赵山守站，便带着工程队开往和尚滩。赵桥把观音洞作为临时指挥部，他和王孝住指挥部内，把洞里的两尊木雕观世音请到洞外，占据了香案，作为床铺。王孝则在洞门口的磕头石上安下了窝。王顺、石帮、陈村几个和民工队在崖脚支起三个大帐篷，做饭的女子付凤仙住中央的帐篷，民工队和王顺、石帮、陈村等分住在左右两边帐篷里。

五

天光放亮的时候，陈村就窸窸窣窣地从铺上爬起来。他每天都起得早，趁大伙起床的当儿，清理好各种工具。

陈村穿衣服的时候，穿着穿着就停住了，他借着晨光看到了这样一幅场景：睡在对面的石帮身上盖着破被单，破被单上到处是枪子儿打了似的大窟窿，石帮的那东西，就硬绷绷地从一个洞里钻出来朝天竖立着。

陈村的神情亢奋起来了，用手挨个儿推睡着的人。

“王顺，起，起来……”

大伙终于被闹醒了，一个个睡眼蒙眬地问陈村发生了什么事情。

“看，看，石帮的把儿……”

陈村口齿不清但情绪激奋地说。

汉子们来了精神，一个个探起了头，接着帐篷里就响起了一阵哄笑。

“石帮，你把儿现天了。”

“石帮，把儿在向你要肉吃哩！”

石帮虽说瞌睡重，但也经不起这样闹腾。他醒了，当明白发生了什么事情时，羞得一把扯过单被盖住把儿后，就朝陈村吼骂道：“陈村，老子今晚要去搞你老娘！”

陈村见石帮发火了，就收住傻笑，颠颠地出了帐篷。

这天早上，石帮的情绪坏极了，破例没有下江，独自一人坐在远处的一块岩石上望着天上的太阳生闷气。

俗话说，打人不打脸，骂人不揭短。石帮至今是个没有娶上婆娘的老光棍，这个热闹就凑得有点打人打脸、骂人揭短之嫌了。

作为一个三十五岁的光棍汉，石帮比任何人都想婆娘，想得心里起火泡，想得嘴上起血痂。

其实，在绞滩站那个清一色的男人世界，谁又不想女人？包括赵桥和王孝。

傍晚，帐篷里热得发闷，蚊虫、麦麦虫肆意横行，没法睡觉。在江水里泡了一天的汉子们没一个钻进帐篷，全赤着上身坐在河沙坝里闲谝胡聊。

陈村正在侍弄他的半导体收音机，又是摇又是拍的，捣鼓了半天，那里面还是一片蚊子叫似的吱吱嗡嗡声。陈村念过小学，闲下来爱听个收音机。

王顺从火房里弄来一盆热水，正哗啦啦地擦洗身子。工程队里，就王顺喜欢用热水洗身子。王顺说身子泡了一天浑浊的江水，用热水擦洗，不但爽心，还能护肤。坐在他旁边岩石上的石帮乜一眼王顺说：“洗个卵来，再洗你吃奶的鸡儿也不会明白。”

“咋了？它正在想吃奶哩！”王顺淫邪地笑着说。

大家一阵哄笑。

正说笑着，付凤仙出来倒水。王顺就喊：“凤仙的奶头黑不黑？”

传来付凤仙的一串尖声叫骂。又是一阵哄笑。

“她呀，是瞎奶，喂不成崽。”石帮说。

“去，你看见了？”陈村把吱吱叫的收音机从耳朵旁拿开，没好气地顶了他一句。

“付凤仙右奶没碉堡，不信打赌！”石帮口气挺冲。

“赌就赌！”陈村吐字有声。

此时，吃过晚饭的民工们凑了上来，把石帮、王顺、陈村三人围在中央。

“赌啥？”石帮也上了劲。

“当真，我砸门牙。”

“不真，我砸手表！”石帮扶了下腕上的手表。

“一言为定！”大伙全起哄。江上的汉子顶爱凑这种热闹。

石帮像是故意拿板，一扭身反而蹲在沙坝上，瞥了一眼陈村，只顾抽他的叶子烟。

“说不上了吗？哈，你输了，砸表！”陈村伸手去撸他手腕上的表。

“慢着！”石帮一巴掌推了陈村一个趔趄，一字一板地说：“老子今天不说个子丑寅卯，你还不晓得关帝爷使的是大刀。”他摔掉叶子烟，得意地讲开了，“那是在观音滩的时候，有回我去灶里舀热水，付凤仙在灶前蹲着烧火，她勾着身子，脖领子敞着。我就顺着眼瞥了那么一下。嘿，那两座山凸得显显的……”

“我说你龟儿长了双贼眼，就看女人的阴处。”王顺啧啧道。

“老子掏了底，你砸不砸门牙？”

“嘿嘿……”陈村没了底气，窘迫地说，“我说着玩。”

“呸！”石帮吐一口唾沫，“大人无儿戏。你还算是长把儿的！”想到陈村早上的行为，石帮劈手夺了陈村的收音机，“不敲一颗门牙，就砸了它！”

陈村舍不得他的收音机，可怜巴巴地望着大伙。沙坝里的汉子们这会儿都知道，赌到这个份上，就得动真格，所以没人出来说情。陈村孤立无援，被石帮逼不过，狠狠地拾起块鹅卵石，“啪”地朝门牙磕了一下，嘬一下嘴，吐出一口血沫子。

付凤仙端盆去江里打水，见了陈村嘴上的血，“哟”了一声说：“咋个碰的？走，我给你舀水漱漱口。”石帮逮了个空，朝她屁股上捏了一把。

“色鬼！”付凤仙狠狠地骂道，“明天下江淹死！”

汉子们开心地笑了，石帮更是得意，话越说越不堪入耳。

王孝和赵桥从观音洞出来，本想去下河湾打鱼，为大伙改善明天伙食，走到沙坝，见此情景，赵桥不禁怒火中烧，扔下网，上前拽住石帮，对着裆里就是一脚。赵桥这一脚，使石帮尿了一个星期的血。

王孝上前拉住赵桥，说："算了，弟兄们只是说说而已。江上的日子苦，难熬，就让他们穷开心吧！"

赵桥想想也是，便消了气，拾起网，和王孝去了下河湾。

不过，在工程队，吵要吵，闹要闹，滩要炸，江要改造。日子就在这吵吵闹闹中打发了。

那些日子，在轰隆隆的炮声中，王孝也就学会了吵，学会了闹，学会了谈论女人。

六

当年冬里，和尚滩改变了脾性，变得和蔼温柔了。

当时，王孝在P县住院疗伤，他的腿伤是救赵桥而落下的。他打开电视，从电视里得知了和尚滩改造工程竣工的消息。他抑制不住内心的激动，这是他毕业后亲自勘探、亲自设计的改造乌江的第一个工程啊！他拄着拐杖，走出病房，在病房外的坝子里慢慢地走。

天空下着雪，纷纷扬扬的雪花把大地抹了个白。望着飘飞的雪花，王孝想起了王萍。她怎么样了？到上海后一切都好吧？雪天的景象在他的眼里消失了，他的眼前出现了航运学校那片苍翠的松柏林。王萍学着他的样子在一根斜伸的树干上刻下一道痕，又用叶子覆盖好，他们选那根树干，因为它年轻，通身光滑，可以长久地默默地为他们的爱情作证。唉，时间过去了许多，他和王萍竟不通音讯天各一方了。这是为什么？难道这就是赵桥常说的缘分？

一辆出租车从住院部门口的柏油路上驶过，在前边的小十字路口停住，下来一个人，从围着的红围巾，王孝辨别出是个女人。她待小车走后，迈开脚步向江边码头走去。王孝目送她走远，心里一惊，那女人走路的姿态，不紧不慢，脚有点向内勾，像是……王萍就是这样走路呀！

王孝紧走几步，到住院部门口，又停住，摇摇头，为自己的荒唐苦笑了，掉头向病房慢慢走去。

在医院以后的日子，王孝总是想起王萍。

出院回到绞滩站那天，太阳还有一竿高，天边镶着几片镀了金边的云霞。站上的弟兄全都来到江边迎接王孝。王孝一上岸，就一一和弟兄们握手。握完了，没见王顺和石帮，问赵桥，赵桥耷拉着脑袋说："那天，石帮和王顺去处理瞎炮，其实那不是瞎炮，两人就……省里追认他们为烈士，处里批准他俩为党员……"

放下行李，王孝和站上的弟兄去了石帮和王顺的坟上。石帮和王顺的坟在老鹰岩边，那儿空旷，可以望着乌江奔腾而来，又可以目送着乌江跌跌撞撞而去。王孝在石帮和王顺的坟上烧了香纸，磕了头。夕阳在山，阳光把坟地涂抹得一片金黄。

吃过晚饭，王占告诉王孝，十几天前，有个女子来站上找他。王占嘿嘿笑着说："那女子水汪汪的，挺耐看的！"

王孝一惊。谁？王萍？他的心怦然跳动，狂想了一阵，又只得回到现实。他和王萍彼此没通过信，她不可能找到这野岭荒滩。

"具体长什么样儿？"他仍不甘心。

"说不上，我也没大看清，就看围着围巾露出半个脸儿。她是坐一只装木炭的船来的，只停留了一会。对，你问赵桥，他接待的。"

赵桥进山猎山羊回来，从床下拿出一瓶酒一边喝一边闲侃，说他的命是王孝救的，他今生一定要报答王孝。他问王孝恢复得怎样，医院有何新闻，闭口不提有人来找过王孝。王孝告诉他月亮滩翻了船，死了三十多人。赵桥一身臃肿的冬装，狗皮帽耳朵一扇一扇，像古装戏里县太爷的官翅儿。他站起身，在屋子里来回走着，薄石板砌的地板被他踩得咚咚响。他摇头，叹气，咒骂："妈的，这条江真野，每年都要吃人。唉……"

待他重新坐下来喝酒时，王孝禁不住问是不是有人来站上找过他。

赵桥愣了一下，说："是的，我打发她走了。"

"谁？找我干什么？"

赵桥一挥手："不认识，就附近那个县城的。莫名其妙要给你介绍对象，我给拒绝了。"

"她怎么认识我？还介绍对象？"

"我也说呢。她说她听人说绞滩站信号台工资高，就是工作在野岭荒滩，常年见不到女人，站上和台上的年轻小伙子，找不到媳妇。她倒像挺关心似的，说有个妹妹，点名要介绍给你！……"

"她怎么知道我？"

"听我说嘛。她说她妹妹是高中生，得嫁个知识分子，自然只有你喽。我说你已经结婚了，我们绞滩站、信号台不像人们想象的那样，比如说我们副站长找的就是个大学生……"

赵桥小声唠叨："别动心啦，总不能剜到篮里就是菜吧？"

王孝苦笑着摇摇头，他从内心不想让赵桥知道他的心事啊。

"这事包我身上，下次处里开会我去放一炮，要求处里派几个扎小辫的来，每人都摊她一个。"赵桥拍着胸口说。

赵桥见他心不在焉地歪在木椅上，没兴趣听他胡诌，就扑通扑通地到隔壁房里玩牌去了。

王孝把赵桥遗下的小半瓶酒全倒进肚子里，他的眼前浮现出王萍的影子。相隔几千里，王萍不会赶来的，她根本找不到。绞滩站、信号台职工的家属要探亲，得事先拍电报到养河段，段里再组织船只接送。可笑，他怎么能把那个去码头的女人认成是王萍了呢？又怀疑来站上找他的也是她？当年王萍从上海实习回来肯定又分配回了上海。这些年，她……他不敢想下去。

门外突然传来赵桥尖叫的喊叫，声音像湖南花鼓戏里的男高腔，王孝以为他是输光了本钱。

“失火啦——失火啦！”

王孝跳起来，破门而出。火舌从绞滩机房蹿出来，天空红了，火势像头野兽般愤怒地吼叫着。

七

火灭了，站上的弟兄们全都黑不溜秋地站在石院坝里，颓丧地望着焦煳的机房，机房顶的油毛毡全不见了，石墙和机器全都焦黑。赵桥脸上满是水泡，头发像非洲人，短短的且密密层层地卷曲着，眉毛也烧光了。

失火原因是陈村和王占在机房里喝酒划拳，不小心将燃着的火柴棒扔进了墙角边的煤油桶。

检查结果，绞滩机不能再用，必须更换。赵桥和王孝向段里汇报后，段长命令赵桥和王孝立即出去购买绞滩机。

赵桥脸上涂了獾油，又治烧伤又护肤，形象却成了个大丑角演员。

处理完失火事故的善后工作，就得去购买绞滩机。绞滩站可不能一日没有绞滩机。

赵桥和王孝先去重庆，后去上海，再去太原，跑了好几家大型机械厂购了一台，弄回来，装上去，刚试绞，就坏了，白白地扔了几十万元。赵桥好不恼火，把厂家祖宗三代都骂了个透。段里重新做出决定，就近找一家机械厂，签合同生产一台。根据手中掌握的资料，赵桥和王孝一家一家地筛选，最后，他们决定到A市，找锦江机械厂。

八

天黑透了，雪越下越大。连A市最热闹最繁华的丁字口和小十字也冷清极了。几天来，赵桥和王孝跑来跑去，见面先敬红塔山，也在红楼包了几桌，可一个关节不疏通就卡壳，要疏通的关节又挺多。这会儿，他俩像找不到窝儿的乞丐，搓手跺脚，站立在街边的一盏路灯下。

“哎，雪也欺负绞滩人！”赵桥恼火地说。

“还有一星期过年。年前我们是接不上绞滩机啦。走，回窝去暖和下……”王孝说。

“不慌，天还早。给我卷根烟。”赵桥手坏了，涂了獾油装在大皮手套里，怕冻坏，那包红塔山又舍不得抽，他把胸脯挺给王孝，努嘴指着上衣口袋里的叶子烟袋子。

卷好，两人对吸。

“站在这儿也没劲。”

“找馆子填填肚子再说。”

他们走进一家小吃店，坐定。赵桥勾着头，怕女招待员看见他的嘴脸给吓着了，低声指使王孝：“点菜，上酒。”

他把一张百元票放在桌上显眼处。

上了酒菜，女招待员扭腰走远。赵桥伸出脑袋用嘴吸光了杯里的酒：“换成碗，省事儿。”

快过年了，A市沉浸在一派节日气氛里。而赵桥和王孝，还像没头苍蝇似的为了绞滩机在这座陌生城市里到处乱撞。

“赵桥，你有家么？”

赵桥喝了一大口酒，伸出满是瘢痕的手拈菜扔进嘴里：“都四十上下的人了，没有家咋行？”

“是在老家找的婆娘？”

赵桥眨巴着眼儿：“老家找一个倒也容易，可……嘿嘿，我婆娘在船厂工作，离我们站不过百十里吧！休了班我就回去跟婆娘亲热亲热。”

赵桥，就这张其貌不扬，如今更加丑陋的脸，船厂的姑娘当初怎么会相中他呢？不过，他好久没请探亲假，一休班就坐船往B县的船厂跑倒是事实。王孝望着赵桥，心里这样想道。

赵桥忽然说：“快喝，暖了身子我俩冲进厂长家试试。”

“这……行吗？”

“厚回脸皮吧，他不答应就赖着不走！”

“过了年再来也行嘛！”

“唉，来一趟容易吗？过了三十光拜年就是半个月，绞滩机运到雷公滩真不知是什么时候了呢？”

赵桥和王孝走进了锦江机械厂厂区，他俩穿过一片松柏林，来到一座花园式的小楼前。厂长家就在小楼里。路灯映着白粉墙，探伸出来的树枝上驮满腴厚的雪。入口处写了一行字：大型车辆禁止入内。

来到楼前的花园边，赵桥站住，说：“我不进去啦，厂长家里的女眷别叫我吓着了，你进去吧。我俩处处烧香拜佛，碰的钉子你都知道，好好给厂长说说，别逞强。”

“一起进去吧，天太冷，你站雪地叫人……”

“没事，只当站在江边上。脸皮放厚些，别像没出嫁的闺女似的。”

王孝卷了根又长又粗的叶子烟给他，赵桥从兜里掏出那半包红塔山塞过来。

敲开厂长家的铁门，王孝随一青年走过长长的通道，走进客厅。客厅明亮安静，温馨融融。这些年来，生活也教会王孝怎样做一个普普通通的绞滩人。他小心翼翼地坐在皮沙发的一个角上。

“请喝茶。”

接过茶杯，王孝才发现，给他开门、递茶的青年，已脱去风衣、风帽，原来是位姑娘。姑娘穿着一件红羊毛衫，黑发披散到肩上。

“你找我爸爸，事儿急不急？”

姑娘微笑着，很友好。

王孝说：“我是从雷公滩来的，冒着风雪在这座城市转了五天，你想事儿急不急？”

“不该是救火吧？”她微笑着说。

“与火不相融，不过你不会感兴趣。”

姑娘很调皮地说：“你说吧，我喜欢听。如果你说出道理，我会帮助你的。我爸爸就在书房看文件。我的意见他倒蛮重视的。”她那双明亮的眼睛告诉王孝：不要小看我啊，我倒想听听你什么事这么急呢。

王孝喝了口茶，把事儿讲给她听，着重强调绞滩机损坏给乌江航运造成的巨大损失。最后，他泣声道：“我们站长烧伤了，也一样在风雪中走了五天。他怕惊吓着你，在楼前的地坝里站着哩。”

“惊吓着我？”

“坦白说吧，他脸烧得怪吓人的……”

“爸爸一直对我说，不要怠慢走江和守江的人。”

她去了书房，好一会儿，厂长走出来。高大，健壮，像不到五十岁，坐沙发上身子陷下很深。王孝又简单说了一遍。他显然早已经知道了。

“我知道那个赵桥。人不错，爱耍点小聪明。生产科昨天把你们的要求向我汇报了，实话说，我厂从未生产过绞滩机，既然你们信得过我厂，就试着生产吧。明天，你们到生产科签合同，过了年就把机子送到你们站上。”

“设计我们想看看……”

厂长一摆手：“不用了。我亲自设计，不会有问题。”

王孝起身告辞，却不见厂长的女儿出来。不知怎的，他想和她道个别，说句感谢的话。走到铁门口，她原来正和赵桥说话，她依然风衣风帽，见王孝成了老熟人似的：“我爸爸同意了吗？”

“只是不让我们看设计……”

“不放心是不？告诉你吧，他大学时学的就是机械设计，你们航运处的何处长还是他的师弟呢！”

九

回到招待所，王孝向赵桥讲述了在厂长家的经过。

赵桥说：“兄弟，这姑娘挺仁义哩。”

王孝点了点头。

“兄弟，老哥一直想问你个事儿……”

“……”

“你以前交过……女朋友没有？”

“问这个干什么？”见赵桥吞吞吐吐，王孝倒觉着别扭，“你不是对人家说我都结婚了吗？”

赵桥半晌不语，却又吐出了一口长气，说：“看来，这事老哥不该问。”

王孝心头一热，想起了王萍。

王孝给赵桥讲了他的初恋。夜很静。窗外雪花飘飘洒洒，王孝的眼睛湿润起来。直到讲完，他才发现赵桥竖起毛茸茸的大衣领子，许久都没听他吭声。

他以为赵桥睡迷糊了。

“赵桥，我现在回想起来，王萍是位少有的好姑娘。”

“嗯……”

“不知她现在……怎样……”王孝惴惴地说。

赵桥耷拉着脑袋，说：“这故事你实习时就该向我公开。现在讲就晚多了……”

“为啥？”

“为啥？人家现在还会傻等你，早娃崽他娘喽，快死心了吧！”他显出很不感兴趣的样子，看看表，说，“睡吧，明早，我们去生产科签合同。”

王孝心浸了一片寒，他脱掉大衣，裹紧被子。这一夜，他翻来覆去睡不着，他眼里老是出现王萍的影子。

十

天刚放亮，赵桥就叫醒了王孝。于是，二人起床，赶到锦江机械厂生产科。签了合同书，交了预付款，王孝和赵桥便急急赶到汽车站，坐上了开往B县的客车。

走出了县汽车站，赵桥对王孝说："我今天不乘船去站上了，我去船厂看看娃他娘。天太冷了，你回站上给大伙说，过年好好玩，每人发三百块加班费，别为失火的事懊恼。绞滩机一到，就够忙的了。一开春，还要抽人去雷公峡疏通航道，那几堆暗礁不炸不行啦！"

王孝说："赵桥，不邀我去提前给嫂子拜个年？"

赵桥很尴尬，抹一下脸："没个准备……下回吧！我那婆娘，嘿嘿，头发长见识短，挺看不起守江绞滩的哥们，说那是想吃腥的猫。其实呢，没有这样的猫，她们生产船只有屁用！下回吧……"

说后，一闪，赵桥从车站门口溜进了雪雾里。王孝便扭头向江边码头走去。没走几步，王孝停住，转身望赵桥，见他三弯两拐朝船厂相反方向走去。王孝站了站，迈开步子，追赵桥而去。

城郊，岩关下的一片雪野上，坐落着一群鸡窝似的木棚子。赵桥走到东边一棵大乌杨树下的木棚子跟前，跺了跺脚上的雪，干咳了一声。乌杨树要好几个人才合抱得拢来，粗糙的树干，让人感觉到它岁月的悠久。树下，木棚子门敞开，涌出一大团白蒸汽，接纳了赵桥。王孝疑惑了，莫非赵桥混了个不正经的女人？想掉头走掉，可是这可怕的天气让他硬着头皮上前敲门。

开门的赵桥这回嘴张得可不是一般的圆，随即便无所谓地一笑，朝黑暗里说："我一个站上的，炒两个菜。"

"瞒不住你啦。婆娘在家包地没帮手，就接来了。段里报户口又难。这些木棚子是工程队住的，有几个老乡，托他们帮忙拾掇了个窝。婆娘就在县城里收拾点破烂，找几个钱。这里离绞滩站又近。"

"站上挤一间石屋也是可以的。"

"不麻烦啦，那样事儿多，婆娘在老家的不少哩，那样站上拖群婆娘娃崽像个啥？"

赵桥摆好小方桌，找出块塑料布铺在上面，端上菜，他俩在昏黄的煤油灯下喝酒。他婆娘抱着孩子，羞怯地看王孝一眼，进里屋去了。

"我管着他哩。"赵桥对她说。说完又回过头来对王孝说："来！喝。"

几杯酒下肚，浑身便热烘烘起来，眼也蒙眬了。风扫过棚顶，平添了几分暖融融的气息，让人万忧皆忘，身轻如羽。放下杯子，想起航运学校那片松柏林里对王萍的慷慨激昂，在学校幻想乘风破浪时的目空一切，想起昨夜在招待所里伤感地向赵桥讲他的初恋，甚至想应该写封信去上海……这样坐小屋里饮酒不也挺好？王萍现在在干什么？或许真的像赵桥的婆娘一样抱着娃崽正逗着睡觉吧！如果她知道他在风雪交加的黄昏那么想念她，该不会哑然失笑吧？而他竟还打算写一封忏悔式的信……

赵桥没说什么，只是一个劲地喝酒。这些年，守台，绞滩，疏航，炸滩，改造乌江，在这荒无人烟的野外作业，不是玩扑克、打山鸡、划拳喝酒，就是坐沙坝里敲石板、让蚊子、麦麦虫放血。不过，弟兄们还是喜欢喝酒划拳，久而久之，个个都能豪饮。跟着这样一伙，你就是没有酒肚，也会长出个酒肚来。

他俩就这样一杯一杯地对饮。

喝到第三瓶，赵桥呆了，王孝知道是他的海量出乎赵桥的意料，半晌，他才端起酒碗："你老弟跟站上那些老粗就是不一样，要没有你老弟，我们管辖的那段江不会变得那样温和。唉，你来实习时，我第一眼就看中了你。不过，人高马大的个头也真害人害己哩。那天，李民调走。是他婆娘拖他后腿呢……娘的，有些婆娘们思想落后透了，你说是不是？婆娘！把那酸萝卜片再端一盘子来……就我这娘们不拖后腿，棍棒打也不走哩。"

赵桥说这些话的时候，正眼儿也不看王孝一眼，只是一个劲地猛喝。

王孝又想起了他杀猪的一幕。

十一

碰上杨雪泉水般清澈纯净的目光，王孝便受到了心灵上的重压。她是锦江机械厂厂长的女儿，二十二岁，在103地质队工作。与王孝相识不久，她问也不问王孝的过去、家庭，坦然地就对王孝说，这是她的初恋。

他们坐在江边的沙坝上。夕阳西沉，一只逆江而上的小汽船小心翼翼地走着，船头上围红头巾的女人对着王孝和杨雪不知为什么笑，挥着手。船身被阳光舐得油亮，迈着步子进了峡。王孝知道，这是江上跑短途客运的"夫妻中巴"。自从观音滩、和尚滩、雷公滩改造以后，江道上这类夫妻中巴不下于二百，追赶得乌江轮船公司的老爷船屁滚尿流，唉声叹气。这种夫妻中巴的出现，既活跃了航道，又方便了乘客。

王孝记忆中曾有过类似的画面，那是个梦。梦中的那位姑娘的眼睛一直镶在记忆深处，那双眼睛是王萍的！

江岸一片静谧，夕阳中流动着山川草木葱茏的芬芳。江边河坝里只有王孝和杨雪，梦一般的感觉缠绕着王孝。

杨雪这是第二次来绞滩站，她第一次是押运绞滩机来的。

"想什么呢？"见王孝发呆，杨雪问道。

杨雪就这样走进了王孝的生活。一开始就对王孝信赖，告诉他这是她的初恋——没给王孝思考的余地。

而王孝，偏偏更多的想起了王萍，他的初恋！王萍在遇上新的追求者时是不是也强烈地想到他？他的心更加沉重……

王孝含糊地说："夕阳、江滩、草地，梦里曾出现过，就和眼前一样。"

又看见梦里的眼睛，王萍的眼睛。王孝真怕杨雪再问下去，怕他的灵魂经受不住这样的拷打而招供，怕伤害另一位姑娘。

杨雪说："我刚才也在想——猜猜看，想些什么？"

她目光期待着。王孝耳边响起校园的喧哗，眼前浮现了另一位姑娘，只得把目光投向远处。杨雪轻轻靠着他，发丝摩挲着他的脖子。在杨雪面前想另外一位姑娘真是罪过……杨雪的眼睛凝视王孝，纯洁的脸上秀眉多情，她把一只手交给王孝。王孝的手颤抖着。

"我刚才想，我俩一块读书，多好……"

"我是航运，你是地质……王萍是航运……"王孝摇头，赶走这思绪。

杨雪大胆地偎在王孝胸前，热烈地搂住他的脖子。杨雪的多情，却加剧了王孝的拘谨和沉重。

十二

王孝打算请一次探亲假。这是送杨雪离开绞滩站那天就决定的。处里的生活船是早上到的。这次，生活船送来的不仅有油盐蔬菜和食粮，还送来了赵桥和王孝的办公桌。大伙用的饭桌，以及象棋、羽毛球等。王孝放好办公桌，收拾了行李，便拿上请假条去找赵桥签字。他打算坐生活船走。

赵桥的石屋里亮着灯，他正在摆弄那张象征绞滩站权力的办公桌哩！

他正要撕什么，回头看是王孝，惊慌地扔下碎纸迎上来。王孝像发现了什么似的，推开他跳过去，抓起地上的碎纸仔细一看，天，是王萍的字！

他急切地想把它们拼凑起来，手哆嗦着，碎纸飘零，散落。只是妄想了。

赵桥罪孽深重地立着，眼睛闪着磷火似的光。王孝一把揪住他的胸口，样子可怕极了，眼冒火，脸铁青。赵桥从不怕斗殴打架，这时竟萎缩了，一副任人摆布的样子。王孝大声喊："说，怎么回事？你龟儿子捣了什么鬼！"

赵桥也抓住王孝的手，钳子一样，两人在房里推磨。王孝一用力，把赵桥举起来，狠狠抛下，赵桥像个不倒翁，摇晃着，立住，他又举起，抛下……他力气用完了，眼里冒出泪花。

"停下，你停下。我全告诉你。"

赵桥没事人一样，沏茶，递烟，点火。

"我早知道要出事。一块去购绞滩机，你讲了那位……嗯，我就知道糟了。我做了对不住你的错事，想给你说，可舌头短……"

赵桥脸如木偶一样没表情。这老水鬼心里大概并不认为错，那张丑陋的嘴巴不停地蠕动："从你到绞滩站实习说起。一见你的模样，又专业学校毕业，我就铁下心不放你走……咳咳，你的信我全卡下了，档案也看了。专门去了处里和厅里，该找的头儿我都找了，我就点名要你来雷公滩，谁把技术干部放跑了谁去绞滩站当头儿……头儿应了，去函给学校，把你要了来。从你到站那天起，我就注意你的信，字一样，像女娃子写的，我算定又是那个拖后腿的！心想要留下你，就不能有拖后腿的她……怪我，没搞调查研究……咳咳，这事机密也不好侦察……"

"你龟儿全拆看了？"

赵桥拍胸道："十二封信我一封未动，怕人发现全锁在抽屉里，谁知竟忘了锁了，一锁就这几年。刚才……你要早来几分钟就好了。"

"你龟儿撕了我十二封信对吧？"

"……是。"

"你龟儿不该翻脸不认账吧？"

"这……我认个错还不成？"

"老子上法院告你！"王孝气红了眼。

王孝转身要走，赵桥叉腿张臂堵住了门。

"我说兄弟，就不给老哥些面子，我俩今天真有过不去的大江大河？你坐，听我几句行不？好好，我也不啰嗦。这事我也经历过。在老家也有个相好的，叫桂枝，一个村的。支书的儿子相中了她，桂枝相中了我。可我家穷！桂枝说，你去当兵，混出个名堂来，谁也挡不住咱。我说，那不行，你要是经不住人家缠磨怎么办，我俩得撮土插香拜天地。我和桂枝草棒当香，跪下拜了天地。到了部队我一心想混出个样儿，想起桂枝白白粉粉的脸，又美又粗的长辫子，浑身都是劲儿，谁想，探亲回家，桂枝都有一个孩儿了。我不气不恼？我要告支书儿子一个破坏军婚！跑到半路我又转回来，我好歹是个爷们，告赢了又咋样？桂枝日子就好过了？"

赵桥竟说出了两泡子泪。

"兄弟你还没大哥这肚量？我是粗人，你一肚子墨水哩，是吧？兄弟，再看老哥的婆娘娃崽，我去坐牢，那只好拜托你给养着……"

王孝望着那一堆碎纸发呆。

"哦，老哥全说给你。那次找你的好像是她……"

"就是我工伤住院那次？你不是说……"

"我听她说是你同学，就想让她死心，对她说你已经结了婚。她再没说话，搭了船便走了……"

P县碰上的就是她！

王孝全身绵软无力地坐下来，泪水蒙上了他的双眼……不知什么时候，赵桥伸过脑袋："兄弟，打几下，打几下消消气吧……"

他想起了王萍，他的眼前出现了王萍的影子。

"你不原谅老哥，老哥今天索性把老底都端给你吧！去年厅里差个搞技术的，要调你，我拒绝了！上月处里要调你去当生产科副科长，我撕了来函，并且专门去处里把处长骂了一顿。我想，他们需要搞技术的，我这里也需要，放你走，我对不住站上的弟兄，他们都希望我走以后，你来当站长。前几天我给处党委写了信，介绍你入党，我把表格带回来了，就等你填表了。"赵桥顿了顿，又说，"娘娘滩的李站长退休了，过几天我就要去娘娘滩，这里就由你来当站长了。我知道你会带好这帮弟兄的。"

赵桥说完，把入党申请表和他写给党委的介绍信以及给处里的推荐王孝当站长的推荐信摆在王孝面前，说："你老弟看着办吧！"

望着这一切，王孝不知说什么好。他拖着沉重的脚，东摇西晃地走出了石屋。

十三

王孝决定去寻访王萍，当面乞求她的饶恕。

他先到上海去见王萍的父母亲，可他们说王萍根本没有回上海。几年来，王萍给他们写的信，只有那么几封，信封上除"内详"两字外，根本没告诉他们具体地址。

离开上海，王孝便乘车去了母校。灯火辉映着校园，他在一群陌生的楼房间徘徊，一样的喧哗，一样的来来去去的青年男女，一切却又陌生了。悲凉中他体验到岁月的无情，它将曾熟识的一切冲刷殆尽。他找到学生科，一位姑娘接待了他。她终于翻到当年分配记录，竟写着：王萍，上海。

他悄悄走过离校前的晚上同王萍走过的路。那晚上，王萍的眼睛哀怨地望着他："让我再想想，再想想好吗……"现在，古柏古松全都消失了，变出一幢商厦，琳琅满目的商品摆满了柜台，吸引了不少顾客。曾在这儿认真生活了三年的姑娘哪儿去了呢？他茫然回顾，她消失了，像那些古松古柏一样……

就在王孝准备乘车返回故乡掌溪镇看望父母亲的时候，省城连降了七天七夜大雨！省城暴发了百年罕见的洪灾！在轰轰烈烈的抗洪救灾中，王孝凭一个绞滩工的良知，参加了省城的抗洪抢险战斗。

十四

杨雪来信。一写竟是两封，间隔五天，赵桥从所里带回来的。

第一封信：

亲爱的，我明知你去了上海，是我送你上的轮船啊。可是，在傍晚我还到江边一个人静静坐着，望西山的太阳，望眼前的乌江，望江上的白帆。我的身后没有信号台和绞滩站，而是美丽的山城，但我觉得你就在身边。我忽然想到，人生的背后冥冥之中有个主宰，他让我们在江边相爱，又在江边分开，让我一个人在这里绝望地等待……那只木船慢慢地从下游而来，撑船的是位姑娘，那姑娘把船停下。她跳下船，慢慢地向我走过来，我慌忙擦去眼泪。她的眼睛很善良，在我面前站了一会说："大姐，天晚了，回去吧，当心着凉。"她顿了顿又说："你看，天要下大雨了。"她指着天，果然天笼罩着乌云。我答应着，起身往回慢慢地走，她又追上来，坚持送我回去。路上她一直问我："大姐，什么事想不开？"她原来对我产生了误解……她真是个善良的姑娘……

第二封信：

送你走后的第八天晚上，乌江暴发了百年罕见的大洪水。乌江发洪水，我这个年龄就经历了十多次。然而，像今年这样的洪水，我是头一次见。就是103地质队里五十岁的人，也是头一回见，乌江像一头凶暴的猛兽，咆哮着，翻卷着，江边街和油化厂、东街全淹没于一派汪洋中了。汹涌的浪尖上，时隐时现地漂浮起牛羊猪们的尸体和桌凳、箱子、木板和柴火。

103地质队全体人员投入到了抗洪抢险中。

夜色和水灾，使人们忘掉了一些平日处处设禁的羞耻，许多人都赤裸着大半个身子，泥里水里忙碌着。

半夜里，洪水像脱缰的野马发疯般的呼啸着席卷农贸市场，百多户居民和几十位个体户遭洪水围困，危在旦夕。我们地质队接到命令，立马奔赴农贸市场。我们兵分五路，十五个姐妹负责救援被困在西楼里的居民；我们系上安全绳，泅渡到西楼。当我们搀扶着几位老人往回走的时候，没想到西楼旁边的小楼倒塌，走在后面的那位大姐和那位老人被压在楼下，牺牲了。

她是位好大姐，工作认真负责，仅今年就完成了两项科研成果。我们队明天停工，开追悼会。队长派我整理烈士的遗物。

在她办公桌的抽屉里，我发现了一摞没有寄出的信，全是写给你的。

但愿我的预感不是真的。

十五

伫立在王萍的坟前，王孝不再怀疑这是梦。痛哭已无法表达他的忏悔和哀痛。他的脸上僵硬着微笑，用微笑面对冰冷无情的真实。他把怀中的野花堆放在墓前，而后，按照家乡的风俗，在王萍的坟前点上了长明灯。

王萍的坟地紧靠着码头，这是杨雪提议的。坟前立着三尺高的碑，碑的背面，记述着烈士牺牲的经过。

望着那墓碑，望着那长明灯，望着那奔腾不息的乌江，王孝心里烧起一股无名火，他想找个人来发泄自己心中的火，但又不知道找谁。

（原载《民族文学》1998年第7期）

1999年

欧阳黔森

十八块地

卢竹儿

十八块地是个地名，那儿住有三户人家，三户人家有十八块耕地。远远看去，那些耕地有点儿鸡零狗碎。

入乡随俗，我们的农场便也叫作十八块地农场。我们的农场离那三户人家只有三华里。却像两个世界。我们的农场伫立在山坳上一片平台上，开垦了比那三户人家多得多的田地。

三户农家的十八块地在农场的山脚下，地块虽小，却很肥，水也充足，而我们开垦的田地虽然很气派，却缺水，于是，大部分田地只能种我不怎么爱吃的苞谷。

我人在气派的农场，心里却很羡慕山下的那片小小的水土，羡慕那里的风光和吃食。

去山下的十八块地必须经过一片茂盛的箭竹林，那竹儿很诱人，翠绿绿的，风一吹哗哗地喧闹。我是很想常常去那儿走走看看的，却很少去，那时我虽然只有十五岁，却已是半个公家人，我是遵守公家的纪律，况且，我还怕去得多了，那里的鸡狗少了几只，会怀疑到我的头上。我们农场有几个哥们儿很会干偷鸡摸狗的勾当，也许，只是出于对十八块地这个名字的敬意，这几个哥们儿从来没有偷过十八块地的农家，要偷就到十里外的柳阳村去。我没有去柳阳村偷过，那时，大家好像是嫌我小，担心我的手脚不利落，不让我插手干这份活计。住在隔壁的吴大跃虽然比我大不了几岁，却已是"老手"了。他和他的战友们每每得手，都叫我去吃，我虽然觉得白吃别人偷来的东西不大光彩，但还是去吃了，农场一日两餐，顿顿都是一半苞谷一半米，一勺菜叶，谁能对抗一锅肉的诱惑呢？那是鸡呀鸭呀有时还有狗，狗肉是大补之物，这个我知道。

比我大不了几岁的吴大跃来农场已经三年，是老革命了，吴大跃又名政委而且当之无愧。我们的农场场长，是位三代红透顶了的贫下中农，不识字，且又口讷，干活时，不喊别人，自己也不出声，闷着死命地干，日子久了，人称老黄牛。大家都怕与他上工，怕跟的时间长了也变成哑巴。每天的开会、上工、下工，都是吴大跃向场长半是言语半是手语弄明情况，然后向大家宣布，于是吴大跃成了场长最权威的代言人，因此大家便顺理成章地喊他政委，喊得久了，他也以为自己真的是政委了。

我的同事卢竹儿是从来不去吃偷来的东西的。我也觉得她不去得有理。但我又自认为有理由照顾她，所以，每每有了“收获”，我总偷偷用饭盒装一点，过一两天再拿给她吃，谎称是我家里人送来的。她便吃，吃得有滋有味。看着她那份吃相，我的嘴里也满是滋味了，似乎比自己吃东西更有滋味，心里很满足，还暗暗生出自豪感来。

卢竹儿身子很纤弱，却有一双乌黑明亮的眼睛，还有一条直垂到脚后跟的大辫子。她的辫子和她的眼睛一样乌黑而且都会说话。看到她眼睛就是看到了她的辫子，看到了她的辫子就是看到了她的眼睛。这看，在我有时候又叫“听”。我真的听到过她辫子的说话声，像她眼睛里流出的声音一样的柔美清幽。我和卢竹儿在农场共事时都才十五岁，我与卢竹儿最大的区别除了我是男的她是女的还在于她很爱笑，但不爱唱歌；我不爱笑，只爱唱歌。十五岁的喉咙还未发育定型，能把歌唱得很嘹亮。我偏偏是个喜爱嘹亮的角色。

我们农场茶树很多，有几座山，每到打茶果的季节，每二人一组出去打茶果，可谁也不愿和卢竹儿分在一组。她人小，又不能上树，而且路又远，有时要跑几个山头。老黄牛场长说不清楚话，照旧由政委吴大跃全权分组，政委便把卢竹儿分给我，因为只有我、政委、卢竹儿三人曾是一所中学的同学，政委比我和卢竹儿高个三级。我和卢竹儿同级不同班。政委在会上宣布，他不能以权谋私，正因为我和卢竹儿是他的校友，他才把别人不愿要的卢竹儿和我分在一起的。他比政委还政委，他的大义灭亲顺理成章。正是他的这份大义，成全了我。当别人不愿要卢竹儿的时候，我是很想要她的，但我又不能说出那几个字：我要你。

以后，我每次出工便很大方地带上了她，像将军带上士兵。我上树打茶果，她在下面一枚枚拾进大背篓里。山腰上那一片竹林总是被风吹成一阵粗犷的旋律，于是我就放开喉咙唱它个痛快，高亢的声音传得很远，隔几匹山都能听见。偶尔对面山传来政委他们的《红灯记》或《智取威虎山》，都像打破铜锣似的，没有我那脆脆生生的好听，我便特别自豪。有时还眼珠子一转，看看卢竹儿对我嘹亮的反应，我希望她的脸上有微笑浮出。

茶籽打出油来，我们农场自己吃，猪油很难吃到，因为农场一年杀一头猪。有些人熬不住了便从家里带油来，那年月能从家里带来一斤油的，已经是大富翁了。那时城里每人都定了量，每人一月三两油，家里人要节省很久才能凑那么一斤油。

卢竹儿家里人丁少，节省不了油给她，我家也无法给我省点油送来，于是，我便希望有一天能带上她到某个地方混点猪油吃。

机会终于来了，那是过五一国际劳动节，农场放假一天，大家回家的回家，剩下的到贫下中农家去混肉吃。卢竹儿内向，很少出门，所以没有能够和贫下中农建立起深厚的革命感情。回家更不行，她的家在城里，来回要走八十里山路。按农场的纪律，休息一天便只有一天的假，回家的必须当晚赶回农场，第二天还要出工拔田里的杂草。我们难得有休息日，如果把这个难得的日子变成了走八十里路，对她是很不划算的，她也没有那样的脚力。她便只能选择不回家。不回家，便少了一次改善吃喝的机会。幸好我与柳阳村一位姓唐的贫下中农革命感情还算深厚，我就带她去了唐家。

那姓唐的见我带个女的来，便问我们是不是革命伴侣。卢竹儿脸红到了耳根，我连忙说，是革命同志，是战友。姓唐的说，革命战友，很好很好。姓唐的便来了热情，把肉做得很多。使我们的晚餐变成了一次天国之行。我一辈子都记得，饭是白生生的，腊肉有四指宽，厚厚的，白亮亮的，一口下去，油顺口角流下来，这种好生活一年也就那么一两回。姓唐的说，为了革命的友谊你们就多吃一块吧。其实我们知道，他家也没有几块。

吃完晚饭也许九点半了，该回农场了，姓唐的去后院拿了十几根柏木油条，要我们点燃照路，十多里山路，也刚好差不多用完。在一阵狗吠声中我们离开了柳阳村，唐一直送到村口很是恋恋不舍。我却隐隐觉出姓唐的不舍得好像不是革命友谊，而是卢竹儿那张可人的小脸蛋和她乌黑的眼睛与辫子。这使我有点儿不快。不快的只是心里的某个地方，我那装满猪油的肚子却非常愉快。

走进山谷里，一切显得很寂静，那天又没有月亮。开始卢竹儿走在前面，她怕，我让她走后面她还是怕。我说革命青年不怕鬼，其实我心里也有点害怕。越走天越黑了，可以说伸手不见五指，走了大约一小时，也不过才走了四里多路，最不幸的是，这时又突然下起了暴雨。我急忙拿出常备的一块塑料布，包好了火柴和柏木油条，让卢竹儿拉住我的衣角小跑起来，路又滑又窄，卢竹儿在后面突然哭起来了。那时我们正过一道山梁，侧面是深谷，跌下去非死不可。我说，卢竹儿我们是战友，战友就是兄弟姐妹，我拉着你的手吧！我怕她掉下深谷去。她没有说话，我摸索着找到她的手，那是我第一次拉女孩的手，手是颤抖的，我想卢竹儿也是一样吧。我一手拉着卢竹儿，一手在前面探路，我们得赶快走，下了这道梁，要过一条溪，小溪有一木桥，如果山洪下来了，我们就不能过了，我们要赶到洪水之前。

等我们到了小溪边，小溪已变成小河了。只听见流水声很大，我知道过去是无望了。雷声、雨声夹着卢竹儿的哭声，我心慌极了。闪电很怕人，每闪一次，卢竹儿就颤抖一次。闪电起时，我看见卢竹儿楚楚可怜的样子：她的脸很苍白，小嘴有节奏地一张一阖，眼睛又黑又亮，乌黑的大辫子在纤细的脖子上盘绕两圈后垂在胸前。她的发颤的身子不知什么时候紧紧靠住了我，像小鸟一般依人，比小鸟还依人，我的身子也跟着发起颤来。我分明感觉到她热热的肌肤穿透了湿湿的衣衫钻进了我的肌肤。她的身子很小，但她的肌肤却十分柔软，还似乎散发着一种异样的香味，一种于我十分陌生却非常诱人的香味。我的身子颤抖得比她还厉害了，我不敢看她的眼睛头发了，也不敢大口的呼吸了。这时候，一个模糊却十分顽强的声音突然在我心里响起：长大后我要娶她。也是在这一刻，泪水涨满了我的眼眶。我泪眼汪汪地望了一眼大山，我向大山发出了我人生的第一个誓言：娶她！

雨下久了，天空反而清爽了许多，可以看清对面山梁了，那溪水越涨越大，我下了决心，从这边山脊上翻过分水岭，再绕过去。这是一条采药的毛毛路，其实根本就没有路，只不过有人从这个方向走过而已。我也曾走过一次，是跟政委他们几个去采野香菇和打野味。

至今使我遗憾懊恼的是，当时，根本就不该走这条路。在那条路上发生的一件事令我终身羞愧。那是遥远的过去了，但想起来了却恍若昨天。那个昨天，我们爬到半山腰，发现了一个小山洞。我累极了，很想进去休息一会儿。我的手由于要开路，被茅草、荆棘搞得到处都是伤口，汗水和血水混合在一起，痛得厉害。我们走进山洞，我还是牵着卢竹儿的手，因为她还是怕。我叫她拉住我的衣角，我要打开塑料包取出柏木油条，点燃看看洞内情况。火点燃后，卢竹儿惊叫起来，双手抱住我的胳膊躲在后面。我一惊，定神一看：原来离我们四米远的地方有一头很大的动物！那东西似乎也吃了一惊，我大着胆子仔细观察，看清了是一头侧卧着的老山羊，身旁还有两头小羊。我想一定是一头怀孕的母山羊进来躲大雨，就在这儿分娩了。我们跑出洞，我叫卢竹儿躲到一边去，我寻找到一块大石头。我说，机会来了。卢竹儿死活不肯放开我，她已经明白，我那个所谓的机会就是向山羊发起进攻。她几乎用整个身子抱住了我，阻止我的进攻。刹那间，我望见了她那美丽绝顶却充满哀伤与乞求的目光，好像我马上要攻击的不是山羊，而是她。石头从我手上突然滑落了……我包好柏木油条、火柴，离开了山洞，也离开了我的耻辱，继续往前爬，一边爬，卢竹儿一边嘱咐我，这事不要告诉别人。我知道卢竹儿怕政委他们知道，他们一知道，羊儿就没命了。

雨渐渐小了，停了。时针可能指向深夜一点了。深夜一点，我们终于爬上了山顶。这山我很熟，我晓得离我们可爱的农场已经不远了。

我们疲惫地坐在一块石头上。当我们往农场方向看时，不约而同欢呼起来，因为我们看见有一串火把已经过了半山腰的竹林到了十八块地，正往柳阳村方向疾行。我们知道那一定是战友们看到我们没有回场来接我们的。我们急忙从身上拿出塑料包，把剩下的七根柏木油条全部点燃，高高举起。不一会，果然被他们发现了，火把穿过十八块地那三户人家，正朝我们这匹山爬来。我们也往下走，终于在一个山脊的平台上会合了。政委带来了五个人，我热烈的与他们拥抱。这是我此生此世难得的一次热烈呢！卢竹儿只顾在一边哭。大家叫卢竹儿别哭，快到家了。也许我热烈得过了头，忘记了答应卢竹儿的事，兴奋地告诉政委，说那边半山腰的山洞里有一头老山羊在那儿躲雨。政委说，那山洞他去过，现在山羊早走了！我说，它生了两头小山羊，不能走啦。政委一听高兴得直叫，接着命令两个人陪我和卢竹儿回去，他带其余人马上向我们的来路奔去，像一支夜袭的突击小队。我转身一望，见卢竹儿突然瘫倒在地了。我连忙转身向政委的背影大叫起来，莫去，莫去，我求你们啦……我的叫声显得那般的孤寂无援。我第一次感受到背叛的沉重与无耻。

山羊被政委们顺利地打回来了。两头小山羊也被抱了回来，却又装模作样地像照顾自家孩儿一般照顾起小山羊来，天天找米汤喂，但不久小山羊都死了。于是，大家不再装模作样，美美地饱餐了两天。卢竹儿一口未吃，我自然也没有去吃。

卢竹儿不再理我，也不听我唱歌了。但我还在唱，十五岁的嗓子不能不唱，但我的歌唱不再是从前的歌唱，我知道了什么叫忧伤。这忧伤至今在我的歌声里回荡……此后，我不论走向何处，望向大山，大山似乎都向我背过脸去。

两月后，我们都回城了。为生计各奔东西。再以后我学写文章，有些见报了有些还变成书籍，只要有作品出世，我总是送她一份，还恭恭敬敬写上请她指正的文字。她总是默默地收下，却什么也不说，看我时神色很古怪——我越发变得忧伤了，我虽然常常想起夜雨中对大山发的誓言，却没有勇气向她提及。

过了四年，我突然收到一张请帖，她与某某结婚了，当时我的头轰的一下空荡荡的，所以现在我也不知道她丈夫的名字，我备好了一件很典雅的瓷器作礼品。我没敢去参加她的婚礼，婚后听说她去了外省，以后一直未见。后来遇见到一家运输公司当司机的政委，政委说她生了一男一女，还伤感地告诉我，场长回家务农后，不久病死了。再后来，政委自已买了一辆车开，不久翻车，也死了。

卢竹儿的消息不再传来，她在什么地方我不知道。卢竹儿，你还记得十八块地么？卢竹儿，你原谅了我那次的背叛了么？卢竹儿，在我进入成年有了更多的人生坎坷后，我才懂得了当年你望我时的那份古怪。也许，古怪的不是你的眼神，而是我的懵懂无知……

鲁娟娟

鲁娟娟比我和卢竹儿大三岁，与政委吴大跃差不多，她是读完高中才来农场的，是这儿为数不多的几个高中生之一。鲁娟娟的英语很好，因为她有一个大学外语系毕业的父亲。尽管她学习成绩好，又积极参加劳动，可直到高中毕业也未能成为一名光荣的红卫兵，这是她当时最大的遗憾。我们虽然同在一所学校念书，认识却是在一次争吵中。当时我们三中的田地在市郊外北面的山坡上，我们早上上学下午劳动，每个班级都有自己的土地，那是为了响应主席的号召："学生也是这样，以学为主，兼学别样，学工、学军、学农，也要批判资产阶级。"这些土地是我们学农的战斗场所，鲁娟娟她们种花生，我们种苞谷。每到成熟季节，各班级就派人轮流把守，因为都想丰收后的表扬，因此经常是他们破坏我们的苞谷，我们破坏他们的花生。

一次，我与几个同学计划去破坏鲁娟娟他们班的花生地。卢竹儿不肯去，我说这是革命行动，你要是不去，就是资产阶级思想太严重，一怕苦二怕累。后来我们都去了，却被鲁娟娟她们发现了，我们一边往回跑一边取下红卫兵袖套想藏起来，可还未藏好，鲁娟娟已追上来。她双手在我们面前有力地一挥，大喝道："站住，你们是红卫兵还干这种事？简直是给毛主席丢脸！"她的这句话提醒了我，我已看清了她没有戴红卫兵袖套，知道了她肯定不是红卫兵。幸好只有她一个追过来。其他几个怕我们调虎离山，固守在地里，于是我反咬一口，说她搞我们的破坏。她此时正站在我们班的地里，我们大伙一齐讥讽她是个坏分子，在学校如果没有批准加入红卫兵，她家里一定有问题。我们不怕她，吵了一会儿无结果，她走时说要告我们随便取下红卫兵袖套丢在地上，还说这是反革命行为。这下我们倒害怕了，一连几天都心神不定。但她没有告发，老师和工宣队代表都没找过我们中的谁，对此我们开始对她另眼相看了。

以后，我们一起下到十八块地农场接受再教育，她与卢竹儿同住在一间房子。她有很多书，像《青春之歌》《红岩》《烈火金刚》《难忘的战斗》《钢铁是怎样炼成的》等，我都是在她那儿借来看的，这些书使我成了一个文学梦者。我们在一起谈理想时，我的理想是当一名作家，卢竹儿的理想是当一名教师，鲁娟娟的理想是当一名人民解放军。听说她毕业时，曾去报名参军。体检都合格了，但人家一查，原来她父亲是多年的老右，当兵的事自然就吹了。

她很少与人说话，个子很高，头发剪成了当时很流行的"上海头"。她最喜欢穿一身洗得发白了的旧军装，系一条三指宽的牛皮带。她腰直胸挺，穿起这身军装的确神采奕奕，气势非凡。她有一个习惯，就是每天早晨到牛圈旁的草坪上读英语，晚上总是在马灯下看书写字。农场的人都说她是装样子，不就是高中生么？不就是懂得几句卖国话么？那时我们认为，凡是经常练英语的人，都是蓄意卖国，但吴大跃不这样认为。也许这也是吴大跃被大家喊作政委的理由之一吧。

政委吴大跃很关心鲁娟娟，分工时总把她留在自己身边。如有人笑鲁娟娟学卖国话，政委总是大怒道："农场总要有人学外语，要不空投的敌人被我们抓住，问得出敌情么？鲁娟娟学习外语是响应毛主席号召'备战、备荒、为人民'，不学外语，能解放全人类么？这是为备战，同志们一定要清醒！"当时学校上英语课时，都要唱一首英语歌，最后一句是："为了解放全人类，学习外国语。"

鲁娟娟小学不是红小兵，中学不是红卫兵，毕业又当不了兵，按理说，以她如此不体面的身份来农场，肯定会被安排去喂猪的。这事最难做，因为没有粮食，也没有糠，只好上山打猪草，回来还要帮助伙房，够累的。然而她不但没有去喂猪，过了一段时间反而去柳阳村当了一名代课教师。谁也不曾料到，全农场引以为荣的差事，竟被鲁娟娟这个懂几句卖国话的人夺了去。农场有几个又红又专的高中生不服气，比这比那，直比到了祖宗三代，但最终比不了政委一句话。那天最后开会决定，老场长征求政委意见，政委说："鲁娟娟会外语，能审问空降的敌人。"鲁娟娟从来未遇见这种好事，当场就热泪满面，发誓将革命进行到底，并要把这能解放全人类的外语教给祖国的花朵。政委不失时机地站起来挥臂高呼："毛主席万岁！共产党万岁！"于是全场六十几个人沸腾起来了，口号一句连一句不停，喊了足足几分钟才停了下来。第二天鲁娟娟就跟着柳阳村公社书记到中学赴任了。

一晃，日子过去了五年，早已各奔东西的我们难得一见了，一个偶然的机会，我碰到了吴大跃。我也不再是个只会扯着嗓子发出嘹亮叫声的角色了，我干上了地质，是名光荣的地质队员了，而且已经有文学作品发表。吴大跃见我的第一句话是，当年我就晓得你会出息的，想不到出息这么大，都写诗了。我的脸红了，说，哪个想写诗都能写的，还自嘲一笑，说，八亿人民八亿兵，人人都是大诗人。接着，我问，政委——只有这个时候，我才在心里把他当作了政委——当年在农场你为什么对鲁娟娟那么好，对我和卢竹儿却要大义灭亲呢？政委想了半天，坦白地说，我对娟娟好，也许是你们文人所说的初恋的萌芽时期吧？我让娟娟去柳阳村公社教书，已有人告我，说我以权谋私，我们四个是三中的，娟娟走了，只有我们三人，你想我如不拿你们开刀，以显我的公正，他们会告到县办的，再说我也是经常暗中帮你们呀。其实我知道当时政委对我们只是表面严厉，现在问一问，只不过想知道他与鲁娟娟的事。那时鲁娟娟已是大学二年级学生，政委说他不敢妄想了。当然鲁娟娟不知道政委的暗恋，一直到毕业回到柳阳村时，政委早已被安排到一家运输公司开车。政委经常开车来看她。他才开了三年车，就失事死了。在来向政委作最后告别的当年的战友中鲁娟娟是哭得最悲恸的一个。卢竹儿没有来，她嫁得太远了。我当然是去了的，那时我最想的不是哭，而是想唱一支歌，为我的政委送行。

鲁娟娟当年去柳阳村公社代课的第一节课是非常成功的，但许多年后却成了我们开玩笑的趣谈。为了给新上任的教师鼓劲儿，上第一节课时公社书记、农场场长、政委都去听了。我与卢竹儿也偷偷躲在后排听。鲁娟娟看见那么多领导都来了，上课自然十分卖劲。刚好上的是董存瑞那一课，当讲到革命战士董存瑞拉响炸药包时，鲁娟娟已是泪流满面了，她努力地学着董存瑞炸碉堡的动作，一手佯举炸药包，一手佯拉导火线。但却实实在在地高喊：为了新中国，前进！下一步就是一拉导火线了。可突然间她却停住了手，把脸朝上一抬，大家的眼睛也跟着她向上抬起，这时才发现鲁娟娟正站在毛主席像下炸了肯定当场被打成现行反革命。鲁娟娟的脸色突然发白了，拉导火线的手打起抖来。她不愧是鲁娟娟，她移了一步又作拉导火线状，并且再次抬头，不行，上头是列宁像，又移一步，又作拉导火线状，再抬头，还是不能炸，上面是斯大林像。教室里静悄悄，大家连呼吸都停止了似的。鲁娟娟却没有停止呼吸，再次发出“为了新中国，前进！”炸药包终于拉“响”了，而此时的鲁娟娟已经站到了教室的门口。炸药包是在鲁娟娟的嘴里“爆炸”的，那声音跟真的炸药爆炸相差无几。教室里顿时响起一片哭声，那些祖国的花朵早晨七八点钟的太阳们一个个哭得泪人儿似的，连支书、老场长、政委也在那儿抹泪。而鲁娟娟却愣愣地站在门口呆呆地望着大家，一只手抚着胸口，脸色苍白，呼吸急促。

以后我们就很少去鲁娟娟那里了。农忙季节来了。鲁娟娟上语文、外语、音乐三门课，但显得比我们轻闲许多。

第二年春天我们回城了，我一时无事可做，鲁娟娟却还在那儿代课。1979年她考上师范大学，之后，我也找到了可干的事，便与她有了书信来往。大学毕业后，她回到本地区，又坚决要求去了没人愿去的一所偏远中学。那就是她成功炸掉敌人碉堡的柳阳乡中学。

五年后的一天突然传来她去世的消息，她得的是出血热，柳阳乡中学实在太偏远了，来不及送进医院她就死了。她的死让我伤感得太久太久，久得像我不再年轻的生命。在一个秋雨淅沥的夜晚，我写了一首纪念她的诗。诗发表后，我给每一位活着的曾在十八块地战斗过的战友寄出了一份。之后还被选入了一部诗集。

萧家兄妹

冬深了。每天清晨地上都盖了一层薄薄的霜。山顶上一直积雪不化。我们农场的住房正好在雪线上。门前有几棵很高大的三角枫树，叶儿红透了，虽落了一地，却仍满枝挂红，雪白的霜打上去，半红半白，被那红彤彤但冷冰冰的阳光一照，红白相映，真是美极了。

春节将临，大家都回城了，我们几个有作家梦的人留下来看家。政委是不回城去的，他说他应该身先士卒。其实不然，他很少在农场，却是去老林里安夹子。运气好的时候，能夹到一头山羊，运气不好也能夹上一些小动物。捉到后总是让我们饱餐一顿，其余的统统用树疙瘩火熏成一块块黑红黑红的肉条，藏在箱子里，有机会便送回家去。我们乐意守农场，让他去狩猎。

萧美文是农场最有学问的人之一，能写一手不错的毛笔字，能背诵唐诗宋词元曲，还能写些“打油诗”，几个文学梦者自然对她佩服得很。一次和平公社的上海知青来农场挑战，先是比谁种的南瓜冬瓜大，后又比谁种的苞谷收得多，最后比急了，比起气魄来。上海知青粗犷地狂呼：“一声断喝响春雷。”萧美文高亢对答：“一个饱嗝动天地！”没等对方回过神来，萧美文细小而尖锐的声音又响了起来：“闲时掌中耍明月，饮酒摘日作电灯！”这种气魄够大的了，对方无言以对，萧美文胜利了，胜得对方老老实实，胜得我们舒舒服服。

萧美文的父母是1958年从北京支边来黔的。过了几年才生的她。她哥哥萧子南比我们先来三年，是农场公认的第一才子，身高一米八，且相貌堂堂，每当农场搞演出，他总是演郭剑光、杨子荣之类的角色。那时我年纪小，与萧子南不太说话。

但是萧美文却常常与我们在一起，我们写了习作都请她指点。那年萧美文十六岁，个子比我高大许多，且气势夺人，令人不敢直视。所以现在我也想不起她那时的发式和神情，只记得她特爱绿色和蓝色，她要么穿一身旧绿军装，要么穿一身蓝衣裤。她经常去十八块地的小溪边，采来很多兰草，放在桌上、床上、窗台上。一到开花季节，那小小的紫白色花儿开得很香很诱人。

这个冬天她哥没有留下来看农场，说是她住在北京的奶奶病重了，想看看孙子。萧美文还从未去过北京，当时高兴得不得了，跑来告诉我，说她要去北京看天安门了。但老场长说不能兄妹俩都去。萧美文就没有去成。她懊恼了好些时辰。

政委搞来的野味，她大吃特吃。她恨透了政委，说政委没有帮她的忙，让她没能回北京看看天安门。因此她不但大吃政委的野味，还向政委要了几块熏肉。以此来伤政委的心，可政委却不伤心，虽然熏肉是他的宝贝。面对政委刚强而从容的样子，萧美文无计可施，也只好原谅了政委。

日子很好过，过年的前几天，我们几个人全部出动搞年货。政委去老林里守了三天三夜，终于夹到了一头三十斤左右的山羊。我与萧美文则去相隔十八块地一匹山岭的白岩溪捉鱼。冬天溪水小了，刚好淹过脚背。鱼儿冷，不爱动。就躲在石缝或较大的石头下。捉鱼的最好办法是用一块石头猛击水中石头，把下面的鱼震昏过去，然后翻开石头，拾起鱼儿。下水时，喝几口从十八块地贫下中农家里要来的米酒，再用霜雪擦脚心，捉几个小时也不觉十分冷。一连苦战两天，也捉到了十斤鱼。那鱼柳叶儿般大，最重的也只有半两。

其他几人却没有多大建树，他们用几粒苞谷放在大簸箕下面，用根小木棍顶住，再用一条绳子拴住小木棍，然后用手牵着躲在门后面，见有饿急了的山雀来吃，就猛拉绳子。这样折腾几天，不过罩了八只山雀。

除夕夜雪特大，整个山都白了，那雪朵儿、那山、那树、那竹林、那十八块地的三户人家，都静静地在视野里，看后只想大喊大叫，这么多年了还清晰地记得，那一声声吆喝几乎能移动大山。大山迎着我的吆喝声向我走来，模样儿十分忧伤。只有大山和我听得出吆喝声中的忧伤，甚至比我的歌声还忧伤。

清明时节，陆续有人回农场。虽然是春天了，但天气也还冷。一天我们围在树疙瘩火边，正在干吼一些《红灯记》片段，突然闯进来一个高大的人。萧美文第一个站起来，狂喜地喊哥哥。萧子南脸色苍白，左脸上包了一块白纱布，肩上背着一个小小的黄书包。大家拥上去拉拉他的手，帮他拍落身上的泥土。政委从食堂拿来酒菜。萧子南没有马上吃，先去了房间。大家都不高兴，心想他的包里肯定有从北京带来的好东西不肯示人。萧美文高兴极了忘了问她哥的伤。我们气极了，也不问。后来我们把萧子南灌醉了，要萧美文拿来书包，打开一看，却只是一个写满诗词的日记本和一些纸张。大家都觉无趣，各自回去睡了。第二天萧子南起来，问我们知道不知道周总理逝世的消息？我们很久未下山了，不知道这事。我们问起他脸上的伤，他支支吾吾，我们也不再细问。不久农场的人都回来了，看见萧子南脸上那么大块伤疤，都纷纷猜疑。有几个恨他的人，造谣说他耍流氓被人家打的，还编造得有声有色有根有据。萧子南也不作任何解释，这让萧美文很难为情。一天，他去放牛，遇见六月的暴雨，在山中跌死了，有人说他是自杀，因为破了相，难见人了。萧美文大哭一场，大家感慨了一番。

很多年后，从萧美文那儿知道，原来他哥哥当年参加了“天安门事件”，那伤是在广场上被人打的。问起那包悼念总理的诗词，萧美文说她也不知道。那天大家都未细看，可能被她哥哥埋藏在山中了。

后来萧美文去当了兵，不久上了云南前线，从此就没有再见到她，只是她临走时送我的一盆兰草，还在我家窗台上蓊郁地生长着。后来传来她因抢救伤员不幸阵亡的消息，我写了一首诗纪念她，题目叫《热爱兰草》：

你爱绿色
你说绿透了就是蓝色
不信看天空，看大海

你走时，送了我一盆

绿油油的兰草
穿一身绿油油的军装
你说老山兰绿得美丽
你要去那儿救死扶伤

很多年过去
你没有如约
带来一株老山兰
我知道你已化成了一株老山兰
永远长在了老山上

从此我热爱兰草
爱兰博大、深邃
永远有一盆兰草
生动在我蓝色的窗口

这不是诗。却是一个走向成熟的青年对少年时代的一个祭奠。

（原载《当代》1999年第6期）

1999年

韦昌国

山猴之死

春天又到了，春天对他们可不是什么好季节，甚至有些恐怖。

蓝天白云下，虽有暖融融的阳光，有深谷底下翻着白沫不停地流淌的河流，但漫山遍野，除了青黑的石头，就只是一些低矮的稀稀拉拉的灌木，以及从黑土里艰难地冒出来的草尖。这个可怕的季节，不要说野果，就是树叶，也要等待很长一段时间才能长成。

晨雾刚刚散去，他们开始活跃起来。他们是一群山猴。听到猴头在山崖上“呜呜”地发出呼唤，猴群从各个岩缝、山洞里钻出来，散落在晨光中的山岩上。他们很快结成长队，跟在猴头的后面开始下山。

猴头在前面一会儿撒腿奔跑，一会儿跳到岩石上左右瞭望。他身体瘦长，眼睛机警，无论站立或跑动，都显出一种干练灵活，威风凛凛，尽管他腿部受过伤，以致他跑动起来时有些瘸。

到了山下平缓的地带，猴头招呼后边的猴群拉开距离，他同时也放慢了脚步。从这里，有一条小道通向山洼里的玉米地。早春二月，玉米地里几乎是光秃秃的一片黑土，偶尔有几株玉米苗破土而出，贴在地面上无精打采。他们的食物就是泥土里刚发了芽的玉米种子，尽管少得可怜，而且还裹挟着圈肥和粪便的气味。但他们在很大程度上要依靠它挨过这漫长的春季。

他们和山民们一样，无时无刻不在对天祈祷，盼着地里的庄稼快快长大，快快成熟。

猴头在一块高高挺立的岩石上发出信号，猴群呼啦一下散到了地里。他们大大小小总有五六十只，当中还有他的妻子和孩子。他半蹲在石头上，肚子饿得咕咕叫，其实他也有两天没吃上一点像样的东西了。但他担负着瞭望的重任，他不敢让整个猴群在没有任何警戒的情况下去冒险。他耐着性子，不停地变换着姿势在那块岩石上支撑着，两眼盯着从村庄那边蜿蜒过来的山路，特别是那片树林的拐弯处，保不准什么时候会突然冒出一个人影或伸出一支黑洞洞的枪管来。

那片树林是他的伤心地，也是他一生中最大的耻辱。去年的这个时候，他的第三个孩子还没有出生，他的妻子挺着肚子在山洞里饿得直哼哼。他独自溜下山来，在山石间转了很久，仍是两手空空。他无颜回去见妻子，想到即将出生的毛毛，他更感到揪心。他冒着胆子向村庄的方向走，来到一片树林下，终于发现一棵高大的酸枣树上挂着一串风干了的果实。他欣喜若狂地正要奔过去，他的妻子不知何时已站在了他的后边，竭力阻止他去冒险。他在树林的边缘逡巡了许久，总算有些明白过来，那串风干的果子绝不是山民的疏忽大意，那树下的枯草败叶显然覆盖着一个巨大的圈套。

山民们用陷阱、铁夹、索套捕猎獐獾等小动物的伎俩被他看破后，他为自己的智慧有些想笑起来。

他的妻子愁眉苦脸地看着那一串果实发呆时，他说了句“看我的”，便三纵两跳上了林边的一棵树，从这棵树上一步步地向酸枣树接近。他在枝条间腾、挪、弹、跳，身手矫健如初。摘下那串酸枣时，他听到她发出了欢快而赞赏的呼声。这欢呼使他兴奋异常，甚至有些忘乎所以。当年他正是靠这攀缘的绝技征服了她的。

可是他太大意了，或者说高兴得过了头。他抓住一根枝条，双脚悬空吊起来，本想来一个漂亮的弹射，然后从另一棵树上原路返回。谁知他这表演了多次的节目在这一刻出了意外，那根树枝许是已经枯朽，或是刚越过寒冷的冬季，枝条干燥而缺乏韧性，总之无论如何，正当他缩起身子，猛然向下一压时，那枝丫“咔嚓”一下断了，他措手不及，像一个肉团坠落了下来。还没等他明白是怎么回事，脚下“咣啷”一声巨响，他的右前掌被一副大铁夹紧紧夹住了。

她在远处发出一声哀鸣，然后不顾一切地奔过来。他制止她不准她靠近，以防止更大的意外。听到他的咆哮，她不得不停住了。

她满眼哀戚和委屈，挺着肚子在他周围团团转，呜呜直叫。他的脚开始渗出殷红的血，并且由当初的麻木变成了钻心的疼痛，但他强忍着一声不吭。

天渐渐黑了，猎人往往这时候来检查夹子或收取猎物。巨大的恐怖随着黑暗逐渐笼罩了他们。她看他痛得大汗淋漓，龇牙咧嘴直喘气，也不再顾忌他的阻止，一步步地试着向他靠近。

这时，路的另一端有火把闪亮，越来越近。他大声地警告她，叫她赶快离开，赶快上树去，最好是上山去，跑得越远越好，他不愿再看到她。她哪里肯听，说无论如何要和他在一起，她不能把他独自扔在这野地里，让猎人活活地把他弄走。他叹了一口气，无可奈何地摇摇头。

火把越来越近，她也越来越接近危险的边缘。他不能再犹豫了，为了她，也为了他自己，他痛下决心，干出了他一生中最伟大又最惨烈的壮举。人声还在二十米开外的时候，他猛地俯下身去，用尖利的牙齿咬断了自己的右前掌，然后和她一起拼命往山上狂奔。猎人举枪在黑暗中胡乱地搜索目标时，他抚着流血的脚掌站在山崖上甚至有些得意。

他现在蹲着的这块石头，正是他那晚逃脱时站立的地方。他警惕着那条来自村庄的山路，偶尔也回头看看地里的猴群，在当中搜索着他的妻子和孩子。

毛毛这时正在地边的一块石头上玩耍，他一会儿倒立，一会儿弯腰，一会儿上蹿下跳，并不像其他同伴那样急急忙忙地刨土觅食，任妈妈在一旁呼唤，他却满不在乎的样子。毛毛长得很瘦小，而且毛发粗糙，但他是他最钟爱的孩子。他们一共有三个孩子，另外两个已经长大，早早地独闯世界去了。

毛毛出生的这一两年，山里可吃的东西越来越少，山民们不但抠光了山里的桔梗、山药、野葛根，还各处放火烧荒。他们的地盘越来越小。他们在这越来越小的地盘上苦苦地熬着，寻觅食物、繁衍后代、逃避躲闪、疲于奔命。

毛毛是个顽皮的孩子，有次他追一只小松鼠，险些掉下悬崖。十个月的时候，毛毛偷吃一种叫“马桑子”的野果，待他和妻子在树下找到他时，他已脸色青紫，昏死过去了。他把他背到河边，放进水中灌了个饱，然后把水从他胃里挤出来，如此反复三次，直到第二天，毛毛总算捡回了一条命。毛毛还有许多趣事，他捅马蜂窝，捣蚂蚁窝，掏鸟巢，甚至还捉过一条小蛇。他顽皮的天性注定他是一个惹是生非又招人喜爱的小淘气鬼。

时候已经不早，毛毛仍在那里上蹿下跳，他不知道下山觅食是要抓紧时间的。他正考虑要不要换个哨兵，自己也下去寻些吃食时，一回头，猛然瞥见树林的拐弯处冒出一个人影来。这一发现让他吃了一惊，他直立起身子，扯开喉咙“呜——呜——”地发出了报警的信号。猴群呼啦一下散开，纷纷向山上狂奔，一个个像在山石间飘动的绒球。正当他欲转身往山上跑时，他听到了山下不远处传来了毛毛的一声惨叫。

毛毛是顺着小路跑的，他这一别出心裁的举动让他遭到了厄运，他的一双小脚被埋在路上的铁夹夹住了。他心里一惊，想奔下去救他，但为时已晚，那个戴着大草帽的人影已经逼过来了。

来人是个少年，他摘下头上的草帽，露出兴奋的脸。少年比毛毛高不了多少，长得也挺瘦，他搓着手站在一旁不知所措的样子。看了一会，少年解下腰间的镰刀，那刀刃迎着阳光闪闪发亮，毛毛被这刀吓得叽叽直叫。他在山头上看得清清楚楚，他的妻子也立在对面的岩石上看着这一切，她肯定也被这突如其来的灾难吓蒙了。

少年把草帽和镰刀放在石头上后，飞一般从来路跑回去了。这是一个千载难逢的好机会，猴头和他的妻子从山上箭一样冲下去。

这副夹子比上次夹住他的那副稍小一些，毛毛的小脚掌刚好被夹在齿孔中间，但他试着拉了几次，不但毫无效果，反而弄得毛毛尖叫起来。他和妻子试图把夹子掰开，可这两个黑森森的带齿的半月形怪物，踏着时只需一丁点力量，一旦合拢来，任他们拿出撼山的力气也难以掰动分毫。他们忙活了半天，除了加重毛毛的痛苦外，实在没有任何解脱的希望。正当他们争论着要不要牺牲毛毛的两个脚掌时，一高一矮两个人朝这边跑过来了，其中的高大男人还提着一杆猎枪。

他和妻子连忙退回到山上。这次他们的敌手不但多了一位，而且多了一杆枪，他们把距离拉开到原来的三倍。

他们没有急于把毛毛带走。少年在一旁守候着，高大男人挥舞着柴刀在砍山上的灌木，不时抬头看看山石上蹲伏着的两只山猴。

他们就这样对峙着，确切地说他们是在比着耐性。太阳已升到了天顶，男人坐在石头上用草帽扇着风。他们的汗水从毛根里渗出，一次次地被风吹干。远远看去，毛毛已被晒得奄奄一息，停止了尖叫。少年用一根棍子在地上画着，偶尔也抬起头，朝毛毛看上一眼，然后朝山石上的他们俩，发出模仿他们的“呜呜”的叫声。

他体虚心燥，汗水不断，一是因为毛毛，二是因为饿。他甚至有些怨她，刚才不该犹豫，以致错过了机会。她心里也很矛盾，说毛毛还不满一岁，没了脚掌，他的未来不堪设想。他说没有脚掌总比没了命好。他们在山上争论起来，争到最后，对于如何营救毛毛，总拿不出一个好办法。

太阳偏西时，高大男人停了手中的活，叫少年回去弄点吃的来。少年站起身，看一眼毛毛，走了。少年再回来时，带回一包烧熟了的土豆，那是他们的午饭。

少年说：“爹，给他一个吧！”

高大男人说：“给，但别太多。”

毛毛于是得到一个土豆。少年看毛毛连皮带肉吃得挺香，若有所思，说：

“爹，放了他吧！”

高大男人说：“放了？放了拿什么交你学费？”

少年不再说话。高大男人叹口气坐下，摸出烟叶卷喇叭筒，点上火抽起来，不时用眼瞄着山上的那两只猴子。

太阳快下山时，男人没了耐性。他捆好柴，收起猎枪，取出钉在地上拴铁夹的链子，把毛毛带走了。猴头饿得发昏，他是跑下河去喝了一顿清水，赶回来时正好看到这一幕的。他的妻子眼睁睁地看着毛毛被带走，发出了撕心裂肺般的哀鸣。他和她顺着山路追了一程，直到村子边的竹林下，最后看着那父子俩消失在林子的那一边。

他们的毛毛就这样被带走了。他也许会得到医治，然后卖进动物园供人取乐，或许被卖给流浪江湖的艺人，戴着红色的小帽，穿着人类可笑的衣裳，表演一些让人嘲笑的杂耍。总之，他们的毛毛，瘦胳膊瘦腿、毛发粗糙、两眼骨碌碌乱转、任性淘气顽皮惹祸逗人的毛毛就这样从他们的身边永远地消失了，永远也不再回来了。

第二天，天刚蒙蒙亮，猴头背着妻子悄悄溜下山来。他鬼使神差地又来到那块石头上，他知道不可能再见到毛毛，但他仍然抑制不住内心的冲动。让他惊奇的是，她不知何时已先他而来，在那里站成了一块石头。她身上的毛发沾上了湿漉漉的一层水雾。他无声地靠近她，这是他安慰她最好的语言。乳白的雾气散开时，他们的眼睛唰地被山下的景象擦亮了。毛毛！他和她同时欢叫了起来，毛毛就在那片玉米地的边上，他脚上没了铁夹，只在右前掌上拴着一根绳子。

他们从山上向下冲去。毛毛听到了他们的呼叫声，兴奋万分地回应着。临近毛毛，他猛一下刹住了，她稍迟一步赶到，也连忙收住脚步。他用疑惑的眼睛盯着毛毛周围地面上多出来的枯草败叶。毛毛焦躁不安地叫着，挣扎着。他叫他安静些，耐心些。他和她在周围转了一会，渐渐地，他们嗅出了草叶下隐藏着的危险。

她试着要向毛毛接近，刚走到树叶的边上，他还是把她拉了回来。

他们开始向那片杂草投掷石块，一个，两个，三个，投到第五个时，地面上的草突然弹开，一副大号铁夹从草叶中蹦起，“咣”一下夹住了投过去的石块。好险！她和他对视一眼，两双眼睛里既有躲过危险的庆幸，又有找到了消弭危险办法的兴奋。

投向草叶的石块更加密集、猛烈。照这样下去，用不了多久，他们就可以接近毛毛。套在毛毛脚上的麻绳并不太粗，只要能过去，他是有办法很快把它弄断的。

可是事情并没有他们想象得那样顺利。正当他们引发了第二副铁夹时，他猛一下瞥见从树林里伸出的黑洞洞的枪管。他来不及细想，拉着她连滚带爬地就往山上奔逃，一直跑到那块石头上面，他才停下来。回头看树林里时，一切平静如初，连一声鸟叫也没有。她埋怨他大惊小怪，胆小如鼠。他分辩说，他的的确确看到了枪管，还有那男人一双布满血丝的眼睛。

雾已渐渐散尽，晨风微微地吹，草木在阳光下了无生气地招摇。他们营救毛毛的第二次行动随着时间的推移越来越成为不可能。男人干脆从林子里大摇大摆地走出来，伸着双腿坐在路边的石头上抽他的旱烟。太阳升到天顶时，少年拎着一竹筒水，还有一包煮熟的山芋从路那边一步步地挨过来。

他和她伤心到了极点。

男人抽够了烟，吃饱了山芋，喝足了水，抱着枪斜靠在石头上，眯眼打盹。

少年用根棍子顶着他的草帽，摇动着逗毛毛。他们仿佛成了朋友。少年从地里的什么地方抠出一个拇指大小的红薯，掰一半扔给毛毛，自己也擦擦泥土送进嘴里大嚼起来。

时间在一分一秒地过去，山上一片死寂，偶尔有一只山鹰在青蓝的天幕下盘旋，发出令人惊悸的叫声。石头在烈日的暴晒下开始发烫。男人也许耐不住了，退到一块岩石的背阴处躺着。

男人醒来的时候，发现山石上的猴子没了踪影，他站起来四处看了看，不禁有些失望。他咕哝了句什么，怏怏不乐地从腰间摸出烟荷包，卷起一个喇叭筒，刚划上火，却停住了。他发现了他，那只身体瘦长，跛着一只脚的山猴，正潜伏在他刚才躺着的那块大石头的背后，龇牙咧嘴地看着他。他不动声色地点上火，用眼睛的余光罩着他，左手却悄悄地伸向一旁的猎枪。山猴显然没有觉察他的心思，索性立起身来，满不在乎地在石头上上蹿下跳，若即若离地向他挑战。

有那么一两次，他甚至等他套准了准星，才漫不经心地又蹦开来。他被挑逗得有些沉不住气了，一腾身站了起来，平端着枪追过去。山猴并没有像他想象的那样一溜烟向山上逃遁。他走几步，他就后退几步，他站住不动，他也不动，刚好保持着使他充满信心和希望的距离。

他端着枪继续往前追，山猴跳跃着不断向后退。毛毛在那里“叽叽”地哀叫，少年摇动着树枝上的草帽，“呜呜”地发出猴子般的呼声。男人转过头去看了一眼，发现远处他的儿子正用手里的棍子一连串地引发着地面上的铁夹。他刚想呵斥他，阻止他别干傻事。可是已经来不及了，另一只山猴这时不知从哪里冒了出来，像风一般卷到了毛毛的身边，还没等他明白过来，那母猴已俯下身去，三下两下咬断了绳子，背着他的孩子像一阵风又刮到山上去了。他有些暴怒起来，举枪向直立在对面不远处正兴奋地观赏着这一幕奇迹的山猴开了火。

枪声十分沉闷，山谷里激起一阵空洞而又枯槁的回响。山猴身子一震，他的血喷射到半空，染红了大半个西天。

（原载《民族文学》1999年第4期）

1999年

杨打铁

碎麦草

一

从前那些孩子斜挎草绿色书包，左胳膊戴着“红小兵”袖标，不少人边走边吃窝头就咸菜疙瘩。八小不算近，九小也不远，两股人流要在一个岔路口上交汇。九小管八小叫“王八坑”，八小管九小叫“尿炕精”，彼此遇上就这么打招呼。八小确实处于低洼之地，下雨天操场灌满积水，常有癞蛤蟆出没。可我们九小怎么是尿炕精呢？李小丽只知道他们的班主任刘老师患肾炎住过院，没听说九小有哪个学生爱尿炕。

李小丽的头发稀松单薄，有点发黄，她自己编的两条小辫，有一条拧了劲儿，总是支棱着，很容易甩到她同桌张连保的脸上。张连保跟她是一个院儿的，居然郑重其事地在桌面正中画了一道线，李小丽的胳膊肘稍一出界，他就恶狠狠地给撞回去。李小丽在课堂上从不主动举手发言，要是老师指名道姓，叫她站起来回答问题，她会面红声颤吓得要命。当一只小东西从她的头发里爬出来时，准保逃不过她后座孙雯的眼睛。孙雯用气声说话，连比带画地数着一只、两只、三只……尽可能周到地将她发现的情况传播开去。李小丽这时恨死了她头发里的那些傻东西，其次才恨孙雯以及跟孙雯一起瞎激动的同学。她没有一点办法，只好一声不吭死死盯住黑板不让眼泪流出来。张连保这个臭小子，猛不丁地抬起胳膊肘，撞一下李小丽说：“都在议论你呢，虱子包！”

刘老师站在黑板前，离坐在头一排的李小丽很近，却像站在水汽迷蒙的雨中，连她的声音也水洗过似的听不清了。好不容易放学了，只见李小丽冲出教室飞快地奔跑起来。

跑到丁字路口，那个经常在此游荡的疯女人冲过来：“小孩别跑，我有话对你说。”

路边有棵老榆树，树下有辆冰棍车，不管李小丽愿意不愿意，疯子把她拉到车前。

卖冰棍的小脚老太太坐在车后的凳子上，雪白的头发朝后梳拢绾成个髻，胖嘟嘟的脸蛋，像一只干干净净的大白兔子。疯子掀开天蓝色冰棍箱的盖子，从白纱布包裹的棉絮下取出一根冰棍，硬是塞给李小丽。

“姥姥你说，这孩子像不像我二姑？”

“你二姑死的时候你才几岁？”老太太不耐烦地看一眼李小丽，对疯子说，“连我都记不清她的模样了。”

疯子偏说像，拉住李小丽不放，又塞给她一根冰棍。两根都是白糖冰棍，不带包装纸，卖三分钱一根。李小丽一手一根冰棍，这边吃一口，那边舔一下，生怕不等吃完冰棍就白白地化掉了。

成帮结伙的孩子背着书包，经过老榆树时齐声高喊：“疯子，疯子！”

他们一边呼喊一边奔跑，就像捅了马蜂窝一样，激动得要命。跑几步停下来，转过身又开始齐声高喊。疯子一追他们就跑，气得疯子也不追了，站在路中间冲他们张牙舞爪，恨不能抓住一个立即掐死。李小丽手里的冰棍正在慢慢融化，她吮着手指头嘀咕，理他们干啥？他们是闹着玩的。张连保独自一人走过来，轻蔑地瞥一眼李小丽，骂道：“臭美啥呀小疯子！”竟然不慌不忙地与真正的疯子擦肩而过。

李小丽一连白吃了两根冰棍，尽管张连保使她有点扫兴，但她还是得意扬扬，目空一切地歪着小脑袋，就差飞到天上去了。卖冰棍的老太太可是不愿意了，冲李小丽嚷道：“你赶紧回家去，要不然她也不走，我这冰棍还卖不卖？”

二

一座由三栋青砖瓦房构成的门形院落，里面挨挨挤挤住着十几户人家。李小丽家住在门梁左端，看上去十分靠近“门”字的一点。那一点相当于用木板搭成的公共厕所，但得往上推移，推过一块人们常往上面泼脏水倒垃圾的空地，它就又黑又臭一半落在实地一半架在了粪坑上。

李小丽吃过晚饭，坐在炕沿上，怀抱一只油污发亮的蓝布枕头，用白线在上面一针一线地扎进去扯出来，绣着她心里想好的三只小鸭子。她爸盘腿坐在炕桌前喝酒，吩咐李小丽再给弄点下酒菜。李小丽到厨房里洗了两根皮色粉红的水萝卜，切成片放进搪瓷盘里，淋点酱油拌一拌，端到炕桌上。爸爸喝酒，李小丽绣花。一只麻麻瘩瘩的小鸭子终于绣好了，李小丽开始坐不住了，身子扭动起来。爸爸拿起酒盅敲敲桌子说：“有尿你就撒去，总是晃来晃去的，晃得人烦不烦？”

李小丽抓起枕头，朝炕里边一扔，再也无心绣第二只鸭子。

老妖婆住在李小丽家隔壁，让人猜不准有多大岁数，一脸核桃皮，满头糊焦焦的卷毛，那是她自己拿烧热的火剪子烫出来的。老妖婆有三个牛高马大的儿子，老大老二到乡下插队去了，老三有点罗圈腿，已经上高中了。老妖婆的丈夫在制材厂上班，她家用整齐的木板当障子围成小院，带门斗的大门非常气派。小院里有一架葡萄、一株瘦弱的海棠树，一年到头结不出几个果子。晴朗的天气，老妖婆坐在葡萄架下洗衣服，胸口顶住一块搓衣板，夸夸夸使劲搓，搓着搓着，沙哑的嗓门忽然喊开了："李小丽，李小丽！"

李小丽从自家屋里出来，爬上柴堆，探出头，不耐烦地问："什么事呀？"

老妖婆叫李小丽帮她拆毛线，拆一条大概属于她小儿子的旧毛裤。按照老妖婆的指点，李小丽从一条裤腿的末端开始拆，把拆下来打着"m"状小弯的毛线绕在四脚朝天的板凳腿上。拆毛线拆出很多灰尘，在阳光里飘浮，有一股不太好闻的气味。老妖婆惯使甜言蜜语的伎俩，夸李小丽会干活儿，心眼好使，说是打算把理发馆的刘玉凤介绍给她爸。

"怎么可能？"邻居家的女孩周颖一听说这事，立即表示怀疑，咋咋呼呼地说，"刘玉凤会看上你爸？谁不知道她是个骚货，破鞋！"说完呵呵笑起来。李小丽也跟着笑，尽管她不一定非笑不可。她俩蹦蹦跳跳，接着玩跳房子的游戏。

那条小胡同曲里拐弯，往南横穿马路通往西流松花江，从北面出去七折八拐好一阵子才能进入比较像样的市区。胡同北头那儿有一家小卖铺和蔬菜店，一家兼卖油条和豆腐脑的山东煎饼铺，加上一家街道办的理发馆和小诊所，围绕十字路口形成小小的街市。理发馆里有两把老式的理发椅，两个理发员都是中年妇女，一个是李小丽同班同学的妈妈，一个就是刘玉凤了。两个女理发员装扮成医生模样，一袭白大褂，头戴白帽子。刘玉凤似乎更讲究些，不但身上的白大褂显得雪白，脸上有时还捂上了白口罩。她给罩在白布单里躺在椅子上的男人刮胡子，一手拿着剃刀，一手按着那张涂着肥皂沫的大脸，小拇指翘得特别娇气。收拾完了男人，刘玉凤洗手的时候，口罩半摘不摘地挂在一只耳朵上，用牙刷仔细地刷指甲缝，好像生怕传染上细菌。

李小丽抱着一只灌满酱油的瓶子，站在理发馆洞开的门外，傻呆呆地朝里面张望。李小丽觉得有点奇怪，这些天上学放学，她经常看见刘玉凤的女儿。那女孩也在九小上学，比李小丽高一年级，长得像她妈，但似乎更瞧不起人。她是班里的"起歌委员"，由她唱每首歌的头一句，她喊一声唱，全班就把那首歌从头唱到尾。李小丽和几个女同学走在她后面，她们打打闹闹围着她追逐时，她都没拿正眼看她们。

老妖婆把男女双方见面的地点定在她家，刘玉凤来了以后她就去叫李小丽她爸。

李小丽她爸说："见也是白见，这种事我都烦透了。"老妖婆说："那不见得，我跟你说过刘玉凤有三个孩子，也许你该掂量掂量她。"说完对小丽喊："瞧你爸这副窝囊相，李小丽，找一身干净衣服让他换上。"李小丽从炕柜里找出一套工作服，气呼呼地甩到炕上。

劳动布工作服没下过水，叠出整齐的线棱，散发着一股浓浓的怪味。上衣穿在李小丽她爸身上还算凑合，裤子却太长了。老妖婆弯下腰帮他挽裤脚，卷出厚厚泛白的布里，衬着发紫的蓝布面，活脱一对奇怪的大镯子。她站远一点打量他，流露出失望的神色，于是又弯下腰放开裤脚，尽量平平整整地给窝了进去。看着老妖婆押着矮小的父亲出了门，李小丽趴在炕沿上小声地哭了起来。

三

那一阵子孩子们迷上了自行车，一有机会就骑着车在胡同里乱窜。都跨不过大梁，只能采用一种“掏裆”的骑法。他们将屁股撅向一边，忽地抬起来，忽地落下去，掏进三脚架那边去的腿不停地旋动，让人想到火车行进时挂在轮子上的驱动轴，特别地卖劲。李小丽连车都不会推，看别人骑车心里急得不得了。她帮她爸擦车，连车条都擦得锃亮，在阳光的照耀下，晃眼一看车圈就跟空的一样。

“爸，让我玩一会儿嘛。”

“不行，你三下两下还不把车摔零碎了。”

李小丽有个外号叫二驴子的男同学，他爸是东关粮库扛麻袋的，一条腿骨折了。二驴子把自行车从棚子里推出来时，他爸的脑袋伸出窗外，破口大骂，干着急，一点办法也没有。这辆破车爱掉链子，可李小丽在二驴子的帮助下，稀里哗啦，很快就学会了骑车。

别看二驴子学习不行，但他热爱劳动，心肠也不坏。他有一堆弟弟妹妹，个个鼻涕糊嘴，破衣烂衫，一副又凶又傻的样子。当李小丽吃着东西经过他们身边时，特别担心他们从背后扔石头。当一只麻雀倏地飞过头顶，总是弄得她胆战心惊。有一次，李小丽事先用糖纸包上小土块，给二驴子的弟弟妹妹一人发了一块。小家伙们如获至宝，连声谢谢也不说就往家跑。李小丽马上就后悔了，生怕他们吃假糖吃出麻烦，千万别噎死一两个。二驴子知道后埋怨李小丽，你真不够意思，太缺德啦！

李小丽跟二驴子是一个学习小组的。他们小组一共五人，都住在一条胡同里，下午不上学，总是轮流去一家写作业。二驴子家太脏，没人愿意去，便改成学雷锋做好人好事。小组长孙雯提议：“今天咱们掏大粪吧，给学校的科学实验田施肥。”掏大粪没有工具，讨论了半天，还是二驴子有办法，自告奋勇，把家里烧得黑乎乎的水壶拎来了。大家齐心合力往壶嘴里塞了一根棍子，再带上一只泔水桶，乐呵呵地直奔学校的厕所。

本来都高高兴兴地忙着，一桶大粪汤已经灌进了白菜地，二驴子却溜到一边闹情绪。问题出在他家的水壶上，大家一点都不爱惜，光知道使劲掏，壶嘴壶把都给弄歪了。二驴子说，这事让他爸知道了非往死里揍他不可。孙雯把水壶往地上咚地一放，召集大家坐在一棵躺倒的枯树上开现场批判会，不光是批判，按照她的说法，同时也是帮助二驴子同学。她首先检讨自己平时对二驴子帮助不够，以至于二驴子滑向了资产阶级一边。接着是张连保和另外两个同学发言，他们谴责二驴子不关心集体，只为个人的利益着想。

张连保真不要脸，要说自私自利，他在家里洗一次脸都得管他奶奶要五分钱。这批判会是你家开的吗？想批谁就批谁，那么谁来批你呢？这可不是在正式的场合，李小丽一点也不发怵，等他们说够了，她反问张连保："你光会说漂亮话，怎么不把自己家烧水壶拿来？"对呀！二驴子恍然大悟，真跟一头毛驴似的冲张连保发作起来："小兔崽子，你再瞎扯一句，看我不揍你个狗头喷血！"

四

大人的事情小孩子可说不准，谁跟谁结婚似乎很容易，也没什么道理。那一天，李小丽她爸穿上一套蓝涤卡中山装，换了个人似的，吩咐李小丽别瞎跑，把屋子再好好收拾收拾。李小丽爱搭不理的，从书包里掏出书本和文具盒放在桌上，摆出一副要干正经事的架势。爸爸刚一离去，她就把那些东西放回原处，拿着半支白粉笔溜出了门。

头一天老妖婆家做了十几块又大又厚的煤饼，沿障子根排了一溜儿。这会儿煤饼已经半干，被从地上揭起，靠着障子根晒太阳。李小丽看看四处无人，拿起粉笔往木板障子上写道："这是老妖婆家的煤饼，大家快来踩呀！"写完，她抬起脚，把一块块煤饼拦腰踹断了。

李小丽溜出胡同，开始孤零零地东游西逛，很快就被玻璃厂吸引了过去。玻璃厂喜欢生产鱼形花瓶，五颜六色的玻璃鱼，一律翘着尾巴直挺挺地站立着，嘴唇一长一短张开一道缝儿，供人们买回家往鱼嘴里插塑料花。这天也怪，玻璃厂的大烟囱没冒烟，有个叫高升岭的人爬了上去。不知道高升岭是什么人。有人拿着话筒，不停地冲他喊话，口气相当严厉。爬上大烟囱还有好事儿！关键的问题是，那么多看热闹的人想知道，他是打算往烟囱里跳还是往外跳。显然是希望他往外跳，因为烟囱根附近的地面上已经铺好了被子褥子军大衣和草垫子什么的。当一些人抬来学校上体育课用的海绵垫子，人群随之闪开一条通道时，李小丽趁机找到了更好观看的位置。有人拿着话筒向高升岭喊话，劝告他不要做傻事，只要他顺着大烟囱上的一串凹形铁钩爬下来，他的问题就会得到妥善的解决。神色庄严的解放军手拉手围成一圈，只等高升岭纵身一跳，落在他们的胳膊上。

高升岭到底跳不跳？真叫人又着急又生气。他稍微有点动静，人们就激动万分。他怎么不变成一只大鸟呢？拍拍翅膀飞上天去多有意思！人们一个劲地把李小丽往一边挤，她还不如自己挤出来算了。

李小丽横穿马路，穿过一片破烂平房和一条煤渣路，来到玻璃厂倾倒的垃圾堆前。垃圾堆里有许多彩色玻璃碎片，每一种颜色的李小丽都挑选一片，分别贴在眼睛上试一试。还是红色的最有意思，让她晕乎乎地走进了红色的世界。

李小丽走上柳树成荫的江堤，过桥来到展览馆广场。那时候李小丽还没上学，但亲眼见过人们聚集在这里。他们佩戴红袖标，手握红宝书，摇动大红旗，排队列喊口号，唱歌跳舞，一场接一场地开批斗会。一些人戴着纸糊的尖帽子，胸前挂一块写着各自姓名的大牌子，胳膊被反绑着，走着走着就被人踹一脚。直到有一天，大概是高音喇叭传出了一声怒吼，不许胡闹！人们这才如梦中惊醒，纷纷逃散，广场变得一片寂静，只剩下一尊巨大的毛主席雕像，李小丽没有走过去，是因为她看见一对搞对象的姑娘和小伙子，正坐在雕像的基座上，亲热地抱成了一团。

李小丽不在家的时候，她爸把刘玉凤和她的孩子接来后，借老妖婆家宽敞的小院摆了两桌酒席。他们大吃大喝完了，唱唱革命歌曲，跳了跳已经不太流行的忠字舞。阳光洒在葡萄架上，从大绿叶子的缝隙筛下斑驳的光影，光影落在人的身上和声音里，很容易就被搅散了。几个混迹其中的小孩，偷偷摘下小小的海棠果藏进衣袋，等李小丽一回到大院就掏出来给她看。“你怎么才回来？你后妈还领来一个小傻子呢。”好像李小丽错过了大好时机，后悔死了才合情合理。

李小丽掏出口袋里的碎玻璃片，全都放在地上，他们得争先恐后地抢夺，否则别想得到自己喜欢的颜色。李小丽觉得自己又坏又可怜，东游西逛一整天后，人变得像一张白纸，没有任何心思了。她写在木板障子上的粉笔字已被擦掉，白糊糊的一片难辨真迹。她推门进家，老妖婆刚好从里面出来，那沙哑的声音变得异常温暖：“我就猜是你干的好事。我还不知道你吗？李小丽，恨我没用，等你长大了才会明白，什么事都得顺其自然。”

刘玉凤带来一男两女三个孩子，除了那个比李小丽大一岁的女孩，还有另外两个小家伙。男孩比李小丽小两岁，眼睛有点发直，爱流口水，双手隔一会儿抖动一番，哪怕捧着聚宝盆也会摔到地上。小女孩只有五岁，一对小眼睛，看人怯生生的，看什么都那样，说不清怎么回事，长得多少有点像李小丽。

这兄妹俩玩起李小丽从前玩过的游戏，挖一个小坑，把一些从煤里拣出来的黑石块放进去，然后撒上一层盐粒，用土埋好。李小丽他们从前是指望八年后石块变成滑石，滑石无非是用来往墙上或地上写字画画，用途不大。现在的小孩真贪心，居然幻想石头变宝石，红宝石呀蓝宝石呀，非常值钱。当然，宝石也要等八年才能变出来。李小丽仅用八年还不到八分之一的时间就变聪明了。“你们可能把盐放少了。”她假装担忧地说。李小丽忘了这个游戏有一条规则，埋起来的石头不能动，哪怕扒开土看一眼都不行。那怎么办？李小丽乐在心里，假装正经地给她的弟弟妹妹出主意，让他们重新挖坑，另外好好埋一批石块，盐不够的这一坑就别管了，虽然变不成宝石，但也不一定完全作废，至少能变出点什么名堂的。

篦子的形状类似一副小扁鱼的骨架，两排尖细的梳齿非常缜密。可刘玉凤还嫌不够，又用线把梳齿分成几组勒了一道。李小丽洗过头，坐在刘玉凤的膝前，由她给篦虱子，疼得她龇牙咧嘴也不吭一声。她那个姐姐坐在窗台上看书，一条腿平伸，一条腿甩到窗外，看得津津有味。那是一本旧书，没头没尾，纸都发黄了，是李小丽她爸从造纸厂化纸浆用的烂纸堆里捡的。书里有爱情的地方被人画上了红线。姐姐厌烦地问李小丽，是不是你画的？李小丽说那是原先就有的，你往后翻，还有好多呢。这时傻弟弟从外面回来，衣服挂破了，浑身脏兮兮的，脸却黑里透红泛着光。刘玉凤抓起他的胳膊在上面挠了一下，一道白印说明了问题，她操起扫帚抽得他呜呜直叫。他总是没记性，常常一个人去江里学游泳，也不知学会没有。

夏天小学生上体育课，有几节课要到江里去上。没有几个人会游泳，总是不等学会天气就转凉了。他们都穿平平常常的裤衩和背心，在岸边水浅的地方泡着，打打闹闹乱了套。体育老师姓陈，个儿不高，瘦瘦的，穿一条红色的三角裤，把裆前那玩意儿勒成了个小包，面对宽阔的江面，他居然一口气游到了江心。李小丽在水里偷偷撒过尿，看着折返回游的陈老师，弄不明白他是不是感觉自己像鱼一样自由自在。她连浮都浮不起来，手忙脚乱，头一扎进水里就拼命扑腾，不然就会呛水。她顺着水流的方向看大桥，大桥缩小了好多倍，桥上的车辆和行人同样都缩小了，虚幻得叫人发晕。而朝相反的方向看去，能看到远处造纸厂的大烟囱。大烟囱仿佛认识李小丽，三个大烟囱冒出浓淡不同的烟雾，显得特别高兴。

马车载着高高的麦草垛，一路上欢快地驶向造纸厂。零散的麦草飘落下来，被风吹着，给马路镶上了金边，给路边杨柳树的脚脖子缠上了金丝线。李小丽她爸骑着自行车，追着一辆又一辆的马车，追到造纸厂，然后往一起一落的电动铡刀下塞麦草。

李小丽她爸拉来一车车半截红砖头，扒掉后院的土坯墙，重新砌起一人多高的砖墙，墙头上插满了玻璃碴。新墙把厕所前的空地圈进去了一部分，李小丽她爸开始在里面修猪圈搭鸡窝。他一清早下了夜班，用自行车驮回一只鼓鼓的大麻袋，解开绳扣，倒出一地碎麦草，摊开后拿起棍子反复敲打，把麦粒打出来。好天气的日子，麦粒晒在一块席子上，逗得被关起来的猪和鸡直闹腾。麦粒攒够半麻袋，李小丽她爸就带着麻袋去郊区，找人加工成面粉。他们那一家子，在别人家多半都吃粗粮的年月，隔三岔五地蒸一锅白白的大馒头，吃得他们似乎没有什么理由闹别扭。

五

李小丽头一次看见双大梁自行车，感到特别惊奇，当一个高个子男人推着它进了大院，她就盯上了，直至跟随其后进了她自己家。刘玉凤对她的孩子说：“看看谁来了，快叫王叔叔啊！”傻弟弟抖动双手，含混地叫了一声。姐姐似乎不喜欢王叔叔，仅仅抬起头翻了他一个白眼，继续趴在缝纫机上写作业。过一会儿，她用极小的声音对妹妹说：“吐他，吐他！”妹妹直发愣，想一想，把手指伸进嘴里蘸了点唾沫，悄悄地抹在王叔叔的衣服上。

李小丽看看没自己的事，溜出屋，把那辆车推出院子，骑上去找二驴子。

二驴子并不怎么惊奇，挺在行地说，这车多出来的一根横梁是后来焊上去的，大概是图好看吧，没什么用场。他骑了一会儿还给李小丽，有点神秘地说：“这车我见过，那人是不是个儿挺高的？”李小丽说：“是啊，你在哪儿见过他？”二驴子不愿意为这辆怪车动脑筋，他说以后想起来再告诉她。天不早了，他得带上弟弟妹妹去郊区菜社，偷偷收获一些黄瓜和西红柿什么的。秋天来了，眼看所有菜都要罢园了。

六

九小要开运动会了，李小丽报名参加女子六十米赛跑，还答应为班级借一套锣鼓。这两件事，李小丽原本没有多大把握，只因为刘老师动员了半天，谁都不吭声，她一急就表现出一种热爱集体的冲动。六十米赛跑，李小丽平时没练过，也不曾有过获胜的经验。她认为自己虽然矮小，但腿长得长，鼓足干劲拼它一回，说不定会出现奇迹呢。她想象自己一鸣惊人的情形，无限感动，恨不得马上就开始比赛。为借一套锣鼓，李小丽急得才叫要命，到了最后关头，她跟刘玉凤提起这事都快要哭了。

刘玉凤从未办过这种事，埋怨了李小丽几句，答应去街道办事处试一试。李小丽在厨房洗碗时，刘玉凤拿她当好孩子的典型，教育了她的大女儿一通。姐姐当然不高兴：“我怎么能跟她比？我又懒又馋，脾气也不好，可谁让你不是我后妈呢？”

运动会上，小学生一律穿白衬衣蓝裤子和白球鞋，已经由“红小兵”转成了“少先队”，多数人都戴上了红领巾。他们吃鸡蛋吃面包，喝汽水吃冰棍，叽叽喳喳，快乐得不知像哪种鸟。五年级女子组六十米赛跑倏忽而过，李小丽非但没拿上名次，连自己是倒数第一还是第二名都没弄清。败下阵来的李小丽，剩下的项目仅仅是当观众了。

他们班这一堆，锣鼓喧天好不威风，出尽了风头。似乎无人记得李小丽的功劳。大鼓敲出：茄子、辣椒、胡萝卜、葱！铜锣铜镲一块配合这个节奏，追着运动员的腿肚子疯跑。高音喇叭连喊“加油！加油”，隔一会儿就念一篇广播稿，表扬这个表扬那个，煽动着大家狂热起来。这时，李小丽忽然想变成瘸子，坐在轮椅车上，被人推着到处闲逛。人家把她推到空无一人的大商店，那么多的好东西摆在货架上或者玻璃柜里，只要她愿意，伸手指一指，都会拿给她。可她偏偏什么都不想要，双手交叠地抱在胸前说，推着我看看就行了。

茄子、辣椒、胡萝卜和葱，都蔫了。四百米已经跑了一大半，运动员们已满头大汗，腿肚子变得硬邦邦的。跑在最前面的二驴子最可怜，呼呼地喘着气，裤衩直往下坠。

七

鸡屎什么味？你往一只手背上吐点唾沫，跟另一只手背互相摩擦，边搓边加唾沫，然后闻一闻就知道了。李小丽不爱吃鸡蛋，她说能吃出一股鸡屎味。她拿着菜刀当当当剁白菜帮子，剁碎后拌上苞米面喂给鸡吃。经她喂大的鸡，公鸡都长得漂漂亮亮，最好的母鸡能连续十三天下蛋。

有一段时间，李小丽每天偷偷送给二驴子一两个鸡蛋。二驴子他爸特别倒霉，腿伤养好后又得了肝炎，躺在炕上脾气更大了。李小丽奉献的鸡蛋，往往就由二驴子敲进碗里，加点酱油，蒸成“卧蛋”端给他爸。可是后来二驴子留了一手，他爸病好了都上班去了，他也不告诉李小丽，鸡蛋白白给他那个睡醒后喜欢大哭一场的小妹妹吃了。二驴子怎么不想一想，李小丽偷鸡蛋担着多大风险？

二驴子为了平息李小丽的火气，对她说，有一天晚上他背着半麻袋土豆从菜社往回赶，穿过冷风飕飕的树林子时碰上了刘玉凤。“你后妈跟那‘双大梁’在一起，就这样——”李小丽推开二驴子朝她腰上搭过来的胳膊，说他胡说八道，最后却警告他，这事儿不要对任何人说。

王叔叔多半都赶在李小丽她爸上班的时候来，碰巧刘玉凤正在做一顿好吃的饭菜。刘玉凤容光焕发，说话娇滴滴的，瞪王叔叔一眼，捅他一拳，那样子真叫人脸红。姐姐啪的一声合上书本，噔噔噔往外走。妈妈喊她说：“你去找一找弟弟妹妹，叫他们回家吃饭。”李小丽正觉得为难，刘玉凤给她两毛钱，叫她去打酱油和醋。如果不是怕惹麻烦，李小丽真想拔掉那辆双大梁自行车的气门芯。走在路上遇见二驴子，李小丽请他帮忙，他说没用，你就是把车砸了姓王的也会照样来你家。这方面二驴子有经验，他爸前年和煎饼铺的一个女人相好，他带上弟弟和妹妹砸过那女人家的玻璃，他妈还吃过“六六粉”，一点都不管用。二驴子说，最自私的就是这种狗男女，他们的资产阶级思想比谁都严重。

李小丽从梦中惊醒了，正要下炕撒尿，刘玉凤打里屋溜进来。她要干什么呢？她把躺在炕上的四个孩子从头到尾地查看了一遍，看他们是不是都睡着了。李小丽闭上眼睛装睡，刘玉凤不太放心，轻轻地喊了她几声，呼出的气息撩着她的脸。刘玉凤一走，里屋很快传来模模糊糊的声音。在模模糊糊的声音里，好像有个女人疯了，哼哼唧唧，嗷嗷乱叫，最后疯到了头叫喊一声，死了一样再无动静。

天刚刚亮，公鸡叫得起劲，李小丽穿衣下炕来到后院，抓几把麦粒扔进鸡食槽，又把院子扫了，然后坐在板凳上发呆。她爸推着自行车进来，吃惊地问她："起这么早干啥？"说着把车上的麻袋卸下来，动手解绳扣。李小丽走过去从背后抱住他，闻到一股灰扑扑的干草味，怪冲鼻子的，使她想哭。爸爸抖动肩膀摆脱她，可她不松手。爸爸生气了，把她拨到一边，跺着脚说："你今天怎么回事？又不是小孩子，干吗老缠人？"李小丽真要哭了，拍打拍打爸爸身上的灰尘，低着头发愣，突然莫名其妙地说："爸，给我两块钱。"又带着哭腔重复了一遍。她爸从裤子口袋里掏出钱，看也不看一眼递给她："拿去，别瞎花！"

李小丽带着傻弟弟逛街，专门买吃的东西，很快就花光了两块钱。偏偏到最后他相中了一种玩具手枪，好像那本来是他的东西，被人扣在商店里，委屈得要命。李小丽说过多少遍了，钱已经花完了，并且掏遍身上所有的口袋给他看——真的一分也不剩！可弟弟就是不讲理，哭着对她拳打脚踢。李小丽气得直跺脚，你要枪干什么？你的手只会发抖，根本就拿不住。回家的路上，弟弟赌气不理她，不是走在前面就是落在后面。当一拨儿自行车鱼群一样经过时，李小丽终于抓住了他。

她紧紧地抓住他的手，突然想和他一起轻飘飘地飞起来。让人们都吃惊地看着吧：李小丽带着她的傻弟弟飞过一辆运载木材的大卡车，轻飘飘地落在街对面，然后跟平常一样行走；走着走着他们又飞起来，飞在一片鱼鳞一样发亮的灰瓦屋顶的上空，找寻一座铺了一地碎麦草的小院。李小丽看见了她爸，他端着簸箕不停地颠动，笑眯眯地把草屑和秕糠扬给秋风。

弟弟似乎懂得李小丽的心思，他的手开始紧张得颤抖，眼看他们就要起飞啦！

八

疯子变了样，站在只剩下几片黄叶的老榆树下招呼李小丽。你是不是好长时间没看见我了？李小丽说是呀，你到哪儿去了？疯子已经穿上了冬天的衣服，但没穿棉鞋和袜子，敞口黑布鞋把脚面勒成了馒头。她抓起李小丽的一只手，撩起衣襟，让她摸摸自己的大肚子。"我不骗你，这里面有个小孩。"李小丽摸到一个正在拱动的小包，非常害怕。疯子说："你肚子里也有一个小骨头，等你长大了，小骨头就会变成小孩。"李小丽不相信，就算有那么一个小骨头，你得跟男人结婚才能生出小孩吧。

冬天很快就来了。

放学回家，李小丽和同学走在吱吱作响的雪地上。他们迎着风雪，远远地看见有个背着书包的孩子，怀里抱样东西匆忙赶路，东西掉了，捡起来拍拍雪，抱起又走。李小丽说，好像是我妹妹。她追上去，看见妹妹抱着绒线帽，小脸冻得发紫，鼻子吸溜吸溜直响，耳朵冻得像新鲜肉片一样透明。李小丽摘下头巾，给妹妹戴上。

“帽子里是什么？”

“小鸟。”

“让我看看。”

“它快要死了。”

“就打开一条小缝，只看一眼。”

李小丽看到一只昏迷的小麻雀，羽毛还没长好呢。她轻轻拨弄一下，小麻雀睁开眼，蹬一下腿——上面有血痕。我来抱吧，李小丽说，你会把它摔死的。

李小丽的小弟弟刚出生时整天睡大觉，皱巴巴的小红脸，使她想到可怜的小麻雀，想到疯子不知生了什么样的孩子。妹妹撇撇嘴说，他长得可真丑。刘玉凤拥着棉被卧在炕上，轻声细语地说：“小孩刚生下来都这样，慢慢就长开了。”

李小丽找来棉花，拆了几只口罩，缝了一双小小的棉袜子。她是看动画片《草原英雄小姐妹》，照蒙古族人的毡靴式样做成的。姐姐觉得可笑，拎着一只袜子喊叫：“妈，你快过来看看，这叫什么呀！”刘玉凤正在洗尿布，擦一擦手捏捏袜子说：“小丽真是手巧，我都不一定做得出来。”说着把袜子给弟弟穿上，不大不小正合适。怪模怪样的袜子，晃眼一看像一对白蹄子，也像脚上打了石膏缠了绷带。

“小丽，能不能再做一双，用结实点的布，好换着穿？”

“这双还没做好呢，得缝上带子，要不然他脚一蹬就给蹬掉了。”

小弟弟睡醒了，李小丽给他换过尿布，用小被子包好，包成铅笔头的样子，在腰部勒了一根绳子。把他抱到外面去，他露出小胖脸，黑眼珠骨碌碌转。看看天，天上有太阳，有白云；看看地，地上有小鸡刨土，找虫子吃；看看邻居家的小院，海棠树刚刚发芽，开完花才能结果果。当看到满头糊焦焦卷毛的老妖婆，小弟弟乐得直踢腾。

老妖婆说：“来我家玩一会儿吧。”

李小丽绊了一跤，小弟弟脱手而出，摔在老妖婆家没来得及收进仓房的煤面堆上。

小弟弟哇哇大哭，经老妖婆好一顿哄劝才安静下来。老妖婆把他放在炕上，摇头晃脑地逗他：“你不像爹不像妈，你说你像谁？”转过身对李小丽说：“这孩子骨架大，将来准能长成大个子。”小弟弟咯咯发笑。“你们那王叔叔有日子没来了吧？”老妖婆莫名其妙地又来了一句。

李小丽没在意老妖婆说什么，还在想刚才摔的一跤。她已经有个傻弟弟了，要是这个弟弟也傻了，她真没法原谅自己，活着还有什么劲儿！李小丽很伤心，傻愣愣地冲老妖婆笑了笑。

那一年李小丽已经上初中了，学校组织他们去苗圃勤工俭学。他们像玩一样削了成堆的土豆，土豆块上完好地保留一两个芽眼，种到地里就算完成了任务。苗圃发给每个学生两棵树苗，是一米来高的苹果树苗，剪得光秃秃的跟棍子差不多，根须上只沾了一点点泥土。李小丽把两棵苹果树苗带回家，一棵栽在屋前，一棵栽在屋后，都离窗户不远，还围着树根埋了一圈尖角朝上的红砖头。李小丽想得挺美，到时候她捧着一本书，随便坐在哪个窗台上，窗外都有满枝摇晃的红苹果，伸手就能摘下一个。

不久，那两棵苹果树全死了，屋前的是它自己不想活，屋后的呢，刚长出几片叶子就被猪拱死了。李小丽气得又跺脚又甩胳膊，带着哭腔冲她爸发脾气："叫你们把猪关起来你们不听，小树用不了多久就会长结实的。你们没安好心，故意跟人家过不去。"她爸说那两头黑猪饿急了，撞开圈门胡整一气，你说能怪谁？李小丽这时什么都听不进去，她为那棵横死的小树绝望地痛哭。哭着哭着她自己都觉得没意思了，哼哼唧唧，东张西望起来。她爸在一旁思绪飘游地说："猪不拱死我也不会叫它长大。我都打算好了，到了冬天就把猪卖掉，来年开春在这儿搭一间小偏厦。眼瞅着你们长大了，也该男孩一屋，女孩一屋，分开住了。"

可是刚一入冬，李小丽她爸就分上了造纸厂的新房子，一家六口连人带东西坐上一辆大卡车，随着车厢缝不断漏下的一缕缕煤面，高高兴兴地远走高飞了。

（原载《人民文学》1999年第3期；
收入新夜郎文艺丛书《碎麦草》，贵州人民出版社，2004年6月；
《碎麦草》获第八届全国少数民族文学创作骏马奖）

1999年

赵朝龙

港 湾

他终于走上了去娘娘山的路。

他不敢回头去再看一眼阳光里的村寨，他害怕这一回头就乱了章程，就再也挪不动脚。他知道娘就站在村口的神树下，一双如怨如诉的眼睛正巴望着他。那是一双不甘心失败的眼睛。他明白此次去娘娘山，对娘的打击太大了。但他必须去。他都十八岁了，他应该有自己的章程，应该对自己的言行负责任，他不能像爹一样，一辈子凭娘安排。

太阳从后山梁上升起一竿高了，冬天里的太阳尽管没有夏天里的那么热烈，还是把乌江两岸涂抹得一派辉煌。江面上浮着很厚实的雾，无论太阳如何努力，也照射不透。拉纤的号子和涛声从雾里传来，清脆而遥远。

他没有走水路，他知道乘船需要五天。走山路虽然路险，但可节省两天的时间。现在，他只希望早一天到达娘娘山，早一天见到她和那个让他几个月来一直想不透的百岁老人，去看看老水鬼的坟，然后就……他知道自己这样做，对娘来说是忤逆，娘会伤心一辈子。但他必须这么做。否则，他会像爹那样，一辈子过得不安。

他第一次去娘娘山是在初秋，那次是乘老水鬼的木炭船去的。

出门在外，什么事都得当心。千万不能去招惹女人！

出门那天，娘送他到村口的神树下，叮咛道。

太阳从后山升了起来，耀眼的阳光从神树的枝叶间漏下来，把地坝涂抹得斑斑驳驳。神树是一棵老枫树，要五六个人才抱得过来。老辈人说这棵枫树占据的土冈是村寨的龙头，于是便成了神树，村寨的人丁有什么三长两短或头一次出远门，都要来拜神树做干爹，乞求神树保佑。

神树的皮像风化石般粗糙。他的头尽力仰着，眼睛睁得圆鼓鼓的，神树很阴沉。娘烧了纸，焚了香，让他磕三个头，往树干上贴帖子。他磕了头，贴了帖子。认了干爹，他就算成人了，成人的人才能当大事，出门挣钱，挑起家庭的重担。

砍刀和斧头还是爹生前出远门时用的，雪亮而锋利。装食粮的布袋子也是爹生前出远门时用的。爹生前也像老水鬼一样是村寨里走江汉们的领班，走船，放排，煤炭。他脚上穿的布鞋，也是爹的。鞋底儿纳得很结实，只是他穿上去还有些大。爹个子生得矮小，还驼着背，但爹的脚够大的。

他心里明白，娘是按爹生前的模样在装扮他。从他记事时起，爹和他的穿戴就由娘亲手缝制，娘总是把爹的衣服做得很宽很大，肥肥大大的衣服，像是可以遮去爹身上的一些缺陷似的。

听老水鬼说，爹年轻时喜欢走江，乌江道上的大滩险滩，在爹的手上没有不驯服的。自从与娘结婚后，爹不再走江了，每天晚饭后，便拿着烟杆，来到神树下，盯着码头看，一看就是一两个时辰，那眼神挺忧郁。

老水鬼说，爹是在思念一个人。

他望望娘，便向码头走去。娘呢，仍久久地伫立在神树下，凝望着江面，像是会从那笼罩着的江雾里寻出些什么似的。

世上的父母也许都是这样的，像是自己的儿女出远门不归一样，牵牵挂挂。其实，不就是参加老水鬼的木炭队么？不就是去娘娘山放山烧炭么？他不会让山老鼠咬脚板的。

娘的担心没有错，他到娘娘山的第一夜便是在恐惧和战栗中度过的。木炭队是傍晚时分到达娘娘山的。船一靠岸，老水鬼就吆喝众人把吃的盖的和烧炭用的工具拿进山崖脚的那座古庙。然后便吩咐黑宝架锅做饭。他和东寨的国兵被安排在殿后边一间窄小的厢房里。老水鬼说，古庙是烧炭人落脚的地方。乌江道上有不少放山烧炭的人，谁先来谁住。在烧炭人的眼里，娘娘山是一块生长钱的宝地，取之不尽。

夜里下了一场暴雨，乌江河水猛涨。江里泛起的白沫和砭人肌肤的阵痛使人不寒而栗。虽然没有月光，可那浪尖上瞬间即逝的亮点却一清二楚，就像在墓地里跳动的鬼火。江水的轰鸣声犹如一个怒吼的魔物，爬出江面扑进古庙，弥漫山崖的每个角落。整个娘娘山都为之震动起来。这时古庙开始倾斜，四壁不时发出嘎吱嘎吱令人毛骨悚然的声音，就像一个垂死的人绝望地咀嚼着自己的牙齿……一块泥团从墙上掉下来落在他的头上，几只蝙蝠尖叫着朝庙外逃去。

他尖叫着呼地一下坐起。四周黑洞洞的。屋子里除了他瞪着两个晃来晃去的眼珠像个活物之外，一切都死去了。他擦了把虚汗，刚才的噩梦立刻又浮上心头。他越想越怕，捂着被子浑身抖个不停。

古庙据说有好几百年的历史了。当年古庙不知收留过多少绝望的落魄者。逃罪犯杀人犯三教九流各路好汉四面八方云集这里，后来又屯过白号军，古庙四周的墙壁溅满厚厚一层鲜血。那时候，正是古庙一生中最辉煌骄傲的年月。它年轻漂亮充满魅力，周身弥漫着使人着迷的松柏味儿，时时挑逗着来到者的脾性，却又每每适可而止地驱散热乎乎的血腥味。

拉炭的船每半月来一趟，捎来食物油盐，装走木炭。船在沙坝边停稳后，驾长和水手们吃罢饭，首先是去山崖边那片栗子林拾板栗，捎进城，增加点收入。这收入是不进老水鬼的账的。汉子们说这东西熬猪脚挺好吃的，城里人很喜欢。之后是蹲在岸边叼烟欣赏黑不溜秋的烧炭人嗨哟嗨哟地往船上扛炭包子的壮观景色。

他扛着炭包子走在最前，一百多斤重的炭包压得他双腿酸麻，浑身被汗水浸了个精湿。这不是来送死么？他不止一次地在心里对自己说。他那酸麻软绵的腿像灌了铅似的沉重，每挪一步，全身都要嘎嘣嘎嘣地响个不停。

他真害怕自己会倒下去，那样一来就太丢人了。爹上山的那天，他望着大门上“当大事”的横联，他想，爹死了，他是大人了，他现在可以“当”家里的内外大事了。这样想着，他忽然自豪起来。不能倒，他想，别做孬种。在他身后的壮汉步履沉稳潇洒红光满面地吆喝着，声音洪亮抑扬顿挫盖过了乌江的喧嚣，不由得他不向前。

待满载木炭的船摇晃晃地离岸而去，汉子们脱下衣服一拧，汗水哗哗往下流。阳光下，汉子们裸露着的身子绽满一块块坚硬的疙瘩肉。在江水里洗掉全身的炭黑和汗臭，汉子们便在江边的沙坝里躺下晒肚脐眼，他们侃天侃地侃乌江侃女人。

老水鬼把话题转到他爹身上，说他爹走江走得最绝，是乌江道上的老把式；说他爹啥都好，就是怕女人，婚前婚后都怕女人，在女人跟前，一辈子他的腰都没有直过。老水鬼最后说他爹是被两个女人害死的。于是，汉子们都拿他取笑。他好气，暗地里在心里骂老水鬼是狗娘养的。

做饭的黑宝是个豁嘴，北寨人，他是老水鬼的亲戚，因为他总是不为吃饭发愁，所以肚子里的脂肪越积越多，竟像一个十月怀胎的村妇。有一次，国兵开他玩笑，想把他鼓出来的肚皮踢回去，未曾想到却踢及膀胱，黑宝可怜兮兮地尿了一个星期血。国兵挨了老水鬼一顿拳脚，还赔了黑宝医药费。此时黑宝腆着肚子飞也似的奔出古庙，裤腰带还没完全解开便从里面射出一股喷泉般的黄色液体，哗哗哗……噢呀！他幸福地闭上眼睛长长舒了一口气。汉子们见状个个笑翻在地。“笑你妈！”黑宝骂道。随后把两个油乎乎的指头往嘴里一塞，立刻崩出一声尖厉的呼哨，汉子们欢呼着从地上爬起向古庙奔去。

一阵锅碗瓢盆旋风般响过之后，锅里的饭菜所剩无几。

他动作慢，没有抢到饭，只舀到了半碗菜。“这么大一点的碗，以后打饭跑快点！”黑宝不耐烦地说。他向黑宝一哈腰拿了两个麦粑走出了昏暗潮湿的厨房。

地坝里汉子们三三两两地围坐一圈端着大盆大碗往嘴里猛塞饭菜，间或喘几口粗气骂爹骂娘，边骂边笑。他也想加入他们的圈子里，他也会骂爹骂娘还会唱上两段京腔呢，那是爹生前教他的。他学着汉子们走路的样子，摇晃着朝他们走去，但立刻发现向他射来的目光是不友好的。他觉得挺尴尬，又转身向江边走去。

他坐在一块石头上狼吞虎咽地把麦粑和菜塞进肚子里，然后在江里舀了一碗水咕咕喝下去，肚子这才达到饱和程度。他学着爹生前的样子，搂抱着双腿，把下巴垫在膝盖上怔怔地看着乌江河水消失的地方。在他的记忆里，爹每次和娘拌嘴后，总是到神树下，搂抱着双腿，把下巴垫在膝盖上怔怔地看着乌江河水消失的地方。

他眯起了眼睛。

山崖上生长着墨绿色的松树，土黄色的松鼠像一只只小精灵爬上爬下地从一棵树跳到另一棵树上。虽然咆哮的乌江河水盖过空间的一切，但他仍能在浪与浪的缝隙里听到小松鼠尖尖细细的叫声。这时，一片游云从峡顶上飘过，蒙蒙的薄雾中倏地出现了一只三板船。

他知道是那个叫甜妮的女子回来了，她是昨天去的九龙镇。她是去购食物的。

也不知怎地，从那天甜妮划着三板船从娘娘滩过后，每天吃过晚饭坐在江边他就会想起甜妮。伴着单调乏味的乌江，常使他产生许多莫名其妙的幻觉，在这漫无边际的幻觉中，甜妮早已成为他记忆中唯一逆来顺受的发泄工具。他每时每刻把她唤至身边随心所欲地向她诉说自己每天的不幸和孤独及埋在内心深处的永远不为人知的秘密。然而稍有片刻疏忽她就会逃遁得无影无踪，就像崖顶上那片游云，哪怕你踩着山尖当真抓住它，翻开掌心它又会在另一个地方重新出现……噢！

身后的土坡上滚下一块泥土，惊醒了他的梦幻。扭头一看，是老水鬼。

老水鬼四十多岁，黑壮黑壮的，像个铁塔。大胡子三寸来长且都带弯的。他平日沉默寡言，嘴角总是露着令人捉摸不透的微笑。那眼睛跟常人没两样，但瞳仁里射出的光却让人毛骨悚然。

老水鬼在他身边坐下，递给他一个麦粑说："想家吗？"

"想"。他说。"不。"他又说。

滩口出现了三板船。三板船上有个小红点。

他也说不清楚自己是不是一直在等那个小红点。

半月前的一个爽人心肺的下午，甜妮划着三板船送一个瞎眼老人去九龙镇看病，在娘娘滩船漏了水，甜妮把船靠在装木炭的临时码头，上岸找黄泥堵船。当时他还不知道她叫甜妮，是后来从汉子们嘴里得知的。汉子们见甜妮上岸，都停了活路齐刷刷地立在原地一动也不动。他们憋紫了脸，瞪圆了眼，搓热了麻木的掌心，盯她的脸蛋盯她的大腿盯她几乎要撑破衣服的胸脯，向她抛出了一团团贪婪的火。

甜妮似乎在烈焰里行走，本来就泛红的脸蛋被烤得更红了。她像一个圣洁的女神，永远使身藏猥亵心灵的人望而却步。她沿着江岸寻找着黄泥，用犀利泼辣的目光在汉子们身上扫来扫去，凡与之目光遭遇者无不将自己贪欲的目光倏地射向别处，抑或垂下一颗颗不愿垂下的脑袋。

在烧炭汉子堆里，甜妮发现了一张被挤扁的没有半点邪念的纯净的脸。在四目相遇的短短一刹那他没忘记向她投去感激的一瞥。甜妮的心怦怦怦地跳了起来，她的心有好多年没有这么跳过了。她朝他微微一笑，立刻发觉自己笑得那么古怪那么唐突那么不该那么……就用黄泥堵了船漏，拿起竹竿一点岸，三板船便顺着江流飘了起来。

那天夜里，他被一阵叫喊声惊醒。老水鬼提着马灯挥舞着那条带刺的皮带不知在打谁。“娘的！老子把你们这群畜生扔进江里！”他害怕极了，赶紧缩进了又臭又潮的被子里。他希望自己像傻瓜似的什么也没看见没听见……而当一切声响都被乌江的咆哮声淹没时，他自己却无论如何也睡不着了。这时他突然闻到一股浓烈的松脂香味儿，霎时浑身的血液就像涨了潮似的烦躁不安起来，仿佛有一只小虫子缓缓慢慢在心尖尖上爬行，痒痒的疼疼的，说不上是什么滋味儿。他在被子里痛苦地翻来滚去，咬着嘴唇，喘着粗气，全身早已大汗淋漓。“噢！娘呀！”他在心里喊道。视野里闪着耀眼的碎片，忽大忽小忽红忽绿，世界在这些碎片冲撞撕裂中土崩瓦解，而他那脆弱的生命顷刻就被一种强大的魔力吞噬。“……噢，娘呀！”他在心里绝望地喊着，一只手狠狠地揪着头发，一只手像是被什么东西牵着似的朝小腹深处摸去……古庙外边的娘娘滩在冰冷地喧嚣着。

“她回来啦。”他说道。

“谁？”老水鬼斜眼问。

“甜妮。她去九龙镇买粮食来了。”他说。

甜妮在临时码头泊下船，扯下花头巾，长发呼啦一下落到腰际。她毫不理会地把花头巾抖几下，然后擦脸上的汗和衣袖、红裙子、红胶鞋上的水滴。做完这些之后，甜妮便转头向他和老水鬼这边喊着：“喂，你送送我好吗？”

“我？”他不相信地指着胸口问。

甜妮点点头说：“天快黑了，我怕。”

老水鬼对他说：“去吧，小子你交桃花运喽！”

“明天放你一天假。”老水鬼伸手捏了一把他的臂膀，说。

他跟甜妮上路的时候，烧炭的汉子们眼热得要命，流着口涎个个伸直脖子对甜妮喊：“别走啦，跟我们一起睡，包你满意。”

他脸红红地低下头。甜妮却呸地朝汉子们啐了一口唾沫。甜妮把竹竿递给他，他便撑了起来。

拐过两个江湾，瘦小的他翕动着苍白的唇累得一句话也说不出来。尽管小时候他经常在江里玩船，但今天撑起船，手脚却是那么的笨重。

甜妮掏出手帕抹去他额头上的汗珠。甜妮深深吸了口气，露出雪白的牙齿："要不了一年，你就会和他们一样健壮，江道上的汉子没有不健壮的。"她说着把目光射向山崖上那片云，那云在汇聚在融合在散开，仿佛有一股力拼命地撕咬着它们，不给它们片刻喘息的机会似的。

他全身猛地抖了一下，怔怔地站着。他看着甜妮，甜妮也看着他。他以为会从甜妮的眼里看到怜悯，哪怕是一丁点儿，他那刚诞生的脆弱的信念便会顷刻崩溃。可是，他什么也没有看见。

甜妮望着他莞尔一笑。

当满天的霞光把娘娘滩两岸的山峦和树林染得血一样红的时候，当暮霭把山涧埋没的时候，他从云雾的缝隙里看到了娘娘崖脚下那座孤独的石屋。其实，那只是一个山洞。洞门口有茅草棚、石墙、石院坝，石院坝中央晒着几张渔网，边上是一片翠绿的竹林。竹林边上有几只羊和十多只鸡鸭。石屋里正冒着烟。红霞褪尽，天呈暗蓝色。一轮朦胧的月牙儿伴着几颗明亮的小星星悄然爬上天幕。炊烟随微风慢柔柔地飘向屋后的山崖，在松柏间蛇一样悠闲地四处游荡……一切那么和谐那么自然，像是有人精心设计过似的。

甜妮说到家了，一下船就撒开脚丫子欢快地向石屋跑去。

他拴好船，扛着两个布袋子慢腾腾地跟在后面。他累极了。

后来，他常常怀念到甜妮家以后发生的事。甜妮有个老母亲，一百二十多岁，除了有条银白色细辫子和霉山芋般的脸之外，眼不花耳不聋，走起路来身子一点都不晃，赶那五十来岁的人似的。甜妮才二十一岁，比他大三岁。这太不可思议了。他想问甜妮是老太婆生的还是捡来的？可他又不敢问，只好在心里永远留个谜。

回到古庙后，每天傍晚他都坐在江边沙坝里望着娘娘滩推算那老婆子生甜妮的年龄，怎么也算不准。他无奈就把那些猜疑说给老水鬼听。"你说这事儿怪不怪，一个一百二十多岁的老妇人怎么会有一个二十来岁的闺女呢？"

老水鬼把眼一瞪："再说我就骟了你！"

他常常想起那首渔歌。就是那天晚上甜妮坐在石院坝里给他唱的那首渔歌。怎么唱来着，"江上的船儿，浪尖上的汉……"他反复哼着那首残碎的渔歌，早上醒来时唱，干活时唱，歇工时唱，梦里也唱，一直唱得老水鬼和汉子们都想爬过去把他掐死。

那天，那个很老的老妇人为他煮了一锅山羊肉，还拿出了多年的老酒。他饿得也不管什么腥味不腥味了，抓过大块的肉骨头猛咬起来。

甜妮的手里拿着一把精美的扇子，轻盈柔软的身姿像一只美丽的彩蝶，在他面前翩翩起舞，并且抛来一串让人揪心荡魄的秋波。她哼着渔歌，一碗碗地给他斟酒。

老酒比蜜还醇还香，他一碗一碗地喝呀喝，永远想不起自己究竟喝了多少碗。反正第二天下午醒来时嘴里依然飘逸着老酒的芳香。

“你该走了。”朦胧中一个女人温柔的声音，他揉了揉眼皮还想睡。自从加入烧炭队就没这么舒舒服服地睡过觉了。梦中他感觉到了一个女人疯狂地吻他肆意地爱抚他。他在窒息中挣扎着四处躲藏，可那女人一只发烫的手依然在他胳膊上滑行。睡意倏然无影无踪了。

那女的对他莞尔一笑。

他坐起来穿上衣服，甜妮就坐在床沿上看着他。屋里很热，空气中散发着一股松脂味儿。甜妮穿着一件薄薄的粉红色衫衣，墨一般黑的长发披散在胸前背后，湿漉漉地还滴着水，一双眼睛水汪汪的闪闪发亮。一股浓郁的松脂味儿向他飘来，那么遥远那么亲切。他贪婪地吮吸起来。梦中的幻影又开始呈现出来，她与那浓郁的松脂香味儿融为一体，向他涌来。噢，这松脂香味儿，可怕的诱人的松脂香味儿！

他的目光聚在甜妮那山峰般的奶子上，这是两颗熟透的正在微颤的秋天的果实。隔着薄薄的粉红色衬衣，他仿佛看见里面的血在蠕动在聚集在爆发……像磁铁般地吸引着他。一阵悸动一阵晕眩一阵山崩地裂的巨响，瞬间，他竟然联想到了一生都在梦寐以求的事情。他不敢穿裤子，怕被甜妮看出破绽，便用被子把大腿盖紧，又用胳膊压在上面。他痛苦地咬破了唇。

甜妮一直看着他，眼睛大大的温温的又火辣辣的，犹如一股激流的泉水，眼神透露着惶惑迷茫，渴求的唇急促地翕动起来，仿佛想说什么但终于什么也没有说。

事后他想，如果当时他不慌忙避开那道向他射来的充满诱惑的目光，不去假模假样观望窗外的阳光和白云，会发生些什么呢？

当时，他一直盯着窗外，望着山崖上的松柏和浮在江面上的那朵白云和那跳动的阳光……他的心渐渐平静了。他飞快地掀开被子穿上裤子，对甜妮说“我要走啦”就头也不回地朝门外冲去。几条狗狂叫着向他扑来，被那个很老的老妇人用嘶哑的声音喝住了。老妇人紧闭双目，手持念珠，翕动着干瘪的唇从断牙里发出一长串谁也听不懂的咒语，狗们像是中了魔似的纷纷伏倒在老妇人脚下，而他却被一股无形的力推着飞也似的逃离了那座石屋。

从娘娘崖回来以后，他就成了汉子们消遣的对象。汉子们常把他围起来逗乐：“那女的身子白吗？软吗？”他们逼他回答，非要他承认有那么一档子事儿。只要他稍加反抗就会有人过来打他的耳光或者踢他一脚，反正他是打不过他们的。他像一只没有尾巴的小松鼠，被同类抛弃在灰暗孤独的角落里，黯然地用泪水洗刷屈辱的心灵。

有一次他鼓足勇气回击了一句。汉子们立刻哄笑起来。豁嘴黑宝说：“嘿！瞧那模样儿，嗨，大伙扒下他的裤子看看那玩意儿到底有多大！”于是汉子们立刻按腿按胳膊的，脱裤子扒裤衩子的，顷刻间爆发出一阵开心的狂笑。“瞧！瞧！瞧！”他们喊着。

往后发生的事情他就记不清了。他只记得他从地上爬起来后就一直骂着，一头往黑宝身上撞去，黑宝大叫一声仰天跌下坎滚进了湍急的江水。

这一举动使全体汉子惊得不知所措。他们木桩似的齐刷刷地呆立在那里，看着从江里挣扎上岸水淋淋的黑宝。老水鬼从破庙那边来，重重的一拳落在他的肩膀上：“小子，中！像你爹！”

老水鬼是在黑宝被他撞进江里那天夜里死的。

那天吃过晚饭，老水鬼叼着烟在江边徘徊了好一阵，在太阳落山的时候，就沿着江岸那条纤路，向娘娘崖走了去。他知道老水鬼去娘娘崖准是打那母女俩的主意，就鬼使神差地一声不响地悄悄地跟了去。

老水鬼一去不回，直到第二天下午两个民警拿着一张大照片进破庙时，人们才知道老水鬼死了。照片上的人，脑袋、手脚被撕咬得面目全非，喉咙管也被咬断了，看得出是狗咬的痕迹。真想不出平日骄横跋扈的老水鬼竟落得如此下场，汉子们全都伸着舌头目瞪口呆。

民警说，老水鬼夜里去石屋偷东西，被狗咬，仓皇中跌了崖。

民警还说，这片原始森林是国家的自然生态保护区，严禁伐木烧炭，就此解散烧炭队。

民警临走时威胁说，今后谁再敢到这地方伐木烧炭，一经发现统统送交县公安局。

老水鬼就埋在破庙旁的土坡上，埋老水鬼时，全体汉子没有一个难过的，分了卖炭得来的钱，都高高兴兴地唱着歌儿走了。

只有他暗地哭了一场。

回到家里，他把挣得的钱全数交给了娘。娘一边数着钱，一边笑，那眼睛都笑成了豌豆角。望着娘，他产生了一种高大起来的感觉。瞬间，他又觉得有一种失落。于是，在娘进里屋放钱的当儿，他溜出屋，来到村边的神树下，学着爹生前的样子，双手搂抱着膝盖，直直地看着流动的江水。

吃晚饭的时候，娘对他说：“今天是你爹的周年祭日，吃过饭你去坟地看看你爹。”

吃过晚饭，天就黑了下来，他换上娘为他找来的衣服和鞋子，那衣服和鞋子是爹生前穿过的，是娘一针一线缝的。爹在世时，娘总是按他的意愿安排爹的穿戴。他拿了香纸、酒、酒杯，提上小马灯，便出门向后山梁走去。

爹的坟就在后山梁那堵崖脚下，半里来路的那坡山地是他家的责任地，娘说选择那崖脚做坟地是爹生前的愿望。其实娘是怕爹的坟占了好田地，抢了活人的食粮。走到山地边时，他不由自主地停住了脚。山崖脚，一缕缕烟火袅袅升起，一会儿，飘浮着的火星儿便熄灭在夜空里了。在火光的映衬下，他看见了一个黑色的影子。

鬼。他马上联想到了老水鬼生前讲的那些鬼现身的故事，脚便有些不自主地抖了起来。这时刻，他忽然意识到自己是一个大人。在这样的夜里，一个真正的男子汉是什么也不怕的。于是，他从裤腰带上解下钥匙、指甲刀，不住地摇着。鬼是最怕铁的，铁的声响能驱邪。

那黑色的影子听见声响，一阵风似的飘过前边的山坡，向山梁那边去了。

他走到爹坟前时，惊奇地发现，爹的坟前端端正正地放着一双新布鞋。

他为爹难过。他觉得爹的死似乎跟这双布鞋有关。

从坟地回来，他的心里有些沉重，那黑色的影子，那布鞋，他猜不透。到家时，娘还没睡，娘站在院坝边上，眼巴巴地在等他，他喊了声娘，便觉得夜色里的娘很有些朦胧。他没有把在坟地看见黑色影子的事告诉娘，便径直走进了堂屋。

娘也跟着进屋，喊住他，一本正经地对他说："今天下午五公来过，他是来给你提亲的。姑娘是田家湾的，长得端庄秀丽。娘已经答应了这门亲事。姑娘明天来对门户。"他什么也没有说，便进了自己的卧室。关门时，他看见娘还怔怔地坐在爹的灵牌位前，那神情显得有些不安。

这一夜，他翻来覆去睡不着。他总是想起那红点子，总是闻到那诱人的松脂香味儿，总是想到老水鬼的死和爹坟前的那双布鞋。

到九龙镇，他改坐了船。船是去雷公滩拉木材的，途经娘娘崖。船到娘娘崖时，太阳已经偏西。尽管有阳光，凛冽的江风拂面而来，还是让人寒意浸心。

依然是那堵崖，依然是那个野码头，依然是那片竹林，依然是那石院坝和石屋。跟那天见到的一模一样。可是那袅袅上升的炊烟没了，那羊那鸡那鸭那狗们没了……整个石屋空荡荡的，静极了。他心里咯噔了一下，仿佛有什么东西在剧烈冲撞着他。一阵晕眩，一阵恶心，一阵憋闷，汗水和泪水交织在一起。他大口大口地喘着粗气，第一次感觉自己对江的反应竟是如此的强烈。

来不及多想便跳下船甩开步子向石屋奔去。

石屋前后左右被打扫得干干净净，石院坝边竹林里潮湿空荡，冷冰阴森，没有一丝生命的信息。原先四壁精美的装饰品都不翼而飞，只有斑驳的四壁往外渗着黑水珠，地面被刷出无数条蛇形斑痕……一切都表明这石屋已经有好长一段时间没人住了。

他永远不会相信这一切都是真的。他大声喊："甜妮！"回答他的依然是空荡荡的石屋空荡荡的院坝空荡荡的竹林……

甜妮走了，永远地走了。

他倒在竹林边的草坪里仰天哈哈大笑，笑完之后又凄凄惨惨地哀号起来。

甜妮除了留给他一条绿色的纱巾和一只土碗之外，什么都带走了。那绿纱巾叠着，端端正正地放在石桌上，土碗放在纱巾的旁边，洗得干干净净。他认得，土碗是他那次来盛羊肉的那只，纱巾是甜妮那天早晨披的那条。他泪眼汪汪地望着绿纱巾和土碗，想着去那个谁也不愿去的地方。尽管老水鬼是被狗们咬死的，尽管他是为了救甜妮，如果不因他，狗们是追不上老水鬼的，老水鬼也不会坠崖。他想，他该去看看老水鬼，老水鬼的坟就埋在娘娘山的古庙边，而后去那个谁也不愿去的地方，把老水鬼的死说个清楚。

他擦干眼泪颤抖着双手捧着绿纱巾和土碗走出石屋，走过院坝，走过竹林，向着娘娘山的古庙走去。在老水鬼的坟前焚了香化了纸磕了头，他在江边的一块石头上坐下来，学着爹生前的样子，双手搂抱着膝盖，怔怔地凝望着流动的乌江。江面上笼罩着浓浓的雾，那雾，让人永远也看不透。

（原载《民族文学》1999年第1期）

1999年

戴　冰

弑

成为一个暴君也许是我们的宿命，我想，上天显现骗人的吉兆是为应和我的劫数，就像我如今躺在这临终的床上，像我的祖先那样回忆一切是我们的宿命……

先前的时候，一团变幻了六百年的星云终于停止变幻，形成一个有双翼的皇冠图案。观象台的下级官员们坚信那是个吉兆，还有人把它和世代相传的一个说法联系起来，那个说法认为一俟时机成熟，创世的九脸鹰神就会选择一个最伟大的君主来统治整个帝国，他将“开疆拓土，荡尽诸夷”，成为有史以来最有力、在位时间最长的帝王。诸皇子和朝臣们向父皇郑重祝贺，认定那是上天降临给父皇的瑞征。父皇那天矜持地坐在皇位上，接受大家的朝贺。我的幕僚中有一个是隐秘的星象师，他仔细观察那团星云，认为事情不是观象台官员们说的那样，而是有别的启示。他躲在一间狭小的房子里，十天里只喝了三次水。他殚精竭虑地冥想和推算，最后得出一个令人遐想的结论。他单独谒见我，说他看到那顶星云组成的皇冠底下有一张脸，但不是父皇的脸，而是我的脸。我咒骂他大逆不道，立即召集所有的幕僚和仆人，当众鸩杀了他，但没有宣布明白的原因，只说他有不臣之心。接下来我约束家人，自己也深居简出，断绝和其他皇子的消息，不再出游和交往朝臣。五月的最后一天，就发生了父皇被刺的事情。

父皇是被一群不知疲倦的阴谋者刺杀的，他们中有的是近臣，有的是内侍，有的是统领军队的将领。他们私下也承认父皇是有史以来少有的英明之君，但也许他们认为改朝换代也是天经地义的事情。父皇检阅军队，被一支蘸着蝎毒的长箭射中背心，从一匹白马上跌落下来。御医们束手无策，互相诟骂，父皇眼看着就要死去，几个娇生惯养的僧侣从远处来到皇宫，献了一服自制的药方，延长了父皇的生命和意志，让他有足够的时间把皇位传授给我。

捣弄阴谋的人连同他们的族人在父皇被刺的第二天就全部伏诛，但谁都知道这不会是最后的结果，据说帝国里有那么几个家族，世世代代总有人充当阴谋者的角色，就像我的家族将永远统治这个帝国一样。他们自觉忍辱负重，代表天意民心，所以表现得锲而不舍，甚至不惜改换姓氏，投奔别的家族，他们混迹在朝廷、军队和内宫里伺机而动，就像几粒盐溶化在河川里。皇室和阴谋者反反复复的纠缠延续了好几千年，让许多外国使节和旅行家觉得惊讶，他们回国对人说，这个帝国的史官比别国的更马虎，他们只记载弑君和镇压两件事情。

父皇被刺的当天半夜，一个用布遮住喉结，装扮成宫女的内侍来到我的府邸，传谕说父皇召见我。我默不作声地跟着他骑马来到城郊，从一扇不起眼的小门进到一条密道。世世代代的人都知道有一条秘密地道通向皇宫，但没有人知道确切的位置和用途，有人以为是皇帝的藏宝之地，有人认为地道通向第一个皇帝的陵墓，好让在世的皇帝向先祖的灵魂求教。只有皇位继承人和临时被选中用来带路的内侍才知道内情，而后者一旦完成任务，立即会被处死。密道的两壁用黑色摩蝎石筑造，发出幽暗的光，仿佛透明的铁。我没有想到密道这样曲折这样长。火把的光焰之后，我终于看到一扇残破的门，门是用橡木做的，上面雕着九脸鹰的图案。据说九脸鹰是创世的神，也是皇族的祖先。门前躺着几具发灰的骨架，我嗅到一种不明所以的臭味。画面提示：整个画面都是黑色，显示是在一条极其幽暗的地道里，两个相隔很远的小小的人影，前面一个是披着头巾的人，举着小小烛台，后面的是一个年轻的男人，腰上挂着剑。黑暗的部分要占绝大部分，人影要特别小，是全景的视野。

你自己打开这扇门吧！那个内侍撕掉头上的布，我发现那是一个憔悴的中年人。他指着地上的骨架说，时辰到了，临到我来和它们作伴，这一次要等好多个一百年才会重新听到生人的脚步……内侍说完，用右手捂住他的喉咙，发出急促的喘息声。我看见他的脸色变成蝙蝠腹部的颜色，他悲哀地看了我一眼，倒在那些骨架中间死了。

我打开小门，发现密道直接通到父皇临终的榻前。

房间里没有别人，只有闪烁的烛光在墙上投下我的影子。父皇的脸色比死人还要难看，但神情却比我预料得安详。我哽咽起来，哭倒在他的榻前。父皇把左手放在我的头顶上，他抚慰我，命令我不要浪费时间，注意听他说话。

从你的祖父给我戴上这枚象征皇权的戒指，其间不知又过去了多少岁月……这些我都记不清了，父皇说，有时候日子多得让我厌倦，我只记得北斗星一次像勺子，一次像衣带，南面的火山死去三次又复活三次，喷出斑斓耀目的火焰，给所有的物体一连投下第二道、第三道影子……我统治这个国家可能的确太久了，让那些狂妄的人觉得绝望，但在他们指责我的言辞里，却从来不提我的仁慈，这让我伤心。你的曾祖父在位一百八十年，处决人犯五百万，其中一半是妇女和孩子，他在检阅军队时被毒箭射死；你的祖父吸取前人的教训，以仁慈治国，他在位一百五十年，处决人犯不到三百万，只有三分之一是妇女和孩子，但他也在检阅军队时被毒箭射死；临到我来统治这个帝国，我坚信仁慈之心可以化解暴戾。我不敢议论先皇的不是，但我废除许多先皇留下的酷刑，让有些朝臣认为我有损帝王的威仪。我不再把死刑加在妇女和孩子身上，而是把他们流放到边疆和不毛之地去，谦逊地让老天来决定他们的命运。其中七十岁以上的老妇还不算在内，我供给她们食物和清水，让她们留在城郊修建陵墓。但即便如此，却化解不了那些阴谋者的叛逆之心，他们说与其让那些妇女和孩子忍受无休无止的苦痛，还不如一刀杀死他们来得干脆；我自知没有你的祖父那样英明，但也自认没有辱没他的姓氏和九脸鹰的血统。你的祖父临终前向我夸耀他治下的广阔疆域，说一个披甲的武士纵马飞奔，等他从最南的边界来到最北的边界时，他腰上的弓弩早已腐朽，不能再用。而我一百二十次远征，一百二十次得胜还朝，如今帝国的领土三面是海，没有一只迅疾的秃鹰不把飞越全境看成一种谵妄，太阳和月亮也只能在帝国的境内出生和栖息。没有哪个帝国曾像这样强大，别的国家都来朝贺称臣，称我为诸神之子、王中之王……但那些居心叵测的阴谋者却指责我杀戮太重，说在我统治的期间男人都活不过四十岁，还造谣说如今的庄稼都长得跟以往不同，有的像剑，有的像矛，有的像伤口……你的曾祖父死在这张床上，你的祖父死在这张床上，我也会死在这张床上……

我第二次哭起来，父皇又第二次抚慰我。但皇族的运祚是永恒的，他接着说，因为我们是九脸鹰的后裔，而九脸鹰的形象先于一切事物的形象，后于一切毁灭的事物的形象。父皇告诫我，说治理一个如此浩瀚的帝国，要特别注意那些在民间散布和流传的邪说，一些细节看似无关紧要，却可能被别有居心的阴谋者利用。说到这里，父皇打开枕边的一个黑盒子，取出一份标有秘密记号的文件，上面报告说，有人在榆树下聚众演讲，散布世界是一个球体的学说。看完之后我觉得茫然，辨不出其中的利害所在。父皇说，我们居住的世界如果是一个球体，那就意味着，一个人从起点不歇息地走，早晚会回到他的出发点……我还是感到茫然，父皇失望地闭上眼睛，我为你担心……他说，问题的关键不在于世界是不是一个荒诞的球体，而在于那些阴谋者会由此推导出一切事物都将重演的结论，他们会宣扬说，既然帝国的历代君王都死于被弑，那么未来的历代君王也将死于被弑……这样听起来似乎有些荒谬，在世界是个球体和君王的被弑之间好像没有一种直接的联系，中间还得有许多环节，但我告诉你，如果他们证明世界的确是个圆球，那这就是个合乎逻辑的推论，中间的环节也可以一一补上，这可能需要好几百年，但总有一天他们会到达那个结论。那个时候，一切为非作歹的事情都像是天意，叛逆之臣的行为也成为合法的行为，难说不会得到愚夫愚妇们的欢呼……那个传说会在你身上应验，你会成为有王以来最大的王，但是你要警惕来自阴谋者的毒箭，记住，要把所有的诅咒掐死在萌芽中，仁慈是需要的，但必须在确保安全之后……

父皇把那枚象征皇权的戒指戴到我的手指上，上面雕刻着那个无所不在的九脸鹰图案。

九脸鹰神会庇佑你的，父皇最后说，你不会死得像我这样难看。

处理完父皇的丧事之后我感到厌烦，我为皇族和阴谋者之间这种无休无止的纠缠感到厌烦。我决定在登基之后彻底根除这个隐患，我要换一种方式来治理帝国，我不像父皇那样脆弱，不怕他们说我残忍，说我是一个暴君。我把原定第三天举行的登基大典推迟了三十天。我撇开文臣，单独召见野战部队和禁卫军将领，他们跟着仁慈软弱的父皇早就不耐烦了。我告诉他们我的意图和打算，用火的刚猛怨毒和水的柔软阴险打比方，让他们去拟定和阴谋者有关联的人犯名单，明确命令在我登基后的第二年春天，处决的人犯数目必须达到一百五十万。将领们笑逐颜开，认为终于可以扬眉吐气了。十天之后，第一批人犯名单呈到我的案前，名单有三百页厚，字迹又密又小，我不耐烦细看，只随便浏览了一下，就交给禁卫军，让他们抓人。我把处决定在登基仪式的当天，要让所有观礼的子民感到寒心，让没有看见，只是听说的也感到寒心。为了向各国使臣炫耀帝国军队，处决人犯之后，我还要举行两军对垒、攻夺城池的演习。

先皇们在检阅台前发生的不幸让我记忆犹新，为了避免惨剧重演，我踟蹰再三，决定把登基大典再延后三十天，在全国范围内第二次大规模搜查万一漏网的阴谋者，第二次大量替换内侍和侍卫。距离大典还有三天的时候，禁卫军让人犯名单又增加了一百页。但新换上来的内侍和侍卫陌生的面孔让我不安，我决定第三次推迟大典，第三次大规模搜查阴谋者和替换贴身人员。而许多迹象却表明可疑之人越来越多……

司仪的大臣向我进谏，说如果一再推迟大典，会引起百姓猜疑，认为是向阴谋者示弱，这会损害朝廷的威仪……

我想起那个世代相传的传说，决定顺服天意，同意大典如期举行。司仪大臣拿来检阅台的结构图和警戒图，指给我看检阅那天我处的位置，我突然警觉起来，意识到司仪大臣已经两次向我进谏，一次为了确定大典的时间，一次为了确定我的位置，我于是命令侍卫首领逮捕他，把他和那些人犯关在一起。

任命了新的司仪大臣之后，我谕示大臣们，说我已决定不在大典那天露面，而是躲在暗处检阅军队和观看处决人犯，打听我会在哪里和什么时候离开的任何企图都将被视为谋逆。大臣们似乎没有异议，只是问如果我不在场，臣民和外国使节们怎么向我朝贺。我说可以对着我的御座朝贺。

登基典礼的头一天，我最后确定了所有事宜，命令大臣们第二天按照设定的程序依次进行。这之后我只随身带着一个心腹内侍，避开所有的人，从密道离开皇宫，悄然来到观礼台上一间隐秘的房子里。我在那里做了一个梦，梦到一个姬妾的眼睛，它们在一只九脸鹰的嘴里并不悲伤地看着我。我中途醒来，让内侍给我解说。内侍说这是个从来没有出现过的吉兆，说明九脸鹰将兑现重返尘凡的诺言，亲自观看我的登基大典。我问他九脸鹰为什么要口衔姬妾的眼睛？内侍想了想说，也许说明陛下的一生中永远不会出现不祥的披甲武士……我对他的解说不满意，但再次想起那个传说，没有把梦放在心上。

第二天早晨，我被一阵喧哗声惊醒，里面还杂着剑和盾碰击的声音。我让内侍出去看看发生了什么事。内侍不久就急匆匆地回来了。

陛下，他说，是士兵们在叫嚷，他们听说你像先帝一样被刺杀了，忠心的军队可能哗变。

打开窗子，我命令道：让我忠心的士兵们看到我。

内侍打开窗子，一支等待已久的毒箭射进我的胸膛……

（原载《山花》1999年第7期；
收入小说集《惊虹》，贵州人民出版社，2007年4月；
《惊虹》获第四届贵州省政府文艺奖三等奖）

赵剑平

事 故

一

有两个人从马路上慢慢地往下着落。马路是年前通的，还毛坯子，拖拉机也不想走，太伤胎子了。可来了一个“北京”，这种车只有乡里才有，都只是书记乡长坐，像满群家的长庚干了半辈子捞一个副乡长，还没有份儿。“北京”来可没有哪样好事。眯老汉坐在对门坡上，一动不动的，眯着两只小眼睛，就这么想着。他手里绾着一截绳头，绳头牵着一头黄牯，黄牯低着头牧着。一地青草，在黄牯眼里有多大诱惑。这蛮牛只是咕咕咕的，接连不断地啃着，发出一种残忍而又愉快的响声。不知不觉，黄牯转了两圈，而一条牛绳在眯老汉屁股底下也绕了两圈。“北京”前一轮来，才开年的事，几个盘盘帽的，把小狗子铐走了。小狗子去年和接兵在山那边熬松香，接兵这娃儿就想着冬天里当兵去部队奔前途的，他二爹长庚给他许了愿，却鬼戳戳地和小狗子熬松香。两个人在乡场上卖了松香，便进馆子，吃香的喝辣的，却出来不上百步，那接兵倒了下去，还没有送卫生所，就断气了。那工夫，小狗子也不想想大家都吃一样的饭菜，接兵的死还会有别的原因，就跑回向家湾，吆喝男男女女的两百多人，像从前打冤家一样的，去乡场把那馆子的老板给打得七窍出血……

眯老汉还真有一点感觉。他牵着牛下坡来，还没有走到家门口，就听见女人和媳妇呜呜呜地哭，像哪个剜了她们的心子。那一瞬间，他脑子里訇地响了一下：儿子出事了！接着两行泪就冷冷地挂在脸上。但他毕竟是一个男人，捋着袖子眼睛鼻子地抹着，还是把黄牯赶进圈里。黄牯是儿子留下来的。过年了，工地上太忙，儿子回不来，却给家里邮了四千块钱。他用这钱，赶在大年三十前一天把黄牯买了回来。看见黄牯，他仿佛看见儿子。现在，儿子没有了，可黄牯还在呢。他用一种很粗糙的爱在黄牯头上摸了一把，儿子是不是变成黄牯了呢？这念头在脑子里闪了一下。

屋里已经来了很多人。两个城里人被围在中间。看见眯老汉进来，大家都叫着让路，好像他们在那里逮着两个贼，就等他去发落。

眯老汉一直走到中间，两只小眼睛望那两个人一眼，便最后一点气概都垮了。“赔……我的娃儿……”这么嘟囔着，就软软地坐了下去。

“这是一个事故咯。”一口很夹生的普通话，像从阴曹地府透上来，“很意外的咯。”眯老汉听着，眼睛里汪了一片。“我们来接亲属的咯，”晃晃悠悠地说着，“去那边解决的咯。”眯老汉低着头，泪水吧嗒吧嗒砸在地上，往四下里洇着。

“我看事情不是这样简单。”眯老汉听清楚二叔站出来说。

二叔是村长，幺房的，幺房出老辈子，其实他年纪还没有眯老汉大。眯老汉排行也不算矮，矮的有叫二叔老祖的，哪怕他胡子一大把，人都老蜷了。二叔小的时候，他娘仗着辈分高，从来很骄傲，遇了那些低八辈的，叫一声太婆还不行，她要恶声恶气地吼：“喊哪样喊！我在提你们老祖屙尿。”向家湾排行从来不乱，乱了就不是向家湾。

“我们向家湾的娃儿哪样出去的，要哪样回来。”二叔这工夫说着，眼睛鼓了鼓，头摆了摆，很攒劲的样子。

“向村长！你这个话，就有一点那个咯。”一个城里人说，“我是县劳动局的，根据深圳用工方面的请求，我来带一带路，传一传话，给你们转圜转圜，大家都要讲道理，事情不出已经出了，又不能倒回去……”

眯老汉听着本地口音，抬起头来。他原来把这个人也当作那边来的。现在看来，他和那个凹眼睛还是不一样。知道这一层，他心里莫名其妙的，多少安稳了一些。

“为哪样不来我们向家湾解决？”二叔毕竟是村长，听着县机关的话，开始有了一点分寸，“为哪样一定要去他们深圳解决？”

“哪里解决都要依理依法。”县劳动局的声音拔了一点起来，“你们怕哪样！深圳也是中国的土地。”

“我们哪个都不怕。”人群里有人捏着一个拳头吼着，“向家湾的人不是好惹的。”

“不是那个意思咯。”凹眼睛脸青面黑的，“请你们过去座谈座谈咯，开开会咯，听听你们的意见咯。”

“人家资方还是有诚意的。”县里的同志接上说，“你们是哀家，以死为大，人摆在那里，哪样事情都好说，一飞机坐过去，一飞机又坐回来……”

“少拿飞机来诓我们。”又有人气冲冲地顶了上来，“我们不稀罕……”

“不是那个意思咯。”凹眼睛脸上几丝肌肉尴尬地扯了扯，“人死咯，不可以耽搁的咯。”

事情说到了关节上，屋里一下哑了场。

趁着这一刻缓和，县劳动局的从凹眼睛手里拿过一个皮包，刷地拉开拉链，从里面拿出一沓钱，四个头的，往眯老汉手里塞着，“你们先料理料理家里，看哪些亲属去，这点钱先拿着，作为从向家湾到县城的路费。”忙天火地地说，“我们先走一步，你们明天来县城，我们在劳动局等你们，一起坐车去省城，再坐飞机到深圳……”两个人就逃一样地挤着人群出了门。

眯老汉懵里懵懂接着钱，等明悟过来，那两个人已经走出去老远。是啊，儿子一个人在那边孤零零的，还等着向家湾的亲人。

“总不能做孤魂野鬼……”眯老汉喃喃着。

“人，肯定是要接回来的。”二叔理会地点了点头，也冷静了许多，开始考虑起现实的问题来。

“是不是要把长庚通知回来？”有人多一句嘴，“跟人家深圳打交道，还是多有几块牌牌好……”

“深圳也没有哪样了不起的。”也有人不以为然，“从前也是一个村，比向家湾大不了多少的一个村。”

“还是要把长庚通知回来，他毕竟是副乡长。”二叔显然已经拿定主意，不紧不慢地吩咐着，“从向家湾到深圳，可不是赶场，几千里的路，也差不多长征了，男男女女，大人细娃，吃啊喝的，没有那么简单。”

街上就有人沿着刚刚修出来的毛坯马路急急忙忙地往乡公所去。

二

劳动局的办公室哪来那么宽的地方。大家在门前一愣，好像一股洪流在河湾里阻了一下，生出来一个洄水沱，男啊女啊、大啊细啊一阵旋转，就都在那些阶砌上坐了下去。大院里别的局委部办，看见一下来了这么多人，还以为天要塌下来，都惊乍乍地跑过来问，莫名其妙的，就把劳动局上下弄得很难堪。谁都知道，劳动局搞劳务输出，按人头收了钱，虽然不多，却也挂住一只脚。也没有别的办法，大家只好把手头的事情摆下来，一边动员所有的水瓶水杯，给每一个人送上一杯水，哪怕象征性地慰问慰问，也可以安一安心。而一边就找着凹眼睛，要他赶快带着这一拨人上路……

凹眼睛这工夫躲在一个角落里，紧绷绷的脸上贴着一个大哥大，正叽里咕噜地打电话。他说的土话，没有哪一个听得懂。二叔找茅坑回来，碰巧看见他那个样子，就狠狠地瞪了一眼。白天青光的，要把话说得旁边的人听不懂，这叫人不得不多心。但凹眼睛确实有他的难处。老板打了招呼，要不惜一切代价把这个事摆平，不要扯上电视、报纸，更不要扯上法庭。五个亿的工程，甲乙双方像两只抓在一起的螃蟹，都没有一点松动，生怕出纰漏。而且，这个节骨眼上，公司还有一个更大的项目在谈着，人家知道你的工程死了人，恐怕连竞标的资格都会被取消。沿海也怪，说起来很开放的，却比内地还迷信，但凡大小事都希望图个吉利，哪怕放一个屁，仿佛也要选择时辰，更不要说修房造屋，建几十层高的摩天大楼……

向家湾的人一大早出来，走十几里毛坯马路。路面上铺着三尖石，走起来磕磕绊绊的，大半天才到乡场上。正好有一辆拉肥料的大东风放空到县城，他们就慷慨地包了下来。六七十个人挤在车厢里，密密匝匝的，车一路摇晃，人也一路摇晃，你呀我的，前胸贴后背，尽管出门奔丧，却也觉得有些好耍。尤其年轻人，还拿几个小媳妇开玩笑。只有眯老汉，一脸僵硬地守着几个背篼，那里头装着整个队伍的粮草，还有一大把死人用的香烛纸钱。一家人忙了一个通宵，才把这些东西弄齐。媳妇坐驾驶室，背上背着娃儿，一条背带在胸膛和肚皮上斜来斜去地拉着，绷起来胀鼓鼓的，不自在，便解了下来。她抱着娃儿，木木地望着前方。娃儿生下来，还没满月，男人就去了深圳，一直到今天……

这一路折腾，大家都累了，也饿了。眯老汉和几个人把一个背篼斜挎在胸前，从大家跟前走过。走过一个人，那人就从背篼里取几个苞谷粑，吃多少，取多少，真正地按需分配。饱了浆的嫩苞谷磨的苞谷粑，很细，又用山里的桐梓叶包了，猛火上甑，刚刚收水汽，便起出来，格外透着一种清香。但走到长庚跟前，“我不很饿。”只取了一个。眯老汉仿佛看出来一点名堂，“都一家人，就不客气了。”说着走了过去。媳妇在阶砌的那一头，背着身子奶娃儿。眯老汉迟迟疑疑地走到跟前，她才扭过头来，“你先吃，爹！”低低地说了一句。眯老汉走过去了，媳妇收了奶子，又提起娃儿来尿尿。她嘴上嘘嘘嘘的，不一阵，娃儿涨红着脸，撒了尿，也屙了屎。天地间多出来一种气味，好几个人从办公室里钻了出来，很敏感地望着这母子俩。“这是机关地方呢。”有人说，“你抱到厕所去行不行？”也不是要和她过不去。但她听着，鼻子却酸酸的，泪花在眼眶里打转……

长庚从哪里接着一杆烟，闷闷地抽着。老实说，他心里并没有多大的底儿。虽然二叔把所有的事情都安排得清清楚楚，一拨人也有管联络的，也有管后勤的，也有管谈判的，还有管哭的。那些女人管哭，办丧事不能没有人哭。可作为副乡长，大小也是官，而且是这队伍里最大的官；哪怕一种习惯性的考虑，他还是有些担忧，好多人连县城都没有到过，现在要到深圳；近怕鬼，远怕水啊，深圳的水有多深？说不定在哪一个环节上就要出问题。长庚一杆烟燃到头，这工夫，有人轻手轻脚走来，凑在他耳朵上咕哝咕哝，他便着了魔似的站起来，跟了那人走着。来到一间屋子，那人递给长庚一杯茶，就出去了。

长庚刚刚在沙发上坐下来，县长就从外面走进来。

“你们是不是去打豺狗啊？”

县长劈头盖脸戳一句过来，长庚有些蒙了。

“人……是有一点多。”愣一阵，长庚才消化过来，“向家湾的事情，遇到这种情况，不出来抽威，又问不过心……”

“都季节上了，一下走了这么多人，不怕影响生产啊。”县长说。

“都实亲实戚，想去看一眼。”长庚小心地应着。

“人死如泥，有哪样看头。”县长说。

“主要还是怕吃亏。”长庚一紧张，都说了出来，“凑一个人势，哪样事情都好说一点……反正费用是对方出……也耽搁不了几天……”

县长听着，笑了笑，“有哪样不好说的呢。”县长说，“已经很明了，对方要‘私了’，未必还怕花钱。”

“县长的意思……”长庚揣摩着，“这里头是不是有蹊跷？”

“我们每个人都有个脑袋，这是用来思考的。”县长用食指在自己太阳穴那儿戳了戳，“笼统说，是一场事故，可事故还有一个责任的问题呢。”

长庚听着，打心底佩服，不住地点着头。

“劳务输出是农村的一条致富途径，也是县里发展地方经济的一项战略决策，我们决不会动摇。”县长说着，转了一个弯儿，“但是，乡下人的命也是命，我们把人送出去，就要对人负责。现在，人死了，咋死的？都还没有弄清楚，对方就要糊里糊涂的‘私了’。真是金钱万能啦。”

“我也觉得不是滋味。”长庚说，“只是，想到人已经死了，对方愿意拿钱，远天远地跑到那边去不就是为了钱吗？他上有老下有小的，还指望钱来养呢。”

“我知道‘私了’对死者家属来说，或许要实惠一些。”县长说，“我也不是反对‘私了’，‘私了’不‘私了’，这是当事人的权利嘛。”

长庚又有些蒙了。

“就算我们多事吧。”县长说着，无可奈何的，“你作为亲属去，不管你们怎么‘私了’，但你回来，要作为副乡长跟我汇报。我要知道真相，下一步，我们劳务输出的政策还要完善……”

长庚点着头，渐渐地摸着边了。

“我还要跟你打一个招呼，”县长的口吻重了起来，“你家族里的事我管不了，但你大小也是一个领导干部。你不在里头则罢，你在里头就要负一定的责任。你们人多势众的，惹一些祸来摆起，影响我们县的形象……”

长庚总算弄明白县长的意图。

事情交代清楚了，县长也仿佛轻松了许多，给长庚装一杆烟，“没有这事情，你们这些高山棒怕永远走不出去。”笑扯扯地说，“还到深圳呢，飞机去飞机来的，我当县长的坐飞机都还要考虑考虑才能够报销呢，你们一大拨人，像一个豪华参观团，好风光哟。”

这么打趣着，县长就把他送了出来。

回到大院里，长庚有了一种地下工作者的感觉。

挨晌午光景，听着一阵轰隆轰隆，两辆中巴车一前一后开了进来。凹眼睛站在车门口，沙声沙气地招呼着。大家站起来，伸了伸懒腰，开始往车上挪着。机关那些部办委局的人这工夫也从办公室里走了出来，静静地看着这一拨人，仿佛客走主安，终于可以轻松轻松。车慢慢开出去，长庚犟着脑袋探出窗外，往那边站在二楼阳台上的一个人挥手。二叔看见，那人也跟长庚挥手，还一脸的凄惶。

“那是哪个？”二叔有几分诧异。

“县长。”长庚说，很平淡的。

“不大像县长。”二叔说。

“要哪样才像县长？”长庚反问着。

“县长找你了？”二叔摇了摇头，岔了话题。

“嗯。”长庚鼻子里应一声，脸上透出来一丝阴郁。

车出了城，在宽阔的公路上像风一样快。

“说实话，我还有点担心你打退堂鼓呢。”二叔胳膊肘拐了一下长庚，说。

“没有这个必要嘛。”长庚说，不屑讨论的样子。

“你们吃政治饭的都怕眼怕洞。”二叔说。

“你不也是吃政治饭的。”长庚说。

“我这个村长和你那个乡长不一样。”二叔说，“你那个乡长拿了钱的。”

长庚沉了沉，“我跟大家一样是亲属的名义。”说着，还伸出来一个小手指，“一个副乡长算哪样。”

“不算哪样。”二叔说，“只是我们这一路都要听你的。”

“二叔！”长庚一下认真起来，“人家对方是‘私了’，不是‘公了’，和哪样乡长村长这些牌牌无关，你排行大，辈分高，当然你说了算。”

二叔听着，侧着头打量着长庚，觉得他有点不同往常，却一下又说不清楚。

三

隔着候机大厅明亮的落地玻璃，飞机在停机坪上静静地趴着。在太阳的光辉下面，它透着一种无法抗拒的诱惑。

晌午吃饭安排在机场餐厅。大圆桌、小方桌一下占了十几张，向家湾的人才坐了下来。“这和我们乡下坐席一样的，大家敞开肚儿吃饱哦。”二叔笑嘻嘻地打着招呼，“等一会坐了飞机，挂在半天白云的，没有哪个七盘八盘的跟你摆哟。”“你吓唬大家哟，二叔！”长庚笑了笑，也轻松地搭上话来，“飞机和汽车不一样，飞机上有食堂，管饭的。”说着桌子都摆满了。大家吃着，也没有哪样岔生，好像他们走到哪里，向家湾就搬到哪里了。但碗和筷子一放，有几个莽汉还是觉得不那么踏实，又在眯老汉的那些背篼里翻。可几个粮草背篼都空了，只有装着香烛纸钱的那个背篼一动不动，那些东西死人才用。幸好凹眼睛想得周到，让服务员给大家一人送一瓶“瓶子水”。一拨人虽不说吃饱喝足，却也没有什么遗憾地走出餐厅，准备着上飞机。

这工夫，负责联系机票的凹眼睛急急慌慌地赶过来，把二叔和长庚拉到边上。“麻烦的咯。”凹眼睛手里捏着一大把身份证晃了晃，说，“还有两个人的证件没有了，人家不卖票咯。”

“你跟他们解释解释。”长庚说，“乡里人，好多身份证从办理的那一天起，就没有用过一次，早弄丢了，这一次凑了这么多，已经很不容易……”

“不行的呢。”凹眼睛说，“这是规定。”

“菩萨的胡子都是人栽的嘛。”长庚说。

“这是中央规定的。”凹眼睛一急，一句话说到天上，“国务院的红头文件。”

长庚听着，无可奈何地摇了摇头，让到一边去。

但二叔还有名堂。他从哪里拿出来一个塑料袋儿，抖出来一个红彤彤的疙瘩，摊在手心里，不慌不忙地伸到凹眼睛跟前，稳稳地说：

“我有村里的戳戳，出一个证明。”

凹眼睛拿着公章看了一阵，还是摇了摇头，说：

“不行的。”

“向家湾的人都归这戳戳管。”二叔说，“哪样不行？”

“要公安局办理的身份证才行。”凹眼睛说。

“办理身份证还要盖村的章呢。”二叔说，“‘现官不如现管’嘛，村里的人哪个哪样情况，只有村里知晓……”

凹眼睛愣了愣，也觉得有些道理，便拉上二叔，一起来到售票处。两个人隔着窗口跟里头两个小姐理论。你一句我一句的，二叔火性起来，眼睛鼓得像牛卵子，气咻咻地吼起来：

“秀才遇到兵，有理说不清。”还比自己秀才，“喊你们领导来交涉。”

凹眼睛看事情不对头，忙把二叔拉到一边，“我说咯，”商量着，“那两个人坐火车算了。”

“不行。”二叔说，脆嘣嘣的，“我向家湾的人，出来要捆成一坨。”

“没有办法的办法咯。”凹眼睛说着，颤声颤气的，都要哭了起来。

“再说呢，两个女人，”二叔说，“你把她们抛一边忍不忍心？”

凹眼睛傻了眼。

“如不然，”二叔说，“大家都坐火车。”

“不行的咯。”

凹眼睛几乎本能地叫着。他心里非常清楚，老板下了死命令的，越快越好，事情还没有形成影响前，就要有一个了断。可火车晃晃悠悠的，至少得两天光景，而中途还要换车，夜长梦多啊，说不清楚又有多少麻烦钻出来……

走投无路光景，有人在凹眼睛肩膀上轻轻拍了拍，便把他叫到旁边一间小屋子里。二叔愣在那里，大半天反应不过来，凹眼睛已经从那小屋子走了出来。

“解决的咯。”凹眼睛说着，眉宇也宽了许多。

“行咯？”二叔仿佛不大相信自己的耳朵。

“我们包机的咯。”凹眼睛说着，带着一种很复杂的情绪，“这都是他们要做生意的哪。”

“我们把飞机包下来咯。”二叔懵里懵懂地重复着。

“你那个公章有用咯，”凹眼睛说，“给他们出一个证明。”

“我弄不明白，两个人坐飞机都不行，还能包飞机……”

二叔这么咕哝着，便靠墙根找着一个小茶几写证明。在一张纸头上划拉一阵，他一张嘴巴对着那戳戳哈一口气，狠狠地压了下去。凹眼睛拿着证明，远啊近啊地看了看，才阴悄悄地念起来——

兹有向家湾村民若干因事到深圳，决定包飞机一架，请予支持为谢。

大体也还通顺。

凹眼睛拿着证明到那小屋子，不一会就把手续办出来了。

但谁也没有想到那几个背篼在安全检查那一关还会惹麻烦。人都过去了，却有两个电视监控的工作人员冷突突从荧光屏上看见几个怪头怪脑的东西，一下就变脸变色地赶了过来。看清楚那几个背篼，两个人缓一缓神，却说：

“背篼不准上飞机。”

“背篼哪样了？”眯老汉说着，一下把几颗棕背系紧紧地抓在手上，生怕人家抢了去。

两个人哽了哽，却应答不上来。旁边一个人，也是安全检查的，这光景很及时地补了上来，说：

“背篼上篾条快，磕磕绊绊的，容易把飞机割破。”

“飞机又不是豆腐渣做的。”眯老汉说，还是紧紧抓着背篼。

“飞机内部装饰材料都是高级塑料。”对方说，还很耐心的，“高级塑料也是塑料。”

“叫花子出门都要背背篼。”眯老汉说着，动了一点感情，“我还不是叫花子。”

凹眼睛走在前面，这工夫听着动静，又回过头来照应着。

“你这几个背篼，我拿一百块钱跟你买下来的咯。”凹眼睛望着眯老汉说，“你就不要带上飞机的咯。”

“我还没有穷到卖背篼。”眯老汉愤愤地说，还是抓着背篼一点不松动。

他们显然还不大理会眯老汉和背篼的感情。其实这也没有什么特殊。只要去喀斯特山地那些弯弯曲曲的小路上看看，哪一个出门人不背一个背篼；更不要说他们赶乡场，背篼当街一摆，也就是一个摊子，背篼里的东西都会卖出去；有了钱，买了盐巴肥料什么的，又装在背篼里背回家来；而回到家，婆娘儿女还要翻背篼，看看是不是背了银子去，换了金子回来。背篼伴随着山里人的生命，也给他们带来希望和欢乐。因此喀斯特山地的女人向那些她们喜欢的男人表达爱情时还说：“你讨饭，我跟你背背篼。”就这样简单，却也这样不可动摇。

正难解难分，长庚从一旁插了进来，说：

“是不是找那种大一点的编织袋套一套？”

到底还是副乡长，这么折中一下，大家都变得容易接受了。

几个背篼摞在一起，一条口袋往上一罩，紧紧实实地一扎，尽管很庞大，却断然不会对飞机形成威胁。但问题又出来了，超长超宽的体积，行李箱里放不下，必须走托运。眯老汉嘴里咕哝咕哝，说一些什么，谁也听不清楚，还是抓住那些背篼不放手。来一个女人，很漂亮的，又一脸笑容，把眯老汉引到旁边，细声细气地说：

“老人家！这些背篼也要上飞机的，只是你坐前部客舱，这些背篼坐尾部货舱。”

“那……”眯老汉愣磕磕的，说，“我也坐飞机屁股。”

漂亮女人笑了笑，无可奈何地摇了摇头。

但旁边的二叔却总算弄明白，显着几分不耐烦地冲着眯老汉说：

“你这个人，像你上街赶场把背篼寄放在熟人家的一样，你下飞机，背篼也下飞机，你就把背篼背走……”

眯老汉迟迟疑疑的，这才松了手。但他一边往里走，却还是不停地回过头来看，心里悬吊吊的。

这么折腾着，一拨人终于上了飞机。空中小姐帮着每一个人系好安全带。飞机低低地轰鸣着，慢慢地滑出去，越来越快，忽地一抬头飞了起来。而这时候，二叔透过玻璃窗，才发现天空已经一片黑暗。他一下感到不安起来，这飞机上差不多都是向家湾的人啊。有一个小姐刚好走过来，他便叫住她，“你们开飞机的师傅在哪里？我又看不见。”凄凄惶惶地叮嘱着，“你转告他们，外头黑摸摸的，千万开慢一点。”小姐笑着，点一点头，屁股一扭一扭，就在通道上消失了。

长庚也是第一次坐飞机，感觉挺不错的，便有些兴奋地和凹眼睛拉着话。

“飞机的态度要比火车和汽车的态度都好。”长庚说。

“这是肯定的咯。”凹眼睛说，“我们现在坐的是包机公司的飞机咯。”

“包机公司……”长庚迷迷浊浊的。

“你没有看报纸啊？”凹眼睛说，“私人老板从国家航空公司把飞机承包过来经营咯。”

“实际上，”长庚说，“我们现在坐的是私人的飞机？”

“差不多的咯。”凹眼睛说，“不然没有这么好的服务咯，要没有人坐，私人是亏不起的咯。”

“老板从国家那里包过来，”长庚说，“转手又包给我们。”

“做生意咯。”凹眼睛说，“赚大钱咯。”

长庚望着黑咕隆咚的窗外，一句话也说不上来。

四

深圳的月亮闹哄哄的。眯老汉的目光从夜空收回来，就这么想着。他已经在殡仪馆门前站了很长时间。灵堂里很闷。女人们这工夫也不哭了，好像都哑巴了，那么要死不活地坐在那里。不哭也好。眯老汉不明白，这些女人在山里哭得有滋有味，可一到这里，就像被骗了一样，哭起来倒洋不土的，没有悲伤的感觉。儿子静静地躺在一个巨大的玻璃盖下面，整个头被纱布缠着，只有两只眼睛、两个鼻孔和一张嘴巴露在外面，这让眯老汉感到很陌生。他凑着那玻璃盖也哭，也流泪，只是时时刻刻想着家里那黄牯，好像儿子真的变成一头牛。他想掀翻那玻璃盖，解除死者头上的绷带，看一看那到底是不是儿子，但这只是瞬间的念头。实际上他不敢，他怕那真是儿子，那么连儿子变的那头牛最后也会失去。这种矛盾、这种陌生的悲哀，使他觉得很压抑，好像自己也要死在这个地方一样，不时要出来透一透气……

那工夫，他们刚刚走出机场，十几辆大大小小的车已经等在那里了。这些车啊，外表很好看，其实也都是怪物，在街上划拉划拉，向家湾一支队伍也就分散了，消失了。早晨，大家又才从各个宾馆集中到了殡仪馆，数一数人头，也不少哪一个。宾馆和殡仪馆也就一字之差，大家为哪样不直接到殡仪馆来呢？眯老汉多少有些不明白。而大家还是要回宾馆，一些车去，一些车来，就像一个漩涡，一些人卷入水底，一些人浮出水面。只有眯老汉，他一下飞机就被划拉到殡仪馆，一直在水底沉着。他哪样宾馆都不想去，就想在殡仪馆和儿子待在一起。二叔离开殡仪馆的时候凑着他的耳朵说了，关键看座谈会。眯老汉其实感觉得出来，二叔想上街溜达溜达。二叔好热闹，哪一个赶场天在乡街上看不见他的影子？听几个小伙子回来说，整个白天，他们轮番地都去了"全国"。他记不清楚那个名字，只知道他们走进一个园子，看见全国的风光，简直像做梦一样的。他不怪他们，儿子躺在那里，没有头没有脸的，他自己都觉得陌生……

长庚记着临出发前县长交代的任务，从"锦绣中华"园里出来，就把凹眼睛拉到一边，提出来要看一看事故现场。凹眼睛迟迟疑疑的，打开山螃蟹一样的大哥大拨弄一阵，又贴着耳朵叽里咕噜一阵，这才招呼长庚上车。长庚听不懂土话，车开出去，才不紧不慢地问：

"你刚才说哪样？"

"我知道的咯，你是乡长咯。"凹眼睛却不正面回答，"老板让我们重点招待的咯。"

长庚心里暗暗吃了一惊。这一路过来，他可没有跟凹眼睛说哪样乡长不乡长的。但转念一想，人多嘴杂，向家湾哪一个人的嘴巴贴了封条啊。

"我作为亲属过来。"长庚说。

"我知道的咯，"凹眼睛说，"你也是有身份的人咯。"

长庚听着笑了笑，又摇了摇头，很无可奈何的，而其实心里也还是有一种甜。

汽车忽而拉直忽而转圈地跑一阵，最后在一个院子里停下来。长庚乱了东南西北，更不清楚到了哪里。下了车，四周都是高楼，多的有七八十层，少的也有十几二十层，楼和楼形成一条一条沟，就像山里的峡谷，只是比峡谷花哨，山里的峡谷有水，这里的水是昼夜不停的车流，山里的峡谷有鱼，这里的鱼是不知疲倦的人群……

长庚跟着凹眼睛迷迷浊浊走着。七弯八拐的，迎着一股湿湿的气流，两个人来到一个澡堂子。长庚看着一个一个来来去去赤条条的人，似有所悟，也若有所失，却还是不由自主地脱着衣裳，一边自言自语地喃喃着："我还以为到事故现场呢。"

"不忙的咯。"凹眼睛说，"先轻松轻松咯。"

两个人走到池子跟前。

长庚看着一池水扑扑地翻腾着，禁不住变脸变色的。

"不怕的咯，这叫冲浪咯。"凹眼睛说着，就下到水里。

长庚迟迟疑疑的，也下到水里。水有一点烫，长庚嘴上唏嘘着，好一阵才适应。他坐在那个巨大的水花上，由着一个接一个的浪在身上摩挲着，莫名地有一种陶醉。泡一阵，凹眼睛招呼一声，他又从水里起来，躺到一张湿漉漉的床上。一个汉子一手绷着一张毛巾，便在他身上来回地搓……

还是跟着凹眼睛，他也不知道自己这工夫怎么这么听话，曲折地走过一个昏暗的长廊，来到一间昏暗的屋子。屋子里冷暖适意，透着一种迷人的香气。屋中间摆着一张床，床头挖着一个窟窿。他疑疑惑惑的，有人推了他一把，整个身子晃了晃，便倒在床上。朦胧中，他看见凹眼睛变成一个小姐，那轮廓很像他那女人，便禁不住急促……

回到更衣间穿上衣服，他看见凹眼睛，莫名地有些别扭。凹眼睛大概看出来他的心思，很哥们地在他肩上拍了拍，说：

“特区咯，都这样的咯。”满不在乎地，“内地来的领导有市长咯、县长咯、局长咯，主任咯，我们都这样的咯。”

长庚听着，心里有一种感动。

看看时间不早了，两个人来到国贸大厦，乘观光电梯升上旋转餐厅，靠边上找桌位坐下来。翻着簿子，你呀我的推一推，点出来几个菜，虽小碟小碗，却就着一扎生啤，格外有一种味道。吃着，喝着，看着风景东一句西一句地扯着，一扎啤酒差不多了。长庚站起来，要找卫生间。凹眼睛指一指，他便晃悠晃悠走去。卸包袱出来，长庚绕着圆厅走着，忽地听着个声音挺耳熟的，侧过头去，便看见二叔和几个向家湾的人，靠边上占着一个桌位，两个陌生人陪着，也吃着，喝着，看着风景东一句西一句地扯着……

长庚心里一阴，仿佛梦醒一样的，变脸变色地回到桌子跟前。稍稍坐一会，夹两筷子菜，他便叫上凹眼睛，离开旋转餐厅。两个人回到车子里，长庚才不紧不慢地说：

“看来，事故现场是看不成了。”

“现场早就撤了。”凹眼睛也一副摊牌的样子，“我们那么大的工程，还把现场保留到现在，要命的了。”

“人到底……”长庚低着头追问着，“哪样死的？”

“触电的，你看见的了，全身都烧煳的。”凹眼睛说着，急急慌慌的，透着一种惶恐，“明天开座谈会，还要公布事故调查报告的。”

长庚叹一口气，却什么也没有说。

车子一直把长庚送到宾馆门前。长庚下车来，也没有和凹眼睛打招呼，魂掉了似的，阴黢黢地回到房间，连床罩带被条的扯在一起，蒙头睡了。

早晨起来，长庚在卫生间蹲着。他坐不惯马桶，只好两只脚踩在马桶沿儿上蹲着。这工夫接他的人来了。他看了看表，到开座谈会的时间还有两个钟头呢。接他的人不是凹眼睛，却戴着一副眼镜，文质彬彬的，看出来他的意思，便说：

“老板想找你商量商量座谈会的事情。”

“哪个老板？”长庚心里动了动。

“我们老板。”眼镜说，“总经理。”

“你是……”

“总经理秘书。”

长庚不明白今天怎么换了一个人。但从心底里，他的确很讨厌凹眼睛。两个人说着下楼来。殊不知，长庚一抬头，却看见凹眼睛站在车门边，正开着车门等在那里。那光景，他浑身不自在，愣了愣，一歪屁股坐上车去，才有些自嘲地说：

“我好大的面子，还两个人接呢。”

大家笑一笑，好像并不怎么计较。车子开出去，三转两转，不一会停在一幢大楼跟前。长庚和眼镜下了车。凹眼睛没有下车，“我还要去接人……”这么说着，车子载着他又开走了。

两个人坐着电梯往上升。长庚看着电梯上的数字跳着，一直跳到“18”才停下来。两个人顺着走廊往前走，走廊上铺着红色的地毯，很有弹性，听不见一点声音。又找着一个“18”，眼镜在前面开了门，把长庚让了进去。这是一个套间。从外间到里间，一张大班台跟前坐着一个人，额顶光秃秃的，看见长庚进来，他忙站起来，又握手，又让座。眼镜给长庚沏了茶，悄悄退了出去。屋子里只有秃顶和长庚。长庚打量打量秃顶，觉得他不大像老板，倒像乡里学校那总务处长。

“这两天还玩得开心吧。”秃顶说着，往长庚跟前凑了凑，“有不周到的地方，还请多包涵。”

“嗯……”长庚怎么也客气不起来，只在鼻子里应着。

“深圳这地方嘛，”秃顶自顾自地说着，显着大大咧咧的，“改革开放的前沿阵地嘛，就是这个样子，这方面和内地不一样，内地把你们这些当官的也管得太严了。”

长庚又想到桑拿浴室里的事情，心里老大不自在。

“这点意思，不成敬意，”秃顶推过一个信封来，“请你不要拒绝。”

长庚几乎下意识地推了推，但秃顶还是把信封塞在他手上。

“我们开座谈会的时候还要跟大家表示，这么远过来嘛，也很辛苦的。”秃顶说，“这只是我单独跟你本人表示的一点心意，也请你不要跟其他人说，理解我这一点心意，人和人之间嘛，档次不一样，待遇当然也就不一样……”

长庚怀着一种很复杂的心理从总经理办公室出来。他不明白一见面怎么会把这么一个人和乡里学校的总务处长联系在一起。上卫生间的时候，他把那信封捏了捏，差不多有千把块钱吧。接着他就坐电梯下到六楼，找着会议室，进去坐下来。向家湾的人这工夫都来了，宾馆和殡仪馆的集中在一起，看上去还是整整齐齐的。长庚对面坐着二叔，两个人彼此打量打量，眼神里夹杂着一种很古怪的东西……

“请用茶。”小姐端着一个茶杯来到长庚跟前。

长庚听着耳熟，抬头一看，竟是昨天在桑拿浴室里陪他的那个姑娘。

秃顶不一会也走了进来。场子里没有设主席台。他和大家一样面对面坐着，只是跟前的茶几上摞着一沓信封和几页轻飘飘的文件。长庚看着那些东西，凭着这些年的经验，这座谈会怎么个开法，也琢磨出来个大概。但那姑娘拎着一个水瓶老在跟前晃来晃去，他脑子也晃来晃去，座谈会怎么开始的，也有些糊涂。事故调查报告都读了，他才凑过去把那几页打字纸拿过来补课。

“本公司抽调有关人员成立调查组对事故进行认真调查……”调查报告说。

“什么电那样凶啊？”眯老汉说，“把人都打得认不出来了。”他这两天在殡仪馆守着儿子，连个盹也没有打，都有些恍惚。

长庚听着，抬头看一眼眯老汉，又低头读着那几页打字纸……

“高压电。”有人应着，“工程专用线路……”

“姓高。”眯老汉说，“姓高的都是恶霸，我们乡里从前有一个姓高的恶霸，土改那年被人民政府镇压。”

秃顶听着，脸上有一种莫名的凄惶。

“夜里一棵电线杆被雷暴击倒在地……”调查报告说。

“人死不能复生，我们又不是不晓得。”二叔掂量着，把话题转到主题上来，“只是他上有父母下有妻儿，今后还要生活，看得出来，老板对这件事情还是有诚意的，我们也不想耽搁，早一点把事情解决好，还要赶回去薅草……”

长庚抬起头来，看看二叔，愣一阵，又低头读着事故调查报告。

“我们准备给这次过来的亲属，大家都耽搁了事情，每个人一千块钱的误工补贴。”秃顶说着，几个手指在那些信封上面磕了磕，“另外，准备一次性给他的家人五万抚恤金。”

场子里一阵沉默。只有媳妇，紫色的背带拉在胸前像花一样的，背上背着娃儿，娃儿吮着指头，她身子习惯性地摇晃着，便嘤嘤地哭泣……

“抚恤金少了一点。”有人坐在后面一排喊了一句。

“大家看嘛。”秃顶几个手指理了理头顶稀稀疏疏几绺发，笑着说，“我们公司虽然有一定的困难，但出于人道主义，只要不是无理要求，我们会尽量满足。”

“因一时疏忽碰在高压线上……”调查报告说。

“多给两万也行。”二叔说，“你们做大事情，两万块钱算不了哪样。”

“一个人一辈子要做好多事情哪，哪才只找几万块钱。”

“干脆拿八万，八呀，发呀，大家都图一个吉利。”

一拨人你一句我一句地凑着，很有声势的。

秃顶稳稳地坐在那里，不急，也不恼。

“十八万。”长庚把几页打字纸往茶几上一放，忽然冒一句。

大家听着，目光唰地都转到长庚这边来了。

“你这个数字……”秃顶有些坐不住了，“是不是有一点过分……”

"我们不说这个调查报告的事情。"长庚说着，望一眼秃顶，也望一眼旁边那服务小姐，"我能够理解你们的难处，我保证对得起你们，这个数字，老板认真想一想，你其实也很喜欢这个数字，幺八，要发，你们要发，我们也要发，大家都要发，这不是很好的事情吗？"

秃顶低着头，很棘手，也很无奈，一言不发地沉默着。

"一个人的生命是无价的。"长庚又这么补一句。

"不说咯。"秃顶抬起头来，很决断地挥了挥手，苦笑着，"你毕竟是一个政府官员，我们相信你说的……"

一拨人还没有完全弄明白，一份会议纪要已经出来。几个人拿着文件和印泥，一个挨一个地让大家在上面签名、按手指印，又一个挨一个地发给大家一个信封。信封里有一千块钱，总经理已经说了。转到眯老汉和他媳妇跟前，长庚和二叔上来说了不少话，两个人才迟迟疑疑地在上面画圈，按手指印……

"我是把儿子卖了。"眯老汉瞅着一截红红的指头木木地说。

只有眯老汉的孙子、儿子的儿子、媳妇背上那娃儿，免了画圈和按手指印。

趁着场面有些乱，长庚悄悄地把茶几上那份事故调查报告收了起来。谁知凹眼睛在一旁看见了。也趁着大家注意力都有些分散，他走到长庚跟前，低低地说："这东西我们还要存档。"长庚笑笑，只好又还回去。

座谈会散了，一拨人挤在电梯口的工夫，长庚感觉口袋那儿有些不对头，掏一掏，掏出来几页纸。他看了看，却正是那份事故调查报告的复印件。他懵头懵脑的，四下里找了找，都是向家湾的人，只有走廊那边晃着个姑娘的背影……

五

飞机呼吼着，在跑道上越跑越快，整个大地震颤着，仿佛要裂开一条口子，吞噬它的愤怒。忽地一跃，这神奇的大鸟冲向天空，穿破白皑皑的云絮，沐浴在太阳无边无际的光辉里。现在，找不着一点参照，飞机仿佛一动不动地停在云海上，只有引擎嗡嗡嗡的轰鸣声，还证明着它的飞翔。

"我们向家湾的人差不多又包了这架飞机……"

几个山娃子，坐在长庚后面，轻松地摆着。

"我们向家湾自已要有一架飞机就发大财了。"玩笑着。

"我们这么多人，干脆强逼驾驶员把飞机开到向家湾好了。"疯头疯脑的。

"劫机？"又很认真的，"那可是犯死罪。"

长庚前面坐着眯老汉。眯老汉这工夫又丢一张纸钱。他一上飞机就开始丢纸钱，过一会丢一张，过一会丢一张。纸钱贴着机舱舱壁滑下来，落在长庚脚跟前。长庚一声不吭地，捡起纸钱来，悄悄地塞在靠椅后面的口袋里。有一阵，眯老汉扭着头在地板上找着，没有看见一张纸钱，褶皱的脸上透着一丝笑，还以为他的儿子真收了那些纸钱呢。

二叔坐在眯老汉前面。他有一种大获全胜的感觉。“人少好过年，人多好栽田。”从宾馆出来到机场，他一路上就把这句话挂在嘴上。这工夫，他向空中小姐要一罐百事可乐喝了，起身上了一趟卫生间，回来刚刚坐下，又向空中小姐要一罐啤酒喝着，咕咚咕咚的，隔着几排座位都听得见。

长庚心里一直沉甸甸的。他不知道怎么跟县长汇报。他把那份事故调查报告看了又看，简直是漏洞百出啊。不说它的合法性，事故发生后，应该由哪些部门哪些人组成事故调查组，就是报告本身，也无论从情理上，还是从逻辑上，都不能够让人信服。可是，大家居然接受了。二叔，还有那些远远近近的亲属，他们是农民，可以说不懂。可你长庚，你是国家干部，一名副乡长，就不能说不懂。恍恍惚惚的，他透着玻璃窗，看见在一片光明而轻柔的白云上有一双眼睛，那是眯老汉儿子的眼睛。他紧紧盯着他。眯老汉的那些纸钱，也许真把这个山娃子的魂灵引回来了，他想。那么，这是他要永远面对的……

“我的钱！”突然有人惊乍乍叫了起来，“我的钱遭摸包了！”

飞机晃了一下，整个机舱立刻透着一种很紧张的空气，仿佛一触即发。

大家看了看，原来是蛮牛，眯老汉远房的一个侄子。他身坯好，又铁实又高大，二叔觉得他即使不出手，也可以吓住一些人，便叫上了。

两个空姐赶到跟前，用一种职业化的口吻说着：

“先生！请你不要着急。”

听起来是安慰，其实是制止。

二叔这工夫也挤到跟前。听姑娘们喊蛮牛先生，便好笑，“你娃儿还玩格啊。”冲蛮牛说着，“是不是那一千块钱的误工补贴？”

“两千块钱。”蛮牛一急，脱口而出，“他们悄悄还拿了一千块钱给我。”

那工夫，大家都听得清清楚楚。仿佛一个谜底被人说破了，很寡味，很无聊，却也使人有一种上当受骗的感觉。向家湾一拨人一下都成了哑巴。二叔一脸的尴尬，支支吾吾着，就回到自己的座位上。长庚浑身一震，禁不住一阵心酸。隐隐约约的，他又看见白云深处那两只眼睛，又哀怨又凄惶的，正望着这边一架飞机和一拨向家湾人……

空姐从蛮牛的座椅下面把钱找了出来，数了数，两千块。

“先生！请收好了。”还是职业化的。

蛮牛接着钱，泪水在眼眶里直打转，一边鸡啄米一样地跟两个空姐直点头。

飞机很快着陆。在空姐一片温雅甜美的送别声中，向家湾人一个接一个地走下舷梯。二叔站在旁边，虽有些黯然，却还是一呀二呀地点着人数，看上去又执着又感人。六十六个人，包括刚刚死了父亲的那奶娃儿，六六大顺，一个都不少……

长庚在传送带那边帮眯老汉取行李。还是那几个背篼。背篼里多了一个骨灰盒。听人家说骨灰盒不准上飞机，也不打听是真是假，眯老汉怕像过来的时候那样扯皮，就把骨灰盒先藏在背篼里，背篼还是摞在一起，外面罩一个很大的编织袋……

眯老汉一下飞机又开始扔纸钱。机场上那些工作人员愣愣地看着他，他也不管，走一阵扔一张纸钱，走一阵扔一张纸钱……

一拨人包了两辆中巴车回到向家湾。一路上，眯老汉还是不停地扔纸钱。每扔一张纸钱，长庚看着黄黄的纸钱飘落在地上，也就看见那山娃子两只眼睛在那里又凄惶又哀怨地望着，仿佛要看透这车这人。长庚觉得眯老汉这一趟深圳，最大的好处是把儿子带了回来，而不是别的……

长庚一直没有跟县长汇报。他没有这个勇气。县长好像也忘了，一直没有打电话来催问。

眯老汉有一大笔钱，就有人打他的主意，修路啊，建桥啊，开渠啊，拉电啊，五花八门的。眯老汉眯缝着眼睛，也不正眼看人，就一句话：

“我要栽培我的孙子，他今后要出去做事，不在向家湾……”

大家拿他没有办法，说他铁公鸡、石狮子，也只是说说而已。

一个赶场天，二叔上街来了。二叔还是二叔，喝了二两苞谷烧，趔到长庚办公室，雄赳赳地说：

“我早就想跟你摆一个龙门阵。”

长庚张眉张眼地看着二叔。

“从前，有一个财主，他要跟长工们打牙祭，又不把肉端到桌面上来，他在他们每一个人的碗里夹上一块肉，再舀饭把肉藏起来，长工们吃着饭，吃着饭，忽地就在碗里发现一块大肥肉，大家都以为财主对自己分外偏心，也就不声不响的，更卖力地帮财主做活路……”

“我有百分之百把握，”长庚接上说，“深圳那家公司的总经理和我们一样农民出身……”

但两个人都没有把事情说破，哪怕就隔着一层纸。

第二天，长庚去县里开扶贫工作会。临出发前，他总觉得有哪样东西遗忘了，想半天，才在抽屉里把那份事故调查报告找出来带在身上……

（原载《民族文学》2000年第6期）

2000年

谢 挺

华山论剑记

他们把我弄到华山用了两样东西，只有两样：谎言和毒药。事后我才知道，连后一样也是假的，他们不过在我喝的酒里掺了少许巴豆水，这样就造成了我上吐下泻——中毒的假象，以至于到最后连我自己都开始相信我就要不久于人世了。他们这样做的目的只有一个，就是要顺顺当当地把我带上华山，可笑的是这之前他们并没有问过我，愿不愿意去华山？一路上他们就用这两样东西来对付我。

我开始想念我那些可怜的学生了，再有几天就是升学考试的时间。天气开始转凉，没了我真不知道会乱成什么样子，那几个老留级生倒没什么，可有几个孩子，人长得乖巧又老实，可以说还是少不更事，离开我真不知道他们怎么去应付县里那些又老又丑又刁钻的考官。进入河南境内时，我已经无法下地走路，因为脱水我变得虚弱不堪，晚上只能躺在客栈那张又窄又脏的床上，连伸手挠一下脖子后那块牛皮癣的气力都没有。这还是其次的，我的一双手，还有裸露在外的那双脚已经泛出青色，像死人一样灌满了脓浆。一只硕大的绿头苍蝇乘机不停地在我的鼻尖上起落，吹气吹不到，赶又赶不走，次数一多不能不让我觉得心灰意冷，我几乎要哭了。这很像我的一生，我的一生实际上都在驱赶一只看不见的苍蝇，徒劳无益又身不由己。天刚亮，我又被那几个凶神恶煞的家伙吵了起来，他们把我放在一副担架上，由四个脚夫轮流抬着上路，这差不多就是我一个多月来的生活。我由着他们，闭上眼，眼不见为净。颠簸中我只知道我们正一路往西，往太阳前进的地方走着。我们已经走了很久了，几乎每过一两天路人的口音就会发生变化。西边让我想起长安，大唐盛世，李白、杜甫，当然还有华山。一想到华山我就兴奋起来，陈抟老祖、华山圣母——我写了这么多的神仙，但这时候我想起他们却是因为我朝不保夕的性命，我想即使这帮神仙来齐了恐怕也再难以让我康复了，我就要死了，很不体面地死在异乡。我不明白的是我不过是一个偶尔写点短篇小说捞外快的教书匠，他们为什么要用这么狠毒的手段来对付我？

留仙笔记之35：

事实证明了我的预见力。等我一觉醒来时，睁开眼睛，我发觉自己真的已经身在华山了，从前我做过这么多关于华山的梦，我的梦想却是这么一不小心实现的。

经过几天休息，我的身体正在迅速的康复之中，尤其当我得知自己没有身染剧毒，恢复的速度更快。但我心里一直在想那个疑窦——是谁在欺骗我？可能是这个缘故，我并没有沉浸在轻松的心境中，即便华山雄奇的风光也不能让我失去警觉。到这个时候还没有人来找我，那些凶狠的人已经不见了，我周围的人都和颜悦色，谦卑有礼，令我觉得自己就像一名来华山游玩的观光客。但我知道他们会来的，因为即使我再不小心，也能察觉有人像钉子一样跟在我身后，我甚至能察觉到射到我脖颈上那束冷酷的目光。

那天晚上，主角终于登场了，首先来拜访我的是华山剑派的掌门人袁玄机先生。袁掌门进门就赔着笑脸，一连几个对不住，说什么事起仓促，不得不用此下策请先生赴秦。然后他从袖中拿出两封银子，在我疑惑的目光中把它们放在了我面前的桌案上。我对他怒目而视，又学徐庶入曹营一言不发。袁掌门开始谈我的那些小说，他说心仪已久，现在我的小说已经名满天下，即使在陕中也颇有知音，他本人最喜欢的便是《崂山道士》，文情并茂，最重要的是当为则为，不可为则不为，不像某些人——末了他又要我替他们华山派编写一本《华山论剑记》，并且荣幸地告诉我，我已经被聘为他们此次华山论剑会的主笔了。我送了他一句话，我说君子有所为有所不为。袁掌门倒有些涵养，听了也不生气，依旧笑脸盈盈的。接下来我又接待了那天晚上的第二个来访者许一平先生，据说他也是华山派一位实权人物，有良田千顷，富甲一方。许先生快人快语，只可惜有些语无伦次，他也用小说作为开头，说些仰慕的话，继而谈到《华山论剑记》，希望届时能站在他们一边。我告诉他，本人才疏学浅，恐难从命。许先生立即勃然现出了本相，他怒目圆睁，说，难道你强得过老夫手里这三尺青锋吗？他拔出剑来，剑芒在我眼前颤成一束寒光，当时真把我吓了一跳，但我还是淡淡地答复了他，我说，士可杀不可辱！

袁掌门将两封银子放到我面前那张檀木桌上时，我就感觉事情开始朝着荒谬的方向发展，有些不对路了。什么叫事起仓促？难道我是个一成不变、拘泥形式的人吗？我蒲留仙是这种人吗？那个月夜我站在华山的巅峰，对着那一轮圆月纵声大笑，声震十里，整个山谷里都回荡着我的笑声。我觉得自己受到了嘲弄，但事情仅仅开了个头，接下来在许先生的一次家宴上，他甚至给我介绍了一位他蓄养的歌伎，他让这位席间唱了《水调歌头》的歌伎到我面前盈盈拜倒。我吃惊的是这名歌伎的名字竟然也叫作小倩，一瞬间我就回想起很久以前发生的一些事情，等我把她搀扶起来，我发觉这位姑娘恍然也有几分小倩的姿容。许先生说，我这个孩子年方二八，蒲先生看得入眼，就把她带上山吧！我连忙摆手，可我那晚上盐菜扣肉吃得太多，口干得厉害，说不出话来。许先生说，蒲先生就不必客气了，实不相瞒，这孩子也是先生的崇拜者。是吗？这又让我大吃一惊。许先生说，不信您问她原先的名字。小倩姑娘声音清越，就像她唱歌一样美，她朱唇轻启，慢慢地说，奴婢原来唤作小燕的，因为对先生的《倩女幽魂》喜欢至极，故改成这个名字。小倩姑娘说完又埋下头去，我只能看见她如弯钩的睫毛在两道柳叶般的眉毛下扑闪地眨着。这个变故让我听得合不拢嘴。许先生说，得佳人如此，先生不该再多喝几杯吗？于是我又手忙脚乱地被他灌了一通水酒，连推挡的机会都没有。小倩被人连夜用一顶青呢花轿抬上山，送到华山宾馆我住的1001号房间。那一夜我被这个小倩折腾得够呛——她整晚上都在追问我关于聂小倩的细节，所有故事她都想知道，她说她现在有这个权利。有没有这个人物啦，原型是谁啦，长得漂不漂亮——她把聂小倩的问题差不多问干净了，又按照这个标准开始打扮自己。我想这也情有可原的，谁没有自己的偶像？我不是也幻想过像我的老乡孔夫子那样去周游列国？当时我一直坐在烛台边，朦朦胧胧地打起了瞌睡，我已经听到山洼里的鸡鸣——起初只是一声，而后才连绵一片，那是一种极度的寂静，我甚至开始怀疑，我是不是又在村口荷塘边的麦垛里睡着了？小倩还在兴致勃勃地换着衣裳，过了一会儿，她就换一套衣服出来问我，像不像？她出来时我眼前就是一花，我说差不多了。不是差不多，我是问你像不像？这个小倩看上去就像一只大花蝴蝶。

又来了一个大人物。

鹅塘令狐晋飞先生风尘仆仆地到了华山，没想到他第一个见的人竟会是我，为此他甚至不及到会务组报到。令狐先生是许先生远从山西请来的贵客（一说“请”字我就想起那副担架，令狐先生莫不是也是担架抬来的），他一进门就说，先生不是一直在王大人的智囊团工作吗？怎么也会来管这些江湖上的闲事呢？我苦笑了一下，我告诉他我也是被“请”来的，现在我是无事一身轻。从令狐先生的表情来看，他似乎并不理解这“请”字的含义。令狐先生问我可知这次上华山的目的，我指着桌案上摆放的一摞稿纸，此时上面还仅有一个《华山论剑记》的标题。我说也好，比起我开馆授徒，又有另一番清闲自在。令狐先生摇起头来，他指着那沓空稿纸笑着说，先生此言差矣，先生来了这几日，就没有瞧出其中的关节？我不清楚他的用意，只好先含混地应了声。令狐先生却着急了，他说倘真如此，先生恐怕今生都难再下华山半步了！

他的话吓了我一跳，我说，为什么？我不过一个穷教书的，偶尔写点小说，混混稿费，谁会这么跟我过不去？令狐先生摆摆手，他说你先别急，这时令狐先生从衣袖里拿出一部发黄的书稿，原来是部华山派历代传人的谱系，这东西我这儿也有，只是我尚未想过要从中找到什么，究竟令狐先生会告诉我什么呢？我的视线落到令狐先生慢慢展开的书页上：

华山派历代传人谱系表

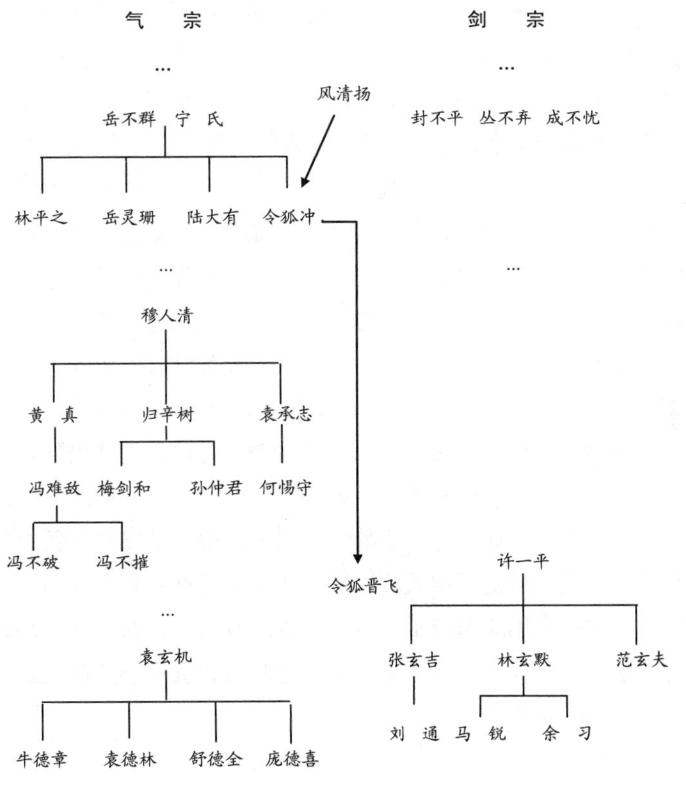

令狐先生的谱系表与我手里的材料唯一的差别仅仅在于他的那一支，令狐先生对此一笑而已，他说这并不重要。令狐先生是当年名震中原武林的大剑侠令狐冲的后人，准确地说是令狐大侠的第十五代嫡孙，他说先生这几天为了这本《华山论剑记》，肯定读了不少典籍。我点了点头，这是事实，这几天为了熟知华山派的古往今来，我一直都在查看《金庸草堂笔记之笑傲江湖篇》。令狐先生又说，你可知先祖令狐冲公被他的师父岳不群逐出师门真的是为了那本不知所终的《紫霞秘籍》？我想了想，小心地说，难道是——剑宗？对，令狐先生肯定地说，药王庙一役岳不群就有这个预感了，当时先祖虽身负重伤，却用独孤九剑破箭式一连刺瞎了十五位魔教高手，出手之迅疾绝非气剑弟子可为，可岳不群又不能肯定，所以只好把我的祖上作为异己分子从他的弟子队伍里铲除出去，进行清党，把危险消弭于无形！令狐先生说到这儿，做了一个巨大的手势，接着他压低喉咙说，袁是气宗，许是剑宗，此次论剑就是二度的气剑之争，你现在明白了吗——况且这气、剑一向只是表皮，内里不过在争权力，你是亲气呢还是亲剑呢？我的脑子一下子就乱了，我想说我哪一边都不靠，可我知道这是不可能的，也是不允许的，一想起笔记上记录的华山派当年气剑之争几招灭门的惨状，我就觉得手掌心一阵发凉，接着额头上的汗都沁了出来。令狐先生却不依不饶，他说，等这本书一出，先生的声望也就到了极致，但那时您知道的东西对他们来说又太多了——就在这时候我听到房门吱的一响，小倩从外面走了进来，这不大的响动竟会把我们俩都吓了一跳。我想起小倩曾告诉我今天是什么神仙的法会，她一早便去全真观进香去了。小倩看到令狐先生时一愣，她打了个招呼，来客了。接着笑着对我说，今天人真多，我们几个姐妹都挤散了，我先跑回来，还不知她们怎么骂我呢，剑臣，帮我放盆洗澡水吧，等会儿我要洗个澡。说这话时小倩已经进了里屋，然后她随手把门关上了。令狐先生跟着松了口气，这时候他的身子朝我这边倾了过来，头几乎附在我的耳朵上，他的气息冲得我的耳膜如同钻入了一只蚂蚁。令狐先生说，你以为许二送你一个美人，真是欣赏先生的才艺？我受不了这个语调，这种暗示等于说——你这个自以为是的傻瓜！我几乎发起火来，干什么，我只是一个读书人，教教学生，偶尔写写小说，我并没想卷进这乱七八糟的是非中来，我不管他袁玄机是谁，许一平是谁，还有这个令狐冲的后辈，让他们通通见鬼去吧——怒火把我的脸涨得通红，但我努力让自己平心静气，因为我很快就发觉令狐先生说的句句都是真话——这几日的书稿、日记都被人翻看过，我上哪儿都会有人盯梢，难道这个小倩真是个燕子？没有比这更可怕的事情了，一下子我的额头上就像布满了蚂蚁，大滴的汗粒从我的脸颊上滑落下来，我几乎坐不下去了。这时候我听到小倩在里屋喊，剑臣，我的水放满了吗？我不可自抑地打了个冷战。

留仙笔记之41：

令狐晋飞先生的拜访让我十分惊讶，据说他是大剑侠令狐冲的后人，现居山西鹅塘，在当地也算得上一位家喻户晓的名士。他来造访是慕我的名声——据令狐先生说，我的小说集在鹅塘也很畅销，他此次是来向我约稿的，以便借此声势再上个台阶。

既然令狐先生为文学而来，我们的话题少不了就当前的文艺现状进行一番讨论，又因为此刻我们身处秦地，我们也免不了追溯往昔，让思绪在大唐盛世的气象上徘徊不已。照令狐晋飞先生的意思，中原浩瀚、博大的文化自唐都东迁始，气焰就渐渐地黯淡下来，迄今千年有余，再无大才应世。李杜苏黄，名垂千古，另一层含义莫不是后人难以与之比肩？文如此，武亦如此，想其令祖令狐冲公，得独孤大师真传于先，灭魔教教主东方不败于后，眼界之卓绝，才识之干练，几达登峰造极之境，可他的绝学独孤九剑传至今日仅破剑式一式而已，而降龙十八掌、北溟神功更是仅只传闻。无鸿儒，无大师，亦无大盗，难道就是今天的命运？什么地方出了问题了呢？难道仅仅是京师东迁所致？此言我深以为然，我自己不就是一个很好的例证，编些鬼话骗骗柴米油盐，子不语，非不能语，可为什么尽着落在小处？而人们偏偏为之打动，叫好不迭，而那些廉价的叫好更让我怀疑不已。令狐公的话让我思之良久，黯然神伤。那一天我们登高眺望，长安方向一片烟云笼罩，我们久久地默立着。

（此页最终散佚）

华山论剑会纪要

时间：康熙壬戌仲秋既望

地点：华山宾馆礼堂

参加人员：华山派弟子共二百八十五人。在主席台就座的有少林寺无闻大师、武当派玄冥大师，及崆峒派、仙霞派、天地会等门派的代表，华山派气宗代表、掌门人袁玄机，剑宗代表许一平、令狐晋飞等。

主持人：袁玄机

书记：蒲松龄

辰时，大会在雄壮的华山派会歌《爱我华山》中拉开了帷幕。主持人华山派掌门人袁玄机先生宣布大会开幕。首先由许一平先生致开幕词，许一平先生说：

众所周知，在华山历史上曾经有过两次重要的论剑会，武林前辈王重阳、洪七公、郭靖、杨过等人在此为了武林至尊地位有过精彩的表演，至今为后人所称道。我们这一次论剑会争的不是天下第一，而是为真理——华山派气宗、剑宗谁为核心？这一历史遗留下来悬而未决的疑问做出一个公正、明智的判决，这是一个将决定华山派生死存亡的大问题，相信会议结束的那一天会有一个让我们都满意的答案。我们的前途是光明的，责任又是重大的，朋友们，让我们携起手来去创造一个更美更好的明天吧！（掌声——蒲注，下同）

接着少林寺无闻大师代表各方来宾发言：我们武林人士希望看到一个完全公正，乃至健康的华山派的新生，故此我呼吁要坚决抵制防腐剂！（防腐剂疑为兴奋剂之讹，但会场上的标语写的也是防腐剂。）

会议在稍事休息后进入自由辩论阶段：

牛德章（气宗理论家，德字辈弟子，外号“天不知”——因其暗器藏于脚底）：我认为气、剑两宗之争虽来源已久，但其邪正却不言而喻，所谓气正则理正，理正则身正，试问剑宗兄弟你们气都不调，何来身正？（气宗一方鼓掌）

张玄吉（剑宗理论家，玄字辈弟子，外号“青风剑”——因其剑快常挟青光）：牛兄弟说的气功也是有的，古往今来的大侠中，气功造诣登峰造极者，摘花飞叶也可伤人于无形，但那是传说，至少我们都没有见到。华山派既然以剑法见长，不以剑法为重，不是避实就虚是什么——

袁德林（气宗德字辈弟子，传此人为袁承志的侄孙，待考）：张玄平，你每天不是都在打坐吗？那你是在干什么？

张玄平：我在练剑，心剑而已！（剑宗一方哄堂大笑，袁德林红脸退下。）

辩论会到下午时渐渐开始有了火药味，气宗牛德章与剑宗许德贤用茶杯对掷，一茶杯越少林寺无闻大师头顶飞过，幸大师闪避及时未伤及头皮，但还是被茶水淋了一身，无闻大师拂袖而去。

此时令狐晋飞先生走到台中。（谁也没想到这个时候令狐先生会站了出来，我也没想到，更出人意料的是令狐先生的态度，令所有人都惊讶不已。）

令狐晋飞（剑宗高手，华山派著名人物令狐冲之嫡孙）：各位，请容我说两句，我是许先生请上山的客人，但我非剑宗，也不是气宗。说起来我只能算作鹅塘的一个山野村夫，不过与华山派有些渊源罢了，化干戈为玉帛虽然是美事，但我自忖这也不是老朽一己之力能够办到的。我只是请大家能否冷静一下，想想有没有两全其美的方法，虽然前人未能在这个问题上达成妥协，但时代在进步，未必我们就不能够——

牛德章：先生不妨谈谈您的高见吧。

令狐晋飞：高见则未必，当年我祖令狐冲公内力、剑法皆臻于化境，可见气、剑各说互为表里，殊途同归。此外，风清扬风太前辈也是如此。可否华山派气、剑二宗就此分为两派，各自为政，互不干涉——

袁德林：这是搞分裂！是阴谋！

此时华山派二宗尽皆哗然，气宗更有人喊，令狐冲算什么，他是个叛徒！他练吸星大法，谈何气正！就是死我们也不妥协！

牛德章：令狐先生的高见可真高啊，哈哈，你听听，你是否想看到华山派四分五裂，为人宰割而后快？令狐冲，哼，先生的身份是否确凿还是其次，就凭先生这番议论便难辞其咎！

令狐晋飞：哈哈哈，我的身份，自然不敢劳动大驾，只是——我看来是有些自不量力了，妄想化解一场武林劫难，看来，我是心有余而力不足啊。但大家想一想，难道分派就没有一点好处？这对武林，乃至对天下苍生莫不是极大的善事——

令狐先生神色黯然地回到座上。这之后就气、剑的辩论仍在继续，攻讦也在继续，又发生了飞掷茶杯的事件。

留仙笔记之49：

白天的辩论会上令狐先生作了发言，但引起华山派气、剑二宗的联合反对。

晚上，令狐先生来到我的住处，原来他是来向我辞行的。令狐先生说，再留下去恐无益处，我还不如归去吧。令狐先生说着笑了，他很仔细地看着我，蒲公也以为老朽居心不良？我跟着他笑了一下，我说，令狐先生又何为这些闲言费神呢，从来清者自清，浊者自浊。说完我又觉得这些话有些语焉不详，不足以安慰老人的，于是我接着说，这山上但凡有点心思在为华山派考虑，也非先生莫属！令狐先生却凄然一笑，他说我是在想华山派这几百年的基业啊，毁于我等之手，自不心甘——令狐这个姓氏又算得了什么呢？令狐先生似乎自言自语，过了好一阵才恍然醒悟过来，接着他又附在我耳边悄悄地说，蒲公也要早作打算了，早早脱身方为上策——这些人都是狼子野心，算起来也该在这几日就有分晓了。

我想起那次令狐先生在我耳边耳语时我几乎振衣而怒，不由得心里一酸，想安慰他几句也不知从何说起。令狐先生就这么走了，我一直把他送到大门外，望着先生衣裾飘飘，在山路上孑然而行，我的心里也是空荡荡的，这时候半空中飘起了细雨，就像陡起的一层雾气，先生的背影也渐渐变得模糊了。

我想不到的是这一面竟会是我与先生的永诀。第二天即传来噩耗，令狐晋飞先生竟然在下山途中中了歹人的黑箭而堕落深谷。辩论会的气氛也陡然变得紧张起来，早晨会场上已经到处贴满了大字报，还我令狐先生！缉拿凶手！那些在墙面上直接书写的字迹，愤怒的墨汁像淋漓的血水一样在墙面上流淌着。华山派气、剑二宗都相互指责对方是此次谋杀的主谋，气宗说剑宗搞诬陷，剑宗说气宗想致剑宗于死地，是可忍孰不可忍！究竟谁下的毒手呢？令狐先生的遇难，反招来华山上一片紧张、躁乱，也许这些都不重要了，毕竟令狐先生去了，也把华山派最后一点理智和希望带走了。已经没有人注意我，整个喧嚣的会场上也只有我坐在那儿略微有些伤感地看着面前满地的纸屑，对周围的躁动充耳不闻，那时候我仿佛也成为这些纸屑的一部分。

我不敢留下什么文字，只是将一篇《独孤九剑祭》在我和令狐先生往日纵论天下大事的华山顶峰焚化了。我还能做什么呢？长歌当哭吧，那些焚化的稿纸就像一群翩翩的黑蝴蝶被华山绝顶的狂风席卷而去，而后我把一坛酒洒在华山的土地上。

有一段文字我至今记忆犹新，我是这么写的：令狐公晋飞先生以天下事为己任，奔走其间，振臂呼吁，欲化干戈为玉帛，弥隐患于无形，然其心志又何人能解？更兼世事险恶，豺狼当道，先生终遭奸人暗算，殒命于华山古道。俱往矣，绝学已随高人去，唯遗足音慰后人。老朽不才，感于晋飞先生高义，愿倾全力以成先生之托付，使千秋后世，明晰事实真相，以报先生知遇之恩，如此先生泉下有知，也足以告慰！

有一段时间我的情绪变得极端萎靡，过量的酒精也让我开始产生幻觉，我老是看到令狐先生在我面前走来走去，飘忽不定。我变成了一只蚂蚁，一只公蚂蚁，金小燕变成了一只母蚂蚁，我们老是在一个偌大的空间里爬来爬去，无边无际。令狐先生一直想靠近我的耳朵，似乎还有什么没有来得及说的秘密要告诉我，但他却找不到我的耳朵了。白天我一直忙于辩论会的记录，晚上还要构思《华山论剑记》的框架构成，斟字酌句，煞费心力，此外，金小燕也不断地用她的事情来骚扰我。好在那一天正主也终于出场了，华山派顶级人物袁玄机与许一平先生各自代表气、剑二宗登场亮相。果然他们的出场又是另一番气象，两人起先就撇开斯文，隔着桌子叫骂，拍桌子砸板凳，什么市井俚语都用上了，骂得不过瘾，他们最终又冲到场中搂抱在一起痛殴，在大厅的地板上四处打滚，临了两人又用上了牙齿，结果咬在了一处，不知袁咬下了许的上嘴唇，还是许咬掉了袁的半边耳朵，我的记录就是这么写的：袁玄机将许一平的嘴唇咬掉了，许一平将袁玄机的耳朵咬落了。当然至于在《华山论剑记》中怎么处理还要看最后的结果而定。华山派两宗弟子也由围观渐成群殴，如不是武当玄冥大师在场劝开，那么气功与剑法当场火拼也势成必然。鉴于此，大会在玄冥大师的建议下休会一天。

留仙笔记之55：

小燕又恢复了她的本名——金小燕，因为她很想让我替她写一篇故事，放在我的小说集里，这几天她都在催促我。我问她从前的一些事情，这丫头就望着天花板开始瞎编，说某年某月她还在老家米脂时，看见一个过路赶考的秀才——我笑起来，我说小燕，这要不得，文章一假反倒不如没有，你要以后别人都说我因为我们这层关系才给你写小说吗？金小燕一听却生了气，她说，你在田间地头请那些老农喝茶时，那些人不编故事骗你的茶喝？有理，但那些人并不逼我把他们写进小说啊！就逼！就逼！！我就逼！！！小燕发起脾气来。她对付我的手段就是用她的身体来诱惑我或者拒绝我。我笑了，我拿她这般小儿女情态无丝毫办法，所以我在纸上写道：金小燕，秦中米脂人，年方二八——金小燕笑了，转怒为喜，身子伏在我的背上，用她胸口那两团嫩肉细细地摩挲着我的后背。写啊，写啊，你——她看着我说。我问她，你想做个女鬼呢，还是做个狐狸精？金小燕想了想，她的脸兴奋得都有些红了，在这两样中选择其一是有些为难。然后她说，女鬼太吓人了，还是狐狸精吧。我在稿纸上开始写起来，金小燕看我很听她的话，就安慰我要去替我沏壶好茶来，还说要给我放洗澡水。等她离开后，我却开始摇头，我想就在几天前她还是小倩，其实变不变的她骨子里还不都是在做她的金小燕？

我在稿纸上写的是：

金小燕说她想变成一只狐狸！

金小燕是狐狸变成的！大家一定要注意！

有一天我问金小燕，愿不愿意随我回山东老家？听到这句话金小燕明显地一愣，她说怎么走啊，路都让人给堵死了。是嘛，我也一怔。小燕忙说，我是说你现在忙得很，怎么走得开？小燕啊，小燕，到这时候你还瞒着我，你就以为我什么都不知道？你每天都悄悄地将我的手稿送去给别人审查，这么久了，难道你就没有想过我可能会察觉到？我们相聚已有百日，这么多的时间你就一点都不动心？可能那时候我心里对这个最初以小倩面目出现的歌伎还心存一丝幻想，我说，我们老家虽也不怎么富裕，可我开馆授课，加上我的稿费应该能过上比较舒心的日子了。小燕好像犹豫起来，她皱着眉头说，怎么走嘛？现在别人才不会放你走。我说我知道一条华山通道。华山通道？好像这个华山通道把她吓了一跳，我嘘了一声，四下看看，同时放低声音，让金小燕不要像看到房子失火那样大喊大叫。可以吗？可以的话，我们明天就走，这两天可能就可以论出个胜负了，再不走我怕再难得脱身。金小燕想了想，最后她同意了。

那天晚上我们甚至做了爱，入睡后不知过了多久我听到门外传来一声猫叫，细细的，似乎在闹春，离我们的房门也越来越近。我正想同小燕说，却看到她慢慢地爬了起来，小燕穿衣服的时候还轻轻地推了我一下。我没有动，忽然之间我就猜到了这猫叫的缘由，我有些伤心。小燕摸着黑朝门外走，黑暗中她甚至不小心碰倒了一张凳子，我听到小燕骂了一声，她就这么肯定我已经睡得人事不省？等她合上门时，我也跟着爬起来，穿上衣服后，我来到窗口，借着外面熹微的天光，我看到了站在房门外的许一平先生。许一平先生的耳朵上还裹着纱布，黑暗中我看不到他的嘴唇，但从他的声音来看，他的嘴唇应该没事。许先生和金小燕一直在低声说话，但突然间许先生就尖叫起来，华山通道！许先生和金小燕头一次听到时一样，语调也突然间拔高了，接着他又压低喉咙说，你一定要——要什么，后面的我就听不到了，后面的差不多都是许先生和金小燕的耳语，我看到许先生捂着嘴在金小燕的耳边说话，金小燕不时地点着头。

过了一会儿，金小燕悄悄地走了回来，拴上门后她像一只狐狸一样朝前伸腿走着，她经过书案时才发觉有人，于是金小燕压着嗓子喊了一声，谁？是谁？我咳了一下，同时把桌上那盏油灯点燃了，光亮立即弥漫了整个房间，照着小燕和我。你怎么了？还不睡——金小燕看上去还有些心虚。我说，你别怕，我这就告诉你华山通道在哪里——我开始研墨，接着我就拿起笔来，我铺开一张纸，在上面写道：华山通道。我的字写得不错，曾经拿过国际青年书法比赛金奖，当然这不是讲究书法的时候。我放下笔对金小燕说，你看，华山通道就在这儿，你和我一起走吗？

这是我最后一次问她了，我说过我到这个时候还对金小燕抱有幻想，但她却笑了，就像别人告诉她在大白天遇到了鬼一样，她笑得既痛快又觉悟，仿佛从前她一直在受骗，直到现在才洞悉了真相。金小燕的笑声里还有一种让我难受的讥讽，我受不了。我并不开玩笑，我知道这时候我们的缘分已经完了，一切都已经结束。我只是拿起那本刚刚完稿的《华山论剑记》，除此之外，我再也没有别的留恋了。我从华山通道里跳了进去。迅疾的狂风立即从我的裤管里灌进来，有点冷，却让我觉得清醒，我没有回过头，但就在那一刹那我又听到金小燕凄厉的叫声，她在发疯似的喊，喊得自己披头散发的：蒲松龄跑了，蒲松龄从华山通道跑了！

但这些很快就过去了。

在接下来的两个月我一直都是在一种近乎逃亡的奔徙中度过的，但之后我就知道自己安全了。这么说吧，我把那本《华山论剑记》分成了两种不同的版本发行面世，一种是袁玄机咬掉了许一平的上嘴唇，另一种是许一平咬掉了袁玄机的耳朵，但我立即告诉读者哪一种结果都不要深信，因为这都可能是一种文字游戏。华山派二宗都有人来追杀我，但他们却不得不中途去处理那些对自己不利的书籍，以后他们就是再想找我也有心无力了。后来袁玄机和许一平为了辟谣，还不得不同时在一个公开场合出现，用他们的话，我们本是同根，又怎么会自相残杀呢？他们拉着手，一起对着那些不明真相的人们笑着，两个人都使劲露出牙龈，看上去倒像是一幅牙医广告。

我回到了我的山东老家，我仍旧过着那种平静甚至是平淡的乡村教师生活，白天上上课，晚上由学生陪着我促膝谈心。只有大雪天，人迹杳无，我才会在读过一段古奥的文字后，把目光投到窗外那一望无垠的原野，这时候我会想起那个给我唱过小曲的歌伎。我凝神谛听，仿佛还能听到她绝望而遥远的呼喊，就像从一眼枯井里传出来。

（原载《人民文学》2000年第5期）

2000年

谢 挺

普 陀

我有一个清晰或者说完整的相貌，就这么我成了云梦村的村长。有这么一个好名字的地方在你的印象中一定是很美的，可实际上，我们那儿云梦村是个声名扫地的地方，有个“谈虎色变”的成语，在我们那儿人们谈到云梦村时同样也会色变。如果两个人在街上吵架说对方是云梦村的，争执就会升级，他们很可能会扭打起来，如果是男人还可能引起大面积的械斗。我就看到过一次，打架那天两个村子的精壮男人差不多都上阵了。起因说起来不过一个女婿喝醉了酒，借酒撒疯骂了他媳妇的娘家，他骂他媳妇娘家人全都是云梦村的大麻风。那次械斗约在一个赶场天，乡里的集市刚刚开始的时候，天色还蒙蒙亮，那两个村的人全阴沉着脸来了，然后齐齐地猫腰蹲在原来余家祠堂前的石阶上。他们先是隔街对骂，骂来骂去还是那句话，都说对方是云梦村的大麻风，骂累了才动的手。有人忽然喊了一声：“干！”锄头、扁担、砖头、瓦块、镰刀，还有菜刀，一下子不知从什么地方冒了出来，能伤人的家伙几乎全齐了。那一场恶斗如果不是事先走漏了风声，乡里派出了干警，我看谁都制止不了，但就是这样还是有两个人被劈花了头。那天我刚好也在集市上，我是去替村里买猪崽的，那些人拿着武器开斗前的那段对骂已经把我吓得够呛，我一直躲在一家商店的门板后面不停地打抖，老板就站在我身后，他伏在我的耳朵边缠着要把事情的原委告诉我，而我透过门缝亲眼看到一个人的耳朵被菜刀划了下来。那是个穿红球衣的小伙子，他最先冲上去的，也伤得最惨，捂着耳根在泥地上不停地翻身打滚。这时候我几乎忍不住要喊出声来，我想这些人要知道我是云梦村的，还不把我打死？何况我还是云梦村的村长，他们很可能把那股怒气一齐撒到我头上，把我当成他们共同的敌人，他们完全可以这么做。

前面我说过我当云梦村的村长是因为我有一个完整的相貌。我并没有说笑话，这是真的，尽管是乡里的任命，但在我们云梦村也没有引起太大的异议，因为他们都没法跟我比。我不是说我漂亮，长得有多帅，而是完整，这一点在云梦村没人能跟我比。我只是没有眉毛，这也是我跟平常人唯一一点差别，所以出门时我会戴一副墨镜，或者，我给自己用眉笔画两道眉毛，这样我再背上那只洗得发白的黄书包，就可以不受约束，很自在地四处游荡了。我出现的地方不会引发惊恐和混乱，这一点在云梦村还没有哪个人能够办到。

每过两个星期我都要按规定去一次乡政府。去乡里的路不太好走，从我们云梦村到乡政府大概要走三个小时的路，而且全都是山路，山崖上或石头缝里被人用脚踩出来的，所以我去乡政府那天通常天还没亮就必须出门了。从前我去乡里的时间都是定在星期二，星期二的上午，这也是乡里为我定下的，不过这样一来就不一定能逢上赶场天，后来我又向雷乡长建议改在了逢五、逢十的日子，这样我把工作向乡里汇报完，就可以到集上去逛逛了。头一天晚上村里如果谁家需要带点什么都会跑到我那间小屋前说一声，他们在窗口说，然后由我用纸记下来。只有七公家我得亲自去，谁让他的辈分高呢，村长再大也大不过七公，谁都得听七公的，其次才轮到村长。但我到了七公家常常见不到他，这是最近才发生的事，我知道七公在生我的气。我在门外喊，七公，家里要带点什么东西吧？常常没有回答，原因过一会儿我再告诉你。

我记得星期二是乡政府人数最少的一天，这是从前，我逢五、逢十去的时候这两天又差不多成了乡里的星期日，你当然知道为什么——因为看不到什么人，天色又不太明，我倒显得慌慌张张的，我就这么紧张地站在院子里喊“雷乡长——雷乡长——”有时候要喊十来声。乡政府前喂了一条大黄狗，拴在院子里一棵皂角树上，一看见我就冲着我乱嚷，我叫一声雷乡长，它也扭着脖子朝这边乱吼一阵。雷乡长出来了，边穿衣服边朝外面走，雷乡长也显得很慌张，就像遇到了一起火灾一样。这种情形下他的手臂常常找不到袖口，雷乡长这时候就像在穿一只口袋，他穿着一只口袋就出来了。雷乡长来到我前面的台阶上，一脸气急败坏地站着，他问我苞谷种了吗，或者荞麦收了吗？我就答种了或收了。有时候也没什么事，雷乡长就问没什么事情吧，我说没有。雷乡长想了想又问，你们没再种那玩意儿了吧？我说没有没有，哪里敢。不敢！不敢你们还不是种了，再种那玩意儿看我不把你喂狗！不敢了不敢了，原来不是不懂嘛。雷乡长情绪好了点，终于把最后一颗扣子扣上了，他从台子上丢下来一支烟，我费了好大的劲儿才接住。我开始划火点烟，风很大，但我还是顺利地把烟点燃了，这时候我松了口气，因为我知道接下来我就可以走人了，没事了，离开那儿总会让我高兴的。有一次因为什么事我又转回去一次，我看到乡政府的白秘书正提着一只铁桶对着我刚站过的地方撒石灰。我知道他这是消毒，有一次县里来的一个卫生小分队就这么介绍过。白秘书看到我回来先还有些尴尬，接着他就怒气冲冲地问我还有什么事，我说没有没有，算了。我赶紧转身走了。那天可能真没什么事，我回去就是要看看别人是怎么对付我的，以后只要不下雨我总能在院子里找到那个石灰圈，我总在里面站好了才开始喊雷乡长。

雷乡长说的那玩意儿指的是鸦片，学名又叫罂粟，是有一回一个叫金二棒的外乡人从缅甸带过来的。除此之外，你看看他还给我们带来了些什么——一台黑白电视机，两大箱各式各样的旧衣服，还有一大堆金光闪闪的石英表。村子里的人看到这些东西——我不会夸张，他们的眼睛都直了，谁见过这个？金二棒失算的是我们那儿还没拉上电，他费力搬来的电视机不过是一只精巧的盒子，他后悔说早知道就多带几块手表来就好了，可手表对我们又有什么用，农民嘛——那些手表最后分到了各家，连刚出生的奶娃儿脚腕上都戴上了一块，不过还是有几个人对时间发生了兴趣，一见面就先对表——现在是九点三十一分，你的二十九分，肯定慢了，但究竟快了还是慢了谁又说得清？那次外乡人直接找到七公，他到村里说要找管事的，有人就把他带到七公家。前面我说过我们村其实就是七公说了算，其次才轮到村长。听说那天七公连脸布都没缠，就是要考验一下这名外乡人的诚心。

那台黑白电视机就搁在七公家堂屋地板上，旁边挨着就是一只粪筐，还有半桶猪潲水。我听别人说七公连看都没多看一眼，这大概也出乎那个外乡人的意外。七公咧着他那没有上唇的嘴巴，露着发紫的牙龈一声不吭地在堂屋里咂巴他的水烟筒，烟雾飘起来时，口水顺着七公的烟筒一滴一滴淌下来。外乡人坐在门槛上，他的怀里紧紧抱着那只装满手表的提包，不敢多说话，也不敢抽烟，这时候七公家的一只芦花鸡飞到了电视机上，他也不敢伸手去赶一赶。他可能有些吓住了，不时抬起头，不知所措地朝那些围在外面，头上裹着一圈黑布的村民们看着。

外乡人那天晚上在我那儿过的夜，也是七公的意思，我睡床，他蜷着身子躺在我房里的一张课桌上。那张课桌原本是我用来堆书用的，只有三条腿，缺的那条只是垫了几块厚砖。外乡人睡在上面连翻身的地方都没有，但一晚上外乡人都在桌上小心地翻着身。还没有谁像他这样在我们这儿过过夜，政府倒是定期来慰问，送一些药品和食物，但都是在我们村到乡里途中的那块空地上，隔得远远的用话筒朝我们这边喊话，话一讲完，他们就把东西放在地上，要等他们走远了我们才能过去拿。那天早晨天还蒙蒙亮时那个叫金二棒的外乡人就起来了，他坐在那张三条腿的课桌上，头发蹭得像把直立的枯草，这样看上去他脸上的绝望倒显得更真实了。外乡人说，这可是很合算的，对不对？比你们种苞谷合算得多，对不对？我也没办法，我说这要七公答应才行。他说，你不是村长吗？我说七公比村长大。但七公答应了，外乡人临走前七公背着手来了，头上还缠了块黑布，只露出一双眼睛。七公说，地我们有的是，别人也有，你看得起我们，我们肯定要帮你的。就这句话，我不会形容——外乡人刚才还是青紫的眼泡里猛然间放出一线光，就像雨后从云层里突然冒出了太阳，紧接着他那副昏了头、手舞足蹈的样子，我怀疑他随时都会像小孩一样在地上打起滚来。那一年我们就在老阴山背后那一片空地上种上了罂粟，第二年我们又增加了二十亩地，然后我们就发了，到第四年那个金二棒被抓前我们每家都赚了不少钱。

我们一直搞不清那个姓金的外乡人为什么会被抓。县里把他押到云梦村专门开了一个公判大会，那一天还真来了不少人，云梦村从来没来过这么多人，从来没这么热闹过，连县电视台的记者都来了，当然还有不少持枪的武警。老阴山那一片罂粟已经开花了，红的蓝的白的，开得鲜艳极了，一朵朵就像小孩子刚开始学说话的小嘴唇，都被连根拔起来，堆在田间地头，一名武警提着油桶正往上面浇汽油。我们云梦村的人都集中在地头一株泡桐树下，乡政府白秘书和另外两个人在我们前面布置会场，他们都是跑来跑去，平时好说笑的脸这时也紧绷着，不一会儿他们就在两棵树上拉起了一条横幅——公判大会。因为是刚写上的，墨汁一直不停地往下淌，我立即想起我们村杀年猪用的那块案板，血水凝结后也会这样湿漉漉的。我们周围的山坡上隔三五步就站着一名武警，都站得像棵青冈木一样。有个小孩开始哭起来，接着又像被什么东西捂住了，声音嘤嘤嗡嗡地传出来，就像一只快要断气的鸡崽。乡长跟在几个县里来的领导身后跑来跑去，从乡长弯腰的程度你都能猜出这是个什么样的官，接着他们一起走到主席台上，有人开始用手提喇叭说话，那声音也像是从老阴山背后传过来的，你知道有人在说话，但你不知道他们在说什么。

我想起刚才乡长临来时和我的谈话，当时他气汹汹地让我跟他去一下，我看出他大概想找一个既僻静又封闭的地方发一顿火，但云梦村没有这样一个地方，所以我跟着他在村里转了一圈，最后我们在九孃家的牛圈那儿停住了。雷乡长转过身来，压着喉咙说，你跑不掉了！知不知道？你们已经被包围了，知不知道？我一张嘴就听到牙齿正在拼命打架，跟着我全身都开始发起抖来，我想说那都是七公的主意，但我这时候连一个字都说不出。你知道你们在干什么吗？在贩毒，在犯法，知不知道？我们来干什么？你知不知道？我好像生病了，发烧，打摆子，有一年我生病就是这样子。我想摇头，但我发觉这时候我连摇一下头都非常困难。七公就在这时候出现的，谁知道他是从哪儿钻出来，他走到九孃家的牛圈里开始翻草，慢慢地说，你不要吓着他，他还是个娃娃儿，那个人说那可是种草药。乡长扭头看着他，七公又说，种草药应该可以的嘛。乡长说，草药？——他盯着七公发紫的牙龈忽然间停了下来。七公说，是草药，头痛药，有一回我头痛吃过一回，一歇儿就不痛了。七公开放的声音忽然间变大了。乡长想了想，扭过头狠狠地看了我一眼说，好嘛，开完会我们再说！乡长似乎很害怕这种开放的声音，他走了，开完会他和其他人一起走的，没再找我说什么。接着七公也走了。我一个人站在那儿打着抖，怎么停下来的我都不知道，总之我被一种暗无天日的恐惧抓住了，我开始怀疑自己还能不能活到天黑。

说实话，我没想到七公会在那种时候出来帮我，他一直在生我的气，这一点差不多云梦村的人都知道。大约去年腊月间，余家的三表嫂来替我做媒，她说七公想把他家的幺妹余凤琴嫁给我，还给我三头猪和一张樟木大床。但那是个什么样的姑娘呢，一只眼睛竟然没有上眼皮！我在想——没有上眼皮的人晚上连睡觉眼睛都要睁着啦！而且她鼻子下永远都是脏乎乎的，一看到我就像盯住了碗里的一块腊肉。余幺妹是村里的卫生员，平时给每家每户分发药，她认不全药瓶上的字，每次都是说每天吃两片，除此之外她只会打猪草，几乎我从乡里回来总能看到余幺妹在村头打猪草，远远地她就这么盯着我。我说，幺妹打猪草？她也不说话，用袖口擦擦鼻子，然后飞快地吐一口痰。我有些生气，我不知道就这么一个姑娘他们怎么会和我扯到一起。可这是七公的意思，她又是七公的孙女，所以我只能说，我现在不想成家。该成家了，也不小了，二十来岁了。三表嫂不依不饶地劝我，她望着我那间乱七八糟的小屋说，你看该有个人替你收拾一下，洗洗衣服，翻年再生个娃娃——生个娃娃还不是没眼皮的！我只能在心里这么说。反正我死活没同意，三表嫂最后一气跺着脚走了，她甩手说，你自己跟七公说去！我当然没这么傻。过了几天有人告诉我，七公对我很恼火，他说这小子翅膀硬了，要飞出我们云梦村了，我倒要看看他能找到什么好婆娘！七公的话让我感到紧张，我不知道这是不是七公的原话，我很想告诉他其实我的意思是我现在年纪还小，还不想考虑婆姨的事，但我一直没有机会，而且我也怕七公过两年还要提这件事。从那以后七公就不再理我了，有什么事他都是让别人来找我。

那天直到金二棒被绑上台时，我才发觉云梦村的人都没有像往常那样戴上他们的缠头布，他们都齐齐地把自己那张朽坏的脸孔裸露出来，这种情形，我必须承认——我在云梦村这么多年也没有见过。我闻到一种哀伤的气息，而且就像女人裸露她们身体一样，他们脸上都有一种只有我才能察觉到的羞怯。现在，我在想，会不会抓我去坐牢？这么一想，我心里就有种哀伤感。这时候忽然我心里又猛地向下一沉，因为手提喇叭里说，把贩毒分子金二棒带上来！我前面一阵骚动，大家都用力抬起脖子，这样前面的主席台也看不太清了。不过也好，至少别人要找我也不容易。金二棒几乎是被那两个武警提上台的，他的两条腿就像变成了瘫子的腿，要靠那两个武警提着才能够勉强站住，他耷拉着的脑袋上那几根头发又一次变得像蓬乱的茅草。后来他的头被人揪立起来，我身边的人都轻轻噢了一声，他们也都认出了金二棒，但这小小骚动很快就过去了，我们看着金二棒，二棒的眼睛却没离开他的脚趾尖，最后他干脆连眼睛也闭上了。

算起来我们大概有半年多没见到金二棒了，我记得这两年来他变得越来越神气，出手阔绰，每次都会给我们带来许多高级的东西，各种各样的糕点、饼干、衣服，此外就是钱。每次割膏时金二棒是最快活的，他说今年过年时可以请一个舞狮队来闹热一下，对我他则悄悄地说，凭你现在手里的钱可以到省城去痛痛快快地玩一趟。我记得他笑的时候还意味深长地扯了一下他的嘴角。金二棒左脸靠近眼角的位置长着一只酒窝，这使他每次笑的时候都显得不怀好意，老年人都说这不是一个善相。二棒本来再收一季就准备收手的，不知怎么他却没收住。

那天的审判大会几乎开到天黑，傍晚时天上忽然下起雨来，手提喇叭的声音一直在我耳边响着，可我就是听不清，但我知道那是一种仇恨的声音。我可以忽视这个声音但我无法忽视声音里的仇恨，直到最后那猛然间昂扬起来的话我才注意到，我听到台上说：立即执行！我感觉我的身体和二棒的身体几乎同时一震。那个漫长的下午就要结束了，忽然之间我有了一种如释重负的感觉，就在这时候二棒抬起头朝我这边看了一眼，那里面什么也没有，我是说从二棒的眼睛里什么也看不到，二棒只是这么看下去，他打算一直这么看下去，他眼里好像带着把钩子。

执行金二棒就在那片罂粟地，从前那是块空地，现在也差不多成了一块空地。枪响的时候我没听见，直到雷乡长让我去埋人时我才像刚睡醒一样打了个冷战，这时候雨水差不多把我的整个肩膀都淋湿了。我和村里另外两个男人在山坡上挖好了一个大坑，那坑足有一人高，挖好后我最后一个爬上来的，当时我慌得不行，抓住不知是谁的裤腿就使劲往上爬，我害怕他们不等我上来就开始填土，结果把人家的裤子都撕烂了。金二棒就在我们旁边，他被捆好的身体还摆着一个奇怪的姿势，他是朝前扑下去的，好像为了避免把衣服弄脏才弄出这么个费劲的姿势，他用头点在地上支撑着身体，这样，他的屁股就不得不朝天上翘起来。

那堆浇了汽油的罂粟已经点燃了，火苗夹着黑烟足足腾起有三四米高，火中散发出一种很奇怪的香味，因为是在埋二棒时闻到的，以后只要我遇到谁家死人时都会想起这种气味。那的确是一种不祥的气味，闻着闻着身体就会不自觉地开始哆嗦起来，但它的确非常非常香，就像从我们刚挖开的地缝里钻出来的。金二棒被推下坑时还被绳子绑着，那个斗一样狭小的坑道里甚至不能让他把身体展开，被泥土覆盖前金二棒看上去就像一只卷曲的大虾。我们一直没有看到金二棒的脸。那天晚上七公又把我们带到老阴山，七公说，人家待我们不错，我们也不能不仁义。我们在那块空地上找到了金二棒，把他挖出来重新装进一只事先钉好的松木棺材，金二棒这种死法在我们那儿是不能脸朝天的，所以我们还是照刚才的样子让他趴在棺材里。

我想说说那个来乡里卖书的姑娘，那是我到乡政府跑拉电的时候的事了。差不多有几个月我都在跑这件事，我写过五个申请报告，我跟乡长说，这不光是方便，假如有了电，再有台电视，受了教育，我们也不会发生这种事情对不对？可能这句话还是起了点作用，乡长起初说，拉电？你知道要好多钱？但后来我跑多了，他就说要考虑考虑，再向县里汇报。就在乡长考虑的那段时间，我在集市上认识了那个来卖书的外乡姑娘，她姓王，不知道是哪个乡刚毕业的初中生，每到赶集时就赶着马车到各个乡去卖书。她的书摊总是集市上最冷清的地方，这也很正常，现在还有多少人读书呢？不过这一来倒给了我们接触的机会。那天我在王姑娘的书摊上翻着一本讲育种的书。王姑娘说，你看书不要卷起来嘛，卷坏了就不好卖了。王姑娘是低着头说这句话的，她甚至没敢看我。的确我站在那里翻书有一段时间了，我笑着说，卖给我嘛，你担心我没钱？王姑娘的脸马上红了一下，那块红晕消失得很慢，我看着它一点一点消下去，又重新再冒出来，我差不多看呆了。我们就这样认识的。那天我从王姑娘书摊上买了不少书，以后每次去赶集我都会从她那儿买一两本。王姑娘的生意真的很不好，有一次我劝她换一样东西来卖，卖点种子或衣服，但王姑娘说卖书起码没有竞争，谁想买书都得上她这儿来买，这倒是真的。这时候王姑娘的水瓶空了，就到露天的一口井里打了一点水喝，我说等一等，我跑去小卖部替她买来一瓶五毛钱的汽水，王姑娘推辞了一下还是收下了。那天王姑娘问我喜不喜欢诗，她喜欢写诗。我说当然当然。其实我喜欢什么诗，什么是诗我都不太懂，我只是一直担心我们俩在一起待久了，她总要问你是哪个村的，家里都有什么人？谁不是这样开的头？我没向她打听就是害怕她问我同样的问题。但王姑娘没这么问，她只是问我喜不喜欢诗，而我呢，想都没想就说自己喜欢。那天回去的路上我一直在想诗，什么才是诗——我想了一路也没憋出一句诗，我发觉这时候我脑子里想的其实全是那个王姑娘。王姑娘啊王姑娘，你就像天上的红太阳——这时候太阳快下山了，几乎整个天空里的云朵都变成了耀眼的鲜红色，连远处的起伏的山坡都染成了金黄，真的美极了。我停下来，在一座小山巅上我看着那轮渐渐下沉的落日，忽然间就伤心起来，我想，就算我会写诗我就能和那个王姑娘在一起了？

原本下一个赶场天我还会见到王姑娘，我们约好那天在集市上见面的，她答应给我找一本有关药材种植的书，因为集市上一名收购药材的人说现在的天麻价钱很好。但那一天另一件事把我耽误了，又过了五天，我在集市上没有找到她，听别人说那个卖书的小姑娘找了我一整天，很多人收摊后她还在那儿等着。以后她就再没有出现过，她会不会像她说的去城里打工了？我不知道，那一天我还得到了另一条消息，是雷乡长告诉我的，他说县里可能开春后就到云梦村来给我们拉电了。

接下来我想说的是我们云梦村正在准备的一件大事情，这其实也是我最想告诉你们的。这件事说起来已经准备了很多年了，从前它一直停在人们的口头上，准确地说是在梦里，那些老一辈的人谁不想把这个目标立即实现？可到头来它仅仅还是一个梦，在我看来它从来都是一个梦，永远是一个梦——他们告诉我在很远很远的南海上，有一座普陀山，普陀山住着一位叫观音菩萨的人，这位观音菩萨的大悲圣水可以消除一切疾患，只要把圣水往脸上一搽，瞎子可以复明，瘸子也可以走路，治疗云梦村这些人当然不在话下。简单地说，我们云梦村的村民们想去普陀山进香。除了我，云梦村的人都相信这是真的。

你肯定无法想象这件事情在我们村里唤起的那份狂热，那种热情是过年时的喜庆也无法相比的，我活这么大也没有遇到过。村里人一连几天都聚在七公家里，连吃饭也是一起打平伙，七公家院子里甚至砌了个大炉灶，有七八个女人专门为我们做饭。男人们挤在堂屋里，围着七公坐成一圈，沾了七公口水的水烟筒在他们手里传递着，每过一个人就吸上一口。他们提出各种去普陀山的方案，又彼此打气，说实话他们有的连家门都没有出过，连乡里都没有去过，但谈起普陀山的情况照样头头是道，因为他们的老辈子就是这么说的。我猜这种想当然的激动就要把云梦村给毁了，这时候已经很难说还有谁的头脑是清楚的，包括我。村里除了上了六十岁实在年老体弱的都报了名，而那几个因为体力不堪而落选的老人正在墙角小声地啜泣着，他们除了在家里等待也没有更好的办法，问题是谁来照料他们的生活？这样又有几个人被连累着留了下来，被留下的人自然痛苦不堪。那两天我们村里人只有两种心情，快乐或者痛苦，快乐的人唱着歌，痛苦的人骂着娘。我并不支持去烧香，但和留下来比，我当然要选择前者，说实话，那种头脑发热的毛病并没有放过我，可这与我有什么关系呢？我也可以有自己的梦想，对不对？

我们出发时，新米已经打了下来，这时候的天气已经不热了，但还没有转凉。云梦村的人都担心乡政府这一关，他们心目中这也是最坏的一关，过了这一关他们的普陀之行马上就会变成阳关大道。其实过乡政府这一关倒没想象中那么困难，我们在凌晨时动的身，天亮时乡政府就已经远远地被我们甩在了身后。一路上我们只见到几个早起拾粪的老人，但他们更可能会怀疑自己的眼睛——一队黑乎乎的人影从他（她）面前无声无息地走过去。天亮后我们停在一个背静的坟地里休息。这时候我才知道其实七公最初并不想让我去普陀山的，但有人建议还是带上我，可能用得着。我的作用马上就看到了，那天的晚饭就是我带着二叔家的小老大买来的，虽然只是一提篮馒头，我还给他们找来一锅不要钱的米汤。我没和村子里的人一起吃，我在街上一家饭馆里吃的蛋炒饭，现在我手里有一笔公款了，每家每户都有些钱在我手上，不多花点我会觉得对不起七公的。吃完饭我的心情就好了起来，我花了一块钱看了两场录像，五毛钱一场，都是天王刘德华演的，他先演一个流氓，又演一个法官。我想就当出门旅游吧，他们烧他们的香，我玩我的。过两天他们带的干粮吃完了，我的重要性他们就会体会到。

可能就是因为这种想法，那天就出了事。也难怪，我是个连县城都没到过的农民，虽然是个村长，但我怎么会知道那是个圈套呢。那天我们到了一座小城市，说它小是因为后面我还见过更大的城市，但当时它对我们来说已经够大了，我们绕着城边走，都足足走了半个小时，我们最后在江边的一座桥洞里停下来。几个女人开始去捡柴生火，其他人一哄而散，都跑去居民楼捡垃圾了。一路上我们都是这么过来的，我们捡了不少好东西，除了可以卖钱的纸箱、酒瓶外，还有没怎么烂就被扔掉的衣服和皮鞋。城里人真会享福，他们总是用一些奇怪的东西，有一次九孃捡到一个按摩器，我们最初都以为是支手电筒，装上电池后它却不亮，在九孃的掌心里跳起来，弄得九孃跟着乱跳。那天晚上我去给大家买一些吃的，等我忙完这些，大概快九点钟了，我在街边一个小旅馆用介绍信要了张床，因为有热水我还洗了个澡。旅店的老板娘说，广场上今晚上有文艺表演，你不去看看？我问了一下去广场的方法，老板娘讲了半天也没说清，她说，你坐三轮去嘛，一块钱就可以了。我走出来，当然我不会坐车的，我按照老板娘指的方向朝广场走着。我不知道是不是我走错了路，或者我只顾抬头看屋顶的霓虹灯，反正前面的房子也开始变矮了，路上的行人也渐渐稀少。我突然发现，暗地里冒出几个人来，他们走近我，其中一人猛然扬起了一根粗木棒。我大惊，心想完了！这念头还没有完全闪过，我脑子里就冒出一堆星星——我被一根大棒劈昏了过去。醒来时，我在一个垃圾箱背后躺着，不用看，我也知道，我身上的钱，我村里人的血汗钱全都不见了。

我不记得一个人哭了多久，我摇摇晃晃地爬起来的时候，脖子上空空的黄书包也跟着打秋千。我的左手心粘上一张糖纸，我用右手去扯，结果又粘到了右手上。那时候街上已经看不到一个行人，就像一下子所有的东西都已经死了，我走在一座死去的城市里，空气中那股呛人的煤烟味也消失了，那条背静的街上所有的臭水塘我都伸脚去踩，希望街上来辆车子把我撞死，或者天上落块石头下来把我砸死。那一分钟我真的愿意自己立即死掉，从这个世上消失！可是什么都没有发生，既没有车也没有石头，远远地我看到前面有个扫垃圾的，但他也在我快到这个街口时突然间不见了。我差不多迷了路，这时候城市好像一下子变大了，变得面目全非，全是一样的房子，一样的路，它们天生好像就是要让我迷路似的。我先找到那家旅馆，从那家旅馆才找到那座桥。村里的人都睡了，只有七公披了件衣服坐在火塘边，我扑到他身上开始哭，这样一来除了几个孩子，我们村的人全醒了过来，他们本来已经安静得像一群死人，现在全把头从地上抬起来。七公，我对不起大家，我哭着告诉七公我被人抢了。桥洞里的回声让我的声音听上去有些空洞，连我自己也感觉像在说谎，但我知道这是真的，现在——我什么也没有了！我看不到他们的脸，我们的人脸上都裹着粗黑布，但他们的眼睛在那股暗淡的火光中闪着盈盈的光，我一直注意的是七公身后那个被火光投到桥洞上的身影，那么巨大，刚一成形又开始剧烈地摇晃。

你一定跟别个说你很有钱——有人说。没有！没有？算了，算了，明天还要起早，七公沉默了一会儿终于说。七公的话让我感动，但同时我对云梦村的内疚却变得更加强烈了，他们这么信任我，我却辜负了他们，这么一想我几乎忍不住又开始啜泣。七公对我说，你也睡吧，睡吧，别想了，是财求不来，是祸躲不过！等大家重新睡了，我才在火塘边，也就是七公脚底下找了块极小的地方躺下来，我把书包枕在头底下，尽量把身体缩成一团，闭上眼睛后我还能听见自己不可抑制的抽泣。我以为发生这么一桩事，是不可能那么快就平静下来的，但我却睡着了。我开始做噩梦，一群狼在雪地里狠命地追着我，我从没见过狼，所以它们全是狗的样子，但我知道它们是狼，我爬到一根电线杆上，但那些狼又围着电线杆，把它咬断了，在我落地的时候，它们，那群狼在我身上爬来爬去——我醒了，的确有东西在我身上爬来爬去，但不是狼，是两只耗子。我坐起来，那堆火已经燃得只剩下一层暗红色的灰烬，桥洞顶轻轻地摇曳着两团从河面反射上来的灯光，它们十分孤独地摆动着，四周都很安静——什么都没有了，除了那堆火，连我们沿路捡的垃圾都被带走了。其实不看这些我也知道，他们都走了，离开了，云梦村的人在我做噩梦的时候悄悄地把我留了下来。

这是我预料中的，我比想象的要平静，因为只有惩罚才能让我平静，而现在我终于受到了惩罚。只是接下来我该做什么呢，我一个人回去吗？当然我也可以一个人到普陀山，我还可以到北京、上海，沿着铁路线一直这么走下去。我重新躺回地上，枕着那只旧书包，这时候我陷入一种很茫然很失落的情绪，它既让我难过又让我觉得安慰。但进而我想到下一步的生活，还是有些不知所措，别人要是问我是哪儿人，家在哪儿，我该怎么回答呢？还有他要是问我为什么画眉毛，我又该怎么回答呢？好在没过多久我又一次睡着了。

这一次是二叔家小老大把我叫醒的。天已经亮了，稀薄的光线中已经可以看清四周的轮廓，由于起了雾，江边的建筑还隐藏在一层稀薄的雾水里。小老大站在我前面，退了一步才告诉我，村长，七公让我来喊你呢。我站起来，揉揉眼睛，我说，你们怎么不走了？小老大咽了下口水才说我们要找船过河。我明白了。奇怪的是我心里涌起的那股愤怒却变得越来越淡，更不可思议的是我竟然会高兴起来。我捡起地上那只书包，甚至连身上的土都来不及掸，就拖着小老大从桥洞里走了出来。外面起风了，早晨的风真有点凉，不过我打了个冷战后就变得精神了，我从前面一块土坎蹦上去，从这个位置我可以很清楚地看到他们：在前面河水交汇的河滩上，我们云梦村的人都整齐地站着，靠在一起，他们的中心当然是七公，他们以七公为中心靠在一起。

我反手把小老大从土坎下拖上来，接着我们拉着手踏着前面那片卵石路朝河滩上走着。这时候太阳刚好出来了，云层像大幕一样缓缓裂开一丝缝隙，就在阳光倾泻的一刹那，我的眼睛也产生了错觉——我发现云梦村的村民们全都变得神采奕奕，他们——

有鼻子，有嘴唇，还有眼皮，长得就像天王刘德华一样漂亮！我听到这时候我兴奋地喊了一声，声音在那块开阔的河滩上传递了几次，才混在一起朝对岸呼啸而去。我们的人开始呼应我了，他们加入进来，就像往常在坡地上做农活一样，他们跟着我喊起来，昂扬的吼声和我渐渐远去的声音纠缠在一起，在那个寂静的早晨听上去就像突然炸响的闷雷。白天就是从那个时候开始的。

我举起手，和小老大一起在河滩上跑起来，朝我们的人跑过去。

（原载《天涯》2000年第6期）

2000年

赵朝龙

家人三题

关于爷爷

赵家坝有棵老枫树，在靠码头的土岗上，要好几个人才抱得过来。老辈人说这棵老枫树占据的那个土岗是赵家坝风水的龙头。于是老枫树便成了神树，赵氏家族的人丁有什么三长两短，都要来拜老枫树，求他老人家保佑。

七岁那年，我生了场眼病，久不见好。奶奶急了，就带着我到老枫树下拜干爹。老枫树的皮像风化石般粗糙，我的头尽力仰着，眼睛睁得圆鼓鼓的。老枫树很阴沉。奶奶烧了一刀黄表纸，让我磕三个响头，往树干上贴帖子。我磕了头，贴了帖子。奶奶说："叫干爹！"我叫："干爹！干——爹！"拜了干爹，我的眼睛竟然奇迹般的慢慢好了。奶奶说我的眼睛是老枫树给治好的，她说这棵树能保佑人百病消除，她还说我们赵氏人丁都是老枫树给的。那时候，太阳正当顶，老枫树便有了些色彩，和颜悦色地望着奶奶和我。奶奶在一条石板凳上坐下来，望望乌江，又望望老枫树，便说起了爷爷。她说爷爷就是从这棵老枫树上生出来的。她说这是她父亲告诉她的话。说那一回刮风下雨，几天几夜。而爷爷就是下雨的头天夜里出生的。老枫树分娩时痛苦难忍，爷爷的父亲一个劲地磕头。他终于生了下来。我相信。

那年八月中秋，月亮很圆很亮，夜色也很和悦。爷爷赶着老水牛从树下走过。他突然看到老枫树摇摇身子，从地里拔出双脚，向码头摇晃着走去……爷爷又惊愕又激动。爷爷扔下水牛，追上去，想挡住老枫树的去路，不让老枫树走。但老枫树拍拍他的肩膀说："你想知道些什么？安然老弟。"

你这是……

我要去寻找我的船……老枫树回答。

找船……远行吗?

老枫树点了点头。

爷爷是一个木匠，方圆百十里享有盛名。

爷爷有了这次奇遇后，他的行动也开始神秘了。他经常往码头上跑。在码头上一坐就是半天一天，怔怔地望着流动的乌江，任人怎样大声叫喊他也不应。回到家里，他就躲在阁楼里造船。纸船、泥船、布船、木板船，他的船各式各样。总之，都是些能称之为船的东西。他说，老枫树是个老人，他年轻时很英俊，只是他现在老了，所以他想坐船去远行……人们信疑各半，但老枫树还是神秘地生长着，还是在人们的眼里充满神秘，还是被人们叫着干爹，还是神态安然地接受人们的香火和祭拜。

爷爷造了一辈子的船。有时他高兴了，就像过节一样把他的船全挂在老枫树上，赵家坝的人都乐于观赏，都来焚香化纸，都来磕头贴帖子叫干爹。

船造得很玲珑好看。

于是乌鸦坐上了船。

叶子坐上了船。

风坐上了船。风的形状有点痛苦。

于是船漂泊在房屋上，沙地上，田野里。

有一年大雾，我的爷爷在雾中消失了。再没有人见到。赵氏人丁都说是被神树藏起来了。

爷爷生前和他爱的女子最后在一起，他们突然看见了船，看见神树坐上了船，向那个遥远的地方驶去，江边浅滩里的一群青蛙跳到岸上，划出一道道弧形，在夜空中闪着暗绿色的光。然后便一齐翘起头来，向着神树去的方向发出整齐的鸣唱。一阵风吹来，古铜色绸缎一样的江面被吹皱了，满江的星星拥到了一起，互相重叠、挤压，一颗星追逐着另一颗星星，急急地向前奔去。幽静的江岸显现出一种迷离恍惚的色彩，似乎是一个古老而美丽的梦……这是那个女人说的。她说，那晚上有点儿神秘，她永远忘不掉。有时候，她也激动地想起爷爷想起那晚的星星和船。

我的爷爷在我幼小的时候就去世了，他留下的船还保存了整整一阁楼。乌江道上不少走江汉经常来家里问奶奶索要爷爷造的船，但奶奶把这些船看得像命一样贵重，从来不轻易拿出来给别人。那年乌江造船厂一位工程师不知从哪里听到消息，到家里来造访，向奶奶询问爷爷的情况，奶奶守口如瓶。

我和奶奶有过一次关于爷爷的交谈：

听说我爷爷一辈子造船，他造了多少啊?

不要问这。你爷爷这辈子造的船都是为神树造的。我记得你爷爷每造好一只新船，夜里就跑到神树下长跪半天。我每次也踩着月光去看他，见他那么虔诚地向神树磕头，那样愣愣地看乌江，看那个出江的峡口。你爷爷说神树是白发苍苍，说神树寻找了几百年，至今仍在找他那只远行的船。我知道神树老了。有一回打雷过后，老枫树起火，火焰像神话里的火种一样。赵家坝的人都跑来救火，但是人们赶来时，火自己就灭了。树中间烧成了一个很大的黑洞洞。你爷爷很难过，他说那样英俊的老人变成了这个样子，他说他要造很多的船，让神树驾船去大海里，洗掉身上那些黑东西。

为什么要坐船去洗身上那些黑东西？

不知道。他只是说，他曾在夜里看见了我们的祖先。奶奶慢吞吞地说着，神情很安然。

那一年下大雪，你爷爷去祭江，同去的还有族人国太。但是第二天国太就回来了，你爷爷却在江上走了半个多月。族人都为他担心。他走的时候只告诉我要走好些天，要我好好守着家，要我不要告诉别人。当时我好害怕，知道这个季节乌江不好使唤。好些祭江汉子都是在这个季节丧生的。但我知道，他好像不是去祭江，好像是找什么人。那场大雪下了十多天，码头上都铺了一尺多厚的雪，神树上也铺了雪，还结了冰，好长好大的冰棍，冷飕飕亮晶晶地悬吊着。族人们都说你爷爷准遭难了，让我派人去沿江找他的尸骨。但我还是觉得你爷爷不会出事，因为他是神树的儿子，他还会忘了神树？神树也会保佑他的。他终于在雪停住之前的那天晚上回来了，怀里抱着你。你是从江上带来的。

奶奶，你老人家给我编故事吧？我简直不敢相信。

夯二，是这样的。人世间的事说不清，你看不到的东西太多。

奶奶，爷爷找到他要找的那些人了吗？

不知道。

那我是谁的孩子？你不要问了。你也是神树给我们的，你现在和别人的娃崽一样。

奶奶是在院坝里跟我说这些话的。她说完后，便掉过头去看黄土岗。我知道奶奶是在看爷爷的坟。爷爷是死于那场百年罕见的洪水。那场洪水一直持续了十天十夜。爷爷是洪水退落那天傍晚被人发现的。那天，族里的几个年轻人去上渡口，在渡口下边的白虎崖，他们全都惊住了，梅花家的那只渡船被无数条棕绳和青藤捆住，紧紧拴在山崖下的牛鼻石上，搁了浅。爷爷四仰八叉地躺在船首的木板上。

族人说，祭灵那天，奶奶在爷爷头上点了三盏高脚灯，脚下点了三盏矮脚灯，喊了一声爷爷的名字，便伏在爷爷身上又哭又笑，又抓又撕，任族人们怎样拉也拉不开。

我抬头望天，雪白的月牙儿在遥远的东天悄悄地游弋着。

铁　嘴

铁嘴是老枫树下的算命先生。开拓码头那年，铁嘴就在神树下摆了一张小方桌，截住过往的行人和住宿码头的走江汉子算命。命好的他收钱，命不好的他送钱。屈指算来，铁嘴已经在神树下算了二十多年的命。

铁嘴看眼前一抹黑，看命却极准，说一不二，十分灵验。那年，龙王山的小尼姑来找他算命，小尼姑没听他的话，结果不到两月就遭了一个蒙面人强奸而死。还有一回，赵国然来找铁嘴算命，铁嘴说他半月内有灾害，说这灾害不应在赵国然身上，而应在他婆娘的身上，要他不要轻易离开家门。赵国然不以为然，去了林家沟水库工地，就在他去林家沟水库工地的第二天夜里，他的婆娘被人强暴了。这些都是铁嘴摆八字摊头一年的故事。后来，人们都知道铁嘴的命算得极准，铁嘴的话极灵验，便都相信了他的推算，还送了他一个雅号：铁嘴。二十多年来，铁嘴就占据神树下的一方风水，摆摊算命。凡是找铁嘴算过命的人，凡按照铁嘴的推算去做的人，都逢凶化吉，消灾避祸，大吉大利。所以，二十多年来，铁嘴的八字摊一直经久不衰。就是扫除“牛鬼蛇神”那些日子，他的八字摊也未被砸。

据说，铁嘴的瞎眼不是胎中带来的。至于他的眼是怎么瞎的，赵家坝没有谁能说得准。人们只记得有一年春上，铁嘴去了趟霸王滩回来，眼就闭上了。不过这不打紧，只要命算得准就行。

赵家坝的老少爷们遇事，无不请教于铁嘴，却没有人请教于乡长赵安国。

赵安国心里难免有些不痛快。这位赵家坝的父母官过去是社长，现在是乡长，赵氏家族的长辈，怎么能容忍他不如一个瞎子？好几回梦里，他都叫着铁嘴的名字，而且，把铁嘴二字叫得咬牙切齿。

然而，赵安国乡长毕竟大人大量。他跟铁嘴河水不犯井水，井水不犯河水。他怕惹恼铁嘴，怕被他掐算出什么不宜张扬的事情来。因此，这些年来，他也就风平浪静地跟铁嘴过了。可是他万万没有料到，风平浪静的日子久了，也会生出些事端来。

那天，太阳白花花的亮，把老枫树映照得犹如万花筒。码头上靠了很多木排、竹排和船。一个上午，铁嘴都在为那些跑江的汉子算命。晌午时分，乡长夫人和她的小姑子来到了老枫树下，她们来找铁嘴算命。虽说她们同铁嘴同住在赵家坝，但由于赵家坝方圆数十里，寨脚大，山地宽，乡长又看管得严，平素不准媳妇和姑子出门，所以，乡长夫人和小姑子还未见到铁嘴的尊容。常言道，见面不如闻名。乡长夫人和小姑子来到老枫树下，见是个干瘪的瞎眼糟老头，往日那些神乎其神的传说中的铁嘴形象，未免大为减色。想起男人日里夜里熬过的心思，乡长夫人灵机一动，有了主意，悄声一笑，开口先捧铁嘴一句。

听讲，先生的命，算得极准。

不敢，算命不难，难在真说——姑娘想是有命要算？不妨报个生辰八字，待我排一排。

那就请先生给我家新添的那口子排排。时辰是今年今月今日，头一声鸡叫到一半他露头，鸡叫落尾他落地，不晓得该是个什么样的命？

铁嘴闻言，盘坐在草垫上，屏气凝神，老和尚入定一般。约有一袋烟工夫，突然咦喂一声，如梦中惊醒，他定了定神，才赔笑发问道，姑娘，这个时辰果真没有报差么？

时辰是一点不差的。

铁嘴赔了不是，复又入定，屏息凝神，瘦削的鼻子上渐渐沁出晶亮亮的汗珠子来，太阳穴下青筋突突地跳。半晌，铁嘴舔舔嘴唇，又舔舔嘴唇。乡长夫人和小姑子看在眼里，笑了。

姑娘不要见怪，瞎子我走南闯北几十年，被人们抬举叫成铁嘴，其实排八字是灵的，断人一生前程，眼前祸福，无不应验。姑娘莫见怪，这份生辰八字着实有些异相，非同小可。

瞎子冒问一句，可是鸡叫后落地的？

乡长夫人和小姑子叫起屈来。

铁嘴不敢大意，重新入定。脸上一阵泛红一阵泛青，那一双骨节嶙嶙的老手，渐渐拿捏不稳，发起颤来。好不容易才稳住心绪，站起来，抹一把汗水，连连哈腰告罪——铁嘴今日自己倒了名号，这份八字委实推算不出。

乡长夫人和小姑子拉下脸，不依不饶。

先生才说是异相，这会儿又说推算不出。

铁嘴犹豫再三，万般无奈，只得低声下气应对。说是异相不假。瞎子是推算出的，明眼人早就看出来了，说也是白说。

这异相在哪里？

是个长脸，又不是一般的长脸。常人脸不过六寸，八寸便为长了，这伢子的脸要在一尺开外。瞎子索性都说了吧！恕瞎子口孽，这伢子到老都不会说话的！更有一奇——命里又说，这伢子来日要负重任的……

话音未落，乡长夫人拍手称赞：先生真是，还要说推不出，条条让你说中了！这里十块钱，作命金，不晓得够不？

铁嘴拱手直让：这命金是万万不敢收的！

铁嘴收了八字摊，跌坐在草垫上，好一阵子，才回过神，拉拉长衫，整理仪容，突然心中一动——不对？伢子今天才落地，我判他是哑巴，这女人怎么会也认准他是个哑巴？有鬼？这里面有鬼？莫非……铁嘴起了疑。他要去探个究竟……

雪白的月牙儿在遥远的东天悄悄地游弋着，瞬即又躲进了淡淡的云层里。江里的一群青蛙跳到码头上，划出一道道弧形，在夜空中闪着暗绿色的光。然后便一齐掉过头来，向着铁嘴发出整齐的鸣唱。这时候乌江起风了，乌江的夜风很轻，很柔，却透着阵阵凉意。铁嘴无法断定它是哪里吹来的，甚至很难断定已经起风了，只是从自己身上感觉到的微微凉意，才知道乌江起风了。

铁嘴回到自己的老屋，急急地用了饭，便拄着父亲留下来的福烟杆出了门，向着龙井沟摸索而去。二十多年来，他每次探究什么事情，都是在这个时候出门，而且都是拄着父亲的遗物——福烟杆。他知道，福烟杆是父亲的心爱之物，就是那回在白鸽滩翻船落水，父亲也紧紧地攥着。这些年，福烟杆帮了他不少的忙。夜里出门去探事，拄着它，他心里就踏实，就觉得所做的事，无愧于神树，无愧于父亲，无愧于脚下的黄土。

铁嘴来到赵安国乡长家的院外，他听见了一声懒懒的牛叫，他心里有了数。他到就近一家打听，才完全明白真相。原来乡长家并没有添丁进口，今儿清早是下了头小牛。

铁嘴的那个气，直气得一佛出世二佛升天。

夜很深了，铁嘴的福烟杆戳击地面的叮叮声，还在赵家坝那条青石板路上响着。

太阳落山，乡长赵安国才从乡里回到了家。

赵安国是赵家坝的老乡长了。自从解放军解放赵家坝，他从农会副主席做到村长，又从村长做到半脱产干事，又从半脱产干事做到了副社长、社长，后来叫乡长，几十年来，官衔就像铆钉一样一直铆在了他的头上。对于这一点，虽然有时他也说几句不三不四的话，做几件不三不四的事，但工作起来驾轻就熟，举重若轻。不过，赵安国乡长这些年来也有不顺的事，一是未能给婆娘找份工作，甚至连非农业户口也未弄成。为这事，他还跑到区里和县里骂过几次娘。二是铁嘴，赵氏人丁红白喜事，找铁嘴的人多，找他的人少。这不知让他恼怒过多少次。可是，他就是拿铁嘴没有办法。

今晨，区里布置“扫黄”工作，区里把赵家坝作为“扫黄”的重点。下午，他主持乡里的干部研究了整整五个钟头。谈起赵家坝的“扫黄”工作，乡里的干部都认为复杂，吃清明酒，开观音会，修龙王庙，拦劫车辆，已经够黄色的了，再加上个摆摊算命的铁嘴。越研究，赵安国乡长越感到问题严重。

好，这次“扫黄”，就先拿铁嘴开刀！乡长赵安国想。

夜里，婆娘把白天找铁嘴算命的事绘声绘色地讲给男人听，只瞒过了送命金一节，她知道男人一生最看重的是钱。赵安国乡长越听越觉得铁嘴并不是人们所说的那么可畏可敬，黑地里两人笑得揉成一团。

第二天一早，乡长赵安国派两个基干民兵去通知铁嘴来乡政府开会，交代问题。

然而一连三天，派去的民兵连铁嘴的身影也没有看见。

直到第五天，铁嘴才露面。正是吃早饭的工夫，铁嘴点着福烟杆进了赵安国乡长的家，他身后跟着四位瞎子。一行五个瞎子，像串在竹竿上的一串灰色的干鱼。

干鱼们个个神色庄严。

乡长夫人和小姑子未见过这种阵势，有些怯，噤了口，闪在门边伺机进退。院内围了好多大人细崽，两边院墙上也不住晃动出人面。乡长赵安国客气地将五位瞎子先生让在堂屋坐下，一一端茶，请教尊姓大名。

来的五位瞎子，都是乌江道上享有盛名的算命先生。他们不接茶，不摸烟，不答语，正襟危坐。

过了一阵，铁嘴拄着福烟杆起身，慷慨地说："我铁嘴六旬老朽，身罹残疾，安分守己，以诚求信，竟无端遭人戏弄，辱我技艺，坏我名声，断我生计，望乡长大人为我做主！"

乡长故作惊讶。

哦，先生号称铁嘴，神机妙算，能见过去未来之事，怎么会遭人戏弄？

便是我赵氏人丁内的不肖子孙，以牛的生辰八字让我推算，取笑我瞎子。

乡长作色道："我只当先生心明眼亮，无所不见，原来却技艺未精，人牛不分！那么，这几位想是先生请来的名师啰！"

铁嘴一时口拙，旁边一位白发银须老先生接了口。

乡长大人言之有理。常言道，活到老，学到老，还有三行未学到；何况我辈残疾之身，能学得为人算命，已是不易。致铁嘴失口，当是小事，若在正经大事上，也以牛为人，以人为牛，岂不糟糕！我等特来拜见乡长大人，还望明鉴。

赵安国乡长碰了个软钉子，佯作不觉。此时，他明知是一句话可了结的事情，但他一怕自家婆娘当众出丑，二怕失了乡长体面，故而不肯跌软，反而冷笑一声：

"先生走闯江湖，号称铁嘴，自己也有算不出的命，却硬要别人认错赔礼，未免有辱名号。"

一句话惹起了风云。五位瞎子先生纷乱起来，有的慷慨，有的理论，有的劝解。乡长赵安国忽然闪出一不做二不休的念头，摸着一根干柴棍在那位年轻瞎子的头上啪地敲击一声脆响。娘的，动武了呢！几根竹杖和福烟杆一起还击。瞎子先生们的阵营乱了。平素，他们判事，都靠平心静气，以耳代目。现在方寸已乱，心浮气躁，哪里还有准数！直打得一个个鼻青脸肿，上气不接下气。看热闹的人，虽则心怀怜悯，却碍于乡长面子，不便作声。赵安国乡长见瞎子先生们打得火热，心自发笑，瞅了个空儿蹿出门外，挤进了看热闹的人群。幸得小姑子看不过去，叫道："几位先生，只顾自相打斗做什么呢？"

五位瞎子被她一声叫破，才一起住手。看热闹的人群让开了一条道，一串灰色的干鱼便出了乡长赵安国的院门。他们的脸全都是虎着的。

6月29日是观音会。往年，日上三竿，赵家坝的人们都会早早地用了早饭，聚集在神树下，由族里几位德高望重的老人主持，焚香化纸，拜观音，拜神树。神树下跪着黑压压的一片，静无声息，颇为壮观。而后，便设坛，跳土地，跳火神，爬刀梯，唱大戏——傩戏，直唱到第三天的午夜才收坛、送神。然而今年的观音会都让一群瞎子给搅和了。

太阳才一竿高，江面上的露气还没有完全退去，五只木船却破浪而来，在赵家坝码头泊下来。随即，便从船上卸下来将近两百来个瞎子，这些瞎子全都干鱼似的。后一个拉着前一个伸过来的竹杖，慢慢地走上码头。这两百来个干鱼鱼贯而行，来到老枫树下，围着老枫树落了座。一色的灰布长衫，一色的竹杖，一色的斗篷，像一片积年的小草垛。草垛般地枯坐，草垛般地沉默，伸手可触、鼻息相炙的两个人间，没有任何交流，仿佛他们是完全不相干似的。唯有正中的五位瞎子，手锣不停地敲出无韵的脆响。

这奇怪的阵势，吸引来了赵家坝的人们。就是那些走船放排的汉子也禁不住停下船和排，爬上岸，围着观看。围观的人多了，后边的看不见，往前拥，前边的还没有看出名堂，不肯让，挤挤扛扛，却又受着神树下气氛的感染，没有一个人出声喧哗。

正在乡政府主持召开扫黄工作总结会的赵安国乡长也被吸引来了。他看到涌动的人群和沉默呆坐的瞎子们，也没弄清这些瞎子先生们闹的是什么名堂。他很是不快，想起自己身为乡长的职责，便毅然出来维持秩序。

这有什么好看的！看看也就罢了，尽看尽看！一两天收苞谷了，回家拾掇拾掇嘛！

一语未了，瞎子阵营中站起来个修长的人干来，随风闪了几闪，伸出一只枯瘦的手，用福烟杆指定赵安国，沙着嗓子斥问："你还不知错吗？"

这人干正是铁嘴，才想后退的人群反而朝前一拥。

赵安国乡长何等机灵，立刻醒悟了。他冷笑了一声，硬气地反击回答：

"不晓得是谁有错！光天化日之下，聚众闹事！……"

铁嘴听得这么一句，一声不吭，坐回自己原位上去了。

四下里一片死寂。

赵安国心中一凛。

六月的太阳似火，直烤得瞎子们一个个汗流浃背。眼看瞎子们像晒蔫的草垛，一个个萎缩蔫了下去，赵安国乡长心里越发焦急。定了定神，他吩咐几位基干民兵挑来泉水，送进瞎子阵地中，央求他们喝水。

瞎子们听而不闻。

赵安国乡长有些沉不住气了。他央人去探铁嘴的口风，结果又碰了个强硬的钉子——铁嘴拒绝同他对话。

早有人报上区政府，又报上了县政府。

陈县长闻讯而来，一见这阵势，就皱着浓眉，训了赵安国一通，才听他谈情况。赵安国不敢隐瞒，将来龙去脉一一如实汇报了。陈县长闷了半晌，亲自去请铁嘴同几位年高德劭的先生上乡政府商谈。铁嘴一口回绝了。

要讲就在这里讲。你是共产党的县长，共产党最讲究以诚待人，场上众人是因我而来的，我无话不可当他们的面说，用不着躲避谁。

陈县长当即允许了。

铁嘴走到陈县长跟前，深深一揖，说：

“陈县长，你是青天大老爷，是曲是直，自有明断。我们虽是盲人，心里不糊涂。瞎子们今日有一桩不情之请，望县长千万应许——”

铁嘴说到这里，手指轻弹，击得手中铜锣一声清响。老枫树下的瞎子们应声齐刷刷地跪下一片。铁嘴扑通一声直挺挺地跪在了陈县长跟前。

陈县长伸手去扶，哪里扶得动。

“为了赵家坝的黎民百姓，求县长罢了赵安国的乡长之职！”

陈县长闻言，扶铁嘴的手顿时软了。铁嘴长跪不起，一条一款，缓缓数起乡长赵安国的行状。

公元1950年8月15日，勾结土匪杀害一位名叫张辉的解放军。

公元1954年3月19日，蒙面抢劫下河余家湾的商船。

公元1959年9月10日，奸骗痴子赵安的媳妇，用药毒死痴子赵安。

公元1969年5月17日，利用职权，奸污石家寨石奎的女儿秀芝。

公元1973年5月15日，与信用社张主任串通抢劫信用社，分得赃款一千八百五十九元。

公元1976年6月17日，在土地湾蒙面强奸龙王山小尼姑，当小尼姑扯下他蒙脸黑布认出他时，他怕恶迹败露，将小尼姑掐死。

公元1978年6月25日，趁赵国然去了林家沟水库工地，潜入赵国然家中，强暴了赵国然的媳妇。

公元1980年3月19日，……

公元1983年6月27日，……

莫说在场众人，连赵安国自己都听得呆怔了。这一桩桩一件件都是极隐秘的事，竟被瞎子铁嘴说得分毫不差，赵安国不能不相信冥冥之中有一本记账簿在！

“赵安国，你都听见了！都有这些事吗？”

赵安国自知辩也无益，不作声，默认了。

陈县长叹了一口气，双手一挥，大声宣布：

“各位请起，我代表县政府撤销赵安国的乡长职务。他的问题，还要继续清查处理。”

铁嘴大笑三声，挺身立起，说：“铁嘴借此说一句话！为我一人叫屈，为赵家坝黎民百姓，各位辛苦跋涉，忍饥受渴，铁嘴我代表赵家坝的父老乡亲谢谢各位！铁嘴二十多年来，为人算命，跋涉江湖，形同乞丐，不料垂暮之年，为了那些神树的子孙，为了那些屈死的冤魂，得以清除心头之积，于心足矣！从今以后，我铁嘴再不涉足江湖，也不再装瞎为人算命，糊弄于人。决心归田野，做一个无愧于神树的子孙。”说罢，猛地睁开双眼，将铜锣按在地上，一脚跺成数瓣，拿着福烟杆，扬长而去。

在场的人，尽皆惊诧并为之唏嘘。

铁嘴何许人？铁嘴乃是我的父亲！

关于我

爷爷忌日那天晌午，我带上福烟杆去码头看江，缅怀造了一辈子船的爷爷。父亲毁了八字摊，退出江湖之后，这重任就落在了我的身上。福烟杆是纯铜制的，从爷爷手上传下来。爷爷花了几十块钱，请王家寨的张银匠在烟杆上刻了三条龙三只凤，龙凤呈祥。走遍乌江道，也找不到第二支同样的福烟杆，自然被爷爷视为珍奇。爷爷每造好一艘船，都要来到神树下祷告，尔后便蹲在码头上看乌江，捧着福烟杆抽半夜的叶子烟。爷爷跟他最爱的那位女人最后在一起的时候，他们看见了星星，看见了江，看见了那艘遭冰冻的船，当时爷爷手里捧着的就是这支福烟杆。父亲把它传给我时说，他能在人生暮年有那样的壮举，全是福烟杆帮的忙。我接过后，把它放在神龛里，除了爷爷的忌日，一般我是不去动它的。我觉得它应该属于老一代人留下的遗物。

刚刚下过一场雨，天上还有大团大团的铁青的云如海藻般飞速地翻腾，变换着形状。太阳光从湿湿的云隙中一束一束地射来，如平地矗起了千百根伟岸壮丽的金柱。被雨水洗涤过的乌江，被雨水洗涤过的码头，更显其明艳和斑斓。

年轻时节浪尖上飞，风里浪里走一回……

一只木排离开码头，走进了奔腾的乌江。

牛胖子踩着那片阳光来到了码头，他递了根“555”牌纸烟给我。

你听说没？水爬岩又有老虎了！牛胖子说。

哈，水爬岩的老虎，早就让我二叔打绝了！

别处就不会跑来一只老虎么？天哪，你老兄当真没听说哩！水爬岩新近窜进一只老虎了，听说是从梵净山过来的，有人亲眼看见，骗你我是龟儿。你看看乡政府墙上的告示吧，满坝的人都知道，就你在困觉咯！

嗨，娘的，是呀，这几天保护区干部天天开会，总背着人悄悄嘀咕什么。对了，派出所的民警好像都调进山了，他们进山做什么？天，难道……

老兄，胖子我不会亏待你这位打豹英雄的，我有位亲戚在香港呢，他出这个数。喏，一搂火就万元户了。

当真？我浑身的血骤然滚烫起来。

牛胖子点点头。今晚我请客，咱们意思意思，算是为你老兄进山壮行。

牛胖子是县城里的人。

他是坐船来到赵家坝的。

我跟他只不过是萍水相逢，并不是故交。他不能算神树的子孙。用他自己的话说，他是城里淘汰的人，是来乡下打工混饭吃的。这世道说来也真有点怪，往昔皆是乡下人去城里打工找饭吃，现在像牛胖子这样的城里人却来乡下打工找饭吃了，屈指算起来，牛胖子来这神树下打工混饭吃已有两年多了。

也不知牛胖子是怎么看中神树下这块空地的。那天，他一到码头，就大包小包进了乡政府，不几天，便在神树下那块空地起了三间房，挂上了一块“野味馆子”的牌子。

那时候，牛胖子没现在这么整齐光鲜。他的头发长得像个越狱犯，脸肮脏得像只鞋底板，眼角还堆着两疙瘩黄眼屎，隔着老远都能闻着他身上的一股汗酸臭。

那天，我蹲在院墙根下晒太阳，秋板子太阳疲沓沓的，我人也疲沓沓的。我眯着眼，看牛栏里几只虻子叮黄牛的屁眼。黄牛又甩两下尾巴。我就这么盯着黄牛的屁眼，看虻子和牛尾巴。我一家四口人，就一人的责任地，地少活少，一年忙过那几天，闲下来就没事干。

我正晒着太阳，突然看到一个脏兮兮的人从阳光里走来。他是朝我走来的，那张古铜色的脸绽出一片微笑。他走到我跟前，就欠身问候：你好！

我接到一支烟。阳光下灼目地一闪，打火机伸过来。

我认为，你老兄应该把枪重新操起来。

操起来有个屁用！有兽的山林都划为自然保护区了，还能……

明里来不得，你老兄不能来点暗的……

就这样，我跟着他走进了神树下的野味馆子。

本来，在牛胖子之前，神树下已经有了两间馆子。一间是赵相军的，一间是赵朝海的，他们是叔侄俩。他俩去乡政府打官司，遭了马乡长的白眼。

牛胖子还请了龙云和大山。我跟牛胖子喝了半夜的酒，大山陪着喝，龙云也陪着喝。牛胖子醉了，大山龙云也醉了。我没有醉。

就这样，八竿子打不着的一个人，竟成了朋友。牛胖子说，酒逢知己千杯少，往后就算是朋友了哥们了，我的野味馆子还请你多多照顾照顾。我说，你尽管放心，牛哥，我以后打的野物全都给你留着。

牛胖子说我是打豹英雄，这话一点不假。

爹装瞎子那年，我才七岁。自那时起，我就离开了爹，跟了二叔。二叔是方圆百十里有名的猎手。我跟二叔进山狩猎，这江两岸的山梁哪一道我不熟悉？

从二叔封枪之后，我从来都是孤身进山，独来独往，没有谁能管得了我。三十九岁对于狩猎来说，正是好年华。枪法嘛，不用说了，百步穿杨，百发百中，比二叔的枪法还准。枪声一响，野兽死亡，无论打豹，还是射狼。

在赵家坝，狩猎是个受人尊重的行业。每当狩猎者凯旋，肩上担架上扛着抬着猎物，临近村庄呜呜吹起牛角号的时候，整个村子便都活了起来，狗在欢叫，娃崽雀跃，乡亲们脸上挂着笑，道喜的道喜，接驾的接驾，婆娘们忙着倒茶、点烟，整个都是笑声。因为全村的人马上可分得一块肉，和狩猎者一起分享快乐。于是，猎手们描绘惊心动魄的场面，连同刀切斧剁的叮咚声、锅煮笼蒸的翻沸声，以及那片碗盘酒罐的磕碰声，都化为神树下彻夜不息的节日气氛。

当然，神树下也有悲恸的场面。那时候，村口没传来雄浑的牛角号，猎狗不欢叫，夹着尾巴垂下头，发出呜呜声。猎手们的步伐很整齐，大步匆匆，没有说话，没有笑容，担架上躺着的不是兽，而是人。离开神树时还活蹦乱跳，回来时却不能动弹。于是，对于轻者，熬药的熬药，请郎中的请郎中，大人们噙着眼泪，低头蹲下，娃崽们吓得躲到神树背后，不敢吭声，连狗都很识相，纠集成群跑到山脚下，对着大山叫去了。重者，一听到神树下那阵呼天抢地的哭声，就像由枪膛里射出。马上，大人哭了，婆娘像被蛇咬了。娃崽们甚至不知道出了什么事，也跟着哭喊。然后从四脚山请来和尚，在神树下诵经烧纸。谁都要到那个盖着红“老被”的遗体前，哭上半个时辰。既然分享了欢乐，也得分享悲哀。那些吓破胆的娃崽，也要被大人扯着耳朵跪拜在灵前。在他们幼小的心灵上，要永远留下死者的遗容。出殡时，一排扎着白布条的猎枪齐齐举起，轰轰鸣射，猎狗狂吠，灵柩徐徐入土，再铲把土掩上。然后，大人们一齐拥上，架了扑在坟包上的死者亲属。而猎狗们则疯了似的，拼命扒着土，怎么也赶不跑。

自从江两岸的山林划归为自然保护区后，这种欢乐和悲恸的场面都没有了。狩猎全都转入了“地下”。

不过，狩猎二十多年来，这种悲恸不属于我，我的狩猎史上只有骄傲和荣耀，我从来没有失败过。

从码头回来，我去问桂子她娘。

桂子她娘在沟边洗衣服，腰弯着，裤上的一截白肉就露出来。她身上的白肉圆嘟嘟的，可脸有些黑。

牛胖子请客，你说去不去？

请你去你就去嘛。桂子她娘说。

那我就去。

你少喝点，你这人。

我不多喝。

你喝多了就要出事。

我再不多喝了。

上回你把人家龙云打了，你这人！昨天你站在院门外拉屎，当着人家大山和胖子的面，你就那么拉，你让我都臊死了，你这人！

我不再多喝，喝多了丢人哩！我说。便离开了桂子她娘，我要去准备明天进山的事。

这次进山猎虎，我实在有些害怕像上一次猎豹那样失败。“起”枪后，我已失败过一次了，这次若一再败北，对于一个猎手来说，那就是一种毁灭。

去年秋里，牛胖子才来赵家坝一年多一点，牛胖子出三千块，要我去水爬岩为他猎一只豹子，并预付我一百块钱作为定金。

娘的，那天我进山，那条走了不知多少遍的小路，竟然不认识我了。小路藏在深谷密林中，到处是参天古树，大树像伞，把天都遮暗了。一层层落叶，厚厚地堆在林中，踩上去松松软软的。在山泉渗出的地方，地很湿，沤烂的枝叶像泥塘，发出一股霉臭气，那绿苔似打翻了一桶漆，溅得到处都是。刚走出树荫，大片大片的野蕨、山芋、野葡萄，还有那些羊齿形的芒萁果，洪水似的泻满林间。

我避开守林人和巡山的民警，在山里搜索了三天，东寻寻西望望，眼前这几片熟悉的山林突然间翻脸不认人，草变深了，路弯得更野气，寒冽冽透出一股冷阴。身后踩倒下去的那些草们都挣扎着挺起身子，一副相搀相扶齐刷刷挺直身子的模样，很有一种愤怒的意味。

我迷路了。

不过，为了那一摞摞新崭崭的票子，即使学狗样，我也要学。我俯下身子去找路，幸好旁边没人看。否则，我会钻进地里去的。

我在山里寻了五天五夜，仍未见到一只豹子，甚至连一个豹子的脚印也没有找到。也许是山林跟我开玩笑，把豹子都收藏起来了。

幸好第六天早晨，我碰上了一只弯狗。为了猎手的荣誉，我决定以弯狗代豹子，糊弄糊弄牛胖子，取回他另外的两千块。牛胖子是城里人，他根本不认识山货。

这是我狩猎二十多年来第一次糊弄人。牛胖子果然不识货，付了另外的两千块。

牛胖子的钱真好赚。

夜里，我来到码头站着，面对江对面黑黝黝的大山，我觉得自己败北了。第一次败在了山林的手里。

我，狗仔，大山，是前脚尖靠后脚跟走进牛胖子的野味馆子的。

牛胖子没有让我们往客堂里坐，而是让我们进了最里间的小屋子。小屋子有点乱，堆着米面袋子，还有几大盆花花绿绿的野物，还有个大冰柜子，响得像台拖拉机。里面还连着一小间，摆着张床，是胖子睡觉的地方。胖子让人端来一大盘红烧野兔肉，一大盘野菇炒瘦猪肉，一大盘热馒头，侧一侧手掌说，老兄，你吃！狗仔、大山你们也吃！

胖子的巴掌很肥很厚，像个削了皮的洋芋，上面有颗大金戒指一闪一闪地很亮。

随便吃点，垫垫肚子，酒我先不给你们拿，你们先随便用点。

我喝不得几杯，我不喝酒。我说。

去你的，老兄，我不知道吗，我们是老朋友了！胖子说。

你起枪就撂倒一只花斑岩豹，你枪法真准！狗仔说。

枪打不准还叫百步穿杨吗？大山说。

我热着脸笑笑。

牛胖子说他晚上要摆个场子。

老兄你留点肚子，晚上咱们好好玩，好好喝，我有的是好酒。

不知怎地，我突然想起桂子她娘。那天下雨，龙云和我喝酒。龙云喝多了，眼睛红得像两粒赤豆。

老兄，你哪世修的德，找上了枝枝这号婆娘。龙云说。

我也喝多了。

你……你婆娘不好吗？

好，你说好哩我把水妹给你。你……把枝枝给我……龙云喝多了就敢这么说，还敢往桂子她娘身上看，眼神一派痴迷。

桂子她娘在院子里晾衣服。雨停了，太阳从云缝里出来了，院坝里一片金亮。桂子她娘浸在金光里，很是好看。

水妹是个好女人，你是头牛！我灌了口酒说。

我做梦都梦见枝枝这么的……

你还敢在梦里想。

我想不起来怎么就抬起了手。龙云摇晃了一下，眼睛惊得像灯泡一样大。说笑话你打人哩！开不起玩笑你就打人……

我说老兄，晚上好好喝。大山打断了我的思想。

我不敢多喝。

让他拿茅台出来，不喝白不喝。

我喝多了闯祸。

喝他狗东西的！狗仔也说。

桂子她娘说了……

他发财了，发的都是神树的财！

大山和狗仔说牛胖子，好像有些气。

晚上，牛胖子的场子摆得真不小。

牛胖子说摆场子就得像个样。店早早就关了门，还掩上了窗布。大圆桌上放着杯子。杯子里还插着纸花。大山和狗仔背后有气，见了牛胖子就像没气了，屁颠屁颠地忙。桌上放了十双筷子，十个高脚杯，十只青花酒杯。一看，我就知道牛胖子还请了别的人。

天刚擦黑，来了三个客人。

牛胖子赶忙迎上去握手。来的是马乡长、张主任、王干事。几个人叫牛胖子牛老板。牛胖子给他们点烟送茶，样子挺巴结。

这么个阵势，难怪牛胖子一个外乡人能把其他几个馆子挤出老枫树下，难怪赵相国、赵朝海官司打不赢，原来是这么个阵势。

这几个人我都认识，他们都是赵家坝的父母官。马乡长头发有点白，将军肚，眼睛不看人，坐下，就跷起二郎腿，很威势。张主任是信用社主任，赵家坝的财神爷，长得牛头马面，极丑。王干事脸嫩，戴副金边眼镜，眼从镜片后望人。我望了这三个客人，只望了两眼，就觉得极不自在，直搓手板。

你叫的人呢？牛老板。马乡长问。

就来，立马就来。牛胖子说，点头哈腰。

别尽叫些丑八怪，像上回，倒胃口。马乡长又说。

这回不是。这回都是从县城里请来的“洋鸡”。牛胖子说。

几个人就笑起来，笑得很有名堂。一会儿就进来三个年轻女人。三个女人都化了妆，像上戏台似的，而且都穿超短裙，露胳膊露腿。张主任的丑脸顿时光泽，马乡长站起来握手，面带笑容，王干事连忙拢头发，端眼镜。野味馆子顿时有了一阵骚动。

上菜了，牛胖子招呼入席。男女岔开坐。牛胖子叫那个名叫野玫瑰的女人坐在我和张主任之间。那女人有点发胖，胳膊直露到肩头，白胖白胖的，白得像面团。那女人身上还有股香气，香得黏稠，香得头昏，像做梦。我感到头昏，想呕，浑身不自在。

这位是赵家坝的神枪手。牛胖子介绍我。

知道，知道，铁嘴的儿子。马乡长有些不耐烦。

真壮，真棒。野玫瑰说。

你就热乎壮汉子，我知道你。牛胖子说。

大家放肆大笑。

喝酒，吃菜，牛胖子点着桌子上的盘盘碟碟，招呼众人。他一脸红膛瓜水。我这里都是野路货，尝个新鲜。

野的比家的好！马乡长说。一笑露一排金牙，黄亮。

我真想吐。

你牛老板发就发在一个“野”字上。张主任说，也笑。

大家又笑，笑出许多名堂。马乡长的巴掌在身边那个女人脊梁后面蹭，张主任也那么蹭，王干事也蹭他旁边那个挑挑眼女人。

桂子她娘……我像电一样快地想起桂子她娘。跟这些人一起喝酒有什么意思？跟这些人一起喝还不如跟龙云一起喝畅快！我想。

于是，我谁也不看，也不说话，只是一个劲地往嘴里灌。到后来，我就顺着桌子脚蹲了下去。

这一夜，我直做噩梦。我梦见了爷爷，梦见了父亲，梦见了桂子她娘，梦见了二叔和祖宗祠堂里供着的那纸做的虎头。

白森森的那具虎头骨，黑森森的两孔眼窝窝，那大嘴镶着三寸长的长齿。祭主的灵堂轻易不能进出的，只有出征前才会打开那道厚厚的门。“吱呀”一声门响，霍霍落下一阵灰尘。供案上的牌位虽小，但却写着先辈们的名字，如同他们仍然活着，逢年过节，生辰忌日，都要烧香供果，敬酒，摆碗筷，做一番仪式。爷爷的爷爷是死在虎爪下的，爷爷那辈放弃了狩猎而做木匠。父亲却做了二十多年的算命先生，只有二叔操起了猎枪，狩了几十年的猎，丧在了那只凶狠的野猪脚下。祖辈们都是赵家坝顶天立地的汉子，他们一生都是为了赵氏人丁和神树，他们都是问心无愧的。每次出猎都要拜祭一次哩。那具虎头就放在供桌前的供架上，这是让人时时看见以不忘悲恸的时刻，还是以征服最强大的对手的战果告慰先祖，谁能讲清先辈的初衷呢？从小走进祠堂，便会感到一种神圣，一种激动，感到作为猎手的一种悲壮和道义。

一辈又一辈新猎手曾跪在这里，倾听老一辈猎手叙说：这头虎当时在梵净山咬死过多少人？连官府的官兵都曾死在它的爪下。那年它从梵净山一带窜到水爬岩，沿途咬死了五个猎手。乌江道震动了，赵家坝的牛角号呜呜吹响了，爷爷的爷爷率队出发了。爷爷的父亲噙着热泪说，全村人满心希望他们凯旋，不料在担架上躺着的是血肉模糊的祖爷爷和祖爷爷紧抱着的那只血肉模糊的虎。

两个血肉模糊的身体紧抱在一起，把两种血性和胆气糅在一起。要不怎么会如此敬重这具虎头骨呢！每回离村进山，都用红布轻轻将它包起。打虎打豹打野猪前静静祭供，人身上就附起神夷，胆壮气盛，临危不惧，百发百中。

那是个什么样的山林。山坡上的茅草叶削刀口那么利，能划破人的皮肤，破口一碰到汗水，便钻心地疼钻心地痒。

成群集队的蚊子飞起来，嗡嗡嘤嘤，蚊团密得像一片尘埃。脖子上，耳朵上，全都叮起了血疙瘩。一个踉跄，跌跤了。

林子很阴暗。

解裤腰，哗哗地撒尿。抖抖肩，蹭蹭脚，跟前是一道长满苔藓的木桥。我上去了，晃了晃，站稳了，小心翼翼迈出。胶鞋太滑，一迈步就打滑。对岸有一只船，是一万元。牛胖子在那儿招手，在那儿笑。学狗样，爬。就这么抱着桥柱移。

跌下去了，沟很深，跌得骨软筋麻。沟沿有只虎，在啸。我终于明白，自己败了。我知道，我是山林打败的，往昔狩猎，我是攻势，山林是守势。这两次却不同，山林是攻势，我是守势，所以败得这么惨。同时，我也是被牛胖子的票子打败的。

醒来时，我看见头顶上有个衣架，看见门外的米面袋子、大冰柜子，听见炒勺响声，才知道睡在什么地方了。太阳金光明亮，刺得眼睛有点疼，头有点晕。我想起来，可身子没有动。我想起了昨夜的酒场子，昨晚上酒喝得不对劲，我想。

牛胖子过来了。头发很乱，满眼红丝，脸有些阴。

老兄……

嗯。

你臊我的皮了。牛胖子说。

我，咋啦？

你砸了我的锅，你给我把人得罪了。牛胖子说。

我说咋啦，我就……我说，就想昨晚的酒场子。

都是得罪不起的人，让你得罪了……牛胖子给自己点支烟，手有点抖。

我……我说些什么？我有点往下沉。

你把难听的话都说出来了，拦都拦不住，你胡搅，你……太不够朋友！

牛胖子说完就走了。

于是，我就想起桂子她娘。才出门一夜，像隔了一个冬。该走了，该回家了。

太阳有些烈，烈得让人睁不开眼。天是个好天，鼻孔里有股玫瑰花香味。

年轻时节浪尖上飞，风里浪里走一回……

码头上又有船和排开了。

望着风中摇曳的神树，我决定回去封枪。于是，我又想起了爷爷和父亲，想起了神树下的那些欢愉和悲恸的场面。我知道，爷爷一生都想远行，以摆脱那两个爱他的女人。他是怀恨而死的。父亲是一个铁铮铮的汉子，他始终立足于本土，立足于神树，他是无愧的。而我，既没有打算远行，也没有守本土的豪气，居然让牛胖子的几叠钱、几口酒就要得团团转，我感到愧对神树。想到这我加快了脚步。

（选自小说集《蓝色乌江》，四川人民出版社，2000年5月；
《蓝色乌江》获第七届全国少数民族文学创作骏马奖）

2000年

田永红

青龙河畔古檬树

洋荷坳是一个古老而幽静的小寨子，寨里寨外全是清一色的斑竹林，高出竹林的那一团浓荫，便是一棵枝繁叶茂的古檬树。

这地方太荒远太冷清了。一坨窄窄的坝子，挂在大山腰，背后是直挺挺的悬崖，两边是腾龙走蛇似的青山。从寨子向右走百二十里，有座秀山城；向左走一百二十里，有座沿河城。清波粼粼的青龙河，像条轻飘飘的蓝腰带，绕寨而过，在崇山峻岭中东盘西绕，流进了沿城河，汇入大乌江，自然也就流过许多大地方，像二公家在武汉念大学的幺孃样，走南闯北……

这寨上三十户人家，全都喜欢这条河，但要受用它，却只有男人们，至于女人们，只能去二公家屋旁那眼古井里洗衣，汲水，但万万不能淌脚，擦身子，否则，得罪了土地神，是要遭祸的。只有男娃儿们，从小能在河里自由自在地洗澡，打“水仗”，把雪白的屁股拱在水面，把小脑袋埋入水里闹着耍，然后就去村外读书，尽管家里父母勒紧裤带送，但洋荷坳的男娃儿，就是读不出来，怪不得有人说“洋荷坳地势是生就的黄狗漩涡，难得出人才”，还有，就是男人们随意打骂老婆，似乎女人是生来的贱命，凡事尽让男的占了先。

却也怪，几辈子男娃儿做不到的事，偏偏被二公家幺女做到了，她居然还是一个正儿八经的名牌大学生，这实实在在地为洋荷坳的女人们争了口气。当然，有的蠢猪也会说：“二公家屋基坐在正龙脉上。”但是，再蠢的人也不会说：“二公家祖坟葬得好。”因为这寨人，都是一个祖坟里的人的后代，这段历史也不过百把年，六七辈人的事。

早年间，一个姓田的小伙子，逃难出门，行医路过于此，已是天黑人倦，在一棵檬树下，寻得一个茅棚，里面透出微黄的光线和煳焦的松木油味，走近一看，才知是一个泪痕满面的姑娘，火烧火燎地守着她病得气息奄奄的老母，小伙子给病人摸拭了一下脉后，急忙掏出自己祖传秘方的草药，医好了病人。母女俩感恩不尽，母亲就把闺女许配给了他。这样有个男人在身边，心里也就踏实点。于是小伙子和姑娘就在如今二公家屋旁的檬树下，欢欢喜喜地拜了天地。从此，定居下来，生儿养女，开荒种地，行医治病，经过几辈人的艰苦创业，才日见个样儿。因为这里地处荒僻，与外界少有联系，这几年，虽然把田土包到户了，但无工无商，又无可以图利的副业，除温饱外，很少有现钱收入。因此尽管有这么条清亮亮的河，一进深秋，寨里人并无兴趣到这儿闲耍，天一擦黑，满寨子都静悄悄的，男人们早早上床困瞌睡，女人们则在微弱的煤油灯光下，拉着长长的麻线，呼呼地纳着厚厚的鞋底。

六十三岁的二公，是这寨子辈分最高，最受敬重的老人。他干瘦得像老了的山羊，只有深陷的小眼睛，还显得格外明亮有神。他活了一个花甲，从没出过远门，就连远近闻名的秀山、沿河，也只是听说过。他斗字不识一个，还常常对周围的人说："整泥巴的人，读那么多书做哪样？我不认字，照样会弄田整土，现在照样发财。那些喝了一肚子墨水的，没见都抬金碗吃饭。"

多少年了，二公就像他屋旁那棵古檬树，总不曾变得更老，也不曾变得更年轻。他终年穿件青布长衫，戴一顶狗皮旧毡帽，腰间拴一根皱巴巴的青布带，横插着一条竹烟杆。有时他会抽出这烟杆打人，那是有人在古檬树下拉屎拉尿、晾晒衣服裤子的。这古檬树，是保佑全寨福喜平安的神树，也不知在风风雨雨中站了多少年，却缀满生机勃勃的绿叶。记得有一年，古檬树突然满树枯枝败叶，要死不活的。吓得二公大病了一场，以为将有大祸临头。谁知不到三个月，古檬树竟返老还童，换出了一树新枝绿叶，引得一寨人惊奇，二公还特地烧了几炷大香。

当然，这寨子上的所有的人过年过节、大事小务都要来烧香化纸，就连搬石头、拆房子、走远路……都要在树下泼些冷饭，烧些香纸，以求平安幸福。由于长时间这样，树下那座古老的三块方石架合的土地庙，也被熏得漆黑。

二公敬这树，还有一层虔意。承蒙神树庇护，靠着祖上传给他的兽医秘方，他居然富了起来，手边随时有四五千块的现款，除了按月给读大学的闺女寄二十块外，他从不乱花一分钱。他的茅草房早已破烂不堪，也舍不得花钱另立，甚至连屋脊上的茅草也舍不得换换。

"不应胡破了古规！"他说，房子是先主的遗物，百多年了，在地上待得好好的，何苦费那神扒掉另立呢。

二公用钱虽然紧手，然而寨上不管老小，只要病倒在床，他是要去看望的，自然也不下三两斤糖之类的，宽慰一下病人。他常常暗暗地埋怨自己，要是老爹断气时，早到一步，把那医人的秘方拿到手，病人也就……寨上不管哪家嫁姑娘、接媳妇，他都要到堂的，自然也要送五六块钱。坐一下上席，喝两杯。当然，人们办事务，缺别的，还无所谓。唯独少不了这位活佛。他一到堂，事情偏偏顺畅多了，主人的面子也光生些。

寨里的毛崽一伙子年轻人，看二公腰包鼓鼓的，都转弯抹角劝他：

“二公，买个收音机听听呗！”

“二公，那电视机可好看哟！”

“老子哪样机都不要，只要我那两只麻母鸡壳壳，天天生蛋，我就够福气了！”二公气鼓鼓地扔出这么几句话，噎得那些年轻人不敢吭声。二公不喜欢他们，这些年轻人，本来就像无笼头的烈马，踢踢打打的难使唤，如今更是春风得意，野得出奇。嗯！特别是毛崽这狗崽子，不是好货。他曾想把祖传秘方传给毛崽，他觉得这娃儿根子正，心灵巧，而且是近亲侄孙。在家时，没少和二公做些粗毛重活。不料，没等二公开口，这小子高中一毕业，差几分没考上大学，一头扎回村，竟大大咧咧地领着人赶了七八十头牛、二百来只羊，说是要利用界上一千多亩荒地办牧场，又鼓捣起什么兽医站，想凭那几颗墨水来整治病猪病牛，真是活见鬼。这还不算，还当面捶锣敲鼓地说，要请二公去当兽医技术指导，嗯！胡破古规。

二公气得鼻孔生烟，这帮崽子，千古不易的灵方，莫非能这样当人现眼乱传的吗？二公暗自庆幸，幸亏没贸然把方子传给毛崽，自己真是看错了人。可是，他万万没有料到，这些鬼崽，竟神不知鬼不觉在二公灌牛的破碗底里，将那些残存的根根草草收了去，居然就摸出门道来了。这使得二公好几天怅然若失，干瘦的脸拉得老长，对毛崽再没个好脸。

前不久，闺女写信来，说放寒假要回寨，还要带个男朋友来看他。这么说，闺女有婆家了，听毛崽念着信，二公又惊又喜。喜的是闺女像小雀样有个窝儿了，惊的是这闺女竟敢带起男的东荡西颠。他屏住呼吸，推说耳朵不好使，叫毛崽把信念了两遍。

毛崽看二公有些高兴，赶紧讨好说：“二公，幺孃要来，得体体面面立栋新房了，只要您老吩咐一声……”他捋捋手袖，亮出了粗粗实实的胳臂。古檬树样的二公，白了他一眼，竟连话都懒得搭，让毛崽讨了个没趣。

二公最近时辰，一个人爱到青龙河边溜达，有时就坐在河边一团青石盘上，眼睛直勾勾地看着河边那条静静的小路。他幺女在沿河读中学时，是从这里走出去的，两个星期才转来一次，如今去武汉读书，两年了还没打个转。他的老伴在难关那阵死了，只给他留下一只荞壳撑得鼓囊囊的绣花条枕，冷冷地摆在床头，还有这个活宝贝。

这女娃，从小就野性、倔强，爱往男娃娃堆里钻。十五六岁了，还伙起一堆姑娘下河，跟男娃儿们争“地盘”。几根布襟襟一勒，“咚”的一声跳下河，像群野鸭子拨得水花“啪啪”响，硬气得二公跺破了地皮子，打了几次，也压不住野性儿，最后还是被她们争得了地盘，胡破了古规。本来是让她读点书，能写写算算就行了，谁知她心高人精，竟读起了什么大学，农村人，尤其是姑娘家，读了有什么用？现在弄得天遥地远的，唉……

太阳落山了，一阵风呼呼吹过，河面上簌簌落下几片淡红的枫叶。二公收回目光，盯着缓缓飘走的枯叶，心里不由一阵颤动，长长叹了一口气。

他后悔，不该由着女儿的性子，让她离开了自己，如今自己已是风烛残年，就像枝条上的枫叶，随时都有飘落的可能，身旁总得有个伴呀！那会多打她几顿不就留住了嘛。

“隆隆，隆隆”一阵阵炮声，震得地皮子直抖。正痴愣愣坐在河边的二公，眼前突然一黑，竟朝前扑倒了，溅得满脸的水。炮声从青龙河上游的峡门口传来，仿佛从二公肺腑里炸开一样，震得心疼。

“胡破了古规啊！”二公悲叹着，那本来就痛苦的心情，又蒙上了一层阴影。

那天，毛崽们几个来帮他“扫屋子”，刮去了一层硝土，熬火药时，二公还站在沸腾的锅边指手画脚，他以为他们是熬火药打野猪，万万没想到，他们呵呵笑一阵后，毛崽一本正经地说，要炸山办什么电站。天哪，这小子越来越没边了，这样大的事，压根不同二公商量，这会破了全寨风水，动了脉气的呀！这些鬼崽，读书读进牛肚子了，莫非硬要整得全寨大娃细崽讨饭才心甘哟！

想到这里，二公格外心酸了。炮声息了。青龙河显得那么清凉，冷静，鬼都打得死人。斑竹林里的斑鸠，轻声“咕咕”着，仿佛在呻吟；不知趣的秋虫，藏在河边野草葱茏里，轻轻唱着。二公站起身，顺着河边松软的沙滩，慢慢地踱着，胡思乱想着……

月亮升上来了，圆圆的、亮亮的，银辉下的青龙河静静地流着，柔波一颠一抖的。满河都是闪闪的星星，耀着二公的老花眼。

“二公，二公！”

起起落落的喊声，由远而近，从竹林里，匆匆窜出了几个牛大马粗的汉子，骇得几只斑鸠扑扑乱飞。月光下，二公看得清是毛崽和他那些伙伴，他们扑了过来：“哎呀！二公，都这么晚了，您老还在这儿，叫我们好找！”

一阵生拉活扯，硬把二公拖回了家。茅草屋里暖烘烘的，看着神情忧郁的二公，年轻人们都七嘴八舌嚷开了：

“二公，寨里憋闷得难受，到外边走走去吧！”

“二公，幺孃要回寨，你何不先去她那儿，让她陪你耍耍大城市，开开眼哩！”

毛崽热心热肠地叫道：“让幺孃和你一块回来，那会，洋荷坳会换个样儿迎接您老的！”

“唔！”二公动了动，扫了毛崽一眼，这小子脸红红的，不知那脑袋瓜里又转着什么，在他们手下，洋荷坳胡破了多少古规啊，二公心又酸酸的，奇怪的是那一股子气不知不觉却消了许多，那阴沉沉的脸色，竟也晴和些了。

“二公，我明天就给您买船票！”一个愣小子叫起来，毛崽也乐呵呵地说：“我们都送你到沿河城，我再给涪陵的朋友打电话，让他们沿路的朋友照应一下。”

也许，是真的该去那远远的地方看看了。

二公这么暗想着，不知不觉睡着了。恍惚中，他觉得自己坐在一只又破又旧的小木船上，任青龙河载着，穿过了许多山岭、村寨，去到了一个有着如峰似岭的高楼大厦，有着数不清人群的陌生地方……

他的闺女突然跃进他的眼帘，穿着长长的花裙子，后跟寸把高的鞋，高叉叉地站在大楼旁向他招手。二公用劲划着破船，船儿尽打转转，就是过不去，闺女笑嘻嘻的，丢过一只花绿绿的机器船，叫二公跳上去，二公偏不跳，眼瞅着漩涡卷起来，竟呼拉一下将他的破船推到了古檬树前，可树下自己的茅草屋不见了，却气势汹汹地立着一幢样式古怪的洋楼，像毛崽他们盖的那些房子一样，挤在寨里那些五柱六瓜的农房中，这些祭过鲁班，请阴阳先生看过地的旧房纷纷闪开了，嗯！偏房搞成正房了。

“啊，不，不要……”二公惊叫着，古檬树突然倾倒了，哗地压在自己身上，发出轰隆隆的巨响，可怕的，震撼着耳膜。

二公惊醒了，霍地跳起来，原来早已大天白亮了，几只大红公鸡站在院坝的晾衣竿上，“喔喔”叫着，二公毛茬茬的腮边，挂满了泪水，他一仰头，清清楚楚看见树冠墨绿的古檬树，生气勃勃地屹立着，密匝匝的树叶与斑竹叶轻轻摩擦着，竹枝长长地缠着檬树苍青的树干、“叽叽”响着。红红的日光，从浓密葱绿的叶缝里，从微微摆动的枝丫里，从叽叽喳喳喜鹊的翅膀上筛落下来，透进了茅草房，透进了皮纸浆糊的木窗格，映在床头，映在二公的印花被面上，热热烈烈的，暖暖烘烘的。远远的地方，又传来毛崽们放炮的轰隆声，震得二公心有些发麻，一时间竟涌出一种又悲又喜的感觉来了。

（选自中短篇小说集《走出峡谷的乌江》，中国文联出版社，2000年8月；
《走出峡谷的乌江》获第七届全国少数民族文学创作骏马奖）

2000年

田永红

湾　里

生活在乌江边的人，管这儿叫湾里或叫大湾。湾里，地势很低，几乎和乌江河面一样低，江在这里轻轻一摆，弯了半圈，山却直挺挺地耸入云霄，似乎江也围绕山的傲慢在转，于是这里便成了簸箕形的大湾。

湾里，阳光少，雾却出奇的浓，草很绿，树也很葱翠，羊成群，牛呢？这里人很喜欢养牛，养牛是为了犁地。他不犁地，所以就不养牛。他养牛，一养就是一大群，一养就是几年。他要用这些雪白的羊儿羊孙们送终。他的羊，是这里的特产山羊，羊皮原是这里土司官向皇上进贡的方物，如今更值价。

眼时呢，一切都销声匿迹了，羊懒洋洋地嚼着地上的草，时时望一眼人，眨巴一下眼睛，再嚼几下，直到有别的羊子拢来，它才急急忙忙地吃起来。

他叫“斑鸠尾”，是羊儿们的主人。斑鸠尾是乌江里的一种船，别人都叫它歪屁股船，而他硬要叫它翘屁股船，为何要把他叫上这个名呢？就因为他凫澡时也爱翘屁股，所以有的人就干脆叫他“翘屁股”，似乎有点不雅。叫他“爬灰”老汉，那又是另一层意思，再说这是他年轻时的滑稽，乌江上的年轻人，谁又说得清白，人们只好叫他“翘屁股老汉”，还有一种船翘起来像斑鸠尾，是江上打渔或短途运输用的。“翘屁股”就经常坐起它在江上打渔，就又有人叫他“斑鸠尾老汉”，或者“斑老汉”。

放羊，是一份清闲的工作，江边人不当一回事，那是娃儿们的戏，能干的人是使棍驱牛的，或者是在江里使手腕的，斑老汉不怕人瞧不起，他早先是驱牛使犁的好把式，是劈波斩澜的浪里蛟。他放羊是一种资格，一种享受，跟别人不同，他常说：“这有什么？朱元璋还放过牛呢。”他并不把眼睛盯着羊，他凭感觉知道哪只羊在吃草，哪只羊已经吃饱了，然后靠在一棵羊角棱上擦痒痒，慢慢趴下，不断地动着嘴巴反刍。斑老汉没留胡子，嘴巴光溜溜的，牙齿齐刷刷的，还能嚼锅巴。他很瘦，腰板有些驼，常常戴一顶棕丝斗笠，阳光从缝隙里筛下来，暖在他身上，渗和着烈性的酒。斗笠中间据说还有朱元璋给的红布条呢，这就是说皇帝也很喜欢。于是他疲倦时，斗笠往头脸上一盖，随手就拼成一个悠闲的世界。脚上常套双草鞋，是他自己编织的，没有人给他扎鞋，他只能穿草鞋，穿胶鞋他没那么个福份，脚上老爱生沙虫。

这里几乎只有他一个人，人比那些珍禽异兽更少，人在刺丛里一钻，一头香獐或一头黄鹿窜出来，钻过人的胯下逃去，锦鸡从头上飞去，画眉不停地在身前身后一边叫着一边觅食，大蛇就盘在你面前，往上面跨过也惊不跑它，却难碰见人，人成了稀有动物。

斑老汉在寨子上有栋旧房，但那在人多的寨上。也许是因为羊嘴馋，爱偷吃庄稼，或许是别的原因，他早就搬到这里来了，用了几根木条、岩豆藤捆绑成的三角杈，顶着一层厚厚的茅草，里面是用木条子架的床，床下垫的石块，床上铺着稻草和羊皮，枕头里边有一捆叶子烟，一个葫芦壶。斑老汉掏出葫芦壶抽开塞子，里面散发出一股扑鼻的酒香味，他顺手抱起来喝了两口。他很想找人说话，像他这样的年纪，絮絮叨叨是一种享受。他向四处搜寻着：低的是茅草，尖尖地耸立着，若许多刀兵；高的是杂木，有开花的，有不开花的。不动的是石头，移来移去的是羊。也有移动的不是羊，是被风摇动的白荷花。这里全是上好的羊草，羊在上面打个滚，就会吃得饱饱的。他不担心羊终有一天会断顿。他愣愣地把目光移向前面，一条蓝蓝的江横在那儿，长长岸上是一层叠一层的悬崖，石壁弯弯曲曲的，就像他老人家压弯的腰。横生在绝壁上的岩柏树，画了一道弧线，顽强地向上伸延，丈把高的枝杆，竟有碗口粗的虬根裸露在悬壁上，伸到很远很远的地段去吸收营养。倒挂在岸壁上苍老的岩豆藤，系着一团一团浓荫，嫩绿的叶丛里开放着淡紫色的花串，花串上面有一大块突出来的岩壁，太阳照着它，发出银辉色的光来，很亮，比太阳还亮，那便是葬祖先的悬棺，府志上还记载得有呢，能上书的人，一定是大人物，大人物葬在悬崖上，这样说来，就是大人物延续的后代了。他有些自得，但往深处一想，又有些惭愧了，自己的后代呢？

他把羊从各处赶拢来，让它们朝路上走成一行。一只发情的母羊爬到一头阉割了的公羊背上去，那头羊惶恐地往前窜去，羊的队伍乱了，惹得一群小羊羔“咩咩”直叫。他举起一根黄荆条向母羊打去，棍子在半空久久悬着，终于没忍心打下去，只是轻轻骂了一句。

江面有一只“斑鸠尾”船，轻飘飘划来了。船上在唱渔歌，“好丘大田没栽秧，好个妹崽没连郎”，他年轻时也唱过，唱得比这还野。如今想来没有比歌里唱得更可笑了，那些东西算得了什么！羊群进了竹圈，像那你拥我挤的山涧水落入深潭，安静了。那只母羊还在呼呼哧哧喘着气，喷着白沫。斑老汉燃起了柴火，他有个习惯，四季都煨在火塘，把火生得旺旺的，煨那罐酽茶，对着熊熊的火沉思。他那双香烟棍细长的腿上，团鱼背似的胸脯上，满是“火斑斑”，红白相间，如若菜花蛇皮。

一柱炊烟升起来，一只鸟穿过那烟，发出很响的叫声：“薅早苞谷，薅早苞谷。”斑老汉胸前烤热了，扯转身子烤背，茶壶的水煨干了，他又从棚边舀起一瓢泉水灌进去，心想什么叫“薅早苞谷”，那不是挖苦人的话吗？不是指那些未婚先做爱的男女吗？自己什么时候薅过早苞谷。

天渐渐暗下来，月亮升起来，这湾里又是另一番景色，野山羊在背山惨惨嚎了半夜，一颗星在天空划了一道弧线，坠落下来。天上掉一颗星，地上死一个人，是谁又要到阎王那里去报到了。再说这野山羊叫，也是死人的预兆，不过，不要灰心，死了一人投了胎，又变成了活人，生命就这样永远延续下去。

斑老汉六十多岁了，大半辈子就这样寂寂寞寞过来了，老婆倒有一个，很漂亮，也能干。是过难关那阵，从乌江里捞来的，和他本来该延续几个后代，困了半年觉，但她却跟一个卖花布的生意客走了。他没有叹息。他早就有这样的预感，那时他虽然力大汉子粗，却连自己生活都难维持，只好让她坐汽划子走了。他弄过“斑鸠尾”，那蜻蜓点水船去得不远，可这汽划子跑得飞快，那是走得够远的了，于是他又把目光久久盯在突突冒烟的汽划子上，那灰蒙蒙的远处……太阳落下去，月亮升起来。婆娘没再回来，有几回，他听见了婆娘纳鞋底的声响，还有几回，他听见了婆娘在床上哭，抠他的脚板心，怪痒痒的，他叫她，没应，点燃葵花杆一照，连个影子花花也没有。他半夜里起来好几回，有一回他硬是见着了人，一照又不见了，他就断定她成鬼了。但临走前几天，她分明说她有了。于是他后来打了几只弯狗、聋猪烘干，留给婆娘坐月子吃。他想，自己送去还是捎去？

天气好的时候，他站在高处，可以见到眼前这条蓝蓝悠悠的江，一直流进那蓝蓝悠悠的天空，天空中有一个移动的黑点，那就是要开来的汽划子。这个时候，他心情很好，像这个绿色葱郁的大湾，比如像今天早晨这样好的天气，他用绿花碗撮出半碗盐巴，冲上半桶盐水，洒在草地上给羊儿们吃。还给小羊羔烤火，搔痒痒。他请它们原谅他平时的粗暴，给那些发情的母山羊找方便，他手里有良种公羊，年轻、壮实，是角色，平时不放进羊群，等母山羊们发情时才放进去，眼时呢，母山羊们便掉过头来，色迷迷地看看他，有几只小羊羔拿鼻子拱他的草鞋，草鞋汗腻腻的，有咸味。它们想起他把尿撒在草上，让它们吃，那也是咸味，它们与他彼此并不避忌，他对它们摸摸捏捏，它们便温顺地倒在面前。羊群你争我夺地啃完了盐水草，纷纷散去，钻进浓浓的河雾里，河雾顺着河床在飞快地移动。顿时，湾里明朗起来，“薅早苞谷”和“紧长睏”鸟，都在空中一声接一声啼着。斑老汉取出烟竿，栽上一支长长的叶子烟，在火炭上点燃，他紫黑的皱脸上带着笑容，烟斗的蓝烟一缕一缕地升上雾层，他默默地看着那些走动的羊群。攒钱，他觉得很容易，把羊群赶过河，终年不过问，它们依旧生儿育女。雨来了，它们自然躲进石洞岩筐里；天黑了，它们自然跑回竹棚里去。它们就这样，吃了睡，睡了又吃，无拘无束地和他老人家生活在这块自由自在的乐土里。他第一次贷了两千块钱，买了两百只羊放进去，卖了几次，到了上万块钱，不但羊没少，反而增多了，羊跑不出江，爬不上悬崖，偷不着，抢不走，这儿好比棋盘，羊好比是棋子儿，它们走得再远，最后还是在他举盐勺时，咩咩地叫着跑拢来了。当初，队里开会承包土地，他第一个跳出来要承包湾里，那绝对不是他一时冲动，而是经过深思熟虑的。

队长劝他要点肥田肥土，整不来，大家帮把手，他认为自己这点劳动力，养不好那些田土，丢荒生草，其心难忍，也就回绝了大家的好意，队长也只好答应了他。

从此，他就永远地离开了寨子，在这里安居落户，和羊子羊孙们在一堆，摸摸雪白的羊毛，呼几口这里清新的空气，看看这里嫩绿绿草、悠悠流动的江，听听啾啾的鸟语，甚至青峰里坠下的飞瀑声响，却也是一种享受。如果是秋天，他把羊放在山后，便在岩石窝泥里挖猫眼珠、天麻、乌莞、麦冬……然后细细加工，卖给药材收购站，变成了钱。这几年，自己卖了一批又一批羊、一斤又一斤药材，攒了多少钱，人们不得而知，但是寨上哪家有大事小务，只要说一声，他就会送上一两百块钱，表示心意。而且，他送人情有个讲究，越困难的家庭他送的人情越重，他说钢要安在刀刃上，钱要用在急需里。

夏天里，乌江水变得浑黄。但随后就清亮了，蓝天在水里晃来晃去，江里有鱼有虾，有鳖有蟹，有水猫水獭，还有石匡石缝，还有细细的沙……他脱光了身子，顺着沙沉下水里，他的身子很小，又黑又瘦，像一只瘦弱的老山羊，赤条条的身子一点也不见当年“爬灰”的风流样。他把手伸到石头缝里去捉鱼，手刚刚触摸鱼尾巴，鱼又从旁边石眼里钻出去了。手再往里伸，往往被螃蟹夹一口，他忍着痛，将石头一下掀翻，他终于捉住一只螃蟹或一只团鱼什么的。他便会嘿嘿大笑起来。水獭、水猫和松鼠便从他身边窜起来，惊慌地逃到远处去。他想，他的笑，是吓了它们。如果是在冬天，他便把小羊放在江对岸的悬崖上去折嫩刺叶吃，羊吃饱了，他又用小船接回来，这里很暖和，很少降雪，就是降雪了，也不会饿着它们，江边有的是干草，洒上盐水，羊儿们照样吃得欢。斑老汉是个好把式，他慢慢悠悠地放牧着羊。刚刚到湾里来，他身体很虚弱，精神也不爽气，唯一的愿望是多挣钱，解决吃穿，晚年也有保障，渐渐地，他觉得他自己离不开这里了，于是就萌动起治理湾里的念头。他觉得在这湾里栽上一片树林，湾里就更美了，以前这里是有树林的，密密麻麻，茫茫一片原始森林，从鸡冠岭看下去，不知森林里面还有一条宽绰的江。穿进林子，黑森森，看不见一线天。但大炼钢铁时，被砍得一片精光，从此，几千亩石畦，就只长些桑刺、羊角棱、马桑椏、巴茅草之类，它们自生自灭，倒越烂土质越肥沃，草长得茂盛嫩绿，里面藏着许多珍禽异兽，屙下一堆又一堆屎，土地肥得滴油，但人们除了在这里狩猎捕鸟外，就再没有人想起它了。后来，这里发现了棋盘蛇，进湾的人就更少了。这里是该有些成材的树啊！把这些飞禽走兽都藏起来，让它们在里面生儿育女，享受天伦之乐，起先他被自己的想法吓了一跳，觉得自己是不是真的越来越糊涂了。年轻时，从来也没有动过这种念头，难道现在这一把年纪了，倒认为自己能干成什么？他尽力不使自己去想这件荒唐事，但又不能不想。他觉得光索取，不贡献，总有点受之有愧，总觉得对不住这片土地。树木向上长，羊子在树下吃草，十年八年后，树就成材了。他栽树不是为了卖，完全是为了那么一点意思，栽柏树、杉木，羊是不吃的，于是他每天出去找树苗来栽，土很松，轻轻一挖，就成了。只是刺藤太密，砍一堆就要累出一身汗。还好，身边有乌江这个大澡盆，随时就可以去享受水的亲切。

他一天一天地这样干着，佝偻的身影在密密的草蓬里时隐时现，在岩石间像只老猫似的跃动着，他干得很起劲，也很欢乐，刺把脸抓破了，把手锥出血了，用帕子抹一下或者嚼几张独角莲叶子抹上。有时实在累，他就会在哪块石头上坐下来歇歇，眼睛看着缓缓流动的江面，小羊羔贴近水面的青石盘，蹿来蹿去，蹦蹦跳跳，然后又调皮地拱进母羊胯下，吸着奶汁，照这样下去，它们会吃得又肥又壮，毛色更加润滑光亮，不久，一棵一棵的树苗，冒出了刺蓬。他想，自己是悬棺里人的后代，那么这茁壮成长的树苗就是自己生命的延续，他高兴激动得很，嘴里也就常常吟出山歌“好丘大田没栽秧，好个妹崽没连郎”。也许就是这些春色，唤醒了他沉睡的心灵，或者说他根本就没忘掉那片相思，朦朦胧胧地觉得自己需要一个女人，一个家。

他的家，是个冷冷的三角叉棚，没有窗棂，只有狗洞似的门，太阳月亮能照进来，江风夹着鱼腥味也涌了进来，间或有船停在湾里，老远给斑老汉打声招呼。他便拦住那只狗，招待船工们在这里吃山味，烘两杯酒，还可以围着火坑烤火，喝上一碗酽茶，走时带走几张叶子烟。老汉并把羊子托给他们去乡场上卖，然后给他带来一些生活用品和剩下的钱。

现在正是阳春三月，湾里的春天来得很早，夏天的第一个太阳，还没有悬到湾里来，这里牛奶奶、苞谷泡、樱桃早就成熟了，一蓬蓬地红玛瑙似的，像又开了一回花。斑老汉把羊散在青草坪里，便去摘牛奶奶吃。牛奶奶藤悬挂在檀香树上的，他就在树下摘吃，雀在树上啄，不在乎有人来争它们的美餐。那些枝梢上的果实最甜，他不能去，只好让鸟儿去享受。鸟儿吃饱了，就在树上翘起尾巴拉屎，或者叫着“窸窸，紧长睏——紧长睏”。他吃了一阵，用桐叶卷起一个喇叭形的叶桶，装上一些牛奶奶或苞谷泡，然后，举起手臂在嘴上抹了抹，便悄悄离开了树，他怕鸟把屎拉在他头上。如果头上被拉了屎，那就要倒霉了。

他走到江边，幸运他头上没遭鸟屎，正要掬起一捧清水洗嘴巴，却见一支“斑鸠尾”呼地被水滩喝了下去。这种事他碰着几回了，也救了几回，眼时呢，只好脱光衣服，骂了一句“老子再死它一次”，就跳进那堆白花花的浪里去了。江边人，见落水人一般不救，说那是龙王在招亲，救了别人自己就得顶上。可斑老汉才不在乎这些，要当替死鬼，他早就当了无数回了。农业学大寨那阵，炸石岩点炮眼，半天不见响，他刚走拢去看，“轰隆”一阵炸响，晒席般大的石片子飞起老高，可他连皮皮也没伤着。后来他沉入江底摸鱼，钻进了一个五彩缤纷的洞里去看稀奇，却迷了回来的路，闷了几天才被一只水金猫带了出来，也没见着咋样；再后来踩到肉麻麻的棋盘蛇上，反而把蛇惊跑了。他不知道生命是啥玩意儿，他总是活着，他经得活，就像这江边水丝柳，冲倒了再挺起，吹折了再活下一半截，再长枝发叶，枝丫被沙泥掩没，长出的新芽成片成片地冒出来，成树成林。生死薄捏在阎王爷手里，由不得自己，这就让他也懒得管。

他费了许多力气，终于把人救了起来，丢在岸上，又钻进江里去摸了一次，见确实没有人了，才把那条船牵到湾边靠着。他赤条条抱起衣服走近火塘，见是个白嫩嫩的姑娘，坐在火塘边烤火烘衣服，他慌得手忙脚乱，急忙躲在茅棚边，把衣服穿上。他闻得出那姑娘不是江边人，是江边人就会避回水滩，不会上当。他打量着这位不速之客，老半天，突然叫起来：“这怎么是——你呢？”

这不是当年他从回水滩捞起来的那位姑娘吗？和自己睡了半年觉，她不是跟人跑了吗？这准是鬼魂，死鬼总爱捉弄活人。

“你，你这水妖精，快走开。”斑老汉愤愤然。

“爹！”姑娘叫起来。

“我是你的亲闺女，我叫圆圆。”

亲闺女！自己有闺女吗？

“你，拜槐荫树的吧？”

他只认得拜树的。江边有一棵四人合抱的古檬树，枝繁叶茂，遮荫数里，成天都有女人划船来树下烧香化纸，求儿求女。

“爹！我是听寨上的人说你在这里，专门来看你的，妈说你腰杆上有颗痣。”

“啊！”他把手移到腰间，想捞开衣服，但随后很快就把手放下。

“爹，妈说，我很像她年轻的时候，你一见面就认得我，没想到……”

婆娘走时，分明是身怀有孕了，难道她真是他的种？是的，从她神情形态都像她妈，便急忙说：“认得，认得，你妈呢？怎么不来看我？”他太激动了。

“她要来，要来的，要来和你一起生活。”

“人家那边呢？”

“那爹早死了，妈守着我一个人生活了十多年。”

“那——好，那好！”

他热情地招待了他的女儿，女儿很喜欢吃山芋、香菇、烤干的弯狗肉、鲜团鱼……他和女儿在一起，变成了孩子，成天张着嘴，嘿嘿笑，女儿告诉他城里许多新鲜事，也讲了城里许多烦恼，比如住房、就业、人与人的关系，等等，第三天，她走了。

一个星期后，女儿和老伴都来了。记得老伴小他二十岁，但看上去比他还老。老伴一上岸他也嘿嘿笑，好像用“嘿嘿”才能表达出他们复杂的感情，她除了给他带来了许多他喜欢的东西外，还带来了一个学畜牧的年轻人，他是女儿的未婚夫。他停薪留职准备来开发湾里，之前，他来这里考察过多次，只是斑老汉没觉察到，他看上了湾里这片葱郁的草木，这片纯净的水域，他来改良准岳父的这群山羊，或专门进行黑山羊杂交养育，进行乌江特有的鳞鱼繁殖，他要养那些值钱的团鱼、娃娃鱼，再从这乌江运到山外去卖大价钱。

太阳升起来，深深透进了这幽幽的峡谷，暖照在斑老汉生命延续的树苗和女儿的身上，湛蓝湛蓝的乌江缓缓地流向远方。湾里变得清新热闹了，鸟儿在远远近近的树枝上鸣啼，淡淡的雾岚在林子深处散去。他和老伴围坐在火塘边，听着火花“叭叭噼噼”炸响，看着那对年轻人高高兴兴地打开羊圈，羊群就像决了堤的洪水，顺着山路欢奔乱跳地走进了山林，一只发情的母羊不知趣地站立起来，若人一般高，然后“卟”的一下扑在一只公羊的背上。被激怒的公羊也跳了起来，旋了一个弧线，反趴在母羊背上。顿时，羊群大乱。女婿呆在那里痴痴地看着那对山羊的精彩表演。女儿走过来往小伙子肩上一拳，小伙子如梦方醒，脸一下子红得像鸡冠。

斑老汉和老伴都笑了，然后悄悄地在老伴屁股上捏了一把，迅速地把手放开，老伴把一捆干柴整个添在火堆上，火熊熊地燃烧着……

（选自中短篇小说集《走出峡谷的乌江》，中国文联出版社，2000年8月；
《走出峡谷的乌江》获第七届全国少数民族文学创作骏马奖）

2001年

欧阳黔森

五分硬币

我今天穿上了最好的夏装，刮了胡子，吹了头式。这是我近年没有过的现象。

当然这一切都在妻子上班后才进行的。我要去见一个人，一个让我几十年来梦牵魂绕的女人。

1966年红卫兵大串联，我与几位同学在北京天安门广场失散。在那个花如海歌如潮红旗似海洋的时候，十几万红卫兵小将发出震天动地异口同声惊世骇俗的呼喊！在一阵春潮般的涌动后，我们迷失了，谁也找不到谁了。我只好独自闯天下去了。

当我从北京到内蒙古到新疆，从新疆到达西安车站时，已是初冬了。由于车少人多，车站的每一个角落都等候着赶车的人。只要一有车来，简直人山人海地往车上爬。爬不上去的就等下一趟车，因而不管白天黑夜车站里总是人满为患。候车室肯定不下超出几十倍的人，大多数人都在露天候车。白天人们还走动走动，一到晚上，看上去黑压压的一大片，东倒一个西倒一个横七竖八地躺满了人。

我是夏天从南方出来的，没有黄色的军大衣（在那个年月只有这种颜色）。我只穿一件夹衣在身上，晚风吹来，冷气透骨。我只有双手抱臂缩成一团呈痛苦状坐在那里打冷战，好不容易熬到零点，实在有点熬不住了，举目四下张望，只见三人一堆，五人一堆地都是清一色的黄色大衣紧贴在一起取暖。也许南方人不习惯北方这种冷气满天，也许我的胆也被冷缩小了，这时我不由产生一丝丝恐惧感来，眼前这一堆堆黄色的包包，活生生像老家黄土山上埋的一座座新墓，虽然我知道这一堆堆黄色的包包下是活着的人，还有一颗颗并不比我温暖多少的心。

四下静悄悄，人们早没有声响，只有车站铁道的不远处，那一排排白桦林，北风吹过哗哗地经久不息。

十六岁的我苦熬到这时已是脸色苍白，如果再熬下去，可能冷缩的不仅仅是我的胆而且再加上一颗寒战的心。为了解除一定的痛苦，为了我的心能够暖和一点，我取出随身不离的箫吹了起来。我对民乐器笛子和箫都很喜欢，但我更喜欢箫一些，虽然我的笛子独奏曾获得过贵阳市校园比赛一等奖。箫虽然没有笛子音色亮丽，但我认为：近听笛子远听箫，箫那婉转悠扬略带忧郁的声音比笛子更具穿透力。

此时我的箫声凄凉而忧伤。这样的声音，在夜色苍茫的时候总是传得很远。

泪儿只是涌出来那一瞬间是热的，离了眼眶到了面颊就是冷悠悠的了，再经北风一吹就干了。这时我感觉整个脸都是绷紧的，好像已经没有脸了，脸仿佛被什么东西包裹在里面，是不是脸也像北方的窗子长满了冰凌花，我看不见，只感觉运气吹箫的时候，脸上干了壳的泪水要开裂似的。

那时候我不会意识到我年轻但并不温暖的心，竟然也能装得下这么多的冷泪。直到中年后，我每每想起就自豪自己的心是多么的坚强。

泪干在脸上沉在心里的时候，人的坚强就显示在他昂起的头颅上，泪水也就在这时候无所顾忌地流淌。泪水只有在无所顾忌的时候，亲情才会出现在那一颗颗闪亮晶莹的泪光中：被打成右派下放劳动的父亲，响应毛主席号召上山下乡到云南西双版纳当知青的姐姐，以及最关心我的老师，一个个在泪花中次第而来。

我有“乘长风破万里滔天浪”的志向。这是在一次语文老师问学生们有什么理想时，我争先豪言壮语答出来的，其实这是一句一位古代圣贤小时候言志的名言。这一点老师自然是知道的，但老师从那以后开始喜欢我了。

很多年以后老师告诉我，那是在老师已经头发花白的日子里，老师说他喜欢我的原因是我回答了一个抽象的理想，而同学们的回答是具象的理想——工程师、工人、科学家、诗人，等等。老师认为具象的理想往往成空，而抽象的理想却可以不断地随着时间的需要而修正和试验而最后成为可实现的志向。这正是我区别于其他同学的地方，我不仅在当时的理想上区别于同学们，在行动上也区别于同学们。当老师被划为右派打成臭老九遭批斗时，同学们用恶劣的语言攻击老师，有的甚至义愤填膺动手打老师嘴巴，只有我静静地在一边注视着这一切。虽然当时我不明白这是为什么，我只是觉得老师不能打，当然这并不是因为老师喜欢我的“乘长风破万里滔天浪”的理想。

人的一生总要记住一些难以忘怀的话，我最初记住的第一句话就是老师被下放劳动临走时讲的话。老师告诉我这句话时并不是用口，因为老师那张传授知识宣扬真理的嘴已被代表当时真理的学生打得红肿不能开口。老师用学生给他写坦白信的纸偷偷写了一张条子：“只有时间才能验证出真正的真理。你还年少，有时间等待。你是一个好人，好人，会有好报的。”

这是一张没有提我名字，也没有落名的条子，这让我感觉到有点像《红岩》地下党江姐留给我的条子，但后来我一想，我这感觉不对，不应该这样想，因为地下党们早就在阳光下当家做主了。不过这条子多少让我感觉有点兴奋，我长这么大，第一次有人说我是好人，而这话又是老师说的。人总是对别人第一次说自己是好人而心存感动，为这感动而做人，这是要付出代价的。我为这个就付出了代价，当同学们一个个兴高采烈地戴上红卫兵袖套成了一名光荣的红卫兵时，我是班上唯一不能参加红卫兵的人。

本来以我这样的身份，是没有权利参加波澜壮阔的红卫兵大串联的，所幸我不是班长的亲人，在几个好朋友的哀求下，班长默许了我，否则谁求情也无用，因为班长正找不到大义灭亲的壮举的机会。

老师说我是好人，好人总是要得好报，这个古老而年轻的愿望，总是在白天黑夜播种在世上所有善良人的心灵里生根发芽。因而即使好人一生平凡，他也具有传奇性，当一个平凡而善良的愿望成为所有善良人的祈祷时，上帝会因为耳畔的炸响而猛睁的眼睛是那样慈祥和睿智。我也是这样一个好人而且平凡的人，命运决不会让我这样长久地凄冷下去。上帝动容的时候，人间美丽的故事就拉开了序幕。

突然在我旁边的一件军大衣动了一下，慢慢露出了一张清秀的脸，眨着闪亮闪亮的眸子。她不用说话，有这种眼睛的女孩子是不用太多说话的，她只从怀里伸出手掌招了招，我明白她是要我同盖那件能挡风取暖的黄大衣，我犹豫了一下终于钻了进去。就这样我与她肩并肩紧裹着黄大衣。她乌黑且亮的长发，有几缕依依拂在我的脸上，一股清幽幽的体香这时候进入了我的嗅觉，我喉咙一阵紧缩，一种甜意在喉结周围弥漫后形成一股暖意涌上了心头，一串热泪又从我的脸上掉了下来。

第二天清早醒来后，我们没有说什么话，只是相视一笑。站台上的黄包包一个个次第打开了，渐渐有了生气，远处一排排白桦树上好看地长满了冰凌花，每当有列车过一次，在那震天响的汽笛声中就会振落一些，撒满一地，不久就消失在那污垢的地上。

人们开始购买东西吃，其实我早就饿了，看着人们一口一口地吞食着白白的馒头，我强忍着口水经过喉咙流进胃里的过程，不要它显示在喉结上。

我猜想女人看男人总是从喉结开始的，我猜想这个秘密的根据是因为我与女人对视时，女人的眼光总是比我低几寸，这不刚好是喉结上？而验证这个问题则是在我年近花甲的时候了，一天我看了一本前卫女作家的小说，其中有一句："我最喜欢喉结的大男人，这非常性感。"我看后又痛快又不痛快，痛快的是我几十年的猜想被一语道破，不痛快的是我认为一些美好而神秘的猜想让它永远神秘多好。道破和不道破在年近花甲的日子里已经不重要了，重要的是保存那一份美丽和失去那一份美丽会有不同的心境。

我身上只有几块钱了，还有那么漫长的路要走，虽然红卫兵走到哪吃到哪不用付钱，但也有不提供吃住的地方，比如现在这个地方，为了把钱用在最艰难的时候，我只好饿肚子了。

就这样我们没有说一句话，整整一个小时过去了。当我在调整好心理，正想找几句话来讲时，一声汽笛粉碎了我的愿望。

她兴奋地一下站了起来，我知道她等的那趟列车已经进站了。她拉了一下我衣角，朝火车跑去，她跑动的姿势非常优美，她乌黑亮泽的长发像风帆飘动起来，我真想对她吆喝一声：“你是我的船长。”我的这个冲动是源于清早的广播正唱着：“大海航行靠舵手。”

我只能跟在她后面跑，我要帮助她爬上车去。火车刚停住，人们早已抓住了车窗，一人紧贴一人，让我有点喘不过气来，虽然肚子饿得有点儿让我发昏。但我那时毕竟才十六岁，十六岁的小伙子哪能没有朝气。我看见她虽然抓住了窗子，但由于力气小再加上左右的人一拉一拖她根本无法钻进窗口。我侧头看了看车门那儿更是人叠人，我一咬牙奋力用肩顶开旁边的人，终于挤到了她的身旁，我大喊她：“踩在我的肩上，踩在我肩上！”

她终于踏在我的肩上进入了窗口，但她秀美的身躯被紧接着钻窗子的人挡住。我心里一阵痛，我想我再也看不见她了，我想我不能离开，不能这样就完了。我的坚信终于出现了，我看见一只雪白的纤纤细手从窗口人与人的夹缝中伸了出来，我赶紧奋力握住，什么东西？似一块小小的圆的金属体，从她柔软的手里放进了我的手心。我赶紧收回手来一看，是一枚闪银光的五分硬币。我抬头再看她，她的手还没有收回去，只是四个指头弯曲，留下一根食指指向卖食品的地方。我心里一阵激动，我知道这五分硬币可以买三个大馒头，是我的早餐。

在人们一阵涌动下，我赶紧把它放进我的上衣口袋，用手再来寻找那雪白的手时，她的手早已淹没在手的森林之中，我奋力伸长双手，我知道要在这么多的手中找出她的手是多么的牵强，或许她的手早已收回去，在森林般挥动的手中，我真的看不清楚。忽然有一双手抓住了我的手，这双手明显地让我感觉到不是她的手，这时候我顾不上想是谁的手，拉住吧，握住吧！不停地摇晃，不停地喊，不知是喊再见还是喊什么，总之人们喊出什么声音我也喊出了什么声音。

从此我记住了她明亮的眼睛，也记住了她奔向火车时那晃动的长发，以及她拉我衣角时的信任。

当然那五分硬币我没有用它来吃早餐。我要把它珍藏起来。

很多年很多年过去，我终于找到了大眼睛披长发的妻子，但那奔向火车长发飘动似风帆的背影一直让我难以忘怀。我这么多年来一直后悔，为什么当时不问一问她的名字，那时候应该有这个时间，这件事几十年来让我梦牵魂绕。几十年来又痛苦又不痛苦，痛苦的是没有问她的名字，不痛苦的是不知道她的名字，让我美丽地幻想了几百个纤纤清秀的名字，让我甜甜地回忆了几十年。

有了这样的经历，所以我对当代的前卫作家不以为然，像那位前卫女作家，你喜欢大喉结的男人，我不反对，可你又何必道破？何必让大喉结的男人一看见你就高傲得像一只扑棱棱扇着翅膀的公鸡呢？而你代表的当代新女性又还有谁愿意在大公鸡的统治下，咯——咯——咯——嗒地唱着生蛋的歌并领着一群小鸡们到处辛勤寻食呢？

命运不仅仅在安排开始，更多的是它安排众多的结尾。三十年过去，我却遇见了她。在一个我根本不可能会去的一条街的一个小书店。那天我开车赴宴回家，车坏了，找来修理工后，我想这条街很少来，走一走看一看吧，于是就到了那家书店。进书店后我看见一位售书的女人，我强烈地感觉到就是她，我坚信自己的感觉，虽然那女人已没有了青春模样，虽然她的头发不再是像风帆一样的长发，但她那一双眼睛分明告诉了我她就是那夜那双令我梦牵魂绕的眼睛。我鼓足勇气去问她，是否到过西安，是否在西安露天过了一夜。她莫名其妙了很久，以至让我从难堪就要上升到难过这个高度时，她终于把我认了出来。这一下我感觉耳根一阵发热，我知道这是我脸红的前兆，当然这并不是因为怕羞，像我这种年纪，怕羞已经离开我很久了。

像我这种年纪的脸红并不意味怕羞，很多时候是体现在几十年沧桑后的成就感上，当然这成就感和传统的认识区别很大，并不是当了什么大官或者是成了什么家之类的东西，而是他妈的几十年风风雨雨居然还活着，这成就可比什么官呀家呀重要得多。只要活着，好好地活着，没有比活着更伟大的事儿了；只要活着，我什么都能宽容，什么都能理解，而且容易感动，比如奥运会上的五星红旗总在我的泪光中冉冉升起，当国歌高亢奋进的旋律从耳畔响起时，一股热流总是从耳涌向头颅，这时候两朵桃花总是在我苍老的脸上慢慢地绽放。现在我感觉耳根发热是我太激动了，一种成就感油然而生，这成就就是我居然还能活着路遇我几十年梦牵魂绕的女人。这成就甚至比我亲自得一块奥运金牌更令我激动。

由于书店里人很多，我们还未来得及说几句话，她就忙着售书去了，我站在那儿好一会儿，不知该怎么办好，虽然我刚赴了宴，但我只能想出邀请她吃饭的理由，当我正准备鼓足勇气邀请她时，可不巧的是有一位女人来找她，她看了一下表，说是下班了，明天她还来这儿，一副急急忙忙的样子走了，以至她没有让我有时间说“我有车，是否我送你一程”这句话。

我怎样开车回的家，我已记不清楚了，回到家我就钻进书房在里面傻坐发呆。妻子进来几次给我茶杯添水，我也没时间和她讲几句，妻子见我发呆可能还以为我在构思什么大作呢？我小心慎重地从我的小箱子里，拿出了珍藏多年的五分硬币，看了又看，我决定明天放在身上，并邀请她一起晚餐，到时候拿给她看，她一定会很激动，我想。

走近小书店时，我心里激动得有点胸闷。我在门口长长地呼吸了几口气，才从从容容地走进去。这书店虽不大，可来看书的人却不少，看着她忙于给人介绍书、售书，我没有立刻喊她，只是凑过去，走到她的身后，故意在书架上翻书，看着她弯腰下去整理书时，我的头很自然地向她倾斜，我知道虽然我离她还有一尺远，但只要她一转身，她的头发纵然短也会自然地拂过我的脸。几秒钟后，果然有头发拂过，我赶紧下意识鼻子吸气，闻到的却是一抹汗味。她起身后见了我说：你买书?

我说：是的，是的。

我顾不上什么，随手抓起一本就递给她。

她说：二十一元。

我接过书夹在腋下，递钱给她，正准备请她吃饭时，又有几个人递了几本书给她，她就忙去了。我只好退到一边等，不想一会儿又进来了很多人，我想真怪，怎么会有这么多人来书店，后来我一想，哦，原来今天是星期天，这条街又只有这么一个书店。

看着人多，我就退远了一点，站在一个不起眼的角落。没事我就想，这书店怎么没有空调，其实我知道我发火是因为她的头发拂过我的脸时没有了清香而是一股汗味。正当我胡思乱想时，我听见她和同事说话：“就是刚才那个高个子，串联那年在西安站深夜吹箫，吹得我一直睡不着。”

我听后心里猛然一紧，一阵揪心的痛从心中升起，我常以为自豪的箫声，在那个醉了我几乎半个世纪的夜晚，居然是因为我吵得她睡不着，她才招手让我钻进她的大衣。她以为我已经走了才说这话，这我知道，但这的确是伤了我的感情。

我偷偷地退了出来，钻进我的“城市猎人”吉普车，发狠地在街上狂奔起来，我连闯几个红灯，罚款和扣押执照的通知会在几天后寄来给我。这我明知道，但我愿意。

回到家里，妻子刚做好了假日丰富的晚餐，那天我对妻子说了很多很久不曾说的甜言蜜语，表示了我对她的爱恋。看得出妻子非常高兴，我知道她高兴的特征——就是家务事推后马上去干她最喜欢的事。她碗也没有洗就打开电视去看那我最不喜欢看的以爱情为主的电视连续剧。我进了书房，坐了一会儿，感觉很累就睡了。

第二天，我开车去了一百五十公里外的遵义市会朋友。

两天后回家，妻子见了我说：“你这个傻冬瓜，你的书家里还有五百本未卖完，为什么从书店又买一本回来？傻冬瓜。”妻子总喜欢戏称我傻冬瓜，因为她最喜欢吃冬瓜。

那天，由于慌乱没注意随手抓一本，居然是自己的书，这很搞笑。这时我突然想起，那五分硬币忘在了换下来的衬衣里。我赶紧走进书房，看见衬衣不见了，妻子早洗了。我心里直叫苦，这东西我可是珍藏了几十年，后来一想算了。到现在我都还不知道她的名字，几十年幻想、猜想她纤纤清秀的名字，到最后还是不知道，不过这时候，知不知道已经不重要了。但我还是过了几天若有所失的日子，我想她虽然伤了我的感情，可我对这五分硬币却有了几十年的感情，一旦失去总觉心慊慊的。

过了很久一段平静的日子。

我的妻子不集邮，她喜欢收藏钱币。一天，她要我一起欣赏她的钱币收藏本时，我看到了我的那枚五分硬币。

我指着那钱说：这个你也收藏，五分硬币太多了嘛。

妻子说：傻冬瓜，你不懂，这可是最早发行的五分硬币，现在值一百元呢！

这钱，我收藏了几十年，到了妻子手头，不知道要藏到多少年。再过很多年，我与妻子百年后，这又成了妻子的遗物，传给了我们的儿子。

这钱可能成为传家宝，这是我没有预料到的。

（原载《青年文学》2001年第9期；《小说精选》2001年第11期转载）

戴 冰

天 籁

1989年7月还是8月的一个深夜，气候闷热，潮湿的空气贴在身上，像煮沸的炼乳。我和卖磁带的陈明默不作声地走在老城区一条铺着青石板的巷子里，打算去听一个叫林琛的人弹吉他。那个人我从没见过，但早几年就知道他。石板路老朽古旧，起伏不平，中间和两头都有臭气熏天的垃圾堆。小巷两旁摆着凉席和躺椅，睡了几个被暑气赶出家门的老人，他们浑身热气腾腾，奄奄一息，像搁浅的鱼在徒劳地盼望一场暴雨。疲惫和酷热还有刚喝下去的酒让我难受得想吐。一个赤着上身的男孩提着湿毛巾，守在一盏灯泡下面，死命地抽打一团似雾似烟的蚊子。

绕过第二个垃圾堆的时候，高处传来隐隐约约的吉他声。我看了一眼逼仄的天，发现月亮四周染着红晕，预示着下半夜可能有雨。巷子长得像是没有尽头，我扶住一棵水泥电线杆开始呕吐，陈明厌恶地拍打我的背，他可能觉得扫兴，手下得很重。我浑身无力，心情恶劣。等我们循着吉他声找到林琛的住所时，我对那场等着我们的演唱会以及整个晚上都失去了兴趣。

我还记得黑暗里面我摸到一条木楼梯斑驳的扶手，楼梯嘎嘎作响，扬起刺鼻的灰尘。我们进门的时候演唱会已经开始，没有人理睬我们，只有烟头在几个默不作声的黑影中闪闪烁烁。一根烧掉半截的蜡烛远远地放在阳台上，比月亮的红晕看起来更暗。我和陈明摸到一张沙发坐下来，嗅到房间里有一股呛人的烟味。

对面有三把吉他正在参差不齐地弹奏，我分辨出最左边的那个是主音，另外两把负责低音和伴奏。主音奏出来的旋律里没有一点我熟悉的东西，干巴巴的，像一条漫无目的、不知流向的河，一阵紧一阵松，但总是在你以为快要结束之前又自然而然地回到开头，没完没了地循环往复，像一个不知不觉的圈，仿佛一个力图回忆的人一面沉思一面机械地干着别的事。低音和伴奏在整个演奏中显得微不足道，可有可无，甚至有点多余，它们因为跟不上主音突然的变化而不时停顿下来，焦虑地等待着，再跟进去时战战兢兢，茫然失措，像两支笨拙的笔试图描摹一只阳光下翻飞的蝴蝶……

时间悄悄过去了不知多久，我迷迷糊糊地睡过去又醒过来，听见有人轻轻笑了一声，另一个呼吸浓重的人在清喉咙。我睁开眼睛，发现房间里只剩下一把吉他还在弹奏，我知道那个人就是林琛，但分辨不出他的容貌。我又睡了过去……吉他却一下刹住声响。房外的黑夜灵动起来，好像有话要说，但吉他只停顿了一瞬间，接着就以一种眼花缭乱的速度从六弦第一品来到一弦的最后一品，然后又回到第一品的六弦上。每根弦都被手指轻微地弹拨，震荡出难以辨别的声响……整个过程仿佛空间被电光照亮然后归于黑暗，声音微弱，音色发闷，像思考时转瞬即逝的念头，但其间的峰回路转却蛛网一样繁复而又一丝不苟。我从沙发上立起身子，以为那是一段最末的华彩，演唱会和整个夜晚已经结束。吉他这时却又突兀地松弛下来，回到原先的速度。房间里重新响起一把枯燥的吉他无休无止的声音。有个角落传来轻微的鼾声，我知道别的人和我一样也睡了过去。吉他声在黑黢黢的房间里沉闷地浮动，像一个瞎子待在与他无关的人群里，正一点一点地沉入回忆，音符之间散发着痴滞浓涩的意味，隐隐地擦摸我的耳膜，让我很不舒服。画面提示：全景视野。一间空旷宽大的房间里，所有的人都是小小的。一盏孤零零的、没有灯罩的灯悬在天花板上。下面有几张沙发，六七个人都在睡觉。各种各样的姿势。正中间有三个人在埋头弹吉他。灯光照下来，呈一种三角形。灯光是白色，照着三个弹吉他的人。三个人用黑线表现。灯光外的那些睡着的人处在黑暗里，用白线表现。

远处传来隐约的雷声和闪电的青白色，我闭上发涩的眼睛，在大雨降临之前睡了过去，但是睡不沉实，只觉得雨声和吉他声响了大半夜，仿佛整个世界的全部背景。

天快亮的时候雨停了，一阵混乱的脚步声把我从荒诞的梦里惊醒过来，演唱会不知什么时候已经结束，人们纷纷起身，我一时弄不清自己身在何处，只觉得心烦意乱，胃像吃了肮脏的东西一样难受。惨淡的晨曦从窗户的方向照进来，房间里有一股潮湿的烂白菜的臭味。我们穿过漆黑的走廊时，有个人默不作声地站在楼口那儿，举着一根刚点燃的蜡烛为我们照亮。那人披着一件黑白格子的衬衣，留着蓬乱的头发，头大得几乎不真实。不知是因为整夜弹奏还是别的什么缘故，他的手颤抖得厉害，像是发着疟疾。伸缩的烛火在他脸上拉出许多移动的阴影，我走过他身边时，发现那是一个脸庞扁平、年纪在三十四五岁的人，前额凸凹不平，耷拉着一绺卷曲的头发，鼻子和嘴唇都长得像一种狗，眼圈发暗，憔悴得像一个女人……

下到青石板的小巷时我们已经疲惫不堪，谁也没有理睬谁，在早晨的风里站了一会儿就各自散了。走到巷口时我回身看了一眼林琛家的木楼，发现那是一幢很旧的房子，看起来比那条青石板路更老朽。

那之后我再没见过那个叫林琛的人。

1989年夏天时，我刚满二十岁，没有考上大学，在大十字天桥下面租了间门面卖牛仔服，生意不错，收入也很稳定，但我以为自己更热爱摇滚乐，成天想的就是有一天能当上摇滚歌星。其实我并不真的喜欢摇滚乐，我喜欢的是流行音乐，但那时的许多时髦青年都在谈论摇滚乐，他们说那是全世界愤怒青年的国际歌。那时我的父母远在北方，我独自一人住在中华南路十七号，那是一幢老朽的房子，是我奶奶年轻时继承的遗产之一。房前有一个不大的院子，铺着考究的带花纹的鹅卵石，大花台上种着一大一小两株夹竹桃，春夏两季开着颜色残败的花。我有一把绛红色的吉他和几块拨片，每天晚上我都要坐在院子里，操起吉他尖声长叫，闭着眼睛，像一辆刹闸失灵的卡车那样急促而笨拙地拐弯。几乎每天我都会梦到人头簇拥的大型体育馆，听到阵阵海潮般的喧嚣；还时常梦到自己和那些表情讥讽、心不在焉的摇滚歌星同台演唱，醒来之后，一声急刹车会让我以为那是某支重金属乐队开场前的一声嗥叫。我以为自己一辈子都会做着同样的梦，但自从经过了那个夜晚之后，连着十几天，我整夜听到一把吉他冗长单调的弹奏，从刚一入睡直到第二天我筋疲力尽地醒来。吉他声还从此抹去了原先梦中那些令人兴奋的场面，把我一次接一次地置身于那个晚上，我似乎怎么也摆脱不了那种酷热的空气、胃里想要呕吐的感受、街道上死尸一样一动不动的躯体、石板路中间流淌的阴沟水、肮脏的垃圾堆、嘎嘎作响的木楼梯和刺鼻的尘埃，还有微弱的烛光里影影绰绰的人头……咒语般的吉他声把这一切搅在一起，不可思议地代替了那个夜晚，而我的身体仍然延续着和那个夜晚一样的厌倦和疲惫……

有天晚上，我像往常一样被吉他声缠绕，但从半夜开始，院子里的蟋蟀声比平日密集，让我从千篇一律的梦中挣脱出来。醒来之后我坐在床上抽烟，打算睁着眼睛熬过半夜。天花板上有只壁虎的黑影在游动。我突然意识到那个貌似平淡的夜晚其实是一个梦魇。这个念头让我联想到许多有关林琛的传闻。那些传闻已经在这座城市里流传了许多年，据说有许多版本，几乎让人以为传闻里的林琛是无数个同名同姓的人。

我听说的林琛在传闻里是个对音乐痴迷得可笑的形象，比方说他什么正事也不干，总是没日没夜地躲在房间里弹吉他，他已经在那幢破败的木楼里弹了十几年，周围的邻居都习以为常，觉得吉他声就跟风雨、雷电、垃圾堆的臭味一样，是开天辟地就有的一种自然现象。除了音乐之外，他几乎是个半文盲，他坚持了许多年的音乐日记里全是只有他才知道的象形符号。但没人听说过他跟别人谈论音乐，因为他认为在音乐面前，人人都应该像哑巴一样沉默。我还知道他爱用指关节在膝头上打拍子，几乎不说话，但一开口就像背台词；他父母双亡，靠出租父母留下的房子生活，有一个住在外省的姐姐……有人说他是全城最好的吉他手，但另有人说他的吉他水平其实很低。他从来不在公开场合演奏，有人说是因为他面目丑陋，不愿意当众露面。也有人说是因为谁也听不懂他的吉他……除了这些琐碎的细节之外，剩下的就是一些荒诞不经的传闻，据说他曾经精神失常，被送进精神病院，因为他有一天突然把整座城市看成是一个空旷的舞台，把楼房和街道看成是舞台微不足道的布景，鼎沸的市声在他听来就是台下观众的狂热喧嚣，他站在马路中间，自以为站在观众中间，他如痴如醉地聆听着臆想中的音乐，差点被汽车撞死。

其中有一个传闻被人们谈论得最多，也可能是所有传闻中最离奇，被加工得最精细的，很多人都相信那个传闻的真实性，因为林琛所有的怪癖、神秘和不可理喻都在这个传闻里得到了解释，至少在某种气氛里得到了解释。那个传闻说林琛二十几岁时得过一场严重的伤寒，差点死去。高烧持续了整整一个星期，他在浑浑噩噩中曾听到过长时间曼妙的吉他独奏。刚开始时吉他声笨拙迟缓，像第一次摸吉他的人在弹奏，林琛没有在意，以为是高烧引起的幻觉。但吉他声越来越精妙，不像出自血肉之躯，而像出自天意或者神灵之手。高烧退去之前，吉他声达到无法形容的地步，林琛激动得如同死去一样，甚至产生了因祸得福的想法，希望永远不要退烧，可以一直听下去。星期二早上九点钟，高烧退了，林琛清醒过来，觉得七天七夜只是一瞬……

我对类似的传闻从来不当真，甚至相信那些传播传闻的人也不会当真，听多了之后我只是想，把一个人说得不像他本人也许是人的天性，林琛在音乐上也许确实有与众不同的才能，也可能生活琐屑的人本能地需要神奇的梦呓，他们制造出梦呓，然后自己又被梦呓吸引……几种事实促成了传闻的产生、变形和蔓延。

但那天晚上我把所有的传闻和那个夜晚放在一起，觉得两者散发着相似的气味，隐匿着一种真实的、不易觉察的疯狂和谵妄。我想起那个大雨淋漓的晚上，在烛火微弱的光晕里，林琛模糊的身形和吉他构成了一个刻板的三角形，他像一个快死的人那样专注，一声不吭地弹着吉他，像弹了一辈子。我突然非常害怕那个有一把吉他的梦魇从此缠绕我，折磨我，像一个不会疼痛也不会愈合的伤口。我发誓如果忘得掉那个夜晚，我就再也不去碰那把绛红色的吉他了。

1992年春天，我退掉了天桥下的门面，自费到市第二轻工学校进修服装设计。毕业之后的第二年，这座城市开始扩建和整修，我奶奶的那幢房子也在拆迁之列，我只得搬到一个亲戚家暂住。1996年5月，拿到三万元钱的拆迁费之后，我同几个朋友合伙，在市西路租了间门面，给“飞天”牌牛仔服做这座城市的代理，生意不错，整天忙得津津有味，除了还留着和当初一样的长发外，我的生活中再也找不到一点和音乐有关的痕迹。那时有个叫董菱的朋友和我挺熟，在一家杂志社做摄影记者，年纪和我差不多，喜欢拍老人的肖像和古建筑，还收藏老东西，特别是窗花和相机，他的相机就是一台30年代产的“蔡司”牌120双镜头反光机，据说值很多钱。我经常请他帮忙拍一些有关服装方面的照片，欠了他很多人情。1996年9月或者10月的一个下午，董菱从广州回来，带给我一本介绍意大利服装面料的书。我想起拆我奶奶的房子时，我从顶楼的小佛堂里带走了一盏八角形的水晶长明灯，据说已经有上百年的历史，只是有一个角已经残破，挂灯的丝线也不是原先的。我留着没用，打算送给董菱。他听了之后大喜过望，又拿出一把那时很少见的登山刀送我，但逼着我马上和他去拿灯。我被他纠缠不过，只得带他去我的住处。拿到灯之后他立即和我分手，说要马上回家去做鉴定。董菱的狂热感染了我，独自回来的路上，我故意绕道老城区，听说弯弓街那儿有些老房子没有拆完，我想看能不能拾到拆下来的老东西送给董菱。

老城已经拆得七零八落，到处是深沟和残垣断壁，像电影里故意筑造的废墟。我转悠了两个多小时，没有找到什么值得一提的东西，只在一个垃圾堆里发现十来块青花的碎瓷片，瓷片看起来很旧，我知道董菱也喜欢收集这些东西，就找了个破塑料袋装起来。我越走越深，几乎迷了路。天色开始发暗时，我想穿过一条只拆了一小部分的巷子，那儿还住着几户零碎的人家。巷口有个很大的垃圾堆，我走过去，想看看有没有瓷片。一只狗的影子突然从垃圾堆的另一头窜出来，冲我叫了几声，我退开几步，听到前面传来微弱平淡的吉他声，接着我还认出了另外两个垃圾堆、铺着青石板的路面、我曾经在下面呕吐的电线杆和那个两层的木楼。

从我的那个角度看上去，木楼斜朝一个方向，看起来比实际上的高大，木板呈深褐的颜色，有人用黑笔在上面写了几行模模糊糊的字。那只狗守在巷口，喉咙里发出乞求和威胁的声音。我避开那个巷口，从另一条小巷回到了大街上。

我把瓷片拿给董菱时，向他提到林琛，提到那个下暴雨的晚上，还提到黑暗的房间里有三个人参差不齐地弹吉他……董菱听了之后若无其事地说，他就是另外两把吉他中的一个，弹的是低音，因为买不到木贝斯，他只得用吉他的第六弦来代替。我不相信有这样巧合的事情，他于是向我描述微弱的烛火，沙发上罩着粗麻的套子，靠左边的墙上挂着雕有人脸的木瓢，雨开始很大，后来小下去，但一直不停，下了几乎整整一夜。他还说那年他刚从大学毕业，正热衷于吉他，听到林琛的名声之后曾想和他组建一支乐队，但他们在一起练习了一个月后，董菱打消了那个念头，因为林琛仿佛只会漫无目的地即兴独奏，谁都不会喜欢那种干巴巴的、晦涩难懂的音乐。我问到那个弹伴奏的人，董菱说他也不熟悉，是那天稍早一点在林琛家里遇上的，他去的时候林琛和那个人已经开始弹奏，只记得那是个很漂亮的年轻人，气质里面有一种特别纤细的东西，像蔬菜的芽。我向他打听林琛最近的情况，董菱露出茫然的神色，说1990年初他就对搞乐队失去了兴趣，后来一直没有再和林琛来往，只是在1995年的时候遇到过一次林琛。那次董菱听说老城区已经开始拆迁，就赶过去准备拍一组老民居的照片，在一条小巷里他认出了林琛家的木楼，还听到楼上房间里有人弹吉他。拍了几张木楼的照片之后，董菱想起林琛家的墙壁上有一个别致的木雕人头，就上楼去敲门。林琛开始时已经认不出他，董菱就提起1990年前后的事情，一面说一面寻找那个人头木雕，他发现除了那个人头木雕之外，还有几样有意思的小玩意。等林琛想起他来之后，他就开始拍那些看中的东西。拍完之后董菱不好意思马上走，就坐下来和林琛闲谈，但林琛少言寡语，对别的话题都不感兴趣，只是反复劝说董菱应该继续弹吉他，他说你应该不停地弹，不停地弹，像我这样不停地弹……董菱发现林琛说话时口齿不清，声音呢喃，像几百年没有说过话似的。后来林琛开始给三把颜色不同的吉他上弦，再没有开口说话，董菱只得起身告辞。走到巷口时，董菱回身看了一眼，觉得小巷在微弱的吉他声里显得特别空旷，就拍了几张照片，但没有拍出那种感觉。董菱说那以后就没遇到过林琛，前几年偶尔还听到一点有关他的消息，近几年再也没听人说起过他……

董菱还记得那三把吉他的颜色，一把是金黄色，一把是黑色，还有一把是镶着白边的蓝色。我原本还想向董菱打听一些别的情况，但他急于向我炫耀刚得到的一块海百合化石，不愿意再说下去。

1997年初，我的父母寄来一封口气感伤的信，说他们风烛残年，要我回到他们身边去。信中还提到我的婚事，提到当地一个叫马小芸的姑娘，听说人很能干，家里有一个药店和两个蛋糕店。四月份我去了一趟，见了那个姑娘一面，发现比我想象的漂亮，几乎和我一样高，腰杆直得像吉他的背板。我舍不得回来，一直待到八月。回来之后我处理掉生意方面的事情，打算永远回到父母身边去。临行前朋友们在一家小酒店给我饯行，结果喝得大醉，只有董菱一个人送我上火车。

那个小酒店嘈杂喧闹，让人坐立不安，邻桌有伙年轻人闹得最凶，说话声像吵架。他们先是骂出租车的颜色像鹦鹉，又骂市政府修路改建，把整个城市弄得乌烟瘴气，似乎所有的人都觉得新的住房没有原先的好。后来有个剪短头发的年轻人突然说起他的新邻居，就住在他的隔壁，但几乎见不到那个人，只知道是个背影粗壮的中年人，后脑勺中间秃了巴掌大的一块。那个人成天关在房间里弹一把音色发闷的吉他，似乎永远都只有一个音调、一种旋律和一种速度，像在翻来覆去地确认一件东西，那个年轻人故作悲愤地骂着下流话，说沉闷的吉他声经年累月地重复，几乎让人发疯。我本想散席之后向那个年轻人打听一下，但临走时我喝得浑身发软，把事情给忘了。

1999年7月，天气比哪年都要热。我去成都，路过这座城市时待了一天一夜，发现城市已经重新布局，焕然一新。我找不到董菱的住处，就给他打了个电话，他赶到宾馆时已经是下午五点钟。他带给我一本他刚出版的摄影作品，十六开大，精美得近乎奢侈。我向他祝贺，把摄影集放在写字台上。一起吃晚饭的时候董菱喝了许多酒，显得牢骚满腹，先是抱怨生活艰难，然后又感慨岁月易逝，我厌烦起来，向他提到几个我们都认识的服装模特，他说除了有两个自己开了服装店之外，其余的都嫁到大城市去了，还有一个出了国。说到这里，他像被什么突然的想法吸引住了，举着酒杯半天没有吭声，最后他回过神来，没头没脑地问我还记不记得那个叫林琛的人，我想了一下说当然记得。他说林琛被一个外国老太婆看中，连人带着两把吉他一起去了法国还是瑞士。那个老太婆据说是个小有名气的版画家，有一头漂亮的银发，但是非常肥胖，肤色红得像生猪肉。我不相信董菱的话，而且觉得非常滑稽。鬼才相信。我笑起来，向董菱提到1996年秋天时，他曾经给我说过林琛有三把不同颜色的吉他。但董菱否认他说的是三把，坚持说只是两把，而且是同一种颜色的两把。我有点生气，借着酒劲和他半真半假地争吵起来，几分钟之后我觉得无聊，主动把话题岔开了，没有再争论下去。

和董菱分手之后我独自回宾馆看电视。十二点半过后，省有线电视台的人文地理频道谈起有关保护老建筑的话题，我突然有个想法，想打电话建议董菱，让他把过去拍摄的有关这座城市的照片汇集起来，配上相应的文字，出一本摄影集。我起身准备去写字台上拿电话，看到上面董菱送我的摄影集，我打开集子，从序言里发现董菱和我设想的完全一样，只是比我的更完整，更系统。集子是他1990年到1998年间的作品，有六百页厚，一千零三十幅图片，其中大约八百幅是黑白照片。全书分为建筑、街景、市民生活、文物和肖像几个部分。在市民生活的部分中，有一组黑白照片是有关垃圾堆的，一共有八十三幅，用特写的距离拍摄了垃圾堆上的各种物品，包括没有笔帽的钢笔、残破的镜子、避孕套、字迹模糊的纸条……意图似乎是想用丢弃的垃圾来反映居民的生活。其中第三十幅是一个污秽的吉他琴套，第三十一幅是垃圾堆上的一个小塑料袋，里面贴着一张破损的商标纸，印着“吉他弦”和“G弦”的字样，塑料袋旁边还有被扭成一团的钢丝弦。我看了看照片右下角的说明，发现只印着“市民生活——三十”和“市民生活——三十一”这样两行字。第三十一幅照片上有三分之一是垃圾堆背后的路面，但已经被拍摄者用大光圈虚化掉了，看不出是在什么地方拍摄的。我翻到建筑和街景两个部分，想找到董菱1995年拍摄的那幢木楼和青石板的小巷，但没有找到。

当天夜里，一列火车轻击着铁轨途经城市的边缘，发出清冷单调的声响。我从睡眠中惊醒，以为又听到了吉他声。十多分钟后，又一辆列车经过，我听着列车远去，在幽暗的房间里最后一次想起了林琛。我想，也许在一个无人知晓的时间和场所，那个叫林琛的人真的接触过令人惊骇的事物。想到这里，我在床上睁大了眼睛，再也无法入睡。

（原载《长江文艺》2001年第2期；

收入小说集《惊虹》，贵州人民出版社，2007年4月；

《惊虹》获第四届贵州省政府文艺奖三等奖）